Lieber den Frosch geküsst,
als gar keinen Prinz

Ella Marcs

ELLA MARCS

Lieber den FROSCH geküsst, als gar keinen PRINZ

Deutschsprachige Erstausgabe August 2022

Ella Marcs
Im Sinkel 7
57413 Finnentrop
an@ellamarcs.com
www.ellamarcs.de

Covergestaltung: ZERO Werbeagentur München unter Verwendung von Motiven von Shutterstock, www.zero-wa.de
Satz: Wolkenart - Marie-Katharina Becker,
www.wolkenart.com
Lektorat: Lea Korte, www.leakorte.de
Antje Backwinkel, www.buchwinkelei.de
Korrektorat: Sandra Jungen, www.sandra-jungen.de

Herstellung und Verlag: Blue Mountains Publishing, Marcella Schwark,
Im Sinkel 7, 57413 Finnentrop, an@marcischwark.com,
www.marcischwark.com

ISBN: 978-3-9821934-3-4

♥♥♥ *FÜR DICH, SCHATZ!* ♥♥♥

Danke, dass du in meinem Leben bist.

Kapitel 1

Ein neuer Kollege & ein mysteriöser Fall

Von Lillith

Hallo Schwesterherz, dein Tageshoroskop ist megaspannend. Auf dich rollt ein emotionales Erdbeben zu, das dein Leben durcheinanderwirbelt und den göttlichen Plan offenbart. Im Sturm will Mars seine Venus erobern. Das bedeutet: Heute taucht Mr. Right in deinem Leben auf! Achte besonders auf große, dunkelhaarige Männer, die kommen vom Mars. Aber Vorsicht: Mr. Right hat auch ein dunkles Geheimnis. Wow, der reinste Krimi! Ich bin so gespannt, wie es bei dir weitergeht.

Freitag, 9:35 Uhr. Ich rollte mit den Augen. Meine Halbschwester Lillith und ihre selbstgedichteten Horoskope. Sie konnte es einfach nicht lassen. Grinsend legte ich mein Handy beiseite. Abgesehen davon, dass ich sowieso nicht an die *Macht der Sterne* glaubte, hatte ich weder Zeit noch Lust, mir über emotionale Erdbeben oder Marsmännchen Gedanken zu machen. Außerdem waren Marsmännchen grün und nicht braunhaarig, das wusste doch jeder.

Ich wandte mich wieder dem Rechner zu. Schließlich waren es nicht die neuesten Nachrichten des Universums, die mich an meinem ersten Urlaubstag ins Büro des LKA getrieben hatten, sondern die meines aktuellen Falls. Und sie waren es wert: Endlich hatten meine polnischen Kollegen den Autoschieber Jacek festnehmen können, nach dem wir so lange mit vereinten Kräften gefahndet hatten. Damit sie ihn auch in Gewahrsam behalten konnten, brauchten sie allerdings dringend meine Ermittlungsergebnisse. Ob ich das *einfach mal* erledigen könne, hatten sie mich gefragt … Genau dieses *einfach mal* dauerte jetzt schon seit sieben in der Früh, weswegen ich bereits fertig für die Hochzeit ausstaffiert hier im Büro saß. Aber ich war froh, dass sich der Fall Auto-Jacek damit endgültig erledigt hatte.

Ich fügte das Aktenzeichen in die E-Mail ein, schrieb einen kleinen Text dazu und hängte die drei Berichte an, die ich in den letzten Stunden geschrieben hatte. So, elektronisch unterzeichnen, abschicken, fertig.

Wunderbar, mein Urlaub konnte beginnen, und zwar mit der Hochzeit meiner besten Freundin Kira. Ich schaute auf die Uhr. Noch zwei Stunden Zeit, bis ich im Sauerland sein musste. Das schaffte ich locker. Im Anschluss daran würde ich drei Wochen dortbleiben, Mist schaufeln und Kiras verrückte Tiere hüten.

Ihre Schwester Jasmin, die das ursprünglich übernehmen sollte, fiel überraschend wegen Rückenproblemen aus. Daraufhin hatte ich meinen längst überfälligen Urlaub genommen und zugesagt, mich um alles zu kümmern, damit die Flitterwochen nicht ins Wasser fielen. Ich und Tiere, ausgerechnet! Eine echte Premiere, aber auch das würde ich irgendwie hinbekommen – und mich am Ende vermutlich langweilen.

Damit das nicht passierte, würde ich Arbeit mitnehmen. Meine Vorliebe für ungelöste Fälle war deutlich größer als die fürs Mist schaufeln. Vor allem ein brandneuer Fall war mir gestern Abend ins Auge gesprungen, wieder einer dieser verflixten Oldtimer-Diebstähle. Ich öffnete die Suchanfrage und tippte: Diebstahl - Oldtimer - Rarität - Sauerland.

Kein Match gefunden, meldete unsere Datenbank zurück. Sehr seltsam. Gestern Abend war der Autodiebstahl noch unter genau diesen Stichworten im LKA-Register angezeigt worden. Wie konnte er einfach so verschwinden? Gab es einen Fehler im System? Da sollte ich nachhaken. Aber nicht heute. Es wurde Zeit, meine Sachen zusammenzupacken.

Ich schaltete den Laptop aus und verstaute ihn samt Kabel in meinem Rucksack.

»Achtung, das ist ein Überfall!«, dröhnte plötzlich eine Stimme aus Richtung Tür.

Ich fuhr herum. Mein Kollege Jonas stand im Türrahmen.

»Ach, Jonas, musst du mich so erschrecken?«

»Wow!« Er taxierte mich von oben bis unten.

»Du kannst den Mund wieder zumachen.«

»Was ist das für ein rattenscharfes Kleid? Bist du als verdeckte Ermittlerin einem Bigamistenring auf der Spur?«

»Nein, viel besser. Meine Freundin heiratet heute, und ich bin ihre Trauzeugin.« Ich sah an mir herunter: eine enge Corsage mit Blümchenstickereien und ein weich fallender Rock aus dünnem Crash-Stoff - dieses zarte, feminine Kleid passte zu mir wie Lockenwickler zu einer Amazone. Zu verdanken hatte ich auch das Jasmin, die für die Ausstattung der Brautjungfern zuständig war und mir als Trauzeugin kurzerhand das gleiche Kleid aufs Auge gedrückt hatte, wenn auch unter meinem ausdrücklichen Protest, der aber nichts genützt hatte.

»Ach, etwa die gleiche Freundin, die dich auch an deinem Urlaub in die Pampa verbannt?«

»Genau die. Aber du bist bestimmt nicht nur gekommen, um mein Kleid zu bewundern.«

»Nein, die Sehnsucht treibt mich zu dir, Schatzi. Und außerdem soll ich die Akten aller ungelösten Oldtimerdiebstähle der letzten Jahre heraussuchen. Oberboss Knaus hat sie angefordert.«

Na, wenn es mehr nicht war. Ich packte einen der dicken Stapel zu meiner Linken und reichte ihn quer über den Schreibtisch. Normalerweise hatte ich bei Autodiebstählen ein verdammt gutes Näschen, aber bei diesen vertrackten Oldtimer-Fällen schienen mich Glück und Spürsinn bisher im Stich zu lassen. Keine Spuren, keine Übereinstimmung, kein noch so kleiner Hinweis.

Jonas nahm die Akten entgegen. »Wow, danke, alles schon beisammen.«

Ich winkte ab. »Gern geschehen, nichts zu danken … Doch, warte: Als Dank kannst du während meiner Abwesenheit die restliche Ablage machen.« Ich deutete auf den Tisch gegenüber, an dem bis vor einigen Monaten mein Teamkollege Dieter gesessen hatte, ein mittlerweile pensionierter Ordnungsfanatiker. Er hatte für sein Leben gerne Ablage gemacht. Seit er fort war, arbeitete ich allein, mit dem Resultat, dass die Ablage immer wieder zu kurz kam und ich Vorgänge vorübergehend auf seinem verwaisten Schreibtisch zwischenlagerte. Doch in drei Wochen sollte ein neuer Kollege eintreffen und der brauchte natürlich Platz. Ich hoffte sehr, dass er oder sie Spaß am Abheften haben würde.

»Der liebe Gott bewahre mich vor Maul- und Klauenseuche, Fußpilz und deiner Ablage.« Jonas ließ sich auf Dieters Ex-Stuhl fallen und platzierte seine Füße auf das letzte freie Eckchen der Schreibtischoberfläche.

Ich seufzte gespielt. »Die Menschen werden immer undankbarer.«

Mein Handy vibrierte mehrfach kurz hintereinander, zugleich flatterten Nachrichten herein wie Brieftauben in einen Taubenschlag.

Kira: Hab gerade Marc gesehen. Er sieht aus wie ein Stier in der Kampfarena. An unserem Hochzeitstag! 😳

Kira: Ehrlich, als würde er gleich explodieren. Vielleicht will er doch nicht heiraten!?

Kira: Sabin, was soll ich tun? Habe ich ihn am Ende zur Hochzeit überredet? 😵

Ich: Marc hat DIR einen Antrag gemacht, schon vergessen? Nimm Baldrian. Gib Marc einen doppelten Whisky. Oder umgekehrt. Dann legt sich die Aufregung. Sonst alles klar?

Kira: 😟 Mir ist ein bisschen übel und ich habe das Gefühl, gleich losheulen zu müssen. Keine Ahnung, warum, eigentlich läuft es ganz gut … eigentlich.

Ich: Das ist nur Lampenfieber. Heiraten ist doch was Schönes!

Kira: Das sagst ausgerechnet du?

Ich: Solange ich nicht heiraten muss, schon. 😉

Kira: 😬 Wann bist du da?

Ich: In fünfzehn Minuten geht's los, eine gute Stunde Fahrt, bin also pünktlich um elf da. Keep calm and drink whisky. 👑

Kiras Zustand war der Preis für ihre Perfektion. Ich hatte miterlebt, wie sie wochenlang akribisch jedes Schleifchen und jeden Serviettenhalter geplant und organisiert hatte, damit am Ende alles genauso großartig war, wie sie es sich ausmalte … oder vielmehr, wie ihre Familie sich das wünschte. Nebenbei musste sie allerdings noch eine Werbeagentur führen und sich um ihren Gutshof samt einer zunehmenden Anzahl an Tieren kümmern. Meine Warnung, dass alles zusammen zu viel war, verklang ungehört. Von daher wunderte es mich kein bisschen, dass ihre Nerven heute blank lagen. Zum Glück ging es für das frischgebackene Ehepaar gleich morgen in die Flitterwochen. Da würde Kira sich von all dem Stress erholen können.

Urplötzlich riss Jonas die Füße vom Tisch und damit mich aus meinen Gedanken. Im selben Moment betraten zwei Männer mein Büro: Gregor Vogt, mein Vater und Vorgesetzter im LKA, und ein hochgewachsener Dreißigjähriger mit stahlblauen Augen und Dreitagebart.

Aufmerksam musterte ich ihn. Den kannte ich … genau, von diesem Seminar vor drei Jahren in Köln. Tim war damals mein Sitznachbar gewesen - sowohl bei der Schulung als auch nachts an der Hotelbar. Der Neid der Frauen war mir gefolgt wie ihm ihre Blicke. Wir hatten uns von Anfang an bestens verstanden, aber Tim war nicht nur sehr attraktiv, sondern auch sehr verheiratet gewesen - und ich darauf bedacht, mir nicht die Finger zu verbrennen.

Paps musterte meinen Aufzug.

»Spar dir deinen Kommentar, das hat Jonas schon erledigt.«

»Die Hochzeit, stimmt ja. Aber was machst du dann noch hier?«

»Unsere polnischen Freunde brauchten noch die letzten Ermittlungsergebnisse für Auto-Jacek.«

Paps schien zufrieden. »Gute Arbeit, übrigens! Aber ich bin aus einem anderen Grund hier. Dein neuer Kollege ist entgegen der ursprünglichen Planung bereits heute eingetroffen.

Knaus hat ihn für einen Sondereinsatz abgestellt, deshalb soll er auch seinen Arbeitsplatz hier im Büro beziehen. Darf ich euch Hauptkommissar Tim Fischer vorstellen?«

Paps deutete auf meinen Kollegen Jonas. »Herr Fischer, das ist Jonas Grafenstein, Ihr Ansprechpartner im Innendienst. Und das ist Ihre neue Teamkollegin Sabin Vogt, mit der Sie sich dieses Büro teilen werden.«

Wow, Tim war mein neuer Teamkollege?

Jonas und Tim schüttelten sich die Hände. Dann sah Tim mich mit leuchtenden Augen an. Er streckte mir seine Hand entgegen. »Ich freue mich sehr, dich wiederzusehen.«

»Und ich erst. Das ist ja echt mal eine Überraschung.« Seine Hand fühlte sich warm und fest an. Spontan schaute ich nach einem Ehering. Er trug keinen.

Tim musterte mich von Kopf bis Fuß. Was er sah, schien ihm zu gefallen.

Paps räusperte sich. »Woher kennt ihr euch?«

»Eine gemeinsame Fortbildung«, sagten Tim und ich wie aus einem Mund.

Jonas hob die Augenbrauen, sah von mir zu Tim, wieder zu mir und klimperte mit den Wimpern. Ich warf ihm einen warnenden Blick zu.

Paps betrachtete den Ex-Schreibtisch von Dieter und rieb sich am Kinn. »Sabin, kannst du hier noch Platz und Ordnung schaffen, bevor du fährst?«

»Klar, kein Problem. Hab ja noch knapp zehn Minuten Zeit für zwanzig Wochen Ablage.«

»Ach was, lass nur.« Tim winkte ab. »Das mach ich schon.«

Paps schüttelte den Kopf, wandte sich zum Gehen, blieb

dann aber nochmal stehen. »Eins noch, Sabin.« Er sah mich nachdenklich an. »Kira wohnt doch im Sauerland, in der Nähe des Biggesees, oder?«

»Ja klar, warum?« Ich hievte meinen Rucksack auf den Schreibtisch und verstaute meinen Dienst-Laptop darin.

»Knaus hat mich gebeten, ihn später auf dieser Schönheitsfarm am Biggesee zu treffen. Estelle heißt sie, glaube ich. Kennst du die zufällig?«

»Kennen wäre zu viel gesagt, aber auf dem Weg zu Kira fahre ich immer daran vorbei. Die liegt vielleicht fünf Minuten von Kiras Haus entfernt.« Ich schnappte mir meine Motorradkombi. »Was will Knaus denn auf einer Schönheitsfarm? Lässt er sich botoxen oder sonst wie verjüngen?«

Paps und Jonas lachten.

»Wer weiß. Anscheinend macht er da eine Woche Urlaub«, erwiderte mein Vater.

»Wunder dauern aber etwas länger.« Ich grinste und wandte mich an Tim. »Knaus ist unser oberster Polizeichef.«

Er nickte. »Ja, den kenne ich gut, ein enger Freund meiner Eltern. Wir haben letztes Jahr Silvester zusammen gefeiert. Er hat die Sonderermittlungen angeordnet, wegen denen ich heute schon gekommen bin, und er hat mir auch von der freien Stelle in deinem Team erzählt.«

Ups, da musste ich meine Zunge wohl künftig besser im Zaum halten.

Tim grinste breit. »Ich hatte ja gehofft, dass wir zusammen an dem Fall arbeiten.«

Plötzlich ging mir ein Licht auf … Schönheitsfarm im Sauerland. Davon hatte doch was in dem Bericht über den

Oldtimer-Diebstahl gestanden, der aber nicht mehr auffindbar gewesen war. Knaus war dort, er hatte die Sonderermittlungen angeordnet – und er hatte dieses bildschöne rote Oldtimer-Cabrio. War es etwa sein Wagen, der gestohlen worden war? Allerdings war mir jetzt auch klar, warum der Fall im System nicht mehr zu finden war: Knaus hatte ihn *einfach mal* als top-secret eingestuft und daher war er für den Otto Normalbeamten nicht mehr zu sehen. Es kribbelte in meinem Nacken.

»Paps, wenn du sowieso ins Sauerland fährst, dann setz mich doch bitte bei der Hochzeit ab. Mit dem Motorrad bin ich schon auf dem Weg hierher beinahe auf dem Sitz festgefroren. Außerdem kannst du mir während der Fahrt von dem Fall erzählen, und ich könnte euch von dort aus unterstützen.«

»Tut mir leid, ich fahre erst heute Nachmittag. Über den Fall darf ich sowieso nichts verlauten lassen. Und was die Kälte angeht: Ich sage dir seit Jahren, dass du dir ein Auto zulegen sollst.«

Ich holte den Helm unter dem Schreibtisch hervor und legte ihn neben den Rucksack. »Ein Motorrad ist viel praktischer bei den vielen Staus in Düsseldorf.«

»Praktisch? Na, dann viel Spaß bei fünf Grad auf der Autobahn mit deinem praktischen Fahrzeug. Vergiss nicht, die praktische Heizung anzumachen.«

Jonas verschluckte sich vor Lachen. Bevor ich etwas erwidern konnte, wandte Paps sich an Jonas.

»Helena und du, ihr macht gleich mit Herrn Fischer die Unterweisung.« Er sah zu Tim. »Ich melde mich bei Ihnen, wenn ich mit Knaus vor Ort gesprochen habe. Sabin, dir viel Spaß im Urlaub und erhol dich gut.« Damit nickte er zum Abschied in die Runde und verließ mein Büro.

Typisch Paps, immer pragmatisch, hundertprozentig konsequent und gefühlsduselig wie eine Stechuhr.

»Sorry, Tim, wegen des Chaos' hier, aber in letzter Zeit war echt viel los. Was dich stört, pack einfach auf meinen Schreibtisch. Aber was viel wichtiger ist: Unsere persönliche Coffeebar.« Ich ging zur Anrichte und hielt eine noch halbvolle Kanne hoch. »Alles da, verschiedene Kaffeesorten, Milch und Zucker.«

»Tim trinkt seinen Kaffee stark, schwarz und mit Zucker, nicht wahr, Tim?«, flötete eine weibliche Stimme. In der Tür erschien Kollegin Helena, unsere Quotenblondine.

»Ich hätte schwören können, dass Tim eben noch selbst reden konnte.«

Mit einem maliziösen Lächeln sah Helena mich von oben bis unten an. »Schickes Kleid. Wer es tragen kann … Du erlaubst doch?« Sie nahm mir die Kaffeekanne aus der Hand. »Komm Tim, machen wir uns an unseren Fall.« Sie wedelte mit einer Akte in seine Richtung, legte sie auf das Sideboard und schenkte sich und Tim dann völlig selbstverständlich zwei Tassen Kaffee ein. An meiner Coffeebar, in meinem Büro.

War diese neunmalkluge Model-Kommissarin etwa bei dem Sondereinsatz dabei? Ausgerechnet die? Helena zog Tim in eine vertrauliche Unterhaltung und als wären wir Luft, schlenderte sie mit ihm aus meinem Büro, meine Kaffeetassen in der Hand. Tim wenigstens drehte sich noch kurz um und winkte mir zum Abschied.

Jonas stellte sich neben mich und sah den beiden nach. »Warum denke ich bei euch beiden Frauen immer an schlammgefüllte Planschbecken? Sieht aus, als gefiele es dir nicht sonderlich, dass Helena den Fall mit ihm bearbeitet.«

Ich presste die Lippen zusammen und knurrte leise.

»Keine Sorge, die kann dir in keiner Hinsicht das Wasser reichen. Auch wenn sie sich bestimmt bei Knaus einschleimen wird.« Jonas nahm sich ebenfalls eine Kaffeetasse und goss sich den Rest aus der Kanne ein. »Na ja, einige Achtungserfolge hat sie schon gehabt.«

»Achtungserfolge, dass ich nicht lache. Die hängt einfach nur an die große Glocke, wenn sie mal wieder einen Fall gelöst hat. Aber das ist doch unser Job, warum macht sie da so ein Aufhebens drum?«

Jonas versteckte sich wohlweislich hinter seiner Tasse. Er hatte ja auch gut Grinsen. Auf einmal fiel mir Lilliths Horoskop wieder ein. Was hatte da nochmal gestanden? Der göttliche Plan offenbart sich? Es hätte wohl heißen müssen: Der Fehler im göttlichen Plan offenbart sich. Schließlich war ich in den nächsten drei Wochen auf Kiras Gutshof am Mist schaufeln, während Helena einen spannenden Fall mit meinem neuen Kollegen lösen würde. Danke, liebe Vorsehung.

Jonas hielt mir eine Akte hin. »Helena ist einfach zu vergesslich.«

»Was ist das?«

Er öffnete den Aktendeckel, und das Bild eines Oldtimers sprang mir entgegen. Ein knallrotes Cabrio. »Die Unterlagen zum Topsecret-Fall, die unser Turteltäubchen vor lauter Flirten hier vergessen hat. Willst du dir die Butter vom Brötchen nehmen lassen, oder wollen wir schnell ein paar Kopien ziehen?«

Hochzeit mit Hindernissen

Freitag, 11:05 Uhr. Die Kirchturmuhr schlug fünf nach elf. Ich war zu spät, immer noch dreihundert Meter von meinem Ziel entfernt und ärgerte mich, dass ich im Präsidium nicht mehr auf die Tube gedrückt hatte.

Meine Zähne klapperten vor Kälte. Eine Stunde Autobahnfahrt mit dem Motorrad war dummerweise nicht vergleichbar mit den paar Minuten, die ich sonst bis zur Arbeit brauchte, und die Kälte ging mir durch und durch. Dabei trug ich warme Motorradkleidung und darunter ganz vorsichtig eingewickelt noch das Kleid. Dennoch hatte Paps recht: Ein Auto wäre jetzt definitiv angenehmer gewesen.

Ich fixierte die rote Ampel, als könne ich erzwingen, dass sie bitte endlich umschalten möge. Es funktionierte tatsächlich, das Licht sprang auf Grün. Mit Vollgas ging ich in eine Linkskurve und bretterte an der Friedhofsmauer entlang. Dann kam endlich das Eingangsportal der Kirche in Sicht.

Irgendwo hinter mir heulte die Sirene eines Streifenwagens auf. Ich ignorierte sie. Mit einem Schlenker umrundete ich das Hochzeitsauto, das direkt vor dem Portal parkte, und kam neben der Kirchentreppe zum Stehen. Als ich aus dem Sattel glitt, hatte ich das Gefühl, jedes einzelne Gelenk meines Körpers sei eingefroren. Mit schmerzenden Händen bockte ich die Maschine auf.

Aus dem Augenwinkel sah ich einen Einsatzwagen der Schutzpolizei mit leuchtendem Blaulicht auf mich zurollen.

Er hielt vor dem Hochzeitswagen, einem dunkelgrünen Oldtimer mit Blumenbouquet auf der Motorhaube. Ich ließ mich nicht beirren, riss mir den Helm und die Motorradsachen vom Körper und stopfte alles ins Topcase. Dann raus aus den Motorradstiefeln und die Füße mit den eisigen Zehen in die ebenso eisigen Pumps gequetscht … Ich biss die Zähne zusammen.

Inzwischen entstieg dem Polizeiwagen auf der Beifahrerseite ein Beamter, vielleicht Mitte dreißig, zwei Sterne auf der Schulter für den Oberkommissar.

»Sie sind aber mächtig forsch unterwegs, kleines Frollein.«

Ach je, die netten Herren konnte ich jetzt absolut nicht gebrauchen - und ein weiteres Knöllchen ebenso wenig.

»Guten Morgen, Herr Kollege. Ja, die Pflicht ruft und sie wissen, die hat es schon mal eilig.«

»Die Pflicht, als Blumenmädchen die Blüten zu streuen, oder was?« Er lachte gönnerhaft und sah an meinem Kleid hinab.

Sein Kollege schob sich schwerfällig hinter der Fahrertür hervor – Ende fünfzig mit Glatze und dem Abzeichen nach Schupo-Hauptkommissar.

»Vor dem Blümchenstreuen zeigen Sie mal Ihren Führerschein.«

»Ich bitte Sie, werte Kollegen, ich muss da echt rein. Bin sowieso schon zu spät dran.«

»Typisch, immer diese Frauen. Erst kommen sie nicht vom Spiegel weg und hinterm Lenkrad wollen sie es rausholen. Und uns dann Lügenmärchen auftischen.«

»Das stimmt doch überhaupt nicht. Ich bin vom LKA Düsseldorf, Hauptkommissarin Sabin Vogt, Dienstnummer

S-2854468-01, und … ich bin hier für eine Observation abgestellt.«

Der Glatzkopf verzog spöttisch die Mundwinkel und stieß seinen Kollegen an. »Die Lügenmärchen werden immer dreister. Wenn das eine LKA-Beamtin ist, komme ich ab morgen im Lederröckchen zum Dienst.« Behäbig kam er auf mich zu und baute sich vor mir auf. »Hauptkommissar Hesse mein Name. Der Gutgläubige da ist Oberkommissar Krahwinkel. Dann zeigen Sie mir doch mal den Dienstausweis und Ihre Marke.«

Auch das noch. Ich raffte meinen Rock bis zum Waffenholster an meinen Oberschenkel hoch und zog aus einem Seitenfach neben der Waffe Dienstausweis und Marke hervor.

»Ach, du liebes Lieschen!« Krahwinkel starrte ungläubig auf meine Walther P99, neun Millimeter. Ich ließ den Rock wieder fallen.

»Ja unpraktisch, ich weiß. So ein Kleid hat zwar wahnsinnig viel Stoff, aber keine einzige Tasche.« Eilig streckte ich Hesse den Dienstausweis hin, den er mit Gemütsruhe entgegennahm. So langsam regte der mich echt auf, und ich konnte mir nicht verkneifen zu sagen: »Dann hätte ich gerne ein Bild von Ihnen im Lederröckchen, Herr Kollege. Kann ich endlich weiter?«

»Mal nicht übermütig werden«, knurrte Hesse und studierte seelenruhig den Ausweis. »Warum tragen Sie Ihre Dienstwaffe bei einer Hochzeit?«

»Verdeckte Ermittlung mit Fluchtgefahr«, flunkerte ich, damit sie mich endlich in Ruhe ließen. »Da drin. Jetzt! Wenn ich nicht in den nächsten zwei Minuten erscheine, sind Monate Vorarbeit für die Katz. Also …«

Damit wollte ich ihm meinen Dienstausweis samt Marke

entwinden. Er aber zückte sein Handy und machte ein Foto des Ausweises, bevor er ihn mir zurückgab. »Ich prüfe Ihre Angaben.« Seine Schweinsäuglein nagelten mich fest. »Gehen Sie heiraten … wir sehen uns anschließend hier draußen wieder.«

Na endlich. Ich machte kehrt und stürmte die Treppe hinauf. Blieb nur zu hoffen, dass er mich und meine kleine Notlüge bis nach der Hochzeit *einfach mal* wieder vergessen hatte.

Am Eingang der Kirche kam mir Kiras Schwester Jasmin entgegen. »Himmel, wo bleibst du denn? Alle warten nur noch auf dich.«

Wie immer sah sie aus wie ein blonder Engel. Allerdings wusste ich nur zu gut, dass sie eher das Gegenteil davon war. Ohne eine Antwort abzuwarten, zog sie mich mit sich.

Wir liefen durch einen Seitengang und dann links in einen Raum, der aussah wie die Miniaturausgabe eines Kirchengewölbes, allerdings wie ein Wohnzimmer möbliert war. Am Tisch neben dem knisternden Kaminfeuer saß Kira. Als sie mich bemerkte, stürmte sie auf mich zu und schlang die Arme um meinen Hals.

»Oh, Gott sei Dank. Da bist du ja endlich. Ich hatte schon Angst, dir sei was passiert. Himmel, bist du kalt.«

Ich tätschelte beruhigend ihren Rücken. Ihre Nervosität war greifbar. »Jetzt bin ich ja da. Wie geht es dir? Hat mein Ratschlag geholfen?«

»Nach dem vierten Whiskey war die schlimmste Angst weg«, wisperte sie in mein Ohr. »Aber sag Jasmin nichts davon.«

Ich kicherte. Stimmt, da roch ich neben einem teuren

Parfum noch eine deutliche Spur Alkohol. Als ich sie auf Armeslänge entfernt hielt, fiel mir auf, wie gut ihr die rosafarbenen Wangen und diese glückliche Gelöstheit standen, die sicherlich auch dem Whiskey zuzuschreiben waren. Sie sah einfach perfekt aus, meine Kira – perfekt bis auf die allerletzte Stecknadel in ihrer niedlichen Hochsteckfrisur. Vor mir stand eine Frau, die wusste, was sie wollte – eine, die gleich Ja zu dem absolut Richtigen sagen würde. Ich war so stolz auf sie, dass mir ein kleines bisschen eng wurde in der Kehle. Erneut drückte ich sie an mich.

»Könnt ihr mal aufhören mit der Knuddelei? Ihr zerdrückt Kiras Kleid«, mahnte Jasmin. »Und, Sabin, deins sieht aus, als hättest du eine Woche darin geschlafen. Ist das da ein Fleck?«

Ich ließ Kira los und schaute an mir hinab. Der Seidentaft war noch ein bisschen knittriger geworden, aber sonst?

»Da ist kein Fleck. Hattet ihr nicht gesagt, dass das ohnehin so ein Knitterstoff ist, den man problemlos auch auf dem Motorrad transportieren kann?«

Jasmin schüttelte den Kopf, zückte eine kleine flache Kleiderbürste aus ihrer Handtasche und rieb damit über meinen Rock, obwohl da gar nichts zu sehen war.

»Ich habe es doch gleich gesagt: Eine Hochzeit im Herbst abzuhalten ist der helle Wahnsinn.«

Kira seufzte. »Das erklär mal Marcs Steuerberater. Der meint, wenn wir schon heiraten wollen, dann so schnell wie möglich. Ansonsten wäre es steuerschädlich.«

Jasmin verdrehte die Augen und strich vehement über den Stoff. »Steuerschädlich. Wenn ich sowas schon höre. Wo bleibt denn da die Romantik? Bei allem, was heute hier schon wieder schiefgeht.«

Jasmin steckte die Bürste wieder in ihre Tasche.

Ich drehte mich zu Jasmin um. »Hast du eben nicht behauptet, alle warten nur auf mich?«

Jasmin hob das Kinn.

»Ach was«, sagte Kira. »*Alles* hat sich verzögert. Wegen einer Überschwemmung der Wiese konnten die Gäste da nicht parken, dann war der Pfarrer nicht aufzutreiben. Der Brautstrauß war auch verschwunden, der ist dann aber zum Glück im Kofferraum des Hochzeitsautos aufgetaucht. Deine Verspätung war das kleinste Problem, meine Liebe.« Sie drückte mich an sich.

»Also die Trauzeugin sollte zu einer Hochzeit nicht zu spät zu kommen.« Jasmin erhob sich. »Aber ich sehe schon, ich bin wohl überflüssig.« Mit erhabenem Gesichtsausdruck stolzierte sie zur Tür. »Denk dran, in vier Minuten geht's los.«

»Jasmin, du bist nicht überflüssig. Jetzt bleib doch«, rief Kira ihr hinterher. »Ich bin dir dankbar für deine Hilfe.«

Jasmin nickte zwar hoheitsvoll, rauschte aber trotzdem davon.

»Welche Hilfe denn? Du hast doch sowieso wieder alles allein organisiert«, kommentierte ich ihren Abgang.

»Ach ja, so ist sie eben. Okay, noch vier Minuten. Gott, bin ich nervös.« Kira hob plötzlich den Kopf. »Hast du das auch gehört?«

Ich lauschte. Ein komisches Geräusch erklang, wie Kratzen auf Holz.

»Was war das?« Ich sah mich um.

Kira runzelte die Stirn. »Da ist jemand an der Hintertür.«

Etwas winselte und plötzlich hörte ich ein Bellen.

»Sammy?« Kiras Augen wurden groß. »Das muss Sammy sein. Aber wie kommt die hierher?«

Ich eilte zur Hintertür und kaum öffnete ich sie ein Stück, schoss ein wuscheliger Hund mit ziemlich dickem Bauch hindurch. Er rannte direkt auf Kira zu, sprang an ihr hoch, leckte ihr wild die Hände und fiepte vor Freude.

Kira knuddelte das Tier. »Hallo meine Süße, bist du etwa schon wieder ausgebrochen? Was soll ich denn jetzt mit dir anstellen?« Sie drehte sich zu mir um und richtete sich auf. »Diese verrückte Hündin folgt mir einfach überall hin.«

Ich starrte auf ihr Kleid. Ach du … Sogar ich erkannte, dass der Hund einigen Schaden angerichtet hatte. Das Kleid war an der Vorderseite übersät mit staubigen Pfotenabdrücken. Und Jasmin hatte die Bürste mitgenommen.

Eilig klopfte ich mit den Händen den Stoff ab. Vergebens. »Wir könnten behaupten, dass es das allererste Hochzeitskleid von Jack Wolfskin ist.«

»Na, Vera Wang bedankt sich.« Kira kicherte.

Ich dankte insgeheim dem Whiskey-Gott, dass er Kira verhalf, locker damit umzugehen, und raffte den Rock, zog mein Handy aus dem Beinholster hervor und wählte Jasmins Nummer.

»Ja?«

»Hallo Jasmin, Sabin hier. Wir benötigen nochmal die Kleiderbürste.«

»Dann kauf dir eine.«

»Wir brauchen keine blöden Sprüche, sondern eine Bürste. Also komm … bitte!«

»Bitte … wie freundlich auf einmal«, zischte Jasmin. »Bin schon unterwegs.«

Während ich das Handy wieder wegsteckte, seufzte Kira und tätschelte Sammys Kopf. »Es ist doch unfassbar, wie heute alles schiefläuft. Am besten machen wir eine Durchsage: Liebe Gäste, die nachfolgenden Feierlichkeiten verzögern sich um circa fünf Stunden.«

Ich grinste und verstellte meine Stimme. »Zur Überbrückung der Wartezeit geht unser klerikales Personal gleich mit dem Getränkewagen durch und reicht Ihnen kostenfreie Snacks und Champagner.«

Wir prusteten beide los.

Die Tür öffnete sich, aber nicht Jasmin kam herein, sondern Leon, Kiras zukünftiger Schwager. Groß, dunkelhaarig, sehr attraktiv und - wie damals bei Jasmins Hochzeit - scheinbar frisch aus einem Katalog für festliche Männermode gesprungen.

Sammy stürmte auf Leon zu und geschickt tätschelte er ihren Kopf so, dass sie nicht an ihm hochsprang.

»Hallo, Ladies. Der Bräutigam ist startklar. Wie steht es mit der Brautfraktion? Können wir loslegen?«

Dann blieb sein irritierter Blick an Kiras Kleid hängen. »Gab es einen Überfall?«

»Nein, nur einen Nahkampf mit Hund«, erklärte ich.

Kira seufzte. »Jasmin ist schon auf dem Weg. Wir brauchen nur noch ein paar Minuten.«

Leons amüsierter Blick ging nun zu mir und glitt an meinem Kleid herunter. Er pfiff leise. »Da bekommt der Begriff *Waffen einer Frau* eine ganz neue Bedeutung.«

Als ich ebenfalls an mir hinabsah, entdeckte ich, dass sich mein Rock im Beinholster verklemmt hatte und meine Walther zu sehen war.

»Ha, ha.« Ich zupfte am Stoff, bis er wieder über das Beinholster fiel.

»Jedenfalls weiß ich jetzt, was mich heute Nacht erwartet, wenn ich mich bis zu deinem Strumpfband vorgearbeitet habe.«

»Pass bloß auf. Dieser Anblick wäre wahrscheinlich das Letzte, was du in deinem Leben siehst.«

Sein Grinsen wurde noch breiter. »So sterbe ich wenigstens als glücklicher Mann.«

Die Tür schwang auf. Jasmin eilte herein und rang bei Kiras Anblick die Hände. »Was macht ihr denn wieder? War das etwa dieser Köter? Kira, so wird das nie was mit dem Heiraten. Das dauert mindestens weitere fünf Minuten.«

Ich verzog hinter Jasmins Rücken das Gesicht zu einer Grimasse und rollte die Augen.

»Deine neue beste Freundin?«, raunte Leon mir zu, während er Jasmin beobachtete.

»Nicht in diesem Leben«, gab ich zurück. »Aber Hauptsache, sie bekommt Kiras Kleid wieder hin.«

Wo drückt der Schuh, Froschkönig?

Freitag, 11:30 Uhr. Tatsächlich hatte Jasmin mit der Bürste innerhalb von fünf Minuten Kiras Kleid wieder gerichtet und alles war bereit für die Zeremonie. Während Jasmin auf ihren Platz zurückkehrte und Kira zu ihrem Vater an den Eingang der Kirche lief, um dort mit ihm auf die ersten Töne des Hochzeitsmarsches zu warten, beruhigten Leon und ich die Hündin. Sobald Kira nämlich den Raum verlassen hatte, machte Sammy Anstalten, ihr hinterherzulaufen.

Endlich hatten wir sie überzeugt, am Kamin Platz zu machen, und stahlen uns vorsichtig rückwärts aus dem Raum. Wir schlossen gerade die Tür, da setzte das Präludium des Hochzeitsmarsches ein. War nicht bei der Generalprobe besprochen worden, dass wir in diesem Moment vorne am Altar stehen sollten? Leon hatte offenbar den gleichen Gedanken. Er sah mich mit großen Augen an, dann packte er mich an der Hand und zog mich mit sich in den Hauptteil der Kirche. Wir rannten durchs Mittelschiff zum Altar, dass meine Absätze auf dem Steinfußboden nur so klapperten. Was hätte ich darum gegeben, jetzt meine Turnschuhe anzuhaben.

An der vordersten Bankreihe bremste Leon so abrupt, dass ich in ihn hineinlief. Mühsam unterdrückte ich ein wildes Kichern. Was für eine verrückte Hochzeit. Einen Moment lang sammelten Leon und ich uns, er rückte seinen Smoking in Position, ich strich mir die Locken aus der Stirn und setzte ein ernstes Gesicht auf. Dann schritten wir würdevoll die Stufen zum Altar hinauf, er lieferte mich mit einem eleganten Handkuss auf meinem Platz ab und ging dann hinüber zu seinem Bruder Marc.

Keine zwei Sekunden standen wir an unseren Plätzen, da endete das Präludium, der Hochzeitsmarsch begann und die schwere Eingangstür der Kirche schwang auf. Kira und ihr Vater schritten zum Takt der Musik in die Kirche. Gänsehaut lief mir über den Rücken. Die Braut kam - mit stolzen dreißig Minuten Verspätung - an der Seite ihres Vaters den Gang herab. Sie war wunderschön und strahlte glücklich … so, so glücklich, dass mir das Herz aufging.

Ich schaute zu Marc hinüber. Er stand etwas steif auf seiner Position und ließ Kira nicht aus den Augen. Auch wenn er einen nervösen Eindruck machte, schien er bei weitem nicht so verzweifelt, wie Kira geschildert hatte. Es kam mir eher so vor, als könne ihn nichts und niemand von seiner Zukünftigen ablenken. Wer meinen Blick mit einem Lächeln und Zwinkern erwiderte, war Leon. Ich lächelte zurück.

Kiras Vater übergab die Braut an den Bräutigam, der Kira an beiden Händen fasste und ihr so lange und fest in die Augen schaute, als wolle er ihr all seine Zuversicht und Stärke geben. Ich schluckte bei dieser kleinen und doch so großen Geste. Braut und Bräutigam gingen zum Altar, an dem ein schmächtiger Priester auf sie wartete und die Zeremonie begann.

Eigentlich war ich nicht sonderlich romantisch. Dieses ganze rosarote Verlieben und Verheiraten war am Ende doch nur praktischer Natur. Es ging darum, den richtigen Teamplayer fürs Leben zu finden, den perfekten Match, der wie das fehlende Puzzleteilchen ins Leben passte. Ich selbst hatte das

Puzzleteilchen noch nicht gefunden. Wer wusste schon warum; vielleicht lag es an mir, meinem Beruf oder den vielen Überstunden. Vielleicht gab es auch einfach den perfekten Mann für mich nicht? Als unverbesserliche Antiromantikerin war ich auch nicht für die Ehe gemacht – so wie meine Mutter. Ach, was sollten diese sentimentalen Gedanken … letztlich war ich sowieso mit meinem Beruf verheiratet, und der passte auf jeden Fall - bis dass der Tod uns scheiden sollte.

Allerdings machten diese Gedanken irgendwas mit mir, denn beim Ehegelöbnis, als Kira und Marc sich gegenseitig versprachen, für den Rest ihres Lebens füreinander da zu sein, spürte ich einen dezenten Kloß im Hals.

Das Jawort kam, und jetzt rann auch mir die ein oder andere Träne über das Gesicht, die ich verschämt wegwischte. Was war denn auf einmal los mit mir?

Als der Priester um die Ringe bat, breitete sich ehrfurchtsvolle Stille aus. Der Messdiener hielt Leon ein rotes Samtkissen hin.Leon kramte einen Moment in seiner Tasche, fand die Ringe aber offenbar nicht. Dann klopfte er alle anderen Taschen seines Anzugs ab, wühlte darin, zuckte schließlich ratlos mit den Schultern. Die ersten Gäste tuschelten hinter vorgehaltener Hand. Marcs Gesicht wurde blass.

Doch dann ließ Leon blitzschnell die Hand vorschnellen und griff direkt neben dem Ohr des Messdieners in die Luft. Der Junge zuckte zusammen. Als sei er David Copperfield, zog Leon seine Hand zurück und öffnete sie vor der Nase des Messdieners. Auf seiner Handfläche lagen die Ringe. Witzbold. Der Messdiener grinste und die Gäste lachten erleichtert auf. Ich auch. Puh, tat das gut nach all diesen rührseligen Emotionen.

Der Priester segnete die Ringe und dann wurde es wieder still in der Kirche.

Marc steckte den Ring an Kiras Finger. Seine dunkle Stimme erklang. »Mit diesem Ring nehme ich dich, Kira Spatz, zu meiner angetrauten Ehefrau, ich werde dich lieben und ehren, im Guten wie im Schlechten, bis dass der Tod uns scheidet.«

Kira schaute zu ihm auf, als sei sie hypnotisiert. Ihre Hände bebten. Statt den Ring zu nehmen, starrte sie weiterhin ihren Bräutigam an. Himmel, Mädchen, rühr dich! Leon hüstelte und Kira wachte aus ihrer Trance auf. Sie griff nach dem Ring, sagte mit bebender Stimme ihre Worte und steckte den Ring an Marcs Finger.

Es folgte der Kuss und wieder blinzelte ich gegen die Tränen an.

Gleich als Erste fiel ich der Braut und dem Bräutigam um den Hals und gratulierte. Dann zog das frischgebackene Ehepaar unter dem Jubel und den Gratulationen der Gäste aus der Kirche. Leon und ich folgten ihnen.

Ich atmete erleichtert durch und fuhr mir mit den Händen über die Augen. Mir war gar nicht bewusst gewesen, wie aufwühlend dieses Geweine sein konnte.

Leon zog ein Stofftaschentuch aus der Tasche. »Brauchst du das?«

»Wofür sollte ich das brauchen?«

»Na vielleicht, um die Tränen wegzuwischen. Du hast wirklich goldig ausgesehen, wie du mit Kira gelitten und geweint hast.«

»Ach Blödsinn, ich leide und weine kein bisschen wegen sowas, das lag nur an den Schuhen.«

»Die Schuhe. Verstehe.«

»Sollen wir tauschen? In meinen Pumps hältst du es keine zwei Minuten aus.«

»Womit du garantiert recht hast. Die sind mir ja auch siebeneinhalb Nummern zu klein.« Er betrachtete mich abschätzend und blickte zurück. »Ich könnte dich tragen, Prinzessin. Vielleicht zum Traualtar? Du bist zwar ziemlich frech und auch etwas kurz geraten, aber wenn du willst, heirate ich dich vom Fleck weg. Hier und jetzt. Du musst nur Ja sagen und mich küssen.«

Ich hob die rechte Augenbraue. »Seh ich aus, als würde ich heiraten wollen? Oder Frösche küssen?«

»Vielleicht bin ich in Wahrheit ein verzauberter Prinz.«

»Na, grün bist du schon mal.« Ich zeigte auf seinen Ärmel, den ein dunkelgrüner Farbstreifen zierte.

»Sieht aus wie Lack. Zu blöd. Ausgerechnet am Smoking.« Er rieb an dem Fleck herum, aber der ließ sich nicht entfernen. Schließlich blickte er lächelnd auf und zuckte mit den Schultern. »Siehst du, also doch ein verwunschener Prinz. Da lohnt sich das Küssen, was meinst du, Prinzessin?«

»Ob du Frosch, Prinz oder einfach nur ein Geschichtenerzähler bist, ist eigentlich egal. Ich stehe nämlich nicht auf Märchen.«

Er sah mich verdutzt an. Inzwischen hatten wir den Eingang erreicht und der Fotograf winkte uns nach draußen. Ich grinste, ließ Leon stehen und eilte zur Kirchentür hinaus.

Strahlender Sonnenschein erhellte den grauen Vorplatz, wie für das Hochzeitsfoto auf der Kirchentreppe bestellt. Der Fotograf kommandierte uns hierhin und dorthin, bis er uns mit einem erhobenen Daumen signalisierte, dass er mit seinen Aufnahmen fertig war. Ich mischte mich unter die Gästeschar, die sich auf dem Kirchplatz und rings um den Hochzeitswagen verteilt hatte. Direkt neben dem blumig dekorierten Cabrio-Flitzer stach die blauschwarze Polizei-Uniform von Kommissar Hesse aus der Menge festlicher Kleider und Anzüge hervor. Mir schwante Übles. Trotzdem marschierte ich unverdrossen auf ihn zu. Hesse sah mir mit grimmigem Gesichtsausdruck entgegen.

»Sieh an«, begrüßte er mich, kaum dass ich ihn erreicht hatte. »Das Frollein Undercover.«

Ich sah mich um. »Geht's noch lauter?«, raunte ich ihm zu.

»Ja, wieso auch nicht? Ich bin nach wie vor nicht von Ihrer wilden Geschichte überzeugt.«

Da hörte ich Marcs dunkle Stimme neben mir. »Ich hoffe, es gibt keine Probleme, Heribert.« Jetzt drehten einige Gäste neugierig die Köpfe zu uns um.

»Sag nur, du bist der Bräutigam?« Hesse wirkte plötzlich verlegen. »Nein, es ist nichts Wichtiges. Herzlichen Glückwunsch, Marc. Alles Gute.«

In diesem Moment tauchte Kira neben Marc auf und fiel Hesse direkt um den Hals.

»Natürlich auch alles Gute für dich, Kira«, brummte Hesse.

»Wie schön, dass du kommen konntest. Die Leute mit den Sekttabletts gehen rum und sind sicher jeden Moment hier. Dann stoßen wir an.« Sie drehte sich zu mir um. »Kennst du schon Heribert? Er ist unser Nachbar.«

Erstaunt sah ich von ihr zu Heribert. »Ich dachte, der Gutshof steht allein.«

»Das schon, aber Heriberts Haus ist das nächstgelegene.

Unser Fridolin büxt immer mal wieder aus und plündert Heriberts Gemüsebeet. Aber wir werden uns immer schnell einig.«

Heribert verzog die Mundwinkel ein wenig weiter nach unten. »Meine Frau sieht das nicht so locker. Ihr solltet Fridolin besser an die kurze Leine legen, damit sie euch nicht ihren Neffen Lothar und das Veterinäramt auf den Hals hetzt.«

Kira machte ein erschrockenes Gesicht.

Hesse sah verlegen aus. »Ich hingegen bin dem Esel ehrlich gesagt dankbar. Das Gemüse ist in Fridolins Magen besser aufgehoben als im Kochtopf meiner Gattin – ihr wisst ja, wie sie kocht.«

Marc lachte schallend. Mittlerweile schien er völlig gelöst und überglücklich. Auch Kira grinste wissend.

Ich lächelte in die Runde. »Heribert und ich haben diskutiert, ob ich falsch geparkt habe.«

Heribert sah mich mit zusammengezogenen Augenbrauen an. »Dazu sprechen wir uns noch«, erwiderte er mit einem warnenden Unterton. »Ich vermute, der Hochzeitswagen gehört euch?« Er sah das Brautpaar an.

»Das war Leons Überraschung für uns«, erklärte Kira. »Den Wagen hat er uns zur Hochzeit geschenkt – unfassbar, oder? Viel zu teuer, auch wenn er das Gegenteil behauptet. Wenn du also jemanden wegen Falschparkens ausschimpfen musst, dann bitte uns.«

»Ich finde, da könnte man zur Feier des Tages doch mal beide Augen zudrücken.« Marc sah Hesse an. »Verrücktes Parken hat bei uns ja quasi die Ehe gestiftet.«

»Unser Herr Wachmann hat da bestimmt Verständnis für«, säuselte ich.

Hesse machte ein Gesicht, als hätte seine Frau zum Essen gerufen, sagte aber nichts mehr.

Ein junger Mann reichte ein Tablett voller Sektgläser herum. Hesse nahm ihm ebenfalls ein Glas ab und stieß mit uns an. Kaum hatten wir einen Schluck getrunken, wurden Kira und Marc schon wieder von Gästen umringt und in die nächste Unterhaltung gezogen.

Ich blieb mit Heribert zurück und überlegte schon, mich ebenfalls aus dem Staub zu machen, da sprach er mich unvermittelt an.

»Ich weiß ganz genau, was in meinem Revier los ist. Ich kenne jede Ermittlung, jede Straftat, jeden falschen Fuffziger, der hier herumläuft. Nur Ihren Fall kenne ich nicht. Und das ist äußerst merkwürdig.«

»Pssst!« Ich stieß ihm den Ellbogen so fest in die Seite, dass sein Sekt über den Glasrand schwappte. Warnend wies ich zu den Gästen hinüber, nur, damit er endlich den Mund hielt. »Über diese Geheimaktion werden Sie auch nichts finden, weil sie ja logischerweise geheim ist. Und jetzt leise. Die Zielperson darf auf keinen Fall Verdacht schöpfen.«

»Sie meinen doch nicht etwa …«

Ich folgte seinem ungläubigen Blick und sah, dass er Leon im Visier hatte. Mein erster Impuls war, ihn zu korrigieren, aber dann musste ich daran denken, wie Leon mich gerade aufgezogen hatte, und hob nur wissend die Augenbrauen. Ohne ein weiteres Wort und wie zur Bestätigung seiner Vermutung prostete ich Hesse zu und nickte.

Brautentführung und ein Kratzer im Lack

Freitag, 16:33 Uhr. Die Scheune sah fantastisch aus, kaum zu glauben, dass sie bis vor wenigen Tagen noch voller Strohballen gestanden hatte. Kira und Marc hatten für die Hochzeitsfeier alles rausgeräumt und die Scheune liebevoll dekoriert: Von den alten Deckenbalken hingen weiße Lampions, um die Holzpfosten rankten zarte Blumengirlanden, auf den Tischen und an den Fachwerkwänden verströmten unzählige Kerzen in verschnörkelten Silberhaltern ihr warmes Licht – ein perfekter Hochzeitstraum in tuffiger Landhausromantik.

Die Hochzeitsgäste redeten und lachten, der DJ brachte einen Hit nach dem anderen, und kaum jemanden hielt es auf seinem Sitzplatz. Wer sich unterhalten wollte, musste gegen einen gehörigen Lärmpegel anreden.

Eins musste man den Sauerländern lassen: Feiern konnten die. Als der DJ eine Polonaise ankündigte, schnappte mich bei den ersten Akkorden ein sommersprossiger Mann und riss mich mit sich. Kaum war das Lied zu Ende, zog er mich in die traute Runde seiner Freunde, die behaupteten, Brüderschaft trinken sei hier Tradition. Sie zauberten zum Anstoßen irgendeinen Was-auch-immer-Selbstgebrannten hervor und bevor ich mich versah, kippte ich ihn runter. Einfach gruselig! Es schüttelte mich so sehr, dass ich eilig das Weite suchte … und mir ein Champagnerglas holte, um einen großen Schluck nachzutrinken. Dann warf ich mich wieder ins Getümmel. Wer behauptete, Sauerländer seien generell stur, der war hier noch auf keiner Hochzeit gewesen. Ich jedenfalls hatte bis auf diese alkoholische Tretmine meinen Spaß mit ihnen, und zwar in vollen Zügen.

Ich tanzte gerade ausgelassen mit der wilden Schar Blumenkinder den Ententanz, da entdeckte ich die Braut am Eingang der Scheune. Kira wurde von einem älteren Herrn belagert, der immer wieder ihre Hand tätschelte. Als sie meinen Blick bemerkte, signalisierte sie mir, dass sie gleich rüberkommen würde, und ich ihr einen Drink bestellen sollte. Ich winkte zurück und ging zur Bar, wo ich mich in die Schlange der Wartenden einreihte und dabei die Liste der Cocktails studierte. Tequila Sunrise, Caipirinha, Just Sex … und die *Keule*! Ich traute meinen Augen kaum. Die *Keule* war der Cocktail, bei dem Kira und ich uns einst kennengelernt hatten. Damals hatten wir gerade beide mit unseren Freunden Schluss gemacht und saßen mit langen Gesichtern in einer Bar an der Theke. Der Barkeeper schlug vor, uns eine neue Kreation zu mixen. Die *Keule* sei ein Liebestrank, erklärte er, helfe aber auch bei allen anderen Arten von Kummer und selbst bei Mental Breakdown. Das Zeug funktionierte tatsächlich … zumindest, solange es in der Blutbahn kreiste. Der Abend hatte darin gegipfelt, dass wir vor einer Polizeiwache gestanden und verlangt hatten, in eine Ausnüchterungszelle gesteckt zu werden, um die Männerwelt vor uns und unserem Liebestrank in Sicherheit zu bringen. Seither waren Kira, die *Keule* und ich unzertrennlich. Nahtod-Erlebnisse schweißten eben zusammen.

Die Warteschlange rückte langsam vor. Mein Handy

brummte und ich zog es aus dem Ausschnitt meines Kleides hervor, wo ich es mittlerweile verstaut hatte - aus rein praktischen Gründen. Mein Beinholster erregte einfach zu viel Aufmerksamkeit. Die Waffe lag ohnehin inzwischen wohlverwahrt in Marcs Safe.

Unbekannt: Hallo Sabin, Jonas hat mir deine private Nummer gegeben. Ist das ok? Hab mich total gefreut, dich wiederzusehen. Viel Spaß im Urlaub. 😎🌴 Tim

Ich: Ein Riesenhallo! 👋 Ja, das ist absolut in Ordnung. Ich finde es klasse, dass wir jetzt Teamkollegen sind.

Tim: Ich auch! Nur schade, dass wir noch nicht gemeinsam ermitteln. 🕵

Ich: Mal wieder schlechtes Timing. 😉 Wie läuft der Fall?

Tim: Ein harter Brocken. Keine Hinweise, keine Zeugen, niemand hat was gesehen … Als hätte sich das Auto einfach so in Luft aufgelöst.

Ich: Oha, das klingt übel. Sag, wenn ich helfen kann. Das mache ich gerne, Urlaub hin oder her.

Tim: Vielleicht komme ich darauf zurück.

Ich: Ehrensache. Die schwierigsten Fälle sind oft die besten. Stehe Gewehr bei Fuß, einfach anrufen.

Natürlich löste sich ein Auto nicht einfach in Luft auf, aber ich wusste genau, was Tim mit dem harten Brocken meinte. Eins jedenfalls stand fest: Der Beautyfarm würde ich baldmöglichst einen Besuch abstatten.

»Ach, Süße!« Kira legte mir von hinten den Arm um die Schulter und strahlte mich an. »Das ist der schönste Tag meines Lebens - und der anstrengendste. Wenn ich nicht sofort was zu trinken bekomme, kippe ich aus den Latschen.«

Ich lachte. »Halte durch, holde Maid, dir soll geholfen werden.« Feierlich hob ich die Hand, als würde ich ein Schwert in die Höhe halten, beugte mich über die Theke und machte mich beim Barkeeper bemerkbar, einem hochgewachsenen Jüngling mit schulterlangem Haar.

»Ja, bitte?« Er schaute Kira und mich erwartungsvoll an.

»Junger Mann, die Braut ist durstig«, rief ich. »Gebt uns zweimal die Keule, bitte.«

Meine Freundin sah mich argwöhnisch an. »Sag mal, was hast du denn schon alles getrunken?«

»Och, dies und das.«

Kira nickte vielsagend. »Soll das heißen, es läuft bei dir? Hast du schon jemanden gefunden?«

Irritiert sah ich sie von der Seite an. »Was meinst du? Jemanden, der mir seine Adidas-Schuhe leiht?«

Sie knuffte mich. »Einen potenziellen Bräutigam natürlich.«

»Ich frage mich, wer hier zu viel getrunken hat.«

»Du weißt doch, was man über Hochzeiten sagt: dass man da den Mann fürs Leben kennenlernt.«

Ich prustete. »Das gilt, wenn überhaupt, nur für Brautjungfern. Ich bin aber die Trauzeugin, auch wenn man das am Outfit nicht gleich erkennen kann.«

Kira winkte ab. »Ist doch egal. Du hast die freie Wahl und jede Menge liebenswerter und attraktiver Junggesellen um dich herum. Schlag einfach zu.«

Zuschlagen und treffen? War das die Sauerländer Technik?

Doch Kira redete schon weiter. »Am besten hier und heute. Dann ziehst du an den Biggesee und wir wohnen endlich nicht mehr so weit voneinander entfernt.«

Ich grinste. »Aha, jetzt verstehe ich. Das war der völlig selbstlose Wink mit dem Zaunpfahl, dass ich mir einen Hinterwäldler schnappen soll, damit du hier nicht allein versauerst!«

»Ihre Cocktails.« Der Barkeeper reichte uns freudestrahlend die randvoll gefüllten Gläser.

Ich nahm meines entgegen, sog durstig am Strohhalm - und hustete. Kira erging es nicht anders.

»Holy Moly«, keuchte ich. »Das ist mal eine *Keule* der anderen Art.«

Kira rang nach Luft. »Wenn das kein scharfer Liebestrank ist, dann weiß ich es nicht.«

Ich kicherte. »Dann solltest du mal den Selbstgebrannten probieren, der die Runde macht. Verglichen mit dem ist das Gebräu hier harmlos.«

Kira machte große Augen. »Was für ein Selbstgebrannter?«

Bevor ich ihr von meinen neuen *Brüdern* erzählen konnte, rauschte und knackte es aus den Lautsprechern.

»Hallihallo!«, quiekte eine Stimme, direkt gefolgt von einer ohrenbetäubenden Rückkopplung. Jasmin stand auf dem Podest neben dem Brauttisch und wedelte mit dem Mikro. »Alle mal herkommen. Wir haben ein tolles Spiel für euch vorbereitet. Dazu bitte ich das Brautpaar auf die Bühne und die Trauzeugen brauche ich auch.«

Ich sah Kira an. »Das ist jetzt nicht wahr.«

Kira lächelte entschuldigend zurück. »Ich konnte es ihr nicht ausreden. Stell am besten keine Fragen und mach einfach mit.«

Wir versammelten uns vor dem Podest und warteten auf den großen Moment, in dem der Brautstrauß und der Schlips des Bräutigams in die Menge geworfen werden sollten. Die Band machte Pause, das frischgebackene Ehepaar wurde auf die Bühne bugsiert, und Jasmin gab Anweisungen an den Fotografen, der zahlreiche Fotos und Videoeinstellungen vornahm. Wir anderen stellten uns nach Jasmins Anweisungen auf: Die männlichen Gäste nahmen die rechten Hälfte der Festscheune ein, die Damen verteilten sich in der linken Hälfte. Leon und ich standen mittig vor der Bühne und dirigierten unsere Schutzbefohlenen.

Ich hörte lautes Gelächter von der Männerseite und sah, wie Leon sich Lachtränen aus den Augen wischte. Er klopfte auf die Schulter eines gutaussehenden Südländers mit meerblauen Augen und einem strahlenden Lächeln. Weniger amüsiert wirkten die Schönheiten, die auf der Frauenseite direkt neben ihnen standen: eine hochgewachsene Blondine mit

Barbie-Gesicht und eine zarte Mittzwanzigerin mit dunklen Haaren.

»In Saudi-Arabien dürfen Frauen jetzt auch Autofahren«, rief der Südländer gerade über Leons Gelächter hinweg. »Als hätten die nicht schon genug Probleme da unten.«

Die Männerseite wieherte los. Ich hob die Augenbrauen.

»Der war böse, Valentino.« Leon musste sich erneut die Lachtränen wegwischen. »Aber ich kenne auch noch so einen: Warum kann man nach zu viel Bier nicht mehr Autofahren?« Erwartungsvoll schaute Leon in die Runde. »Weil im Bier weibliche Hormone sind.«

Die nächste Lachsalve folgte.

»Für Flachwitze sind wir Frauen aber offenbar gut genug«, schimpfte die Blondine.

Leon ging zu ihr, klopfte ihr gönnerhaft auf die Schulter und beugte sich vertraulich zu ihr runter. »Ach, komm schon, Belinda, ihr Frauen seid oft aber auch zu ulkig. Den Vogel hat vorhin die Trauzeugin abgeschossen. Kommt mit dem Motorrad zur Hochzeit, als wäre das ein Bikertreffen. Aber darüber solltet ihr besser keine Witze machen, unter ihrem Röckchen hat sie nämlich eine Kalaschnikow.«

Ich kniff die Augen zusammen und bohrte Leon meine Blicke in den Rücken. Gerade wollte ich den Mund aufmachen, um ihm Nachhilfe in Waffenkunde anzubieten, da kam Belinda mir zuvor.

»Jede Frau sollte ein Schießeisen tragen, dann würden Männer vielleicht aufhören, dumme Witze über sie zu reißen.«

»Wieso Witze? Das sind Fakten.« Valentino schüttelte den Kopf. »Wenn ein Mann zu mir in die Werkstatt kommt, hat sein Oldtimer vielleicht Probleme mit dem Motor, der Elektrik oder den Bremsen. Aber kommt eine Frau, dann hat sie zu neunzig Prozent einen Blechschaden in das Schätzchen gesemmelt. Und die restlichen zehn Prozent haben vergessen, rechtzeitig Öl nachzufüllen.«

»Was Ähnliches könnte ich genauso behaupten«, giftete Belinda. »Eine Frau kommt zu mir wegen ein paar kleiner Fältchen oder unruhiger Haut. Wenn aber ein Mann auf die Beautyfarm kommt, sind bereits irgendwelche Körperteile eingewachsen oder es wuchern zentimetergroße Skulpturen aus seiner Haut. Behaupte ich deswegen, dass alle Männer ungepflegt sind? Nein, weil das albern wäre, stimmts, Lara?«

Lara nickte brav.

Beautyfarm? Oldtimer? Ich spitzte die Ohren und rückte noch näher heran, streckte meinen Kopf an Leons Schulter vorbei in die Gruppe und lächelte.

»Hallo zusammen, ich höre gerade zufällig, dass ihr auf der Beautyfarm arbeitet. Das finde ich total spannend. Ist es die Estelle?«

Belinda und Lara schauten mich überrascht an.

Leon machte eine elegante Geste. »Darf ich vorstellen: Das ist Sabin, die Biker-Trauzeugin, von der ich eben gesprochen habe.«

»… über die du abgelästert hast«, korrigierte Belinda ihn streng. Dann reichte sie mir die Hand. »Hallo, ich bin Belinda und das ist Lara. Wir arbeiten dort beide.«

Ich nickte anerkennend. »Soweit ich weiß, seid ihr Deutschlands Top-Adresse, wenn es um Schönheit geht. Respekt! Wer da arbeiten darf, ist garantiert spitze. Ich würde zu gerne mal bei euch reinschauen, aber das kann ich mir vermutlich nicht leisten, oder?«

»Es kommt darauf an, welche Behandlung du willst.« Belinda schien geschmeichelt.

Leon beugte sich vor, als studiere er die Falten in meinem Gesicht. »Was willst du da denn behandeln lassen? Wenn es eine Massage sein soll - die kannst du von mir haben … umsonst.«

»Umsonst?« Ich schaute Leon an und setzte ein Lächeln auf. »Tja, mein Lieber, das befürchte ich auch. Zumindest, wenn das eine Anmache werden soll.«

»Touché«, rief Valentino, »Eins zu Null für Sabin. Da hast du keine Schnitte, mein Lieber.« Er lachte.

Leon nicht.

»Kuckuck«, schallte Jasmins Stimme vom Podest. »Wir sind so weit, alle mal herschauen.« Sie wedelte mit den Armen, bis die Gespräche im Saal nach und nach verstummten. »Kira und Marc werden nun Brautstrauß und Schlips werfen. Auf die beiden Glücklichen, die die Sachen fangen, wartet eine tolle Überraschung … Was genau, verrate ich später.«

Leon sah mich erstaunt an. »Überraschung? Weißt du, was sie vorhat?«

»Keine Ahnung.« Ich zuckte mit den Achseln. »Bis vor zehn Minuten wusste ich noch nicht einmal was von einem Spiel und schon gar nichts von einer Überraschung.«

»Egal. Ich liebe Überraschungen. Aber da bin ich wohl nicht der Einzige.« Er deutete auf die Seite der Männer. Einige Herren wetteiferten bereits um die besten Plätze, andere lachten und ein Kerl wurde mit dem Kommentar, er sei jetzt fällig, nach vorne geschubst.

»Dann viel Erfolg«, wünschte ich Leon.

»Danke, werde ich haben.« Er zwinkerte mir zu und brachte sich neben Valentino in Position.

Bei den Frauen herrschte noch mehr Aufruhr – hier waren besonders viele heiratswillig. Ich meinerseits hatte wenig Lust auf den Brautstrauß und schon gar nicht auf eine von Jasmins Überraschungen, also stellte ich mich zu einigen älteren Damen ganz nah vor die Bühne, die sich ebenfalls dorthin zurückgezogen hatten, denn hier waren wir außerhalb der Wurflinie.

Kira und Marc positionierten sich mit dem Rücken zum Publikum. Der Kameramann umkreiste sie und der Fotograf klickte fleißig aus allen möglichen Positionen.

Jasmin nahm wieder das Mikrofon zur Hand. »Kira und Marc, bei drei werft ihr. Gebt euch Mühe. Los geht's! Eins … zwei … drei!«

Der Brautstrauß flog im hohen Bogen über meinen Kopf. Marcs Schlips, den er zu einer Rolle eingewickelt hatte, landete hingegen recht weit vorne und damit ganz in Leons Nähe. Die Männer sprangen hoch, rempelten einander an und lachten - und dann erkannte ich Leon, der triumphierend den Arm in die Luft stieß und jubelte. In seiner Faust hielt er den Schlips. Hatte der Kerl es doch tatsächlich geschafft. Die Männer klatschten Beifall und klopften ihm auf die Schulter, als habe er bei einem Fußballspiel das entscheidende Tor erzielt.

Jasmin rief etwas, aber über den Lärm verstand ich ihre Worte nicht. Dann fiel mir auf, dass die Frauen hinter mir aufgeregt quiekten, und ich drehte mich um. Sie starrten allesamt mit offenem Mund an die Decke und deuteten nach oben … und dann auf mich. Ich sah hoch zu den Deckenbalken. Etwas stürzte von dort auf mich zu. Im Affekt duckte ich mich, riss die Arme hoch, um mich zu schützen … und hatte etwas in den Händen: den Brautstrauß.

Während ich noch zu verstehen versuchte, was da gerade passierte, brachen Jubel und Johlen aus. Die Leute gratulierten und klopften mir ebenfalls auf die Schulter.

Ich schüttelte den Kopf. »Das ist ungültig.«

Leon kam lachend herüber. »Im Gegenteil. Das ist Schicksal.« Er reichte mir die Hand. »Was ist? Gehen wir zusammen hoch?«

Ich wehrte ihn ab. »Nein, nein. Ich werfe jetzt *einfach mal* den Strauß und dann fängt ihn eine Frau, die ihn auch gebrauchen kann.«

»Du kannst dich auch *einfach mal* darauf einlassen. Jetzt sei kein Spielverderber! Na, komm schon, trau dich, Trauzeugin!«

Immer noch hielt er mir die ausgestreckte Hand hin. Um uns herum wurde es leiser. Am liebsten hätte ich weiterhin darauf bestanden, dass der Wurf wiederholt wird. Aber alle Augen waren auf uns gerichtet und es war ja nur ein Spiel. Vor allem war es Kiras Hochzeitsfeier.

Von der Bühne hörte ich wieder Jasmin. »Das gibt es doch gar nicht, Sabin und Leon, die beiden Trauzeugen, haben Strauß und Schlips gefangen! Herzlichen Glückwunsch ihr beiden. Dann kommt mal rauf zu mir und holt euch eure Überraschung ab.«

Ich seufzte und nahm Leons Hand. Oben auf dem Podest bat Jasmin Leon und mich, uns nebeneinander aufzustellen, uns die Hände zu reichen und dann die Arme zu heben, sodass unsere Hände vor uns ausgestreckt waren.

»So, und jetzt schließt die Augen, ihr Hübschen«, befahl Jasmin und ich tat wie geheißen. »Das Schicksal hat euch beide auserwählt. Ihr werdet bald in den Hafen der Ehe einfahren. Von jetzt an, für den Rest dieses Tages und bis Punkt

Mitternacht bekommt ihr einen kleinen Vorgeschmack darauf, wie es sich anfühlt, wenn man für immer aneinandergebunden ist.«

Ich spürte etwas Weiches an meinem Handgelenk, hörte ein vertrautes Klicken und riss die Augen auf. Unsere Handgelenke steckten in rosa Plüschhandschellen, die uns zusammenketteten.

Die Gäste schrien vor Lachen und applaudierten. Ich dagegen fand das Ganze nur semiwitzig. Leon aber wurde leichenblass und zog ruckartig seinen Arm mit der Handschelle weg - und damit auch meinen.

Ich sah ihn erstaunt an. Aufgebracht zerrte er Jasmin beiseite. »Jasmin, damit macht man keine Scherze.« Seine Stimme war leise, aber sehr bestimmt. »Mach die sofort wieder ab, sofort!«

Jasmin runzelte die Stirn. »Benimm dich mal nicht wie ein Mädchen, Leon.«

»Mach mich los! Das ist ... Freiheitsberaubung und seelische Grausamkeit noch dazu.«

Ich zog die Augenbrauen zusammen. Meinte er etwa mich mit seelischer Grausamkeit? Vorhin wollte er mich doch noch unbedingt heiraten. Und massieren.

»Jetzt komm schon, gib mir den Schlüssel. Dann spiele ich auch noch einen Moment lang mit. Aber sobald ich von der Bühne bin, mache ich die Dinger ab.«

Jasmin stemmte die Arme in die Seite. »Leon, bleib mal locker, das ist ein Spiel und wird ein Riesenspaß. Okay, du hättest es mit deiner Partnerin besser treffen können, aber es sind doch nur ein paar Stunden und die Leute haben was zu lachen.«

Er beugte sich noch weiter zu ihr hinunter und sagte mit

bedrohlichem Unterton: »Spaß ist es nur, wenn alle lachen. Sabin findet das auch nicht lustig. Und jetzt gib mir endlich die Schlüssel.«

Ach, ich fand das nicht lustig? Woher wollte er das wissen? Ich hatte nicht übel Lust, ihm schon allein aus Prinzip zu widersprechen, aber in seinen Augen lag so ein Glanz, der mich zurückhielt. Wenn meine kommissarische Menschenkenntnis mich nicht trog, dann hatte der Kerl echte Panik. Panik wegen rosa Plüschhandschellen. Zu gerne wäre ich der Sache auf den Grund gegangen, wollte das Fass aber nicht in Jasmins Anwesenheit aufmachen.

»Sabin«, rief Jasmin mir zu, »versprich deinem Angeketteten doch bitte mal, dass du ihm nichts seelisch Grausames antun wirst.«

Ich schmunzelte. »Das kann ich nicht versprechen.« Doch da in Leons Blick immer mehr Panik aufloderte, wandte ich mich wieder Jasmin zu. »Gib ihm die Schlüssel. Offenbar liebt mein Zukünftiger seine Freiheit mehr als mich.«

Mit pikierter Miene tat Jasmin, worum ich sie gebeten hatte, woraufhin Leon mir einen dankbaren Blick zuwarf.

»Du hast was bei mir gut!«, sagte er leise, als sie ihm den Schlüssel in die Hand drückte.

»Ich komm darauf zurück«, versprach ich ihm.

Zum Glück konnten wir Jasmin davon abhalten, weitere Hochzeitsspiele zu veranstalten – und die Feier nahm wieder Fahrt auf. Ich gab unserem jungen Barkeeper Nachhilfe beim Mixen der *Keule*, und spätestens, nachdem wir selbst zwei von meinen Cocktails verköstigt hatten, mixte er wie der Cocktailgott persönlich. Mittlerweile wurde der Drink zum heimlichen Renner.

Kira stand direkt neben mir und unterhielt sich mit ein paar Gästen, da tauchte auf einmal Valentino auf und flüsterte ihr etwas zu. Kira nickte eifrig und folgte ihm durch die Menschenmenge. Das letzte, was ich von den beiden sah, war Valentinos verschlagenes Lächeln. Meine Nackenhaare stellten sich auf - da stimmte was nicht. Ich bat den Barkeeper, allein weiterzumachen, und folgte Kira und dem Südländer durch die Menge. Valentino führte sie durch einen Hinterausgang der Festscheune in die Dunkelheit hinaus auf einen kleinen gepflasterten Platz.

Ich blieb vor der offenen Tür stehen und spähte hinaus. Im Licht der schwachen Außenbeleuchtung sah ich die Rückseite des Hühnerstalls und ein durchdringender Geruch nach Mist stieg mir in die Nase. Auf dem Platz davor stand mein Motorrad neben dem Hochzeitsauto und damit ein gutes Stück vom eigentlichen Parkplatz entfernt, der vorhin überfüllt gewesen war.

Kira sah sich suchend um. »Wo ist denn der Überraschungsgast?«

»Müsste jeden Moment kommen, ich schau mal eben. Warte hier.« Valentino verschwand um die Ecke.

Dann ging auf einmal alles ganz schnell.

Zwei Schatten, der Statur nach Männer, stürmten um die Ecke, schwarz gekleidet und mit dunklen Gesichtsmasken. Sie rannten direkt auf Kira zu.

Noch bevor meine Freundin den ersten Schrei ausstieß, war ich in Alarmbereitschaft und tastete nach meiner Waffe – Mist! Die lag doch in Marcs Safe.

Ich rannte los, packte das Erstbeste, was ich zu fassen bekam – eine volle Schubkarre, die neben dem Eingang stand – und raste mit der Karre auf die Männer zu. Einer von ihnen hatte Kira bereits gepackt und zog sie mit sich. Ich zielte mit der Schubkarre auf seine Kniekehlen. Der andere sah mich kommen und schrie: »Vale! Pass auf!«

Der Mann ließ Kira los, sprang zur Seite – womit unmittelbar vor mir die Front des Hochzeitsautos auftauchte. Ich wollte bremsen, aber zu spät, die Schubkarre und ich hatten volle Fahrt - unaufhaltbar. Ich kniff die Augen zu und erwartete den Aufprall. Plötzlich riss es mir die Karre aus der Hand, und wie von Geisterhand flog die Schubkarre in eine Linkskurve … und krachte in mein Motorrad. Blech knallte auf Blech. Es schepperte ohrenbetäubend. Mein Motorrad wankte, kippte zur Seite und schlug aufs Pflaster. Ein furchtbares, knirschendes Geräusch erklang. Ich stöhnte auf. Das tat mir beinahe körperlich weh.

»Fuck! Leon, was hast du gemacht?«, brüllte der Mann, der vor der Schubkarre geflüchtet war, und zog sich die Maske vom Gesicht. Valentino.

Leon riss sich ebenfalls die Maske runter. »Ich habe die Schubkarre weggetreten und den Oldtimer gerettet! Der ist mein Hochzeitsgeschenk! Diese Wilde wäre beinahe davor geknallt.«

Kira schüttelte nur den Kopf. »Oh nein!«

»Mein Motorrad …«, stammelte ich fassungslos.

»Was soll das alles?«, fragte Kira. »Wieso die Masken?«

Leon seufzte, während er zu meiner Maschine rüberging. »Das sollte eine Brautentführung werden.«

»Tja, die ist wohl ein bisschen danebengegangen.« Kira sah die beiden kopfschüttelnd an und kam an meine Seite, legte tröstend den Arm um mich. Gemeinsam starrten wir auf den unglückseligen Haufen aus Motorrad, Schubkarre und Hühnermist.

Leon hob die Karre an, um das Motorrad freizulegen. Der stinkende Inhalt verteilte sich nur noch mehr über meinem Sitz und den Chromteilen.

Leon knurrte vor sich hin. »Wer konnte denn schon ahnen, dass deine Trauzeugin uns wie eine Furie hinterherstürmt?«

Ich schnappte nach Luft. »Furie? Du hast mich noch nicht als Furie erlebt!«, donnerte ich. »Mein Motorrad hast du auf dem Gewissen!«

»Besser als den Oldtimer, der ist zwanzig Mal dein Motorrad wert.«

»Selbst wenn – ihr habt doch den Mist gebaut. Eine Brautentführung mit Masken – wer kommt denn auf so einen Blödsinn?«

»Brautentführungen sind hier Tradition«, herrschte Leon mich an. »Misch dich einfach nicht ein. Auf einer Hochzeit muss man auch mal was mit Humor nehmen.«

»Ach, so wie du das mit den Handschellen?«

Wir standen voreinander und starrten uns böse an. Ich spürte Kiras Hand auf meiner Schulter.

Valentino hob langsam das Motorrad an. »Leon, komm, lass gut sein und hilf mir mal.«

Leon zuckte kurz mit den Wangenmuskeln, dann wandte er sich ab. Gemeinsam richteten die beiden Männer die Maschine auf. Mist patschte auf den Boden - sofern er nicht kleben blieb.

Ich trat näher, versuchte behelfsmäßig, Sitz und Tank zu reinigen, wobei eine dicke Beule am Tank zum Vorschein kam. Und auf der anderen Seite entdeckte ich böse Kratzer. Mir war nach Heulen.

»Mach dir keine Gedanken«, beruhigte Kira mich. »Valentino und Leon richten dein Schätzchen wieder her. Die sind Profis!«

»Selbstverständlich machen wir das«, bestätigte Valentino. »In ein paar Tagen ist dein Motorrad wie neu.«

Leon nickte. »Komm, wir bringen sie gleich rüber in meine Werkstatt.« Plötzlich grinste er seinen Freund an. »Eine Hühnermistpolitur hatten wir auch noch nicht.«

Valentino lachte und schüttelte den Kopf. Ungläubig sah ich zu, wie die beiden lachend mit meinem armen Motorrad in der Dunkelheit verschwanden.

»Wollen wir wieder reingehen?«, fragte Kira.

»Ja, ich muss an die Bar.«

»Warum ausgerechnet da hin?«

»Weil ein halbes Dutzend *Keulen* vermutlich das einzige Mittel sind, mit dem ich das hier verdrängen kann.«

Kapitel 2

Ein Amtsschimmel & ein Hornochse

Von Lillith

Keine guten Nachrichten, Schwesterherz: Neben Mars sagt nun auch Neptun Chaos für dein Leben an. Überraschender Besuch bringt schlechte Nachrichten und in den Abendstunden vernebelt dunkle Mondenergie deine Sinne. Besonders Kleinigkeiten können dich zu Fall bringen. In den nächsten Tagen zusätzlich heikel: Saturn steigt auf, der unbarmherzige Lehrmeister. Stehen Prüfungen an? Vielleicht sogar mehrere? Und wieder kreuzt Mr. Right deinen Weg.

Leon: Guten Morgen, eure Kratzbürstigkeit. Gut geschlafen? Respekt, du schnarchst wie ein Waldarbeiter. Hatte die Ehre, dich gestern ins Bett zu bringen … Ich hoffe, du erschießt mich nicht dafür. Aspirin liegt auf dem Nachttisch.

Samstag, 14:33 Uhr. Mit einem Seufzer ließ ich mein Handy neben mich auf das Kopfkissen gleiten. Es war grundsätzlich ein Fehler, direkt nach dem Aufwachen auf das Telefon zu schauen, aber heute besonders. Ich schloss erneut die Augen. Schmerzwolken klebten unter meiner Schädeldecke. Wieso hatte Leon mich ins Bett gebracht? Oder veräppelte er mich? Ich wühlte in meinen pochenden Hirnwindungen nach einer Antwort, aber diese dunkle Mondenergie schien jetzt schon mit Verwirrung zuzuschlagen. Eine Erinnerung an den gestrigen Abend poppte auf: Ich auf einem Tisch, den Keule-Cocktail in der einen und ein Mikrofon in der anderen Hand. Ich stöhnte. Und dazu Lilliths Vorhersagen … Konnte sie nicht einfach Sonnenschein und Urlaubsstimmung für die nächsten Tage orakeln?

Behutsam drehte ich mich auf die Seite und blinzelte schwach in den Sonnenschein, der durch das Fenster in den Raum fiel. Das grelle Licht brannte in meinen Augen und meine Schläfen klopften schmerzhaft. Direkt vor mir auf dem Nachttisch standen ein Glas Wasser und daneben zwei Sachets mit Kopfschmerzbrause. Sehr fürsorglich, dieser Leon. Dann fiel mir wieder ein, wie er in der Nacht meine Maschine demoliert hatte. Blödmann! Als ob man sowas mit ein bisschen Schmerzmittel wieder gutmachen konnte.

Vorsichtig richtete ich mich auf, warf die Brausetabletten in das Glas, und wartete, bis sie sich aufgelöst hatten. Dann trank ich die salzige Flüssigkeit in einem Zug aus und schüttelte mich. Himmel, schmeckte das Zeug fies. Ich rappelte mich hoch und kam langsam in die Senkrechte. Meine Beine fühlten sich an, als sei ich einen Halbmarathon gelaufen ... aber wahrscheinlich hatte ich einfach nur ausgiebig getanzt.

Mit bloßen Füßen tappte ich über den Holzboden hinüber zum Fenster. Ursprünglich war das Gästezimmer mal ein Heuboden gewesen. Daran erinnerten heute allerdings nur noch die alten Balken und knarzenden Dielen.

Ich öffnete eines der bodentiefen Fenster, die an der Giebelseite den Blick auf die Landschaft freigaben. Eisige Luft schlug mir entgegen und ließ mich frösteln, aber meine pochenden Schläfen freuten sich über die Kälte.

Was für eine Aussicht. Der Gutshof stand mutterseelenallein auf einer Hügelkuppe, umgeben von Weiden und Wäldern, die bunt vom Herbstlaub leuchteten. Die Talsenken zwischen den sonnenbeschienenen Bergen lagen begraben unter einer milchigen Nebeldecke und der hellblaue Himmel streckte sich endlos vor mir aus. Ich schloss die Augen und lauschte. Statt des Lärms, der mir üblicherweise in Düsseldorfs Hafenmeile entgegenschlug, hörte ich hier ... nichts.

Ich atmete noch einmal tief durch, dehnte meine verspannten Nackenmuskeln und ging zurück zum Bett. Dabei entdeckte ich auf dem Dielenboden mein Kleid, das ich beim Ausziehen offenbar achtlos fallengelassen hatte - oder war das etwa Leon gewesen? Ich hob es auf und legte es über die Lehne des Schreibtischstuhls. Immerhin trug ich noch meine Unterwäsche und darüber ein T-Shirt - wer auch immer mir das angezogen hatte.

Wie spät war es eigentlich? Ich holte mein Handy. Viertel vor drei. Ich hatte bereits drei Anrufe verpasst. Richtig, die Stummschaltung. Ich aktivierte den Ton wieder, gähnte und schleppte mich unter die Dusche des angrenzenden Badezimmers. Schon beim Abtrocknen machte ich den ersten Rückruf - das Präsidium - und stellte auf Lautsprecher. Während das Rufzeichen ertönte, rubbelte ich mir die Haare trocken. Nach dem dritten Klingeln hob jemand ab, eine Männerstimme meldete sich, aber weil mein Kopf noch im Handtuch steckte, verstand ich den Namen nicht.

»Hallo? Tim?«, rief ich und ließ das Handtuch sinken.

»Nein, hier ist der liebenswerte Jonas, eure Hochwohlgeboren. Hast du deinen Rausch ausgeschlafen?«

»Ja, aber das Aspirin lasse ich besser erst wirken, bevor ich heute dem ersten Misthaufen begegne. Warum rufst du an?«

Jonas lachte. »Hast du inzwischen einen Blick in die Akte geworfen, die ich dir kopiert habe?«

»Du meinst die Sonderermittlungen? Nein, vor lauter Hochzeit bin ich noch nicht dazu gekommen.«

Jonas räusperte sich und fuhr in gedämpfter Tonlage fort. »Okay. Dann setz dich besser, bevor du sie liest. Ganz heißer Stoff, sag ich dir. Mittlerweile wurden alle, wirklich alle Unterlagen diesbezüglich weggeschlossen. Topsecret.«

»Hossa, da dampft aber was ganz gewaltig.« Mit einem Mal war ich hellwach.

»Genau, da dampft die Kacke, und zwar ein großer Haufen

Chefkacke, wenn du mich fragst. Schau doch mal in die Akte und sag mir, was du davon hältst.«

»Alles klar, wird gemacht. Und halt mich auf dem Laufenden, falls sich bei meinen anderen Fällen etwas tut.«

»Nur, wenn es unbedingt sein muss. Ich will dich nicht beim Mistschaufeln stören.«

»Höre ich da Neid?« Ich zog T-Shirt, Pulli und Jeans aus dem Rucksack und begann, mich anzuziehen.

»Bestimmt nicht. Urlaub auf dem Bauernhof fand ich schon als Kind furchtbar. Mein Uwe träumt allerdings schon lange von einem Survival-Wochenende in der Wildnis des Sauerlandes. Brrrr. Löwenzahn essen und unter Reisig schlafen - ohne mich!«

»Das würde dir verwöhntem Stadtkind aber mal richtig guttun. Gib deinem Uwe ein Bussi von mir. Ihr könnt mich gerne besuchen kommen. Hier ist Survival direkt vor der Haustür. Und ich bin dankbar für jeden, der mich in der Einöde besucht.«

»Ich glaube nicht, dass da jemand scharf drauf ist - außer Uwe.« Jonas lachte. »Und vielleicht Tim? Er hat mich gestern nach deiner privaten Handynummer gefragt. Ich hoffe, ich durfte sie ihm geben?«

»Ja klar, alles gut. Wir haben schon geschrieben.«

»Hier werden bereits Wetten abgeschlossen, ob Helena das Rennen bei unserem neuen Kollegen macht oder du. Der ist nämlich frisch geschieden.«

»Leute, wir sind das LKA und keine Kontaktbörse.«

»Jetzt enttäusch mich nicht. Ich habe hundert Euro auf dich und deine Hühner gesetzt.«

Ich lachte. Wir flachsten noch ein bisschen herum und

legten kurze Zeit später auf. Dann rief ich Paps und meinen polnischen Kripo-Kollegen Piotr zurück, die beide noch Fragen zum Auto-Jacek hatten, zog mich fertig an und ging hinunter in die Küche. Die Hunde begrüßten mich voller Freude, sonst war niemand zu sehen. Komisch, wo war das frischgebackene Ehepaar? Ich hatte Aufbruchstimmung erwartet. Gerade wollte ich laut rufen, da gingen neue Nachrichten auf meinem Handy ein.

Kira: SORRY, dass wir so Hals über Kopf aufgebrochen sind. Hätte gerne noch mehr Zeit mit dir gehabt.

Ich: Oha. Hab mich schon gewundert, wo alle sind. Geht euer Flug nicht später?

Kira: Eigentlich schon, aber es gab eine Autobahnvollsperrung und deswegen einen gigantischen Stau Richtung Flughafen. Marc hat es in den Nachrichten gehört …

Ich: Ich drücke die Daumen, dass ihr rechtzeitig ankommt. Klingt nach Stress. Aber ihr beiden könnt sowieso nur Vollgas, oder?

Kira: Von wegen Vollgas, hier ist gerade Stop-and-go. Eigentlich wollte ich dir noch Einiges zu den Tieren erklären.

Ich: Das können wir jederzeit. Ich hab doch Urlaub.

Kira: Gut, dann lass uns telefonieren, wenn du bereit bist.

Ich: Bereit, wenn Sie es sind, Frau Albrecht.

Kira: Ach je, genau, ich bin ja jetzt Frau Albrecht. … Wie verrückt sich das anfühlt. Aber gut verrückt. Dann lass uns mal loslegen.

Keine zehn Minuten später stand ich im Stall, presste mir das Telefon ans Ohr und lauschte Kiras Ausführungen. Sie hatte nicht nur an jeder Box eine Infotafel zu dem jeweiligen Bewohner aufgehängt, sondern jeder einzelne Ort, an dem irgendwas für die Tiere lagerte, war beschriftet. Sogar an der Gießkanne klebte die Anweisung, dass ich sie zum Auffüllen der Trinknäpfe nutzen sollte. Es sah aus wie auf einem Erklär-Bauernhof für Klassenfahrten. Nur der Hinweis *Bitte nicht füttern* fehlte.

»Vor dir auf der großen Tafel siehst du den exakten Futterplan für eine Woche. Am besten arbeitest du den einfach von oben nach unten ab. Die meisten Tiere bekommen morgens und abends Futter: Dr. Jekyll, der Hahn, und seine Ladies, Schwein Shakespeare und Esel Fridolin, Emma, das Pony, und unsere Kuh Milka. Sonntags gibt es eine Sonderration mit Vitaminen und Mineralstoffen. Pepsi, Curry und Wurst bekommen nur einmal am Tag was, die futtern sich sowieso überall durch -«

»Wer waren die nochmal?«

»Das sind die drei Katzen.«

»Warum heißen die eigentlich wie eine Pommesbuden-Bestellung?«

»Das war Leons Idee, weil Marc und ich uns nicht einigen konnten.«

»Alles klar.« Diese ganzen Namen würde ich mir bei meinem Brummschädel heute garantiert nicht merken.

»Nassfutter, ebenfalls zweimal täglich, für Buddy und Sammy, die beiden Hunde. Sammy bekommt zusätzlich Schwangerschaftsvitamine und alle sechs Stunden eine Dosis Antibiotikum wegen der Wunde an ihrem Bein. Wenn du mit den Hunden zwei- bis dreimal am Tag gehst, wäre das großartig. Die Morgen- und die Mittagsrunde hatten sie heute schon.«

»Passt alles. An die Medizin denke ich, und mein Handy erinnert mich ebenfalls daran.« Im Hintergrund hörte ich Marc fluchen und Autos hupen. »Wo seid ihr jetzt?«

»Noch knapp eine halbe Stunde vom Flughafen entfernt. Aber hier geht's nur noch im Schneckentempo voran.« Kira seufzte vernehmlich. »Ach ja: Bei Fridolin musst du höllisch aufpassen. Der büxt dir schneller aus, als du Piep sagen kannst. Du musst die Box immer mit zwei Bolzen sichern.«

»Kira, ich verhafte menschliche Esel, die doppelt so groß und dreimal so stark sind wie ich, und dass nur mit einem Polizeigriff. Da entkommt mir auch kein tierischer Esel.«

»Dein Wort in Gottes Ohr. Also, du meinst, du kommst zurecht?« Kira klang, als hätte sie jetzt schon Heimweh. »Oder hast du noch Fragen?«

»Nein, alles klar«, antwortete ich. Während Kira auf etwas antwortete, das Marc gesagt hatte, verließ ich den Stall, verschloss sorgsam die Tür und machte mich auf den Weg hinüber zum Haus.

»Marc erinnert mich gerade dran, dass niemand auf den alten Steg am Teich gehen sollte. Das Ding ist morsch und wird gleich nach unseren Flitterwochen abgerissen. Achte da bitte drauf.«

Ich sah mich um und entdeckte ein Flatterband, das vor einen Holzsteg gespannt worden war, der weit auf den Teich hinausführte. »Mache ich.«

Marcs energische Stimme schwoll im Hintergrund an. »Nein, die Bulgaren haben den Großauftrag nicht bestätigt. Die machen garantiert einen Rückzieher. Das kannst du nicht verhindern.«

»Damit meint er aber nicht mich, oder?«, fragte ich Kira.

Sie wisperte in den Hörer: »Nein, er telefoniert über die Freisprechanlage mit Leon. Für drei Wochen überlässt er ihm die Geschäfte, alles ist lange vorbereitet, aber am Ende hat man das Gefühl, dass Marc Leon nie mal was zutraut.«

Gerade wollte ich etwas erwidern, da ertönte wildes Gebell hinter dem Stall.

»Wieso bellen denn die Hunde so?«

»Keine Ahnung. Ich gehe mal rüber, die sind irgendwo da hinten bei den Hühnern.«

»Dann ist das bestimmt wieder der Fuchs.« Kira lachte. »Aber es wäre gar nicht schlecht, wenn der ein paar von ihnen mitnimmt, es sind sowieso viel zu viele. Ich habe letzte Woche den ganzen Bestand von einem verwahrlosten Hof aufgenommen.«

Jetzt lachte auch ich. »Na, dem Fuchs würdest du jedenfalls eher deine eigene Hand zum Fraß vorwerfen als ein unschuldiges Huhn.«

»Ach, du wieder … vermutlich hast du recht. Übrigens wollte ich dir noch erzählen, dass es vergangene Woche einige Einbrüche in unserer Gegend gab und vor einem Monat stand sogar was von Tierdieben in der Zeitung. Falls da also jemand rumschleicht, sei bitte vorsichtig.«

»Danke, ich weiß, was dann zu tun ist.«

Noch bevor ich um die Ecke bog, hinter der die Hunde das Theater veranstalteten, mischte sich eine Männerstimme zwischen das Gebell.

»Lasst mich in Ruhe, ihr schlimmen Tiere! Weg! Aus! Pfui! Hilfe!«

Definitiv kein Fuchs.

»Ist da jemand?«, fragte Kira. »Sabin? Hallo? … musst aufpassen …« Die Verbindung brach ab.

Ich steckte das Handy weg und rannte die letzten Meter. Dann sah ich den Eindringling. Ein hagerer Mann in braunem Anzug mit Gummistiefeln, Seitenscheitel, die Augen durch eine Nickelbrille unnatürlich vergrößert, presste sich mit dem Rücken an die Betonbegrenzung des Misthaufens und drückte ein Klemmbrett vor seine Brust. In der anderen Hand hielt er einen Zollstock, mit dem er immer wieder nach den Hunden pikste, was die beiden komplett verrückt machte.

»Sammy, Buddy, bei Fuß!«, rief ich scharf. Die Hunde verstummten schlagartig und trotteten zu mir.

»Das wurde aber auch Zeit«, meckerte der Kerl und klopfte sich den Anzug ab, wobei er sich um die eigene Achse drehte. Auf seinem Rücken prangte ein großer Fleck, der vom Misthaufen stammte.

»Wer sind Sie?«, fragte ich und beobachtete seine Reaktion.

»Und was suchen Sie hier?«

»Lothar Lauterberg vom Veterinäramt.« Er hob eine Karte, die er am Band um den Hals trug, und hielt sie mir entgegen. Sie sah echt aus – und mir kam sofort Heribert Hesses Warnung in den Sinn, dass seine Frau den Neffen einschalten wollte … verflixte Tat! »Ich mache eine spontane Hofkontrolle, weil wir über Missstände informiert worden sind. Sie sind hier verantwortlich?«

Ich nickte langsam. Hofkontrolle?

Lothar hob das Klemmbrett und notierte fleißig. »Name? Adresse?«

»Sabin Vogt, ich wohne derzeit hier.«

Er kritzelte hektisch weiter. »Gut, Frau Vogt, dann wird es Sie vielleicht interessieren, dass sich diverse Anwohner über freilaufende Tiere beschwert haben. Wie ich gerade selbst erlebt habe, belästigen die Tiere Ihre Nachbarn und gefährden das Wohl der Anwohner wie auch ihr eigenes Wohl.«

Ich zog die Augenbrauen zusammen. »Ich habe gerade erlebt, wie Sie unbefugt das Grundstück betreten haben. Belästigt wurden nur Sie. Und Sie sind, soweit ich weiß, kein Anwohner. Damit ist Ihre Aussage nicht korrekt. Hier, auf privatem Grund und Boden, dürfen die Tiere nackt im Kreis tanzen, wenn sie das wollen. Das kann ihnen niemand verbieten.«

Lothar hob den Zollstock, als wolle er mir eins auf die Finger geben. »Soso, Sie meinen also, Sie wüssten es besser. Da liegen Sie aber falsch, gute Frau. *Ich habe* die Befugnis etwas zu verbieten, und zwar von Amts wegen. Und ich kann sogar eine vorsorgliche Beschlagnahmeverfügung durchsetzen, was ich durchaus in Betracht ziehe. Aber ich setze Ihnen eine Frist von zwei Wochen für die Umsetzung meiner Auflagen und baulichen Anpassungen, die wie folgt aussehen …« Mit einer routinierten Bewegung riss er einen Zettel von seinem Klemmbrett und hielt ihn mir vor die Nase. »A: Der Esel ist derart gesichert, dass er weder fremde Gärten verwüstet noch sonst irgendwo frei herumläuft. Die Haltungsrichtlinien besagen einen Stall mit permanentem Auslauf. B: Die Hunde sind stets angeleint oder in einem Zwinger und können potenzielle Besucher nicht anfallen. C: Der Hühnerstall wird um mindestens dreizehn Zentimeter verbreitert. Meine Geflügelvolkszählung hat ergeben, dass Sie auf der Grundfläche zu viele Tiere halten. Die haben ja nicht mehr Platz als in einem Kochtopf. In zwei Wochen komme ich wieder und kontrolliere.«

Perplex schaute ich auf den Zettel. Der meinte das tatsächlich ernst. »Die Box für den Esel ist bereits doppelt gesichert, mit zwei Bolzen an der Tür. Was soll ich denn noch machen? Ihm die Hufe einbetonieren?«

»Die Umsetzung ist Angelegenheit des Hofinhabers oder Hofverwalters.«

Ich sah ihn stirnrunzelnd an. »Was ist, wenn ich das zeitlich nicht schaffe? Ich muss erstmal Bauarbeiter organisieren oder Handwerker oder was auch immer. Die haben nicht sofort Zeit.«

»Auch das ist Ihr Problem.« Er wandte sich zum Gehen und die Hunde machten Anstalten, wieder auf ihn zuzustürmen.

»Hiergeblieben!«, fauchte ich und auch Lothar blieb wie angewurzelt stehen.

»Also bitte, wollen Sie noch eine Anzeige kassieren wegen beleidigendem Verhalten?«

»Ich meinte doch die Hunde«, erklärte ich schnell, auch wenn das nur die halbe Wahrheit war. »Aber … könnte ich vielleicht offiziell Aufschub beantragen? So um vier oder sechs Wochen?«

»Sind Sie in irgendeiner Weise behindert?« Er musterte mich von Kopf bis Fuß.

»Zählt Untergröße?«

»Nein, also sehen wir uns in vierzehn Tagen und ich hoffe für Sie, dass ich dann keine Beanstandungen mehr habe.« Er ging um die Ecke und ich lief hinter ihm her.

»Und falls doch?«

»Dann muss ich auf diesem Hof gemäß Paragraphen zwanzig Tierschutzgesetz das Halten von Tieren jeder Art untersagen und ein entsprechendes Bußgeld verhängen. Sämtliche Tiere werden dann beschlagnahmt.«

Mit diesen Worten stapfte Lothar Lauterberg davon, einen riesigen Schmutzfleck am Rücken. Ich blieb zurück mit einem Bescheid in der Hand und Lilliths Stimme in meinem Ohr, die mir zuflüsterte, dass das hier gerade der Besuch mit den schlechten Nachrichten gewesen war, und die Prüfung, die Lehrmeister Saturn mir aufs Auge drücken wollte.

Zurück im Haus machte ich mir eine Wärmflasche, ging hinüber ins Wohnzimmer und grübelte die ganze Zeit darüber nach, was ich im Hinblick auf Lothar Lauterbergs Anordnungen tun könnte. Wie zur Hölle sollte ich den Esel dauerhaft festsetzen? Ich schauderte bei dem Gedanken. Irgendwie war mir heute kalt, der Kater vom Vorabend war vermutlich schuld daran. Er pochte in meinem Kopf und machte mich schläfrig. Da war ein

Kaminfeuer genau das Richtige. Ich schichtete Holz auf und bald knisterten die Flammen fröhlich im Kamin. Gemeinsam mit den Hunden kuschelte ich mich aufs Sofa. Mitten am Nachmittag. Eigentlich sollte ich mir weiter Gedanken über diese Auflagen machen, oder die Akte lesen. Aber meine Schläfe pochte und nur noch ein paar Minuten entspannen … Ich seufzte wohlig, räkelte mich und wollte gerade das Handy weglegen, da entdeckte ich eine neue Nachricht von Tim.

Tim: Hallo Frau Kollegin, tolle Feier. Danke für die Videos, die du mir geschickt hast. Bist du sicher, dass ich die weiterleiten soll? Super, wie du im Sauerland das Rheinland vertrittst. 😉

Videos? Was für Videos? Ich suchte im Chatverlauf und fand jede Menge verrückte Bilder, die ich ihm wohl aus der Hochzeitsgruppe weitergeleitet hatte. Ich, Arm in Arm mit Leon, Kira, Valentino, Belinda, und überdies mit Menschen, die ich nicht mal kannte. Es gab auch Videos. Ich tippte auf den Startpfeil … Und da tanzte ich, eindeutig betrunken, mit fliegendem Rock auf einem Tisch, umringt von Leon und seinen Freunden, die Beifall klatschten. Dann plötzlich stolperte ich, kippte vom Tisch direkt in Leons Arme, gab ihm einen dicken Schmatzer, wohl als Dank für meine Rettung. Alle um mich herum johlten und forderten: Mehr, mehr, mehr. Heidewitzka, da hatte ich aber wieder alles gegeben.

Ich: Bitte sofort löschen!!!!!!!

Tim: 🐞 Das überleg ich mir noch.

Ich: Ist der Ruf erst ruiniert … Wie läuft es mit dem neuen Fall?

Tim: Darüber würde ich gerne unter vier Augen mit dir reden.

Ich: Unbedingt! 😉 Das klingt ja spannend.

Tim: Klingt nicht nur so. Muss jetzt ins Meeting, melde mich später bei dir wegen einem Termin. 😊

Unter vier Augen! Ausgezeichnet. Dann würde ich wohl doch mehr zum Fall erfahren … und auch mehr zu meinem neuen Kollegen. Seine entspannte Art gefiel mir mindestens genauso gut wie seine blauen Augen und sein Lächeln. Zufrieden streckte ich meine Füße aus und arrangierte sie um die Hunde herum, die es sich auf der anderen Seite des Sofas gemütlich gemacht hatten.

»Na, seht ihr. Geht doch! Man muss nur Geduld haben.« Mit Geduld hatten die beiden im Augenblick definitiv kein Problem, die waren kurz vorm Einschlafen. Das ging mir ähnlich. »Was machen wir Hübschen denn jetzt? Wollt ihr eine Runde laufen gehen?«

Sammy hob so träge ein Augenlid, als wolle sie sagen *Du spinnst wohl.* Buddy drehte sich mit einem Grunzen auf den Rücken. Ich schaute auf die Uhr. Bis zum Füttern war noch lange Zeit.

»Einverstanden, dann machen wir zuerst einen Powernap.«

Ich zog die Wolldecke über meine Schultern, kuschelte mich tiefer zwischen die Kissen und war binnen weniger Minuten eingeschlafen.

Dieb im Hühnerstall

Samstag, 18:43 Uhr. Ich schreckte aus dem Schlaf. Draußen war es bereits dunkel und das Kaminfeuer im Wohnzimmer war bis auf die Glut heruntergebrannt. Die Hunde bellten, dass es mir in den Ohren klingelte. Entweder war da draußen jemand oder die beiden mussten einfach mal Gassi gehen.

Ich schlurfte in den Flur, zog meinen Parka über und ließ die Hunde schon mal raus. Himmel, es war fast sieben, kein Wunder, dass die beiden es eilig hatten.

Das Handy vibrierte in meiner Hand. Ich streckte mich, gähnte ausgiebig und las die Nachrichten.

Kira: Endlich am Flughafen - zwar zu spät, aber der Flieger hat auch Verspätung. 😆 Sind kurz vorm Boarding.

Ich: Glück gehabt!

Kira: Was war denn vorhin mit den Hunden los?

Ich: Die hätten beinahe einen Amtskappel gefressen, aber ich hab ihn gerettet.

Kira: Du meinst bestimmt eine Amsel. Ach Mensch, Marc ärgert mich, weil ich drei Kilo Übergepäck habe. Männer haben keine Ahnung, was man für den Notfall alles braucht.

Ich: Was für ein Notfall ereilt dich denn auf einer kanarischen Insel? Hast du ein Rettungsboot eingepackt?

Kira: Nur ein klitzekleines. 😉 So Sachen wie Fön, Bücher oder Kosmetik sind nun mal schwer.

Ich: Marc wird schon dafür sorgen, dass du nicht zum Lesen kommst ... 😁 Außerdem: Kanaren? Sonne? Wieso nimmst du einen Fön mit? Und Kosmetik ist sowieso überflüssig.

Kira: Ich hab vergessen, dass du die einzige Frau in diesem Universum bist, die nur mit Slip, Handtuch und Zahnbürste in den Urlaub fahren kann.

Ich: Mehr braucht man auch nicht.

Kira: Du bist der Traum jedes kofferschleppenden Ehemanns.

Ich: Die stehen hier aber nicht gerade Schlange. 😉 Habt tolle Flitterwochen und lasst es krachen. Und lenk deinen Workalholic mal ab, damit er nicht nur ans Arbeiten denkt.

Kira: Das sollte einfach werden. Die meisten Gäste haben sich über grottiges Internet auf der Insel beschwert. Er wird sich entspannen MÜSSEN. Hoffentlich bereue ich das nicht, wenn du mich wegen der Tiere brauchst.

Ich: Dann hoffe ich mal, dass er es entspannt sieht, und um die Tiere mach dir keine Gedanken.

Kira: Du bist ein Engel.

Ich: 😘

Ein Engel … ausgerechnet ich! Meine Freundin hatte die Gabe, immer das Gute im Menschen zu sehen. Ich war im Gegensatz dazu von Berufs wegen darauf trainiert, menschliche Abgründe zu erkennen. Vielleicht passten wir genau deswegen so gut zusammen. Und ich als Engel würde einen Teufel tun und Kira von Lothar Lauterberg und dem Bescheid erzählen. Die brachte es nämlich fertig und ließ den Flieger umdrehen, nur um ihre Tiere zu retten. Apropos Tiere, die warteten sicher schon.

Ich steckte das Handy ein und ging zur Hintertür hinaus. Auf der Terrasse schlug mir eisige Kälte entgegen. Es zogen Wolkengebirge über den tintenblauen Himmel, dazwischen lugte der Mond hervor. Ställe und Scheune waren nicht mehr als Schemen, ein Scherenschnitt.

Es konnten höchstens drei Grad sein; wenn ich ausatmete, stiegen kleine Atemwolken empor. Ich rieb meine Arme, denn selbst der dicke Parka hielt die Kälte kaum ab. Um diese Zeit und menschenleer wirkte der Hof völlig anders als sonst. Zuhause in Düsseldorf war es selbst nachts nicht so ruhig. Da waren die Bahn oder Autos zu hören, die Schritte von jemandem, der von der Schicht nach Hause kam, Betrunkene unten im Hafen.

Kira behauptete, nach einer gewissen Zeit stelle sich hier eine innere Ruhe ein. Prompt knurrte mein Magen. Okay, so viel zur inneren Ruhe.

Auch die Tiere hatten bestimmt Kohldampf, denn eigentlich hätte ich sie bereits vor einer Stunde füttern sollen. Also machte ich mich auf den Weg zum Stall. Der matte Schein, der durch die beleuchteten Küchenfenster nach draußen fiel, half mir auf den ersten Metern, dann wurde es zunehmend dunkler. Die kleinen Laternen am Gehweg waren aus. Komisch, hatten die gestern nicht noch geleuchtet? Ich holte mein Handy hervor und suchte mir im Licht der Taschenlampe den Weg zum Stall.

Am Eingang zog ich den Riegel der Stalltür zurück und stapfte hinein.

War es draußen schon dunkel, so kam es mir drinnen stockfinster vor. Kurz überlegte ich, das Deckenlicht einzuschalten, aber irgendwie war hier eine friedliche Stimmung. Ich leuchtete auf den Boden. So würde ich hoffentlich niemanden aufschrecken und konnte dennoch die Futterstellen kontrollieren.

Als Erstes kam ich an der Box des Esels vorbei. Mit hängendem Kopf stand er in einer Ecke und schnaubte leise. Der Lichtstrahl fiel auf das Schild an der Boxentür. Fridolin – verrückt nach Grünzeug! Darüber hing ein großes Netz, noch halb mit Heu gefüllt. Hatte das heute Nachmittag schon dort gehangen? Vielleicht hatte Kira extra viel gefüttert? Nun, das sollte bis morgen früh reichen. Weiter zum Ferkel, das sich in der Box daneben befand. Auch hier war alles ruhig, Shakespeare grunzte und schnarchte in seinem Strohhaufen gemütlich vor sich hin, ebenso seine Nachbarin Milka, die Kuh. Beide Tröge waren halbvoll.

Nur das hellgraue Pony in der Nachbarbox war wach. Auf der Tafel stand: *Emma. Achtung verfressen.* Als ich mich über Emmas Gatter beugte, entdeckte ich, dass ihr Heunetz leer war. Sie selbst stupste mich auffordernd mit den Nüstern an.

»Sorry, dass es heute so spät geworden ist, Mädel«, flüsterte ich, nahm das leere Netz, ging zum Heulager am anderen Ende des Stalls, füllte es auf und brachte es wieder zurück in Emmas Box. Sie kaute lustlos ein paar Halme, dann wandte sie sich vom Fressen ab und schien keinen Hunger mehr zu haben.

Ich kraulte sie zwischen den Ohren und ging weiter, durch eine Verbindungstür in den Hühnerstall. Mein Gott, hier roch es nicht gerade angenehm. Ich leuchtete durch den Raum, immer darauf bedacht, mit dem Licht am Boden zu bleiben. Die Hühner saßen in Reih und Glied in ihren Legenestern, die wie ulkige kleine Einzelkabinen aussahen. Sie lugten entweder zur Vorderseite hinaus oder hatten den Kopf schon zum Schlafen ins Gefieder gesteckt. Als ich mich näherte, gakelten sie leise. In der Mitte stand eine Futterschale mit Körnern, das meiste davon wild drum herum verstreut, aber noch reichlich vorhanden. Plötzlich flatterte etwas um meinen Kopf herum und krallte sich in meinen Haaren fest. Erschrocken schrie ich auf, schlug danach und erntete wütendes Gackern, das sich schnell von mir entfernte. Ich erfasste den hinterhältigen Angreifer mit dem Licht des Handys. Dr. Jekyll, der Hahn. Er landete in der gegenüberliegenden Ecke und starrte mich finster an.

»Ist ja schon gut, ich gehe.« Ich streckte ihm die Zunge raus. »Aber wenn du mir noch einmal so einen Schreck einjagst, schicke ich deine Adresse zu KFC. Wie kommt jemand wie du eigentlich zu einem Doktortitel?«

Dr. Jekyll murrte beleidigt.

Gerade wollte ich den Hühnerstall wieder verlassen, da klickte etwas vorne im Stall. Ein Türschloss, eindeutig. Ich erstarrte. Das konnte kein Tier sein. Dann hörte ich Schritte. Menschliche Schritte. Rasch löschte ich das Licht, schob mein Handy in die Jackentasche und schlich auf die Zwischentür zu, die zum Stall führte. Die Schritte näherten sich. Lothar Lauterberg war bestimmt nicht zurückgekommen, außerdem hatte der Gummistiefel angehabt. Der Eindringling aber trug Sohlen, die auf dem Boden klapperten. Er oder sie blieb direkt hinter der Tür stehen. In der Dunkelheit suchte ich nach einem geeigneten Gegenstand zur Verteidigung. Neben der Tür ertastete ich einen Korb. Ich schnappte ihn mir, zog in einer einzigen Bewegung die Zwischentür auf, und brüllte: »Polizei! Stehen bleiben!« Helles Licht blendete mich. Im Türrahmen erschien ein Schemen. Reflexartig stülpte ich dem Eindringling den Korb über den Kopf.

Er brüllte, stolperte rückwärts und krachte zu Boden.

»Leon?«

Er blinzelte und hob eine Hand vors Gesicht. Mit der anderen befreite er sich vom Korb und warf ihn zur Seite. In seinen Haaren und auf der Jacke hingen Heu, haufenweise Eierschalen und eine klebrige schleimige Eimasse. Offenbar war der Korb nicht leer gewesen. Nur mit Mühe unterdrückte ich ein Kichern. Geschah ihm recht, meine Maschine hatte gestern nicht besser ausgesehen.

»Sabin, zum Donner! Was soll das?«

»Was suchst du hier? Hat eure bescheuerte Nummer gestern nicht gereicht?«

»Hey, immerhin haben wir deine Maschine wieder saubergemacht.« Leon rappelte sich hoch und begann mit einer Handvoll Stroh, den Eischleim abzureiben. »Bewirfst du mich deshalb mit Eiern?«

»Natürlich nicht. Das ist die berüchtigte Hühnerei-Methode, um Einbrecher zu übertölpeln. Was schleichst du auch im Stall herum?«

»Herumschleichen?« Er sah mich ungläubig an. »Ich mache einen Kontrollgang, weil ich Geräusche gehört habe und Kira was von Einbrechern erzählt hat.«

»Ausgerechnet du?«

»Wieso ausgerechnet? Ich wohne hier.«

Leon wohnte hier? Seit wann das denn?

»Hat Kira dir nichts gesagt? Sie hat mir angeboten, hier zu schlafen, bis ich eine neue Bleibe habe.«

»Dann stimmt es, dass deine Freundin dich gestern vor die Tür gesetzt hat?«

Leon verzog das Gesicht. »Na ja, sie meinte, ich solle mal eine Zeitlang woanders schlafen.«

»Oh, oh, Ärger im Paradies?« Ich legte den Kopf zur Seite und beobachtete seine Mimik. Die Sache schien ihm unangenehm zu sein und ich ahnte auch bereits, warum. Gestern Abend waren mir wilde Gerüchte zu Ohren gekommen. Angeblich hatte Leons Freundin vier Handys bei ihm gefunden, ihr war aber nur eine Handynummer bekannt gewesen. Daraufhin hatte sie wohl einen Riesenaufstand gemacht, der darin gipfelte, dass Leon seine Sachen von der Straße klauben konnte und allein auf die Hochzeit seines Bruders gehen durfte.

»Ärger … ja, schon irgendwie.« Er warf das schmutzige Stroh auf den Boden. »Das bringt jetzt eh nichts mehr.«

»Meinst du deine Kleidung oder deine Beziehung?«

»Beides. Ist das hier ein Verhör?«

»Ich versuche nur herauszufinden, warum ich nicht nur einen Kleintierzoo an der Backe habe, sondern auch noch Kiras liebe Verwandtschaft. Allen voran einen durchgeknallten Frauenschwarm mit dem Hang, Leute zu erschrecken.«

Er hob die Arme wie ein Prediger. »Freu dich doch über so nette Gesellschaft wie mich.«

»Dass ich nicht lache.« Ich seufzte und ging an ihm vorbei Richtung Ausgang.«

»Wohin willst du?«

»Ins Haus und früh ins Bett. Mir hängt die Feier noch nach.«

»Warte, ich komme mit … also nicht in dein Bett.«

Auch ohne hinzuschauen, wusste ich, dass Leon grinste.

»Außer natürlich, du bestehst darauf -«

Heftiger als nötig warf ich das Stalltor hinter mir zu.

»Autsch! Meine Stirn.«

Geschah ihm recht. So hatte er mein Motorrad ja auch behandelt. Unbeirrt ging ich weiter und hörte, wie er die Stalltür zumachte und dann hinter mir herlief, bis er an meiner Seite war.

»Ein bisschen mehr Dankbarkeit hätte ich schon erwartet.«

Ich sah ihn an. »Dankbarkeit wofür?«

»Dass ich deine Schicht übernommen habe.«

»Du hast die Tiere gefüttert? Ich dachte Kira …«

»Nein, das war ich. Als du um Viertel nach sechs immer noch fix und fertig vor dich hin geschnarcht hast -«

»Du warst im Wohnzimmer?« Ich blieb stehen.

»Sorry, ich hab nur nachgesehen, ob du noch lebst und kurz überlegt, ob ich mich dazu kuscheln sollte.«

»Noch so ein Spruch und du baumelst an Handschellen aus dem Fenster.« Diese Vorstellung hob meine Laune schlagartig.

Leon ließ den Kegel seiner Handylampe über den Weg vor uns schweifen. »Ich weiß gerade nicht, wovor mir mehr graut. Vor deinen Handschellen oder vor deiner Waffe. Darf man die eigentlich auch außerhalb des Dienstes einfach mal bei sich tragen?«

»Ja, das darf man tatsächlich, solange man nüchtern ist und damit keine Großveranstaltungen besucht. Allerdings wundert es mich, dass du so schreckhaft bist.« Prüfend sah ich ihn von der Seite an und er nickte nachdenklich.

Plötzlich fielen mir die Hunde wieder ein. Wo waren die eigentlich abgeblieben? Ich rief nach Buddy und Sammy. Keine fünf Sekunden später tauchten sie auf und sprangen fröhlich um uns herum. Sammys Ohren hingen voller Kletten. Ich klaubte sie aus ihrem Fell.

»Hast du eine Ahnung, wo die Hunde nachts schlafen?«, fragte ich.

»Die haben ihren Korb im Hundezimmer, in dem ich jetzt passender Weise auch schlafe, der ehemalige Dienstbotentrakt hinter der Küche. Sammy ist schwanger, da ist sie sowieso anhänglich, und Buddy weicht kaum noch von ihrer Seite. Sie haben eben gerne Gesellschaft, wer hat das nicht?«

»Kommt auf die Gesellschaft an.«

»Interessant. Verrätst du mir deine Auswahlkriterien?«

»Zum Beispiel, ob die Gesellschaft mein Motorrad auf dem Gewissen hat.« Mit schmalen Augen sah ich zu ihm auf.

»Das hat dich echt getroffen, richtig? Aber ich mach's wieder gut!« Er grinste. »Ist alles in Arbeit.«

»Das will ich auch hoffen.«

»Und wenn dir deine Einsamkeit so wichtig ist: Das Haus ist groß und jeder hat seine Hälfte. Du machst dein Ding und ich mache meins.«

»Der erste vernünftige Satz aus deinem Mund.«

Wir erreichten die Hintertür und ich schaltete das Handylicht aus. Leon öffnete und ließ mir den Vortritt. Mein Magen knurrte laut und vernehmlich.

»Das klingt nach Hunger.«

Ich zuckte mit den Schultern.

»Leugnen zwecklos. Ich zaubere mir schnell eine Kleinigkeit, fühl dich eingeladen … Dummerweise musst du dann mit meiner schlechten Gesellschaft vorliebnehmen.«

»Du kannst kochen? Das ändert natürlich alles. Aber bilde dir nicht ein, das sei ein Date oder so was.«

Er verbeugte sich theatralisch. »Ich bin ein Gentleman und würde das niemals voraussetzen.« Er deutete auf den Eibrei in seinen Haaren und auf der Jacke. »Aber vor dem Kochen wasche ich mir das ab. Gib mir eine Minute.«

Auf dem Weg in sein Zimmer schaltete er den Wasserkocher ein und rief über die Schulter: »Wie in einer WG üblich musst du allerdings den Tisch decken und später den Abwasch machen.«

»Wenn es weiter nichts ist«, murmelte ich. Dann vibrierte mein Handy. Eine Nachricht von Tim.

Tim: So, endlich Feierabend. Deine wundervollen Videos habe ich schweren Herzens gelöscht.

Ich: DANKE! Und nochmal sorry, ich war damit gestern wohl etwas … überschwänglich.

Tim: 😉 Ach was, ich bin froh, dass du kein Trauerkloß bist. Und? Köpfchen gehabt?

Ich kicherte vor mich hin. Mit einer Hand zog ich Parka und Stiefel aus und verstaute alles in der Garderobe. Mit der anderen Hand tippte ich weiter, während ich in die Küche ging.

Ich: 😉 Frag nicht. Aber langsam erinnere ich mich wieder an meinen Namen.

Tim: Sehr gut, ich habe nämlich die nächste Feier für dich. Oder ist dir das zu viel?

Ich: Hallo? Das fragst du eine Rheinländerin? Wann und wo?

Tim: Morgen so um fünfzehn Uhr? Erst auf einen Kaffee in die Stadt? Da können wir auch über den Fall reden. Und ab fünf Uhr habe ich zwei Karten für das Spiel Schalke gegen Dortmund. Schalke Fankurve natürlich. Hast du Lust?

Das Derby? Ob ich Lust hatte? Fragte er mich das im Ernst? Wenn ich morgens nach dem Füttern, Misten und dem Hundespaziergang hier losfuhr, konnte ich rechtzeitig dort sein. Aber das Füttern abends war ein Problem, weil ich entweder dort übernachten musste oder erst gegen Mitternacht wieder auf dem Gutshof eintreffen würde. Ich brauchte jemanden, der die letzte Fütterung übernahm und vor allem Sammy ihre Medizin gab.

In diesem Moment kam Leon aus seinem Zimmer, mit feuchten Haaren und einem frischen Shirt. Das passte perfekt. Wenn er fütterte, konnte ich den Abend mit Tim in vollen Zügen genießen.

Ich: Klingt seeeeeehr gut, aber ich muss das eben abklären. Melde mich.

Leon machte sich am Herd zu schaffen.

»Was willst du denn kochen?«

»Überraschung.« Er schüttete das kochende Wasser aus dem Wasserkocher in einen hohen Topf, den er auf die Herdplatte gestellt hatte. Dann warf er eine Prise Salz hinterher und ließ den Inhalt einer Packung Spaghetti hineinsinken. Anschließend schnappte er sich ein riesiges Küchenmesser und hackte in einer Wahnsinnsgeschwindigkeit Zwiebeln, Knoblauch und Kräuter. Konnte er wirklich kochen oder tat er nur so? Jedenfalls machte er eine echte Show daraus.

Ich holte mir ein Bier aus dem Kühlschrank und sah zu, wie

er in der Pfanne Butter zerließ und Zwiebelwürfel, Knoblauch und andere Zutaten darin anbrutzelte.

»Schmeckt das Bier wieder?«, fragte er. »Ich hatte auf der Hochzeit den Eindruck, dass du ordentlich was wegstecken kannst.«

»Hallo? Wir Rheinländer sind trinkfest.« Ich hob die Nase und schnupperte. »Das riecht wirklich klasse. Was ist das?«

Leon grinste vielsagend, gab die Kräuter hinzu und schwenkte die Pfanne. Ein wunderbarer Duft nach Knoblauch und Kräutern breitete sich in der Küche aus und erwartungsvoll zog sich mein Magen zusammen.

»Spaghetti Pomodoro. Das einfachste Gericht der Welt. In spätestens fünf Minuten können wir essen. Du kannst schon mal anfangen, den Tisch zu decken.«

»Okay.« Ich tat wie geheißen.

Als ich wieder zurück zu Leon kam, sah ich, wie er die Spaghetti mit einer langen Zange aus dem blubbernden Kochwasser hob und in die Pfanne daneben gab, in der inzwischen auch Kirschtomaten schmorten. Dann schwenkte er die Spaghetti so geschickt, als würde er das jeden Tag tun. Allein der Geruch betörte meine Sinne.

Leon sah auf. »Wir brauchen Parmesan. Der ist noch im Kühlschrank, den Hobel habe ich hier. Kümmerst du dich darum?«

Ich nickte, doch bevor ich den Kühlschrank öffnen konnte, hielt Leon mich auf.

»Erst Hände waschen!«

»Ja, Papa.« Ich wusch mir die Hände und brachte dann den Käse hinüber zum Tisch. Leon kam mit der Pfanne und füllte die Teller. Erwartungsvoll setzte ich mich. Als er den Parmesan aus dem Leinentuch holte, ihn über die dampfenden Spaghetti hobelte und mit frischem Basilikum bestreute, lief mir das Wasser im Mund zusammen.

»Wahnsinn.« Gerade wollte ich die erste Gabel aufspießen, da hob er die Hand und ließ mich innehalten.

»Hab noch ein winziges bisschen Geduld. Erst der Wein.«

»Aber ich hab doch mein Bier.«

»Bier zu meinen Spaghetti … ein Frevel!« Er griff nach einer Flasche Rotwein. *Vera de la fuente* stand auf dem Etikett. Er schenkte ein wenig davon in zwei große Glaskelche und reichte mir einen.

»Koste den mal, bevor du den ersten Bissen nimmst.«

Wir stießen an und ich trank einen Schluck. Der Wein war ausgezeichnet, samtig, leicht fruchtig, schmeckte nach Sonne und Meeresbrise. Ich schloss die Augen und nahm noch einen Schluck. Der erste kam in meinem Magen an und verbreitete dort eine wohlige Wärme.

»Langsam, langsam, von diesem Wein gibt es nur tausend Flaschen. Wir trinken gerade die Nummer dreihundertfünf.«

Ich riss die Augen auf und starrte den Wein an, als hätte er sich in flüssiges Gold verwandelt. »Wow! Was kostet sowas?«

»Unwichtig. Sieh es als Friedensangebot für gestern. Und morgen sag ich dir, wann wir mit der Reparatur anfangen können.« Leon grinste und trank selbst mit sichtlichem Genuss. »Das nenne ich Lebensqualität. Mit allen Sinnen genießen ist unbezahlbar. Du kannst nur hier und jetzt leben.«

»Dann sollte ich endlich was essen, sonst hat sich das mit dem Leben für mich bald erledigt.«

Leon lachte. »Hau rein.«

Ich drehte die Spaghetti auf die Gabel, spießte eine halbe Kirschtomate auf das untere Ende und schob alles in den Mund. Hmm, himmlisch … Entweder war ich komplett ausgehungert oder es lag an der Landluft, jedenfalls hatte ich das Gefühl, noch niemals so leckere Spaghetti gegessen zu haben.

»Woher kannst du so fantastisch kochen?«

»Nur ein Hobby von mir.«

»Ernsthaft? Das ist zum Niederknien.«

»Vielleicht war das meine Absicht.« Seine Augen funkelten.

Ich lächelte. »So, so, was beabsichtigst du denn? Soll ich dir einen Job in der LKA-Kantine besorgen?«

»Wenn ich dann mit meinen bescheidenen Kochkünsten einer hübschen Kommissarin ein Lächeln ins Gesicht zaubern kann …«

Ich fragte mich, ob es Leons typische Masche war, die Ladies mit leckerem Essen gefügig zu machen … Kochte er sie sozusagen in sein Bett?

»Sag mal, hast du morgen Abend schon was vor?«

Er hob die Augenbraue. »Nein.«

»Perfekt.« Ich beugte mich vor und sah Leon erwartungsvoll an. »Also morgen Abend? Du hast ganz sicher nichts anderes vor?«

Er beugte sich näher zu mir und schüttelte ganz leicht den Kopf.

»Da bin ich aber froh. Ich muss nämlich dringend für eine Nacht nach Düsseldorf und brauche hier eine Vertretung beim Füttern und Misten.«

Kapitel 3

Wenn es dem Esel zu wohl ist

☄️🔮✴️Lillith☄️🔮✴️

Halt dich fest: Heute beginnt deine große Achterbahnfahrt 🎢 und die dauert einige Tage an. Mars kämpft in einem fort, Saturn lehrt dich die schmerzhaften Lektionen des Lebens und Neptun im Widder steuert weitere Katastrophen bei. 🆘 Du wirst also ordentlich durchgeschüttelt. Auch wenn du zwischendurch das Gefühl hast, dass der Boden unter deinen Füßen nachgibt, halt durch! 💪 Denn am Ende wirst du mit einem wunderbaren Schatz belohnt - einem Schatz, den man nur einmal im Leben findet.💎

Sonntag, 6:45 Uhr. Puh! Meine Halbschwester hatte ihr ganz eigenes System, mir den Tag schon vor dem Morgenkaffee zu verhageln. Achterbahnfahrt und Katastrophen? Schon wieder? Und schmerzhaft? Ich hoffte bloß, dass ihre Vorhersage nur eine von vielen Optionen war, die mein Schicksal für mich bereithielt. Obwohl sie gestern erstaunlich richtig gelegen hatte.

Der Morgen war bis jetzt reibungslos verlaufen: Ich hatte Sammy ihre Medizin verabreicht, Kiras Tiere hatten sich über ihre morgendliche Futterration gefreut und sogar ein paar Eier hatte ich im Hühnerstall abstauben können.

Vorsichtig holte ich die Eier aus der Jackentasche und legte sie in einen Korb auf der Anrichte in der Küche. Die Eier würde ich Leon heute Abend unter die Nase halten. Vielleicht zauberte er mir daraus ein geniales Omelett … Ach nein, heute Abend war ich ja mit Tim unterwegs. Unwillkürlich musste ich grinsen. Ein Treffen mit ihm war vermutlich auch besser als alle Omeletts dieser Welt.

Das Allerallerbeste überhaupt wäre aber, genau jetzt, ein Kaffee … Wenn ich dieses ultramoderne Edelstahl-Monstrum in Kiras Küche überreden konnte, einen auszuspucken. Von den zahlreichen Knöpfen brauchte ich vermutlich nur einen … Ich drückte aufs Geratewohl und der Kaffeeautomat erwachte zum Leben. Jetzt noch die Tasse unter die Düse, wieder das Knöpfchen drücken … Die Maschine piepste, surrte und klackerte wie R2D2 aus Star Wars, dicker Milchschaum rann in meinen Becher, gefolgt von zwei dünnen Strahlen Espresso, die Smiley-Augen in den Milchschaum tropften. Ein wunderbarer Duft stieg mir in die Nase. Vorsichtig nippte ich. Heiß. Cremig. Unfassbar gut.

Ich tätschelte die Silberkuppel. »Alles klar, mein Hübscher, ab sofort sind wir unzertrennlich.«

Das Gerät surrte und klackte wie zur Bestätigung. Dann erloschen die Lichter. Es war so einfach, neue Freunde zu finden.

Mit der Tasse in der Hand ließ ich mich am Küchentisch vor dem Fenster nieder und legte meine Füße auf den Nachbarstuhl. Nun würde ich in aller Seelenruhe den Kaffee genießen und dabei die Akte lesen, die Jonas mir kopiert, und um die Paps vorgestern so ein Geheimnis gemacht hatte.

Von draußen drang Vogelgezwitscher durch das gekippte Fenster zu mir herein. Ich lehnte mich zurück, schloss die Augen und atmete tief ein. So spannend der Fall auch war, gerade kam das Urlaubsfeeling durch. Ein zufriedener Seufzer entfuhr mir. Wann hatte ich zum letzten Mal abgeschaltet? Mal abgesehen von den paar freien Tagen an Weihnachten oder an Ostern lag mein letzter Urlaub fast zwei Jahre zurück. Trotz Traumkulisse in Neuseeland war das Erholungserlebnis dadurch getrübt worden, dass ich mit meinem zu anhänglichen Freund hatte Schluss machen müssen.

So, genug entspannt. Erst würde ich die Akte lesen und mir dann Gedanken über Lauterbergs Wahnsinn machen. Ich nahm die Kopien zur Hand. Seltsamerweise war der Bericht über den Oldtimer-Diebstahl nur stümperhaft ausgefüllt. Es fehlten Angaben zum Geschädigten, der Name Konrad Knaus wurde nur einmal kurz auf der ersten Seite erwähnt. Das Foto zeigte seinen bildschönen roten Jaguar. Ich hatte Knaus nebst Gattin zu Anfang meiner LKA-Zeit mal auf einem Betriebsfest damit vorfahren sehen. Jonas behauptete, dass Hollywoodstar Clark Gable in seinen wilden Zeiten auch so einen Jaguar gefahren war. Knaus' wilde Zeiten waren sicher längst vorbei, aber immerhin lag ich richtig mit meinem Verdacht, dass es sich bei dem roten Flitzer um den Oldtimer meines Chefs handelte. Allerdings fand sich kein Wort darüber, was Knaus während der Tatzeit auf der Beautyfarm gemacht hatte oder mit wem, es gab keine Zeugen, keine offizielle Suchmeldung. Wären das meine Ermittlungen gewesen, hätte mein Vater mir diese Akte um die Ohren gehauen und erklärt, ich solle meinen Job gefälligst vernünftig erledigen. Aber gut, die Akte zeigte den Stand der Dinge vor zwei Tagen. Vielleicht hatten Tim und Helena mittlerweile einiges nachgetragen und eine offizielle Fahndung nach dem Fahrzeug herausgegeben.

Ich klappte meinen Laptop auf, konnte aber in der Liste der Fahndungen nichts finden. Dass ein Fall einfach wieder aus dem System verschwand, ging eigentlich nur, wenn er als topsecret eingestuft wurde. Aber warum sollte ein Oldtimer-Diebstahl topsecret sein? Und wie wollten Helena und Tim ohne Unterstützung der Kollegen und ohne Online-Fahndung ein einzelnes Auto finden, egal, wie selten es war? Denn eines wusste ich aus Erfahrung: Setzte man bei einer durchschnittlichen Diebstahl-Aufklärungsquote von dreißig Prozent keine moderne Technik ein, war ein Fahndungserfolg so gut wie ausgeschlossen. Oder verhinderte Knaus selbst die Fahndung? Aber warum? Das passte alles nicht zusammen und ich würde Tim gleich mit Fragen nur so löchern.

Ein Geräusch unterbrach meine Gedanken. Es war nur sehr leise, aber irgendwie klang es unheilvoll, ohne dass ich hätte sagen können, wieso. Ich lauschte. Da war es wieder, draußen. Ich spähte aus dem Fenster. Im Morgendunst war nichts Auffälliges auszumachen. Doch dann sah ich am Teich eine Bewegung im Nebel, einen Schatten. Wieder dieses Geräusch, ein Trappeln, als würde etwas auf Holz klopfen. Ein rotweißes Warnband flatterte vom Wind getrieben einsam über den Boden. Wieso Boden? Das war doch die Absperrung zum Teich. Der Nebel lichtete sich für einen Moment und da sah ich ihn. Fridolin! Er stand auf dem morschen Holzsteg und schnappte nach etwas.

In Sekundenbruchteilen war ich auf den Beinen, rannte durch den Flur, sprang in die Gummistiefel und stürzte zur Terrassentür hinaus. Holy Shit! Mit Vollgas sprintete ich auf den Teich zu. Neben dem Holzsteg ragte eine große Trauerweide aus dem Wasser und der Esel reckte den Kopf, um an einen der Äste zu kommen. Er machte einen weiteren Schritt auf den Steg hinaus. Die altersschwachen Holzdielen unter seinen Hufen bogen sich beängstigend.

Um ihn nicht zusätzlich in Unruhe zu versetzen, bremste ich ein paar Meter vor dem Steg ab und ging - ganz behutsam - weiter auf ihn zu. Was, wenn er ins Wasser stürzte? Das musste eiskalt sein. Konnten Esel überhaupt schwimmen? Oder brach er sich am Ende die Beine?

»Hallo Fridolin, mein Hübscher. Komm doch mal zu mir an Land.« Ich säuselte so verlockend ich konnte. Der Esel aber knabberte weiter an den Ästen.

Als ich an der vordersten Bohle des Holzstegs ankam, blieb ich stehen. Immer noch waren es einige Meter bis zu Fridolin. Ich brauchte etwas, um ihn zu mir zu locken. Meine Jacke inklusive Leckerlis hing im Flur. Moment, ich hatte noch eine Packung Taschentücher in der Jeans. Ich zog sie hervor und knisterte mit der Plastikverpackung.

»Schau mal, was ich hier habe. Lecker, lecker. Feines Fresschen. Komm her, mein Guter.«

Fridolin drehte den Kopf, schaute interessiert herüber, rührte sich aber nicht. Ich rief, lockte, raschelte mit der Verpackung. Er blieb unbeeindruckt auf der Stelle stehen.

So wurde das nichts. Was konnte ich tun? Feuerwehr? Tiernotruf? Mein Handy lag ebenfalls drinnen.

Plötzlich machte Fridolin einen weiteren Schritt Richtung Teichmitte. Das Holz unter seinen Hufen knarzte bedrohlich; es war mehr als fraglich, wie lange es noch hielt … Ich durfte mir gar nicht Kiras Reaktion vorstellen, wenn ich ihr gestand, dass ihr geliebter Esel im Gartenteich umgekommen war.

Fieberhaft überlegte ich. Wenn ich sein Halfter zu fassen bekam, konnte ich ihn vom Steg ziehen. Aber dazu müsste ich näher heran und das war eine echte Kamikaze-Nummer. Mit etwas Pech brachen wir am Ende wegen meines zusätzlichen Gewichts ein. Was hatte Lillith gesagt? *Auch wenn du zwischendurch das Gefühl hast, dass der Boden unter deinen Füßen nachgibt, halt durch.* Na super! Aber was blieb mir anderes übrig? Ich konnte nicht Nichts tun.

Behutsam schob ich meinen Fuß auf den Steg, hielt die Tempopackung am ausgestreckten Arm und ließ sie knistern, um den Esel neugierig zu machen. Die Planken hielten, doch ich spürte, wie marode die Konstruktion war. Langsam schob ich mich auf Fridolin zu. Schließlich machte er einen langen Hals und betrachtete die Taschentücher aus der Nähe. Dabei kam er mir so nah, dass ich eine Chance hatte, sein Halfter zu fassen. Schon wollte ich zupacken, da schnaubte er, wandte sich ab und ging ein paar Schritte weiter Richtung Teichmitte. Im gleichen Moment kam der gesamte Steg in Bewegung, neigte sich bedrohlich zur Seite.

»Uaaaah«, hörte ich mich rufen. Doch wie durch ein Wunder kam das morsche Holz in Schrägstellung zum Halten. Mein Herz klopfte bis zum Hals. Das Handy zu holen wäre auf jeden Fall die bessere Idee gewesen.

»Jetzt sei nicht so verdammt stur und beweg dich hier rüber, du dämlicher Esel!«, schimpfte ich. Fridolin schwieg und futterte weiter.

»Sabin?« Das war Leons Stimme hinter mir. »Was zum Teufel machst du da?«

Ich drehte den Kopf und sah Leon auf mich zurennen, in der rechten Hand einen vollen Sack. Er bremste am Rand des Steges, stellte den Sack ab und sah mich ungläubig an. »Willst du im See enden? Mensch, komm da runter.«

»Ich versuche den Esel zu retten«, erklärte ich gepresst.

»Der Esel kommt aus einem Zirkus und rettet sich allein. Und jetzt komm zurück, bevor das Ding zusammenkracht.«

»Nicht ohne Fridolin! Ich hab alles im Griff.«

»Aha! Willst du da draußen etwa ein Deeskalationsgespräch mit ihm führen? Soll ich euch einen Kaffee bringen?«

»Red keinen Quatsch! Ich muss nur an sein Halfter kommen. Dann kann ich ihn an Land führen.«

Leon schüttelte den Kopf. »Du unterschätzt Fridolins Starrsinn. Der macht alles, nur nicht das, was man von ihm will.«

»Ich hab ihn doch gleich.« Sachte schob ich mich die nächsten paar Zentimeter weiter. »Das ist höchstens noch ein Meter.« Wieder knirschte das Holz, noch lauter diesmal. Angst kribbelte in meinem Nacken.

»Sabin, wirklich, das ist kein Spaß.« Leons Stimme klang allmählich besorgt.

An Land ertönte ein dumpfes Geräusch. Fridolin riss den Kopf herum. Auch ich sah nach hinten. Der Sack, den Leon am Rande des Teiches abgestellt hatte, war zur Seite gekippt. Möhren kullerten heraus. Der Esel quiekte ohrenbetäubend.

»Scheiße, die Möhren!«, stöhnte Leon und brüllte dann: »Stopp, Fridolin!«

Mit einem Satz galoppierte Fridolin los, an mir vorbei auf den Sack zu. Im gleichen Moment kippte die Welt. Ich hörte lautes Krachen, meinen eigenen Schrei, der Boden sackte weg.

Eiseskälte schlug über mir zusammen. Ich tauchte wieder auf. Die Kälte schnürte mir den Hals zu. Ich konnte nicht schreien, nicht atmen, strampelte zwischen den Holztrümmern, spürte, wie meine Kleider mich immer weiter unter Wasser zogen. Das Ufer war nur wenige Meter entfernt, aber ich kam nicht von der Stelle, ruderte nach etwas zum Festhalten, aber das Holz trieb davon.

Dann war Leon neben mir, seine Hände hielten mich. »Keine Sorge, ich hab dich.« Ich keuchte, bekam endlich wieder Luft. Leon packte mich und zog mich rücklings aus dem Wasser.

Ich japste. Er nahm mich in die Arme und rieb meinen Rücken. Kalt, so kalt. Dann hüllte er mich in seine Jacke, legte den Arm fest um meine Schultern und führte mich zum Haus. Dabei redete er leise auf mich ein, sagte irgendwas, aber es rauschte so sehr in meinen Ohren, dass ich nichts verstand. Meine Klamotten klebten an mir wie eine Haut aus Eis.

Kaum waren wir im Flur, zog Leon mir die Gummistiefel aus. Erst jetzt fiel mir auf, dass auch er komplett nass war. Er griff nach dem Bund meines Pullis.

»Mach ich sch-schon selbst«, sagte ich mit klappernden Zähnen, ließ ihn aber gewähren.

Geschickt zog er mir den Pulli über den Kopf. Mein weißes T-Shirt war durchweicht. Er zog es mir ebenfalls aus und auf einmal war ich mir deutlich seiner Nähe bewusst. Am liebsten hätte ich mich einfach an ihn gelehnt. Doch er verschwand in seinem Zimmer und kam mit einem riesengroßen Hoodie zurück, den er mir über den Kopf zog und der mir beinahe bis zu den Knien reichte.

»Am besten stecke ich dich gleich unter die heiße Dusche.«

»D-das krieg ich a-allein hin.« Meine Stimme wackelte und meine Beine ebenso. Ich machte mich von ihm los und wankte mit steifen Schritten auf die Treppe zu. »Kü-kümmere dich um den Esel. Der da-arf nicht weglaufen.«

»Bist du sicher, dass ich dich nicht hochbringen soll?«, rief Leon hinter mir. »Kira macht mich alle, wenn dir etwas passiert.«

Ich wankte, weil meine Knie zitterten. Augenblicklich war Leon an meiner Seite und legte seinen Arm um mich. »Komm schon, du hast einen Schock.«

»K-kein Schock«, stotterte ich. »Nur kalt. Ist doch all-lles gutgegangen.«

Leon wich zurück. »Gutgegangen? Du hast zwischen Holztrümmern in sieben Grad kaltem Wasser gelegen. Ich hatte Angst, du säufst mir ab, bevor ich bei dir bin! Wie konntest du nur so dämlich sein, auf den Steg rauszugehen?«

»Ich h-hätte ihn fast geh-habt, aber die M-möhren …«

»Ach, die Möhren sind schuld? Na klar, die Möhren! Sonst ist ja auch gar nichts passiert.«

»Du-u übertreibst maßlos. Ich wäre auch allein k-klargekommen.«

»Ohne mich wärst du abgesoffen! Aber für ein einfaches Danke bist du offenbar zu stolz.«

»Also g-gut, wenn es das ist, was du für dein Ego brauchst: einfaches D-Danke.« Konnte der nicht mal aufhören? Ich erfror hier fast im Stehen.

»Weißt du was, wenn du das alles hier so toll alleine hinbekommst, dann such dir doch einen anderen Depp, der heute Abend füttert und den Mist für dich schaufelt. Ich hab auch noch bessere Dinge zu tun.«

Was für ein Idiot! Mit hochgerecktem Kinn griff ich nach meinem Handy, das auf dem Garderobentischchen lag. Danach schleppte ich mich Stufe für Stufe die Treppe hinauf. Jeder Schritt fühlte sich an, als seien meine Gelenke eingerostet. Vermutlich hatte ich wirklich einen Schock und es war fahrlässig, Leon wegzuschicken. Und ungerecht war ich auch. Aber ich musste endlich ins heiße Wasser, und zwar sehr, sehr schnell.

Versetzt

Sonntag, 7:25 Uhr. Die Wut auf mich und meine eigene Dummheit gab mir genug Energie, mich ins Schlafzimmer und von dort in mein eigenes Bad zu schleppen. Ich warf die Tür hinter mir zu, drehte das heiße Wasser auf und ließ mir eine Badewanne ein. Dann schälte ich meine eisigen Glieder aus den restlichen Klamotten. Schließlich glitt ich in die Wanne … und ächzte, als das heiße Wasser auf meine frostige Haut traf. Es brannte wie Feuer. Irgendwo hatte ich im Hinterkopf, dass man Kälteopfer nicht in heißes Wasser stecken sollte. Aber ich konnte mich nicht mehr erinnern, warum man davon abriet, und es war mir auch egal.

Die Wärme strömte in meine Glieder, bis sie nach einer Weile selbst den Kernfrost in meinem Innersten vertrieb. Meine Muskeln entspannten sich. Finger und Zehen fühlten sich an, als seien sie geschwollen, und mein Gesicht glühte. Ich blieb still liegen, atmete tief und ließ das Wasser seine Arbeit tun.

Einige Zeit später sprang draußen im Hof ein Motor an. Ich richtete mich in der Wanne auf und spähte aus dem Fenster. Unten im Hof flammten Scheinwerfer auf. Leons Porsche. Der Wagen fuhr quer über den Platz, rollte dann um die Ecke des Gebäudes und verschwand im Nebel. Mit einem kleinen Handtuch trocknete ich mir die Hände ab, tastete nach meinem Handy, lehnte mich wieder ins heiße Wasser zurück und begann, eine Nachricht zu tippen.

Ich: Hallöchen, gut angekommen? 🛬

Kira: Ja, alles top. Die Kanaren sind ein Traum. 😎 Gleich geht es weiter zur Offline-Insel. 👍 Dann bin ich erstmal nicht erreichbar. Wie ist es bei euch?

Ich: Etwas feucht hier heute. 😉 Sag mal, kann ich mir dein Auto ausleihen?

Kira: Klar, die Schlüssel hängen neben der Haustür.

Ich: Muss kurz was erledigen und das Motorrad checken die Jungs noch.

Zwanzig Minuten später kroch ich aus der Wanne. Die Kälte war einer wohligen Wärme gewichen. Ich trocknete mich sorgfältig ab, föhnte mir sogar die Haare und schlüpfte in die dicksten Klamotten, die ich in meiner Sporttasche finden konnte. Dann sah ich den Hoodie, den Leon mir übergestülpt hatte und zog ihn noch obendrüber. Warm, groß, und konnte dreckig werden. Er roch ganz leicht nach Leon. Anschließend ging ich nach unten, steckte die Teichkleidung in die Waschmaschine, der Hoodie würde bis zur nächsten Wäsche warten müssen. Dann warf ich einen Blick in die Küche. Leon war offenbar noch nicht zurückgekehrt. Nun gut, noch waren ein paar Stunden Zeit, bis ich zu meinem Treffen mit Tim losmusste und Leon den Dienst hier übernehmen sollte. Ich hoffte bloß, dass seine Ansage, dafür könne ich mir einen anderen Depp suchen, nicht ernstgemeint war.

Ich mummelte mich warm in einen etwas zu großen Parka und eine dicke Wollmütze, die ich in der Garderobe fand, und lief hinüber zu den Ställen, um zu schauen, wie es Fridolin ging, dem blöden Esel. Als ich die Stalltür öffnete, sah er mir schon entgegen. Einen seelischen Schaden schien er nicht davongetragen zu haben, so zufrieden wie er sich Heu aus seinem Futternetz rupfte. Leon hatte ihn also eingefangen und in seine Box gesteckt, während ich in der Badewanne gesessen hatte. Dafür war ich ihm echt dankbar.

Inzwischen tat es mir leid, dass ich ihn vorhin angemotzt hatte. Hoffentlich kam er rechtzeitig zurück, sodass ich mich entschuldigen konnte. Wenn er merkte, dass ich es ernst meinte, übernahm er die Fütterung heute Abend vielleicht doch. Und wenn ich das Ausmisten einfach mal erledigte? Schließlich sollte es in den nächsten zwei Wochen der schickste Stall im Sauerland werden. Lothar Lauterberg durfte nichts zum Meckern finden – und auch nichts zum Blöken. Entschlossen griff ich mir die Mistgabel.

Bereits nach zehn Minuten *einfach mal* misten schmerzten meine Arme und mein Rücken, wenn ich die Mistgabel nur anhob. Doch was wirklich störte, war, dass die Tiere noch in den Boxen standen und ich um sie herum arbeiten musste. Laut Kiras Plan sollten sie erst am späten Nachmittag auf den Paddock, vermutlich, um in der Box Platz beim Arbeiten zu haben, wie mir jetzt klar wurde. Aber es war gerade Mal Vormittag und wahrscheinlich besser, ich setzte mich nicht einfach über Kiras Anweisungen hinweg - jedenfalls nicht gleich am ersten Tag. Irgendwie würde es auch so gehen.

Bei der Kuh Milka lief das Misten noch gesittet ab.

Shakespeares Box war zwar nicht so schmutzig wie Milkas, aber als ich die Boxentür einen Spalt weit öffnete, flitzte das Minischwein mit Kometengeschwindigkeit hinaus in die Stallgasse und schien einen Riesenspaß daran zu haben, Fangen mit mir zu spielen. Minutenlang rannte ich wie eine Halbirre erfolglos hinter ihm her, freundliches Argumentieren oder wildes Drohen brachten es ebenfalls nicht zur Raison. Erst eine Extraration Futter lockte den kleinen Teufel zurück in die Box. Ich achtete darauf, dass die Tür geschlossen blieb, und schippte den Mist einfach im hohen Bogen über die Boxenwand in den Gang, kletterte dann wagemutig hinterher und warf das frische Stroh wiederum zurück in die Box. Alles, nur nicht noch einmal diese Tür öffnen. Meine Arme fühlten sich an, wie die von Popeye aussahen.

Bei Pony Emma lief es besser, nur war Emma leider alles andere als gut gelaunt und schnappte nach mir. Einmal erwischte sie meine Jacke so unglücklich, dass sie mich in den Bauch zwickte. Ich schrie auf und als ich den Pulli hob, war eine Reihe roter Abdrücke zu sehen. Ich dachte, man beißt nicht die Hand, die einen füttert. Das Vieh musste dringend seine Lebenseinstellung überdenken.

Meine große Herausforderung war – natürlich - der Esel; mein Kryptonit, meine Nemesis … und wahrscheinlich laut Lillith auch mein Saturn, Neptun und Merkur in einer Person. Sobald ich die Box mit meinen Gerätschaften betrat, klaute er mir den Handfeger und schleuderte ihn quer durch den Stall. Als ich die Box verließ, um ihn wiederzuholen, drängelte sich der Kerl hinter mir in die Stallgasse. Also verrammelte ich die

Stalltür und mistete in Ruhe Fridolins Box. Der nutzte die Freiheit, während ich seine Scheiße schippte, und schlug sich am Futterlager den Magen mit Möhren voll, ließ sich am Ende aber trotzdem noch mit ein paar Möhren zurück in die Box locken.

Ich seufzte abgrundtief. Es konnte nur besser werden. Auf zum Hühnerstall. Dort konnte ich mir gleich mal überlegen, wo ich die fehlenden dreizehn Zentimeter herzaubern sollte. Wobei - wäre es nicht viel einfacher, das ein oder andere Huhn verschwinden zu lassen? Oder besser noch: den Hahn? Als hätte Dr. Jekyll meine Gedanken gelesen, attackierte er mich prompt aus allen möglichen Ecken und Winkeln, krallte sich in meine Haare und pickte nach meinen Händen, während ich versuchte, sein Gehege zu reinigen. Der linke Vogel wollte mich mit allen Mitteln aus seinem Revier vertreiben, das verstand selbst ich.

Als ich wegen ihm zum dritten Mal die gleiche, randvoll mit Hühnermist gefüllte Schaufel fallen ließ und wieder von vorn anfangen musste, hatte ich vorübergehend die Vision, meine Waffe zu holen und seinem Hähnchenleben ein jähes Ende zu bereiten. Aber das hätte Kira mir sicher nicht verziehen. So tötete ich ihn nur mit Blicken - vorerst jedenfalls.

Als ich schließlich zurück ins Haus ging, waren mehr als drei Stunden vergangen. Es klebten Dreck und Mist an Hose und Jacke, selbst in meinen Haaren entdeckte ich Stroh, Federn und andere undefinierbare Substanzen. Ich zog die Handschuhe aus und betrachtete meine Hände. Erste weiße Stellen prophezeiten mir, dass sich dort Blasen bildeten. Auch mein Parka sah ziemlich zerrupft aus und hatte einige Bisslöcher aufzuweisen. Ganz zu schweigen von den dunkelroten Blutergüssen auf meinem Bauch. Und das alles nach einem unfreiwilligen Eisbad …

Keine gute Bilanz für den ersten entspannten Urlaubstag. Dabei war es gerade erst halb zwölf. Und damit schon wieder Zeit für Sammys Medizin.

Erst verabreichte ich der Hündin ihre Mittagsration Medikamente, dann duschte ich. Anschließend schlüpfte ich in die nächste saubere Jeans und den nächsten frischen Pulli - was für ein Verschleiß - und föhnte zum zweiten Mal heute die Locken, die nach dem vielen Waschen so statisch aufgeladen waren, dass sie wie der Besen aussahen, mit dem ich eben die Stallgasse gefegt hatte. Ich streckte meinem Spiegelbild die Zunge raus.

Dann war ich endlich fertig. In vielerlei Hinsicht. Zum einen waren meine Muskeln und meine Nerven fertig, vermutlich, weil sie sich auf Urlaub eingestellt hatten. Zum anderen war ich bereit für die Abfahrt nach Düsseldorf. Jetzt fehlte nur noch eine winzige Kleinigkeit: Leon, den ich irgendwie bezirzen musste, meine Entschuldigung anzunehmen und heute Abend die Tiere zu versorgen. Seitdem ich ihn vom Hof hatte fahren sehen, war er nicht wieder aufgetaucht. Ich sah auf die Uhr. In weniger als einer Stunde sollte ich mich mit Tim treffen und diese Stunde brauchte ich für die Fahrt. Dummerweise hatte ich Leon nicht nach seiner Handynummer gefragt, sonst hätte ich das mit dem Bezirzen telefonisch erledigen können. Vielleicht konnte Kira sie mir geben? Ich wählte Kiras Nummer. Es kam die Ansage, dass der Teilnehmer vorübergehend nicht erreichbar sei, offenbar weilte sie schon auf ihrer Trauminsel. Trotzdem schrieb ich ihr eine WhatsApp mit meinem Anliegen. Dann trommelte ich ungeduldig mit den Fingern auf den Tisch. Jasmin? Sie hatte bestimmt Leons Nummer. Ich suchte in meinem Telefonverzeichnis nach ihrem Namen und wählte. Sie hob nach dem zweiten Klingeln ab.

»Hallo?«

»Hallo Jasmin, hier ist Sabin.«

Ein kurzes Schweigen, gefolgt von einem skeptischen »Was gibts?«

»Ich muss dienstlich nach Düsseldorf und will Leon Bescheid sagen, damit er heute Abend die Tiere versorgt. Ich kann ihn jetzt aber leider nirgends erreichen. Hast du seine Handynummer?«

»Haha, Leon als Vertretung? Du bist lustig. Konntest du keinen Unzuverlässigeren finden? Außerdem: der Beau und Drecksarbeit? Na, dann viel Glück.«

Ich verzog das Gesicht. »Hast du vielleicht Zeit?«

»Vergiss es, mein Rücken bringt mich um.«

»Hallo? Immerhin habe ich deinen Dienst hier auf dem Hof übernommen und opfere dafür meinen Urlaub. Und nach Rückenproblemen hat das vorgestern auf der Tanzfläche nicht ausgesehen. Dann gib mir wenigstens Leons Nummer.«

Das Freizeichen erklang. Ernsthaft? Sie hatte aufgelegt? Konnte jemand so humorlos sein? Ich kannte die Antwort.

Okay, dann vielleicht Kiras Eltern, die konnte ich über das Festnetz erreichen. Doch niemand hob ab. Auf der Firmenwebsite war auch keine persönliche Nummer von Leon zu finden. Ich seufzte … und starrte auf die Tür am Ende der Küche, die zu seinem Gästezimmer führte. Gab es dort vielleicht eine Visitenkarte, Schriftverkehr oder ähnliches, worauf zumindest eine seiner vier Handynummern vermerkt war?

Unschlüssig stand ich auf und ging zur Tür. Ich klopfte, aber es kam wie erwartet keine Antwort. Also drückte ich die Klinke hinunter und spähte ins Zimmer. Es war ein großer Schlaf-Wohnraum mit Fenstern, die auf die Einfahrt des Gutshofs hinausgingen. Vor einem Himmelbett standen zwei Körbchen in der Größe von Treckerreifen, offenbar Buddys und Sammys Schlafplätze. Eine Katze räkelte sich auf dem Sofa. War das Pepsi? Oder Wurst?

Ich ging zum Schreibtisch und schaute mir die Unterlagen an, die dort gestapelt waren. Bestellungen, Zeichnungen, technische Auswertungen und allerlei anderer Produktionskram, der wohl zu Leons Job gehörte. Eine Handynummer stand aber nirgends. Ratlos ging ich im Raum umher, hob die eine oder andere Zeitung hoch, ging durch einen Stapel Bücher. Obenauf lag ein Krimi - *Miesmuschelmord* von Carla Capellmann … Klang spannend, den sollte ich mir mal ausleihen. Die erhoffte Telefonnummer suchte ich allerdings vergebens.

Wo zur Hölle steckte der Kerl? Ein Blick auf die Uhr sagte mir, dass ich allmählich sowieso keine Chance mehr hatte, pünktlich bei Tim einzutreffen. Es blieb mir nur eins übrig: Ich musste ihm absagen, damit er die Karte jemand anderem anbieten konnte. Jetzt. Schweren Herzens nahm ich das Telefon und wählte Tims Nummer.

Ich schreckte hoch von lautem Bellen, schaltete den Fernseher aus und setzte mich auf. Buddy sprang vom Sofa und rannte durch das Wohnzimmer Richtung Haustür. Mit einem ausgiebigen Gähnen rieb ich mir die Augen. Ein Blick auf die Uhr sagte mir, dass es bereits fünf war.

Die Tür ging auf und Leon schlenderte herein, als wäre

nichts gewesen. Er ging zum Kamin, nahm ein paar Holzscheite aus dem Korb und legte sie auf die restliche Glut. Sofort züngelten kleine Flammen auf. Dann drehte er sich zu mir um und lächelte mich an. Ich stand auf und starrte zurück.

»Na, noch nicht unterwegs zum großen Date? Wird langsam Zeit, oder?«

Fassungslos sah ich ihn an. »Ich dachte, ich soll mir einen anderen Depp suchen.«

»Und? Hast du einen gefunden?«

Wollte der mich verarschen?

Leon grinste wissend. »Siehst du? Dachte ich mir.«

»Aber ich dachte, du kommst gar nicht mehr. Wo zur Hölle warst du denn eigentlich?«, rief ich.

»Ich? Bei Valentino in der Werkstatt.« Er schaute an sich herab.

Mir fiel auf, dass seine Jeans voller Ölflecken war.

»Also, mein Date ist jetzt geplatzt, danke der Nachfrage. Ich hätte nämlich vor zwei Stunden da sein müssen.«

Leon zog die Augenbrauen hoch und schaute derart betroffen, dass es nicht gestellt sein konnte. »Ich dachte, du wolltest heute Abend nach Düsseldorf und über Nacht bleiben. Hast du nicht gesagt, du fährst um fünf Uhr?«

»Nein, ich habe gesagt, dass ich um fünfzehn Uhr da sein soll. Und das war, bevor du gesagt hast, ich soll mir einen anderen Depp zum Füttern suchen.«

Leon schüttelte den Kopf. »Das war doch nur so dahingesagt. Mensch, warum hast du dann nicht einfach angerufen?«

Ich hob die Schultern. »Weil ich deine Nummer nicht habe und sie mir sonst auch keiner geben konnte.«

»Eine Frau wie du hat nicht die Handynummer von einem Mann wie mir? Das ist absolut nicht in Ordnung!« Er griff kopfschüttelnd in die Brusttasche seines Arbeitshemdes und reichte mir seine Visitenkarte, dabei zwinkerte er mir zu. »Tja, dann bin ich wohl dein Ersatz-Date für heute Abend. Ich könnte dir was kochen. Wie ich dich kenne, hast du Hunger.«

»Nein, danke, ich hab mir vorhin ein Brot gemacht.« Ich stand auf. Jeder Muskel schmerzte, ich fühlte ein Kratzen in meinem Hals und wollte einfach nur schlafen. Und vergessen, dass ich mich eigentlich bei Leon entschuldigen musste. Was für eine blöde Situation. Noch dazu schien er mir anzusehen, dass es mir nicht gut ging.

»Wie du willst, aber dann erledige ich wenigstens die Abendfütterung?«

»Das wäre super, danke. Gibst du Sammy auch gleich die Medizin? Die braucht sie heute Abend um elf nochmal. Morgen früh bekommt sie dann die letzte Dosis.«

Sammy spitzte die Ohren, folgte mir bis zum Treppenabsatz und sah mich hoffnungsvoll mit ihren blauen Augen an.

»Nein, Süße, du bleibst schön hier unten. Ich möchte keine Gesellschaft im Bett«, erklärte ich ihr.

»Sammy, komm her. Wir machen es uns einfach ohne Ihre Ungemütlichkeit gemütlich.«

Ich rollte mit den Augen und verschwand in meinem Zimmer. Doch einschlafen konnte ich nicht. Stattdessen schwirrten die Gedanken wie Herbstlaub in meinem Kopf herum und fuhren zusammen mit den Sternen aus meinem Horoskop Achterbahn.

Erst grübelte ich über Lothar Lauterberg nach, wie ich es

schaffen konnte, seine Auflagen in so kurzer Zeit zu erfüllen - und ob mir Alternativen blieben. Über meine verrückte Halbschwester Lillith, die unsere egozentrische Mutter am Hals hatte und die mit ihren ulkigen Vorhersagen doch immer mal wieder einen Treffer zu landen schien.

Dann kam Tim mir in den Sinn, der Mann mit den eisblauen Augen, der plötzlich wieder in mein Leben schneite, mir als neuer Teamkollege sehr gut in den Kram passte und der angedeutet hatte, dass er sich mindestens ebenso auf die Zusammenarbeit freute … oder vielleicht auf mehr?

Und immer wieder tauchte auch Leon auf, der dunkle Herzensbrecher, der mich in den Wahnsinn trieb, weil man sich noch nicht mal auf seine Unzuverlässigkeit verlassen konnte, und dessen Lächeln weit gefährlicher war, als meine Walther P99. Mein letzter Gedanke galt Lilliths Vorhersage vom Tag der Hochzeit, dass ich den Mann meiner Träume treffen würde - und der Erkenntnis, dass ich an diesem Tag sowohl Tim als auch Leon getroffen hatte. Und beide waren sie dunkelhaarige Männer vom Mars.

Kapitel 4

Ein Durchbruch & ein Fall

Lillith

Wie hast du den ersten Sturm überstanden? Heute ist Merkur im Zwilling. Täuschung und Wahrheit, die beiden Gesichter des Zwillings ♊, gehen Hand in Hand. Sie katapultieren dich Hals über Kopf in neue Abenteuer. Die Wahrheit aber siehst du nur in deinen Träumen. Es gibt auch einen echten Durchbruch, aber nicht alles daran wird dir schmecken. 😋 Denk dran: Wenn das Leben dir Zitronen 🍋 schenkt, mach Caipirinha 🍸 draus … Wer will schon Limonade?

Montag, 5:23 Uhr. Strahlend blauer Himmel. Sanft schaukelt die weiße Yacht im azurblauen Wasser. Ich strecke mich wohlig auf meinem Badetuch. Wellen plätschern gegen die Bordwand. Sonne. Wärme. Freiheit. Ich stehe auf, sehe Mr. Right am Steuer stehen, groß, dunkle Haare, sein weißes Hemd flattert wie ein Segel. Ist es Leon? Oder Tim? Noch bevor ich sein Gesicht sehe, spüre ich sein warmes Lächeln … Der Motor springt an, bollert und wummert wie ein Rasenmäher … wie ein Erdbeben.

Verwirrt riss ich die Augen auf und schrak hoch. Statt mich auf hoher See mit Mr. Right in der Sonne zu aalen, lag ich im Bett von Kiras Gästezimmer. Was war das denn für ein kitschiger Traum? Und wer zur Hölle machte hier so einen Lärm? Draußen war es noch dunkel. Allerhöchstens sechs Uhr. Und unter mir bebte keine Yacht, sondern der Boden! In Sekundenschnelle sprang ich aus dem Bett, schlüpfte in Jogginghose, Pulli, Turnschuhe und schob das Handy in die Tasche.

Schon stürmte ich die Treppe hinab. Der Flur unten war hell erleuchtet. Aus dem Wohnzimmer drang Maschinenlärm wie von einem Wackerstampfer. Ich riss die Tür auf und staunte nicht schlecht. Da standen zwei Handwerker mit Vorschlaghammer und Stemmhammer und machten Anstalten, die Außenwand zu durchbrechen. Alle Möbel des gestern noch gemütlichen Wohnzimmers standen zusammengeschoben an den Seitenwänden und waren unter Folien begraben.

»Einen wunderschönen guten Morgen! Was wird das hier?«, rief ich gegen den Lärm an, aber die Männer schienen mich nicht zu hören.

»Kuckuck!«, schrie ich erneut.

Keine Reaktion. Der eine Handwerker attackierte die Wand

mit dem wummernden Stemmhammer, dass der Putz nur so flog. Der andere schlug ein Stück weiter mit einem Vorschlaghammer auf das Mauerwerk ein. Mit jedem Schlag brachen weitere Mauerteile aus der Wand.

Ich marschierte hinüber zur Kabeltrommel und zog den Stecker. Sofort verstummte das Wummern. Der Handwerker mit dem Stemmhammer stutzte, drückte ein paar Mal einen Knopf an seiner Maschine und sah dann mit einem Schulterzucken zu seinem Kollegen. Der hatte ebenfalls aufgehört, auf die Wand einzuhämmern, nahm seinen Gehörschutz ab und sagte etwas in einer Sprache, die nach Polnisch klang. Dann drehte er sich um. Bei meinem Anblick erschrak er dermaßen, dass er einen Schritt zurückstolperte.

»Guten Morgen. Wen haben wir denn hier?« Ich kreuzte die Arme vor der Brust.

»Gute Morge. Wer Sie sind? Sie Kira?«, meinte der Größere der beiden.

»Nein, ich bin nicht Kira. Aber bevor ich Ihnen verrate, wer ich bin, wüsste ich gerne, wer Sie sind.«

»Ich Radek, das Joshi.«

Joshi nickte und sagte etwas in seiner Sprache, das nach *Guten Morgen* klang, genauso gut aber auch *blöde Ziege* bedeuten konnte.

»Wir machen Bau für Herr Albrecht bis Urlaub Ende. Wer Sie sind?«

»Kommissarin Sabin Vogt vom Landeskriminalamt.«

Radek fiel die Kinnlade herunter. Als Joshi ihn etwas fragte, machte er eine schnelle Handbewegung und zischte ihm zu: »Policia!«

Sofort hielt Joshi den Mund.

Ich fraß zehn Besen inklusive Preisschildchen, wenn die beiden eine Arbeitserlaubnis hatten. Aber wieso hatte Marc sie angeheuert? Und warum wusste ich nichts davon? Oder ging das auf Leons Kappe?

»Wir hier Auftrag. Du fragen Herr Albrecht, wir nix böse.« Radek machte einen auf Unschuldslamm. Nur, dass ich diese Masche genau kannte. Neben dem Unschuldslamm gab es noch die Beleidigten, die Missverstandenen und diejenigen, die fest daran glaubten, dass Angriff die beste Verteidigung ist. Alle hatten eins gemeinsam: Sie logen. Und eine Lüge witterte ich hundert Meter gegen den Wind.

Ich zückte mein Handy und wählte Kiras Nummer. Sie hatte wieder mal keinen Empfang. Gleiches Ergebnis bei Marc.

Ich beschloss, Leon zu wecken, wobei ich mich wunderte, warum der bei dem Lärm nicht schon längst aufgetaucht war. Vielleicht wusste er mehr als ich. Ich bedeutete den Männern zu warten und stiefelte zu seinem Zimmer. Als ich die Tür öffnete, kam mir eine schnuppernde Nase entgegen. Buddy wedelte wild mit der Rute und begrüßte mich wie einen alten Freund. Auch Sammy erhob sich schleppend und leckte mir die Hand.

Ich schaltete das Licht an. Leons Bett war leer und entweder unbenutzt oder frisch gemacht. War er so früh schon zur Arbeit aufgebrochen? Ich suchte seine Handynummer, wählte, und bereits nach dem ersten Klingeln ging er ran.

»Hallo Leon, hier ist Sabin.«

»Guten Morgen, Sonnenschein. Du bist ja früh wach. Deine Tiere stehen doch erst in einer Stunde auf. Mit den Hunden war ich übrigens schon kurz draußen und gefüttert sind sie auch. Du musst nur noch die Tiere im Stall versorgen.«

»Sehr schön, das gibt Fleißkärtchen«, lobte ich. »Sag mal, weißt du was von Handwerkern, die Marc bestellt hat?«

»Ja klar, die habe ich vorhin reingelassen. Kira hätte gerne einen Wintergarten, und Marc will sie nach den Flitterwochen damit überraschen.« Er machte eine kurze Pause. »Haben sie dich aus dem Bett gescheucht? Willst du bei mir einziehen? Da ist es bestimmt nicht ganz so laut, obwohl ich manchmal schnarche.«

»Das hättest du wohl gerne. Ich frage mich nur, warum Marc mir nichts davon erzählt hat.«

»Er wird es bei all dem Trubel vergessen haben.«

»Okay, ist ja auch seine Sache, wenn er gerne Löcher in seinem Haus hat. Danke, bis später.« Ich legte auf. Dann ging ich zurück ins Wohnzimmer. Die Männer sahen mir unsicher entgegen.

Ich stemmte die Arme in die Seite, schaute von einem zum anderen und seufzte tief. »Wer will Kaffee?«

Drei Stunden später hatte ich meinen Frühdienst im Stall beendet und legte eine herrlich ruhige Frühstückspause in der Küche ein. Ich hatte mir gerade frischen Kaffee gemacht, da klingelte mein Telefon. Im Display erschien Tims Name. Ich nahm den Anruf an, doch just in diesem Moment, wummerte der Maschinenlärm wieder los. Joshi und Radek hatten wohl beschlossen, ihre – und damit leider auch meine - Frühstückspause zu beenden.

»Moment!«, schrie ich in den Hörer und rannte zur Haustür hinaus. Über die Einfahrt eilte ich hinüber zum Brunnen, der weit genug weg vom Baulärm war. Dort bekam ich sogar ein wenig Sonne ab.

»So, hier geht's. Hallo Tim.«

»Sabin? Was zum Teufel ist denn bei dir los?«

»Das sind nur ein paar Bauarbeiten, nichts Gravierendes«, erklärte ich.

»Klingt nach einem Abrisskommando.«

Ich lachte. »Ja, ein bisschen ist es das auch.«

»Und das im Urlaub. Ich würde mich bei der Reiseleitung beschweren.«

»Die ist gerade dauerhaft offline. Da muss ich wohl durch. Aber wie läuft es bei dir?«

»Ach, geht so.« Er machte eine Pause. »Es könnte besser laufen. Was machst du heute Nachmittag? Lassen deine Tiere dich mal für ein paar Stunden gehen?«

»Bis Düsseldorf und zurück klappt das nicht ohne eine Vertretung.«

»Du brauchst nicht bis Düsseldorf zu fahren. Ich bin im Estelle, dieser Beautyfarm am Biggesee. Dort gibt es eine Hotellounge. Wollen wir uns heute Nachmittag da treffen?«

»Klar, auf einen Kaffee kann ich vorbeikommen.«

»Wie wäre es so um vier Uhr?«

»Okay, ich bin da. Bis später.« Nachdem ich aufgelegt hatte, ergriff mich ein seltsames Hochgefühl. Vielleicht war ich beruflich bereits auf Entzug?

Bevor ich wieder reinging, um mich aufzuwärmen, wählte ich noch eine andere Nummer.

Leon meldete sich nach dem zweiten Klingeln. »Hallo, Sweetheart! Schon wieder Sehnsucht nach mir?«

»Ich nicht, aber die Tiere.« Ich lachte. »Sag mal, kannst du heute Abend ausnahmsweise nochmal füttern?«

»Was hast du denn vor? Wieder dieses Date?«

»Du bist ganz schön neugierig, aber ja. Ich muss zu einer Besprechung und weiß nicht, ob ich rechtzeitig zur Abendfütterung hier bin.«

Er seufzte. »Ach, Besprechung nennt man das jetzt? Na gut, weil du es bist … Was machen unsere fleißigen Bauarbeiter? Ich höre gar nichts.«

»Von wegen, ich stehe einen halben Kilometer vom Haus entfernt und der Stemmhammer dröhnt bis hierhin. Die Jungs hauen alles kurz und klein. Das Loch in der Außenwand ist schon beinahe so groß wie eine Haustür, alles ist voller Staub und kalt ist es in der Wohnung auch.«

»Super, da freue ich mich ja schon auf einen gemütlichen Feierabend.«

Ein ganz besonderes Angebot

Montag, 16:00 Uhr.

»Was sagst du dazu?« Tim machte eine ausschweifende Geste. »Nobel geht die Welt zugrunde, oder?«

»Ja, das kann man so sagen.« Ich schaute mich um. Die Lobby der Beautyfarm erinnerte an ein Museum für moderne Kunst. Designer-Lampen und elegante Sitzecken, dazwischen überdimensionale Skulpturen, die aussahen, als habe man einer Kindergartengruppe ein paar Kilo Knete überlassen. Die gläserne Rezeption wirkte spaciger als die Kommandozentrale auf der ISS.

Tim legte seine Hand an meinen Ellbogen. »Komm mit, ich will dir was erzählen. Aber nicht hier.«

Oh, was erzählen? Etwa über den geheimnisvollen Fall?

Er führte mich über den roten Teppich an der Rezeption vorbei. Mein Blick fiel auf die Frau in schwarzer Uniform, die der Rezeptionistin hinter dem Tresen etwas aushändigte. Das war doch Lara von der Hochzeitsfeier. Als sie mich erkannte, strahlte sie.

»Hallo, Sabin, wie schön, dass du uns besuchen kommst. Ich wusste gar nicht, dass du Herrn Schmidt kennst.«

Herrn Schmidt? Ich sah zu Tim rüber, der verkrampft lächelte.

Ich nickte Lara zu. »Ja, Herr … Schmidt hat so von euch geschwärmt, dass ich mal vorbeischauen wollte.«

»Oh danke, ausgezeichnet, dann viel Spaß Ihnen beiden.

Wenn ich etwas für Sie tun kann, melden Sie sich einfach.«

Der Druck von Tims Hand an meinem Ellbogen verstärkte sich.

»Machen wir, danke«, rief ich Lara zu, bevor er mich um die Ecke und in einen breiten Flur zog.

»Ihr kennt euch?«, raunte er mir zu.

»Von der Hochzeit.«

Tim räusperte sich. »Weiß sie, wo du arbeitest?«

Ich dachte kurz nach und schüttelte dann den Kopf. »Wir haben nicht darüber gesprochen. Wieso, ist das wichtig?«

»Gleich«, murmelte Tim.

Ein junger Mann kam an uns vorbei. Der Flur ging über in eine Lounge mit niedrigen Tischchen, bequemen Sesseln und einer wunderbaren Aussicht über den Park. Ein Kellner tauchte auf, begrüßte uns und führte uns an einen der Tische. Da wir die einzigen Gäste waren, konnten wir ungestört reden. Wir setzten uns, bestellten einen Kaffee, und kaum war der Kellner fort, lächelte ich Tim erwartungsvoll entgegen.

»Du machst es ja spannend, jetzt erzähl schon.«

Er grinste. »Geduld ist nicht deine Stärke, kann das sein?«

»Vollkommen und absolut richtig.« Ich grinste zurück. Wer war schon gerne geduldig?

»Ich freue mich, dass du hier bist. Nach deiner Absage gestern habe ich mich schon gefragt, ob ich vielleicht zu forsch war.«

»Ach was, meine Vertretung bei den Tieren hat mich hängen lassen, dabei wäre ich supergerne mit zum Fußballspiel gekommen, ich schwöre.«

»Und wie läuft der Urlaub sonst? Kannst du auch mal entspannen oder bist du auf dem Hof voll eingespannt?«

»Ach was, meine Freundin hat nur eine Handvoll Tiere, die gefüttert, gemistet und mal Gassi geführt werden müssen.« Ich zwinkerte ihm zu. »Ich wollte mir schon Arbeit mitnehmen, falls es mir zu langweilig wird.«

Der Kaffee wurde serviert und kaum war der Kellner wieder fort, lehnte Tim sich vor und legte seine Hand wie zufällig auf meine, zog sie aber sofort wieder zurück. »Vielleicht vertreibt dir dein Freund die Zeit - oder dein Ehemann?«

Ich lachte. »Das Heiraten konnte ich bisher erfolgreich verhindern. Aber wo wir gerade beim Thema sind: Wie kommt es, dass du zu uns ins Präsidium gewechselt bist?«

»Das hat tatsächlich mit meiner Ex-Frau zu tun. Wir haben uns kürzlich getrennt und mir war nach einer Veränderung zumute. Die Info von Knaus, dass bei euch eine Stelle frei ist, kam da gerade richtig.«

Plötzlich stand jemand neben unserem Tisch. Ich sah auf. Helena? Was machte die denn hier?

»Tim, ich habe dich überall gesucht. Unser Meeting wurde vorverlegt und beginnt in ein paar Minuten.«

Verwundert sah ich von Helena zu Tim und zurück.

Sie lächelte. »Gut, dass Sabin schon da ist. Dolores erwartet uns in ihrem Büro.«

Ich runzelte die Stirn. »Aha, und was hat das mit mir zu tun?«

»Ich dachte, Tim hat dich informiert.« Helena hob die Augenbrauen.

Tim räusperte sich. »Ich hatte noch keine Gelegenheit.«

Ich seufzte. »Spucks schon aus. Warum seid ihr hier?« Ich trank einen Schluck Kaffee und hätte beinahe selbst ausgespuckt. Er schmeckte holzig und roch eigenartig muffig. »Was zum Teufel ist das?«

»Lupinenkaffee, die hässliche kleine Schwester der Kaffeebohne – aber gesund. Und das andere ist kein Thema für eine Bar.« Helena deutete mit dem Kopf Richtung Kellner. »Also, kommt ihr?«

Kurz darauf stand ich mit Tim und Helena im Aufzug und Tim drückte den Knopf. Während der Aufzug sich in Bewegung setzte, verschränkte ich die Arme.

»Also, was gibt es hier so Geheimnisvolles? Habt ihr herausgefunden, dass Heidi Klum Koks in Puderdöschen versteckt?«

Tim sah Helena an, seufzte und schüttelte den Kopf. »Eigentlich ist es noch schlimmer als Heidi Klum.«

Helena nickte betroffen. »Und das soll was heißen.«

Bevor sie weiterreden konnte, öffnete sich die Fahrstuhltür und wir kamen in eine Art Penthouse. Direkt gegenüber, vor einer Fensterfront mit Blick über den nebelverhangenen Stausee, stand eine weiße Sofalandschaft.

»Komm, gleich verstehst du alles«, meinte Tim und wandte sich nach links. Wir gingen um eine marmorne Theke herum, die offenbar als Bar benutzt wurde. An dem großen Konferenztisch dahinter saßen der leitende LKA-Kriminaldirektor Konrad Knaus, seines Zeichens unser Oberboss, und mein Vater. Jetzt war ich aber wirklich neugierig. Es konnte ja nur um den Topsecret-Fall gehen. Die Runde wurde von einer ausgesprochen eleganten Dame in weißem Seidenkostüm vervollständigt, circa fünfzig Jahre alt und mit blondem Pagenschnitt. Das musste diese Dolores sein. Bei meinem Anblick schlug sie sich die

Hand vor die Brust, erhob sich und eilte auf mich zu, wobei das aussah, als würde sie über den Laufsteg schweben.

Unschlüssig blieb ich stehen und im nächsten Moment schloss sie mich ohne Vorwarnung in ihre Arme. Ihr teures Parfum umwehte mich und der Duft weckte etwas tief in mir, eine vage Erinnerung an meine Kindheit. Entgegen meiner Erwartung, dass sie zarte Luftküsse über meine Schultern hauchen würde, drückte sie mich fest an sich und küsste mich so inbrünstig auf die Wange, als habe sie ihre lange verlorene Tochter wiedergefunden. Blitzartig wusste ich, wer sie war.

»Dodo? Dodo - bist du es wirklich?« Ich kannte Dolores nur unter ihrem Spitznamen. Sie war eine Freundin meiner Mutter und hatte uns nach deren Verschwinden häufig besucht. Damals war ich vier Jahre alt gewesen. Je älter ich wurde, desto seltener kam sie, zuletzt an meinem zehnten Geburtstag mit dem schönsten Geschenk, das ich jemals bekommen hatte: einer doppelstöckigen Zorro-Torte. Danach hatte ich sie nie wieder gesehen. Als ich Paps gefragt hatte, warum Dodo nicht mehr kam, hatte er keine Antwort gegeben.

»Wie freue ich mich, dich wiederzusehen!« Sie betrachtete mich mit glitzernden Augen. »Du bist eine Schönheit. Diese Natürlichkeit und Frische, diese Ausstrahlung: das Ebenbild deiner Mutter.« Sie sah Paps an, dessen Lippen ein schmaler Strich waren, wie immer, wenn von meiner Mutter die Rede war. »Gregor, du musst unglaublich stolz auf deine Tochter sein.«

»Ja, sicher ...« Paps räusperte sich verlegen.

Was gab es denn da zu räuspern? Ich warf ihm einen Seitenblick zu, den er sehr wohl verstand. Dodo nahm mich am Arm und führte mich zum Tisch. »Aber komm, Kind, setzen wir uns.«

Kriminaldirektor Knaus stand auf und begrüßte mich mit Handschlag. Alle wirkten angespannt - oder täuschte ich mich? Dann lief es wohl nicht so gut mit ihrem Topsecret-Fall.

Während wir uns setzten, machte Dolores sich an der Theke zu schaffen und kehrte mit drei Gläsern zurück, in denen Zitronenstücke und Blätter in grünlichem Wasser schwammen. Sie stellte eines davon vor mich auf den Tisch. Die anderen hatten es auch nicht besser getroffen, vor ihnen standen die gleichen Gläser mit der gleichen Füllung. Unangetastet, wie mir schien.

»So, da wir nun vollzählig sind, sollten wir loslegen«, sagte Knaus. »Gregor, würdest du bitte?«

Paps räusperte sich. »Vergangene Woche, im Zeitraum zwischen Mittwoch, neun Uhr, und dem darauffolgenden Donnerstag, fünfzehn Uhr, wurde der Oldtimer des Leitenden LKA-Kriminaldirektors Konrad Knaus vom Parkplatz dieser Schönheitsfarm entwendet. Bei dem Fahrzeug handelt es sich um einen Jaguar Roadster XK120 von 1948. Herr Knaus befand sich gerade in einer Massagebehandlung«, Paps machte eine winzige Pause, »und bemerkte den Verlust des Wagens bei einem Blick aus dem Fenster.«

»Auf welchem Parkplatz stand der Wagen?«, fragte ich. »Ich habe vorhin drei gesehen.«

Paps nahm einen Prospekt vom Tisch, schlug ihn auf und deutete auf eine Karte, die eine Übersicht des Geländes zeigte.

»Hier neben dem Küchentrakt.« Er wies auf den Parkplatz, auf dem ich mein Motorrad geparkt hatte. »Wir haben den Tatort bereits auf Spuren untersucht - nichts Verwertbares. Das

Personal hat nichts gesehen und die Auswertung der Überwachungskameras ergab auch keine Anhaltspunkte. Wir vermuten, dass der Wagen durch einen unbewachten Nebeneingang rausgefahren wurde. Der Täter kannte sich offenbar hier aus und wusste, wie er den Wagen unbeobachtet vom Gelände schaffen kann.«

Dolores seufzte an dieser Stelle leise.

»Was sagt die hiesige Schupo dazu?«, fragte ich ihn. Ein grimmiger Hesse tauchte vor meinem inneren Auge auf.

Paps zuckte die Schultern. »Die sind nicht involviert.«

»Und wieso nicht?« Verwirrt blickte ich in die Runde. »Die sind schließlich bei Fahrzeugdiebstahl zuständig.«

»Das ist eine Nummer zu groß für die Schupo. Konrad hat Informationen, dass dieser Diebstahl von einem bisher unbekannten osteuropäischen Autoschieberring durchgeführt wurde, der sich speziell auf Oldtimer spezialisiert hat. Wir erhalten dazu noch Unterlagen vom BKA und den Kollegen aus dem Ausland. Samstag wurde eine Soko dazu gegründet, die von Helena geführt wird, seit heute früh sind Helena und Tim hier vor Ort.«

»Das ist ja schön, aber weder Tim noch Helena haben Ortskenntnisse. Die Schupo könnte uns diesbezüglich sehr gut unterstützen«, warf ich ein. Hesses Behauptung, er kenne jeden seiner Pappenheimer, fiel mir wieder ein. Und da ich zuvor noch nicht ein Wort über diesen Oldtimer-Diebstahlring gehört hatte – und die Kollegen wahrscheinlich auch nicht - wäre jede noch so kleine Information wichtig.

Knaus hob beschwichtigend die Hand. »Wir haben leider noch ein ganz anderes Problem: Offenbar gibt es einen Maulwurf.«

»Einen Maulwurf?«

Knaus nickte. »Daher werden die Ermittlungen Undercover laufen. Außer dem kleinen Kreis hier und Jonas wird niemand involviert, es gibt keine offiziellen Befragungen und niemand darf hier als Kripobeamter auftreten. Tim und Helena sind als Kunden eingecheckt. Die beiden brauchen jedoch Verstärkung.« Knaus sah mich an. »Was meinen Sie, Sabin, wären Sie bereit, Ihren Urlaub zu opfern und die Soko zu unterstützen?«

Ließ sich das mit den Tieren vereinbaren? Der Fall klang schon verdammt interessant. Morgens und abends füttern wäre kein Problem und Sammy hatte heute die letzte Dosis Antibiotikum bekommen, also konnte ich auch tagsüber mal wegbleiben.

»Es wäre ja auch nur für ein paar Tage«, erklärte Helena.

»Also gut, ich bin dabei.«

Knaus nickte erleichtert. »Vielen Dank, das weiß ich sehr zu schätzen. Dann erkläre ich Ihnen das Wichtigste zum Fall: Wir wissen, wie die Täter vorgegangen sind.« Knaus schob mir über die Tischplatte einen schlichten Metallschlüssel mit Jaguar-Anhänger zu und eine Lupe direkt hinterher. »Schauen Sie sich den mal genau an.«

»Ist das der Autoschlüssel zum Jaguar?« Verblüfft nahm ich den Schlüssel entgegen und betrachtete ihn von allen Seiten. Unter dem Vergrößerungsglas entdeckte ich in einer Ecke des Metallbartes ein winziges, weißes Stückchen. Das sah aus wie Alginat, die Abdruckmasse, die Zahnärzte verwendeten - oder Diebe für eine Schlüsselkopie, aus der sie dann mit Kunstharz einen Ersatzschlüssel gossen. Diese Methode wurde bei älteren Fahrzeugen ohne Chip genutzt und setzte voraus, dass man Zugang zum Originalschlüssel hatte. Was bedeutete …

»Der Täter ist hier im Haus? Weil er Zugang zum Schlüssel haben musste?«

Knaus nickte. »Sehr wahrscheinlich. Hier gibt es einen Parkservice für die Kunden und die Schlüssel werden zentral an der Rezeption aufbewahrt. Vielleicht hat jemand die Schlüssel weitergegeben, oder es sind mehrere Täter. Das müssen wir herausfinden. Zugang zu den Autoschlüsseln haben erstmal nur die Mitarbeiter, mit etwas Geschick aber auch andere Kunden oder Außenstehende. Jonas überprüft gerade die Belegschaft. Die Ergebnisse sollen noch heute kommen.«

»Also ist der Kreis der Verdächtigen relativ klein. Hauptsächlich Mitarbeiter und Kunden. Und die müssen befragt werden.«

Paps klinkte sich ein. »Keine direkte Befragung.«

»Ach ja, stimmt. Der Maulwurf.« Ich rieb mir die Schläfe. »Wie sollen wir dann vorgehen?«

»Genau das müssen wir jetzt besprechen«, knurrte Paps.

Nun mischte sich Dolores ein. »Ihr müsst da bitte sehr sensibel vorgehen. In diesem Haus verkehren Prominente, Politiker, Multimillionäre. Und die Öffentlichkeit soll nicht wissen, dass sie hier sind.«

»Also nehmen wir die Glaskugel?« Ich sah in die Runde und Tim grinste vielsagend.

»Deswegen brauche ich für diesen Fall meine fähigsten Ermittler«, erklärte Knaus.

Helena lehnte sich vor. »Danke Dr. Knaus. Wenn Sie erlauben, ich glaube, ich habe die Lösung für unser vordringlichstes Problem: Die Befragung der Mitarbeiter.« Sie strahlte ihn an, als sähe sie schon eine Beförderung vor ihrem geistigen Auge. »Wir setzen Sabin als Praktikantin ein. So kann sie alles über das Personal herausfinden. Bei konkreten Hinweisen übernehmen Tim und ich.«

Dolores seufzte. »Wir nehmen leider prinzipiell keine Praktikantinnen. Aber ich könnte dich als neue Kosmetikerin vorstellen, Sabin.«

Ich verzog das Gesicht. »Also ich weiß nicht, ob ich dafür die richtige Besetzung bin. Helena wäre auf jeden Fall besser geeignet.«

»Wie kommst du denn darauf?« Helena lachte auf. »Sehe ich aus wie eine Kosmetikerin?«

»Jedenfalls eher als ich. Dein Schminkkoffer hat die Dimension eines Kleinwagens. Also tauschen wir besser die Rollen.« Ich lächelte ihr zu. Helena sah mich aus schmalen Augen an.

Knaus räusperte sich. »Das geht leider nicht mehr. Helena und Tim haben offiziell als Ehepaar eingecheckt.«

Dolores schaute mich flehend an. »Du bist perfekt für die Rolle, meine Liebe. Dir würde ich meine Kunden von Herzen gerne anvertrauen und meine Mitarbeiter würden dich als Kollegin lieben.«

Ich wand mich. Kosmetikerin … ich! Ausgerechnet!

Schließlich nickte ich widerwillig.

Dolores klatschte in die Hände. »Die Arbeit wird dir Spaß machen, und wir beide können endlich mal wieder Zeit miteinander verbringen. Wo siehst du dich, Sabin? Massagen, Gesichtspflege oder lieber Bodyshaping?«

»Keine Ahnung. Wo kann ich denn am wenigsten falsch machen?«

Knaus stand auf. »Sehr gut, dann wäre alles geklärt. Helena gibt Ihnen einen Überblick über den Ermittlungsstand. Und denken Sie bitte dran: In vierzehn Tagen muss der Fall abgeschlossen sein.« Mit diesen Worten wandte Knaus sich ab und ging mit Paps davon.

Wie bitte? Vierzehn Tage? Was sollte das denn? Gerade wollte ich nachfragen, da hakte sich Dolores bei mir unter und zog mich mit sich.

»Wir beide gehen erstmal zu den Räumen der Mitarbeiter und staffieren dich aus.«

Ich blieb stehen und drehte mich nochmal um. Paps und Knaus waren bereits im Aufzug verschwunden, aber Helena und Tim unterhielten sich noch leise am Tisch.

»Wieso vierzehn Tage?«, fragte ich.

Helena sah auf. »Dann übernimmt wohl das BKA die Koordination und wir sind raus.«

»Aber wieso übernehmen die? Das hab ich ja noch nie erlebt.«

»Das hat Knaus wohl als Info von ganz oben.« Helena zuckte mit den Schultern. »Wenn ihr fertig seid, treffen wir uns später in Dolores' Büro bei den Behandlungsräumen und erklären dir, wo wir gerade stehen, einverstanden?«

Dolores nickte, ich ebenfalls, und dann folgte ich ihr an das entgegengesetzte Ende des Penthouse, wo wir eine Treppe hinunterstiegen.

»Zwei Wochen – die spinnen doch.«

»Du schaffst das schon, auch in der kurzen Zeit. Jetzt freu dich erstmal auf deine neuen Kollegen, dein neues Arbeitsgebiet und deine neue Uniform.«

»Uniform? So ein Judoanzug, wie Lara ihn trägt?«

»Das Kasack ist aus reiner Seide und wird dir ganz wunderbar stehen. Dann stecken wir deine wilden Locken hoch und legen Make-up auf. Wobei du das bei deiner Pfirsichhaut gar nicht nötig hast. Warte ab, du wirst dich sehr wohlfühlen.«

Das bezweifelte ich. Auf einer Beautyfarm war ich so fehl am Platz wie ein Frosch in der Sauna.

Sabin goes undercover

Montag, 17:16 Uhr. Als ich mich in Beautyfarm-Dress und mit der für mich völlig ungewöhnlichen Hochsteckfrisur im Spiegel betrachtete, wurde mir plötzlich klar, dass ich meinen allerersten Undercover-Einsatz hatte. Ich war im Begriff, in eine andere Persönlichkeit zu schlüpfen. Aber musste es ausgerechnet eine Kosmetikerin sein? Ich kam mir in dem schwarzen Seidenanzug albern vor und sah aus, als wolle ich entweder zu Bett gehen oder in einen Samurai Krieg ziehen. Und überhaupt, seit wann schaute ich in einen Spiegel, außer um zu prüfen, ob ich einen Fleck auf dem T-Shirt oder Spinat zwischen den Zähnen hatte?

Dolores rief mich. Ich verabschiedete mich mit einer Grimasse von meinem Spiegelbild und folgte ihr durch die Personalräume in den riesigen Spa-Bereich, der hinter einer schweren Holztür lag. Schwüle, stark parfümierte Luft schlug mir entgegen und machte das Atmen schwer.

Links reihten sich mehrere Glaskabinen aneinander und auf der rechten Seite dampften zwei von innen beleuchtete Wasserbecken. Gedimmtes Deckenlicht wechselte gerade die Farbe von Blau zu Türkis und rundherum an den Wänden flackerten zahllose goldfarbene Windlichter. Ich kam mir vor, als sei ich in eine unterirdische Grotte mit heißen Quellen hinabgestiegen.

»Das Onsen ist ein japanisches Bad mit vulkanischem Quellwasser, das wir mit Aroma- und Klangstimulation kombinieren.«

Aha, japanisch, deswegen die Samurai-Kluft.

»Onsen regt das respiratorische System und die Epidermis zum Detoxing an. Wir haben eine eigene Methode entwickelt, die die Zellen revitalisiert, die Chakren energetisiert, und gleichzeitig entspannt. Vor dem Onsenbad finden in den Dampfkabinen das Warm up, Clearing und Peeling statt. Danach geht es in das zweiundvierzig Grad heiße Tauchbecken zum Derma-Detoxing.«

Heiliges Blechle. Ich verstand nur Bahnhof.

Dolores schritt den Gang entlang und erging sich in detaillierten Erklärungen der japanischen Methode. Ich folgte ihr - zumindest körperlich -, bis mir auf einmal ein betörender Geruch in die Nase stieg. Sofort fing mein Magen an zu knurren. Woher kam dieser Duft? Ich blieb stehen und sah mich um. Wie magisch wurde ich von einem mit Blüten und kleinen Holzbesen dekorierten Sockel angezogen, auf dem Tiegel, Schalen und Töpfchen standen. Ich roch an jedem einzelnen. Kräutermischungen, Zitronenöl, eine graue Paste mit blumigem Duft und etwas Dunkelbraunes in einem großen Topf, das unwiderstehlich nach Nutella roch. Mein Magen frohlockte. Ohne weiter nachzudenken, tauchte ich den Finger tief hinein und probierte. Bah! Alle Geschmacksknospen in meinem Mund protestierten. Das Zeug war eklig, bitter und ölig.

»Sabin? Kommst du?«, hörte ich Dodos Stimme hinter den Kabinen.

»Bin unterwegs.« Blöderweise klebte diese Schmiere noch an meinem Finger. Ich sah mich um. Papiertücher gab es keine. Irgendwo war bestimmt ein Waschbecken. Ich eilte Dodo hinterher. Kaum kam ich um die Ecke, wartete auch schon die nächste Überraschung auf mich.

»Das hier ist Belindas Reich. Sie wird froh sein, wenn du ihr zur Hand gehst, denn unsere Kunden lieben das Onsen und sie hat immer viel zu tun.«

Die Blondine Belinda, die ich genau wie Lara von der Hochzeit kannte, stand neben Dolores an einer Theke und befüllte Weingläser mit etwas, das wie grobes Salz aussah.

»Hallo Belinda«, begrüßte ich sie. »Schön, dich wiederzusehen.« Ich verschränkte die Hände hinter dem Rücken und versuchte, den Seidenanzug nicht mit dem Schokoschleim an meiner rechten Hand zu besudeln.

»Ach, Sabin, das ist ja cool.« Belinda streckte mir ihre Hand zur Begrüßung hin. Wie absichtlich reichte ich ihr die linke Hand und sie nahm sie verwundert entgegen. Ich schaute mich interessiert im Raum um - kein Waschbecken in Sicht, außer das Große namens Onsen.

»Was für ein toller Arbeitsplatz. Und schön, dass ich jemanden kenne. Lara habe ich schon an der Rezeption getroffen. Sag bloß, Valentino arbeitet auch hier?«

Belinda lachte auf. »Gott bewahre. Als Automechaniker hat der so viel Ahnung von Beauty wie ein Krokodil vom Sticken. Hätte ich bei dir allerdings auch gedacht. Witzig, oder? Nimm's mir nicht übel, ich bin froh, dass du da bist. Wir brauchen dringend Verstärkung. Was ist dein Fachgebiet?«

Dodo warf mir einen schnellen Blick zu. Vielleicht hätten wir absprechen sollen, wie ich vorgestellt werden sollte. Bei Undercover Aktionen legte man sich ein hieb- und stichfestes Alter Ego zurecht. Vorher! Warum hatte ich nicht daran gedacht?

Meine neue Chefin räusperte sich. »Sabin soll erstmal wieder warmwerden mit dem Beruf. Sie war einige Zeit anderweitig tätig und ist beruflich etwas eingerostet. Also sei bitte nachsichtig mit ihr.«

»Genau, ich mache am Anfang bestimmt Fehler.« Halbherzig grinste ich sie an.

»Ach was, kein Problem. Du wirst dich schnell wieder eingewöhnen.« Belinda nahm ein mit Salz gefülltes Weinglas und goss aus einem verschnörkelten Kännchen Öl hinein.

Dolores drängte darauf, dass wir weitermussten, und ich verabschiedete mich. Zum Glück versuchte Belinda nicht noch einmal, mir die Hand zu geben. Am Ausgang fand ich endlich ein Waschbecken und obwohl Dolores etwas verwundert schien, fragte sie nicht, warum ich mir auf einmal die Hände waschen wollte.

Die nächsten Stunden führte Dodo mich durch die Räume, in denen kosmetische Behandlungen, Therapien und Ähnliches durchgeführt wurden, und erklärte mir einiges dazu. Ich versuchte, mir zur späteren Orientierung in Gedanken einen Plan des Gebäudes aufzustellen. Dolores erzählte unentwegt von irgendwelchen Detox-und-Sonstwas-Methoden. Natürlich hörte ich ihren Ausführungen aufmerksam zu, prägte mir die Begriffe ein, stellte ab und an Fragen, beschränkte mich aber aufs Wesentliche und bewies Mut zur Lücke. Ein bisschen Teilwissen sollte genügen, um bei einfachen Behandlungen danebenzustehen und den Schein als Kosmetikerin zu wahren. Der Rest würde improvisiert … Ich musste nur zwei Wochen die Fassade aufrechterhalten und mich auf die Ermittlungen konzentrieren – nur, bis wir den Wagen, den Dieb und damit eine Spur zum Oldtimer-Ring hatten.

Bis auf Lara und Belinda hatten die anderen Mitarbeiter

bereits Feierabend und so begegneten wir auf den Gängen nur dem ein oder anderen Gast. Als Erstes trafen wir Henry, einen kleinen, untersetzten Schauspieler, der sich für eine Rolle in einem Kriegsfilm zehn Kilo von den Rippen hungerte, eine Behandlung für sein schütteres Haupthaar bekam und für spezielle Stunts fit gemacht werden sollte. Dolores stellte mich vor, richtete dann in vertraulichem Ton ein paar persönliche Worte an ihn, und wir verabschiedeten uns.

Anschließend lernte ich Kathy Fiberg kennen, die alternde Ex-Frau eines legendären Fußballspielers, die hier eine Young-Vital-Life-Kur machte, was laut Dolores eine Kombination aus Bodyshaping, Massagen, Diät und Botox war. Sie schien ziemlich aufgeregt und erklärte Dolores, dass sie wertvollen Schmuck vermisse und das bereits bei Lara gemeldet habe. Ich horchte auf. Ein Diebstahl? Erst das Auto, dann der Schmuck? Gab es da einen Zusammenhang? Kaum waren wir wieder allein und ich sprach es an, winkte Dolores ab. Kathy sei schon dafür bekannt, bei jedem Aufenthalt etwas zu verlegen.

Als Dolores mit ihren detaillierten Ausführungen fertig war, zeigte die Uhr bereits neun Uhr abends. Sie führte mich in ihr Büro, damit ich dort die Personal- und Kundenakten sichten konnte. Ihr Arbeitsraum war ebenso perfekt eingerichtet wie der Rest der Schönheitsfarm, daher fiel mir sofort auf, dass einer der beiden Schreibtische ziemlich unordentlich wirkte.

»Arbeitest du allein hier?«

»Nein, der zweite Schreibtisch gehört Eduardo. Er ist mein Cheftherapeut und, na ja, seit kurzem auch mein Lebensgefährte.« Sie schaute verlegen auf ihre Hände.

»Oh, prima, das freut mich für dich.«

Dolores reichte mir einen Stapel silberglänzender Mappen, ließ sich an dem aufgeräumten Schreibtisch nieder und deutete auf den Stuhl gegenüber. Ich legte den Stapel neben mir auf den Beistelltisch, setzte mich und schlug die erste Mappe auf. Akten in Papierform waren mir immer noch am liebsten, obwohl es beim LKA inzwischen alles auch digitalisiert gab. Der Ordner in meiner Hand bestätigte mir, dass Dolores meine Vorliebe teilte. Selbst hier hatte sie auf Stil geachtet.

Es war Laras Personalordner. Ich begann, ihren Lebenslauf zu studieren: Realschule, Ausbildung zur Kosmetikerin, Physiotherapeuten-Fortbildungen, verschiedene Auszeichnungen und Abschlüsse auf der Meisterschule.

»Anders als deine Mutter mir prophezeit hat, habe ich nie den Richtigen zum Heiraten gefunden.«

Ich sah abrupt von den Unterlagen auf und starrte Dolores an. »Heißt das, du hast immer noch Kontakt zu ihr?« Meine Stimme klang unfreundlicher, als ich beabsichtigte.

Dolores seufzte und lehnte sich zurück. »Nein, ich habe schon eine Ewigkeit nicht mehr mit Magdalena gesprochen. Sie hat nie auf meine Briefe und Nachrichten geantwortet. Vermutlich erreichen die sie erst gar nicht.«

Ich machte ein verächtliches Geräusch. »Meine Mutter ist nur erreichbar, wenn dabei etwas für sie herausspringt. Aber biete ihr mal Geld an, dann antwortet sie bestimmt.«

»Ach Liebes, nimm es nicht so schwer. Ein Mensch wie Magdalena stellt Freiheit über alles.« Ihr Gesichtsausdruck wurde etwas wehmütig. »Ich kenne sie seit der Schulzeit. Sie war immer anders, hat gegen alles rebelliert und wollte nichts als fort von hier. Dass sie ausgerechnet mit deinem Vater zusammenkam, war ein Scherz des Schicksals. Der regelkonforme Kriminalbeamte und die Hippie-Braut. Die beiden waren zwar wahnsinnig verliebt, aber sie konnten nicht miteinander leben. Für sie war es wohl irgendwann tatsächlich ein ‚Gefängnis', wie sie es genannt hat. Aber daraus ist ein wunderbarer Mensch entstanden, nämlich du.«

»Ach, deshalb wollte sie ihr kleines Balg auch gleich bei erster Gelegenheit loswerden.«

»Deine Mutter hat um dich gekämpft. Sie wollte dich mitnehmen, aber Gregor hat dich nicht gehen lassen. Ich bin froh darüber. Ein Leben am Hippie-Strand von La Caleta ist schließlich kein Umfeld für ein kleines Kind.«

»Um mich gekämpft? Das hat sie dir nur erzählt, damit sie nicht vollends als Rabenmutter dasteht. Aber vermutlich hast du recht, ich hätte genauso enden können wie meine Halbschwester. Die verdient als Orakel und Handleserin für die Kommune Geld, während unsere Mutter das Strandleben genießt und sich von ihren Liebhabern beglücken lässt.«

»Wie kommst du denn darauf?«

»Das hat Lillith mir erzählt. Meine Halbschwester, Vater unbekannt. Sie hat letztes Jahr Kontakt zu mir aufgenommen, weil Magdalena wieder irgendwelche Medikamente aus Deutschland brauchte. Nicht mal da hat sie sich selbst bei mir gemeldet.«

»Sei nicht zu hart zu ihr. Sie kann nicht aus ihrer Haut.«

»Und ich nicht aus meiner.« Ich warf den Deckel der Akte zu. »Lieber keine Mutter als so eine.«

Es klopfte und Tim kam mit einem großen Stapel Unterlagen auf dem Arm herein.

»Jonas hat die Überprüfungen der Mitarbeiter und Kunden online gestellt. Ich habe Ausdrucke gemacht und auch die restlichen Personal- und Kundenakten mitgebracht.« Er stutzte. »Was ist los? So betrübt?«

»Nichts, was den Fall angeht«, erwiderte ich.

»Na, dann ist ja gut. Helena ist gerade mit dieser Ex-Fußballer-Frau an der Bar und klopft sie mal ab. Diese Kathy Fiberg hat jede Menge Probleme und großen Redebedarf, wie mir scheint.«

»Irgendein Problem werden Sie wohl bei jedem meiner Kunden finden.« Dodo zuckte mit den Schultern.

Tim lachte. »Das ist mir auch schon aufgefallen. Viele potenzielle Verdächtige und noch mehr Motive. Am liebsten hätte ich eine gute alte Pinnwand, auf der wir alles sortieren können, um einen Überblick zu bekommen.«

»Die können Sie gerne hier aufbauen.« Dolores machte eine Geste, die ihr ganzes Büro umfasste. »Ich kann woanders arbeiten und Eduardo macht das bestimmt auch nichts aus.«

Wieder klopfte es und ein bis zum Hals tätowierter Mann mit Vollbart und Glatze schaute zur Tür herein. Als er uns erblickte, zog er den Kopf ein wie eine Schildkröte.

»Chefin?«

»Ja, Ole, komm ruhig rein. Ist alles in Ordnung?«

Ole machte ein paar Schritte in den Raum, erstaunlich unsicher für jemanden, der wie ein muskelbepackter Türsteher aussah.

»Hm, ich soll vom Chef ausrichten, dass er noch in der Energie-Dingsda festhängt und später kommt«, brummte er.

»Ist in Ordnung, danke.« Dolores lächelte ihn an. »Darf ich dir Sabin vorstellen? Sie fängt morgen bei uns an.«

Ich hob die Hand. »Hi, Ole. Nett, Sie kennenzulernen.«

Ole nickte. »Hi.« Dann sah er Dolores an. »Kann ich jetzt gehen?«

»Ja, vielen Dank.«

Ole schien es eilig zu haben. Kaum war die Tür hinter ihm zugefallen, drehte sich Dolores wieder zu uns. »Das ist unser Hausmeister. Ein Bär von einem Mann, aber zahm wie ein Lämmchen.«

Ich kratzte mich an einer Stelle am Kopf, an der eine Haarklammer pikste. »Wird er nicht Verdacht schöpfen, wenn er uns mit den Akten in deinem Büro sieht?«

Sie schüttelte den Kopf. »Da musst du dir keine Sorgen machen. Wir sind von Berufs wegen alle sehr diskret. Bis morgen habe ich alles weggeräumt, dann gehört der Raum Ihnen beiden.«

Tim sah mich an. »Also, ich weiß nicht. Wenn nur einer entdeckt, was wir machen, sind die ganzen Ermittlungen gefährdet.«

»Gehen wir doch einfach zu mir«, sagte ich spontan.

»Zu dir?« Tim sah mich erstaunt an.

»Ja, die Freundin, bei der ich wohne, ist im Urlaub und hat garantiert nichts dagegen, wenn ich für uns eine Art Kommandozentrale einrichte. Platz ist genug und es sind nur fünf Minuten von hier.«

»Was machen wir mit den Personal- und Kundenakten? Nimmst du die mit?«

Ich nickte. »Ja, ich bin aber mit dem Motorrad da. Könntest du mir hinterherfahren und wir laden alles bei mir ab?«

Ich schaute auf meine Uhr. »Lass uns aufbrechen. Wenn ich mir die vor morgen früh noch alle ansehen soll, muss ich langsam anfangen.«

Kommandozentrale

Montag, 20:50 Uhr. Ich stand im Dunkeln vor dem Haupthaus des Gutshofs, fror mir die Zehen ab und hoffte, dass ich Kira erreichte. Schließlich konnte ich nicht einfach so eine Kommandozentrale in ihrem Haus einrichten, ohne wenigstens vorher um Erlaubnis zu fragen.

Ich: Du bist online! Und das im Traumurlaub? 👍 Apropos Urlaub: Darf ich dein Büro zum Arbeiten nutzen?

Kira: Klar. Du bist ein Workaholic wie Marc! Aber im Wohnzimmer ist es gemütlicher. Das Büro wird kalt.

Ich: 🙏 Das geht schon, danke dir.

Kira: Ich danke DIR. Wie geht es meinen Verrückten?

Ich: Leon? Dem geht's zu gut.

Kira: 😂 Leon ist noch der Normalste auf unserem Hof. Die Verrückten sind im Stall … Ich vermisse sie so.

Ich: Deine Tiere sind bestens versorgt. Aber du geh mal lieber aus der Sonne, wenn du deinen Schwager als normal bezeichnest …

Ein Wagen kam die Straße herauf. Ich schickte Kira einen letzten Kuss und verstaute mein Handy in der Jackentasche. Tim bog in die Einfahrt des Gutshofs und parkte neben meinem Motorrad. Kaum hatten wir die Kisten voller Mappen herausgeholt und den Wagen abgeschlossen, ging das Innenlicht aus und wir standen im Dunkeln. Ich sollte dringend nach dem Bewegungsmelder suchen.

»Das nenne ich mal Natur pur«, meinte Tim. »Geh du besser vor, ich verschwinde hier am Ende noch in einer Gletscherspalte.«

»Sieh an, die Gefahren der Wildnis sind zu viel für eine zarte Männerseele.«

»Da komme ich nicht gut weg, finde ich«, murrte Tim hinter mir.

Ich ging voran Richtung Haus, auch wenn ich kaum etwas sah, und hoffte inständig, dass ich nicht gleich in den Blumenrabatten lag. Kaum hatte ich das Türschloss ertastet, die Tür aufgeschlossen und das Flurlicht angemacht, hörte ich die Hunde bellen. Buddy kam um die Ecke geschossen und rannte auf mich zu. Als er freudig an mir hochsprang, hätte ich beinahe den Karton fallen lassen. Sammy folgte etwas gemächlicher. Ich gab den Hunden ein paar Streicheleinheiten, sie schnupperten neugierig an Tim herum und zockelten danach zurück Richtung Küche.

»Seid ihr gerade im Umbau?« Tim wies mit dem Kopf auf den hinteren Flur. Der Übergang zum Wohnzimmer war mit einer großen Plastikplane abgetrennt, auf der eine dicke Staubschicht und ein paar Schuttreste lagen.

»Meine Freundin bekommt einen Wintergarten, während sie in den Flitterwochen ist - soll eine Überraschung werden.«

»Bekommen die Handwerker was von unserer Kommandozentrale mit?«

Ich dachte kurz nach, schüttelte dann aber den Kopf. »Kann ich mir nicht vorstellen. Wir treffen uns sowieso abends, tagsüber bin ich ja auf der Beautyfarm. Da sind die Bauarbeiter schon weg. Außerdem kann nur einer von denen Deutsch. Keine Sorge, hier stört uns keiner.«

Ich führte Tim die Treppe hinauf Richtung Gästezimmer. Gegenüber von meinem Schlafzimmer lag Kiras Büro. Sehr praktisch, so konnte ich abends nach der Arbeit in der Kommandozentrale mit nur wenigen Schritten ins Bett fallen. Das würde in den nächsten Tagen bestimmt häufiger vorkommen. Kein Wunder, wenn ich so blöd war, mir alles gleichzeitig aufzuhalsen. Färbte etwa Kiras Helfersyndrom auf mich ab?

Ich drückte mit dem Ellbogen die Türklinke zum Büro hinunter und tippte auf den Lichtschalter. Der Raum war gemütlich, mit Holzdielen, urigen Dachschrägen und den gleichen Fachwerkbalken wie in meinem Schlafzimmer. In der Mitte stand ein Besprechungstisch, auf den Tim die Akten ablegte. Ich stellte meinen Karton daneben.

»Sehr urig«, kommentierte Tim. »Hier könnte ich mich wohlfühlen.«

»Ja, bis dich morgens um fünf Uhr der Presslufthammer weckt, und du dann raus in die Kälte musst, um störrische Tiere zu füttern.« Ich warf meine Motorradjacke mit Schwung auf das Sofa und mich selbst hinterher. Mit einem Seufzer lehnte ich mich zurück in die Kissen.

Tim grinste. »Du siehst völlig fertig aus.«

»Ich freue mich auch, wenn gleich Feierabend ist. Aber

vorher lesen wir diese Akten. Komm, lass uns loslegen.«
Doch statt loszulegen, schloss ich die Augen. Nur für ein paar Sekunden.

Ich war schon am Wegdämmern, da holte Tims Stimme mich zurück. »Willst du über Helena reden?«

Ich riss die Augen auf. »Helena? Wieso Helena?«

»Ich merke nur, dass ihr beiden nicht gut miteinander klarkommt. Frauen reden dann doch immer, dachte ich. Vielleicht kann man das Missverständnis beseitigen.«

»Du könntest Helena beseitigen, das würde helfen.« Ich seufzte und rappelte mich auf. »Aber das ist erstmal unwichtig. Ich hole uns einen Kaffee und wir legen los. Wenn mein Kopf noch fünf Sekunden länger auf diesem Kissen liegt, stehe ich heute nicht mal mehr auf, um Jack the Ripper zu jagen.«

Kurz nach Mitternacht hatten wir sämtliche Unterlagen zu den Kunden und Mitarbeitern durchgearbeitet. Einige hatten Tim und Helena sich schon vorgenommen, und die Liste derjenigen, um die ich mich kümmern sollte, war zum Glück überschaubar: Es handelte sich hauptsächlich um das Therapie- und Kosmetikteam. Letztlich war der Laden bei weitem nicht so groß, wie er von außen wirkte. Exklusiv eben.

Ich lehnte mich erschöpft zurück. Mittlerweile half auch kein Kaffee mehr. Allerdings hatte sich der Abend gelohnt. Tim war der perfekte Kollege für mich: Wir arbeiteten zusammen wie ein eingespieltes Team und seine Nähe war wie ein wärmendes Kaminfeuer, wofür ich dankbar war, denn die Heizung hatte sich schon vor Stunden abgeschaltet.

Tim kratzte sich an der Nase. »Diese Pseudonyme finde ich

merkwürdig. Wenn ich reich und berühmt bin, kennt mich doch sowieso jeder – warum sollte ich dann unter einem Decknamen wie *Biene Maja* auf einer Beautyfarm einchecken? Das macht keinen Sinn – außer man ist ein echter Whistleblower.«

Ich zuckte mit den Schultern. »Die armen Mitarbeiter … Wie spricht man so jemanden an? Hallo, Biene? Oder: Hallo, Maja?«

Tim lachte.

»Offenbar gibt es Leute, die nicht mit einer Lippenaufspritzung in den Unterlagen stehen wollen - wie diese *Biene Maja*, alias unser Dortmunder Politiker. Der hat sogar bar bezahlt. Aber strafbar ist sowas ja nicht.«

»Genau.« Tim gähnte. »Sollen wir zum Abschluss für heute noch einmal kurz die Liste der Personen und Verdachtsmomente zusammenfassen?«

»Okay, leg los.« Ich fuhr mir durch die Haare und schloss für einen seligen Moment die Augen.

»Also: Da wäre Viktor, der Massagetherapeut. Verschuldet im hohen fünfstelligen Bereich, unregelmäßige Bareinzahlungen auf sein Konto - und zwar meistens vierstellige Summen, die nicht meldepflichtig sind. Dann Lara, die Kosmetikerin. War mal in einen dubiosen Fall verwickelt, bei dem Wertgegenstände und Eigentum von Kunden verschwunden sind. Belinda, ebenfalls Kosmetikerin, führt ein recht kostspieliges Leben, fährt einen teuren Sportwagen und ihr Konto ist leergefegt. Scheint so, als würde die Gute über ihre Verhältnisse leben.«

»Wenn das strafbar wäre, dann müssten wir neunzig Prozent der Bevölkerung inhaftieren.« Ich ließ die Augen geschlossen.

»Das stimmt wohl. Außerdem haben wir Kathy Fiberg, die

laut Dolores gerne Sachen verlegt. Bei sieben Aufenthalten auf der Beautyfarm hat sie sechs Mal Diebstahl angezeigt und vier Mal Geld von der Versicherung verlangt - was alles sehr merkwürdig ist, wenn sie die Sachen doch wiederfinden müsste. Außerdem: Warum kommt sie immer wieder, wenn sie angeblich dauernd bestohlen wird? Und zum Schluss ist da dieser Skandalrapper Zippo, aktenkundig mit zahlreichen Haftstrafen wegen Diebstahl, Drogen und Körperverletzung. Was macht so jemand eigentlich auf einer Beautyfarm? Warte, hier steht was … Weißt du was *Rosacea* ist?«

Müde hob ich den Kopf und schaute zu ihm auf. »Ich habe nicht den blassesten Schimmer. Aber das finde ich morgen heraus. Mich wundert nur, dass dieser Ole kaum etwas in seiner Akte stehen hat. Der sah nach Ärger aus, aber bis auf ein paar Jugendsünden ist dort wenig zu finden.«

Tim hielt mit seinen blauen Augen meinen Blick fest. Leise sagte er: »Manchmal täuscht man sich in Menschen.«

»Den Gedanken hatte ich heute auch schon.«

Er hob die Hand, nahm eine Locke, die in mein Gesicht gefallen war und schob sie hinter mein Ohr. Mein Nacken kribbelte leicht. Langsam zog Tim seine Hand zurück.

»Sorry, ich sollte meine Finger bei mir behalten. Ich hätte dich auch ohne den Fall gerne getroffen, weißt du?«

Ich lehnte mich zurück. »Deine Finger sind offiziell entschuldigt.« Ich schaute ihm in die klaren blauen Augen und lächelte ihn an. Dann überkam mich ein Gähnen. Schade eigentlich. »Wenn es dir nichts ausmacht, würde ich gern Feierabend machen, denn ich schlafe hier gleich im Sitzen ein und muss morgen früh raus. Mein erster Tag als Kosmetikerin.«

»Stimmt auch wieder.« Tim begann, seine Unterlagen zusammenzuräumen. »Hast du eine Idee, bei wem du morgen anfangen willst?«

»Ich denke, ich werde unseren hochverschuldeten Masseur Viktor unter die Lupe nehmen.« Ich gähnte schon wieder. »Außerdem werde ich mich mit Lara anfreunden, denn die hatte im fraglichen Zeitraum Dienst. Ansonsten muss ich abwarten, was der Tag so bringt.« Ich sah auf die Uhr. »Zum Glück muss ich morgen früh nicht so hetzen – Dolores erwartet mich erst um neun zur Frühstückspause und will mich dann allen vorstellen.«

Ich brachte Tim zur Haustür. Schon mit der Türklinke in der Hand drehte er sich nochmal zu mir um.

»Es hat Spaß gemacht. Mit dir fühlt sich das gar nicht wie arbeiten an.« Als er zu mir heruntersah, umspielte ein leichtes Lächeln seinen Mund. Er war mir so nah. Seine blauen Augen funkelten wie Bergseen in der Mittagssonne. Oh Mann, das klang wie aus einem Kitschroman. Ich musste wirklich müde sein – und anlehnungsbedürftig, denn ich wünschte mich in seine Arme.

Er strich mir sanft mit den Fingern über die Wange, sein Blick wurde weich. »Du bist eine tolle Frau. Ich habe es schon immer geahnt, aber jetzt weiß ich es sicher.«

»Guten Abend, die Herrschaften«, erklang eine Stimme aus Richtung Küche. Wir schraken zusammen. Leon trat aus dem Schatten, das Businesshemd aufgeknöpft, und lehnte sich betont lässig an den Pfosten des Treppenaufgangs, als würde er einen Werbespot für zuverlässige Holzgeländer drehen.

»Hier ist ja noch richtig was los. Wenn ich das geahnt hätte, wäre ich früher zu euch gestoßen und hätte mich nicht vor dem Fernseher gelangweilt. Sabin, willst du mir deinen Besucher nicht vorstellen?«

Tim fasste sich als Erster. »Tim Schmidt, ich bin ein Freund von Sabin. Und wir haben uns allein ganz ausgezeichnet unterhalten, richtig, meine Liebe?«

Ich nickte und gähnte erneut. »Aber jetzt hatten wir alle genug Unterhaltung und gehen fein ins Bettchen.«

Leon verschränkte die Arme und ließ kein Auge von Tim. »Dann wollen wir Herrn Schmidt nicht aufhalten.«

Tim sah mich stirnrunzelnd an und flüsterte. »Wohnt der etwa hier?«

»Vorübergehend.« Ich legte den Kopf schief.

»Solange ich will«, antwortete Leon prompt.

Die Alphamännchen waren los, und die Luft knisterte vor Spannung.

Tim starrte ihn mit düsterer Miene an, dann legte er den Arm um meine Schultern und raunte mir recht vernehmlich zu: »Irgendwas stimmt nicht mit dem. Bleib auf der Hut.«

Leon grinste von oben herab. »Liebste Mitbewohnerin, ich stelle dir mal ein paar nette Leute vor. Ein paranoides Umfeld ist nicht gut für den Charakter.«

Tim hustete. »Oh, jetzt sind wir ihm auf den Schlips getreten.« Er wandte sich mir zu. »Danke für den wundervollen Abend und wir wiederholen das. Ganz bald.« Dann beugte er sich vor und presste seine Lippen auf meine Wange, als wäre er ein Stempel und ich das Briefkuvert. Und schon war er zur Tür hinaus.

Ich sah ihm hinterher. Draußen flammten die Lichter im

Hof an und beleuchteten ihm den Weg zum Auto. Tim brauste mit Vollgas los, dass der Kies unter den Reifen nur so flog. Was für eine Testosteron-Show – von beiden wohlgemerkt.

Auf einmal stand Leon neben mir.

Ich sah zu ihm auf. »Wie hast du das gemacht?«

»Wie ich diesen Vollpfosten in die Flucht geschlagen habe?«

»Das Licht. Wie hast du draußen die Beleuchtung eingeschaltet?«

Leon ging einen Schritt auf die Garderobe zu und schob Kiras Wintermantel beiseite. Dahinter erschien ein kleiner Schalter. »Das ist der Hauptschalter, damit kann man die Bewegungsmelder ein- und ausschalten.«

»Na super, und ich laufe das ganze Wochenende im Dunkeln herum.« Ich gähnte lautstark und wandte mich zur Treppe. Leon stellte sich mir in den Weg. Sein Blick war wachsam und er war mir auf einmal so nah wie Tim eben.

»Ist er dein Freund?«

»Nein«, antwortete ich wahrheitsgemäß, auch wenn in meinem Magen gerade ein paar Schmetterlinge Tango tanzten.

»Soll er es werden?«

»Das weiß ich noch nicht.«

»Er passt nicht zu dir.«

Ich lachte laut. »Das hast du nach drei Minuten sofort festgestellt? Wow, du solltest den Beruf wechseln und Partnervermittler werden.«

»Das nennt man Intuition. Nicht jeder ist so sensibel und spürt das.«

»Aber du schon?«

»Ja.« Er nickte voller Überzeugung.

»Wahnsinn. Dann wende das doch beim nächsten Mal bei deinen eigenen Freundinnen an und du musst nie wieder bei deinem Bruder einziehen.« Ich zwinkerte ihm zu, boxte ihn auf den Arm und ging an ihm vorbei die Treppe hinauf.

Kapitel 5

Der Laufstall

Lillith

Die Sterne bringen dich in die Zwickmühle – Jupiter, der Wohltäter, duelliert sich mit Saturn, dem Übeltäter. Du stehst in der Schusslinie. Triff heute besser keine Entscheidungen, das könnte im Blutbad und Streit enden. Venus steigt weiter auf, aber der instabile Mars und Neptun im fünften Haus bringen Wut und Täuschung. Pass auf, das wahre Gesicht liegt im Verborgenen.

Dienstag, 6:02 Uhr

Jonas: Guten Morgen, Frollein Undercover! Das hat deine Freundin Helena aber geschickt eingefädelt … Bin vor Lachen vom Stuhl gekippt.

Ich: Guten Morgen, Frühaufsteher. Wie viele Jahre bekommt man, wenn man eine Kollegin fesselt, knebelt und für zwei Wochen in einen Keller sperrt?

Jonas: Du? Gar nichts. Höchstens einen Orden.

Ich: Prima, dann sperre ich meine Halbschwester gleich dazu. Die orakelt mir täglich eine Katastrophe voraus … und das stimmt dann auch noch.

Jonas: Mach du ruhig … zur Strafe wirst du im nächsten Leben als Kosmetikerin wiedergeboren.

Ich: Sehr witzig! Hat Tim dich schon informiert, was wir noch für unsere Kommandozentrale brauchen?

Jonas: Ja, hat er. Als offizielles Mitglied in eurem Topsecret-Team bringe ich dir die Sachen heute Abend persönlich raus in die Wildnis. Sieben Uhr?

Ich: Perfekt. Dann kannst du gleich einen Blick auf unsere Ermittlungen werfen.

Jonas: Wenn ich um acht noch nicht da bin, ruf die Bergrettung ⛑ oder Cobra 11. Übrigens glaube ich, dieser Viktor wars. Fall gelöst.

Ich: Schön wärs, aber vermutlich zu einfach. Wir brauchen ja auch die Hintermänner und das könnte schwierig werden.

Jonas: Wie kommst du darauf?

Ich: Weiß nicht … nur so ein Gefühl.

Jonas: Seit wann hast du Gefühle? 😉 Duck und renn weg. Bye bye, Süße, bis heute Abend.

Diese Dunkelheit am frühen Morgen machte die Kälte noch unerträglicher. Mich schauderte es innerlich wie äußerlich, als ich mit Handschuhen und Parka bewaffnet das Haus verließ und zum Stall rüber lief. Vielleicht empfand ich die Kälte auch nur deswegen so stark, weil mir die trüben Vorhersagen meiner Halbschwester nachhingen. Oder weil Radek und Joshi mal wieder um halb sechs ein Weckmanöver vollzogen hatten, das klang, als hätten sie den Südflügel zum Einsturz gebracht. Wenn das so weiterging - Doppelschicht auf dem Hof und der Beautyfarm und dazu abends Kommandozentrale -, hielt ich definitiv nicht lange durch. Zusätzlich geisterten Lothar und seine Auflagen durch meine Gedanken, denn auch dieser Countdown lief gegen mich. Irgendwie musste ich einen Weg finden, das alles zu regeln und trotzdem ausreichend Schlaf zu bekommen. Eine Kosmetikerin mit schlecht kaschierten Augenringen, die sich bei der ersten Kleinigkeit enttarnte, brachte nämlich die gesamte Undercover-Ermittlung in Gefahr.

Im Stall angekommen war es wenigstens windstill, doch die Tiere kamen mir unruhig vor. Sie traten gegen die Boxenwände, schnaubten und trappelten ungeduldig mit ihren Hufen, Krallen oder Zehen … oder was auch immer sie untenherum hatten.

Ich begrüßte sie mit Namen, die ich von den Schildern an den Boxen ablas. Während ich fütterte und beruhigend ihre Nüstern tätschelte oder die Ohren kraulte, erzählte ich ihnen, was im Haus so vor sich ging. Und dass sie es im Vergleich dazu in ihrem Stall gar nicht schlecht getroffen hatten. Hier war es wenigstens ruhig, nicht so staubig und es liefen keine verrückten Handwerker oder neunmalklugen Schönlinge herum.

Nachdem ich die erste Ration Futter verteilt hatte, holte ich mit der Schubkarre Nachschub aus der Futterscheune. Draußen dämmerte der Morgen. Ich kam an einem langen stallähnlichen Gebäude vorbei, das mir vorher nie aufgefallen war. Was wohl darin untergebracht war? Einen winzigen Moment lang durchzuckte mich die Sorge, dass dort noch mehr Tiere stehen könnten, und ich bislang vergessen hatte, sie zu füttern. Nein, davon hatte Kira nichts erwähnt. Oder hatte ich nicht richtig zugehört?

Ich stellte die Schubkarre ab, eilte zum Eingang des Gebäudes und zog die Tür auf. Drinnen tastete ich nach dem Lichtschalter. Die Neonlampen an der Decke zuckten zögerlich, kaltes Licht füllte den Raum, eine Art Milchküche. Mir gegenüber befand sich eine Holztür, deren Ober- und Unterteil man separat öffnen konnte. Ich spähte hindurch und staunte nicht schlecht: Dahinter lag ein Laufstall in der Größe von zwei Tennisplätzen. Tiere waren nirgends zu sehen, auch keine verhungerten! Ich atmete auf.

Dann sah ich mich genauer um. Der Stall war viel größer als der Derzeitige und heller dazu, denn durch die Oberlichter fiel Tageslicht herein. Statt einzelner Boxen gab es eine kleinere, durch ein Metallgatter getrennte Abteilung, die die Tiere durch zwei Eingänge erreichen konnten. Der Rest war eine riesige Lauffläche auf festgestampftem Boden, und im hinteren Bereich sah ich einen Durchgang, der offenbar auf das Außengelände führte. Eigentlich war es schade, dass ein so schöner Stall leer stand.

Gerade wollte ich das Licht wieder ausschalten, da kam mir ein Gedanke, der mich innehalten ließ. Lothar Lauterberg! Er wollte mehr Auslauf für die Tiere? Sollte er bekommen. Damit entfiel auch die Aufgabe, sie im Stundentakt auf den Paddock zu bringen. Dieser Stall war die Lösung aller meiner Probleme, bis auf die Sache mit den dreizehn Zentimetern bei den Hühnern. Das Federvieh durfte ich natürlich nicht mit umsiedeln. Alle anderen Tiere hatten hier Tag und Nacht Auslauf, konnten sich gegenseitig das Fell kraulen oder Fangen spielen oder was Tiere sonst so den ganzen Tag machten. Nur, wieso hatte Kira nicht schon längst daran gedacht? Gab es einen Haken? Nachdenklich löschte ich das Licht und kehrte wieder zu meiner Schubkarre zurück.

Als ich fertig gefüttert hatte, hüllte die Morgendämmerung

den Hof in ein so kitschiges Disney-pastellfarbenes Licht, dass ich mich nicht gewundert hätte, wenn in diesem Augenblick ein glitzerndes Einhorn quer über den Hof getänzelt wäre. Es schien direkt ein paar Grad wärmer zu werden.

Noch einmal ging ich zum großen Nachbarstall hinüber, prüfte die Ein- und Ausgänge und rüttelte an den Absperrungen und den Futtertrögen. Sie sahen stabil und ausbruchsicher aus. Ich konnte sogar mehrere Sicherheitsbolzen an den Toren anbringen, damit Fridolin mir nicht entwischte. Auf der Rückseite befand sich eine große Sandfläche, die mit stabilen Metallgittern eingezäunt war und einen Zugang zum Stall hatte. Wenn ich die Tore dort tagsüber öffnete, hatten die Tiere einen Durchgang nach draußen, geschützt durch einen Vorhang aus dicken, gummiartigen Plastikstreifen. So konnten sie sich sogar aussuchen, ob sie rein wollten oder raus. Mehrmals umrundete ich das Gebäude, wackelte an Fenstern und Türen und prüfte, ob ich irgendwo einen Sicherheitsmangel übersehen hatte. Hatte ich nicht. Da konnte selbst mein Lieblingsbeamter Lothar nicht mehr meckern.

Ich sah zum Himmel, der klar und wolkenlos war, und bemühte dann meine Wetter-App. Nach einer frostkalten Nacht gab es heute Sonne und bis zu zwölf Grad. War das zu kalt, um die Tiere für längere Zeit rauszulassen? Wohl kaum, schließlich sollte ich sie ja jeden Tag für ein paar Stunden rausbringen. Warum sollten sie dann nicht selbst entscheiden und einfach durch den Vorhang gehen? Aber besser, ich fragte mal vorsichtig nach, ob etwas dagegensprach. Also zog ich die Handschuhe aus und zückte mein Handy.

Ich: Hallo Urlauber, 😎 frühe Grüße von den Zurückgebliebenen.

Kira: Guten Morgen, ich bin auch schon wach ... die Macht der Gewohnheit. Sind alle brav?

Ich: Wie eine große Familie. Verstehen sich deine Tiere immer so gut?

Kira: Meistens schon … Ab und zu ein paar Zickereien im Sommer auf der Weide. Da gehen sie sich aus dem Weg.

Ich: Die vermissen bestimmt die Freiheit und den Auslauf.

Kira: Allerdings.

Ich: Dann stelle ich sie mal öfter alle zusammen auf den Paddock. So haben sie Abwechslung.

Kira: Kannst du ja mal ausprobieren. Aber Emma und Fridolin streiten sich meistens. Da sei vorsichtig.

Sollte ich Kira von meinem Plan erzählen? Aber dann würde sie bestimmt nachfragen und ich wollte und durfte nichts von Lothar und seinen Auflagen und Drohungen sagen, sonst würde sie in Nullkommanichts zurückreisen, um dieses Problem selbst zu lösen. Also steckte ich das Handy wieder ein. Das würde schon schiefgehen.

Nach dem Frühstück um gerade mal sieben Uhr machte ich mich an die Arbeit, die Tiere im großen Laufstall unterzubringen. Emma und Fridolin würden mir dafür bestimmt so dankbar sein, dass sie gar nicht daran dachten, sich zu streiten – das hoffte ich jedenfalls.

Ich schuftete eine Stunde lang, um den neuen Stall mit Einstreu, reichlich Stroh, sauberen Futterstellen und gefüllten Wassertrögen wohnlich herzurichten. Dann begann der Umzug. Emma war die erste. Ich nahm sie am Halfter und führte sie zur Stalltür hinaus. Sie wieherte freudig erregt über den unverhofften Ausflug. Doch statt mit mir nach rechts abzubiegen, wo ich hinwollte, ging sie nach links in Richtung Weide.

»Halt, Emma, brrrr! Hier entlang.« Ich hängte mein Gewicht an das Halfter, doch dummerweise brachte das wenig. Sie zog mich über den halben Hof hinter sich her, bis ich ihr am Weidezaun endlich klarmachen konnte, dass wir falsch abgebogen waren. Widerwillig ließ sie sich zum großen Stall zerren. Ich ahnte, dass mir das nur gelang, weil das leckere Gras auf der Weide noch mit Raureif überzogen war. Tiefkühlgemüse. Das konnte ja nicht schmecken.

Schließlich hatte ich sie im Stall und löste den Strick vom Halfter. Im Gegensatz zum Pferd war ich schweißgebadet. Emma sah sich um, machte ein paar Schritte und schien zu horchen. Dann trabte sie los, drehte eine Runde durch den Stall und mit einem Mal sprang und bockte sie, warf sich auf den Boden und wälzte sich, als sei sie im Land ihrer Träume angelangt. Na also, hatte ich doch richtig gelegen mit meiner brillanten Idee.

Ich ging los und holte Shakespeare, das Minischwein, das

ich wie einen Hund an die Leine nahm. Kaum waren wir im großen Stall angekommen, rannte es los, grunzte und quiekte, als wolle ihm jemand an sein Schweineleben. War das normal?

So sehr Shakespeare seinen Spaß hatte, so sehr war es aber mit Emmas Freude vorbei. Als das Schwein sie zur Begrüßung beschnuppern wollte, keilte sie aus. Shakespeare sprang geschickt zur Seite und suchte Schutz im abgesperrten Bereich. Sollte ich bleiben und notfalls eingreifen, um das Schwein zu verteidigen? Ich wartete fünf Minuten, in denen Emma sich darauf verlegte, den Trog leer zu futtern. Also beschloss ich, Tier Nummer drei zu holen. Es lief eigentlich gar nicht schlecht, fand ich, aber irgendwie hatte ich es mir einfacher vorgestellt - und vor allem hatte ich gedacht, es würde schneller gehen.

Kuh Milka musste sich erstmal mitten auf dem Gehweg erleichtern, bevor sie sich in den Stall führen ließ, sonst lief die Überführung ganz passabel. Als letztes kam Fridolin an die Reihe. Ich biss die Zähne zusammen.

Sobald ich die Tür seiner Box aufmachte, sprang bei Fridolin der Freiheitsmodus an. Er reckte den Kopf vor und preschte aus der Box, durch die Stallgasse und der Morgensonne entgegen, als würde er irgendeinem Ruf folgen – dem Ruf des Grünzeugs vermutlich. Ich strauchelte hinterher, versuchte, den Strick nicht loszulassen. Als wäre ich leicht wie ein Luftballon, zog er mich auf dem rutschigen Boden hinter sich her, quer über den Gutshof. Ich stemmte mich mit meinem gesamten Gewicht dagegen, bohrte meine Fersen in den Boden, doch genauso wenig hätte ich eine Planierraupe ausbremsen können. Fridolin trabte munter zur Rückseite des Hauses - genau auf die Öffnung in der Mauer zu, die meine polnischen Freunde gestern durchbrochen hatten.

»Nein!«, schrie ich. »Stopp! Du dämlicher Esel!« Mit aller Kraft hängte ich mich in den Strick. Fridolin schüttelte nur den Kopf, woraufhin mir der Strick aus der Hand rutschte. Ich stolperte und landete auf den Knien im Dreck. Das dumme Tier trabte einfach weiter. Ich rappelte mich hoch und rannte los, wobei ich ihm jedes Schimpfwort hinterherschrie, das ich jemals gehört hatte.

Unbeeindruckt stürmte Fridolin durch die Maueröffnung ins Wohnzimmer. Im nächsten Moment bekam ich den Strick wieder zu fassen und wurde erneut mitgezogen.

»Hab ich dich, du Miststück!«

Fridolin blieb stehen und beäugte Radek und Joshi, die auf umgedrehten Kisten saßen, ihr Frühstück in der Hand, und uns mit großen Augen entgegen schauten. Joshi biss in seinen Apfel und kaute abwesend, als würde er gebannt einen spannenden Film sehen.

Plötzlich wieherte Fridolin lautstark, dass wir alle zusammenschraken. Ein Ton so laut und kreischend, dass ich befürchtete, er könne dadurch einfach mal den Rest der Hauswand einstürzen lassen. Zeitgleich machte er ein paar Schritte auf Joshi zu, die Augen starr auf den Apfel gerichtet.

Radek sprang auf und stellte sich dem Esel in den Weg. Der war weder beeindruckt von Radeks Größe noch von seinem Durchsetzungsvermögen und machte einen langen Hals. Der Apfel in Joshis Hand interessierte ihn über alle Maßen. In Zeitlupe nahm Radek Joshi den Apfelbutzen aus der Hand und reichte ihn Fridolin, der ihn in Sekundenbruchteilen inhalierte.

»Ernsthaft?«, rief ich erbost. »Du zerrst mich über den ganzen Hof wegen eines angefressenen Apfels? Und was machst du morgen? Rennst du da für ein Salatblatt, das der Bürgermeister auf dem Brötchen hat, bis zum Rathaus? Du bist doch das dämlichste Mistvieh –«

»Schscht …« Radek machte eine beschwichtigende Geste. »Ruhig, ich helfen. Wo du wollen?« Er tätschelte Fridolin, redete sanft und in Polnisch auf ihn ein, nahm den Strick und drehte Fridolin Richtung Maueröffnung. Wieso gelang ihm das und mir tanzte der Esel auf der Nase herum? Immerhin war ich Kommissarin … Ich knirschte mit den Zähnen.

»Fridolin muss in den neuen Stall«. Mit ausgestrecktem Finger zeigte ich auf das Gebäude am anderen Ende des Hofes. Radek nickte, schnappte sich einen weiteren Apfel aus einem Rucksack und ging voran. Der Esel folgte ihm, ohne auch nur einen Mucks zu machen. Ein Apfel. Einfach nur einen dämlichen Apfel mitnehmen. Darauf hätte ich auch selbst kommen können, vor allem nach der Episode mit den Karotten am Holzsteg.

Kaum war der Esel im Stall, ging das nächste Drama los. Er wieherte und quiekte wie ein Wahnsinniger, und brachte damit Emma und Milka dermaßen aus der Ruhe, dass die beiden losstürmten und zwar direkt auf den Eingang zu, in dem wir standen. Radek packte mich am Schlafittchen und zog mich nach draußen. Eilig schloss er den unteren Teil der Stalltür. Die panischen Tiere drehten nur wenige Zentimeter vor uns ab und rannten zurück in den Stall.

»Nix gut, viele Tiere ist Krieg.«

»Meinst du? Ich dachte, dann haben die mehr Auslauf und mehr Spaß zusammen.«

»Du warten. Morgen wir sehen, ob noch leben.«

»Das hört sich ja beruhigend an.« Ich sah zu den Tieren hinüber. Was, wenn sie sich wirklich an die Gurgel gingen? Hatte ich noch Zeit, sie alle wieder zurückzubringen? Oder besser: Hatte ich genug Äpfel? Ich schaute auf meine Armbanduhr. Mittlerweile sollte ich längst unter der Dusche stehen, wenn ich pünktlich bei Dolores sein wollte. Ich sah Radek an.

»Was würdest du tun? Die Tiere wieder zurückbringen?«

Er zuckte mit den Schultern. »Oft sie machen Frieden, wenn sich kennen. Am besten du aufpassen.«

»Ich muss jetzt aber weg. Kannst du zwischendurch mal nach ihnen sehen?«

»Ich kann machen, wenn Preis stimmt.«

»Sagen wir mal, euer Preis ist täglich so viel vom besten Kaffee der Welt, wie ihr wollt, und dass ich nicht nach eurer Arbeitserlaubnis frage. Reicht euch das?«

Radek nickte mit eingezogenem Kopf. Hatte ich es doch gewusst.

Eduardo und die Energie

Dienstag, 8:58 Uhr. In der Lobby des Estelle wartete Dolores schon auf mich. Ihre Hände verwoben sich nervös ineinander - vermutlich die High-Society-Variante von Fingernägel-Kauen.

»Ach, Liebes, da bist du ja.« Sie drückte mich an sich, wie schon am Tag zuvor. Dann sah sie mich mit besorgtem Blick an. »Sabin, du ahnst ja nicht, was für eine Nacht ich hinter mir habe - kein Auge konnte ich zutun bei dem Gedanken, dass einer meiner Angestellten oder Gäste etwas mit der *Sache* zu tun haben könnte. Das alles ist so furchtbar. Hast du schon etwas Neues erfahren? Vielleicht von deinen *Leuten*?«

Eine unbekannte Frau stand hinter der Rezeption und beobachtete uns aus dem Augenwinkel. Ich vermutete, dass es sich um Theresia handelte, eine Mitarbeiterin, die ich noch nicht kennengelernt hatte. Als sie meinen Blick bemerkte, machte sie einen bemüht abgelenkten Eindruck und tippte auf der Tastatur ihres Computers herum. Aber ihre Ohren schienen jede Sekunde ein bisschen größer zu werden, um auch bloß kein Wort zu verpassen.

Ich beugte mich zu Dolores und raunte ihr zu: »Darüber sollten wir nicht hier sprechen.« Dann lachte ich laut, als habe Dodo einen Witz gemacht. »Danke, dass du mich hier persönlich empfängst. Ich freue mich schon, mit deinem Team zu arbeiten.« Ich hoffte, dass die neugierige Rezeptionistin damit bedient war.

Dolores aber sah sich erschrocken um und nickte. Dann

zuckte sie verstohlen mit dem Kopf, was wohl bedeutete, dass ich ihr folgen sollte. Ich seufzte insgeheim, denn jetzt verhielt sie sich noch auffälliger als zuvor. Die Kunst der Täuschung schien ihr nicht zu liegen. Dabei hätte ich genau das erwartet, wo sie doch ständig mit den Schönen und Reichen dieser Welt Umgang hatte. Oder war Authentizität vielleicht ihr Erfolgsgeheimnis?

Wenige Minuten später fand ich mich in einer Besenkammer wieder. Zwischen Regalen voller Putzeimer und Reinigungsmittel erschien Dolores in ihrem eleganten Kostüm und perfektem Make-up so deplatziert wie ein Schwan im Handwaschbecken.

»Hier können wir in Ruhe reden, bevor wir weitergehen zu deinen neuen Kollegen.«

»Prima.« Ich schmunzelte. Dolores war offensichtlich im Geheimdienstfieber. »Also, bevor du mich deiner Mannschaft vorstellst, sollten wir klären, was du über mich erzählst.«

»Ich hab mir schon alles ganz genau zurechtgelegt, keine Sorge. Du bist zur Wiedereingliederung hier und hast länger nicht mehr als Kosmetikerin gearbeitet. So kannst du erklären, dass du erst einmal alles kennenlernen musst, und wirst nicht ins kalte Wasser geworfen.«

»Sehr schön«, bestätigte ich. »Am besten komme ich aus Düsseldorf und bin gerade erst hierhergezogen.«

Dolores nickte zustimmend und lächelte. »Sie werden dich lieben.«

»Sag das mal meinen Kollegen«, murmelte ich verlegen und räusperte mich. »Wen lerne ich heute kennen? Sind alle da?«

»Theresia von der Rezeption stelle ich dir später vor. Dann

wirst du Eduardo kennenlernen, unseren Cheftherapeuten. Er hat Fähigkeiten jenseits deiner Vorstellungskraft. Aber mach dir selbst ein Bild.«

Genau das hatte ich vor. Sollten Eduardos außergewöhnliche Fähigkeiten mit Autodiebstahl zu tun haben, würde ich auch das herausfinden.

»Außerdem ist Lara heute hier. Die hast du ja gestern schon kurz kennengelernt. Sie ist meine beste Kosmetikerin. Die Kunden lieben sie und ihre sanften Hände. Nur mit den Männern hat die Kleine immer wieder Pech, obwohl sie der liebste Mensch auf dieser Welt ist. Vermutlich liegt es daran, dass sie nicht lügen kann.«

»Aha«, kommentierte ich nur. Eine Beautyfarm voller Heiliger also. Instinktiv tastete ich nach den Latexhandschuhen und den Spusibeuteln für die Beweismittel, die ich vorsorglich in der Seitentasche meiner Uniform verstaut hatte.

»Ich habe dich für jeweils einen Behandlungstermin mit Lara und Belinda eingeteilt, dann kannst du ihnen Fragen stellen. Natürlich auch den Gästen. Aber ganz ehrlich: Die sind alle so wohlhabend, dass sie sich schon vor dem Frühstück drei solcher Autos kaufen könnten. Keiner von ihnen hat etwas mit diesen Diebstählen zu tun, dafür lege ich meine Hand ins Feuer.«

Dann hoffte ich mal für sie, dass sie sich dabei nicht verbrannte.

»Sind das alle Mitarbeiter? Das habe ich mich gestern Abend schon gefragt. Kommt mir recht wenig vor für dieses riesige Anwesen.«

»Pierre und Celine sind derzeit im Urlaub, die kommen erst in zwei Wochen wieder. Ellen ist krank, dann gibt es noch Ole, den Hausmeister, Christiane und Susanne, die Reinigungskräfte und Bernadette, die Köchin. Unser Schönheitschirurg reist mit seinem eigenen Team an, aber die haben nichts mit dem Hauptgebäude zu tun, sondern arbeiten in ihrem Klinikhaus am Ende des Parks. Außerdem haben wir Stylisten für Haare und Nägel, die buchen wir nach Bedarf, manchmal bringen unsere Gäste auch ihre eigenen mit. Aber von denen war letzte Woche zur besagten Zeit auch niemand im Hause. Ebenso wenig die Gärtnerfirma, die einmal die Woche kommt.

Als hätte sie meine Zweifel an der Integrität ihres Personals gehört, zog Dolores ihre Stirn in Falten und sah mich an, als wolle sie gleich losweinen.

»Es wird sich alles finden, Dolores«, beruhigte ich sie. »Dann lass uns mal deine Mannschaft aufsuchen. Also, wo sind sie? Im Aufenthaltsraum?«

Dolores warf einen Blick auf ihre Armbanduhr. »Nein, sie lösen ihre Blockaden im Energiekreis.«

Sie lächelte mich warm an und ich lächelte zweifelnd zurück. Alles klar … Na, dann mal los … zum Energiekreis. Wenn ich das heute Abend Jonas erzählte, würde der sich kugeln vor Lachen.

Wir verließen die Besenkammer und durchquerten das Gebäude, gingen durch den Hinterausgang in den Park und liefen weiter bis in die Nähe des Waldrandes. Unter uns im Tal streckte sich der See aus, glatt wie eine Glasscheibe.

Ein gepflegter Kiesweg führte uns ein Stück den Berg hinab. In den Hang hatte man stufenartig Terrassen eingezogen, auf denen geschmackvoll Feuerkörbe neben Sitzgarnituren arrangiert waren. Hier reihten sich Liegestühle vor einem Holzbassin auf, das aussah wie ein riesiger Suppentopf und das man *Hotpot* nannte, wie Dolores mir erklärte.

Auf der obersten Fläche befand sich ein runder Platz, der von mannshohen Monolithen begrenzt war und mich an eine Miniaturausgabe von Stonehenge erinnerte. Eigenartige Musik erklang, und sie wurde lauter, je näher wir kamen. Zwischen den Steinen standen Lara und Belinda, außerdem zwei Männer: ein blauäugiger Lockenkopf mit schwarzen Haaren und einer, der aussah wie Gandhi mit Ziegenbart. Das war dann wohl Eduardo.

Alle steckten in den gleichen schwarzen Uniformen wie ich und vollführten merkwürdige Bewegungen, bei denen sie die Hände vor und über den Körper bewegten und etwas Unverständliches murmelten. Das Ganze erinnerte mich an eine Mischung aus Indianertanz, Qi-Gong und zu viel Wodka.

Dolores blieb am Rand des Steinkreises stehen, beugte sich zu mir und flüsterte: »Wir reinigen jeden Morgen unsere Chakren und unsere Aura, die natürlich von dem ganzen Ballast, den unsere Kunden bei uns abladen, dunkel wird. Das hier sind die Abschlussübungen. Um diese Zeit frühstücken die Gäste.«

Ich nickte zögernd. Na klasse, ich hatte meine Pausen eigentlich dafür vorgesehen, schnell mal ein paar Absprachen mit Tim und Helena zu treffen, und nicht, um hier den Hampelmann zu machen.

In diesem Augenblick beendeten Satans Jünger ihr Gedöns mit einem kollektiven »Ooommmm«, verbeugten sich voreinander und drehten sich dann neugierig zu uns um.

Dolores fasste meinen Ellbogen und zog mich in die Mitte des Kreises, wobei ich mir vorkam wie die Jungfrau, die als Opfer dargebracht werden sollte.

»Das ist Sabin, unser neues Familienmitglied«, erklärte Dolores und breitete die Arme aus.

»Hallo zusammen. Ich freue mich, Teil eures Teams zu werden.«

»Hallo Sabin, herzlich willkommen, das ist ja großartig«, kam es von mehreren Seiten.

Der hochgewachsene Adonis mit schwarzem Lockenkopf umarmte mich. Das musste Viktor sein, der verschuldete Masseur und Fitnesstrainer. Ja, man sah und fühlte ihm sein Training durchaus an.

Lara winkte mir schüchtern zu und zwinkerte nervös. Wusste sie von irgendwoher, dass ich keine Kosmetikerin war? Vielleicht von Leon? Ich lächelte warm zurück und hielt den Blickkontakt. Sie senkte den Kopf und schien verlegen. Ich musste unbedingt herausfinden, was sie wusste, bevor meine Tarnung deswegen aufflog.

»Sabin schnuppert anfangs überall rein. Bitte helft ihr und unterstützt sie nach Kräften. Sie wird sicher viele Fragen haben.« Mit diesen Worten strich Dodo kurz über meinen Oberarm. Dann wandte sie sich wieder an ihre Crew und holte Luft.

Doch bevor sie weitersprechen konnte, ergriff der Gandhi-Mann mit der Nickelbrille das Wort. »Ich wusste gar nicht, dass wir noch jemanden suchen.«

»Das war eine spontane Entscheidung. Mir liegt sehr am Herzen, dass wir Sabin in unsere Mitte aufnehmen und sie von der ersten Sekunde an unterstützen und ihr vertrauen.«

»Natürlich. Jeder, der in unsere Mitte kommt, ist Teil der Familie.« Er musterte mich so liebevoll wie ein Vater. Dann wandte er sich wieder an Dolores. »Normalerweise besprechen wir so eine Entscheidung doch immer im Team, mein Engel. Wie kommt es zu diesem Alleingang?«

»Was soll ich sagen …« Dolores zögerte kurz. »Sabin hat es in den letzten Jahren nicht leicht gehabt. Nach der Trennung von ihrem Mann und der jahrelangen Pflege ihrer kranken Mutter möchte sie nun einen Neuanfang wagen und in ihren ursprünglichen Beruf zurückzukehren. Ich finde, sie hat dabei all unsere Unterstützung verdient.«

Meine zukünftigen Kollegen sahen mir betroffen entgegen. Nur Belinda schaute argwöhnisch. Ich zeigte ein tapferes Nicken und fand, dass Dolores gewaltig übertrieben hatte. Von einem Ehemann oder einer kranken Mutter war nie die Rede gewesen. Damit baute ich zwangsläufig ein Lügengebilde auf, das schwer zu handhaben war.

Meine neuen Kollegen umarmten mich, als sei ich der berühmte verlorene Sohn, der in den Schoß der Familie heimkehrt. Eduardo kam als letzter auf mich zu. Er berührte mich nicht, hielt stattdessen seine Hände ungefähr fünf Zentimeter von meinem Körper entfernt, als taste er meine Silhouette ab. Wollte der mich veräppeln? Ich stand ganz still und harrte der Dinge, die da kommen würden, schließlich sahen die anderen einschließlich Dolores mit ernster Miene zu.

»Dein Leben hat dunkle Schatten auf deine Aura gelegt. Vor allem die Mutter … Da werden wir viel Arbeit haben, meine Liebe. Doch darunter ist die Aura unfassbar stark; stärker als die meisten, die ich bisher gefühlt habe.« Er atmete tief ein und schloss die Augen, während seine Hände vor meinem Körper auf und ab fuhren. »Meine Güte, was für strahlende Farben sich hinter den Schatten verbergen. Das ist außergewöhnlich.« Eduardo klang richtiggehend schwärmerisch.

Ein einzelner, summender Ton kam aus seiner Kehle, während er an imaginären Knöpfen in meiner angeblichen Aura herumdrehte. Schließlich seufzte er und wischte seine Hände an einem nicht vorhandenen Handtuch ab.

»Liebes, um dich zu reinigen brauche ich Stunden. Ich bin zwar ausgebucht, aber dich werde ich dazwischen nehmen. Es wird sehr intensiv, aber so klein du auch bist, du hast die Energie eines Kugelblitzes.«

Kugelblitz? Sein Ernst? Dolores gab mir einen Kuss auf die Wange.

»Ich habe es geahnt, meine Liebe, das habe ich sofort gespürt.«

Unsicher lächelte ich und beschloss, direkt heute Abend nach Sekten auf Schönheitsfarmen zu recherchieren. Das war nicht normal.

»Komm.« Dolores streckte mir ihre Hand entgegen und zog mich sanft mit sich. »Ich zeige dir den Rest der Estelle, und danach kannst du mit Lara in die Behandlung gehen.«

»Ach, Dolores-Liebes.« Eduardos Stimme wehte uns hinterher. Wir drehten uns zu ihm um.

»Lass mich unseren Neuzugang doch herumführen, dann kann ich sie direkt kennenlernen. Du hast heute das Clearing nicht mitmachen können und siehst erschöpft aus. Leg dich doch eine halbe Stunde auf das Sonnenbett und entspann dich.«

Dolores schüttelte den Kopf. »Eine Pause mache ich später, wenn Sabin in der Behandlung ist.«

Eduardo nahm ihre Hand, küsste sie. »Mein Engel, ich

erkenne Erschöpfung, wenn ich sie sehe. Du hast kaum geschlafen. Bitte, leg eine Pause ein, mir zuliebe. Ich zeige Sabin alles und hole dich später wieder ab.«

Dolores warf mir einen scheuen Blick zu und senkte dann den Kopf. »Du hast ja recht. Danke, mein Schatz.« Sie küsste ihn und ging von dannen.

Hallo? Eigentlich sollte Dolores mir jetzt die Räume zeigen, in denen ich Durchsuchungen vornehmen konnte. Wieso ging sie einfach?

Bevor ich es verhindern konnte, hakte Eduardo mich unter und ging mit mir hinter den anderen her zum Hauptgebäude hinauf. Na gut, Planänderung, dann würde ich wohl erstmal Eduardo kennenlernen. Im Gegensatz zu den Kollegen bog er an der nächsten Wegkreuzung nach links ab und hielt auf ein Gebäude zu, das – etwas kleiner als der Hauptbau - halb verdeckt hinter Bäumen stand.

Ich räusperte mich. »Seit wann haben Sie diese Gabe der Aurenreinigung – sagt man das überhaupt so?«

Eduardo lachte ein tiefes, sympathisches Lachen. »Es war schon immer da, aber erst meine fernöstlichen Lehrer haben mir gezeigt, wie ich es anwenden und zum Heilen nutzen kann. Wenn dir Auratherapie und Chakrenreinigung bisher nicht geläufig waren, kommt dir unser Verhalten wahrscheinlich ungewöhnlich und seltsam vor.«

»Nun ja …«

Er lachte wieder. »Mach dir keine Gedanken, das geht unseren Gästen am Anfang oft auch so. Die Auraforschung steckt noch in den Kinderschuhen, aber es ist durchaus erwiesen, dass in der Aura die Wurzel aller Krankheiten liegt, die sich im Körper manifestieren. Daher muss auch die Heilung dort beginnen, verstehst du?«

Ich nickte, auch wenn ich eigentlich gar nichts verstand.

»Dort sind dann auch diese Schatten?«

»Genau. Du beispielsweise stellst dich deinen Schatten entgegen. Es ist ein mutiger Schritt von dir, deine Dämonen in der Vergangenheit zurückzulassen und einen Neuanfang zu wagen. Vor allem wegen deiner Mutter.«

Ich zuckte kurz zusammen. Dass Dolores von meiner Mutter erzählt hatte, nahm ich ihr wirklich übel. Ich räusperte mich. »Irgendwie muss es ja weitergehen.«

Eduardo blieb stehen und sah mich an. »Wenn etwas Neues beginnen soll, muss vorher das Alte gehen. Deine Mutter liebt dich, wo auch immer sie jetzt ist.«

Wie bitte? Wenn jemand mich garantiert nicht liebte, dann meine Mutter. Was trampelte er auf diesem Thema herum? Für ihn war sie seit fünf Minuten tot und für mich war sie das seit langem.

Er nahm meine Hände in seine und mit Mühe unterdrückte ich ein Zittern. »Trag den Schmerz um deine Mutter nicht allein, verschließe ihn nicht in dir. Gemeinsam werden wir dich davon befreien.«

Ich schluckte die Tränen hinunter, die in mir aufstiegen. Reiß dich verdammt nochmal zusammen, schrie meine innere Stimme mich an. Ich schluckte erneut.

Eduardo lächelte so sanft, dass ich ihn am liebsten umarmt hätte. Er nahm wieder meinen Arm und zog mich sanft weiter.

»Leider habe ich nur wenig Zeit, weil gleich die nächste Sitzung beginnt. Aber willst du nicht zuschauen? Das Leid anderer zu teilen ist oft die beste Heilung für die eigene Seele.«

Ja, und andere befragen war oft die beste Lösung für einen Fall. Seit fünf Minuten lief ich neben ihm her und hatte nicht eine intelligente Frage gestellt. Verdammt, ich war immer noch Hauptkommissarin. Aber irgendetwas berührte er in mir. Dennoch wurde es Zeit, den Spieß umzudrehen und ein paar Informationen aus Eduardo herauszuquetschen.

Während meine Gedanken um Selbstbeherrschung kreisten, führte Eduardo mich zum Eingang des Nebengebäudes. Massagen, Pilates, Aerobic, Aquafitness und einige weiteren Angebote zierten die Tafel vor dem Eingang.

»Im Haupthaus, wo Dolores dich in Empfang genommen hat, machen wir die meisten kosmetischen Behandlungen. In diesem Nebengebäude hier findest du die klassische Abteilung mit Fitness- und Übungsraum, in der wir das Körpergefühl stärken. Das macht hauptsächlich Viktor. Ein paar Kurse geben auch Ellen und Celine.«

»Wohnen in diesem Komplex Gäste?«

»Ja, im oberen Bereich sind eine Loftsuite mit Terrasse und ein Appartement, die meistens von Stammgästen gemietet werden, und natürlich Viktors Büro. Hinter den Fitnessräumen befindet sich das Veda Sala.«

»Was ist das?«

»Ein heiliger Ort für spirituelle Rituale, Meditation und Massage.«

Ich nickte und prägte mir die Aufteilung ein. Viktors Büro musste ich mir vielleicht später ansehen.

Als nächstes durchquerten wir eine Baumschonung. Dahinter lag ein idyllischer Teich mit Bootssteg und Bootshaus, Liegewiese und Blumenrabatten. An der Waldseite standen drei bildhübsche Holzhäuschen, jedes mit einem kleinen Balkon unter dem Giebel und verzierten Fensterläden.

»Du meine Güte, sind die schön«, rief ich begeistert. »Die sehen wie verwunschen aus.«

Eduardo lächelte. »Dolores hat mit ihren Relax-Chalets ganze Arbeit geleistet. Hier wohnen die Gäste, die fernab von allem Trubel die Natur atmen wollen. Wir hatten einmal einen sehr bekannten Krimi-Autor, der sich drei Monate lang hier eingeschlossen hat, um sein Buch zu schreiben.«

Wofür er vermutlich das doppelte Jahresgehalt einer Kommissarin gezahlt hatte. »Sind die Häuser alle belegt?«

»Von den Chalets ist momentan nur eines belegt. Insgesamt betreuen wir nie mehr als fünfzehn Kunden gleichzeitig, um ihren exklusiven Ansprüchen auch rundum gerecht zu werden.«

Eduardo drehte sich um und führte mich zurück zum Hauptgebäude.

»Wie lange arbeiten Sie schon hier?« Vielleicht konnte ich noch ein paar Infos aus Eduardo herauslocken, auch wenn ich die Antwort auf diese Frage aus den Personalakten kannte.

»Sag doch Du, meine Liebe. Wir sind hier eine Familie.« Er nickte mir mit einem Lächeln zu, das mein Herz erwärmte. Der Mann hatte echt Charisma, das ließ sich nicht leugnen. »Ich bin seit knapp zwei Jahren hier.«

»Und wo warst du davor?« Das hatte nämlich nicht in den Akten gestanden.

Eduardo duckte sich unter einem tiefhängenden Ast hindurch und trat aus dem kleinen Waldstück heraus auf die große Wiese vor dem Hauptgebäude. Wir folgten dem Pfad.

»Ich habe meine therapeutische Arbeit in Spanien und

auf Kreuzfahrtschiffen angeboten, bevor ich ein Sabbatical in Indien gemacht und mich dort mit den Tiefen der Aurenlehre beschäftigt habe. Doch ich selbst war ein ruheloser Geist. Als einer meiner Patienten von der Estelle-Beautyfarm geschwärmt hat, war mir sofort klar, dass sie mein Hafen werden würde.« Er lächelte in sich hinein. »Aber was rede ich von mir. Erzähl mir von dir. Warum hast du ausgerechnet diesen Beruf gewählt?«

Ich lächelte zurück. »Es war immer schon meine Leidenschaft, die Welt schöner zu machen. Irgendwann habe ich dann gemerkt, dass es nicht um äußere Schönheit geht, sondern darum, die innere Schönheit nach außen zu bringen.« Das hatte ich von Dolores gelernt.

Eduardo klatschte in die Hände, als hätte ich gerade eine Arie mit dreigestrichenem f gesungen. »Wunderbar formuliert, meine Liebe, ganz großartig. Was für eine starke Passion.«

Ich atmete auf, denn ich hatte schon Sorge gehabt, dass das zu dick aufgetragen war.

Er fuhr fort: »Genau das ist die richtige Einstellung. Was für ein Segen, dass Dolores dich gefunden hat. Du bist eine Bereicherung in unserem Leben.« Er blickte auf seine Uhr. »So, meine liebe Sabin, ich muss nun zur Sitzung. Möchtest du mich begleiten?«

Während ich noch überlegte, wie ich ihm am besten entkam, winkte Dolores vom Haupthaus aus und rief meinen Namen. Wir gingen auf sie zu.

»Ich glaube, ich bekomme auch von ihr noch eine Einweisung«, murmelte ich. »Aber beim nächsten Mal gerne.«

Er ergriff meine Hände und sah so liebevoll auf mich herab, dass mir ganz warm davon wurde.

»Das läuft uns ja nicht weg. Eine gute Zeit.«

Damit wandte er sich um, gab Dolores rasch einen Kuss, und verschwand durch das Portal. Nachdenklich sah ich ihm hinterher.

Viktors Geheimnis

Dienstag, 10:24 Uhr. »Ich fühle mich furchtbar dabei«, flüsterte Dolores mir zu und schloss mit zitternden Händen die Tür zu Viktors Büro auf. »Er ist doch kein Verbrecher.«

»Sieh es mal so: In erster Linie will ich beweisen, dass niemand von deinen Leuten etwas damit zu tun hat.« Ich schlüpfte durch die Tür in das hell und modern eingerichtete Büro. Dolores folgte mir, schloss eilig die Tür hinter sich und drehte den Schlüssel mehrmals von innen herum.

»Wonach suchen wir hier eigentlich?«

»Nach allem, was in irgendeinem Zusammenhang mit dem Diebstahl stehen könnte. Fotos, Kopien, Internet-Seiten in seinem Browserverlauf … Da gibt es hundert Möglichkeiten. Aber wenn es dir unangenehm ist, seine Sachen zu durchsuchen, setz dich einfach dort hinten hin und warte, bis ich fertig bin.«

Dolores nickte und sank in einen Sessel, der als Teil einer Sitzgruppe unter dem Fenster stand. Ich sah mich im Büro um. Im Regal hinter Viktors Schreibtisch befanden sich ein paar Bücher, ansonsten war es gefüllt mit Sportutensilien und Eiweißpräparaten. Auf der anderen Seite stand ein Spind mit einem Vorhängeschloss. Aber zunächst widmete ich mich dem Schreibtisch, sah Papiere durch, außerdem einige Kundenakten, die obenauf lagen, und schaute dann in die Schubladen. Man konnte nicht behaupten, dass Viktor besonders ordentlich war, denn das meiste lag in unsortierten Stapeln übereinander.

Konzentriert arbeitete ich mich durch die einzelnen Fächer. Bandagen, dazwischen Prospekte von diversen Fitnessprodukten, ein Päckchen Tabak … Ich stutzte. Tabak?

»Denkst du noch oft an deine Mutter?«

Ich sah auf. Dolores betrachtete mich mit ihrem sanftmütigen, leicht traurigen Gesichtsausdruck. Ich seufzte. Jetzt fing sie auch wieder mit diesem leidigen Thema an.

»Ehrlich gesagt erinnere ich mich kaum noch an sie.«

»Stimmt, du warst erst drei oder vier Jahre alt. So klein noch und ich hätte dich viel öfter besuchen sollen.«

Ich schluckte. »Das war schon in Ordnung so. Ich habe mich immer sehr über deine Pakete an Weihnachten und meinen Geburtstagen gefreut. Das war weit mehr, als meine sogenannte Mutter jemals für mich getan hat.«

Dolores stand auf, kam zu mir und legte die Hand auf meine Schulter. »Aber dass sie sich dann gar nicht mehr um dich gekümmert hat, hast du nicht verdient. Ich hätte gerne mehr Zeit mit dir verbracht, aber dein Vater meinte, es wäre nicht gut für dich, mich als Muttterersatz zu sehen.«

»Ernsthaft? Das hat er mir nie erzählt.« Ich schluckte. Normalerweise war ich wirklich hart im Nehmen, aber bei diesem Thema fühlte ich mich durchweg drei Jahre alt … Wie damals, als ich jeden Tag gefragt hatte, wann Mama wiederkommt. Sie war nicht zurückgekommen. Nie wieder. Das erste Lebenszeichen von ihr war zwei Jahre später mit einer Postkarte aus Teneriffa eingetrudelt. Welche Mutter ließ ihr Kind zurück und meldete sich zwei Jahre lang nicht? Eine Mutter, die diese Bezeichnung nicht verdient hatte. Meine Hände, die gerade einen Stapel Papiere durchwühlten, zitterten plötzlich so sehr, dass mir die Blätter aus der Hand rutschten.

»Ach Schatz, komm her.« Dolores nahm mich in die Arme und drückte mich fest an sich. Ich kämpfte die Tränen zurück. Nein, wegen meiner Mutter würde ich keine einzige Träne vergießen. Nicht mehr.

»Weißt du was? Wenn das alles hier vorbei ist, machen wir uns einen richtig schönen Tag, gehen Schuhe shoppen, Chai-Latte trinken und lassen uns den gleichen Nagellack auftragen. Würde dir das gefallen?«

Ich lachte zittrig und machte mich los, um die Papiere wieder aufzuheben.

»Also ehrlich gesagt habe ich noch nie in meinem Leben Nagellack getragen. Mit Jeans, T-Shirt und Turnschuhen ist das Leben deutlich einfacher.«

Sie sah mich bestürzt an. »Da hat dein Vater aber ganze Arbeit geleistet.«

»Was hat Paps damit zu tun? Hätte er sich mit mir am Vater-Tochter-Tag pinken Nagellack auftragen sollen?« Ich sah sie mit fragendem Blick an und sie starrte einen kurzen Moment zurück. Plötzlich gluckste ich bei der Vorstellung und wir lachten los.

Schließlich wandte ich mich wieder den Schubladen zu. Sie enthielten nichts Auffälliges, dafür fand ich aber einige Schlüssel.

»Dolores, kannst du mal prüfen, ob einer von denen an den Schrank dort passt?«

Dolores nahm die Schlüssel in Empfang. Während sie einen nach dem anderen am Vorhängeschloss probierte, fuhr ich den

Computer hoch und bat Dolores um das Universalkennwort zum Einloggen.

Plötzlich stieß sie einen triumphierenden Laut aus und ich sah, wie die Türen des Spinds aufschwangen.

»Soll ich …?« Sie sah mich fragend an und ich musste lachen.

»Klar, schau einfach nach, ob da etwas ist, das nicht ins Bild passt. Vielleicht etwas, das mit Oldtimern zu tun hat.«

Ich wollte mich gerade wieder dem Computer zuwenden, da hob Dolores die Hand und hielt eine Zeitschrift hoch. *Oldtimer-Praxis* stand auf dem Titel. Sieh an.

»Okay, immerhin ein Hinweis.«

»Himmel, ist das aufregend.« Dolores kicherte und bekam einen fiebrigen Glanz in den Augen. Ich kannte diesen Blick: Jagdfieber. Sie verschwand wieder im Spind. Wie schnell doch die Hemmungen fielen, wenn die Menschen sich im Recht fühlten.

Der Browser-Verlauf des Computers brachte nichts Verdächtiges zutage, wenn man mal von einschlägigen Social-Media-Seiten, Online-Dating-Diensten und Porno-Portalen absah, in denen der Gute doch einige Zeit zu verbringen schien. Aber ich war nicht hier, um seine Arbeitsqualität oder sein Sexualleben zu beurteilen.

Als ich das E-Mail-Programm öffnete, fand ich zunächst nur Terminabsprachen, Werbemails, ein paar ziemlich heiße Dirty Talks und Verabredungen zu Dates. Viktor ließ offensichtlich nichts anbrennen.

Ich wollte das Programm schon wieder schließen, da sah ich einen Unterordner namens *Privat*. Was war denn noch privater als Dates? Ich klickte ihn an. Sofort sprangen mir mehrere

Nachrichten-Verläufe mit Banken, Inkasso-Unternehmen und dubiosen Kreditanbietern ins Auge. Ja, das passte zu seiner Kontoauskunft. Aus Erfahrung wusste ich, dass jemand, dem das Wasser bis zum Hals stand, zu allem fähig war. Ich nahm mein Handy, fotografierte die E-Mails ab und schickte sie direkt an Jonas.

Dolores drehte sich um, gerade als ich mein Handy wieder in die Hosentasche stopfte. »Hast du was?«

»Einen vagen Verdacht, aber das muss der Kollege erstmal prüfen, bevor ich etwas darüber sagen kann. Und bei dir?«

»Ja, also … sehr eigenartig. Das passt gar nicht zu ihm.«

Ich fuhr den Rechner runter, schaltete ihn aus und ging zu Dolores hinüber, um mir diese Eigenartigkeiten mit eigenen Augen anzusehen. Nach dem ersten Blick in den Schrank presste ich die Lippen aufeinander, um nicht laut loszulachen. Viktor sah sich nicht nur einschlägige SM-Seiten an, nach den Gegenständen in diesem Schrank zu urteilen praktizierte er diese Neigung offenbar auch. Neben den Toys befanden sich auch Männerslips mit Reißverschluss und ähnlich neckische Dessous im Schrank.

»Das sind keine Sportgeräte, oder? Ist es das, was ich glaube?« Dolores sah mich betroffen an.

Ich nickte zur Antwort und grinste.

Bevor wir gingen, versetzten wir das Büro wieder in seinen ursprünglichen Zustand zurück. Dann machten wir uns auf den Weg ins Haupthaus. Dolores murmelte mit düsterer Miene vor sich hin.

»Ich habe gewusst, dass beim Herumschnüffeln etwas Unangenehmes herauskommt.«

»Jeder hat eine dunkle Seite, das ist völlig normal. Wir werden vermutlich bei allen anderen auch irgendetwas finden. Am Ende ist es aber nur wichtig, ob es uns ein Motiv liefert und zum Täter führt.«

»Was mache ich, wenn dieses Wissen das Arbeitsklima gefährdet? Wenn ich die Menschen dann nicht mehr so sehe wie bisher? Das vergiftet die Atmosphäre.«

»Nein, Dolores, es gibt dir die Chance, deine Mitarbeiter endlich einmal so zu sehen, wie sie wirklich sind. Kein Licht ohne Schatten.« Ich verstummte. Offenbar hatte ich schon zu viel Zeit in diesem Energiekreis verbracht. Puh, es wurde Zeit, dass ich mich wieder auf meine Polizeiarbeit konzentrierte und Schluss machte mit diesem Psychogebrabbel. »Kann ich vor der Mittagspause vielleicht noch Laras Befragung angehen?«

»Natürlich.« Dolores checkte ihre Armbanduhr. »Sie müsste gerade in der Algenbehandlung sein. Komm, ich bringe dich hin.«

Zippos Runen

Dienstag, 11:15 Uhr. Auf dem Weg zu Laras Behandlungsraum, erklärte Dolores mir, dass Laras Patient – Gangsterrapper Zippo - zum ersten Mal die Beautyfarm besuche. Nachdem sie in den Medien über ihn recherchiert hatte, sei sie ein wenig besorgt gewesen. Er stammte aus problematischen Verhältnissen, sein plötzlicher Ruhm mit Rapsongs über den Alltag in den Berliner Slums hatte ihm viel Geld eingebracht. Von der Verhaftung wegen Drogenbesitzes bis hin zu zerschlagenen Hotelzimmern bediente der Kerl so ziemlich jedes Klischee, dabei war er noch nicht mal fünfundzwanzig.

Im Behandlungsstuhl lag ein riesiger Typ mit einem schmalen Gesicht, das genauso breit war wie sein Hals. Wilde Tattoos mit Totenköpfen, Wölfen und Schlangen prangten seitlich an seinem kahlrasierten Schädel, zogen sich von dort weiter bis in sein Gesicht und über die von Akne und Entzündungen gerötete Haut seiner Wangen. Auf seiner Stirn saßen fette schwarze Runen. Laras zarte Hände, die ihm gerade das Gesicht massierten, wirkten fehl am Platz, eine Faust auf der Nase wäre passender gewesen.

Als Lara mich bemerkte, nickte sie mir erfreut zu. »Hallo Sabin, hilfst du mir heute?«

»Ja, ich bin schon gespannt, wie wir hier arbeiten.«

Dolores verabschiedete sich und war auch schon zur Tür hinaus.

Lara lächelte mich an. »Fängst du an, dich einzugewöhnen?«

Ich nickte. »Klar, alles bestens. Warum fragst du?«

»Anfangs kann es schwer sein, sich wieder in die Arbeit hineinzufinden.«

»Nimms leicht - schwer wird es ganz von allein.« Ich zuckte mit den Schultern.

Lara deutete auf den Platz neben sich. »Stell dich am besten hier herüber. So kannst du dir erst einmal ansehen, was ich mache, und mir ein paar Dinge anreichen, damit du unsere Produkte kennenlernst. Wenn dir das nicht zu langweilig ist.«

»Nein, nein. Keine Sorge, das passt schon.«

»Wirklich? Das freut mich. Wenn es dir lieber ist, kannst du auch direkt selbst übernehmen.«

Aus dem Stuhl knurrte Zippo: »Habt ihrs bald? Alter, ich hau hier scheißviel Kohle raus für ne Sitzung. Und die Neue lässt ihre Flossen von mir.« Er öffnete ein Auge und als er mich sah, verzog sich sein Mundwinkel nach oben - was ihn so hübsch machte wie Batmans Joker. »Hmmm, habs mir anders überlegt. Ey, Perle, darfst auch mal an Zippos Stahlmuskeln, die müssen dringend massiert werden.«

»Du scheinst ja eine einzige Großbaustelle zu sein«, antwortete ich zuckersüß, legte den Kopf schief und klimperte mit den Wimpern.

Er runzelte die Stirn, als müsse er über meine Worte nachdenken.

Lara grinste mich an und verdrehte hinter Zippos Rücken die Augen. Dann deutete sie auf ein Handtuch, das auf dem Tisch neben mir in einer Art Eierkocher lag. Ich fischte es heraus und reichte es ihr. Es war feucht und heiß. Sie wickelte das Tuch mit geschickten Handbewegungen um Zippos Gesicht. Sobald er nichts mehr sehen konnte, legte sie einen Finger auf die Lippen.

»So, jetzt entspannen Sie sich bitte ein paar Minuten und dann beginnt die LED-Behandlung. Tief und ruhig atmen, alles fallen lassen, dann ist die Wirkung am effektivsten.« Sie begann mit einer sanften Massage von Zippos Hals und Schultern.

Mit einer Kopfbewegung deutete Lara auf den Einbauschrank neben dem Fenster und formte mit ihren Lippen das Wort »Licht«. Das war vielleicht gar kein schlechter Behandlungsansatz, Zippo schien ja selbst keine Leuchte zu sein. Ich ging hinüber, öffnete die Schranktüren und betrachtete die Unmengen an Geräten darin. Welches davon konnte wohl mit *Licht* gemeint sein? Ich griff nach etwas, das aussah wie eine durchgeschnittene Röhre, die mit LED-Lichtern ausgekleidet war, einen knappen Meter im Durchmesser und vielleicht einen halben hoch.

Ich schleppte die Halbröhre, die an einem Schwenkarm hing, zum Behandlungsstuhl und hievte sie auf den Tisch daneben. Lara klinkte den Schwenkarm ein, ich friemelte das Kabel auseinander und schob den Stecker in die Steckdose. Die Lichter flammten auf und blendeten mich. Lara schaute alarmiert zu mir herüber. Ihr Mund formte ein Wort, das »Stop« heißen mochte. Ich zog den Stecker.

»Werdet ihr euch mal einig?«, knurrte Zippo unter dem Tuch.

Ich schluckte mit einiger Mühe eine Antwort herunter, die vermutlich das Ende meiner kurzen Karriere als Kosmetikerin bedeutet hätte, und verzog den Mund.

»Wir machen das LED-Panel erst an, wenn es in Position ist. Man muss die genaue Behandlungszeit beachten«, erklärte

Lara im Flüsterton und begann, Zippos Gesicht wieder aus dem Tuch zu befreien.

»Wir wollen ja nicht als Reifenraths Grillhähnchen enden«, kalauerte ich. Zippo grinste mich an, doch ich verstummte unter Laras besorgtem Blick. Humor war hier wohl nicht so angesagt. Wahrscheinlich, weil man Falten bekam, wenn man lachte.

Lara stellte Zippos Rückenlehne waagerecht und zog ihm eine dunkle Schutzbrille über die Augen. Gemeinsam positionierten wir die LED-Haube so, dass Zippos Kopf darunter verschwand. Dann gab Lara das Signal. Ich steckte den Stecker ein und das Licht flammte auf.

Sie nickte mir zu. »Alles in Ordnung?«, fragte sie Zippo und er brummte ein Okay, als wäre er kurz vorm Einschlafen. Sie nahm eine dünne Decke, reichte mir die andere Seite und wir deckten ihn zu, vermutlich, damit er bei der Behandlung nicht auskühlte, während sein Gesicht gegrillt wurde.

»Es dauert dreißig Minuten, bis der Heilungsprozess durch das Licht angestoßen wird. Danach können wir mit der Pflegeanwendung fortfahren. Das wird eine Wohltat für die Haut, sie wird wie neu.«

Wie sie diese tätowierte Kraterlandschaft in junge, frische Haut verwandeln wollte, war mir ein Rätsel - aber ich wollte mich gerne überraschen lassen.

»Nun schön entspannen und die Wärme genießen.« Dann machte sie mir ein Zeichen, nach nebenan zu gehen.

Nachdem wir Zippo seiner Erleuchtung überlassen hatten, gingen wir durch eine Seitentür in eine Art Labor. Hier standen Tiegel an Tiegel, Töpfchen an Sälbchen, jede Menge

Tinkturen, Messbecher und allerlei Gerätschaften, die mich an unser kriminaltechnisches Labor erinnerten. Lara nahm einen Ordner zur Hand, schlug ihn auf und legte ihn vor sich auf die Arbeitsfläche. Dann stellte sie verschiedene Töpfe, Dosen und Ampullen vor sich, maß mittels Löffelchen und Waage jeweils etwas von deren Inhalten ab und gab sie in eine Porzellanschale.

»Reichst du mir bitte den Kopfspatel?«

Wenn ich jetzt noch wüsste, welcher dieser zwanzig Spatel das sein sollte. Ich griff nach einer Schale, in der ein Set mit verschieden geformten Löffelchen lag, und reichte sie ihr. Sie sah mich erstaunt an und nahm sich eines aus der Schale.

»Wir wollen doch nichts verunreinigen«, erklärte ich altklug. »Schließlich tragen wir keine Handschuhe.«

Laras Blick verriet mir, dass ich einen Punkt gesammelt hatte. »Wir machen jetzt eine spezielle Maske, die den Prozess der Lichtheilung unterstützt und die Haut zugleich beruhigt. Leider dauert die Zubereitung eine ganze Weile und die Maske muss frisch hergestellt werden. Die Rezepturen stehen in diesem Ordner, falls du das später auch mal machen sollst. Aber das kennst du bestimmt von deinem früheren Arbeitgeber.«

»Klar. Allerdings haben wir bei weitem nicht so tolle Behandlungen angeboten, alles nur nullachtfünfzehn. Es ist auch schon einige Jahre her.«

»Dolores hat ja erzählt, wie schlimm es dir ergangen ist. Mir sind beinahe die Tränen gekommen. Entschuldige, ich bin immer so schnell emotional.«

Ja, ich könnte auch heulen, weil Dolores so einen Humbug erzählt hat. Genau so ein Gespräch hatte ich niemals führen wollen.

»Ach, lassen wir das Thema. Sag mal, woher kennst du eigentlich Kira und Marc?«

»Oh, wir, also Belinda und ich, sind Freunde von Leon. Belinda ist ja mit Valentino zusammen und die beiden kennen sich schon ewig. Und so haben wir auch Kira und Marc kennengelernt. Was für ein wundervolles Paar. Leon meinte, seit sein Bruder Kira an seiner Seite hat, wäre er wenigstens halbwegs erträglich geworden.« Sie kicherte. »Aber im Grunde vergöttert Leon seinen Bruder. Er war ja damals alles, was er hatte.«

Ich runzelte die Stirn. »Wie meinst du das?«

»Der Vater hat Selbstmord begangen und die Mutter musste die Jungs allein aufziehen. Leider litt sie unter Depressionen. Die Jungs waren auf sich allein gestellt und es fehlte Geld an allen Ecken und Enden. Die beiden haben, kaum dass sie in der Schule waren, eine Gang gegründet, die *MadChaps*, und mit anderen Jugendlichen die Stadt unsicher gemacht. Nach einer ganzen Reihe von Vorfällen und Haftstrafen hat ein Onkel aus Amerika sie dann zu sich geholt.«

»Wow, klingt ja heftig.« Mit mir hatte Kira kaum über Marcs Vergangenheit gesprochen. Ich wusste nur, dass sie als Teenager in ihn verliebt gewesen war, er aber der Bad Boy der Stadt gewesen war und ihr Vater einen Aufstand gemacht hatte, als er dahintergekommen war. Und Jahre später, als sie sich wiedertrafen, funkte es erneut. »Wie sind sie denn dann wieder im Sauerland gelandet?«

»Erst waren die beiden mit Firmenübernahmen in den USA sehr erfolgreich. Dann hatten sie vor ein paar Jahren geschäftlich hier in der Gegend zu tun und sind schließlich in die Solarfirma xTherm von diesem genialen Wissenschaftler Silas Behrens eingestiegen.«

»Und seit wann kennst du Leon?«

Lara biss sich auf die Lippen und schaute angestrengt auf das kleine Reagenzröhrchen, mit dem sie eine Flüssigkeit in das Porzellanschälchen laufen ließ. Okay, das war jetzt vielleicht etwas indiskret und eigentlich sollte ich sie ja zum Fall ausquetschen, aber neugierig war ich schon.

»Wir waren mit fünfzehn mal zusammen, ein paar Wochen, bevor er und Marc nach Amerika sind. Ich hab ihn schrecklich vermisst, aber nie wieder etwas von ihm gehört. Eines Abends vor drei Jahren waren wir zum Grillen bei Valentino - und plötzlich stand Leon vor mir. Völlig verändert, aber irgendwie immer noch der gleiche verrückte Kerl wie früher.«

»Wie meinst du das?«

»Leon sieht immer nur die Sonnenseite in allem, das ist so wunderbar an ihm. Er kann über alles lachen. Nur mit Frauen hat er wenig Glück. Es scheint nie die Richtige dabei zu sein.«

»Vielleicht wäre es geschickter, erst einmal bei *einer* herauszufinden, ob sie die Richtige ist, und nicht vier Freundinnen gleichzeitig zu haben.«

»Du meinst die Sache mit den vier Handys? Er sagt, das sei alles ganz harmlos. Aber selbst, wenn nicht, bedeutet das nicht, dass er immer die wahre Liebe sucht und sie nicht findet?« Lara sah mich hoffnungsvoll an. Offenbar hoffte sie, die Richtige für ihn zu sein. Jede Faser ihres Körpers strahlte das aus. Armes Mädchen. Meiner Einschätzung nach verspeiste ein Typ wie Leon Mädchen wie Lara zum Frühstück und vergaß sie bereits vor dem Mittagessen wieder. Aber vielleicht irrte ich mich ja auch. Genug über meinen Mitbewohner geplänkelt. Es wurde Zeit, das Gespräch auf wichtige Themen zu lenken.

»Sag mal, für eine renommierte Beautyfarm finde ich die Bezahlung nicht so berauschend. Wenn man so tolle Arbeit leistet, wie ihr alle, sollte das doch auch entsprechend entlohnt werden.«

Lara machte ein erschrockenes Gesicht. »Wir arbeiten doch nicht nur für Geld. Das ist Leidenschaft und Privileg und …«

»Sagt wer?«, fragte ich nach.

»Eduardo. Ich wollte eigentlich Dolores um eine kleine Erhöhung bitten, weil ich dringend ein neues Auto brauche und Valentino gerade was Passendes für mich hat. Aber Eduardo hat nicht mit sich reden lassen. Ach … egal.«

Sie seufzte, nahm die Porzellanschale, in der sich mittlerweile verschiedene Pülverchen und flüssige Substanzen befanden, und füllte den Inhalt in einen Glasbehälter.

Interessant. Ich hätte gedacht, Gehaltsverhandlungen seien Dolores' Bereich.

»Aber wie kommst du dann finanziell klar? Machst du was nebenbei?«

Lara räusperte sich und flüsterte: »Ich hab ein paar Kundinnen, unter anderem eine ehemals bekannte Schauspielerin. Die war mal hier, fand es aber zu teuer. Die behandele ich zweimal im Monat privat. So kann ich mir auch mal was leisten. Aber wenn Eduardo das rausfindet, dann schmeißt der mich achtkantig raus.«

»Ich finde das legitim – arbeiten ist immer noch besser als klauen.«

Laras Kopf ruckte hoch. »Klauen? Wer hat dir das erzählt?«

Ich zuckte arglos mit den Schultern. »Was erzählt?«

»Dass ich … also früher hab ich mal eine Zeitlang Blödsinn

gemacht und Sachen mitgehen lassen. Das war idiotisch und hatte mit der Scheidung meiner Eltern zu tun. Deswegen verstehe ich Belinda ja auch so gut … Aber das habe ich längst im Griff.«

»Wieso Belinda?«

»Ach, egal.« Sie füllte den Inhalt ihres Schälchens in den Mixer. »Also, das muss ich aufemulgieren, dann füge ich noch weitere Bestandteile hinzu und kühle die Maske herunter, damit sie nach der Hitze die geöffneten Poren verschließt.«

»Was kann ich in der Zwischenzeit tun?«

»Du könntest mal eben schauen, ob bei Zippo alles in Ordnung ist. Ich brauche noch mindestens fünfzehn Minuten. Mach bitte in genau zehn Minuten das Gerät aus und leg ihm noch eine feuchte Kompresse aufs Gesicht. Ich komme, sobald die Maske fertig ist.«

»Top, alles klar.«

Kaum kam ich ins Behandlungszimmer, vibrierte es in meiner Hosentasche. Zippo schnarchte zufrieden unter der Leuchtröhre und würde sicher nichts mitbekommen. Ich zog mein Handy hervor. Eine Nachricht von Helena.

Helena: Wie lange dauert die Behandlung von Zippo noch? Wir müssen sein Zimmer durchsuchen. Er hat getwittert, dass er sich »eine geile Schüssel klargemacht hat« und die »Affen nix davon mitkriegen«.

Ich: Vielleicht noch 20 Minuten.

Helena: Kathy ist hier und will mir was Dringendes erzählen. Kannst du Zippos Zimmer übernehmen? Durchsuchungsbeschluss liegt vor.

Ich: Wo ist denn Tim? 👻

Helena: Der befragt gerade die Gärtner am anderen Ende des Geländes.

Ich: Bin schon unterwegs. Welches Zimmer?

Helena: 109. Pass auf, dass dich niemand sieht. 🕵️

Als würde ich das erste Mal heimlich ein Zimmer durchsuchen. Für die Durchsuchung brauchte ich allerdings eine Zugangskarte für Zippos Zimmer – leider hatte Dolores mir die Generalkarte noch nicht gegeben. Das hieß, ich musste mir seine ausleihen. Zippos Sweatjacke lag auf einem Stuhl neben der Tür. Ich nahm sie und tastete die Taschen ab. Da war die Karte, fest, flach, visitenkartengroß. Ich schaute auf mein Handy. Acht Minuten blieben mir, bis ich dieses Licht-Panel ausschalten musste. Also los.

Ich sprintete durch den Gang, hinein ins Treppenhaus und mit einem Affenzahn die Treppe hinauf. Kein Mensch zu sehen. Auf Anhieb fand ich die richtige Zimmernummer nur zwei Türen weiter. Ich schaute mich um, und da immer noch niemand zu sehen war, hielt ich Zippos Karte vor den Öffner. Es piepste leise, klackte im Schloss, die kleine Signallampe sprang auf grün.

Ich schlüpfte ins Zimmer und zog meine Latexhandschuhe an. Vor mir lag ein großzügiges Appartement mit einem riesigen Badezimmer, einem gesonderten Schlafzimmer und gemütlicher Sitzecke mit Fernseher im Wohnzimmer - alles hell, offen und supermodern eingerichtet. Eine Sporttasche, vermutlich Zippos Gepäck, stand auf einer Kofferablage direkt neben mir an der Wand. Sie war offen und es sah aus, als habe darin schon vor mir jemand herumgewühlt. Entschlossen nahm ich sie mir vor, doch in der Tasche war nichts außer Kleidern und normalen Reiseutensilien. Ich zog eine schmucklose Dose aus einem Seitenfach und öffnete sie. Weißes Pulver. Mit der Fingerspitze probierte ich. Kokain. Das ging ja gut los.

Systematisch durchsuchte ich weitere Taschen und einen Rucksack, den Nachttisch, herumliegende Hosen, Jacken, das Badezimmer. Die meisten Schränke waren zwar leer, doch meine Suche ging alles andere als leer aus. Bald hatte ich genug Drogen, um halb Kolumbien damit zu versorgen, außerdem eine Waffe - garantiert nicht angemeldet –, aus der ich kurzerhand die Patronen entfernte. Dann waren da noch drei Pässe mit dem Bild von Zippo, die aber auf unterschiedliche Namen liefen. Ich fotografierte sie ab und legte sie zurück. Dann sah ich auf die Uhr. Mensch, ich musste dringend los, war schon eine Minute über der Zeit.

Mein Blick fiel auf den Tresor. Den musste ich aber schnell noch durchsuchen, auch wenn ich dann zu spät kommen würde. Hatte Dolores einen Generalcode? Versuchsweise drückte ich die Ziffern 1 -2 -3 -4. Nichts tat sich. 9 – 8 – 7 – 6, auch nichts. Letzter Versuch: 2 – 4 – 6 – 8 …

Die Tür sprang mit einem Klacken auf. Na, sieh mal an. Da lag ein Schlüssel. Er schien neu zu sein und hatte ungefähr die Größe und Form wie der Jaguarschlüssel, den Knaus mir gezeigt hatte, aber passte er wirklich zu dem gestohlenen Wagen? Ich machte ein Foto vom Schlüssel und schickte es postwendend an Jonas, anschließend schob ich den Schlüssel in ein Tütchen und dann in meine Tasche. Schnell noch den Safe verschließen und das Feld bereinigen.

Als ich fertig war, sah ich mich im Zimmer um. Alles sah aus wie vorher. Jetzt musste ich aber wirklich in Zippos Behandlung zurück. Die ganze Aktion hatte mich beinahe fünfzehn Minuten gekostet. Viel zu lang. Ich zog die Handschuhe wieder aus, rannte los und suchte schon mal nach einer passenden Ausrede. Die würde ich dringend brauchen.

Kaum war ich unten im Flur, hörte ich bereits, wie sich in Richtung des Behandlungszimmers ein Tumult erhob. Zippo schrie und Lara redete beruhigend auf ihn ein. Ich spurtete den Gang entlang und wollte gerade zur Tür hinein, da hörte ich Schritte und wandte mich um. Dolores eilte mit rotem Gesicht auf mich zu.

»Hallo Dolores, ist was passiert?«

»Das frage ich dich.« Sie sah mich besorgt an.

Wir gingen hinein und starrten Zippo an, dessen Gesicht rot wie ein Pavianhintern leuchtete.

»Das brennt! Hölle ey!«, schrie Zippo.

Lara sah verzweifelt aus und versuchte, ihm Tücher auf das Gesicht zu drücken. Er aber schlug ihre Arme beiseite, woraufhin die Tücher durch die Gegend flogen, und brüllte herum wie ein Berserker.

»Wo warst du?«, keuchte Lara mir entgegen, kaum dass sie mich sah.

Shit! »Ähm … auf der Toilette. Was ist denn passiert?«

»Er hat etwas zu lange unter der LED-Sonne gelegen. Jetzt ist die Haut überreizt.« Lara bemühte sich, den aufgebrachten Riesen, der aufstehen wollte, auf der Liege zu halten. Ich sprang ihr bei.

Sie wandte sich an Zippo. »Bitte beruhigen Sie sich doch. Ich kann nur etwas für Sie tun, wenn Sie stillhalten.«

Das nächste Tuch flog Lara ins Gesicht.

»Jetzt reißen Sie sich mal zusammen!«, herrschte ich Zippo an. Dolores trat heran und begutachtete sein Gesicht.

Endlich hielt er still und fragte weinerlich: »Wie schlimm ist es?«

Dolores strich ihm über den Kopf. »Das wird gleich wieder. Lara macht Ihnen jetzt einen kühlenden Umschlag.«

Sie gab Lara leise Anweisungen. Die eilte davon in den Nachbarraum. Das war jetzt blöd gelaufen. Ich konnte nur hoffen, dass Zippo nicht die nächsten drei Wochen so herumlaufen musste.

»Sorry, das ist meine Schuld«, sagte ich zu Zippo, während Dolores Kompressen auf sein Gesicht legte. »Ich war mal schnell auf der Toilette.«

»Du? Hau bloß ab! Ich weiß genau, was du gemacht hast, du blöde Bitch«, rief Zippo und Dolores tat sich schwer, die nächsten Kompressen aufzulegen, weil er dabei alles andere als stillhielt.

»Was bitte soll ich denn sonst gemacht haben?«

Er deutete auf den Stuhl, auf dem seine Jacke lag, und auf

das Zigarettenpäckchen darunter. »Du warst heimlich eine rauchen, gib es zu.«

»Äh, nein, ich rauche nicht.«

Er richtete sich auf und schob Dolores beiseite. »Wieso sind die Kippen dann nicht mehr in der Jacke? Willst du mich verarschen?«

Als er sich an mich wandte, fiel sein Blick in den Spiegel. Sein Gesicht verzog sich vor Ungläubigkeit. »Alter, Scheiße, jetzt sieh mich an, so eine Scheiße. Alter, Katastrophe!«

»Bitte beruhigen Sie sich, dass ist in wenigen Minuten schon besser.« Dolores blieb erstaunlich gelassen.

»Mein Tattoo ist weg. Ich fasse es nicht! Scheiße tat das weh und alles umsonst!«

Dolores runzelte die Stirn und sah ihn streng an. »Sie hatten ein neues Tattoo im Gesicht?«

»Ja klar, waren Runen speziell für Erfolg und so. Haben dem Hitler auch Erfolg gegeben so Runen, da hab ich gesagt, dass er mir auch eine machen soll, direkt hier.« Er zeigte sich selbst einen Vogel.

Dolores und ich tauschten einen Blick. Ich trat einen Schritt näher und betrachtete seine Stirn. Tatsächlich waren die schwarzen Runen bei der roten Haut kaum noch auszumachen. Mir kam eine Idee.

Ich schlug Zippo auf die Schulter. »Gott sei Dank, Mann! Da hast du aber echt Schwein gehabt.«

Er sah mich verständnislos an. »Wieso Schwein? Das hat voll viel gekostet und übelst weh getan.«

»Weißt du denn nicht, was damals passiert ist? Das Tattoo hätte dich ins Unglück gestürzt.«

Zippo sah besorgt aus. »Unglück? Warum Unglück?«

»Diese Runen«, ich deutete dramatisch auf Zippos Kopf und legte eine gute Portion Inbrunst in meine Stimme, »diese Runen hätten dir alles genommen. Alles. Deinen Erfolg, deine Freunde, deine Familie, alles.«

»Wieso genommen?« Er hing gebannt an meinen Lippen. War der große böse Zippo etwa abergläubisch?

Mein Blick bohrte sich in seinen. »Hitler hat alles verloren und das nur, weil er die Runen falsch benutzt hat. Das war sein Untergang. Und das wäre dir auch passiert. Die kannst du dir nicht einfach irgendwo hin tätowieren.«

»Alter!« Zippo rieb sich das angeblich brennende Gesicht und war völlig von der Rolle. »Alter, gibts doch nicht. Unglaublich. Das Schwein wollte mich fertig machen mit dem Tattoo.«

Ich sah vor meinem inneren Auge, wie Zippo dem Tätowierer an die Gurgel ging. »Nein, nein, der kann nichts dafür. Das wissen nur wenige. Ich kenne mich zufällig mit Runen aus.«

»Voll der Wahnsinn, was das anrichten kann. Woher weißt du das alles?«

Ja, woher wusste ich das bloß? Ich zögerte, aber nur kurz. »Also, ehrlich gesagt weiß ich das, weil … meine Schwester, die ist ein echtes Medium … und meine Mutter eine alte Hexe.«

Dolores Augen fielen fast aus ihrem Kopf. Sie presste die Lippen zusammen und ihre Mundwinkel zuckten.

»Hammer. Was mache ich denn jetzt? Der Scheiß ist noch immer da.« Zippo fummelte an seinem Kopf herum und schaute dabei in den Spiegel. »Da, ich kann es immer noch sehen.«

Dolores meldete sich zu Wort. »Dann empfehle ich eine

regelmäßige Lichtanwendung in den nächsten Tagen, immer nur kurze Intervalle, damit die Haut nicht weiter leidet. Aber so sollte das Tattoo bald völlig verschwunden sein.«

»Gute Idee«, stimmte ich zu. »Ich frage mal meine Schwester, ob sie nicht ein gutes Wort für dich beim Universum eingelegen kann. Wie wäre das?«

»Danke, kleiner Frischling, saved my life. Wenn ich was für dich tun kann … Alles was du willst. Wer Zippos Leben rettet, den rettet auch Zippo.«

»Danke«, antwortete ich feierlich. »Erwähn mich einfach in deinem nächsten Lied.«

Zippos Miene hellte sich auf. »Alter, das ist es. Ich machn Rap. Darüber, dass einer den Zippo zerstören wollte, aber hat er nicht geschafft. Der Frischling hat ihn gerettet, weil Zippo der einzig Wahre ist. Gerettet mit Magie. Gib mal Handy aus der Jacke«, bat er mich und ich ging zum Stuhl hinüber. Während ich nach seinem Handy suchte, ließ ich die Zimmerkarte wieder in die Jackentasche gleiten. Ob Zippo wirklich gerettet war, oder ob der Zauber bei ihm gerade erst losging, das würde Jonas mir bestimmt bald mitteilen.

Streit im Onsen

Dienstag, 16:50 Uhr

Kira: OMG! 🖤🔥 Warum hast du nichts gesagt?

Ich: Was hätte ich denn sagen sollen?

Kira: Dumme Frage. Dein neuer Freund! 👩🖤💋👨 Hab es gerade von Marc gehört. Wer ist es? Soll aussehen wie ein Rausschmeißer.

Ich gab einen entrüsteten Laut von mir. Leon, dieser Verräter!

Ich: Quatsch, ist nur ein neuer Kollege. Wir verstehen uns gut.

Kira: Haha, damit kannst du mich nicht abspeisen. Ihr habt euch sogar geküsst. 💋

Ich: AUF DIE WANGE GEKÜSST! Freundschaftlich! Braucht Leon eine Brille? 👓

Kira: Ich bin so aufgeregt, dass du einen Freund hast. Wie heißt er? Wie sieht er denn wirklich aus?

Ich: Er heißt Tim, sieht aus wie Wolverine … 🐺 nur ohne diesen Bart und mit normalen Fingernägeln statt Schweizer Taschenmessern. Und er ist NICHT MEIN FREUND!

Kira: 😂 Wolverine, ich lach mich weg!

Ich: Findest du den hässlich? 😱

Kira: Nein, ganz im Gegenteil, der ist cool.

Ich: Allerdings ist Tim wirklich nur mein Kollege.

Kira: Jaja, deswegen hat er dich auch nachts besucht und an der Tür geküsst.

Ich: Wange? Dienstlich? Leon kann was erleben.

Kira: Ein dienstlicher Kuss, soso.

Ich: Aber nett ist er schon.

Kira: Wusste ich es! Schick vor allem mal ein Foto und halte mich auf dem Laufenden. Und Leon macht die Anstandsdame.

Oh Mann, das würde Leon bereuen. Petzen war das Allerletzte. Mit zusammengepressten Lippen steckte ich mein Handy ein und ging den Flur entlang zum Onsen. Dolores hatte mich direkt im Anschluss an Zippos Behandlung erst mal aus dem aktiven Dienst am Kunden gezogen und mich seitdem bei ihren eigenen Kunden mit Nachhilfeeinheiten malträtiert. Ich war ihr am Ende nur mit Mühe entkommen, indem ich erklärt hatte, Belinda könne auf meine Hilfe im Onsen keinesfalls verzichten. Morgen musste ich Dolores dringend darauf hinweisen, dass es nicht zielführend für unsere Mission war, wenn ich erst eine Ausbildung bei ihr machte. Wie sollte ich denn ermitteln, wenn ich die ganze Zeit bei ihr festhing?

Im Laufen checkte ich meine Mails, um zu sehen, ob es Neuigkeiten zu Zippos Schlüssel gab. Leider gab es keine. Vielleicht reichte das Foto nicht aus, um den Schlüssel exakt zu prüfen? Ich könnte die verbleibende Zeit vor meinem Dienst im Onsen nutzen und Helena das Beweismittel ins Zimmer bringen. Bei der Gelegenheit würde ich sie über meine weiteren Funde in Zippos Zimmer aufklären und damit ein bisschen auf Trab halten.

Kurz vor dem Onsen wollte ich schon umdrehen, da sah ich Tim in einem Sessel vor den Wellnessräumen sitzen. Im Bademantel. Oh là là! Ich betrachtete die muskulösen langen Beine, die er unter dem weißen Frotteestoff hervorstreckte. Er bemerkte mich nicht und schien ganz in sein Handy vertieft zu sein. Ihm konnte ich den Schlüssel genauso gut geben und mir Helena ersparen.

Kurzerhand schnappte ich mir ein kleines Tuch aus einem der Handtuchregale, die für Gäste und Personal überall im Wellnessbereich aufgestellt waren, schob das Tütchen mit dem Schlüssel unauffällig dazwischen und ging zu Tim hinüber.

»Ach, Herr Schmidt. Ihre Frau hat mich gebeten, ihr noch so ein kleines Gästehandtuch zu besorgen. Wären Sie so freundlich und nehmen es ihr mit?« Ich zwinkerte ihm vielsagend zu, doch statt zurückzuzwinkern, nickte er nur knapp.

»Da ist der Schlüssel aus Zippos Tresor drin«, flüsterte ich. »Gibt es Probleme? Du hast nicht auf meine Nachrichten geantwortet.«

Null Reaktion.

»Sprichst du nicht mehr mit mir?«

Die Tür zum Onsen öffnete sich und Belindas Kopf erschien. Sie bat den Herrn, der in der Sitzgruppe nebenan saß, zu sich in die Umkleidekabine. Dann nickte sie mir zu und zeigte mit der Hand eine Fünf. Okay, also hatte ich noch fünf Minuten Zeit, bis ich ihr bei der Behandlung helfen sollte.

Jetzt, da wir allein waren, konnte ich Tim direkt ansprechen.

»Also, was hast du? Ist es dir zu auffällig, mit mir zu sprechen? Ich finde nicht, dass wir uns komplett ignorieren sollten. Das ist nur noch verräterischer. Wir wollen doch den Fall nicht durch so eine Dummheit gefährden.«

Sein Kopf ruckte zu mir herum und sein Blick bohrte sich in meinen. »Ach, wollen wir das nicht?«

Ich sah ihn überrascht an. »Natürlich nicht.«

»Dann solltest du selbst dich etwas professioneller verhalten.«

»Wo bin ich denn bitte unprofessionell?« Hatte er schon von Zippos neuer Hautfarbe gehört?

Stimmen näherten sich. Aber so konnte ich das Gespräch keinesfalls stehen lassen. Die Abstellkammer, in der ich heute früh mit Dolores gesprochen hatte, war hier direkt in der Nähe.

»Um die Ecke, erste Tür links. Da warte ich auf dich.« Ich wies in die Richtung, in die er mir folgen sollte. Im gleichen Moment kamen zwei ältere Damen in den Wartebereich und nahmen neben Tim Platz. Sie sahen uns beide neugierig an.

Ich lächelte ihnen zu, grüßte höflich und eilte um die Ecke. Dort checkte ich, ob mich auch niemand sehen konnte, und verschwand in der Abstellkammer.

Ich lehnte mich neben der Tür an die Wand, sah auf meine Armbanduhr - fünf vor fünf schon. Wenige Sekunden später kam Tim herein.

»Dann raus damit. Was soll das Spielchen?«

»Mal ganz langsam, Sabin.« Tim sah mich aus schmalen Augen an. »Ich spiele keine Spiele. Aber wenn du mir als deinem Partner Dinge verheimlichst und zudem leichtsinnig Fremden Einblick in unsere Ermittlungen gewährst, dann geht das für mich gar nicht.«

»Wann soll ich denn das gemacht haben?«

»Was war denn mit: Wir sind auf dem Gutshof unter uns? Alles bleibt hier geheim? Und dann taucht dieser Brad Pitt-Typ mit offenem Hemd auf und macht einen auf König der Löwen.«

Ich lachte auf. »Du meinst Leon? Du spinnst doch. Der sieht überhaupt nicht aus wie Brad Pitt. Mehr wie Johnny Depp mit kurzen Haaren.«

»Darum geht es doch gar nicht!« Tim hob verzweifelt die Arme. »Wir arbeiten Undercover und niemand innerhalb und außerhalb der Polizei darf wissen, wer wir sind. Und da verschweigst du mir einen Mitbewohner? Noch dazu, wo du selbst vorgeschlagen hast, die Akten ins Haus zu holen? Was weiß ich denn, wer der ist und wo er rumschnüffelt?«

Damit hatte er natürlich recht. »Aber Leon ist doch harmlos. Der sieht nicht nur aus wie ein Schnösel, er benimmt sich eben manchmal auch so.«

Na also, da hoben sich seine Mundwinkel doch. »Okay, ich geb's zu! Es stört mich auch, dass ihr unter einem Dach wohnt. Sorry, ich wollte dich nicht anmaulen.« Tim sah mich so eindringlich an, dass mir die Knie weich wurden. »Irgendwie hatte ich das Gefühl, dass ihr … zusammen seid.«

»Das wüsste ich aber zu verhindern.« Ich zwinkerte ihm zu und er stützte einen Arm neben meinem Kopf an der Wand ab, sah mich an. Der Duft seines Aftershaves stieg mir in die Nase.

»Du magst ihn wirklich nicht?« Tims Stimme klang rau und knurrig, wenn auch deutlich sanfter als zuvor. Er betrachtete mein Gesicht.

Ich seufzte. »Männer! Eure Urinstinkte in allen Ehren, aber Zwischenmenschliches könnt ihr wirklich nicht sonderlich gut.«

»Okay, dann bin ich beruhigt. Aber bitte schließ die Kommandozentrale jedes Mal sorgfältig ab. Ich traue diesem Typ nicht weiter, als ich ihn werfen kann. Frag nicht, warum. Mit dem stimmt was nicht.«

»Sabin?«, hörte ich Belindas Stimme im Gang. Mist! Die wartete auf mich.

»Ich muss los zu Belinda und die mal schön ausfragen.«

»Vielleicht kann ich dir zur Hand gehen.«

Ich sah ihn fragend an.

»Frau Superermittlerin, rate mal: Warum sitze ich wohl im Bademantel vor Belindas Tür?«

»Umso besser.« Ich zwinkerte ihm zu und schlüpfte auf den

Gang. Zum Glück war er menschenleer und ich kam ungesehen hinüber in Belindas japanischen Kochtopf.

Es war heiß im Onsen. Der Kasack und die Seidenhose klebten wie eine zweite Haut an mir. Gemeinsam mit Belinda stellte ich die Peeling-Gläser in die Kabinen und sie erklärte mir den Ablauf: Zuerst mussten wir den Kunden in die Kabine geleiten. Vor jedem Onsen-Bad mussten nämlich die Poren im Dampfbad geöffnet und dann mit einer Salz-Öl-Mischung gepeelt werden. Anschließend wurde kalt abgeduscht, was ich besonders reizvoll fand. Danach gab es noch eine Reinigungsdusche mit einem Kräuterfluid und anschließend setzten sich die Kunden in die beiden zweiundvierzig Grad heißen Onsenbecken. Der arme Kunde, den Belinda vorhin hineingebeten hatte, garte dort schon mit hochrotem Kopf vor sich hin. Zuerst kam er in das Becken mit dem trüben Vulkanquellwasser, danach in das zweite Becken mit dem Klarwasser.

Bevor ich die Gelegenheit hatte, mit Belinda ein Wort über ihr Privatleben zu wechseln, meinte sie: »So, es wird Zeit. Bitten wir die Herrschaften herein?«

Ich nickte und folgte ihr.

Sie öffnete die Tür und rief die nächsten Gäste auf. Tim und ein Mann Mitte sechzig kamen zur Tür herein.

»Herzlich Willkommen in unserem japanischen Heil-Onsen. Gustav, du kennst das Spielchen ja, gehst du bitte in die erste Kabine? Da habe ich deine Spezialmischung schon bereitgestellt. Ich komme gleich nach.«

Gustav nickte erfreut und warf einen Blick auf Belindas üppigen Busen. Dann drehte er sich um zu den Kleiderhaken neben der Tür, zog seinen Bademantel aus und servierte uns einen Blick auf seinen Allerwertesten, denn unter dem Bademantel war er … nackt. Splitterfasernackt. Gustav dackelte brav in seine Kabine und verschwand im Dampf hinter der Tür. Ich versuchte, mir nichts anmerken zu lassen, musste aber schlucken bei dem Gedanken, dass Tim in Kürze das Gleiche tun würde. Und Tims Gesichtsausdruck sagte mir, dass er das gleiche dachte.

Belinda lächelte mich an. »So, hier haben wir Herrn …«

»Schmidt«, sagte Tim und sah unbehaglich drein.

»Danke. Herr Schmidt, bitte hängen Sie Ihren Bademantel auch an den Haken und Sabin bringt Sie in Kabine zwei. Dort hilft Sie Ihnen beim Auftragen des Peelings auf die Rückenpartie und überall dort, wo Sie selbst nicht hinkommen.«

Ich zögerte eine Millisekunde. »Äh … ja.«

Offenbar hatte ich zu lange gezögert, denn Belinda sah mich prüfend an.

Ich grinste fröhlich. »Kommen Sie, Herr Schmidt, wir werden das Kind schon schaukeln … oder schrubben. Wäre doch gelacht.«

Tapfer ging ich voran Richtung Kabine. In meinem Rücken glaubte ich zu hören, wie Tim seinen Bademantel an den Haken hängte und mir folgte. Ich öffnete die Glastür und ein Schwall Wasserdampf strömte mir entgegen. Geflissentlich sah ich auf den Boden und Tim ging wortlos an mir vorbei, hinein in den Nebel des dämmrigen Dampfbades. Ich sah kaum etwas, war mir aber sehr bewusst, dass keine zwanzig Zentimeter von mir entfernt ein splitterfasernackter muskulöser und sehr attraktiver Teamkollege stand und darauf wartete, dass ich ihn abrubbelte. Allein das Wort. Ich schüttelte mich in Gedanken.

Nebenan hörte ich Belinda mit Gustav über Hundeerziehung plaudern, als säßen sie bei einem Tässchen Kaffee zusammen. Entschlossen nahm ich das Peeling-Glas, das ich noch Minuten vorher selbst auf das kleine Podest gestellt hatte. Was sollte ich jetzt damit tun?

In den Dampf hinein sagte ich: »Bereit, wenn Sie es sind, Herr Schmidt.«

»Prima«, sagte er laut. Dann flüsterte er: »Ich kann das auch allein machen, wenn es dir unangenehm ist.«

»Stell dich nicht so an«, zischte ich. »Ich bin nicht die heilige Jungfrau und das ist nicht der erste Männerrücken, den ich einreibe. Aber dreh dich gefälligst rum, damit ich nicht zufällig … du weißt schon. Bei dem ganzen Dampf sehe ich nichts.«

Ich hörte ihn glucksen. »Wo man nichts sehen kann, ist fühlen keine Schande.«

Doofmann.

Ich tauchte meine Hand tief in das mit grobem Salz und Öl gefüllte Glas und stellte es zurück auf das Podest. Dann streckte ich die linke Hand vor, bis ich seinen Körper berührte. Seine Schulter? Mit der rechten Hand begann ich, das Zeug auf seiner Haut zu verteilen. Er hatte gut definierte Muskeln und eine schmale Taille. Mir war sowieso schon heiß, aber das, was ich durch den Nebel sehen konnte, erhöhte meine Körpertemperatur zusätzlich.

»Hast du noch was davon?«, fragte er leise. »Für vorne, du weißt schon.«

Ich kicherte und reichte ihm das Glas, nicht ohne vorher selbst noch eine Handvoll herauszuholen. Das klatschte ich auf seine Pobacken.

Er versteifte sich - also die Pobacken. Den Rest konnte ich nicht sehen.

»Was machst du da? Da komme ich doch selbst hin«, flüsterte er und ich hörte leichte Panik in seiner Stimme.

Ach, sieh mal an. Da war ja jemand weit prüder, als er zugeben wollte. Ich grinste und begann schon beinahe routiniert, das Salz über seinen Po und die hinteren Oberschenkel zu verteilen. Er bewegte sich keinen Yota und flüsterte: »Sabin, hör auf, ich … ich mach das schon.«

Keine Ahnung, welcher Teufel mich ritt, aber ich hatte höllischen Spaß dabei, Tim so richtig aus der Ruhe zu bringen.

»Herr Schmidt, ist das so angenehm für Sie?«, fragte ich laut und verkniff mir ein albernes Lachen.

»Ganz wunderbar«, sagte Tim gepresst. »Besten Dank, junge Frau.«

»Klappt es bei euch?«, rief Belinda herüber.

»Jaja, alles bestens. Herr Schmidt genießt die Anwendung.«

Tim stöhnte unterdrückt, als habe er Schmerzen. »Bist du des Wahnsinns?«, zischte er. »Wenn du nicht aufhörst, kann ich die nächste halbe Stunde diese Kabine nicht mehr verlassen.«

Ich giggelte.

»Sabin?« Eine Männerstimme schallte durch den Onsen.

Meine Hand erstarrte mitten in der Bewegung auf Tims Oberschenkel. War das Leon? Ich richtete mich auf.

»Sabin!« Leon klang aufgeregt. »Wo zum Teufel bist du?«

Ich hielt meine ölverschmierten Hände unter den Wasserstrahl, dann öffnete ich die Kabinentür einen Spalt breit und lugte hinaus. Tatsächlich: Da stand Leon - im Anzug. Durch den wabernden Dampf wirkte er wie eine Erscheinung.

Bevor ich etwas sagen konnte, kam auch Belinda aus ihrer Kabine.

»Was fällt dir ein, Leon? Du darfst hier nicht rein, schon gar nicht in Straßenkleidung. Verschwinde!«

»Ich muss mit Sabin sprechen.«

»Die macht gerade eine Behandlung und hat keine Zeit für deine Späße.«

»Was will der Idiot von dir?«, fragte Tim hinter mir und ich zuckte mit den Schultern.

»Ich kümmere mich mal drum.« Und schon war ich zur Kabinentür hinaus.

Belinda stemmte die Arme in die Seiten. »Leon, du gehst jetzt. Es hat gute Gründe, warum verkeimte Straßenkleidung hier untersagt ist.«

»Sorry, wusste ich nicht …« Nach einer beschwichtigenden Geste streifte Leon seine Schuhe ab und öffnete sein Hemd. Dann fiel sein Blick auf mich - und auf Tim, der offenbar hinter mir die Kabine verließ.

»Dass die Tiere verschwunden sind, ist dir vermutlich egal.« Die unerwartete Kälte in Leons Tonfall hätte ausgereicht, um Warzen zu vereisen.

»Verschwunden?«, fragte ich erschrocken.

»Seid ihr völlig daneben?« Belinda wurde richtig sauer. »Was soll das, Leon?«

Der schälte sich inzwischen weiter aus seinem Anzughemd.

Tim lachte höhnisch. »Lass den feinen Zwirn lieber an.«

»Ach ja? Hast du Angst, ich blamiere dich sonst?«, konterte Leon von oben herab.

»Sprach die Mücke und stellte sich vor den Elefanten.«

»Ist das die Hitze?«, fragte ich Belinda. »Bringt diese Hitze die Menschen durcheinander?«

Sie zuckte mit den Schultern. »Leon war schon immer so. Ich muss es wissen, denn ich war mal mit ihm zusammen.«

Diese Spinner! Fast hätte ich mir die Haare gerauft und die Hochsteckfrisur zerstört. »Leon, wo sind die Tiere?«

Mit bloßem Oberkörper kam er auf mich zu. »Kann es sein, dass du vergessen hast, die Stalltür zuzumachen?«

»Nein, natürlich nicht. Ich schwöre.«

»Sie sind weg. Alle. Und der Stall steht offen. Radek und Joshi sind auch weg und ich versuche schon die ganze Zeit, dich zu erreichen. Vielleicht wurden die Tiere gestohlen -«

»Stopp!«, rief ich. Nicht nur, weil Leon mittlerweile viel zu nah vor mir stand. »Ach, das meint du. Die Tiere sind alle da, die habe ich heute früh in den Laufstall umgesiedelt.«

Leons riss die Augen auf. »Du hast was?«

»So haben sie mehr Platz und können sich frei bewegen. Weil ich hier arbeiten muss, habe ich nicht mehr die Zeit, sie alle paar Stunden auf den Paddock zu stellen.«

»Du hast sie umgesiedelt? Warum sagst du mir nichts davon?« Er war außer sich. Mit Recht.

»Sorry, ich habe nicht dran gedacht, dir Bescheid zu geben«, erwiderte ich sanft. »Tut mir leid.« Und das tat es wirklich. Dass er sich so um die Tiere sorgte, hätte ich ihm niemals zugetraut. Sonst machte er immer den Eindruck, als könne er nichts richtig ernst nehmen.

»Okay, dann …« Er schluckte, fuhr sich mit beiden Händen durch die Haare, die im Wasserdampf des Onsen feucht wurden.

»Entschuldigt bitte«, sagte er zu mir und auch zu Belinda.

Ich lächelte ihn an. »Mein Fehler.«

Er dankte es mir mit einem Blick, in dem schon wieder die alte Spitzbübigkeit aufblitzte. »Gut, dann geh du mal wieder diesen Hulk schrubben. Der sieht echt aus, als hätte er Schuppen.«

Ich sah mich zu Tim um. Seine Haut war über und über mit Salzflocken bedeckt und das erinnerte tatsächlich an Schuppen.

»Muss ich mir das bieten lassen?«, fragte Tim.

Belinda seufzte und sagte zu ihm und Gustav: »Bitte entschuldigen Sie dieses Intermezzo. Wir gehen am besten alle zurück in die Kabinen und setzen die Behandlung fort.«

Inzwischen hatte Leon seine Kleidung vom Boden aufgeklaubt und die Tür erreicht. Kurz bevor er verschwand, drehte er sich zu mir um und zwinkerte mir zu.

Als ich mit Tim zurück in die Kabine ging, war die Stimmung eine andere. Er schien sauer zu sein, sagte kein Wort mehr. Ich wurde nachdenklich. Hatte Kira etwa recht damit, dass ihr Schwager eigentlich ein herzensguter Mensch war? Wie passte das mit den Frauengeschichten zusammen? Nun, wenn jemand das herausfinden konnte, dann ich.

Entschlossen packte ich den Schlauch und drehte das kalte Wasser auf.

Kapitel 6

Blutbad & eine Ohnmacht

Lillith

Wie gut, dass gestern nochmal alles glimpflich gelaufen ist! Saturn und Pluto haben ihre Spannungsfelder ausgeglichen und Venus, die Liebe, hat dich gerettet. Doch so viel Glück hast du heute leider nicht. Mit Neptun im fünften Haus gehts dir an den Kragen. Ich sehe Blut, Schweiß und Tränen! Lass dich nicht täuschen; Neptun, die Schlange, beherrscht deinen Tag. Ich denke an dich, Liebes, melde dich, wenn du jemanden zum Reden brauchst, oder den Notdienst …

Mittwoch 5:35 Uhr. Lillith täuschte sich sicherlich. Ich setzte mich auf. Bei den Hammerschlägen, die von unten zu mir hochdrangen, war an Weiterschlafen sowieso nicht mehr zu denken. Hallo? Was bitte war an dem Tag gestern gut gewesen? Der Vorfall mit Leon und Tim im Onsen hatte Eduardo auf den Plan gerufen und einen ernsten Streit mit Dolores ausgelöst, in dem es um die Reputation des Hauses und unfähige neue Mitarbeiter ging. Damit war der Eklat perfekt und ich das Beautyfarm-Gesprächsthema Nummer eins. Später hatte Helena bei einem nicht gerade freundlichen Anruf ins selbe Horn geblasen und mich wissen lassen, dass gute Undercover-Arbeit anders aussehe. Außerdem hatte Jonas neben den Whiteboards die schlechte Nachricht gebracht, dass der Schlüssel aus Zippos Safe definitiv nicht mit dem Schlüssel des gestohlenen Wagens übereinstimmte. Müde, frustriert und viel zu spät war ich ins Bett gestolpert.

Aber Jammern brachte mich nicht weiter. Immerhin hatten wir den ersten Tatverdächtigen durchleuchtet, auch wenn sich die Spur als falsch erwiesen hatte. Mit den Tieren klappte es auch jeden Tag ein bisschen besser. Ich musste beim Zusammenmischen des Spezialfutters nicht mehr ständig auf die Listen schauen und Sammys Antibiotika-Therapie war abgeschlossen. Das Zeit- und Lothar-Problem hatte ich durch den Laufstall in den Griff bekommen, und gestern Abend zumindest war dort alles ruhig und friedlich gewesen … Also, ging doch! Nun musste ich mir nur noch wegen des Hühnerstalls etwas einfallen lassen, dann konnte uns keiner mehr was.

Bei unserem Morgenkaffee erklärten mir die Bauarbeiter, wie gut sie vorankamen. Als ich Radek fragte, ob er vor dem

Feierabend noch mal nach den Tieren geschaut hatte, nickte er. »Alle gut, alle friedlich.«

Wenige Minuten später waren Radek und Joshi wieder so fleißig am Lärmen, dass man sein eigenes Wort nicht mehr verstand. Während ich mir den Parka über den alten, viel zu weiten Hoodie zog und in die Gummistiefel schlüpfte, schlenderte Leon frisch geduscht und halbangezogen mit Hemd und quietschgelben Minion-Boxershorts in die Küche, holte sich einen Kaffee und zwinkerte mir zu. Ich streckte ihm, wie der kleine Minion auf seiner Unterhose auch, die Zunge raus, und wir beide mussten lachen. Dann ging ich hinaus, zog die Terassentür hinter mir zu und machte mich auf den Weg zum Laufstall. In der ersten Morgendämmerung stapfte ich mit beschwingten Schritten über den Hof, pfiff eine Melodie, die ich gerade im Radio gehört hatte, und die Hunde sprangen wild bellend um mich herum.

Schon als ich die Tür zum Stall öffnete, rief ich nach den Tieren. »Guten Morgen, ihr Lieben!«

Freudiges Scharren und Schnauben begrüßte mich. Ich tastete nach dem Lichtschalter und als in der Milchküche die ersten Neonleuchten erstrahlten, packte ich mir den Eimer mit dem Futter, den ich gestern dort bereitgestellt hatte.

Ich ging um die Ecke und erstarrte. Da war Blut. In der Ecke mit den Futtertrögen war alles voller Blut … auf dem Boden große Lachen, an der Wand Blutspritzer – einfach überall. Lilliths Blutbad … bitte nicht! Ich atmete tief ein … einundzwanzig, zweiundzwanzig … atmete wieder aus, straffte die Schultern. Automatisch spulte ich meinen Notfall-Modus ab. Meldung machen. Handy. Während ich beinahe blind Leons

Nummer wählte, erfasste ich die Lage im Stall. Keines der Tiere lag auf dem Boden. Das war gut. Alle hatten die Augen offen und schauten mir erwartungsvoll entgegen. Klare Blicke. Niemand stand abseits, alle bewegten sich: Esel, Schwein, Kuh, Pferd …

Endlich wurde am anderen Ende der Leitung abgehoben. »Weltallerbeste Mitbewohnerin. Wo drückt der Schuh?«

»Leon, ruf den Tierarzt. Wir haben ein oder mehrere verletzte Tiere im Laufstall. Keine Ahnung, was passiert ist. Gib dem Arzt meine Nummer, dann kann er mich von unterwegs anrufen. Alles verstanden?«

»Ja, aber -«

»Leon, ruf den Tierarzt. Gib die Infos weiter. Jetzt!« Ich legte auf, damit er die Leitung frei hatte.

Behutsam machte ich mich daran, den Esel zu umrunden, der mich und den Eimer neugierig anstarrte. Er knuffte mich, vermutlich, weil er sein Frühstück haben wollte. Nein, an ihm war keine Spur von Blut zu sehen. Ich nahm zwei Handvoll Futter und warf sie ihm vor die Hufe. Als die Körner auf den Boden fielen, drängte sich Shakespeare, das Schwein, durch die Menge. Es hatte rot-verschmierte Flecken am Rücken. Ich beugte mich zu ihm hinunter und strich über die Borsten. Nein, das sah eher aus, als habe er sich in einer der Blutlachen gewälzt. Blessuren konnte ich bei ihm auf den ersten Blick keine feststellen. Allerdings schnappte Fridolin nun nach dem armen Schwein und es wich zurück. Ich ging weiter. Shakespeare heftete sich an meine Fersen, rammelte die Nase gegen den Eimer und während ich der Spur aus Blutpfützen, blutigem Stroh auf dem Boden und verspritzten Flecken an der Wand folgte, trappelte er hartnäckig hinter mir her.

Schließlich entdeckte ich die Quelle: Blut floss in einem dünnen, zähflüssigen Rinnsal aus Emmas Hinterbein, direkt in der Beuge am Übergang zum Bauch. Dort klaffte eine längliche Wunde. Das ganze Bein glänzte rot und auf dem Boden vor ihrem Huf hatte sich eine Lache gebildet.

»Alles gut«, murmelte ich, streckte die Hand aus und wollte sie streicheln. Aber Emma schlug mit dem Kopf und humpelte davon. Dabei begann das Blut wieder stärker zu laufen. Die verletzte Stelle lag so ungünstig, dass ich nicht mal einen Druckverband anlegen konnte. Aber vielleicht konnte ich wenigstens ein Pflaster anbringen. Wo war bloß der Verbandskasten? Ich sah mich um und konnte keinen entdecken.

Wie viele Liter konnte so ein Tier verlieren, bis der Verlust lebensgefährlich wurde? Der Anblick dieses Schlachtfeldes sagte mir, dass der Punkt schon längst überschritten sein musste, Emmas Vitalität hingegen passte nicht dazu. Aber ich hatte auch nur vereinzelt Erfahrungen mit Blutmengen gesammelt, meistens mit blutenden Menschen. Jedenfalls betete ich inständig, dass der Tierarzt bald hier auftauchte.

Wieder machte ich ein paar vorsichtige Schritte auf Emma zu. Ich schüttete ihr und Shakespeare eine ordentliche Portion Futter auf den Boden. Als sie herankam und den Kopf zum Fressen senkte, war sie so abgelenkt, dass ich sie am Hals anfassen durfte. Langsam strich ich ihr mit der Hand über den Rücken, bis ich am Hinterlauf angelangt war. Mist, das war alles so verschmiert, dass ich gar nicht sehen konnte, was los war. Kurzerhand öffnete ich meinen Parka und schob meine Hand unter den Stoff des übergroßen Hoodies, den ich wie einen Lappen benutzte. Dann fuhr ich mit dem Stoff langsam am Bein hinab und wischte das Blut beiseite, wobei ich darauf achtete, der Wunde nicht zu nahe zu kommen. Sofort war der Hoodie blutgetränkt und meine Hände wurden feucht und klebrig. Ich nahm eine saubere Ecke meines Pullis und strich damit auf der Suche nach weiteren Verletzungen über die nicht ganz so blutverschmierte Rückseite des Beines. Nein, glücklicherweise gab es nur die eine Wunde und die war nicht mal sonderlich groß. Mein Pulli und ich sahen aber trotzdem aus wie ein geschlachtetes Schwein.

Hinter mir hörte ich die Stalltür ins Schloss fallen.

»Sabin? Bist du hier?« Leon kam um die Ecke und eilte auf mich zu. »Was ist denn los?«

Ich richtete mich auf und hob die Hände, um ihm zu signalisieren, dass er langsam näherkommen sollte, damit er Emma nicht erschreckte.

»Scheiße …« Abrupt blieb er stehen und sein Gesicht nahm die Farbe von Kartoffelpüree an. Er starrte mich an. Kiras Zettel mit den Notfallnummern, den er in der Hand hielt, flatterte verdächtig. Ebenso sein Atem.

»Nicht gut«, presste er hervor. »Shit …« Und dann sackte Leon Albrecht zusammen wie ein Skydancer, aus dem jemand die Luft rausgelassen hatte. Ich sprintete los. Die Tiere sprangen auseinander. Im letzten Moment versuchte ich, Leons Aufprall abzufedern, aber ich kam zu spät. Er sank auf den strohbedeckten Boden, landete mit der Schulter in einem saftigen Pferdeapfel und blieb reglos auf der Seite liegen. Einen Augenblick später kniete ich neben ihm und rüttelte an seiner Schulter. Meine verschmierten Hände hinterließen blutrote Flecken auf seinem weißen Hemd.

»Leon!«, rief ich. »Leon! Aufwachen! Komm schon!«

Nicht gerade sanft verpasste ich ihm ein paar Ohrfeigen. Keine Reaktion. Fridolin kam näher und schnupperte an Leons Kopf. Ich tastete nach seinem Puls. Er ging kräftig und regelmäßig. Akute Lebensgefahr bestand offenbar nicht. Dennoch musste man eine Ohnmacht ernst nehmen. Ich zog meine Jacke aus, stopfte sie ihm unter den Kopf und brachte ihn in die stabile Seitenlage. Kehrte da ein bisschen Farbe in sein Gesicht zurück?

Dann zückte ich erneut das Handy, um den Notruf abzusetzen, dieses Mal für Leon.

»Komm schon, Leon«, murmelte ich. Kaum tippte ich die 112, da schlug er die Augen auf.

»Was ist … Sabin?« Er versuchte, sich aufzurappeln, bis sein Blick auf meinen Hoodie fiel. »Oh Gott!« Schnell sah er zur Seite, würgte, atmete stoßweise. Ich packte ihn bei den Schultern und stützte ihn.

»Leon, was hast du? Was ist mit dir?«

»Geht gleich wieder.« Er atmete tief ein und aus, vermied es jedoch, mich anzugucken. »Halt durch, ich ruf dir einen Krankenwagen.« Mit beiden Händen tastete er seine Hosentaschen nach einem Handy ab.

»Quatsch, mir gehts gut. Aber um dich mache ich mir Sorgen!«

»Spiel nicht die Heldin«, brachte er hervor. »Auch eine LKA-Beamtin stirbt, wenn sie zu viel Blut verliert.«

»Blut?« Da kapierte ich endlich und musste lachen. »Das ist nicht von mir, das ist von Emma. Mit dem Hoodie hab ich bloß ihre Wunde saubergemacht.«

»Du bist nicht verletzt?« Als müsste er sich mit eigenen Augen davon überzeugen, nahm er mein Gesicht in seine bebenden Hände und betrachtete mich.

»Alles bestens.« Ich lächelte.

»Gott sei Dank.« Er atmete erleichtert auf und zog mich in seine Arme. »Gott sei Dank«, murmelte er immer wieder.

Durch den Pulli spürte ich seine Wärme, sein Zittern und die Muskeln seines Oberkörpers. Mein Magen fühlte sich an, als würde ich ein 500 PS Motorrad starten.

»Alles in Ordnung, Emmas Wunde sieht auch nicht so schlimm aus. Es geht uns gut.«

Leon seufzte tief. Sein warmer Atem streifte mein Ohrläppchen, sein Herzschlag hämmerte wild, aber seine Umarmung wurde weicher, liebevoller. Er zog mich enger an sich, hielt mich, als wäre ich eine Kostbarkeit.

»Bin ich hier richtig? Die Tiere stehen ja noch alle senkrecht. Wo haben wir denn den Notfall?«, rief eine deutlich amüsierte Stimme ganz in der Nähe. »Tote treten bitte zuerst nach vorne.«

Ich zog mich aus der Umarmung zurück und kam stolpernd auf die Beine, fühlte ich mich wie betrunken. Leon starrte mich an, als habe er eine Erscheinung.

Mitten im Stall stand eine unbekannte Frau in Funktionskleidung und mit einem großen Koffer in der Hand. Die Tierärztin, endlich! Sie lächelte mich verschmitzt an.

»Gebrochene Herzen sind allerdings nicht mein Fachgebiet.«

Kaum fünfzehn Minuten später hatte Dr. Jolina Emmas Wunde desinfiziert, genäht und mit einem Sprühverband versorgt. Bei Leon hatte sie einen kompletten Herz-Kreislauf-Check durchgeführt und festgestellt, dass er mindestens hundertfünfzig Jahre alt werden würde, jedenfalls solange er sich von Zigaretten und dem Anblick von Blut fernhielt.

Er lachte mittlerweile selbst über seinen Schwächeanfall, vermied aber jeden Blickkontakt mit dem Blut und schaute die meiste Zeit zur Decke oder aus dem Fenster. Ich rechnete ihm hoch an, dass er nicht einfach das Weite suchte. Selbst als seine Sekretärin anrief und ihn an einen wichtigen Termin erinnerte, blieb er und wies sie an, seinen Kunden mit Kaffee, Keksen oder - von ihm aus auch - einem Pole-Dance bei Laune zu halten.

Wie genau es zu dem Blutbad gekommen war, konnte selbst Dr. Jolina nicht sagen. Sie vermutete aber, dass Emma sich bei einer »kleinen Streitigkeit« eine Platzwunde zugezogen hatte. Das konnte, sofern arterielle Gefäße betroffen waren, durchaus zu stärkeren Blutungen führen. Allerdings war der Blutverlust für das Tier nicht bedenklich. Ein Pony dieser Größe konnte offenbar zehn Liter Blut verlieren, bevor es kritisch wurde.

Zu meiner Frage, ob ich die Idee vom Laufstall nun aufgeben und die Tiere besser in ihre ursprünglichen Boxen bringen solle, hatte Dr. Jolina eine klare Meinung: Gemeinschaft ging vor Isolation. Das galt jedenfalls, solange es nicht zu ernsthaften Kämpfen um die Rangfolge und damit zu gefährlichen Verletzungen kam. Emmas Wunde sei trotz der Menge an Blut, die sie verloren hatte, nicht dramatisch gewesen. Da es bei diesem »komischen Haufen«, wie sie die Tiere nannte, bislang keine weiteren Bissspuren oder Prellungen durch Tritte zu geben schien, ging sie davon aus, dass es sich bei Emmas Verletzung um einen blöden Zufall handelte. Sie lobte den riesigen Stall, den Auslauf und dass die Tiere sich hier wirklich austoben konnten. Für die kleineren Tiere wie Shakespeare schlug sie vor, eine weitere Ecke abzuteilen, in der sie sich vor den Hufen der Großen in Sicherheit bringen konnten.

Sofort ging Leon los und holte von draußen einige Paddock-Gitter. Langsam musste ihm ernsthaft kalt werden, aber er beschwerte sich weder über die Temperatur noch über all die Flecken, die das ehemals blütenweiße Hemd und seine bestimmt nicht billige Anzughose verunzierten. Gemeinsam stellten wir die Gitter in einer sauberen Ecke des Stalls auf und füllten den abgetrennten Bereich mit Stroh.

Als Dr. Jolina ihren Koffer zusammenpackte, fragte sie, ob der Hof eventuell Aufnahmekapazitäten für ein paar heimatlose Kätzchen hätte, die sie seit gestern Abend in der Praxis beherbergte. Das Tierheim sei überlaufen und man wisse ja, was mit den armen Kleinen passiere … Ich zögerte keine Sekunde und sagte zu. Sie war sichtlich erleichtert und sagte, sie werde die Kätzchen am nächsten Morgen vorbeibringen. Als sie mit Leon, der ihr den Arztkoffer zum Auto brachte, verschwand, wurde mir klar, wie Kira zu diesem verrückten Haufen gekommen sein musste … Auf genau die gleiche Art wie ich gerade zu einem halben Dutzend Babykatzen.

Ein Blick auf meine Armbanduhr sagte mir, dass Eduardo mich genau jetzt zur allmorgendlichen Aura-Reinigung erwartete. Dabei musste ich erstmal ganz andere Körperteile reinigen. Und vor allem die blutige Sauerei beseitigen und neues Stroh ausbringen. Außerdem wollten endlich die Tiere gefüttert werden. Selbst, wenn ich mich ranhielt, würde ich locker eine Stunde zu spät kommen.

Ich schrieb Dodo, dass ich mich wegen eines Notfalls

verspäten würde und sie mich bitte bei Eduardo und den Kollegen entschuldigen solle - ich würde heute Abend dafür länger bleiben. Die gleiche Nachricht schickte ich an Tim, dann krempelte ich die Ärmel hoch und legte einen Zahn zu.

Schlangenmassage

Mittwoch, 9:55 Uhr. Kaum war ich im Aufenthaltsraum, um mich umzuziehen und ganz nebenbei nach Essbarem Ausschau zu halten, da traf ich auf Belinda, die sich ebenfalls ihren Kasack anzog. Sie hob die Augenbrauen.

»Hallo. Du warst nicht im Energiekreis?«

»Hi, nein. Ich hab mir gestern den Rücken verdreht und wollte ihn heute nicht der kalten Luft aussetzen.«

»Was sagt Eduardo denn dazu?«

»Noch gar nichts.« Ich hoffte, dass er zumindest nicht so viel fragen würde wie sie. Aber fragen konnte ich auch. »Sag mal, wo kann man denn hier ein Brötchen oder sowas bekommen? Gibt es einen Automaten? Ich hab leider kein Frühstück dabei.«

»Hier kriegst du nur Hasenfutter – oder Schlimmeres. Nicht mal einen Apfel gibt es hier.« Sie sah mich bedauernd an. »Du weißt das noch nicht, oder? Jeder bunkert hier, was er kann.« Mit diesen Worten griff sie in ihren Spind und holte einen Müsliriegel heraus, den sie mir zuwarf. »Aber lass das bloß niemand sehen.«

»Oh danke, du rettest Leben!« Schon hatte ich den Riegel ausgepackt und biss hinein.

Belinda lachte und schloss ihren Schrank. »Besorg dir mal einen Vorrat, im Spind fällt das am wenigsten auf.« Auf einmal runzelte sie die sonst so glatte Stirn. »Bist du heute wieder bei mir eingeteilt?«

Nur nicht so viel Begeisterung. Ich schüttelte den Kopf.

»Heute soll ich mir Viktors Arbeit ansehen und ihm bei einer Massage zur Hand gehen.«

Ihre Erleichterung war nicht zu übersehen. »Dann viel Spaß.« Sie winkte und war auch schon zur Tür hinaus.

Nachdenklich schaute ich ihr hinterher. Jonas hatte mir geschrieben, dass eine genauere Überprüfung von Belindas überzogenem Lebensstil ergeben hatte, dass sie vor einiger Zeit eine große Erbschaft bekommen hatte und der teure Wagen ein Geschenk ihres Freundes Valentino gewesen war. Somit war Belinda offiziell in den Kreis der Nicht-Verdächtigen abgestuft worden.

Ich sah auf die Uhr. Jetzt wurde es aber echt Zeit, mich auf den Weg zu machen. Ich lief durch den Flur Richtung Nebenausgang. Als ich um die Ecke bog, stand plötzlich Lara vor mir, die mir herzlich entgegenlächelte.

»Sabin, da bist du ja. Viktor wartet auf dich im Veda Sala.« Sie nahm meine Hand und zog mich hinaus in den Park. »Du hast doch keine Angst vor Tieren, oder?«

Ich lachte und verneinte. Was hatte ein Massageraum mit Tieren zu tun? Na ja, vielleicht gab es dort Spinnen. Jemand rief Laras Namen und als wir uns umdrehten, lief ein untersetzter Mann auf uns zu. Genau, das war Henry, der amerikanische Schauspieler, dessen Konterfei ich gestern Abend noch in der Kommandozentrale an die Pinnwand gepinnt hatte. Er redete auf Lara ein, sprach mit einem amerikanischen Akzent und gestikulierte aufgeregt herum, als erwartete ihn die Queen persönlich. Offenbar suchte er den Weg zum Massageraum, in dem seine Freundin und Viktor auf ihn warteten.

Wir nahmen Henry in unsere Mitte, gingen über die Wiese

und ins Nachbargebäude, das Eduardo mir gestern gezeigt hatte. Im Gebäude kamen wir am Aufzug vorbei durch einen langen Gang mit orientalischen Leuchten und Wandmalereien. Lara lotste den Gast in eine Umkleidekabine und bat ihn, sich für Viktor bereit zu machen. Mich führte sie durch einen Bogengang und öffnete die linke Seite einer Doppeltür aus schwarzem Holz, die mit Intarsien aus Elfenbein und Sandelholz verziert war und eines Harems würdig gewesen wäre. Dann zog sie den roten Samtvorhang dahinter auf und hielt ihn für mich beiseite. Wir betraten einen runden, tempelartigen Raum. Die Wände leuchteten in glänzendem Gold-rot und waren übersät mit fernöstlichen Schriftzeichen. Davor standen Metallskulpturen in Form von Mond, Sonne und mir unbekannten Gottheiten im Kreis. Durch die Bodenleuchten warfen sie übergroße Schatten an die Wände und die schimmernde Kuppel. In der Mitte des Raumes lag eine riesige Matte auf dem Boden, umgeben von Sand und goldenen Schalen, in denen von innen angeleuchtetes Wasser blubberte. Überall brannten Kerzen und ein schwerer Duft nach Rosen, Zimt und Bergamotte hing in der warmen Luft.

Hinter der Matte saß Dolores im Yogasitz und lauschte der orientalischen Musik, die den Raum erfüllte. Die Stimme, die dazu sang, hörte sich an, als würde ein Mönch aus einer tibetischen Gletscherspalte um Hilfe rufen. Mit verklärtem Blick bedeutete sie mir, mich neben sie zu setzen. Schön und gut, aber lange würde ich hier nicht rumsitzen und mir das Gebimmel anhören - wie sollte ich denn so eine Befragung durchführen?

Ich sah mich um. Wo war eigentlich Viktor, wegen dem ich hier war?

Eine halbe Ewigkeit lang tat sich nichts. Schließlich kam der Schauspieler herein, außerdem eine jüngere, ausgesprochen hübsche Frau, beide nackt bis auf ein Tuch, das sie sich umgewickelt hatten. Aber mit Nackten hatte ich ja seit gestern kein Problem mehr.

Dolores erhob sich mit einer fließenden Bewegung aus dem Schneidersitz - Respekt! - und nahm Henry nebst Freundin bei der Hand. Sie führte sie in den Kreis und gab ihnen aus einem antik aussehenden Kelch etwas zu trinken. Dann bettete sie die beiden bäuchlings auf die Matte in der Kreismitte, sodass ich auf ihre Fußsohlen blickte. Dolores erhob sich und verließ den Raum.

Tja … und jetzt? Ich war mit dem Pärchen allein im Raum und kam mir etwas hilflos vor. Die Kerzen flackerten, die Musik lief in einer Endlosschleife und mir wurden langsam die Augen müde von der Wärme, dem Dämmerlicht, dem Nichtstun und dem starken Duft, der mich an Hasch erinnerte.

Plötzlich vernahm ich ein leises Rascheln neben mir. Etwas berührte mein Bein. War das endlich Viktor? Ich sah genauer hin. Aber was sich da an mich ran schob sah aus wie eine Gurke, die sich bewegte, dick wie ein Unterarm. Die Gurke wurde immer länger und immer breiter, ein schuppiges Fleckenmuster wurde sichtbar, das Ding schob sich in den Lichtkegel einer Kerze … Eine Schlange!

»Uah!« Ich sprang auf. Aus einem Reflex heraus griff ich nach meiner Waffe. Aber nein, die lag ja in Marcs Safe. Eine Hand legte sich auf meine Schulter und ich zuckte zusammen. Neben mir stand Viktor, der mich mit seinem Schlafzimmerblick anlächelte. Er nahm meine Hand, streichelte sie und bat mich stumm, mich wieder hinzusetzen. War der noch ganz bei Trost? Da schlängelte sich ein megadickes Würge-Monster auf lebende Menschen zu und ich sollte mich hinsetzen? Aber sie hatten ja wohl kaum vor, ihre Gäste hier vor meinen Augen umzubringen. Also musste das alles für irgendwas gut sein … Ich hatte nur keinen Schimmer, für was.

Meine Knie begannen zu zittern und ich sank wieder auf den Boden, aber mit einem furchtbaren Gefühl der Hilflosigkeit und angespannt wie ein Flitzebogen. Wenn ich wenigstens ein Messer hätte. Die Python schlängelte sich immer noch an mir vorbei und schien kein Ende zu nehmen. Ihr Körper war dicker als mein Oberschenkel - und das sollte was heißen. Ich atmete und versuchte, mich zu beruhigen. Hab Vertrauen, Sabin, sagte ich in Gedanken zu mir selbst. Immerhin hatte ich heute schon ein Schlachtfeld, Esel, Schwein, Pferd und Leon überlebt, da würde mich die Schlange auch nicht umbringen. Lillith und ihre Prophezeiung fielen mir wieder ein. Hatte sie – neben dem Blutbad - nicht auch von Schlangen gesprochen?

Viktor trat in den Kreis und lenkte die Schlange in Richtung der beiden Körper, indem er seinen Fuß als Hindernis platzierte. Das Monstrum erreichte Henry und glitt seinen Unterschenkel hinauf, während der Schauspieler seelenruhig liegenblieb. Überhaupt lag das Pärchen wie betäubt - und möglicherweise waren die beiden das auch von dem Trank, den Dolores ihnen gereicht hatte. Warum sonst suchten diese Leute nicht schreiend das Weite? War das etwa der neueste, ausgefallenste Massagetick? Nein, sowas Schräges konnte man doch nicht freiwillig wollen.

Als die Schlange wieder von den beiden runterglitt, beugte Viktor sich nach vorn und baute mit seinen Armen ein weiteres

Hindernis auf, sodass sie nun in die andere Richtung über Henrys Oberschenkel kroch und mit ihren Schuppen über die Haut glitt. Mit Grauen beobachtete ich, wie sie sich über Gesäß und Rücken hinauf zum Kopf schlängelte. Die Schlange nahm Kurs auf Henrys Hals. Ich hielt kurz die Luft an. Hatte ich es nicht geahnt? Die wollte ihn erwürgen. Aber bevor sie dort ankam, kniete Viktor sich nieder und ließ sie um seinen eigenen Hals gleiten. Dann lenkte er sie erneut auf den Körper - dieses Mal auf den der Frau - und das Horrorszenario begann von vorne. Das wiederholte er drei Mal bei Henry und seiner Begleiterin. Mir standen alleine vom Zusehen die Haare zu Berge. Verglichen damit war organisiertes Verbrechen der reinste Kindergeburtstag.

Nachdem Viktor eine schier unendliche Weile später die Schlange fortgeschafft hatte und wieder zurückgekehrt war, winkte er mich an die Matte. Er bedeutete mir, ich solle mich ihm gegenübersetzen und seine Handbewegungen wiederholen. Dann kniete er sich neben Henrys Oberkörper, nahm eines der beiden Ölkännchen, die auf einem Stövchen standen, und goss ihm den Inhalt langsam über den Rücken. Seinem Beispiel folgend kniete ich neben der Frau nieder, und nahm das zweite Kännchen. Argwöhnisch achtete ich darauf, ob sich ihr Brustkorb noch hob und senkte. Gott sei Dank, er tat es. Wir verteilten das Öl jeweils auf den ganzen Körpern und verstrichen es mit den Handflächen in sanften Kreisen. Irgendwie fühlte es sich seltsam an, den nackten Körper einer Fremden zu berühren - obwohl ich das gestern bei Tim und anderen Kunden ja auch schon getan hatte.

Nach einer ganzen Weile bedeutete Viktor mir, dass ich aufhören solle. Er stand auf - und ließ seinen Kaftan fallen, unter dem er nur einen knappen Slip mit Schlangenmuster trug. Ich starrte ihn mit offenem Mund an. Sein Körper war so nah an der absoluten Perfektion, wie ein Mensch sie erreichen konnte: muskulös, formvollendet und vor allem ohne jeden Makel. Und ich hatte gestern ja mehrere lebendige Vergleichsobjekte gesehen. Auch wenn Tim und Leon durchaus ansehnlich waren, bei Viktors Anblick wäre jeder Bildhauer oder Künstler in absolute Verzückung geraten.

Der Mann mit dem Adoniskörper zwinkerte mir zu. Dann beugte er sich vor und begann mit der Massage der beiden Gäste, indem er mit Armen, Beinen und dem Rest seines Körpers die Bewegungen der Schlange nachahmte. Es war ein beinahe erotisches Spiel, bei dem er im Zeitlupentempo mit seinen Armen, seiner Brust und seinem Bauch wieder und wieder über die Körper der beiden Gäste strich. Eine Ewigkeit später, meine Beine begannen schon einzuschlafen, winkte er mir und deutete auf zwei angewärmte Decken. Ich rappelte mich mühsam auf und gemeinsam hüllten wir Henry und seine Freundin ein. Viktor verbeugte sich und ging rückwärts aus dem Raum. Dabei gab er mir ein Zeichen, ihm zu folgen. Lara tauchte aus dem Nichts auf und blieb bei den Gästen zurück.

Wir kamen in einen Nachbarraum, eine Art Umkleide, die im Vergleich zum Veda Sala erstaunlich westlich und steril wirkte. Viktor schaute auf die Wanduhr.

»Wir sind spät dran. Ich hab direkt im Anschluss ein Personal Training.« Er drehte mir den Rücken zu, entfernte den Lendenschurz und schlüpfte ohne Unterhose in Shorts und T-Shirt. Ich bewunderte seinen gottgleichen Körper, der auch bei voller

Beleuchtung einfach perfekt war. Irgendwie unvorstellbar, dass so ein Adonis auf Sado-Maso stand und eventuell in kriminelle Machenschaften verstrickt war. Mein sonst so ausgeprägter Straftat-Detektor schien bei seinem Anblick zu versagen.

Auf einmal wandte er sich zu mir um und reichte mir die Hand. »Sorry, dass ich dich vorhin so erschreckt habe.« Er grinste mich an.

»Was kannst du mir heute außer deiner spooky Schlangenshow zeigen?«

»Oh, das erkläre ich dir besser später, es sei denn … Kannst du laufen?«

»Einen Fuß vor den anderen? So klappt das ganz gut.«

Er lachte und war dadurch, wenn möglich, noch schöner. »Nein, ich meine Waldlauf. Joggen. Ich habe gleich ein Personal Training mit zwei Kundinnen, dabei könnte ich dir ein bisschen was erzählen.«

»Stört es denn deine Kundinnen nicht, wenn wir uns unterhalten?«

»Die? Ach was. Nach einem Kilometer denken die nicht mehr ans Reden. Was ist mit dir? Bist du in Form?«

»Ich? Na klar, Joggen ist mein zweiter Vorname.«

»Dann ist das genau das Richtige für dich.« Er warf einen Blick auf meine Füße. »Turnschuhe passen schon mal. Was trägst du unter der Uniform?«

»Du gehst vielleicht ran.« Ich grinste und zeigte ihm das weiße Shirt, das ich darunter trug.

»Perfekt.« Er warf mir eine Joggingjacke zu und Shorts, die er aus dem Schrank angelte. »Das sollte dir passen. Wenn die Shorts rutschen, musst du die Bänder enger ziehen.«

Ich schälte mich bereits aus dem Kasack, schlüpfte aus den Turnschuhen und zog die Hose runter.

»Äh, du kannst dich auch nebenan umziehen.« Seine Augen weiteten sich vor Überraschung.

»Wieso? Wir sind doch nicht im Kindergarten.« Außerdem trug ich Unterwäsche - im Gegensatz zu ihm. Ruckzuck steckte ich in den Shorts. Von wegen rutschen … Die Dinger waren so eng, die spannten nicht nur an den Oberschenkeln. Auf einmal war ich doch froh, dass ich heute eine Mahlzeit ausgelassen hatte.

Viktor grinste anerkennend. »Du bist eine erfrischende Abwechslung zu diesen Blümchen-Rühr-mich-nicht-an, die wir sonst im Team haben.«

Ich grinste zurück. Und dann folgte ich Personal Trainer Viktor zu meinem ersten Waldlauf im Sauerland.

Joggen mit Viktor

Mittwoch, 11:00 Uhr. Im Vergleich zu den ganzen Beautyanwendungen war Laufen endlich mal etwas, das ich beherrschte. Trotzdem wurde mir schnell klar, dass ich diese Strecke nicht mit meiner üblichen Morgenrunde am Düsseldorfer Hafen vergleichen konnte. Wir holten Ex-Spielerfrau Kathy und Millionärsgattin Elli ab, die beide in quietschbuntem und hautengem Joggingdress antraten. Nachdem wir mit ihnen die Aufwärmübungen absolviert hatten, ging es über einen Waldweg hinunter zum See.

Es war offensichtlich, dass die Damen um Viktors Aufmerksamkeit buhlten. Elli hing an Viktors linker Seite und redete auf ihn ein. Kathy lief direkt vor mir zu seiner Rechten und versuchte, sich am Gespräch zu beteiligen, was ihr nur teilweise gelang. Ihr rundlicher Hintern in den Neonleggins wippte beim Laufen auf und ab wie eine leuchtende Gummiente bei starkem Wellengang. Dennoch waren beide erstaunlich gut in Form, und ich musste ihnen Respekt dafür zollen, dass sie trotz des hohen Tempos, das Viktor vorlegte, überhaupt reden konnten. Keine Chance also für mich, ihm auch nur eine Frage zu stellen – mal wieder. Wie sollte ich jemals etwas Sinnvolles über den Fall herausfinden, wenn ich nicht bald mal mit jemandem ausgiebig reden konnte?

Ich hielt mich hinter dem Dreiergespann und setzte darauf, dass die Damen bald müde wurden. Es ging im Zickzack den Berg hinunter zum See. Schwer zu schätzen, wie viele

Höhenmeter das waren, aber als wir unten ankamen, ächzten meine Knie.

Wir nahmen den asphaltierten Uferweg, der in sanften Kurven am Wasser entlangführte. Das Tempo war angenehm, doch Kathy fiel nun langsam zurück und brauchte all ihre Puste fürs Laufen. Elli bildete mit mir die Spitze, übernahm es, Viktor zuzutexten, und genoss es offenbar, dass ihre Konkurrentin aus dem Feld geschlagen war. Ich bekam allerdings immer noch keine Chance, eine einzige Frage zu stellen, denn Viktor lief immer wieder zwischen den beiden hin und her und motivierte sie, durchzuhalten. Ihre krebsroten Gesichter sprachen für sich.

Nach einer Weile bog Viktor von dem seichten Laufweg ab und begann mit dem Aufstieg. Was ich nicht ahnte: Bis hierher war es der nette Teil der Strecke gewesen. Nun ging es einen steilen Bergweg hinauf, der bucklig war von Schlaglöchern und eingewachsenen Baumwurzeln. Mein Polizei-Ausbilder, Horst der Schleifer, wäre neidisch auf so eine Trainingsstrecke gewesen.

Viktor besaß eine fast überirdische Energie - selbst hier lief er locker ständig herauf und hinunter, um die beinahe kollabierende Kathy irgendwie den Berg raufzuschaffen. Ihrem Gesichtsausdruck nach fehlte nicht mehr viel und sie würde in Tränen ausbrechen und auf allen Vieren kriechen. Selbst Elli sprach seit einiger Zeit kein Wort mehr und kämpfte sich im Zeitlupentempo die Steigung rauf. Viktor gesellte sich an meine Seite.

»Und?«, fragte er, nicht mal ansatzweise erschöpft. »Du bist gut in Form. Hast du Fragen zum Training?«

»Sehr witzig«, keuchte ich und nahm die nächste Kurve.

Hier lief man aufgrund der Steigung nur noch auf den Fußballen. Meine Waden protestierten und der Puls wummerte.

»Ich dachte, Laufen sei dein zweiter Vorname.« Er lachte schelmisch, und ich hatte nicht übel Lust, ihn den Hang runterzuschubsen - nur ein paar Meter, bis zur nächsten Matschmulde.

»Ich meinte auch laufen und nicht klettern wie eine Bergziege«, japste ich.

»Du machst das super.«

»Ich fahre ja lieber mit dem Auto die Berge rauf - mit einem schicken Cabrio beispielsweise.«

Viktor lachte. »Aber nicht mit dem eigenen Cabrio, vor allem nicht auf diesem Weg. Die armen Stoßdämpfer.«

Er ließ sich wieder zurückfallen, um den beiden Damen behilflich zu sein. Nicht mit dem eigenen Cabrio ... Wie hatte er das gemeint? Aber es kam keine Gelegenheit mehr, ihn zu fragen.

Immerhin war ich die Erste, die wieder oben bei der Beautyfarm ankam, wenn auch mit unrühmlich rotem Kopf, zitternden Beinmuskeln und ärgerlicherweise erneut ohne ein Ergebnis. Sowohl die Massage wie auch diesen Lauf hätte ich mir komplett schenken können. Und heute Abend konnte ich mir dann wieder Helenas Gemecker anhören, dass Undercover so ja nicht ginge.

Viktor zog und schob die Damen bis zu ihren Zimmern. Dort, so behauptete er, wolle er noch einige Dehnübungen mit ihnen machen.

Ich wartete im Flur vor den Zimmern und bemühte mich darum, wieder zu Atem zu kommen. Einige Minuten später trat Viktor neben mich. Endlich allein!

»Haben alle es lebend überstanden?«, fragte ich, immer noch nicht ganz auf Normalnull.

Er nickte und grinste mir frech ins Gesicht. »Allerdings. Und, Fräulein Laufen-ist-mein-zweiter-Vorname, wie hat es dir gefallen?«

»Spitze«, behauptete ich, und er brach in schallendes Lachen aus.

»Wäre das ein Arbeitsbereich, in dem du dich wohlfühlen würdest?« Er spazierte den Gang hinunter und winkte mir, ihm zu folgen. »Außer Schlangenmassagen und anderen physiologischen Anwendungen mache ich Akkupunktur und Personal Training, inklusive Ernährungsberatung.«

»Beeindruckend.«

Er ging in sein Büro, das ich gestern mit Dolores durchsucht hatte, reichte mir einen isotonischen Drink, den er aus einem Kühlschrank unter dem Schreibtisch fischte, und nahm sich selbst auch einen.

»Bei so vielen Fähigkeiten rennen dir die Kunden doch bestimmt die Bude ein.« Ich trank gierig aus der Flasche und merkte genau, wie das Getränk in meinem chronisch unterfütterten Magen ankam.

Er setzte sich auf die Schreibtischkante und trank ebenfalls einen Schluck aus seiner Flasche. »Ich kann mich nicht beklagen.«

»Geben die Kunden hier denn ordentlich Trinkgeld? Die scheinen ja durch die Bank richtig reich zu sein.«

Ein Schatten legte sich über Viktors Gesicht. »Ja, mit dem Trinkgeld passt das soweit«, meinte er knapp.

Plötzlich ging die Bürotür auf und Lara schaute herein.

»Hallo, ihr beiden. Da seid ihr ja wieder. Sabin, ich soll dich zu Eduardo bringen.«

»Oh, jetzt? Ich würde eigentlich Viktors Arbeit gerne noch etwas besser kennenlernen.« Und diese Geld- und Cabriothemen weiter vertiefen.

»Eduardo wartet leider nicht gerne.« Sie zuckte mit den Schultern. Dann betrachtete sie mein Outfit – und meinen Zustand. »Ich sehe: Viktor hat mit dir die Himmelfahrtstour gemacht? Damit veräppelt er jeden Neuling hier. Aber seine beiden Grazien stehen da drauf. Ach übrigens, Viktor, kommst du Samstag auch zum Grillen? Die ganze Clique will sich treffen …«

Er schüttelte den Kopf. »Aber danke für die Einladung.« Er stand auf, räumte seine leere Flasche weg und sah in meine Richtung. »Ich muss jetzt duschen und dann los. Heute ist mein freier Nachmittag.«

»Ach so, schade …«

So ein Mist. Wie sollte ich jemals von der Stelle kommen? Ich verabschiedete mich und trottete hinter Lara her, die mir von ihrem Tag mit einem schwulen Moderator erzählte, der die ganze Mannschaft auf Trab gehalten hatte. Ich hörte nur mit einem Ohr zu und dachte über Viktor nach. Sympathisch, dynamisch, aber ein Geldchaot? Er verdiente ganz gut, hatte laut unseren Informationen keine überteuerten Hobbys, auch keine Häuser oder Autos, allerdings musste er Unmengen an Krediten bei windigen Anbietern abbezahlen. Wofür hatte er die gebraucht? Und woher stammten die hohen Einzahlungen auf seinem Konto?

Viel zu schnell standen wir vor Eduardos Büro und Lara verabschiedete sich von mir.

»Du kommst am Samstag auch zum Grillen, oder? Ein paar Kollegen sind dabei und andere nette Leute.«

»Klar.« Wenn ich Glück hatte, war der Fall bis dahin gelöst und ich saß wieder in aller Gemütsruhe auf dem Gutshof.

Ich drückte die Klinke hinunter und betrat Eduardos Büro. Um es kurz zu machen: Eduardo hielt mir einen halbstündigen Vortrag über Pflichten und Rechte, der hauptsächlich damit zu tun hatte, dass ich heute Morgen nicht zu seinem Aura-Hokuspokus aufgetaucht war und jetzt die Frechheit besaß, hier ohne Uniform und im Joggingdress herumzurennen. Er räumte mir einen gewissen Welpenschutz ein und gab mir noch eine zweite Chance, die würde dann aber die letzte sein. Wollte er mich etwa feuern? Durfte er das überhaupt? Ich kam mir vor, als stünde ich wieder in der Grundschule vor dem Rektor, bei dem ich seinerzeit Stammgast gewesen war.

Als er mich endlich gehen ließ, war längst Mittagspause. Ich wollte schon zu Dolores und mich über Eduardo beschweren, da fiel mir ein, dass meine Jacke und Hose noch in Viktors Umkleide lagen, und damit auch meine Schlüssel. Die würde ich zuerst holen.

An Viktors Umkleide- und Schlangenraum angekommen, schob ich die Tür auf und lugte hinein. Menschenleer. Nur die fette Schlange hockte in ihrem Terrarium und wartete auf ein Todesopfer. Ich schlüpfte hinein und verschloss sorgfältig die Tür hinter mir.

Meine Klamotten lagen noch auf der Ablage, auf der ich sie liegengelassen hatte. Ich zog mich um. Meinen Schlüssel hatte ich in das Regal gelegt, in dem Viktor seine Auszeichnungen sammelte. Ich steckte ihn ein und betrachtete die glänzenden

Pokale. Marathon, Ironman, Triathlon und vieles mehr, dazu jede Menge Urkunden und Zertifikate für Weiterbildungen.

Mein Blick fiel auf das oberste Fach des Regals, dort lag eine zusammengeknuddelte Motorradjacke. Etwas Lilafarbenes ragte über das Regalbrett hinaus. Nur ein winziges Eckchen, aber die Farbe erinnerte mich an eine Banknote. An das Fach kam ich so leider nicht ran. Zum Draufstellen gab es hier nur einen Drehstuhl, nicht gerade optimal. Dennoch rollte ich ihn vor das Regal und kletterte vorsichtig darauf. Dann langte ich unter die Motorradjacke. Dort steckte ein pralles Papierbündel. Ich zog es hervor. Das waren mindestens dreißigtausend Euro in Fünfhundertern! Interessant. Warum lag hier so viel Bargeld herum, während sein Konto absoff? Und woher kam das Geld?

Plötzlich hörte ich Stimmen draußen auf dem Flur. Eilig schob ich das Bündel wieder zurück unter die Jacke. Dabei kam der Stuhl ins Rollen und glitt unter mir davon. Mit einem Sprung brachte ich mich in Sicherheit. Der Stuhl knallte gegen das Terrarium, dass es nur so krachte. Ich landete sicher mit beiden Füßen auf dem Boden. Das war gerade nochmal gut gegangen.

Die Stimmen wurden lauter. Ich schob den Stuhl in Windeseile an seinen angestammten Platz und schnappte mir die Joggingkleidung, die ich gerade erst abgelegt hatte. Damit konnte ich mich rausreden, wenn mich hier jemand erwischen sollte. Die Stimmen zweier Männer waren jetzt direkt vor der Tür zu hören und verklangen dann wieder. Ich lauschte und wartete, hörte, wie sich die Aufzugtür mit einem Ping schloss und wieder Stille einkehrte.

Zeit, hier zu verschwinden. Gerade hatte ich die Tür geöffnet und wollte auf den Gang hinausschlüpfen, da sah ich am anderen Ende des Flurs eine Bewegung bei den Zimmertüren. Ich blieb stehen. Viktor kam aus dem linken Gästezimmer. Ich zog mich ins Zimmer zurück. Der wollte doch eigentlich schon längst weg sein. Kam er jetzt ins Büro? Sein Geld holen? Ich rechnete fest damit, aber er ging die Treppe hinab und kam auch die nächsten Minuten nicht wieder herauf.

Na dann los. Einen Moment später stand ich vor der Zimmertür, aus der Viktor herausgekommen war. In Metallletter prangte eine große R44 darauf. Genau in diesem Flur hatte ich noch vor einer Stunde gestanden und auf Viktor gewartet. War das Kathys Zimmer oder Ellis? Sollte ich klopfen? Ich entschied mich dagegen. Es wurde Zeit für Dolores und ihre Nachhilfestunden - und die konnte mir genauso gut sagen, wer in R44 wohnte.

Streit & Hunger

Mittwoch, 19:10 Uhr. Als ich nach dem Füttern durch die Tür in den Gutshof kam, wehte mir ein köstlicher Duft von Gewürzen, Tomatensoße und Rotwein entgegen. Leon war wieder in Aktion! Alle meine Sinne waren mittlerweile auf Nahrungsaufnahme eingestellt.

Sammy und Buddy begrüßten mich im Flur, liefen dann aber umgehend zurück in die Küche. Schon klar, da fiel wohl beim Kochen ab und zu etwas Schmackhaftes von der Anrichte. Hoffentlich auch für mich. Es wurde Zeit, dass nach diesem Tag mal was Erfreuliches geschah – der Nachmittag war mindestens genauso frustrierend und erfolglos gewesen wie der Vormittag, nur langweiliger. Ich schälte mich aus der Jacke, zog die Schuhe aus und folgte den Hunden.

»Hi.« Ich hob zusätzlich die Hand zum Gruß, da Leon mich durch den Lärm der Dunstabsaugung vermutlich nicht hören konnte. Als er mich sah, hob er ebenfalls die Hand. In der anderen hielt er einen Löffel und probierte etwas aus dem Topf. Am liebsten hätte ich ihm den Löffel aus der Hand gerissen, so sehr brannte der Hunger in meinem Magen. Leon schaltete den Ventilator der Dunsthaube aus, und als ich neben ihn trat, sah er mich mit zusammengezogenen Augenbrauen an.

»Du kommst spät.«

»Ja, Mutti, ich musste länger arbeiten. Ist das Essen fertig?« Ich lugte in den Topf. War das Chili con carne? Mir lief das Wasser im Mund zusammen und meine Selbstbeherrschung versagte. Ich nahm Leon den Löffel aus der Hand und wollte ihn gerade in die leicht blubbernde, dunkelrote Mischung aus Mais, Bohnen, Gemüse und Was-weiß-ich tauchen, da schnappte er ihn mir wieder weg und warf ihn in die Spüle.

»Nie mit benutzten Löffeln in den Topf, das weiß doch jedes Kind. Und was heißt hier ‚ist das Essen fertig'? Wann willst du die Tiere versorgen? Ich bin selbst gerade erst reingekommen und wollte nur schnell mit dem Kochen anfangen, bevor ich rübergehe.«

Ich sah ihn genervt an. »Du bist ja schlimmer als jede Ehefrau. Bleib ganz cool. Ich war gerade schon drüben und habe die Tröge gefüllt.«

»Aber es wird dunkel sein, bevor wir die Tiere in den alten Stall zurück siedeln. Suboptimal.«

Ich verschränkte die Arme und zog ebenfalls die Augenbrauen zusammen. »Hier wird niemand zurück gesiedelt. Die bleiben, wo sie sind.«

»Auf gar keinen Fall. Du hast doch gesehen, wohin das führt. Heute auf der Arbeit ist mir klargeworden, dass wir das mit dem Laufstall so nicht lassen können. Jedenfalls nicht, wenn wir beide den ganzen Tag außer Haus sind. Das gibt Mord und Totschlag. Die Tiere müssen zurück in die Einzelboxen. Basta.« Leon nahm einen sauberen Löffel aus der Schublade, die er anschließend so rabiat zuknallte, dass es nur so rasselte.

»Ich geb dir gleich Basta! Kommt gar nicht in Frage. Die Tiere bleiben, wo sie sind. Ich habe nicht die Zeit, sie im Zwei-Stunden-Takt auf dem Paddock zu tauschen. Im Laufstall sind sie sowieso viel freier und besser aufgehoben.«

Jetzt kam ich in Fahrt. Hätte Leon mich besser gekannt,

hätte er gewusst, dass man mir etwas zu essen gab, bevor man mit mir diskutierte. Stattdessen fuchtelte er mit dem Löffel vor meiner Nase herum und wurde lauter.

»Schwachsinn. Ich riskiere nicht, dass noch ein Unglück geschieht. Die Tiere gehen zurück. Oder du musst deinen Nebenjob auf der Beautyfarm aufgeben.«

»Ich gebe gar nichts auf«, donnerte ich zurück. »Du hast hier auch gar nichts zu sagen. Die Tierärztin hat ihr Okay gegeben, Lothar will es auch so. Die Tiere bleiben, wo sie sind, und fertig ist die Luzie!«

»Super, du Luzie! Weder kenne ich diesen Lothar, noch interessiert mich, was dieser Kerl will«, höhnte Leon. »Das hat heute ja auch so reibungslos geklappt mit dem Blutbad. Du willst doch nur weiter auf der Beautyfarm mit diesem Tim herumschwänzeln. Und um welchen Preis? Dass ich dann morgen früh den Schlachter anrufen muss? Oder gleich einen Tatortreiniger?«

Meine Halsschlagader begann zu pochen und mir wurde heiß vor Wut. »Ruf an, wen du willst, aber lass mich und die Tiere in Ruhe. Kira hat *mir* die Verantwortung übertragen. Und was ich auf der Beautyfarm mit oder ohne Tim mache, geht dich einen feuchten Kehricht an.«

Leon lachte abfällig. »Was soll das da auf der Beautyfarm überhaupt? So, wie du rumläufst, ist Beauty garantiert nicht dein Hobby. Es kann nur um diesen Tim gehen.«

»Steck deine Nase gefälligst in deine eigenen Angelegenheiten. Von Frauen hast du sowieso keine Ahnung, wenn man hört, wie es da läuft.«

Leon starrte mich an wie ein Panther vor dem Sprung. Als

er wieder sprach, war seine Stimme sehr, sehr leise und klang samtig gefährlich.

»Wenn ich mich mit einem auskenne, dann mit Frauen. Aber gut, da du es mir nicht sagen willst, werde ich wohl Kira, Belinda oder Lara fragen müssen, was die Frau Hauptkommissarin den ganzen Tag auf der Beautyfarm treibt.«

Mir gefror das Blut in den Adern. Und ich hatte Leon vor Tim verteidigt und darüber gelacht, dass er ein Sicherheitsrisiko sein könnte. Leon wusste, welchen Beruf ich hatte. Er war mit Belinda und Lara befreundet. Das war eine massive Sicherheitslücke für unsere verdeckten Ermittlungen. Nicht auszudenken, wenn die Sache wegen Leon aufflog … Tim würde komplett am Rad drehen. Und nicht nur der.

Am liebsten hätte ich Leon ein *Dann mach doch, du Petze* an den Kopf geschmissen. Aber er hatte mich in der Hand. Und das wusste er ganz genau. Ich starrte ihn an, ohne zu blinzeln. Seine dunklen Augen funkelten zurück. Wie schaffte es dieser Mann nur, mich immer wieder so auf die Palme zu bringen?

»Ich habe auf der Beautyfarm einen wichtigen Fall aufzuklären. Kommt heraus, wer ich wirklich bin, dann fliegt alles auf. Also untersteh dich, mich bloßzustellen. Abgesehen davon fällt das unter Behinderung von Ermittlungen, und da freu dich schon mal auf eine Anklage.«

Er zog die Augenbrauen hoch und lächelte nachsichtig. Mir wurde noch heißer. Was sollte das denn jetzt? Er beugte sich vor, hob die Hand und streichelte meine Wange.

»Schätzchen, wenn das eine Drohung sein soll, dann musst du noch üben. Vor dir und deiner Anklage habe ich ungefähr so viel Angst wie ein Panther im Kaninchenstall und ich würde dich am liebsten auf der Stelle küssen.«

Ich schnaubte empört und stieß ihn von mir. So ein Mistkerl. Meine Drohungen waren legendär! Und er wagte es, mich auszulachen.

»Treib es nicht zu weit«, knurrte ich.

»Ich treibe es derzeit überhaupt nicht. Leider.«

Genervt verdrehte ich die Augen. »Du weißt genau, was ich meine. Kein Wort zu irgendwem und die Tiere bleiben, wo sie sind. Ich übernehme die volle Verantwortung.«

Leon hob die Hände, als wolle er sich ergeben. »Bitte, wenn du es unbedingt willst. Jeder hat das Recht, sich selbst ins Unglück zu stürzen. Aber dann sieh auch zu, wie du allein klarkommst und frag mich nicht mehr, ob ich dir in irgendeiner Weise helfe, wenn du das nächste Mal in Blut oder im eisigen See badest.« Er wandte sich von mir ab, hin zu seinem Kochtopf und rührte mit hochmütiger Miene in seinem Chili. Mein Magen zog sich vor Sehnsucht zusammen.

Nein, lieber würde ich verhungern, als ihn jetzt noch zu bitten, mir etwas von seinem Essen abzugeben. Ich drehte mich auf dem Absatz um und ging nach oben.

Kapitel 7

Verschlafen & ein Kaffeedieb

Von Lillith

Heute ist Unglücksbote Neptun unglaublich dominant. Pass auf dich auf, es kann hier im wahrsten Sinne des Wortes um Leben und Tod gehen. Ein starker Uranus zeigt mir, dass du suchst, aber nicht findest. Es öffnet sich eine Tür, nur was sich dahinter verbirgt, ist ungewiss. Doch nicht alles ist schlecht, Venus hält ihre leuchtende Hand über dich und nimmt den dunklen Einflüssen ihren Schrecken. Bei Sonnenuntergang kommt es zu einer wunderbaren Begegnung, mit der du nicht gerechnet hast.

Donnerstag, 7:40 Uhr. Wohlig streckte ich mich unter der kuschligen Bettdecke und drehte mich noch einmal auf die andere Seite. Es war herrlich, aufzuwachen, bevor der Baulärm losdonnerte. Lediglich ein heißer Kaffee, der einem im Bett serviert wurde, konnte das noch toppen.

Apropos Kaffee. Ich blinzelte. Draußen ging gerade die Sonne auf. Nein, das konnte nicht sein. Der Fußboden unter mir bebte doch noch gar nicht, und überhaupt, meine innere Uhr weckte mich rechtzeitig. Immer! Ich richtete mich auf und sah auf mein Handy. Holy Shit! In zwanzig Minuten musste ich mit den Kollegen bei Eduardo im Energiekreis stehen, und wenn ich dieses Mal nicht pünktlich kam, gab es nichts, was meine Stelle noch retten konnte. Das hatte Dolores mir gestern unmissverständlich klargemacht. Und ich blöde Kuh räkelte mich im Bett herum, als hätte ich alle Zeit der Welt.

Ich sprang aus dem Bett, wobei ich beinahe über den Teller mit den Resten des nachts noch gestohlenen Chillis stolperte, und zog mir in Lichtgeschwindigkeit Jeans, T-Shirt und Pulli an. Dann schnappte ich mir den Teller, bevor Leon noch was von meinem nächtlichen Mundraub mitbekam, und flitzte hinunter.

Als ich am Wohnzimmer vorbeikam, hörte ich Radek und Joshi leise miteinander sprechen. Ich steckte kurz den Kopf zu ihnen hinein.

»Guten Morgen. Ist jemand gestorben? Ihr seid so leise heute. Sorry, Kaffee müsst ihr euch selber machen. Ich bin spät dran.«

Radek, der eine weiße Masse auf die Wand spachtelte, rief: »Alles gut, Leon Kaffee machen.«

»Aha«, brummte ich nicht sonderlich erfreut. »Ja, dann, machts gut.«

»Und er sagen, du finden Katzen in Küche«, ergänzte Radek.

Die Katzen. Ich griff mir an den Kopf. Wie hatte ich die vergessen können? Ich murmelte ein eiliges Dankeschön und eilte in die Küche. Mitten auf dem Tisch stand eine große Kiste, mit einer dicken Wolldecke ausgelegt. Sieben winzige weiße und graue Fellknäuel lagen darin kreuz und quer übereinander und schliefen. Futter und eine Schale mit Wasser standen ebenfalls in der Kiste, und daneben zum Nachfüllen eine Packung Kittenfutter. Die waren versorgt, bis ich wiederkam.

Ich bat Radek, zwischendurch mal nach den Kätzchen zu schauen. Noch konnte ich pünktlich sein. Da hörte ich Sammy an der Tür winseln. Genau ... die Tiere. Was war denn heute los mit mir? Die konnte ich doch nicht ohne Futter zurücklassen. Aber wieder zu spät kommen durfte ich auch nicht. Was sollte ich tun? So ein Mist.

Als ich an der Terrassentür auftauchte, wedelten Sammy und Buddy freudig mit den Schwänzen. »Passt auf, ihr Hübschen, wir flitzen schnell zum Stall rüber, da macht ihr dann eure Geschäfte und spätestens in fünf Minuten sind wir wieder hier, ist das klar?« Buddy bellte als Antwort, und nachdem ich die Tür geöffnet hatte, raste er los wie ein Verrückter.

Ein Blick in den Laufstall sagte mir, dass dort alles in bester Ordnung war. Keine Verletzten, keine Toten, aber auch kein Futter mehr. So leid es mir tat, die würden sich gedulden müssen, bis ich in der Frühstückspause wiederkommen konnte. Denn zuerst musste ich pünktlich zur Arbeit erscheinen, damit ich nicht endgültig rausflog. Minuten später schickte ich die Hunde wieder in ihr Körbchen, schnappte mir den Schlüssel und raste wie eine Wahnsinnige mit Kiras Auto rüber zur Beautyfarm.

Der Raureif auf der Wiese hinter dem Energiekreis glitzerte und funkelte in den Sonnenstrahlen wie kleine Diamanten direkt vor meiner Nase, während ich nach Eduardos Anweisungen kopfüber hing. Überhaupt hatte er mich die letzten zwei Stunden mit blöden Aufgaben in Atem gehalten. Es war zum Mäusemelken. Eigentlich wäre nämlich genau jetzt meine Frühstückspause, aber ich sollte hier Verrenkungen machen, die mir in Kürze das Hüftgelenk auskugeln würden, und auf dem Hof verhungerten währenddessen die armen Tiere!

»Ausatmen. Richtet euch auf - einatmen - und beugt euch zur anderen Seite – ausatmen.« Eduardos Singsang führte uns durch die Morgenübung. »Schön ausdehnen, freistrecken, spürt in euch hinein. Die Beweglichkeit des Körpers stärkt die Beweglichkeit des Geistes.«

Wunderbar, mein Geist brauchte dringend Beweglichkeit. Und zwar, um sich eine gute Ausrede einfallen zu lassen, die ich vorschieben konnte, um zum Hof zurückzufahren und endlich die Tiere zu füttern. Sollte ich Leon anrufen? Nein, diese Blöße würde ich mir nicht geben, nachdem er mir gestern erklärt hatte, dass ich ihn nicht mehr nach Hilfe fragen soll.

»Jetzt wieder aufrichten - einatmen -, streckt euch zur Sonne, lasst ihre Strahlen die Dunkelheit eurer Aura schmelzen. Alle Sorgen, Wut und Ängste fließen ab - ausatmen.« Vor meinem inneren Auge tauchte Leon auf. Das konnte kein Zufall sein. Ich ließ ihn in Gedanken zerfließen wie Peter Gabriel auf seinem Album Melt – diese Übung war echt gut.

»Einatmen - violette Energie strömt durch das Stirnchakra in euch hinein, durch euch hindurch, erdet euch - ausatmen -, jetzt lasst die Energie zurückfließen ins Universum.«

Ein Klingelton zerriss Eduardos Worte. Mein Handy. Ich zog es aus der Tasche meiner Uniform und murmelte eine Entschuldigung. Mit wenigen Schritten war ich aus dem Steinkreis heraus.

»Hallo?«

»Sabin? Hier ist Tim. Wo bist du? Kannst du sprechen?«

»Ist gerade schlecht. Ich bin bei der Energiemeditation im Steinkreis.«

»Bei der was? Hör mal, Knaus ist nervös, wir sollen mehr Gas geben. Helena hat eine Krisensitzung für uns einberufen. Wann kannst du hier sein?«

Ich spürte Eduardos vorwurfsvollen Blick auf mir und ging ein paar Meter weiter. Dann wisperte ich in den Hörer: »Keine Ahnung, ich muss erst zum Gutshof.«

»Ist was mit den Tieren?«

»Nein, nein. Nur füttern, aber das dringend. Mal sehen, vielleicht schaffe ich es in der Mittagspause, zu euch zu kommen.« Hoffentlich waren die esoterischen Klänge im Steinkreis laut genug, um meine Worte zu schlucken.

»Alles klar, dann fangen wir ohne dich an.«

Im gleichen Moment, als die anderen sich mit einem Om-Laut voneinander verabschiedeten und die Morgenübung auflösten, steckte ich mein Handy weg. Dolores drehte sich mit sorgenvollem Blick zu mir um.

»Bleibt ihr bitte noch einen Moment?«, rief Eduardo. Alle drehten die Köpfe. »Ich denke, wir haben etwas mit unserer neuen Kollegin zu klären.«

»Ich habe doch nichts falsch gemacht?«, fragte ich unschuldig.

»Weißt du, wie schädlich die Strahlen für dich und uns alle sind?«

Ich runzelte die Stirn. »Die Strahlen hiervon?« Ich hielt das Handy hoch.

»Genau die. Wer solche Geräte besitzt, lässt sie morgens in seinem Umkleideschrank. Tagsüber benutzen wir sie nicht und tauschen uns - falls nötig - mit dem Haustelefon aus. Damit entgehen wir dem Elektro- und Strahlensmog und schützen zugleich die Privatsphäre unserer Kunden, die sicher sein wollen, dass nicht irgendwelche Bilder oder Videos von ihnen veröffentlicht werden.«

»Aha.« Ich nickte. »Kein Problem.«

»Das will ich hoffen. Normalerweise ist das ein Kündigungsgrund.«

Ich steckte das Handy in die Hosentasche. »So weit wollen wir es nicht kommen lassen. Jetzt weiß ich ja Bescheid.«

»Das ist meine Schuld.« Dolores schob sich vor mich. »Ich habe völlig vergessen, Sabin darüber aufzuklären.«

»Das ist nur einer von vielen Fehlern, die du bei ihr tolerierst, meine Liebe. Ich denke nur an das Wohl unserer Kunden.«

Das konnte ich nicht so stehen lassen. »Dem Wohl der Kunden ist es viel zuträglicher, wenn jemand erreichbar ist.«

Eduardo sah erstaunt zu mir. »War das ein Kunde? Was wollte er? Und woher hat er deine Handynummer?«

Okay, das war dumm gewesen. Ganz dumm. Warum hatte ich nicht einfach die Klappe halten können? Ich holte tief Luft.

»Das war Tim Schmidt. Er und seine Frau haben eine Frage und ich …«, dabei wedelte ich mit meinem Handy unter seiner

Nase, die er prompt rümpfte. »Es geht um die Hühneraugen seiner Frau.«

Eduardo sah mich ein paar Sekunden unbewegt an, dann nickte er steif. »In Ordnung, dann solltest du dich darum kümmern. Aber bitte informiere die Kunden, dass du in Zukunft auf diesem Weg nicht mehr erreichbar bist. Und in zehn Minuten sehe ich dich dann bitte pünktlich bei meiner Aura-Sitzung.«

Er drehte sich um und schritt von dannen, gefolgt von den anderen, die mir ungläubige Blicke zuwarfen.

Was denn? Durfte man dem großen Eduardo etwa nicht widersprechen?

Gemeinsam mit Dolores ging ich in abhörsicherem Abstand zu den anderen zum Hauptgebäude.

»Dein Eduardo nimmt sich schon ein bisschen zu wichtig.«

Dolores wiegte den Kopf. »Nur wegen seiner Gabe reisen Menschen aus aller Welt an und lassen ihre Aura von ihm behandeln. Er ist die Seele des Hauses.«

»Ich würde eher sagen, das bist du.«

Eine leichte Röte überzog Dolores' Gesicht.

»Ihr seid richtig zusammen, oder?«

Verlegen sah sie auf ihre Schuhspitzen und dann wieder zu mir. »Ich weiß, in meinem Alter ist es merkwürdig, einen jüngeren Freund zu haben.«

»Quatsch, wenn ich in deinem Alter noch so gut aussehe, dann danke ich Gott auf Knien.« Die Tatsache, dass sie als Chefin hier auf einer Goldgrube saß, schreckte Eduardo aber sicherlich auch nicht ab. Ich überlegte, was genau über seine wahnsinnigen Fähigkeiten in seiner Personalakte stand, konnte mich aber nicht erinnern. Den Kerl würde ich auf jeden Fall nochmal auf Herz und Nieren prüfen. »Liebst du ihn?«

»Tja, was soll ich sagen. Er ist ein faszinierender Mann, charmant, gebildet, gutaussehend. Vielleicht meine letzte Chance auf die Liebe.«

Das war ja wohl Antwort genug. »Für die Liebe ist es nie zu spät, Dolores.« Ich sah auf die Uhr und seufzte.

Dolores ergriff meine Hand. »Was ist los?«

»Ach, ich soll Eduardo gleich bei seiner Aura-Behandlung begleiten. Aber ich ahne schon, dass ich wieder nur dumm rumstehen und nicht reden darf. Das ist für die Ermittlungen eine totale Zeitverschwendung! Dabei müsste ich dringend zu Tim und noch dringender für eine halbe Stunde zum Gutshof, weil ich die Tiere heute noch nicht füttern konnte.«

»Dann geh.«

Ich sah Dolores erstaunt an. »Aber Eduardo wird mich vierteilen, wenn ich nicht –«

Dolores hob die Hand und unterbrach mich. »Ich entbinde dich hiermit von der Sitzung – geh füttern und danach zu deinem Tim.«

»Okay, wenn du meinst …«

»Ja, ich meine, dass ich hier immer noch die Chefin bin und sage, was gemacht wird.«

Ich klopfte ihr auf die Schulter und lachte. »That's the spirit, Dolores, weiter so!«

Und dann sprintete ich los zu Kiras Auto.

Ich schob gerade eine Schubkarre voller Heu quer über den Hof, da sah ich Tims Auto vorfahren. Erstaunt stellte ich die

Karre ab. Tim stieg aus und winkte mir fröhlich zu, dann holte er Arbeitshandschuhe und eine Arbeitsjacke aus dem Kofferraum, zog sie an und kam zu mir herüber.

»Hallo!«, rief ich ihm überrascht entgegen. »Was hast du denn vor?«

»Meiner Lieblingskollegin helfen, was denn sonst?«

Tim schnappte sich die Schubkarre und deutete mit dem Kinn auf den Laufstall. »Dort hin?«

Ich nickte völlig perplex. »Wie komme ich zu der Ehre?«

»Nachdem du getextet hast, dass du jetzt Füttern fährst, dachte ich, ich kann dir genauso gut helfen und wir sprechen hier über den Fall. Ich weiß genau, wie viel Arbeit das ist. Zuhause haben wir auch einen Bauernhof, den bewirtschaftet mein Bruder.«

»Ah, deswegen hast du die Arbeitssachen im Auto?«

Er nickte. »Ganz genau deswegen.«

»Wo hast du denn dann Helena gelassen?«

Er lachte. »Die hat nur das Wort Bauernhof gehört und hatte plötzlich noch jede Menge anderer Sachen zu tun. Ich berichte ihr später.«

Guter Mann! Ich zeigte ihm, wo wir das Heu abladen mussten. Während ich das Futter an die Tiere verteilte, sorgte Tim für Nachschub zum Einstreuen. Er brachte zwei Schubkarren Stroh zu mir in den Stall. Dass normalerweise abends gemistet wurde, musste ich ihm ja nicht unbedingt auf die Nase binden. Kaum war er fertig, schnappte er sich die Mistschaufel und half mir dabei, den Laufstall wieder in Top-Form zu bringen.

Praktischerweise unterhielten wir uns bei der Arbeit über

den Fall und die Beautyfarm. Ich teilte Tim meine Bedenken in Bezug auf Eduardo mit und er versprach, sich mal umzuhören, ob einer der anderen Gäste mehr über ihn wusste.

Hauptverdächtiger für ihn war Viktor, der Masseur. Doch unsere Beweislage reichte noch lange nicht für eine Verhaftung aus. Nur, weil er eine Menge Bargeld besaß und nach Dienstschluss Frauenbesuche in Zimmer R44 absolvierte - dort wohnte übrigens Millionärsgattin Elli -, war er noch lange kein Autodieb. Während Viktor heute Dienst hatte, würde Helena in seiner Privatwohnung nach weiteren Hinweisen suchen. Dass ich das ganze Geld bei ihm in der Umkleide entdeckt hatte, hatte für einen Durchsuchungsbeschluss ausgereicht.

In Rekordzeit waren wir fertig, dufteten allerdings gewaltig nach Stall, als wir zu seinem Auto gingen. Ich musste unbedingt schnell duschen, bevor ich zurückfuhr. Und einen Kaffee brauchte ich auch dringend. Als ich erwähnte, dass Kira eine Zauberkaffeemaschine besaß, erschien ein sehnsuchtsvoller Ausdruck in Tims Augen.

»Echter Kaffee?«, seufzte er.

»Ja, echter Kaffee, frisch gemahlen und aufgebrüht.«

Er stöhnte. »Red nicht weiter, bitte, ich bin voll auf Entzug.«

In diesem Augenblick piepste sein Handy und er schaute aufs Display. »Ach Mist, keine Kaffeepause. Knaus will in zehn Minuten auf der Beautyfarm anrufen und mit Helena und mir sprechen. Ob du auch dabei bist, fragt sie.«

Ich überlegte kurz. »Sorry, wenn ich mit diesem Geruch dort aufkreuze, jagen mich die Kunden fort. Du kannst immerhin im Hotelzimmer duschen. Aber soll ich dir einen Kaffee to go mitbringen?«

»Ich nehme alles, sogar Kaffeepulver als Schnupftabak.«

»Kein Problem, Pulver bringe ich mit.«

»Zum selbst brauen - mit heißem Duschwasser im Zahnputzbecher.«

Wir lachten.

Ein Motorgeräusch näherte sich und ein schwarzer Porsche bog um die Ecke. Leon. Er kam neben Tims SUV zum Stehen, schwang sich wie James Bond aus dem Sportwagen, nickte mir knapp zu und verschwand im Haus.

»Affe«, knurrte Tim und ging zu seiner Fahrertür. Leon hatte so dicht neben Tims Wagen geparkt, dass dieser kaum die Tür öffnen konnte. Umständlich und fluchend quetschte er sich ins Auto.

Tim parkte aus, ließ dann die Scheibe herunter und setzte gerade zum Sprechen an, da hörte ich hinter mir Leons Stimme. »Bevor ich's vergesse: Ich koche heute Abend wieder für uns beide, Süße. Das Chili gestern hat dir ja so gut geschmeckt.«

Ich drehte mich um. Leon stand in der Tür, winkte mit einem entwaffnenden Lächeln und verschwand im Gutshof. Was sollte das nun wieder? War das die Retourkutsche für gestern Abend? Hatte er doch entdeckt, dass ich den Inhalt des Topfes halbiert hatte?

»Ich dachte, ihr habt nichts miteinander zu tun?« Tim wirkte verstimmt.

»Haben wir auch nicht. Keine Ahnung, was er damit meint.«

Tim warf mir einen argwöhnischen Blick zu. »Kennt der eigentlich deinen richtigen Beruf?«

»Wie gesagt: Wir kennen uns kaum. Und jetzt guck nicht so. In fünfzehn Minuten bringe ich dir den besten Kaffee der Welt mit.«

Mit dem Coffee-to-go-Becher in der einen Hand, einem frisch geklauten Leon-Schoko-Muffin als Dank für Tims Hilfe und dem Autoschlüssel in der anderen Hand, schlich ich im Schatten des Hauptgebäudes zum Hintereingang der Beautyfarm. Dort wollte ich Tim zwecks heimlicher Übergabe treffen. Gerade als ich um die Ecke bog und vor der Tür stand, rief jemand meinen Namen. Ich schrak zusammen. Eduardo eilte mir von der anderen Seite des Gebäudes entgegen. Warum nur konnte man nicht einfach im Erdboden versinken?

»Sabin, was machst du hier?« Er schaute auf den Schlüssel, den Kaffeebecher und voller Abscheu auf den Muffin. »Haben Sie sich während der Arbeitszeit vom Gelände entfernt? Ist das etwa … Kaffee? Und Kuchen?«

Ich überlegte fieberhaft, wie ich das erklären konnte, da öffnete sich die Hintertür und Tim trat heraus. Er sah mich, Eduardos wütende Miene – und wusste Bescheid.

»Sabin, Sie sind ein Engel!«, rief er überschwänglich und nahm mir den Kaffee und den Schoko-Muffin aus der Hand. Dann wandte er sich an Eduardo. »Meine Frau hat unerträgliche Kopfschmerzen und wenn sie kein Koffein und keinen Zucker bekommt, kann sich das schnell zu einer üblen Migräne auswachsen. Sabin war so nett, das alles zu besorgen. Ihr Personal ist außergewöhnlich hilfsbereit.«

Eduardo schaute etwas freundlicher drein, doch streng war seine Miene immer noch. »Danke für Ihr Lob, allerdings …«, Eduardo nahm Tim den Kaffee aus der Hand und den Schoko-Muffin ebenfalls, »können wir nicht von unseren No-Coffein-no-Sugar-Regeln abweichen. Die Kopfschmerzen kommen durch die Entgiftung. Wenn Sie Ihrer Frau jetzt die Drogen wieder zuführen, wird sie den Detox niemals abschließen können. Wir helfen gerne mit Meditation und Aurabehandlung, das lindert die Entzugserscheinungen.« Er verbeugte sich leicht. »Sie entschuldigen mich bitte.«

»Der Muffin ist aber meiner!«, rief ich empört, um wenigstens den Kuchen zu retten – und bevor ich mich bremsen konnte, schoss aus meinem Mund: »Den hat mir der Arzt verschrieben.«

Eduardo sah mich grimmig an. »Welcher Arzt denn bitte?«

»Na, Dr. Oetker.«

Tim gab einen unterdrückten Laut von sich und wurde knallrot. Eduardo aber hob eine Augenbraue und erdolchte mich mit seinem Blick. Warum musste ich immer so vorlaut sein?

»Ich stelle fest, dass du die Tragweite deiner Taten nicht richtig einzuschätzen weißt. Das wird ein Nachspiel haben.«

Mit diesen Worten verschwand er um die Ecke – und mit ihm der Kaffee und der Muffin.

»Dr. Oetker?« Tim prustete los. »Ich dachte, ich muss sterben vor Lachen.« Kopfschüttelnd lugte er um die Ecke des Gebäudes, hinter dem der Dieb eben verschwunden war, vermutlich, um sicherzugehen, dass er nicht unerwartet zurückkam und uns belauschte. »Echt jetzt? Das gibt es doch wohl nicht«, schimpfte Tim im Flüsterton. »Der trinkt den!«

»Wie bitte?« Ich guckte ebenfalls um die Hausecke.

Tatsächlich. Da stand Eduardo, der große Gesundheits-Guru, ein gutes Stück entfernt verborgen im Schatten eines Busches, schlürfte genüsslich den leckersten Kaffee der Welt und biss dazu in Leons fluffigen Muffin.

»Vergiss den Oldtimer-Diebstahl«, flüsterte ich zurück. »Hier siehst du das wahre Verbrechen auf dieser Beautyfarm.«

Schlangenalarm

Donnerstag, 13.44 Uhr. Nachdem Eduardo sich Tims Kaffee unter den Nagel gerissen hatte, hatten wir – vielleicht als ausgleichende Gerechtigkeit – endlich eine heiße Spur in unserem Fall bekommen. Helena schickte am späten Vormittag eine Nachricht, dass es Neuigkeiten gäbe. Sie observierte Viktors Wohnung und hatte von der Nachbarin erfahren, dass Viktor gestern Nacht mit einem neuen Cabrio vorgefahren war. Die Farbe habe diese Nachbarin nicht erkennen können, nur, dass der Wagen ein Oldtimer gewesen sei und die Beschreibung auf das Diebstahlfahrzeug passte. Als Dolores mir daraufhin erklärte, dass Viktor gar kein Auto besaß und immer mit dem Fahrrad zur Arbeit kam, fragten wir beim Kfz-Melderegister nach. Und tatsächlich: Viktor hatte offiziell gar kein Auto angemeldet. Wo kam also der Oldtimer her? Und wenn es nicht seiner war, wem gehörte er?

Nachdem ich in Viktors Büro nichts gefunden hatte, schlich ich – mal wieder - in seinen Umkleideraum hinter dem Veda Sala. Ich sollte erneut nach Hinweisen suchen, einem Schlüssel beispielsweise oder Papieren, irgendetwas, das ich beim letzten Mal übersehen hatte und das uns endlich weiterbringen würde. Knaus saß auf heißen Kohlen, weil die osteuropäischen Kollegen und das BKA wohl ständig nach Ergebnissen fragten, und für eine Festnahme brauchte Paps mehr als wilde Spekulationen, wie er sich so freundlich ausdrückte.

Ratlos sah ich mich um. Gefühlt kannte ich hier mittlerweile jedes Staubkorn mit Namen. Was sollte ich denn noch finden? Mein Blick fiel auf das große Bild, das neben dem Schrank an der Wand hing - etwas schief. Genau das machte mich stutzig. Ich ging hinüber, lupfte die Seite etwas an und spähte dahinter. Da war doch was. Ich nahm das Bild von der Wand und entdeckte auf der Rückseite einen Umschlag, der am Keilrahmen festgeklebt worden war. Darin befanden sich über fünfzigtausend Euro. Schon wieder Geld … etwa aus dem Verkauf des Oldtimers? Warum versteckte er es in seinen Räumen hinter Bildern und in Jackentaschen, und nahm es nicht einfach mit nach Hause?

Ich legte das Geld wieder zurück. Das war zwar ein Hinweis, aber leider keiner von der Sorte, wie ich ihn mir erhofft hatte. Eine konkrete Verbindung zum Wagen brauchte ich. Ich ließ meinen Blick schweifen. Wo hatte ich noch nicht gesucht? In der Ecke stand das riesige Terrarium, beleuchtet und bedrohlich. Mit Sand, Stöcken und Steinen war darin eine Wüstenlandschaft nachgebaut worden. Natürlich hatte ich dort noch nicht gesucht. Wie auch, wenn eine überdimensionale Würgeschlange darin lag. Wobei … Ich trat einen Schritt näher und beugte mich vor. Da war keine Schlange. Und der Deckel war aufgeschoben. Hatte Viktor sie mitgenommen? Sicherheitshalber spähte ich in die Ecken, um sicherzugehen, dass das Biest sich nicht irgendwo auf mich lauerte. Nein, soweit ich sehen konnte, war alles schlangenfrei.

Plötzlich hallte ein markerschütternder Schrei durchs Haus. Ich schoss zur Tür. Der nächste Schrei. Er kam aus dem Fitnessraum. Ich rannte los.

»Nimm sie weg!«, kreischte eine Frauenstimme vom anderen Ende des Flurs. Ich flitzte hinüber in den Trainingsraum. Kathy stand im Sportdress in der Ecke, davor schlängelte sich die riesige Python auf dem Boden. Die Schlange wand sich langsam auf sie zu und drängte sie mit ihrem dicken, langen Körper immer weiter in die Ecke.

»Ganz ruhig«, rief Ole, der bärtige Hausmeister, der mit dem Rücken zu mir vor der Szene stand.

Ich atmete erleichtert auf. Zum Glück war jemand hier, der Ahnung von diesem Monster hatte. Theoretisch hätte Kathy einfach über den Schlangenkörper hinwegspringen können, doch sie presste sich mit Panik in den Augen an die Wand, und war offenbar bewegungsunfähig.

»Halten Sie durch, gleich kommt Hilfe. Ganz bestimmt«, wiederholte Ole. Dann schrie er selbst los. »Hilfe!«

Ich zog die Augenbrauen zusammen. »Helfen *Sie* ihr doch.«

Ole drehte sich um. »Da sind Sie ja endlich!« Sofort stolperte er zurück, bis er mit dem Rücken an der Wand stand.

Nein, der Typ würde gar nichts machen, wurde mir klar. Also musste ich … Ich schluckte, näherte mich langsam und voller Widerwillen dieser Kreatur, Schritt für Schritt. Ausgerechnet eine Schlange? Ein peitschendes Elektrokabel oder ein Feuerwehrschlauch außer Kontrolle hätten es doch auch getan. Was sollte ich machen?

»Hilfe«, wimmerte Kathy.

Die Python glitt ganz langsam näher auf Kathys Ecke zu.

»Jetzt tun Sie doch was!«, schrie Ole mich an, womöglich noch panischer als Kathy selbst. Den Kerl konnte man nur ignorieren.

Was hatte Viktor gesagt? »Kathy, ganz ruhig. Pythons sind Würgeschlangen, die sind ungiftig. Die wickeln sich nur um ihre Opfer herum.«

Kathy hyperventilierte, als wäre sie kurz vor einer Ohnmacht.

»Schauen Sie mich an, Kathy, nicht die Schlange.« Ich näherte mich ihr langsam und streckte die Hand aus. »Alles wird gut. Tief und ruhig atmen. Sie müssen einfach nur springen. Die Schlange macht nichts. Kommen sie hier auf die rechte Seite.« Dort nämlich war der Schwanz der Python und sie würde vermutlich nicht mal bemerken, wenn Kathy über sie hinweghüpfte.

»Ziehen Sie die Schlange weg, bevor sie Kathy frisst. Die kommt da allein nicht mehr raus«, kreischte der Hüne von Ole hinter mir.

»Ruhe! Das ist echt nicht hilfreich!«, rief ich aufgebracht. »Geh lieber jemanden holen, der das Biest einfängt, am besten Viktor.«

Ole verschwand eiligst aus dem Zimmer und ich hörte ihn im Haus laut nach Hilfe rufen.

»Hilfe«, wimmerte auch Kathy, »hilf mir doch, bitte!« Sie atmete ungesund schnell, ihr Gesicht war grau und ich hatte Angst, dass sie gleich umkippte. Ich musste sie holen.

Ich machte einen großen Schritt über den Schlangenkörper und war auch schon bei Kathy. Sanft redete ich auf sie ein.

»Alles ist gut, siehst du, wie einfach das war? Gleich sind wir draußen. Komm, ich helfe dir, wir springen gemeinsam.«

Kathy, die mittlerweile nicht nur hyperventilierte, sondern auch unkontrolliert zitterte, ließ zu, dass ich sie aus der Ecke zog.

»Sieh mich an, nur mich. So ist es gut.«

Rückwärts ging ich Schritt für Schritt an der rechten Wand entlang auf den Schwanz der Schlange zu. Die jedoch hatte bemerkt, dass wir verschwinden wollten, und wandte uns erstaunlich schnell den Kopf zu. Zeit, abzuhauen!

»Los! Spring!« Ich riss Kathy mit mir nach vorne, wir machten einen Hüpfer über den Schlangenkörper. Kaum waren wir auf der anderen Seite, zog ich sie in die gegenüberliegende Ecke, wo wir ausreichend Abstand zur Schlange hatten.

Dort lag sie in meinen Armen. Sie zitterte und bebte, schlotterte am ganzen Leib und weinte unaufhörlich. Oles Hilferufe schallten immer noch durch die Gänge.

Da hörte ich Stimmen. Viktor stürmte herein, mit bloßem Oberkörper und gefolgt von Elli im Bademantel, die völlig zerzaust aussah.

»Was ist hier los? Ist was passiert?« Viktor rannte auf die Schlange zu und griff sie am Kopf.

Ich hakte Kathy unter. »Kommen Sie, ich bringe Sie in Ihr Zimmer.«

Als wir an Elli vorbeigingen, tauchte plötzlich Eduardo im Zimmer auf.

»Was ist passiert? Wieso schreit Ole die ganze Zeit um Hilfe? Sind alle gesund?« Dann sah er die Frau in meinem Arm. »Kathy? Sind Sie verletzt?«

»Die Schlange ist ausgebrochen und Kathy fühlte sich bedroht«, erklärte ich knapp.

»Es ist alles wieder in Ordnung«, hauchte Kathy schwach. »Sabin bringt mich in mein Zimmer.«

Eduardo tätschelte ihre Schulter. »Sobald ich hier die Dinge geregelt habe, komme ich hoch und sehe nach Ihnen, meine Liebe.«

Dann wandte er sich an Viktor. »Das wird Konsequenzen haben.«

Ich wollte mit Kathy weitergehen, aber sie blieb wie angewurzelt stehen und starrte auf Viktor und dann Elli. Ellis Bademantel war ein wenig verrutscht. Darunter blitzte eine schwarze Lackkorsage hervor. Kathys Blick bohrte sich in das erotische Kleidungsstück, als wollte sie zusätzliche Löcher hineindrillen.

»Wie kann es passieren, dass die Schlange hier frei herumkriecht?«, herrschte Eduardo Viktor an.

Viktor zuckte verzweifelt mit den Schultern. »Heute Morgen habe ich noch gar nicht nach ihr gesehen. Und gestern habe ich das Terrarium wie immer verschlossen, als ich gegangen bin.

»Also warst du gestern der Letzte bei der Schlange?« Eduardos Stimme war leise. »Allerdings meine ich, Sabin dort gesehen zu haben, kann das sein?«

Ich räusperte mich. »Ja, ich war gestern Nachmittag, nochmal in der Umkleide, weil ich vor dem Joggen meine Uniform dort gelassen hatte.«

»Aha.« Eduardo räusperte sich. »Wir können nicht zulassen, dass du fahrlässig unsere Gäste in Gefahr bringst. Komm bitte innerhalb der nächsten Stunde in mein Büro. Das wird dann nämlich Konsequenzen für dich haben, Sabin.«

Kathy drückte mir die Hand und seufzte dramatisch. »Ja, das finde ich auch, diese junge Frau ist eine wahre Heldin. Durch ihr mutiges Eingreifen hat sie mir das Leben gerettet. Das sind Mitarbeiter mit Format.«

Eduardos Augenbrauen hoben sich und er sah konsterniert von Kathy zu mir und wieder zurück. »Tja, also …«

Er nickte knapp, wenn auch offensichtlich verstimmt, und folgte Viktor, der mit der Python um den Hals und Elli an seiner Seite den Trainingsraum verließ. Kathys Hand krallte sich immer noch in meinen Arm.

»Alles okay?«, fragte ich leise und stützte sie.

»Nein, gar nichts ist okay. Hast du gesehen, was Elli da anhatte? Und dass Viktor Lippenstift am Hals klebt? Dieses Miststück!«

Kathy hatte den Schock mit der Schlange offenbar sehr schnell verwunden. Die Empörung trieb ihr auch das Blut wieder in die Wangen.

»Du denkst, die beiden haben eine Affäre?«

»Eine Affäre, pff!« Kathy rang aufgeregt mit den Armen. »Diese Gilf hat ihn sich gekauft, freiwillig würde ein Mann wie Viktor sich doch nicht mit so einer alten Schnepfe einlassen. Selbst nach hundert Schönheits-OPs nicht. Ich wette, er ist ihr Toyboy.«

Ein Toyboy? Gekauft zur Unterhaltung? Kam das Geld daher? Elli war millionenschwer. Und war sie auch der Grund für das Spielzeug in Viktors Schrank?

»Ach was, das kann ich mir nicht vorstellen.« Ich lotste sie aus dem Trainingsraum in Richtung Treppe. »Komm, ich bringe dich hoch. Oh … ich hoffe, es ist okay, dass ich Du gesagt habe?«

Kathy tätschelte meine Hand. »Aber natürlich, meine Liebe. Du bist so eine erfrischende Persönlichkeit. Du solltest mal hören, wie dieser komische Rapper von dir schwärmt, für den bist du ein Engel auf Erden.«

Erstaunt sah ich sie an. Damit hatte ich nun nicht gerechnet, nach all dem Chaos, das ich in kürzester Zeit hier angerichtet hatte. Aber gerade deshalb freute ich mich umso mehr.

Kaum hatte ich Kathy in ihrem Loft abgeliefert und dort mit Wasser und einem Schokoriegel zurückgelassen - den Schokoriegel hatte ich heute früh für den Fall weiterer Nahrungsengpässe an der Tankstelle besorgt -, machte ich mich daran, die Toyboy-Geschichte zu überprüfen.

Wenig später klopfte ich an die Tür von Ellis Appartement. Schon nach drei Sekunden wurde die Tür aufgerissen.

»Schatz, da bist du ja endl…« Elli starrte mich verwirrt an. Sie trug jetzt keinen Bademantel mehr, sondern nur noch das *Darunter.*

»Haben Sie einen Augenblick Zeit?«, fragte ich höflich, drängte mich aber schon in ihre Suite, bevor sie reagieren konnte. »Das war ja ein schöner Schreck.«

»Warten Sie!«, rief sie hinter mir her, doch zu spät. Ich war drin – und staunte nicht schlecht.

»Also, es ist nicht so, wie Sie denken«, murmelte Elli, während ich die Geräte ihres eindrucksvollen Studios betrachtete. Von einer Liebesschaukel über Peitschen bis hin zu Ketten mit Handschellen war alles vorhanden. Fifty Shades of Viktor ließ grüßen.

Wieder klopfte es an der Tür und im nächsten Moment kam Viktor herein. Offenbar besaß er seine eigene Zugangskarte. Als er mich sah, erstarrte er mitten in der Bewegung.

Beide schauten betreten zu Boden.

Dann hob Elli den Kopf. »Viktor ist mein … Geliebter. Bitte, mein Mann darf nichts davon erfahren. Sonst gibt es den Skandal des Jahrhunderts. Versprechen Sie mir, dass Sie niemandem davon erzählen.

»Okay, das lässt sich machen, aber ich habe ein paar Fragen, die Sie mir bitte vorher beantworten.«

Elli nickte.

»Bekommt Viktor Geld von Ihnen?«

»Sie wissen von dem Geld?«

»Als ich mich in seiner Schlangenhöhle umgezogen habe, habe ich es gesehen. Und ich habe mich gefragt, warum ein Masseur so viele große Scheine in seiner Umkleide bunkert.«

Viktor ließ sich resigniert in den Sessel fallen. Und dann sprudelte alles aus ihm heraus.

Eine Viertelstunde später war ich um einiges schlauer - und wusste auch, dass Viktor nicht unser gesuchter Autodieb war. Er hatte zugegeben, regelmäßig Affären mit den älteren Damen zu haben, die die Schönheitsfarm besuchten; einerseits, weil es ihm Spaß machte, aber vor allem, um seine Schulden zu begleichen. Viktor war spielsüchtig und fuhr regelmäßig mit dem roten Oldtimer seines Kumpels in eine Spielbank ganz in der Nähe. Vor ein paar Tagen hatte Elli ihm sechzigtausend Euro gegeben, um ihm mal wieder aus der Patsche zu helfen. Schon mehrfach hatte sie ihn dazu gedrängt, eine Entziehungskur zu machen, bisher hatte er sich aber geweigert.

Nachdem er alles erzählt hatte, saß Viktor mit gesenktem Kopf vor mir und sprach kein Wort mehr. Doch als ich aufstand, um mich zu verabschieden, blickte er auf und sah mich an.

»Gehst du zu Eduardo?«, fragte er schwach.

»Ja, schon, aber erst später.«

Viktor seufzte abgrundtief.

»Das können Sie nicht machen!«, rief Elli außer sich. »Wenn

Viktor seinen Job hier verliert, ist es ganz aus mit ihm.«

Ich lächelte sie beruhigend an. »Ach so, nein, nicht wegen euch, ich muss einfach nur bei Eduardo antreten, nichts weiter.«

Elli nahm Viktors Hand. Er drückte sie.

»Gott sei Dank, ich dachte schon …«

Ich wandte mich zum Gehen. Hier hatte ich genug erfahren. An der Tür drehte ich mich noch einmal um. »Viktor? Versprichst du mir etwas?«

Er sah auf und war in seiner Verletzlichkeit noch schöner – wie ein gefallener Engel. Aber er nickte.

»Dieses Gespräch hat nie stattgefunden. Überleg dir das mit der Entziehungskur nochmal. Mir und Elli zuliebe. Und vor allem dir selbst.«

Viktors Mundwinkel zuckten und er nickte erneut.

Lächelnd verließ ich den Raum – zwar um einen Verdächtigen ärmer, aber für ihn und Elli auch froh, dass nicht Viktor der Dieb war.

Nachhilfe & Futtersuche

Donnerstag, 19:05 Uhr. Es war bereits dunkel, als ich endlich die Beautyfarm verließ und zum Gutshof aufbrach. Das Treffen mit Eduardo war erwartungsgemäß unerfreulich verlaufen, aber im Wesentlichen hatte er einfach Dampf abgelassen. Mein Magen knurrte wie verrückt. Statt mich um Nahrungsvorräte zu kümmern, hatte ich mir einen selbstgerechten Monolog anhören können. Die Personal- und Ernährungspolitik in diesem Schönheitstempel war mehr als zweifelhaft. Zur Mittagszeit hatte man uns irgendwelche Gesundheits-Algen vorgesetzt, die fischig müffelten. Es war mir schleierhaft, warum Leute so viel Geld für Humbug hinblätterten, von dem man nicht einmal satt wurde. Ich brauchte endlich, endlich, endlich mal was zu essen … Und die verrückten Tiere brauchten auch was.

Ich drehte ein paar Runden durch den Ort. Die Bäckerei, der Tante-Emma-Laden, selbst der Supermarkt und die verwahrloste Frittenbude neben der Kirche hatten schon zu. Auch die Tankstelle, an der ich mich bereits einmal mit Riegeln eingedeckt hatte: geschlossen. Also hielt ich auf dem Kirchplatz an und googelte nach dem nächsten Schnellrestaurant. Entfernung fünfundvierzig Kilometer, Öffnungszeiten: jetzt geschlossen. Pizzaservice? Donnertags Ruhetag. Lieferdienste? Für diese Postleitzahl nicht verfügbar. Ach verflucht, am liebsten hätte ich das Handy vor Wut und Frust und Hunger quer über den Kirchplatz geschleudert. Aßen die Menschen hier nach neunzehn Uhr nicht mehr? Und ich blöde Kuh hatte meinen einzigen und letzten Schokoriegel an Kathy verschenkt!

Morgen in der Mittagspause würde ich einen Großeinkauf im Supermarkt erledigen. Aber heute Abend musste ich nochmal die Reste aus Kiras Kühlschrank stehlen – am besten, nachdem Leon schlafen gegangen war. Das war kein guter Plan, aber besser als gar keiner. Ich startete den Motor und fuhr los.

Eine Stunde später kam ich nach vollendeter Fütterung aus dem Stall. Die Hunde liefen vor mir ins Haus und direkt auf Leon zu, der in der Küchentür erschien.

»Überstunden geschoben?«

»Hmm«, brummte ich, verstimmt von Hunger und unseren nicht geklärten Differenzen.

»Sammy, Buddy, kommt mal her. Hier, Leckerchen.« Er verschwand in der Küche und ich hörte ihn mit einer Tüte rascheln.

Mist, was sollte ich tun? Einfach nach oben gehen und warten, bis er verschwunden war? Ihn weg ekeln? Über meinen Schatten springen und einen Versöhnungsversuch wagen? Ich warf einen Blick auf meine Uhr, auch wenn mein Magen mir sagte, dass es Kurz-vor-Verhungern war. Paps wollte noch mit mir skypen und über die Ermittlungen reden. Vielleicht sollte ich das Gespräch mit Paps zuerst erledigen und danach Leon, wenn er sich mir in den Weg stellen sollte. Immer schön einen nach dem anderen.

»Sabin?«, rief Leon mir hinterher, als ich schon fast die Treppe hinauf war. »Bist du noch sauer wegen gestern?«

Langsam drehte ich mich um und mein Blick ließ ihn

verstummen. »Eigentlich nur enttäuscht. Es ist nicht die feine Art, jemanden damit zu erpressen, dass man seine Arbeit auffliegen lässt, wenn er nicht tut, was man will.«

»Ich finde es nur verantwortungslos, die Tiere sich selbst zu überlassen.«

»Das ist doch jetzt quasi ärztlich verordnet, was ist dein Problem?«

Er rang die Hände. »Ich will nicht den Kopf dafür hinhalten müssen, wenn was passiert.«

Patzig gab ich zurück: »Brauchst du auch nicht, das ist allein meine Verantwortung. Du bist fein raus, gib einfach mir die Schuld.«

Leon lachte abfällig. »Ich finde, du machst es dir echt zu einfach.«

»Und ich finde, für jemanden mit deinem Lebenswandel argumentierst du mit leicht überzogenem Verantwortungsbewusstsein.«

Seine Augen verengten sich zu Schlitzen. »Ach, mein Lebenswandel? Frau Kommissarin hat meine Vergangenheit durchleuchtet. Dann habe ich wohl jetzt den Stempel *unwürdig* - gut zu wissen!«

»Was? So ein Quatsch, ich hab gar nicht …«

Er ließ mich einfach stehen und stürmte zurück in die Küche. Dort hörte ich ihn mit den Hunden reden.

»Kommt her, ihr Süßen, habt ihr Lust auf die weltbesten Frikadellen? Ich hab noch jede Menge.«

Frikadellen? Meinetwegen konnte er sich seine Frikadellen ans Knie nageln! Mein Magen protestierte heftig, doch ich stapfte den Rest der Treppe hoch, schloss die Kommandozentrale auf und warf die Tür hinter mir zu, dass es nur so knallte.

Das war zwar kindisch, aber es entspannte meine Nerven ein klitzekleines bisschen.

Die Besprechung mit Paps verlief ähnlich unerfreulich wie der Rest meiner Tagesordnungspunkte. Er war dreimal zu Knaus zitiert worden, der jedes kleinste Detail zu den Ermittlungen erfahren wollte. Offenbar hatte er sich besorgt darüber gezeigt, dass wir immer noch keine Spur vom Auto hatten, und dass ich heute bis auf Viktors Entlastung nichts weiter zustande gebracht hatte. Ja, wie denn bitte, wenn ich ständig irgendwo rumsitzen, rumstehen oder rumlaufen musste und nicht reden durfte? Die Spinde waren alle durchsucht – ohne Ergebnis. Das Personal, das von außen zuarbeitete, war von Helena und Tim unter die Lupe genommen worden – ohne Ergebnis.

»Was jammert der jetzt rum? Diese bescheuerte Undercover Aktion war doch schließlich seine Idee und nicht meine.«

Paps sah mich prüfend an. »Was ist denn los mit dir? So kenne ich dich gar nicht. Hat jemand dir die Suppe verhagelt?«

»Von wegen Suppe! Noch nicht mal die bekommt man!« Ich überlegte, ob ich meinem Vater von Leon erzählen sollte, und dass der schon wieder toll gekocht hatte, wir uns aber auch schon wieder in den Haaren lagen. Aber ich hatte keine Lust auf lange Erklärungen. Am Ende fing Paps auch noch an mit potenziellen Sicherheitsrisiken, und damit wollte ich mich jetzt ganz bestimmt nicht beschäftigen. Wenn ich nichts zu essen bekam, konnte ich einfach nicht gut denken.

»Gibt es eigentlich was Neues zu den Autowerkstätten in der Nähe? Die sollten doch noch im Detail durchleuchtet werden«, hakte ich nach. »Wer hatte da nochmal recherchiert?«

»Tim und Helena haben die am ersten Tag abgeklappert, bevor sie auf der Beautyfarm eingecheckt haben. Alles unauffällig. Direkt am Ort gibt es nur eine Werkstatt: Valentinos Autoservice. Inhaber ist ein gewisser Valentino Santos, der war aber wohl nicht da.«

»Valentino Santos? Interessant, den hab ich auf Kiras Hochzeit kennengelernt, außerdem repariert er gerade mein Motorrad. Der ein Autoschieber? Aber ich muss morgen sowieso dahin, dann werfe ich nochmal einen genauen Blick drauf.«

»Sonst noch Ansätze?«

Ich wiegte unschlüssig den Kopf. »Morgen hänge ich mich erstmal an Kathy ran. Bei der habe ich jetzt einen Stein im Brett, die sollte mir alles flüstern, was sie mitbekommt, und das ist einiges.«

»Sehr gut. Wie hast du das geschafft?«

»Ach, ich hab sie heute einfach mal vor einer riesigen Python gerettet.«

»Ist klar, Sabin. Sieh zu, dass du was zu essen bekommst, du fängst schon an zu fantasieren. Übrigens …«, Paps zog ein Blatt heran. »Diese Kosmetikerin Lara ist wohl kürzlich in eine Verkehrskontrolle geraten und hat einen Strafzettel wegen überhöhter Geschwindigkeit kassiert … mit einem Oldtimer-Cabrio, das ihr nicht gehört. Leider war es die falsche Marke und der Wagen ist schon ein Jahr angemeldet. Allerdings hat ein gewisser Kommissar Hesse eine gesonderte Fahrzeugprüfung angeordnet.«

»Ach, der wieder. Wem gehörte denn der Oldtimer?«

»Eurem Cheftherapeuten Eduardo Rosenberg.«

»Eduardo?« Ich staunte nicht schlecht. »Also nicht nur ein Kaffee-Dieb, sondern auch ein Oldtimer-Liebhaber.«

Und uns hielt er Vorträge über die Umwelt und Radfahren. Der Typ war so heilig wie Ozzy Osborne. Dem würde ich auch mal auf den Zahn fühlen. Falls es da was zu finden gab, dann würde ich es finden. Mit Vergnügen!

Paps beendete das Gespräch auf seine gewohnt abrupte Art und der Bildschirm des Laptops wurde dunkel. Ich blieb zurück mit dem Gefühl, heute nichts geschafft zu haben - und einem großen schwarzen Loch namens Magen.

Entschlossen stand ich auf. Egal, wie mein Status mit Leon gerade aussah - ich musste jetzt was essen. Und sollte er tatsächlich in der Küche herumlungern und mich nicht an die Frikadellen lassen, konnte ich ihn immer noch erschießen.

Unten im Erdgeschoss war alles dunkel. Ich lauschte. Stille. Sehr gut. Wie auch in der Nacht zuvor schlich ich die Treppe hinunter. Achtung, die vorletzte Stufe knarrte teuflisch. Unten stoppte ich wieder und lauschte. Nichts. Langsam tastete ich mich in der Dunkelheit bis in die Küche. Im Licht der digitalen Anzeigen von Mikrowelle und Ofen tappte ich mit ausgestreckten Händen zum Kühlschrank und öffnete die Tür.

Wie in göttliches Licht getaucht, eröffnete sich mir ein wahres Schlemmerparadies. Joghurt, Frikadellen, ein Stück Torte, eine Quiche mit Grünzeug. Ich hob die Ecke der Frischhaltefolie an, die darüber gespannt war und brach mir ein Stück ab. Hmmm, himmlisch! Bei der Torte - Schoko mit Sahne und irgendwelchen Früchten - nahm ich einen Löffel und fischte mir ein Stückchen unter der Haube weg. Wie genial schmeckte die denn? Als Nächstes öffnete ich das Glasgefäß, in dem die Frikadellen gestapelt waren, und angelte mir eine heraus. Dann nahm ich die Ketchup-Flasche, gab einen großzügigen Klecks obendrauf und biss hinein. Vor Genuss schloss ich die Augen. Das war unfassbar lecker. Die beste Frikadelle, die ich jemals gegessen hatte.

Plötzlich ging das Licht an. Erschrocken drehte ich mich um, den Ketchup und den Rest Frikadelle noch zwischen den Fingern. Keine Hand frei zum Schießen.

»Erwischt.« Leon stand in Boxershorts und T-Shirt im Türrahmen, beide Hände in die Hüfte gestemmt, und hätte mit seinem appetitlichen Anblick garantiert alle Frauen der westlichen Hemisphäre vom Essen abgelenkt – alle außer mir.

»Was zum Teufel tust du da?«

»Nichts!«, nuschelte ich und stopfte schnell den Rest der Frikadelle in meinen vollen Mund. Beweismaterial vernichten. Der Ketchup lief mir am Kinn herunter und kleckerte auf mein T-Shirt. Auch das noch.

Als er die Arme vor der Brust verschränkte und auf mich zukam, erschien auf seiner Stirn eine steile Falte. »Das ist Diebstahl. Dafür kann ich dich anzeigen. Und dann auch noch Ketchup!«

Ich kaute eilig und schluckte. »Morgen ersetze ich dir alles, versprochen.«

»Wasch dir die Hände. Und das Gesicht.«

Da die steile Falte noch immer seine Stirn zierte, die ersten Bissen meinen Magen und mein Gemüt beruhigten und er letztlich mit *Diebstahl* nicht ganz unrecht hatte, gehorchte ich.

Leon machte sich in der Küche zu schaffen. »Und jetzt setz dich, ich mache dir die Teller fertig.«

Mir fielen fast die Augen aus dem Kopf. »Wie bitte?!«

»Setz dich. Meine Frikadellen haben ein bisschen Achtung verdient.«

Sprachlos ging ich zum Küchentisch rüber, zog mir einen Stuhl hervor und nahm Platz. »Warum machst du das?«

»Ich hab mir doch nicht so viel Mühe mit dem Kochen gegeben, damit du das Zeug im Stehen runterschlingst.« Er holte einen Teller aus einem der Schränke, schnitt ein großzügiges Stück Quiche ab, stellte den gefüllten Teller in die Mikrowelle und schaltete sie ein.

»Danke, das ist lieb von dir.«

»Na siehst du, endlich mal ein freundliches Wort von dir. Bekommst du denn tagsüber nichts zu essen bei Estelle?«

»Frag nicht. Über das Zeug freut sich nicht mal ein Kaninchen.« Beim Gedanken an das Mittagessen schüttelte es mich immer noch. »Der heutige *Gruß aus der Küche* waren schleimige Algen. Ich hätte mich geschämt, mit sowas zu grüßen. Nicht mal anständigen Kaffee gibt es. Ich wette, die Hundertschaft Koffer, die heute mit den zwei neuen Gästen angereist ist, war mit Fertiggerichten und Kaffeemaschinen gefüllt.«

»Dann verstehe ich nicht, warum du hier dein Essen stehen lässt. Ich hab dir nichts getan.«

Ich rang die Arme. »Hallo? Erpressung, Verrat, Behinderung von Ermittlungen und mir dann auch noch die Freundschaft kündigen ist nicht Nichts!«

»Du bist aber auch kleinlich. Das sind die Grundlagen jeder gesunden Beziehung.« Leon grinste frech.

»Jetzt wird mir so einiges klar.« Ich grinste zurück und beobachtete fasziniert, wie er Frikadellen, Kartoffeln und

Grilltomaten auf einem Teller anrichtete. Dann holte er die Quiche aus der Mikrowelle, erhitzte als nächstes den Frikadellen-Teller und servierte die Quiche und einen dritten Teller mit Kuchen.

Formvollendet servierte er die Speisen und stellte dazu zwei Weingläser auf den Tisch, in die er gekühlten Roséwein einschenkte.

»Guten Appetit.« Leon setzte sich mir gegenüber auf einen Stuhl.

»Danke.« Mehr bekam ich nicht heraus, da ich sofort den Mund voll hatte. Es schmeckte sensationell.

»Halleluja, es macht richtig Spaß, dir beim Essen zuzuschauen. Mit so einem Appetit sehe ich Frauen selten essen.«

»Du kennst eben die falschen Frauen.«

»Das befürchte ich allmählich auch.«

Ich aß alles bis zum letzten Bissen auf und war danach sowas von happenpappensatt, dass ich mich fragte, wie ich die Treppe hinauf und ins Bett kommen sollte.

»Ich sag es ungern, aber das war wahnsinnig lecker.«

»Und das aus deinem Mund! Noch einen Espresso?«

»Nein, echt nicht. Danke.« Ich grinste und klopfte auf mein vom Essen rundliches Bäuchlein.

»Wo du jetzt satt bist und man wieder gefahrlos mit dir reden kann, hätte ich eine Bitte.« Leon zauberte aus dem Nichts einen Brief hervor und hielt ihn mir hin. Sein Blick war ernst. »Erklär mir doch mal, was das hier bedeuten soll.«

Ich zog die Augenbrauen zusammen, nahm den Brief und faltete ihn auseinander. Ein Bescheid vom Veterinäramt mit allen Beschwerdepunkten und den zugehörigen Auflagen samt

Frist, ohne deren Umsetzung die Tiere beschlagnahmt werden würden. Unterschrieben hatte ihn Lothar Lauterberg, seines Zeichens Amtsschimmel vom Dienst.

»Ja, also …«, begann ich. Wie sollte ich ihm erklären, dass ich bereits seit fünf Tagen davon wusste und ihm nichts gesagt hatte? Ich sah auf und atmete durch. »Ich dachte wohl, ich schaff das alleine.«

»Das denkst du öfter, oder?« Sein Lächeln war ein ganz kleines bisschen verschmitzt, doch seine Augen waren warm und sein Blick umarmte mich. Er hatte eine gute Intuition.

Ich ließ mich auf dem Stuhl nach hinten sinken und legte den Kopf in den Nacken. »Ich fürchte, da hast du recht«, sagte ich nach einer Weile. Dann setzte ich mich mit einem Ruck wieder auf. »Meistens klappt es auch.«

»Ist aber ganz schön anstrengend, oder?« Jetzt war er eindeutig amüsiert.

»Manchmal.« Ich atmete tief durch.

Er legte seine Hand auf meine. »Die gute Nachricht ist: Du musst nicht immer alles alleine machen. Sollen wir das hier gemeinsam angehen? Eine Partnerschaft für die Tiere sozusagen?«

»Ein tierisch gutes Team?«

Seine Hand lag immer noch auf meiner. Jetzt drückte er sie und machte Anstalten, seine zurückzuziehen. Bevor er meine losließ, drückte ich ebenfalls zu. Als er mich überrascht ansah, lächelte ich.

»Danke.«

Er lächelte zurück. »Sehr gerne.«

Gemeinsam gingen wir das Schreiben durch. Einige der

geforderten Maßnahmen hatten wir durch die Umsiedlung in den Laufstall schon umgesetzt, andere – wie beispielsweise die Vergrößerung des Hühnerhauses – standen noch an. Einige Male mussten wir im Internet nachschauen, um überhaupt halbwegs zu verstehen, was mit den einzelnen Formulierungen gemeint war. Es war ein schönes Gefühl, dass wir uns gemeinsam darüber lustig machten.

Ich verstellte die Stimme. »Ihre Hühner haben so ja nicht mehr Platz als in einem Kochtopf!«

Leon lachte. »Also echt, eine Anzeige vom Amt ist doch eine ernste Sache.«

»Wieso lachst du denn dann?«

Er schüttelte lachend den Kopf. »Du bist echt witzig, wenn du willst. Und manchmal auch anstrengend. Was davon ist wohl der Grund, warum meine Schwägerin mit dir befreundet ist?«

»Beides. Und vielleicht, weil sie mit mir lachen kann? Oder, weil sie mich einfach lieb hat?«

Sein Lachen wurde tiefer. Er nickte. »Ja, das kann ich sehr gut nachvollziehen.«

Gemeinsam räumten wir auf und machten den Abwasch; Leon spülte und ich trocknete ab. Ich war froh, dass ich so leicht davongekommen war, und gemeinsam überlegten wir hin und her, was wir mit dem Hühnerstall machen könnten, um Lothars Auflagen zu erfüllen. Leon war für neu bauen, ich für ausbessern – aber letztlich kam es darauf an, wofür die Polen am Ende des Wintergartenbaus letztlich noch Zeit hatten. Gerade als er ein paar Schüsseln in den Kühlschrank stellte und ich hinter ihm stand, um ihm noch den Ketchup anzureichen, machte er einen Schritt zurück und lief in mich hinein. Unwillkürlich drehte er sich um und für ein paar Sekunden standen wir ganz nah voreinander und sahen uns an. Diese Augen, für die brauchte er echt einen Waffenschein … Und er roch einfach umwerfend. Puh, ich konnte verstehen, was andere Frauen an ihm fanden. Er legte seine warmen Hände auf meine Schultern, von wo sie über meine Oberarme hinabglitten. An den Ellbogen hielten sie inne, nur für einen Moment.

»Verzeihung, Signorina«, sagte er mit rauer Stimme, schob mich ganz sanft zur Seite und machte den Kühlschrank zu. Da, wo er mich berührt hatte, kribbelte meine Haut, als hätte er Chilipaste an den Fingern gehabt.

Ich räusperte mich. »Okay, ich gehe dann jetzt mal besser. Danke für das leckere Essen.« Ich stellte mich auf die Zehenspitzen und drückte ihm einen schnellen Kuss auf die Wange. Leon sah mich mit einem Blick an, den ich nicht deuten konnte. Verwirrung? Enttäuschung? Hoffnung?

»Gute Nacht.« Ich drehte mich um und ging.

Leon schwieg. Erst als ich die Treppe halb hinauf war, hörte ich sein leises »Gute Nacht«.

Kapitel 8

Huhn in Not

Lillith

Es bleibt turbulent. Eine Mondfinsternis bringt viel Unruhe in den Tag und verdunkelt dir den Blick. Saturn und Neptun sind rückläufig, entziehen dir Energie. Pass auf, wenn du heute jemandem helfen willst, das könnte euch beide um Kopf und Kragen bringen. Liebe und Karriere: Der Mondknoten schenkt dir grundlegende Veränderung. Dafür musst du Federn lassen, oder vielleicht auch Haare.

Freitag, 5:37 Uhr. Eine Riesenschlange wickelt sich um meinen Hals, zieht sich enger und enger und drückt mir die Luft ab. Panisch versuche ich, meine Hände unter den Schlangenkörper zu schieben, das Vieh von mir zu drücken, doch sie ist stärker. Ich ächze, will schreien, spüre aber nur diesen unglaublichen Druck auf meinem Kehlkopf.

Mit wild pochendem Herzen fuhr ich hoch, riss die Augen auf und sog pfeifend Luft ein. Unter mir war Kiras Gästebett und meine Finger rissen am Kragen meines T-Shirts. Eine Schlange war hier nirgends. Ich versuchte, mich zu beruhigen. Sonst hatte ich nie Albträume. Normalerweise begegnete ich aber auch keinen Würgeschlangen.

Gerade, als ich überlegte, ob ich nach diesem Traum nochmal einschlafen könnte, hörte ich ein Rumpeln unter mir. Radek fluchte lautstark. Als hätte ich darauf gewartet, lärmte eine Baumaschine los. Ich seufzte, erhob mich, und kaum hatte ich mir den Pulli über den Kopf gestreift und die Jeans angezogen, piepste auch schon mein Handy.

Kira: Guten Morgen, Liebes. Genieße gerade den Sonnenaufgang und einen Kaffee mit Blick aufs Meer. Wie geht's dir?

Ich: Alles prima.

Kira: Sag mal, war der Tierarzt bei euch? Habe gerade eine E-Mail bekommen, dass eine Wundsalbe eingetroffen ist.

Ich: Nur eine kleine Fleischwunde an Emmas Hinterbein. Das war schnell geregelt …

Kira: Gott sei Dank! Wie hat sie das denn wieder hingekriegt? In ihrer Box? Oder war das auf dem Paddock?

Ich: Das kann ich dir gar nicht genau sagen. Morgens war da eben Blut.

Kira: Wie gut, dass du da bist. Leon wäre garantiert umgekippt. Der kann doch kein Blut sehen.

Wenn die wüsste. Was sie wohl sagte, wenn sie bei ihrer Rückkehr den Laufstall sah? Und wenn ich ihr von Lothar erzählte? Bestimmt war sie am Ende begeistert, wenn sie erst sah, dass die Tiere sich dort pudelwohl fühlten. Ich steckte mein Handy wieder in die Jeanstasche und ging nach unten. Dort versorgte und knuddelte ich die niedlichen Katzenbabys, die wir in den kleinen, aber hellen Abstellraum einquartiert hatten. Dann zog ich mir Parka und Gummistiefel an und machte mich auf den Weg zum Stall.

Als ich vor die Tür trat, atmete ich erstmal tief durch. Es war ein wunderschöner Morgen und die Luft war deutlich milder als an den letzten Tagen. In der Morgendämmerung schimmerten die Wiesen und Gebäude golden, die Vögel schienen noch fröhlicher als sonst zu zwitschern. Es fühlte sich irgendwie nach Neuanfang an … Unwillkürlich musste ich an Lilliths

Horoskop denken. Grundlegende Veränderungen? Meinte sie damit Tim als neuen Kollegen? Ach Quatsch, jetzt fing ich schon an, mir die Wahrheit so zurechtzubiegen, dass sie zu Liliths Prophezeiungen passte. Wie auch immer – heute war ein guter Tag, da war ich sicher.

Ich öffnete die Tür und trat in den Laufstall. »Guten Morgen, ihr Lieben, wer hat Hunger?« Ein fröhliches Konzert aus Wiehern, Grunzen und Quieken antwortete mir.

Nachdem ich die Tiere versorgt hatte, holte ich einen neuen Sack Futter aus der Scheune. Schon auf dem Weg bimmelte mein Handy. Leon rief an … Soso, Leon. Ich ging ran.

»Hallo Sabin, guten Morgen. Alles okay bei dir? Ich meine, fütterst du gerade?«

»Gerade fertig geworden. Ich fülle nur noch die Vorratskisten auf.«

»Warst du auch schon bei den Hühnern?«

»Ja, alles bestens, warum fragst du?«

»Gestern Abend war ich kurz drüben und dieses braune Huhn mit den ulkigen Locken schien nicht so richtig fit zu sein. Hat jedenfalls nicht gefressen, als ich ihm Futter hingeworfen habe.«

»Ist mir gar nicht aufgefallen. Ich schaue gleich mal nach. Danke für die Info.«

»Gern geschehen. Das war auch schon alles. Aber wenn was ist … Kannst dich ja melden.«

»Mache ich, danke.«

Dann legte er auf. Was für ein merkwürdiges Telefonat.

Ich öffnete den Verschlag zum Hühnerstall, und nach einigem Suchen entdeckte ich das braune Huhn hinter dem

Hühnerhäuschen. Es war Missandei, Kiras Lieblingshuhn - ausgerechnet. Es lag auf der Seite und atmete hektisch. Aus einer Wunde am Bein tropfte ein wenig Blut. Auf einmal verstand ich, warum Leon nicht näher nachgeschaut hatte. Ich warf Missandei ein paar Körnchen Futter vor die Nase, um zu testen, wie schlimm es stand. Sie rappelte sich hoch, pickte zwei oder drei Körner auf und setzte sich dann vorsichtig. Ich holte mir Kiras selbstgemachtes Hühnerlexikon, das neben der Tür deponiert war, und suchte nach einem passenden Ratschlag. Hühner pickten sich manchmal gegenseitig, stand da, und dass man das betroffene Huhn dann isolieren sollte, um einen Blutrausch zu verhindern. Mit beiden Händen packen, die Flügel dabei fixieren und das Huhn in den Transportkäfig setzen. Also durchsuchte ich den Stall und fand dabei alles Mögliche, nur keinen Käfig. Wo sollte der sein?

Ich hockte mich vor Missandei und sah sie besorgt an. »Was machen wir denn jetzt mit dir?«

Ein anderes Huhn näherte sich Missandei. Es schaute neugierig und versuchte dann, nach dem kranken Huhn zu picken.

»Kschksch!« Ich scheuchte es weg. Missandei kroch weiter in die Ecke.

»Leute, Mobbing geht gar nicht«, erklärte ich den Hühnern. »Na komm, Missandei, ich nehme dich besser mit und dann fragen wir die Tierärztin, was zu tun ist. Allerdings schickt die Kira dann wieder eine Mail und verrät uns. Egal, wir regeln das irgendwie.«

Missandei sah mich an und dachte offenbar über meine Worte nach. Bevor sie sich versah, packte ich sie mit beiden Händen und hob sie hoch. Sie sah zwar nicht sonderlich glücklich aus, wehrte sich aber auch nicht.

Ich trug das Huhn an langen Armen ins Haus, und kaum war ich durch die Hintertür, rief ich nach Radek. Sofort kam er um die Ecke geflitzt und die Hunde hinterher. Die interessierten sich auch für das leckere Huhn. Radek sperrte die beiden in die Küche und kam zu mir rüber.

»Huhn kaputt?«

»Ja, ein bisschen.« Ich deutete mit dem Kinn auf das verletzte Hühnerbein.

»Ah, verstehen. Nix schlimm. Radek machen.« Er nahm mir Missandei ab und klemmte sie sich unter den Arm.

»Puh.« Ich fasste mir erleichtert ans Herz. »Meinst du, du kriegst das hin? Ich muss nämlich dringend zur Arbeit und habe eigentlich keine Zeit, erst noch mit Missandei zum Tierarzt zu fahren.«

»Nix Doktor, Radek machen.« Er tätschelte das Huhn.

»Klasse, du bist der Beste! Wie kann ich dir bloß danken?«

»Alle gut. Du mir geben Rezept von Fleischklopse, du gute Koch.«

Ich lachte laut auf. Ich und kochen. »Du meinst Leons Frikadellen? Ja, das Rezept besorge ich dir und übersetze es sogar noch ins Polnische. Danke, mein Bester.«

Todesberg & Currywurst

Freitag, 9:22 Uhr. Ich gab meine allererste Personal Training Stunde, und zwar Schauspieler Henry, den ich als Beinahe-Todesopfer von der Schlangenmassage noch gut in Erinnerung hatte. Bei einem Waldlauf konnte ich ihn unauffällig nach seiner Oldtimer-Liebe befragen, die laut Dolores allgemein bekannt war. Sie hatte das eingefädelt und wahrscheinlich dachten sie und Eduardo, im Wald könne ich am wenigsten falsch machen.

Henry erwartete mich am vereinbarten Treffpunkt vor dem Hauptgebäude und war bereit. In seinem lilafarbenen Läuferdress und mit neongelbem Stirnband sah er wie eine Leuchtboje aus und würde mir im Wald sicherlich nicht verlorengehen. Leider konnten wir nicht sofort loslaufen, denn er war noch in ein Gespräch mit Eduardo vertieft. Ausgerechnet.

Ich begrüßte die beiden bewusst fröhlich und übersah geflissentlich Eduardos vermeintlich diskreten Blick auf die Uhr. Ich war höchstens zwei Minuten über die Zeit, was bitte gab es da zu meckern?

»Bei so eine hubsche kleine Trainerin macht die Qualerei … ah, das Joggen doch gleich viel mehr Spaß als mit die riesige Fatkiller Viktor.« Henry strahlte mich an. Er war mit mir auf einer Augenhöhe, was ich mit einer Größe von einem Meter dreiundsechzig bei Männern ziemlich selten erlebte. Das machte ihn mir gleich noch sympathischer.

Ich nickte. »Es wird sogar ein Riesenspaß, wenn wir beide den Todesberg hinaufjoggen.«

Henry entglitten die Gesichtszüge. »Die Todesberg?« Er hob theatralisch die Arme zum Himmel, wodurch das lila Oberteil hochrutschte und sein gewaltiger Bauch zum Vorschein kam. »Oh Lord, gib mir Viktor zuruck.«

Wir verabschiedeten uns von Eduardo und starteten mit einer lockeren Aufwärmrunde über das Gelände und dann durch den Wald und den Berg hinab zum See. Henry kam schnell ins Schwitzen, schien aber ganz gut in Form zu sein. Und er quasselte in einem fort.

»Meine Mum war Deutsche. Deswegen kann ich eure Sprache. Ich wurde sogar hier geboren, in Ludenscheid. Ich kann das Wort nicht sprechen. Aber kurz darauf sind wir nach Minnesota und leben dort. Aber Mum hat meine Dad hier getroffen, als er stationiert war bei der US-Army. Er ist leider gone. Aber meine Mum liebt ihre alte Heimat Germany so sehr und wir kommen ganz oft hier in unsere Haus und essen Grunkohl mit Pinkel und feiern Karneval. Ich liebe deutsches Essen und deutsche Autos.«

»Sind Sie deswegen hier?«

»No, mein neue Girlfriend - eine Model, sie ist fantastic - hat das organisiert. Ich soll hier fit werden fur die Filmrolle und weniger futtern.« Er klopfte sich lachend auf den Bauch. »So nah bei meine Haus und all die leckeren Restaurants. Das ist Folter.«

»Sie sollte Sie so nehmen, wie Sie sind.«

»Oh, das aus dem Mund von eine Beautytrainer. Das ist witzig.«

Stimmte auch wieder. Unten am See beschloss ich, die andere Richtung auszuprobieren und nicht Viktors Todesberg zu nehmen.

Ich fragte Henry, ob er noch durchhalte, weil er das Reden eingestellt hatte. Er nickte tapfer und wir joggten locker am See entlang, kamen an einem Parkplatz vorbei und an einem Yachthafen. Die Sonne lugte zwischen den Wolken hervor und es wehte ein leichter Wind. Ich spürte, wie die Anspannung der letzten Tage von mir abfiel. Genau das war es, was ich am Laufen liebte. Es war wie eine Frischluft-Spülung für Leib und Seele.

»Oh my God!«, rief Henry hinter mir. Ich drehte mich um und sah ihn erschrocken an. Sein Kopf war rot und er war durchgeschwitzt. Hatte ich ihn überanstrengt?

»Das ist so gemein. Da kann ich nicht laufen.« Erst jetzt merkte ich, dass er nicht mich ansah, sondern etwas, das hinter mir lag. Ich drehte mich um und entdeckte eine Pommesbude am hinteren Ende eines Parkplatzes, nicht mehr als hundertfünfzig Meter entfernt. Die war mir gar nicht aufgefallen.

»Ist Ihnen schlecht?«

»Nur vor Hunger.«

Oh, wie gut ich dieses Gefühl kannte. Henry tat mir leid. Er kam ja aus dieser Farm nicht heraus, und die veganen Rohkost-Detox-Mahlzeiten waren seine einzige Nahrungsquelle. Ich konnte mich wenigstens morgens und abends sattessen – manchmal jedenfalls.

»Sollen wir eine Pause machen?«

»Da? An die Bigge-Grill?« Er sah mich entgeistert an.

»Warum nicht? Zeit fürs Mittagessen.« Ich zwinkerte ihm zu.

»Dich haben die Gotter geschickt! Aber … ich habe kein Geld dabei.« Er sah plötzlich ganz verzweifelt aus.

Ich klopfte auf meine Shorts und zwinkerte ihm zu.

Henry bestellte zwei Currywürste und zwei Portionen Fritten und wir begaben uns an einen Stehtisch vor der Bude. Er zelebrierte jede Pommes, als wäre sie ein Geschenk des Himmels. Wir plauderten über dieses und jenes und ich schaffte es mühelos, ihn zum Thema Oldtimer zu lotsen. Hatte er vorher schon viel geredet, kam sein Mund nun kaum noch zum Stillstand. Er zählte mir seine Lieblingsmodelle auf - der Jaguar war nicht dabei.

»Manche Wagen sind ja so selten, dass sie horrende Summen kosten«, bemerkte ich.

»Yes, das ist unglaublich, believe me. Auch ich kann mir nicht alles leisten, wovon ich traume. Das Schlimme ist: Viele Eigentumer wollen ihre Oldtimer gar nicht verkaufen, das ist dann naturlich schade. Wenn man so verliebt ist in die Auto, mochte man es ihnen manchmal - wie sagt man - unter die Hintern wegklauen vor Neid.« Er lachte, badete die letzte Fritte in der Currysoße und schob sie genussvoll in den Mund.

Soso, unter dem Hintern wegklauen. Das war ja interessant. Ich wollte gerade etwas tiefer graben, da piepste Henrys Armbanduhr.

»Oh shit. Ich muss meine Tabletten nehmen. Die sind auf die Farm. Außerdem hab ich in funfzehn Minuten meine Termin bei sweet Lara. Wir mussen gehen, furchte ich.« Er sah sich bedauernd zur Imbissbude um, als wolle er jedem Grillwürstchen und Burgerbrötchen persönlich Goodbye sagen.

»In zehn Minuten sind wir niemals wieder oben.« Ich überlegte kurz, dann fragte ich den freundlichen Pommesbudenwirt, wie wir zur Beautyfarm hinaufkamen. Er zeigte auf die Bushaltestelle und meinte, dass der Bus jede Minute hier halten müsse und wir nur ein paar hundert Meter vom Estelle entfernt aussteigen könnten. Ich bedankte mich, schnappte Henry am Ärmel und zog ihn mit mir zur Haltestelle. Keine zwei Minuten später stiegen wir in eine kleine grün-gelbe Bimmelbahn, in der schon eine Handvoll Touristen saß, und tuckerten mit zehn Stundenkilometern am See entlang. Am Ende wären wir laufend vielleicht doch schneller gewesen.

Natürlich kamen wir zu spät, aber Lara versprach, uns nicht zu verraten. Sie gab Henry und mir Zeit, zu duschen und uns umzuziehen.

Ich beeilte mich beim Duschen. Bevor ich in den Behandlungsraum eilte, tippte ich eine Nachricht an Helena und Tim, dass sie bitte mal das Haus von Henry und seiner Mutter ins Visier nehmen sollten. Wer wusste schon, ob da nicht zufällig der gesuchte Oldtimer stand, der Knaus *unter dem Hintern weggeklaut* worden war. Als ich den abgedunkelten Massageraum betrat, verbarg Lara hastig etwas hinter ihrem Rücken. Ich tat, als hätte ich nichts bemerkt und zupfte das Laken auf der Liege zurecht, auf der Henry gleich massiert werden sollte. Dann zündete ich nach Laras Anweisung die Kerzen an, die in den Wasserschalen schwammen, und machte die Entspannungsmusik an. Aus dem Augenwinkel sah ich, wie Lara verstohlen eine Schublade aufzog, eine Mappe hineinsteckte und die Schublade schnell wieder zuschob. Was trieb sie da? Und weshalb so geheimnisvoll?

Die Tür öffnete sich und Henry kam herein. Als Lara ihn bat, sich komplett freizumachen, zog er mit hochrotem Kopf den Bademantel aus und stopfte die Shorts in die Manteltasche.

Eilig legte er sich bäuchlings auf den Massagetisch und Lara breitete ein Handtuch über seine Mitte. Sie stellte den Topf mit den heißen Steinen neben die Liege, flüsterte mir zu, sie müsse noch was holen und verschwand im Nachbarraum.

Ich nutzte die Gunst der Sekunde und spähte in die Schublade, in der die Mappe verschwunden war. *Bonnie und Clyde* stand auf dem Etikett. Aha, wieder mal Pseudonyme, um die wahre Identität der Kunden zu verschleiern.

Ich blätterte eilig durch die datierten Zettel und fand Uhrzeiten von Anwendungen und Zusammensetzungen von Tinkturen. Man konnte daraus schließen, dass es sich um einen Mann und eine Frau handelte, aber nirgends wurden Klarnamen, Geburtsdaten oder Adressen genannt. Allerdings die Zimmernummer *Chalet 3*. Der Mann hatte eine Haarwuchskur erhalten, sie eine Botox-Injektion - also waren die beiden vermutlich keine zwanzig mehr. Ich schaute auf die Daten der Anwendungen. Die letzte war am Tag des Diebstahls gewesen.

Im Nachbarraum hörte ich Lara klappern und meinte, ihre Schritte zu hören. Schnell steckte ich die Mappe zurück. Bei den Unterlagen, die ich von Dolores bekommen hatte, war nirgends von *Bonnie und Clyde* die Rede gewesen. Sollte ich sie danach fragen? Auf Dodos Liste hatten sie auch nicht gestanden. Hatte sie mir die Akte am Ende mit Absicht nicht gegeben? Aber warum? Und wie konnte ich ohne Dodo herausfinden, wer hinter *Bonnie und Clyde* steckte?

Lara kam zurück. Sie deutete auf ein Ölkännchen, das auf einem Stövchen stand. Mein Einsatz. Ich träufelte das Öl über Henrys Rücken. Das konnte ich mittlerweile richtig gut. Lara begann den Rücken mit den Steinen zu massieren. Meine

Aufgabe war es jetzt, hin und wieder mal etwas anzureichen oder entgegenzunehmen. Und das, wo ich jetzt liebend gerne der *Bonnie und Clyde*-Sache nachgegangen wäre … Die beiden hatten sich neben Henry gerade an die Spitze meiner Verdächtigenliste katapultiert. Na ja, immerhin hatte ich die Chance, noch etwas aus Henry oder Lara rauszubekommen.

Nach der Massage begann Lara, die heißen Steine auf Henrys Körper zu verteilen. Ich schrieb ihr auf einen Zettel, dass ich gerne Pause machen würde und sie schrieb zwanzig Minuten darunter und zwinkerte mir zu. So leise wie möglich verließ ich den Raum. Ich wusste genau, wie ich die Zeit nutzen würde.

Henrys Zimmer war in einem der Glamour-Relax-Chalets am See. So schnell ich konnte, sprintete ich durch die Parkanlage und am Trainingszentrum vorbei zu den lauschigen Hütten. Seit Zippos Runenbehandlung hatte ich eine Universalkarte für die Zimmer. Die kam mir jetzt zugute. Ich schlüpfte in das kleine Chalet und horchte kurz, um sicherzugehen, dass Henrys Freundin nicht da war. Das Chalet war menschenleer – und absolut niedlich. Mit Kamin, Ledersesseln und Fellen strahlte es die perfekte Hüttenromantik aus. Ich schlich durch den offenen Wohnraum Richtung Treppe und hinauf ins Schlafzimmer. Der Schrank war ordentlich eingeräumt, Henrys Joggingdress hing zum Lüften über einem Herrendiener, über einem anderen ein Strickkleid mit Fellbesatz, das seiner Freundin gehören musste. Auf dem Nachttisch stapelten sich Oldtimer-Zeitschriften und davor lag eine kleine Digitalkamera.

Ich schaltete sie ein und klickte mich durch den Speicher. Autos. Es waren alle möglichen Modelle zu sehen, von alt bis neu, von groß bis klein, die unterschiedlichsten Fabrikate.

Diverse Porsche, ein Alpha, mehrere Mercedes-Modelle, eine Corvette. Die beiden letzten Fotos waren auf dem Parkplatz der Beautyfarm aufgenommen worden. Ein Bugatti und ein Jaguar in Feuerrot, der aber nicht aussah wie der gesuchte. Obwohl er aus verschiedenen Winkeln aufgenommen worden war, konnte man das Typenschild nicht sehen - falls eines drauf war. Wann genau hatte Henry die Fotos aufgenommen? Ich versuchte, eine Datumseinstellung zu finden, aber vergeblich. Vermutlich war die auf der Speicherkarte hinterlegt. Doch wenn ich die an mich nahm, würde das auffallen. Dann musste ich eben wiederkommen und die Karte kopieren. Ich zückte mein Handy und fotografierte die letzten Bilder ab, dann legte ich das Gerät zurück auf den Nachtisch.

Als Nächstes machte ich Fotos von den Zeitschriften - Jonas sollte nachprüfen, ob darin vielleicht unser Modell besprochen wurde. Als ich sie auf dem Nachttisch ausbreitete, stutze ich. Darunter lag eine handgeschriebene Liste mit Automodellen und dahinter jeweils ein Datum und ein Haken. Das konnte ja wohl nicht wahr sein. Ich machte auch davon ein Foto und legte sie zurück.

Auf dem Rückweg zum Massagesaal spukten mir hundert Fragen durch den Kopf. Also doch Henry? Nein, tief in mir glaubte ich nicht daran, dass er etwas mit den Diebstählen zu tun hatte. Aber was wollte er mit dieser Autoliste? War das ein Hobby? So wie andere Armbanduhren sammelten?

Im Flur vor Henrys Behandlungszimmer saß Kathy auf einem Sessel. Sie wippte nervös mit dem Bein und sah mir entgegen. Ihre Augen waren rot und geschwollen, als hätte sie geweint.

Ich grüßte sie freundlich. »Wartest du auf jemanden?«

»Meine Massage sollte vor fünf Minuten beginnen, aber da scheint noch besetzt zu sein.«

»Ich frage gleich mal nach, wie lange es noch dauert. Geht es dir gut? Du wirkst so bedrückt.« Ich setzte mich zu ihr und hoffte, dass meine Frage nicht übergriffig rüberkam. Aber ich hatte wirklich den Eindruck, dass sie reden wollte.

»Heute ist einfach nicht mein Tag. Erst war ich auf der Waage und musste feststellen, dass ich zugenommen habe, und dann sehe ich Viktor mit dieser furchtbaren Elli wegfahren. Was will er denn mit dieser trockenen Eule? Und jetzt warte ich auch hier noch … Es kommt mir vor, als wenn niemand was mit mir zu tun haben möchte.« Sie seufzte tief und ihre Augen füllten sich mit Tränen. »Meine Kinder haben ihr eigenes Leben, meine beste Freundin hat gerade geheiratet … Alle, wirklich alle sind glücklich und haben jemanden. Außer mir. Letzten Monat ist sogar noch meine Katze gestorben.« Sie schluchzte auf.

Ich legte den Arm um sie und rieb ihren Rücken. »Soll ich dir mal sagen, was ich sehe?« Ich lächelte sie an und fasste ihre Hände. »Ich sehe eine wunderschöne Frau, erfahren und liebevoll, die das Leben anderer reicher machen kann.«

»Aber die wollen doch nicht.«

»Ich weiß aber möglicherweise, wer das will.«

»Und wer ist das?«

Ich lächelte geheimnisvoll. »Das zeige ich dir heute Abend. Und jetzt schaue ich mal, wann du endlich drankommst.«

Als ich eintrat, amüsierten sich Lara und Henry offenbar köstlich. Henry stand nackig mitten im Raum, als habe er sein

Adamskostüm, für das er sich vorhin noch so geschämt hatte, völlig vergessen. Er setzte eine imaginäre Brille auf, zog eine Grimasse, die mich an Eduardo erinnerte, und bedachte Lara und mich mit einem dramatischen Blick.

»Ich spure Dunkelheit auf eurer Aura, wir mussen den Schatten der Currywurst von euch nehmen.« Er parodierte Eduardos Stimme und fing an, mit den Händen vor mir in der Luft herumzufuchteln, als behandelte er einen Patienten. »Da sind Pommes, so viele Pommes, ohhhh, das wird dauern, bis ich alle entfernt habe. Diese negativen Fastfood-Energies nehmen die Glanz von die Ganseblumchen.«

Ich prustete los und auch Lara konnte sich kaum halten.

Henry setzte einen betrübten Ausdruck auf. »Dabei wollte ich die Ganseblumchen zum Mittagessen verspeisen. Aber nur, wenn der Wind nicht von links geblasen hat. Das bringt Ungluck.«

Wir wieherten vor Lachen. Der Typ war der Hammer! Ein begnadeter Comedian. Er legte sich mit tragischer Geste die Hände aufs Herz.

»Ich sehe, meine Lehren der Verstrahlung treffen hier nicht auf, wie sagt man? Fruchtbaren … oder furchtbaren Boden. Nein, ich werde ausgelacht. Heaven! Meine blutenweiße Aura ist in Gefahr, schnell, eine Spulung, Weichspulung, Gehirnweichspulung!« Er riss die Tür auf und lief mit theatralisch erhobenen Armen auf den Flur, bevor Lara oder ich ihn aufhalten konnten.

Kathy schrie erschrocken auf und schlug sich die Hände vor den Mund. Henry schaute ebenso erschrocken zurück und verdeckte eilig seine Blöße, während er den Rückzug antrat. Ich reichte ihm seinen Bademantel und er schlüpfte hinein.

Zu Kathy gewandt stammelte er: »Sorry, meine Gute, Verzeihung. Ich war nicht bei mir. Ganz in der Rolle. So sorry.« Mit hochrotem Kopf eilte er den Flur hinunter. Wir drei sahen ihm nach. Lara biss sich auf die Lippen.

»Was war das denn?«, fragte Kathy entgeistert.

»Das war eine Privatvorstellung des großen US-Schauspielers Henry Hofmann.«

»Sehr privat, offenbar.«

Wir nickten uns zu und lachten.

Als wir uns wieder unter Kontrolle hatten, seufzte Kathy. »Warum habe ich eigentlich nie mein Handy greifbar, wenn es mal interessant wird?«, meinte sie, zwinkerte uns zu und zog bereits ihren Bademantel aus, während sie vergnügt in den Raum ging.

Ein Picknick & beinahe ein Kuss

Freitag, 18:33 Uhr. Der Nachmittag schenkte uns Sonnenschein und auch nach Dienstschluss war es noch spätsommerlich warm. Im Rückspiegel sah ich Kathy, die mir in ihrem SUV folgte. Ich fuhr in die Einfahrt des Gutshofs und parkte vor dem Haus. Nachdem sie ausgestiegen war, sah Kathy sich ausgiebig um.

»Das ist ja zauberhaft. Was für ein wunderschönes Gutshaus. Ach, diese Lage ist Gold wert.«

»Es ist wirklich schön hier. Aber auch sehr einsam.«

Kathy schaute mich prüfend an. »Und wo ist dann hier jemand, der meine Gesellschaft zu schätzen weiß?«

»Komm mal mit.« Ich schloss die Haustür auf. Prompt dröhnte ein Bohrer los.

Ich führte Kathy durch den Flur, grüßte Radek und Joshi auf der anderen Seite der Folie und ging dann mit ihr in die Abstellkammer, wo sofort die Kätzchen angewuselt kamen. Bevor ich zu einer Erklärung ansetzen konnte, hörte ich schon Kathys verzückte Rufe.

»Nein, sind die goldig, was für süße kleine Schätze, unglaublich. Darf ich sie streicheln?«

»Die darfst du sogar alle haben und mitnehmen, wenn du abreist. Sie sind Waisen. Ich glaube, das wäre genau das Richtige für dich, aber am Ende musst du entscheiden, ob dich das glücklich machen würde.«

Kathy starrte mich an, klappte den Mund auf, wieder zu,

wieder auf und seufzte dann herzergreifend. Ihre Augen wurden ganz feucht.

»Weißt du, ich hab gedacht, nach meiner Merle kann ich nie wieder eine Katze liebhaben, aber schau dir diese wundervollen kleinen Wesen an, da muss einem ja das Herz aufgehen. Du hast recht, das ist genau das, was ich im Moment brauche. Wie lieb, dass du an mich gedacht hast. Danke.« Sie schloss mich in ihre Arme und drückte mich für einen Moment an sich, doch gleich darauf wurde ihr Blick wieder von den Kätzchen angezogen. »Ich bin heilfroh, dass ich alle mitnehmen kann und mich nicht entscheiden muss.« Glücklich lächelnd ging sie in die Knie und schenkte ihre ganze Aufmerksamkeit den kleinen Katzen.

Ich hockte mich neben Kathy, nahm ein graues Kätzchen hoch, das um meine Beine strich, und streichelte es geistesabwesend. Hatte ich doch richtig gelegen. Eine Aufgabe war genau das, was Kathy jetzt brauchte. Ich konnte mir ein Lächeln nicht verkneifen. Die Katzenbabys würden die beste Mutter bekommen, die es auf der Nordhalbkugel geben konnte.

»Sag mal, Kathy, du bist doch schon seit über einer Woche auf der Beautyfarm, oder?«

»Genau zehn Tage heute. Warum fragst du?«

»Weil mir heute jemand erzählt hat, dass letzte Woche *Bonnie und Clyde* da waren, und ich habe mich gefragt, ob das bekannte Leute sind.«

»Ach die, die haben sehr geheimnisvoll getan. *Sie* kannte ich übrigens, weil sie in der High Society von Düsseldorf verkehrt – die Gattin unseres Innenministers. Er war definitiv nicht der Innenminister, aber auch irgendwie zu alt für sie und etwas steif in seiner Art. Die beiden schienen auch gar nicht viel miteinander zu tun zu haben. Aber die Geschmäcker sind ja bekanntlich verschieden …«

»War er der Typ Sugardaddy?«

Kathy lachte. »Nein, sie ist bestimmt Ende vierzig und er weit über die fünfzig. Er kam mir wie ein Beamter vor, vielleicht auch ein Anwalt. Frag mal lieber Lara oder Belinda, die hatten mit den beiden zu schaffen.«

Und ob ich das machen würde.

Als ich eine halbe Stunde später aus dem Stall kam, entdeckte ich Kathy, wie sie in ein Gespräch mit Radek vertieft war – und zwar in fließendem Polnisch. Beide hockten auf dem Boden bei den Katzenbabys. Radek diente offenbar als Kletter- und Krabbelbaum und die beiden amüsierten sich köstlich. Sieh mal an, hatte ich da etwa mehr bewegt, als nur ein paar heimatlose Kätzchen zu vermitteln? So jedenfalls hatte es den Anschein, denn als Kathy sich kurz darauf verabschiedete, strahlten ihre Augen und ihre Wangen glühten. Und: Sie reichte Radek ihre Visitenkarte, bevor sie das Haus verließ.

Kaum war Kathy außer Sicht, kam Tim vorgefahren. Während wir in die Kommandozentrale gingen, erzählte er mir von seinem Tag. Auf meine Textnachricht hin, hatten sie sich nochmal auf Henry konzentriert. Über ihn selbst hatten sie bisher wenig herausbekommen, es war Tim aber heute Nachmittag gelungen, die Speicherkarte der Kamera zu kopieren.

Dann verteilten und aktualisierten wir die Informationen auf den Pinnwänden. Tim hatte ein Bild des Wagens ausgedruckt, den Henry am Tag des Diebstahls auf dem Parkplatz der Beautyfarm fotografiert hatte. Doch der Jaguar, den wir suchten, hatte eine andere Front und musste daher wohl ein anderes Modell sein. Ich schaute nochmal in die Unterlagen. Es war ein Jaguar XK120, den wir laut Fahrzeugschein suchten.

Mehr konnten wir für den Moment nicht tun und wandten uns daher wieder den aktuellen Verdächtigen zu. Als ich Tim von der Akte *Bonnie und Clyde* erzählte, machte er große Augen. Die dickste Neuigkeit behielt ich allerdings noch für mich.

»Was hat das zu bedeuten? Wieso hat man uns die beiden vorenthalten?« Er legte die Stirn in Falten.

»Das kann ich dir auch noch nicht sagen, aber eines weiß ich …« Triumphierend zog ich die Akte aus meinem Rucksack. »Wir können das heute vielleicht noch herausfinden.«

»Hast du die Unterlagen etwa mitgehen lassen? Ich dachte, die lagen in Laras Behandlungsraum.«

»Da lagen sie auch, aber nur bis drei Minuten vor Feierabend, dann lagen sie plötzlich in meinem Rucksack.« Ich zwinkerte ihm zu. »Aber ich muss sie morgen früh direkt wieder zurückbringen.«

»Perfekt!« Er nahm die Mappe und blätterte darin rum. Seine Miene ernüchterte sich allerdings ziemlich schnell. »Da steht ja echt wenig Brauchbares drin, noch nicht mal ein Klarname oder ein Geburtsdatum … Nur kryptische Codenamen und die Behandlungen.«

»Deswegen habe ich auch überlegt, ob wir mal überprüfen, wer denn die Rechnung bezahlt hat am Tag der Abreise … Follow the money.«

Tim nickte. »Das machen wir, ich rede gleich morgen mit Jonas.«

»Ich habe auch schon überlegt, ob wir Dolores ganz direkt

fragen sollen. Aber ich kann nicht ausschließen, dass sie die Unterlagen ganz bewusst unterschlagen hat. Sie könnte nämlich mit Bonnie befreundet sein, und die will ganz bestimmt keine Aufmerksamkeit.« Ich grinste ihn an. »Sie ist nämlich – tata - die Frau des Innenministers.«

Tim sah mich fassungslos an und pfiff durch die Zähne. »Die Frau von …? Uff! Und darf ich davon ausgehen …«

»Genau. Clyde ist nicht der Innenminister.«

Er rieb sich das Kinn. »Dann kann ich verstehen, warum sie nicht unbedingt scharf darauf ist, in polizeiliche Ermittlungen zu geraten. Echt gute Arbeit, Sabin, das ist wirklich eine Richtung, in die wir noch gar nicht ermittelt haben.«

»Danke für die Blumen.« Ich strahlte und er lächelte mir zu. Er stand ganz nah neben mir vor der Pinnwand, ließ meinen Blick nicht los. Mir wurde plötzlich warm und vor allem wurde mir bewusst, dass es schon Abend war, und dass wir hier allein waren - ja fast schon intim, wenn man bedachte, dass mein Bett nur wenige Meter entfernt stand. Nicht, dass ich plötzlich auf die Idee kam und dort weiterermitteln wollte – wobei die Idee herauszufinden, wie die Lage im Fall Tim Fischer für mich aussah, schon seinen Reiz hatte. Ich schluckte … Himmel, wo kamen denn diese Gedanken jetzt her?

Tims Stimme war leise. »Ich glaube, das mit uns kann wirklich Zukunft haben.«

»Ja, das glaube ich auch. Die Sterne stehen jedenfalls gut.« Ich musste plötzlich lachen. »Oh, sorry, beim Stichwort Sterne muss ich nur direkt an meine verrückte Halbschwester denken, die mir jeden Morgen ein maßgeschneidertes Horoskop zuschickt.«

Er hob die Augenbrauen. »Interessant. Und was prophezeit sie dir so?«

»Unter anderem, dass die Welt untergeht und ich die große Liebe finde.«

Jetzt war es an Tim, zu lachen. »Etwa in der Reihenfolge? Das wäre aber ungünstig.«

»Ich hoffe nicht!« Ich stimmte in sein Lachen ein.

»Klingt aber sehr sympathisch, deine Halbschwester. Frag sie doch mal, ob sie auch sehen kann, welchen Anfangsbuchstaben der Vorname deiner großen Liebe hat, dann weiß ich, ob ich eine Chance habe, in die engere Wahl zu kommen.« Sein Blick wurde ernster, forschender und ging mir durch und durch, bis meine Knie weich wurden. Vielleicht war das Bett doch gar keine schlechte Idee? Ich schluckte erneut.

Dann sagte ich leise: »Wir werden sehen, Tim … wir werden sehen.«

Nach einem kurzen Moment der Verlegenheit gingen Tim und ich wieder zurück an die Arbeit. Zippo, Kathy und Viktor waren vom Haken, Henry und die ominösen *Bonnie und Clyde* hingen noch dran – genau wie an unserer Pinnwand. Eduardo war auch noch undurchsichtig – was war das für ein Oldtimer gewesen, den er Lara geliehen hatte? Das herauszufinden war auch ein Job für Jonas.

Tim interessierte sich mehr für *Bonnie und Clyde*, seit er gehört hatte, dass Bonnie die Frau des Innenministers war, und untersuchte jedes Detail der Kundenakte auf Anhaltspunkte. Er verglich die Behandlungen in der Akte mit den Einsatzplänen des Personals für den entsprechenden Tag. Sein Ehrgeiz war geweckt: Er wollte Clyde entlarven. Als Nächstes machte er sich mit Elan an Bonnies

Social-Media-Profile.

Wir mussten aber endlich auch eine andere Richtung verfolgen: die Autowerkstätten und Lackierereien. Neben der direkten Ausfuhr der gestohlenen Wagen nach Osteuropa gab es auch Diebe, die Fahrgestellnummer und die Lackierung veränderten, um den Wagen dann im Inland weiterzuverkaufen. Hatte unser Diebstahlwagen vielleicht diesen Weg genommen? Ich sah auf die Uhr. Mist, Valentinos Werkstatt war gewiss längst geschlossen. Eigentlich hatte ich ja heute meine Maschine abholen und dabei Valentino ganz nebenbei auf den Zahn fühlen wollen. Das konnte ich vergessen.

Es wurde schon langsam dunkel. Da ich mit den Autowerkstätten im Moment sowieso nicht weiterkam, konnte ich mich auch erstmal um die Fütterung kümmern.

»Tim, du, ich muss jetzt rüber in die Ställe, mich um die Tiere kümmern und den Hundespaziergang machen. Aber arbeite gerne weiter. Ich komme später wieder dazu, wenn du dann noch hier bist.«

Tim sah mich an und lächelte. »Hast du was dagegen, wenn ich mitkomme? Ich würde mich furchtbar fühlen, wenn ich wüsste, dass du ein paar Meter weiter die Mistgabel schwingst, während ich hier gemütlich den besten Kaffee der Welt trinke und unseren Dieb suche.«

»Da sag ich nicht nein.« Ich lächelte zurück.

Die Abenddämmerung brach gerade herein, als wir uns die Schubkarren schnappten und ans Misten machten. Kurz darauf schaufelten wir Seite an Seite den Mist weg. Anschließend warfen wir neues Stroh von dem Haufen, der als Vorrat direkt neben dem Laufstall lagerte, über die Gitterabtrennung in den Stall. Ich hörte Tim lachen und als ich hinübersah entdeckte ich Emma, die ihm am Gitter entlang von rechts nach links folgte.

»Bei Emma hast du wirklich Chancen.« Sie rieb ihren Kopf an seiner Schulter, was einfach nur niedlich aussah.

»Das muss an meinem unwiderstehlichen Charme liegen.« Tim griff in seine Jackentasche und zog Etwas heraus, das Emma in Millisekunden inhalierte.

»Aha, Charme in Form von Zuckerwürfeln.«

Er zwinkerte mir zu. »Willst du etwa auch einen?«

»Mittlerweile würde ich sogar Kraftfutterpellets essen.«

Tim lachte. »Du futterst doch wohl den armen Tieren nicht ihre Belohnung weg.«

Ich stellte die Schaufel vor mir ab und stützte mich mit beiden Unterarmen darauf ab. »Würde es dich wundern, bei dem, was uns auf der Schönheitsfarm serviert wird?«

»Stimmt auch wieder - das Essen sieht ungefähr so aus wie das hier.« Er nahm mit der Schippe einen Pferdeapfel hoch und warf ihn in hohem Bogen in meine Richtung, sodass er mir vor die Füße kullerte.

»Es sieht nicht nur so aus, es riecht auch so und schmeckt vermutlich auch nicht besser. Oder esst ihr das Zeug? Helena und du?«

»Gott bewahre. Wann immer einer von uns losfährt, bringen wir für den anderen was zu essen mit. Nur so überleben wir halbwegs.«

»Schlau! Ihr könntet mir ja auch mal was mitbringen, mir armen unterzuckerten Kosmetikerin.«

»Bekocht dich denn dein Mitbewohner nicht? Ihr habt doch hier eine tolle Küche.«

»Manchmal.«

Aus dem Augenwinkel sah ich, wie Fridolin mit seinen Zähnen Emma das Halfter vom Kopf zog.

»Pass mal auf deine Angebetete auf, die wird gerade von fremden Eseln ausgezogen.«

Tim drehte sich um, schlüpfte unter dem Gitter durch und folgte Fridolin, der das Halfter quer durch den Stall schleppte. Erst nach einer ausgedehnten Charmeoffensive ließ sich der Esel überreden, das Halfter loszulassen. Dafür ruckte jetzt Emma jedes Mal den Kopf beiseite, wenn Tim mit dem Halfter kam.

Trotz unserer Blödeleien waren wir schnell fertig. Wir riefen Sammy und Buddy und machten uns auf zur Abendrunde. Tim und Buddy vergnügten sich auf einem großen Feld mit Stöckchen werfen, während Sammy lieber ruhig neben mir her zockelte.

Nachdem Buddy sich verausgabt hatte, gingen wir zurück zum Gutshof. Eine Zeitlang liefen wir schweigend nebeneinanderher. Dann drehte Tim sich plötzlich zu mir um.

»Klasse, wie du das alles stemmst. Eigentlich hast du Urlaub, aber du arbeitest hier auf dem Hof und du arbeitest auch bei der Undercover-Aktion auf der Beautyfarm mit … Und das, obwohl du so viel Ahnung von Beauty hast wie ein Frosch von Lockenwicklern. Das behauptet jedenfalls Helena.«

»Das sagt Helena?« Abrupt blieb ich stehen.

»Ja, aber es ehrt dich, dass du es trotzdem machst. Sei nicht sauer deswegen.«

»Helena wollte mich doch für den Job haben. Warum beschwert sie sich jetzt?«

Tim lachte. »Vielleicht hätte ich das nicht sagen sollen.«

»Doch, doch, ich weiß ja, wie sie ist. Vielleicht will sie zusehen, wie ich untergehe. Eigentlich ist es pure Dummheit, das alles zu machen. Und von Urlaub so weit entfernt wie ein Trainingslager von einem Badeurlaub.«

»Trotzdem: Für sein Team einzuspringen, wenn Not am Mann ist … Sowas sagt viel über einen Menschen.«

»Das war alles andere als selbstlos: Ich bin froh, dass sich der Fall hierher verlagert hat, sonst hätte ich noch einen Landkoller bekommen. Aber wenn du dich dann besser fühlst, nenn mich ruhig Mutter Theresa.«

Tim lachte und knuffte mich am Arm. »Hör mal, Mutter Theresa, hast du vielleicht Lust, mit mir zu essen?«

»Ein anderes Mal echt gerne, aber ich bin so platt von der Woche, dem wenigen Schlaf und der Arbeit, dass ich keine Energie mehr habe, jetzt irgendwohin zu fahren.« Wie auf Kommando musste ich gähnen, und das, obwohl es gerade erst acht Uhr abends war.

»Hmm, und was wäre, wenn wir gar nicht irgendwohin fahren müssten? Erzähl mir nicht, dass du keinen Hunger hast.«

Ich grinste. »Klar habe ich Hunger, aber der Plan war, mal im Kühlschrank nachzusehen, was Leon mir übriggelassen hat.«

Wir waren mittlerweile bei seinem Auto angekommen und Tim öffnete den Kofferraum. Dort stand ein großer Picknickkorb. Er hob ihn heraus und sah mich fragend an.

»Den Affen brauchst du nicht. Was meinst du, kann ich dich zu einem kleinen Picknick überreden? Sonst muss ich den mit zu Helena nehmen …«

Mir lief das Wasser im Munde zusammen. »Wag es nicht,

diesen Korb wieder ins Auto zu stellen. Sonst bin ich für den Rest unseres Teamkollegen-Lebens sauer auf dich.«

Tim grinste erfreut und schloss den Kofferraum. »Also, wo gehen wir hin?«

In die Kommandozentrale? Da erinnerte alles an Arbeit und ich wollte heute Abend nichts mehr vom Fall sehen und hören. In die Küche? Ich hatte keine Lust, wieder ein Männerduell à la Onsen zu durchleben, sollte Leon dort aufkreuzen.

»Lass uns in den Stall gehen, da machen wir es uns im Strohhaufen gemütlich.«

»Du willst mit dem Kollegen ins Stroh … Das ist mal eine Ansage«, kommentierte Tim meine Wahl und zwinkerte mir zu.

Eine Viertelstunde später hatten wir die Decke auf einer Lage Stroh ausgebreitet und beobachteten im Schein der Neonlampe die Tiere durch das Absperrgitter. Buddy und Sammy leisteten uns und dem Picknickkorb Gesellschaft. Pferd, Esel, Kuh und Schwein standen oder lagen satt und friedlich nur wenige Meter entfernt und freuten sich auf ein Schläfchen – und ich freute mich auf ein tolles Abendessen in uriger Umgebung. Tim zog die Augenbrauen hoch und grinste verheißungsvoll, als er den Korb öffnete.

Und dann tischte er auf: BiFi Roll, Fertigsalat aus der Plastikdose, eingeschweißte Sandwiches. Beef-Jerky, Nachos, Schokopudding und zum Nachtisch Fertigpfannkuchen, schon gerollt und mit Gelee gefüllt. Unwillkürlich musste ich an Leon und seine kulinarischen Kreationen denken und eine leise Sehnsucht kam auf. Warum schon wieder Leon? Und seit wann war ich so anspruchsvoll? Ich war hier mit Tim … meinem heißen

Kollegen mit den stahlblauen Augen, der sich heute als echter Freund bewährt hatte … und vielleicht mehr als das wurde.

Und siehe da: Tim zog Weintrauben aus seinem Picknickkorb, gefolgt von einer Flasche Rotwein. Den schenkte er in Pappbecher und wir stießen an. Ich lächelte. Was brauchte man – oder Frau – mehr?

Wir aßen mit den Fingern, denn Tim hatte Besteck vergessen, und das war vor allem beim Salat und dem Pudding eine spaßige Kleckerei. Nebeneinander ins Stroh gelehnt, fütterte er mich mit Nachos und Weintrauben und teilte anschließend sein Beef Jerky in kleinen Häppchen mit Sammy, die ihn nicht aus den Augen ließ. Mein Magen war zufrieden, der Rotwein kreiste bereits in meinem Blut und ich seufzte entspannt.

Tim nahm das letzte Beef Jerky, lehnte sich leicht über mich und betrachtete mein Gesicht. »Geht es dir gut?«

»Ausgezeichnet«, murmelte ich und lächelte ihn an. »Und du? Geht es dir denn auch gut?«

»Ja«, antwortete er und seine Stimme klang dunkel und sanft. »Immer wenn ich bei dir sein kann.«

»Geht mir genauso.«

Sammy schnappte nach dem Beef, Tim zuckte zusammen und wir prusteten los.

Ich lehnte mich entspannt zurück ins Stroh. »Hoffentlich wird den Hunden nicht schlecht davon.«

Tim stoppte mitten in der Bewegung und sah mich an. »Soll ich das Zeug lieber meiner Ehefrau mitbringen? Apropos: Stört es dich, dass ich mit Helena ein Ehepaar spiele?«

»Nein, quatsch!«

Er schmunzelte spitzbübisch. »Allerdings habe ich mich

schon gefragt, wie es wohl wäre, wenn wir beide das Ehepaar spielen würden.«

»Echt? An sowas denkst du?« Es war nicht mal eine Stunde her, da waren mir die gleichen Gedanken durch den Kopf gegangen. »Wenn ich im Estelle deine Ehefrau wäre, wüsste ich genau, was ich machen würde!«

Tim lehnte sich neugierig zu mir und ich kam ihm entgegen.

»Als Erstes würde ich mir so eine Luxus-Hot-Stone-Behandlung von Lara gönnen.«

Er sah mich mit gespielter Empörung an. Ich legte ihm die Hand auf die Brust und sein Gesicht wurde wieder weicher. »Und als Zweites würde ich meinem Pseudo-Ehemann ebenfalls eine ausgiebige Massage gönnen.«

Tim nahm meine Hand und küsste die Finger, verteilte den letzten Schluck Rotwein auf unsere Pappbecher und prostete mir zu.

»Auf uns. Und auf alles, was die Hot-Stone-Massage ins Rollen bringt.«

In mir machte sich die wohlige Leichtigkeit eines Schwipses breit. Tims Augen funkelten, er wirkte warm und verlässlich und ehrlich wie das Kaminfeuer in Kiras Wohnzimmer. Unwillkürlich musste ich an das Bärenfell davor denken.

Ich rollte mich zu ihm herum, bis ich Gesicht an Gesicht mit ihm lag. »Du hast da was. Darf ich?« Ich deutete auf eine Stelle an seiner Schläfe, an der ein Strohhalm hing. Er nickte. Ich rutschte noch ein bisschen näher und strich den Halm vorsichtig weg. Diese winzige Berührung reichte, um mich zu elektrisieren.

Tim sah mich an, in seinem Blick lag ein Lächeln. Diese Augen, wie konnte man so blaue Augen haben?

»Sabin?«, fragte er heiser.

»Ja?«

»Der Esel ...«

»Welcher Esel?«

»Er frisst den Korb auf ...«

Ich richtete mich auf und sah, wie Fridolin sich über den Flechtkorb hermachte und bereits die ersten Bestandteile davon zwischen seinen gelben Zähnen zermalmte. Irgendwie musste er das Gatter zwischen uns und dem Laufstall aufgehebelt haben. Ich sprang auf und zerrte am Korb, bis er abriss und dem Esel nur noch Teile aus dem Maul hingen.

»Das kann man doch nicht essen.«

Fridolin kaute ungeniert auf den Weiden zwischen seinen Zähnen und probierte, an den Korb zu kommen, den ich wegzog und hinter meinem Rücken versteckte. Tim stand ebenfalls auf und nahm Fridolin am Halfter. Gemeinsam schoben wir ihn zurück hinter das Gatter.

»Kommt der so auch aus dem Stall raus?«, fragte Tim mich stirnrunzelnd.

»Nein, die Außentüren sind von der Hofseite mit Doppelbolzen gesichert, das schafft er nicht. Aber einen einfachen Haken wie diesen hier ...« Ich deutete auf unser Absperrgatter. »Das ist für ihn kein Problem.«

Als Tim und ich zu unserem Picknick zurückkehrten, waren die Reste der Jerkys verschwunden. Sammy und Buddy leckten sich um die Mäuler.

Wir sahen uns an, lachten gleichzeitig los. Die romantische Stimmung schien für heute verflogen zu sein. Wir packten die Reste unseres Picknicks zusammen und gingen zurück Richtung Gutshof. Es war spät geworden und ich gähnte immerfort.

An der hinteren Tür nahm Tim mich zum Abschied in die Arme und küsste mich sanft auf die Wange.

»Gute Nacht, Sabin, danke für den schönen Abend. Ich hoffe, wir wiederholen das.«

Ich lächelte zurück und wartete, bis er am Wagen war, winkte ihm nach, als er vom Hof fuhr.

Aus dem Augenwinkel sah ich etwas aufblitzen, während Tims Scheinwerferlicht darüber glitt. Hatte ich Halluzinationen oder stand dort mein Motorrad? Ich ging zum Vordereingang und da war sie, ausgebeult, frisch lackiert und ohne einen Kratzer. Das hatte vorhin doch noch nicht hier gestanden. War Leon gerade eben damit gekommen? Oder hatte Valentino das Motorrad vorbeigebracht? Egal, jedenfalls war mein Schätzchen wieder da. Ich strich über den Ledersitz, beugte mich vor, schnupperte daran und lachte erleichtert. Nicht eine Spur mehr von dem stinkenden Hühnermist. Die Maschine sah besser aus als je zuvor. Alles blitzte und blinkte. Da hatten die Jungs ganze Arbeit geleistet. Auf einmal merkte ich, dass mein Groll auf Leon verschwunden war. Er war ein feiner Kerl. Aber Tim eben auch.

Hühnersuppe

Freitag, 23:33 Uhr. Eigentlich wollte ich nur noch ins Bett, aber immer, wenn ich Alkohol getrunken hatte, bekam ich unbändigen Hunger auf Schokolade. Ich ging in die Küche, öffnete den Kühlschrank und siehe da: Im Seitenfach wurde ich fündig. Ich brach mir einen Riegel ab, machte die Kühlschranktür wieder zu und schob ihn mir genüsslich in den Mund.

In der Küche roch es wieder extrem gut. Was hatte Leon denn wohl Leckeres gezaubert? Auf dem Herd stand ein großer Topf. Ich lupfte neugierig den Deckel. Hühnersuppe? Man erahnte ein komplettes Huhn, das unter dem Gemüse in der Brühe schwamm. Genau das Richtige für kalte Tage. Ich wollte den Deckel gerade wieder auflegen, da traf es mich wie ein Schlachtmesser.

»Leon?«, brüllte ich durch die Küche, sodass die Hunde erschrocken zusammenfuhren und Buddy losbellte. »Leon! Wo bist du?«

»Was?« Ein sichtlich verschlafener Leon taumelte durch die Tür. »Was ist passiert?«

Ich deutete auf den Topf, als wäre er eine blutverschmierte Mordwaffe. »Was ist das?«

»Ähm, das ist Suppe.« Er kratzte sich verwirrt am Hinterkopf.

»Was für eine Suppe?«, fragte ich und hoffte und betete …

»Eine Hühnersuppe. Wo ist das Problem? Magst du kein Huhn?« Er gähnte lautstark. »Und deswegen weckst du mich?«

»Das Huhn … woher hast du das Huhn?« Panik schnürte

mir die Kehle zu. Sag Supermarkt, bitte, bitte, sag Supermarkt …

»Von dem Polen.« Leon lehnte sich an den Küchentresen und verschränkte die Arme. »Dieser Radek hat mir ein Suppenhuhn in die Hand gedrückt. Das wäre meins, hat er gesagt.«

»Oh Gott!« Mir wurde übel, richtig körperlich schlecht … Radek hatte ihm das Huhn gegeben. Wie hatte er das nur tun können? Ein Huhn töten, das er eigentlich heilen sollte? Und dann eine Suppe daraus kochen zu lassen … Missandei … Ich stöhnte laut.

»Hey, was hast du?«

Ich spürte Leons Arm um meine Schulter. Er hatte es nicht böse gemeint, aber er hatte ganz offensichtlich Missandei gekocht.

»Das Huhn, das verletzte Huhn …«, stammelte ich und sah auf.

Leon runzelte die Stirn.

»Ich habe es Radek gegeben, damit er es versorgt. Er wollte es gesund machen. Das dachte ich jedenfalls.«

Auf Leons Miene dämmerte Verständnis. »Ach du Scheiße, oh nein, das wusste ich nicht«, murmelte er.

»Kira wird mich auf der Stelle umbringen.«

»Wird sie nicht.« Er schloss beide Arme um mich. »Jedenfalls nicht auf der Stelle, eher langsam und qualvoll.«

Ich vergrub vor Grauen das Gesicht an seiner Schulter. Aus Kiras Lieblingshuhn Missandei war eine kräftige Hühnerbrühe geworden. Wie zum Teufel sollte ich Kira das erklären?

Kapitel 9

Wo ist Radek?

Lillith

In der Mondfinsternis ist etwas verschwunden, aber es kehrt zu dir zurück, auch wenn du lange danach suchen musst. Mit Mars im Zeichen Löwe musst du heute deine Feuerprobe bestehen. Venus im Zwilling - gibt es vielleicht zwei Männer in deinem Leben? Abends kommt Jupiter in den Wassermann, das bedeutet Geselligkeit. Verbring den Abend mit Freunden.

Samstag, 5:15 Uhr. Schwarze Wolken, Regen, Sturm … Das Wetter entsprach genau meiner Stimmung. Mit bangem Herzen wartete ich auf Radek, den ich nach Missandeis Verbleib fragen wollte, nur für den Fall, dass unsere Annahme sich als Irrtum herausstellen sollte. Doch weder er noch sein Kollege tauchten auf. Ich ging auf der morgendlichen Hunderunde am Wohnwagen der beiden Bauarbeiter vorbei, der hinter den Scheunen des Gutshofs stand, doch der war verlassen, alles war dunkel und ihr alter Bus verschwunden. Als ich zurückkam, war auch Leon wach. Er vermutete, dass die Bauarbeiter über das Wochenende zurück nach Polen gefahren waren.

Um an Radeks Telefonnummer zu kommen, blieb uns nur der Weg über Marc als Auftraggeber. Allerdings ging Kira zuerst dran. Leon gab vor, dass er Marc wegen eines wichtigen Problems in der Firma sprechen müsse, und ließ ihn sich geben.

Ich saß auf heißen Kohlen und lauschte, wie Leon mit seinem Bruder über die Firma und alle möglichen anderen Dinge sprach, aber dann endlich Radeks Nummer auf einen Notizzettel kritzelte und sich verabschiedete.

Leon und ich tauschten ernste Blicke, wählten Radeks Nummer und warteten. Es dauerte ewig, bis sich die Verbindung aufbaute. Ich hing an seiner Seite und drückte die Daumen, dass alles nur ein grausames Missverständnis war. Dann endlich hörten wir eine Frauenstimme, die etwas Unverständliches sagte.

»Hallo?«, rief ich ins Telefon. »Ist Radek da? Oder Joshi?«

Wieder Polnisch.

»Radek da? Joshi da?«

»Nix Radek, nix Joshi!«

So ein Mist. »Huhn da?«, fragte ich hoffnungsvoll. »Ist wenigstens das Huhn da? Hat er es mitgebracht? Wenn das Huhn noch da ist, tun Sie ihm nichts, bitte.«

»Huhn?«

»Ja, das Huhn. Hat Radek Huhn gebracht?«

»Nix Radek, nix Huhn!«, polterte die Frau am anderen Ende. Anschließend ergoss sich ein Schwall polnischer Worte über mich. Dann legte sie auf.

Ich sah Leon an, der meinen Blick erwiderte. Er hob die Schultern und ließ sie wieder sinken. »Nix Radek, nix Huhn …« Sein Mundwinkel zuckte.

»Du kannst doch jetzt nicht lachen«, protestierte ich. »Es geht um Leben und Tod. Wenn das da im Topf Missandei ist, dann ist Radek ein Mörder!«

»Richtig, das ist furchtbar.« Leon versuchte weiterhin, einen Lachanfall zu unterdrücken, schaffte es aber schließlich gar nicht mehr. Er hatte wenigstens noch den Anstand, sich von mir abzuwenden, aber seine bebenden Schultern verrieten mir auch so, dass er sich vor Lachen ausschüttete.

»Hör sofort auf damit!« Ich gab ihm einen Klaps auf den Arm, woraufhin Leon erst richtig losprustete.

»Ein Hühnermörder!«

Wider Willen stieg auch in mir ein Lachen auf, dieses irre Lachen, das einen überkommt, wenn Dinge derartig verrückt laufen, dass man sie mit Ernsthaftigkeit nicht mehr ertragen kann.

»Nix Radek, nix Huhn, nix witzig«, wieherte Leon und dann gab es auch für mich kein Halten mehr. Wir lachten, bis uns die Tränen kamen. Es dauerte eine ganze Weile, bis wir uns wieder beruhigt hatten. Leon reichte mir ein Taschentuch und ich trocknete mir die Lachtränen.

Auch er wischte sich die Augen. »Komm, erstmal versorgen wir jetzt die Tiere, dann muss ich ins Büro. Hast du heute frei?«

»Nein, ich habe nachher eine Behandlung.«

»Wohnt dieser Tim eigentlich auf der Beautyfarm?«

Ich nickte. »Ja, mit seiner Ehefrau.« Sobald das Wort Ehefrau heraus war, wusste ich, dass ich einen Fehler gemacht hatte. Seinem Blick war anzusehen, was er dachte.

»Es ist nicht so, wie du denkst.« Die Floskel hörte sich so hohl an, wie sie war.

Er nickte. »Stimmt. Meistens ist es noch viel schlimmer, als ich denke.«

Henrys neue Frisur

Samstag, 06:10 Uhr. Leon und ich fütterten schweigend die Tiere. Er sagte nichts mehr zu der Sache mit Tim und ich war froh darüber. Was hätte ich ihm auch erklären sollen? Außerdem ging es ihn schlicht und einfach nichts an. Doch unterschwellig fühlte ich mich, als wäre ich als Ehezerstörerin beschuldigt worden. Leon ging neues Stroh holen und kam dabei an den Mulden vorbei, die Tim und ich bei unserem Picknick dort hinterlassen hatten. Er zog die Stirn kraus, bückte sich, klaubte etwas vom Boden auf und hielt eine kleine Dolde Weintrauben in der Hand, die wir beim Aufräumen offenbar übersehen hatten. Ohne weiteren Kommentar, aber mit einem abschätzigen Blick, warf er die Trauben in Shakespeares Schweinefuttertrog. Am liebsten hätte ich ihm erklärt, dass sein Essen um Längen besser schmeckte und nichts passiert war – aber das würde er mir sowieso nicht glauben.

Als ich schließlich mit meinem Motorrad zur Beautyfarm aufbrach, ging passgenau ein Regenschauer nieder, der so dicht und eisig war, als wolle der liebe Gott persönlich mich in dieser Sekunde für all meine Untaten auf einmal bestrafen.

Kaum war ich im Estelle angekommen, zitierte Eduardo mich ins Büro und schickte mich zum Assistieren zu Belinda. Was sollte das? Ich hatte mit Dolores abgesprochen, dass sie mich unter irgendeinem Vorwand zu Theresia, Ole und in die Küche schicken würde. Aber davon, dass ich dort arbeiten sollte, wusste Eduardo angeblich nichts und meinte, er würde das schon selbst mit Dolores klären und ich solle gefälligst tun, was er mir sage. Der Kunde sei schließlich König. Der Kunde? Dass ich nicht lachte. So wie Eduardo sich aufführte, war er hier der König – von eigenen Gnaden.

Endlich kam ich aus den nassen Kleidern raus und zog mich in Rekordgeschwindigkeit um, band meine Haare im Nacken zusammen und rannte zu Belinda in den Onsen. Doch die Tür war verschlossen. Ich klopfte und rüttelte, aber nichts rührte sich hinter der schweren Holztür. Es blieb mir nichts anderes übrig, als an der Rezeption herauszufinden, warum ich nicht hineinkam. Dort lachte Theresia mich fröhlich aus. Das Onsen sei heute geschlossen, weil ein Dienstleister dort die amtlich vorgeschriebene Grundreinigung durchführen müsse. Belinda sei im Raum R11. Ich dankte Theresia und sprintete los.

Zehn Minuten später stand ich mit Belinda in einem der Behandlungsräume. Dort lag Henry in einer Art Friseurstuhl, den Nacken über den Rand eines kleinen Waschbeckens gelegt, und riss einen Witz nach dem anderen.

Während Belinda Henrys Kopfhaut und den schütteren Haarkranz mit einer Massagebürste behandelte, brachte ich das Thema auf Oldtimer. Das war bei ihm zum Glück nicht allzu schwer. Wenn ich hier schon rumhing, konnte ich wenigstens an der Ermittlungsfront Henry weiterarbeiten.

»Henry, Sie kennen sich doch mit alten Autos aus. Letzte Woche muss ein ganz besonderer Jaguar hier gewesen sein, ein roter mit Weißbandreifen. Leider habe ich den nicht mehr gesehen.«

Henry richtete sich hocherfreut auf und Belinda verzog das Gesicht, weil die Tinktur, die sie auftrug, neben das Waschbecken tropfte.

»Yes, diese Auto war wundervoll. Ich habe Fotos gemacht davon, eine dream! Ich kann dir zeigen Bilder, aber ich muss holen meine Kamera.«

»Oh, das wäre super. Ich kann aber auch eben gehen, wenn deine Freundin zuhause ist und -«

Belinda unterbrach mich. »Ich will ja kein Spielverderber sein, aber können wir hier erstmal unsere Arbeit machen? Autobildchen schauen wir dann danach, einverstanden? Immerhin mache ich hier eine umfangreiche Haartherapie in drei Schritten und da sollten wir uns nicht ablenken lassen.« Belinda seufzte und ich schaute Henry betroffen an. Der zuckte mit den Augenbrauen und salutierte. »Sir, yes, Sir!«

Und ich fragte mich einmal mehr, wieso man hier eigentlich nie reden durfte. Reden war doch heilsam und gesund, aber egal, wo ich eingesetzt wurde, musste ich die Klappe halten. Der einzige Ermittler, der hier weiterkam, war jemand, der Gedanken lesen konnte.

Mein Handy brummte, was mir den Eingang einer neuen Nachricht ankündigte. Verstohlen zog ich es aus der Tasche, aber Belinda war ohnehin zu beschäftigt, um es zu bemerken.

Die Nachricht kam von Helena. Sie hatte auf dem Grundstück von Henrys Mutter eine große Lagerhalle entdeckt. Es folgte ein Bild, das sie von einer Uferböschung aus durch eines der Oberlichter geschossen hatte. Darauf waren jede Menge Oldtimer zu sehen. Ich konnte gerade noch den Impuls unterdrücken, durch die Zähne zu pfeifen. Oldtimer zu besitzen war ja erstmal kein Verbrechen … Allerdings war laut Helenas nächster Info und Auskunft der Zulassungsstelle nicht ein einziger Oldtimer auf Henry oder seine Mutter zugelassen. Die

Wagen in der Halle mussten diesbezüglich zwar noch überprüft werden, aber schon jetzt war das sehr merkwürdig. Wozu besaß man solche Schätze, wenn man nicht damit fuhr? Helena wartete jetzt auf einen Durchsuchungsbeschluss, den Knaus besorgen wollte. In der Zwischenzeit wollte sie in der Nachbarschaft von Henrys Mutter herumfragen, ob dort letzte Woche der rote Jaguar gesehen worden war. Ich schrieb ihr zurück, dass ich mein Bestes geben würde, um von Henry selbst eine Aussage dazu zu bekommen, schließlich war er nicht gerade ein schweigsamer Typ.

Doch ehe ich dazu kam, bat Belinda mich, sie in den Nachbarraum zu begleiten. Während in Runde Nummer zwei der Haartherapie das Salicylsäure-Präparat auf Henrys Kopfhaut einwirkte, wollte sie mir zeigen, wie man die Maske zusammenrührte, die zum Abschluss auf seinen Kopf aufgetragen werden sollte, um den Haarwuchs anzuregen. Ungeduldig stellte ich mich neben sie an eine Theke und heuchelte Interesse. Belinda nahm einen Porzellantiegel und einen dieser merkwürdig aussehenden Löffel und machte sich an die Arbeit.

»Wie bist du eigentlich auf den Beruf Kosmetikerin gekommen?«, fragte sie.

Ich zuckte mit den Schultern. »Einfach so. Es macht doch Spaß.«

»Na ja, ich kenne nicht eine Kosmetikerin, die sich nicht wenigstens ein bisschen schminkt. Aber du benutzt nicht mal Mascara. Nicht, dass du es nötig hättest.«

Das musste gerade sie sagen. Giselle Bündchen wäre vor Neid erblasst, wenn sie gegen Belinda hätte antreten müssen.

»Man muss nicht kriminell werden, um ein guter Verteidiger zu sein.«

»Aha, verstehe«, meinte sie nur und schwieg.

Sie nahm einen Tiegel, stellte ihn auf die Waage, entnahm eine Paste, bis das Gewicht stimmte, und füllte sie in das Porzellangefäß um. So fügte sie eine Substanz nach der anderen hinzu, manche flüssig, manche cremeartig und wieder andere in Pulverform und sagte mir dazu jeweils den Namen und die Menge.

»Arbeitest du schon lange hier?«, fragte ich.

»Ein paar Jahre«, erklärte sie. »Das ist einfach die beste Adresse.«

»Ja, wirklich noble Kunden. Hast du schon einen echten Superstar kennengelernt?«

»Jede Woche.«

»Aha.« Oh, Mann, gegen die war ein Eisblock so kuschelig wie ein Sofa. Ich würde viel warme Luft brauchen, um sie aufzutauen. Innerlich seufzte ich. Dieses Reich-und-Schön-Palaver lag mir zwar nicht, aber bei einem Undercover-Einsatz gehörte es nun mal dazu, in Rollen zu schlüpfen.

»Sind die Reichen denn so, wie sie immer dargestellt werden? Verwöhnt und mit Allüren? Ganz ehrlich, ich mache mir schon Sorgen, weil ich nicht weiß, wie ich damit umgehen soll. Ich hoffe, du kannst mir ein paar Tipps geben.«

»Ach, es gibt immer solche und solche. Die meisten sind sehr nett und großzügig. Typen wie Zippo haben wir seltener hier. Aber Dolores trifft die Auswahl … oder mittlerweile vermutlich mehr Eduardo.«

»Ich dachte, Dolores ist hier die Chefin.«

»Da bin ich mir nicht mehr so sicher. Seit sie mit Eduardo zusammen ist, benimmt er sich wie König, Kaiser und Papst in einer Person. Sei besser auf der Hut vor ihm.«

»Das werde ich, danke dir.«

Belindas Uhr piepste und sie tippte darauf. »So, genug gequatscht. Jetzt tragen wir die Maske auf.«

Sie ging mit dem Tiegel in den Behandlungsraum zurück. Henry schlief inzwischen friedlich.

Belinda schaute auf ihre Armbanduhr. »Ich … Also eigentlich erwarte ich einen dringenden Anruf. Kannst du vielleicht das Auftragen übernehmen?«, flüsterte sie.

»Ja klar, einfach auf die Kopfhaut und dann?«

»Zehn Minuten einwirken lassen.«

Ich reckte beide Daumen hoch und Belinda huschte hinaus. Doch bevor ich den Pinsel in der Hand hatte, steckte sie den Kopf nochmal durch die Tür und winkte mich zu sich.

Im Flüsterton sagte sie: »Ach, ich bin ein Schussel. Vor lauter Quatschen habe ich eine Zutat vergessen. Würdest du noch fünfzig Prozent pilierte Sojapaste untermischen? Steht ganz außen. Ich beeile mich und bin gleich wieder da.«

»Klar, kein Thema«, flüsterte ich zurück.

Henry öffnete die Augen. »Sorry, hab ein Nickerchen gemacht. Was habe ich verpasst?«

»Nichts, Belinda hat dir diese wunderbare Haarmaske hergestellt, ich werde jetzt noch eine Kleinigkeit dazu mischen und dann gehen wir in die dritte und letzte Runde. Kannst du noch?«

»Sabin, mit dir wurde ich noch etliche Runden durchhalten.«

»Dann legen wir gleich los.« Ich flitzte in den Nachbarraum, griff mir die Paste, die ziemlich cremig war, mischte sie zur Maske und rannte beinahe zurück. Die Zeit, in der Belinda nicht da war, wollte ich nutzen, um möglichst viel aus Henry herauszubekommen.

»Make my hair grow, darling!« Henry grinste mich an.

»Nichts leichter als das.« Mit einem dicken Pinsel trug ich die Maske auf, bis seine Kopfhaut vollständig mit der grauen Masse bedeckt war, dann stellte ich den Kurzzeitwecker auf zehn Minuten.

»Weißt du noch, aus welchem Baujahr dieser rote Jaguar stammte? Daran konnte sich keiner erinnern.«

»Der war von 1948. Clark Gable hat auch gefahren so eine Schmuckstuck.«

Die Antwort ist richtig, dachte ich bei mir.

»Wie kommt es, dass du dich so gut auskennst mit alten Autos? Warst du mal Autoverkäufer?«

»Dear Lord, ich konnte niemals verkaufen eine Vintage Car. Sie alle wollen bleiben bei mir, meine Babys. Ich habe die Leidenschaft geerbt von meine Eltern. Die haben auch immer schon gesammelt.«

»Wow, dann habt ihr bestimmt einige zusammenbekommen über die Jahrzehnte.«

»Yes, that's right. My gosh, ich rieche auf die Kopf wie die Pissoir von einer Bahnhofstoilette.«

Ich nickte. »Da bekommt das Wort Spülung eine ganz neue Bedeutung.«

Wir kicherten beide.

»Was für einen Wagen fährst du eigentlich?«

»Ich? Ich habe viele, aber meine Liebling ist eine Aston Martin.«

»Und damit fährst du dann so in Amerika herum?«

»Oh Lord, never!«

»Wieso nicht?«

»Sowas muss man in Europa fahren, da sind die Babys zuhause.«

»Aber sind das dann deine eigenen Wagen?«

»Yes, natürlich, aber wir haben eine besondere Trick, mein Mum und ich, wir betreuen eine Oldtimer Museum. Deswegen sind die Autos nicht unsere, sondern gehören die Museum. Das ist gut fur Steuern.« Er zwinkerte mir zu.

Ein Museum. Ich wusste nicht, ob ich lachen oder weinen sollte. Deswegen war kein Auto auf ihn oder seine Mutter angemeldet. Ich musste Helena informieren.

Während ich eine Info an meine Kollegin tippte, erzählte Henry mir in aller Ausführlichkeit, wo in Europa sie welchen Oldtimer gefunden und für ihr Museum eingekauft hatten.

Schließlich piepste die Eieruhr. Die Einwirkzeit für Henrys Maske war abgelaufen.

»So, geschafft.« Ich senkte das Rückenteil seines Stuhls ab und legte seinen Nacken über den Waschbeckenrand. Das kannte ich wenigstens von meinem Friseur. Dann stellte ich das Wasser auf lauwarm und begann vorsichtig, Henrys Kopf abzuwaschen. Die Paste war fest und schmierig, vermutlich hatte sie einen hohen Anteil an Fett oder sowas. Ich rubbelte vorsichtig mit den Fingern an der Creme und sie löste sich von der Haut.

»Gleich hast du es überstanden. Das riecht ja wirklich nicht gut.«

Und dann blieben mir die Worte im Hals stecken. Die Paste löste sich langsam von der Kopfhaut, aber leider auch die Haare. Immer mehr sammelten sich im Waschbecken und bildeten einen faserigen Haarteppich, der den Abfluss langsam zusetzte. Mehr und mehr Haare folgten. Zurück blieb Henrys Kopfhaut, kahl und glänzend wie ein Babypopo.

»Du bist so schweigsam, meine Liebe, was ist passiert?«

Ich atmete tief durch … sehr, sehr tief und noch einmal. »Also, Henry«, sagte ich langsam. »Erinnerst du dich noch, wie lieb ich war mit der Currywurst und den Pommes?«

In diesem Moment ging die Tür auf, Belinda kam zurück ins Zimmer und stieß einen markerschütternden Schrei aus.

Er hallte in den Gängen der Beautyfarm nach. Dann stand sie bleich in der Tür, beide Hände vor den Mund gepresst, und starrte den Schauspieler an. Während Henry sich langsam erhob und im Spiegel betrachtete, stammelte ich tausend Entschuldigungen. Es tat mir beinahe körperlich weh, ihn so zu sehen. Und das Schlimmste von allem: Henry reagierte nicht - er starrte sein Spiegelbild an und sagte kein einziges Wort.

»Was ist hier los?« Plötzlich stand Eduardo hinter Belinda. Sein Gesichtsausdruck glich dem von Professor Snape in seinen besten Tagen. Bevor ich irgendwas erklären konnte, erdolchte er mich mit seinen Blicken.

Dann zischte er: »In mein Büro! Sofort!«

Während ich den Gang zu seinem Büro hinunterging, hörte ich Eduardo beruhigend auf Henry einreden. »Herr Hofmann, hier ist ein unverzeihlicher Fehler unterlaufen. Dolores wird gleich bei Ihnen sein und dann klären wir alles Weitere. Ich verspreche Ihnen, das wird Konsequenzen für die Betroffene haben.«

Alles klar, damit war ich wohl endgültig geliefert. Ende der Undercover-Aktion in nur vier Tagen - das war mein persönlicher

Low Score. Und alles nur aus Dummheit. Außerdem hätte ich mir ein Bein ausgerissen, um alles wiedergutzumachen und Henrys Haare dorthin zurückzubringen, wohin sie gehörten: auf seinen lustigen und liebenswerten Kopf.

In Eduardos und Dolores' Büro wartete ich geschlagene zwanzig Minuten. Kurz zog ich in Erwägung, den Moment zu nutzen und Eduardos Schreibtisch zu durchsuchen, aber da ich nicht wusste, wann er auftauchen würde, war mir das zu heikel - gerade in dieser Situation. Also blieb ich brav auf meinem Verhörstuhl sitzen und wartete auf die peinliche Befragung.

Ich hörte ihn schon, bevor ich ihn sah. Seine durchdringende Stimme knarzte durch die Tür und erst, als er eintrat, verstummte er. Dolores begleitete ihn. Sie war sehr blass und setzte sich schweigend hinter ihren Schreibtisch. Eduardo aber lief aufgebracht wie ein Tiger im Käfig vor uns hin und her. Jetzt war ich seine Beute, so viel war klar.

Unvermittelt blieb er stehen und visierte mich an, als wollte er mich gleich fressen.

»Wie zum Teufel konnte das passieren?« Er holte tief Luft. »Wieso kann eine erfahrene Kosmetikerin eine pilierte Sojapaste nicht von einer Depilierungscreme unterscheiden? Wieso?«

»Ich hab die Tube von außen genommen. Genau, wie ich sollte.«

»Ja – die von links außen, nicht rechts außen«, murmelte Dolores gequält.

»Und dann liest du nicht mal, was draufsteht?!« Eduardo drehte sich voller Empörung zu Dolores. »Dolores, wir haben hier eine Kosmetikerin, die einen Emulgator nicht von einer

Enthaarungscreme unterscheiden kann. Was bitte willst du dazu noch sagen? Da sind die Katastrophen doch vorprogrammiert!«

Dolores senkte den Kopf und sagte nichts, was mir wirklich nicht weiterhalf. Aber irgendwie musste ich wenigstens versuchen, noch im Spiel zu bleiben.

»Das klingt alles so ähnlich. Ich bin Legasthenikerin und verwechsle manchmal die Buchstaben. Außerdem hat Belinda nicht gesagt, welches Außen sie meinte.«

»Das wird ja immer besser! Also: Ist Belinda schuld, weil sie ungenaue Angaben gemacht hat, oder bist du schuld, weil du dumm bist? Worauf einigen wir uns?«

»Eduardo, bitte, Sabin ist nicht dumm, sie hat nur einen Fehler gemacht.« Dolores klang, als sei sie kurz vorm Weinen.

»Einen?« Eduardo brüllte jetzt. »Sie hat *einen* Fehler gemacht? Nein, Dolores, das war der x-te Fehler. Sie benimmt sich wie eine Wildsau auf einem Galadinner. Diese Frau gehört nicht hierher, nicht auf meine Beautyfarm!«

»Sie rauszuwerfen, hilft niemandem weiter«, warf Dolores leise ein.

Eduardos Kopf wurde knallrot. »Zumindest hilft es meinen Kunden, denen morgen nicht die Haut vom Körper fällt, weil Sabin sie behandelt hat.« Er drehte sich um und trat einen Schritt auf mich zu. »Du machst mir hier nicht alles kaputt, was ich jahrelang aufgebaut habe. Das lasse ich nicht zu, hörst du? Und jetzt verschwinde und pack nie wieder einen meiner Kunden an.« Er richtete sich auf und wies dramatisch auf die Tür. »Raus!«

Plötzlich stand Dolores neben mir. »Jetzt beruhig dich doch, Eduardo, das war nichts weiter als ein dummer Unfall, oder vielleicht auch zwei dumme Unfälle. Aber die Kunden schätzen Sabin sehr. Wir müssen ihr noch eine Chance geben.«

»Noch eine? Wie lange willst du das denn noch mitmachen, Dolores? Bis du eine Schadensersatzklage am Hals hast? Vielleicht eine von Henry, die dir alles nimmt: dein Haus, deinen Ruf, dein Lebenswerk? Nein, wir schmeißen diese unfähige Hochstaplerin raus, jetzt, in dieser Sekunde. Alles andere ist beruflicher Selbstmord!«

»Ich … ich weiß nicht.« Dolores sprach leise, fast schüchtern. »Ist das wirklich notwendig?«

»Wenn sie bleibt, dann erwarte von mir keine Unterstützung mehr. Du hast die Wahl. Sie oder ich!« Eduardo drehte sich abrupt um und rauschte aus dem Raum.

Wir standen einen Moment schweigend da und starrten auf die Tür. Dann wandte ich mich um und nahm Dolores' Hände. Sie waren eiskalt.

»Dolores, es tut mir so leid. Ich habe das nicht gewollt. Ich entschuldige mich natürlich bei Henry und werde versuchen, ihm eine Klage auszureden – andernfalls haben wir eine Haftpflichtversicherung, die für Schäden aufkommt. Aber erstmal verschwinde ich hier, bis sich die Wogen geglättet haben.« Unter den gegebenen Umständen und mit einem wutschnaubenden Eduardo im Nacken war an Ermittlungsarbeit sowieso nicht mehr zu denken.

Dolores tupfte sich die Tränen von den Wangen und tätschelte meine Hand. »Alles gut, meine Liebe, alles gut. Hier sind schon ganz andere Sachen passiert, und das von Fachpersonal. Wir haben für solche Fälle eine Versicherung. Ich bin nur etwas angegriffen, weil es mit Eduardo derzeit … so schwierig ist. Seit diesem Diebstahl benimmt er sich komisch, obwohl er ja eigentlich nichts von all dem wissen kann. Aber ich befürchte, er erfasst die Schwingung und es kränkt ihn, dass ich kein Vertrauen zu ihm habe. Er ist ein so sensibler Mann.«

Sensibel? Eduardo war so sensibel wie eine Axt im Walde und so link wie der Fuchs zwei Tannen weiter.

Sie seufzte. »Ach je, wenigstens ist dein Vater mir eine Stütze.«

Ich hob die Augenbrauen. Paps? »Ach ja?«

»Ja, wir telefonieren jeden Tag. Ohne ihn würde ich das alles nicht durchstehen, diese ganze Heimlichtuerei und der Gedanke, dass vielleicht einer meiner Mitarbeiter zu so etwas fähig ist. Gregors Ruhe und Bodenständigkeit tun mir so gut. Hat er dir erzählt, dass wir gestern Abend zusammen in Düsseldorf essen waren?« Aus irgendeinem Grund wurden Dolores Wangen rosa.

»Nein, hat er nicht. Aber reg dich nicht so auf. Es muss ja kein Mitarbeiter gewesen sein. Vielleicht war es auch einer der Kunden.« *Bonnie und Clyde* beispielsweise.

Dolores seufzte. »Ach, am liebsten wäre mir, es wäre überhaupt keiner, und alles würde sich in Wohlgefallen auflösen; aber das wird wohl kaum geschehen. Findet nur bald heraus, wer es war, damit das Alles endlich ein Ende nimmt.«

»Ich werde mein Bestes tun, das verspreche ich dir.«

Sie sah auf ihre Armbanduhr und stand auf. »Ich muss jetzt rauf. Dein Vater kommt gleich und ich wollte noch meine alte Kaffeemaschine auspacken. Er trinkt immer noch so gerne Kaffee, richtig?«

Ich nickte automatisch. »Wenig Milch, drei Stücke Zucker.«

Paps. Kam. Hierher. Heute. Das befremdete mich mehr als der Autodiebstahl und Eduardos Rausschmiss zusammen. Denn wenn es seit Mutters Flucht eines nicht mehr gab in Paps Leben, dann waren es Frauen. Und Dolores, unsere Algensalat- und -Lupinendrink-Verfechterin, kochte ihm einen leibhaftigen waschechten Kaffee. Nachtigall, ick hör dir trapsen.

Samstag, 13:06 Uhr. Verdammt! Mit einem lauten Knall warf ich die Zimmertür hinter mir ins Schloss und mich selbst auf mein Bett. Vor Dolores hatte ich mir keine Blöße geben wollen, aber das Unglück mit Henrys Haaren traf mich bis ins Mark. Ich fühlte mich grauenhaft schuldig. Der arme Mann! Dieser liebenswerte Comedian, der mir vertraut hatte, mir, einer Dilettantin mit großer Klappe und einer Ignoranz, die ihresgleichen suchte. Wie musste er sich gerade fühlen?

Wie hatte nur alles so verdammt schieflaufen können? Paps würde durchdrehen, wenn er das erfuhr. Knaus würde mich vom Fall abziehen - bestenfalls. Ja, das waren meine Errungenschaften des heutigen Tages: achtkantiger Rauswurf - aus der Beautyfarm und vermutlich auch aus der Soko. Ich seufzte erneut. Meine verdammte Sorglosigkeit und meine arrogante Annahme, alles im Leben mal eben so hinkriegen zu können, hatten mich an diesen Punkt gebracht. Vielleicht wurde es Zeit, mir einzugestehen, dass ich gar nicht so cool war, wie ich es gerne wäre. Dass ich einfach mal respektierte, was andere mir beibringen konnten und wollten. Aber ich Besserwisserin hatte nicht richtig zugehört. Warum denn auch? Die große Sabin konnte doch ein bisschen lächerliche Schminke auftupfen. Das konnte schließlich nicht so schwer sein … Nun, offensichtlich schon. Jetzt bekam ich die Quittung für meine Ignoranz. Und Henry zahlte sie.

Mein Handy brummte. Eine Nachricht von Tim, eine von

Helena … und eine von Kira. Nein, nicht noch mehr Vorwürfe und Anklagen, ich wollte nichts mehr hören, nicht jetzt.

Wieder brummte mein Handy. Lillith. Ach, sich verkriechen und selbst bemitleiden brachte auch nichts. Ich tippte auf die Nachricht.

Lillith: Ich muss heute ständig an dich denken. Ist was nicht in Ordnung? Dein Horoskop … ✨ So dunkle Zeichen sehe ich selten … Das letzte Mal bei einem jungen Deutschen, der am gleichen Tag hier in La Caleta beinahe 🌊 ertrunken wäre.

Ich: So ähnlich fühl ich mich gerade auch. Ist der Mist denn damit vorbei oder kommt da noch was? 😨

Lillith: Moment, ich leg dir die Karten, das geht schneller.

Die Karten legen? Was sollten denn Karten bringen, wenn die Sterne irgendwas wussten?

Lillith: Die Hohepriesterin, das bist du … wird begleitet vom Turm, das ist der Umsturz. 😱 Dein Hindernis ist die Verblendung … Hmmmm, das sieht jetzt nicht soooo gut aus, aber immerhin stehen am Ende die Liebenden. 💞

Ich: Ich verstehe nur Bahnhof. 😵

Lillith: Hör auf deine innere Stimme, sei auf unerwartete Entwicklungen vorbereitet, vertraue dem Richtigen und glaub daran, dass am Ende alles gut wird. Dann wird die Liebe an deiner Seite sein.

Ich: Das Ende klingt ok. Aber woher weiß ich denn, wer der Richtige ist?

Lillith: Das fühlst du. Vertrau deinem Gefühl. Und was das Ende angeht … Ich sag es nicht gerne, aber vor der Liebe wirst du durch die Hölle gehen.

Es klopfte an meiner Tür und Leon steckte den Kopf herein.

»Hi … Hab ich also richtig vermutet.«

»Ja, sorry, die Tür war etwas laut.«

»Alles in Ordnung bei dir?« Sein Blick glitt forschend über mein Gesicht. »Darf ich reinkommen?«

Ich nickte müde.

Leon ließ sich auf meiner Bettkante nieder. »Dir ist aber mindestens eine Laus über die Leber gelaufen.«

War mir das so deutlich anzusehen? Ich schaute ihn an und nickte nur.

»Willst du wissen, was ich immer mache, wenn es mir mies geht?«

Ich nickte erneut.

»Ich schraube an meinen Autos herum. Oder - noch besser - ich unternehme was mit meinen Leuten. Die schaffen es innerhalb von Minuten, mich auf andere Gedanken zu bringen.«

»Aha«, murmelte ich, und vergrub mein Gesicht im Kissen. Sollte ich etwa lernen, wie man an Autos herumschraubt?

»Du hast wirklich wahnsinniges Glück, dass meine Leute jetzt unten auf der Terrasse sitzen, die sind die beste Therapie. Du musst nur die Treppe runtergehen, alles andere passiert von ganz allein, glaub mir.«

»Keine Ahnung, vielleicht … Aber danke für das Angebot.«

»He, schau mich mal an.«

Ich hob den Blick und sah in Leons warme Augen, in sein wunderschönes Gesicht. Er lächelte und es fühlte sich tatsächlich so an, als würden Sonnenstrahlen mich einhüllen. Das konnte er: den Menschen ein gutes Gefühl geben.

Er kam näher und strich mir eine Strähne hinter das Ohr. »Weißt du, egal, was heute passiert ist: Es ist es nicht wert, deswegen Trübsal zu blasen. Lern deine Lektion und mach es beim nächsten Mal besser. Alles andere ist vergeudete Lebenszeit. Ich verspreche dir, wenn du tapfer genug bist, durch diese Tür und die Treppe hinunterzugehen, wirst du einen tollen Abend haben.« Er nahm meine Hand und hauchte einen Kuss auf den Handrücken, ganz sanft, aber der unsichtbare Abdruck seiner Lippen hinterließ ein Prickeln, und auf einmal fühlte ich mich gar nicht mehr so elend.

Leon erhob sich und ging zur Tür.

Ich richtete mich halb auf. »Wie machst du das?«

»Was denn?«

»Dass du weißt, wann es mir schlecht geht. Und dass ich mich jetzt tatsächlich besser fühle.«

»Die Macht der Gedanken.« Er machte eine Geste, als wäre er ein Zauberer, zwinkerte mir zu und verschwand durch die Tür, die er hinter sich offenließ.

Macht seiner Gedanken. Der hatte doch auch nicht mehr

alle Hühner auf der Leiter. Unschlüssig setzte ich mich auf die Bettkante. Leon hatte recht. Man konnte es nur Schritt für Schritt besser machen. Und es würde der Tag kommen, an dem ich den Fall lösen und Henry mir verzeihen würde. Ach, verflixt nochmal, dann ging ich eben runter.

Plan Hühnerstall

Samstag, 13:33 Uhr. Als ich auf die Terrasse hinaustrat, strahlte mir die goldene Herbstsonne entgegen und eine sanfte Brise wehte den Duft vom Grill herüber. In der Mitte der Terrasse saßen an einem großen Holztisch Belinda, Lara und Valentino. Aha, daher kam also *die Macht der Gedanken*. Lara entdeckte mich zuerst, sprang auf und lief mir entgegen. Sie umarmte mich wie eine verlorene Schwester und ihr herrlicher Rosenduft hüllte mich ein. Kaum hatte sie mich wieder freigegeben, zog sie mich hinüber zum Tisch.

Leon lächelte und zwinkerte mir zu. Lara räumte ihre Tasche und eine Fleecejacke vom Platz neben ihrem und klopfte einladend mit der Hand auf die Sitzfläche. Ich setzte mich und während die anderen mich ebenfalls begrüßten – Belinda erstaunt und Valentino ausgesprochen charmant -, lief Lara schon wieder los und kam kurz darauf mit Teller und Besteck für mich zurück.

»Ach, wie schön, dass du auch dabei bist. Ich hab Leon schon gefragt, was er dir angetan hat, weil du dich nicht heruntertraust.«

»Wieso ich ihr?« Leon grinste.

Valentino lachte. »Meinst du etwa umgekehrt? Verprügelt sie dich mit ihrer Puderquaste oder quält sie dich mit Augenbrauenzupfen?«

Lara schüttelte den Kopf. »Ach, hör nicht auf ihn. Trinkst du Sekt oder lieber einen Cocktail?«

»Kann ich ein Bier haben?«

»Oh, eine Frau mit Geschmack!«, rief Valentino, machte einen langen Arm und angelte aus der Kühlbox hinter sich eine Bierflasche. Er öffnete die Flasche mit einem Feuerzeug, reichte sie mir und wir stießen an.

Belinda stellte demonstrativ ihr leeres Glas vor Valentino auf den Tisch. »Mach für mich bitte noch einen Cocktail. Möglichst stark. Den brauche ich nach dem Tag heute. Es gab kein anderes Thema mehr als Henrys Glatze und Eduardos Todesurteil -«

Ich unterbrach sie. »Lass uns bitte über was anderes reden, ja?«

Belinda hob die Hände. »Okay, sorry.«

Leon sah mich mit zusammengezogenen Augenbrauen an. »Und ich hatte schon befürchtet, das Huhn läge dir immer noch im Magen.« Er nahm sich ebenfalls eine Flasche Bier und öffnete sie lässig mit der Grillzange.

Lara schaute erstaunt. »Wieso liegt Sabin ein Huhn im Magen? War das schlecht?«

»Nein.« Ich seufzte. »Es ist nur viel zu tot.«

Und dann erzählte ich ihnen die Geschichte von Missandei und Radeks *Hilfe*, durch die das Huhn leider im Kochtopf geendet war. Den krönenden Abschluss bildete der Vorwurf des Herrn vom Veterinäramt, der ja gemeint hatte, unsere Hühner hätten nicht mehr Platz im Stall als in einem Kochtopf. Und dass die Frist, die er mir gesetzt hatte, in wenigen Tagen ablaufen würde. Lara war betroffen, aber Belinda konnte sich kaum zurückhalten und Valentino fiel beinahe vom Stuhl vor lauter Lachen.

»Das ist ja grauenhaft!«, rief Lara, nachdem ich geendet hatte. »Habt ihr die Suppe … Ich meine, die konnte doch niemand mehr essen, oder?«

»Ich hab sie eingefroren«, erklärte Leon. »Vielleicht möchte Kira ihr Huhn ja nochmal sehen.«

Valentino wieherte vor Lachen und selbst ich stimmte mit ein. Der Gedanke, dass Kira von ihrem Huhn in einer Tupperdose Abschied nahm, war gleichermaßen tragisch wie komisch. Dennoch drehte sich mir beim Gedanken an meine Freundin der Magen um. Sie würde leiden, und zwar richtig, das wusste ich - und es war meine Schuld.

»Warum haben denn die Hühner nicht genug Platz?«, fragte Belinda. »Es ist ja nicht so, als wäre hier Platzmangel.« Sie zeigte auf das Gelände hinter dem Hof, das einige Hektar umfasste und auf dem hundert Hühnerställe Platz gefunden hätten.

»Sie hat wohl vor Kurzem einen kompletten Bestand übernommen, der eine neue Heimat gebraucht hat.« Ich seufzte. »Und jetzt will dieser Amtsschimmel in einer Woche einen neuen Stall sehen. Eigentlich wollten die Polen das übernehmen, wenn sie mit dem Wintergarten fertig sind, aber die sind jetzt auch verschwunden. Da muss ich dringend Einspruch erheben und Verlängerung beantragen. So schnell geht das alles nicht.«

»Einen Hühnerstall baue ich dir in an einem Nachmittag«, sagte Valentino.

Ich hob die Augenbrauen. »Ernsthaft? Länger dauert das nicht?«

»Nö.« Er legte den Kopf schief. »Ich bekomme die Motoren und Ersatzteile für meine Werkstatt in großen Holzkisten geliefert, die sind locker zwei mal drei Meter groß. Zwei oder drei davon nebeneinander und du hast schonmal die Grundkonstruktion für das Hühnerhaus. Und dann eine Leiter, einen automatischen Eingang mit Zeitschaltuhr, das dürften wir vom alten Stall nehmen können. Dazu einen abgezäunten Laufbereich und Maschendraht ringsherum. Das wars auch schon. Dachlatten und Schrauben habe ich auch genügend, fehlt im Grunde nur der Maschendraht.«

Wir alle schauten Valentino erstaunt an.

»Maschendraht habe ich in der Scheune gesehen, bestimmt drei große Rollen«, sagte Leon.

Valentino zuckte mit den Schultern. »Prima, dann haben wir ja alles, bis auf einen Plan, und den haben wir auch gleich. Hat mal jemand Papier und Stift? Wann wollen wir anfangen zu bauen? Morgen ist Sonntag, vielleicht am Vormittag?«

»Klar, ich hab Zeit.« Leon blickte in die Runde und alle stimmten zu.

»Ihr seid doch verrückt, aber okay …«, sagte ich und merkte, dass ich tatsächlich gerührt war. »Dann bauen wir wohl morgen einen Hühnerstall.«

Einen Grillteller und ein weiteres Bier später schlug ich vor, dass jeder seine Jugendsünden auf den Tisch bringen sollte. Lara war begeistert und fing sofort an zu erzählen: Sie hatte heimlich geraucht und ihr war dabei so übel geworden, dass sie sich in die Schuhe ihres Vaters übergeben hatte.

Belinda gab lachend zu, dass sie als Teenie ab und zu was hatte mitgehen lassen: Lippenstift und Wimperntusche, einmal auch eine CD von Michael Jackson, mit der sie dann erwischt worden war. Und sie habe als Zwölfjährige mal auf einer Fete so schnell Wodka getrunken, dass sie die ganze Feier über auf dem Sofa gelegen hatte.

»Ach ja, Jugendsünden.« Valentino hob demonstrativ seine Hand, auf deren Handrücken ein verblasstes Tattoo prangte, und sah Leon an. »Wir beide haben es früher auch ordentlich krachen lassen. Saufen und Drogen waren da noch das Harmloseste. Ich werde nie vergessen, wie wir unser erstes Auto gestohlen haben. Leon hat sich vor Angst fast in die Hose gepinkelt.«

»Aber nur, weil du das Fenster runterkurbeln und die Musik auf volle Lautstärke drehen musstest. Auffälliger ging es nicht mehr.«

»Der Kleine hatte schon früher schwache Nerven«, erklärte Valentino uns großspurig. »Aber mit jedem weiteren geklauten Auto wurde es besser. Am Ende hast du alle Rekorde gebrochen. Niemand konnte so schnell einen Wagen knacken wie du.«

Jetzt wurde es aber wirklich interessant.

»Also, ich weiß nicht, ob man sich mit solchen Geschichten rühmen sollte.« Belinda begann den Tisch abzuräumen.

Ich hätte gerne noch mehr davon gehört, aber Leon schnappte sich ebenfalls ein paar Schüsseln und verschwand ins Hausinnere. Nun, er wusste ganz genau, in welchem Beruf ich arbeitete und wollte das garantiert nicht weiter vor mir ausbreiten. Dennoch musste ich dazu mehr in Erfahrung bringen. Immerhin waren die meisten Autodiebe Wiederholungstäter. Und Leon schraubte immer noch gerne an Autos herum, Valentino hatte sogar eine Werkstatt. Das konnte ich nicht ignorieren. Somit war meine traurige Liste der Verdächtigen gerade um Valentino und auch Leon gewachsen.

Nachdem die anderen abends gegangen waren - Lara hatte noch fünf Mal angeboten, beim Aufräumen und Abspülen zu helfen -, stand ich mit Leon in der Küche und räumte die benutzten Teller und Gläser in die Spülmaschine.

»Du kannst gerne gehen. Ich mache das schon.« Leon verpackte die Reste, die er den dreien nicht mehr zum Mitnehmen in die Hand hatte drücken können, mit Zellophanpapier und stapelte sie im Kühlschrank.

Die Küche war ein Schlachtfeld. Ohne meine Hilfe würde er mindestens eine Stunde brauchen.

»Kein Problem, so müde bin ich nicht.«

»Geht es dir gut?« Leon drehte sich zu mir.

»Wieso sollte es nicht?«

»Du siehst heute ziemlich mitgenommen aus und Belinda meinte ja, du hättest mächtig Ärger mit diesem Eduardo.«

»Ach, nur ein dummer Fehler. Allerdings hat Henry Hofmann jetzt keine Haare mehr. Ich werde mir wohl was Besonderes als Entschuldigung einfallen lassen müssen.«

Er nickte und wandte sich wieder zum Küchenblock, nahm eine schmutzige Pfanne und senkte sie in das heiße Spülwasser.

Ich schnappte mir das Trockentuch und trocknete den ersten Topf ab.

»Oder hat deine Laune mit diesem Tim zu tun? Erzähl mir nicht, das ist nur Freundschaft.«

»Darüber will ich nicht sprechen.« Leon wusste sowieso schon viel zu viel.

»Okay, wie du meinst. Ich finde nur ... Ach, vergiss es.«

Ich sah ihn an. »Was findest du?«

»Ich finde du bist einfach zu schade, um dich an einen

verheirateten Mann zu verschwenden. Du weißt doch, wie das läuft. Er wird seine Frau nie verlassen. Und fair ist es der Ehefrau gegenüber nicht.«

»Richtig. Das ist aber nicht notwendig, denn ich will gar nichts von ihm.« Ich nahm die Pfanne entgegen, die er mir anreichte, und fuhr mit dem Trockentuch darüber. »Aber es ist schon interessant, dass ausgerechnet du mit deinem Ruf mir Vorhaltungen zum Thema Treue machst.«

Leon hielt mitten in der Bewegung inne und starrte mich an.

»Was bitte habe ich denn für einen Ruf?«

»Dass du generell bei hübschen Frauen nicht reinspuckst.«

»Also bitte, ich habe zuletzt mit fünfzehn gespuckt.« Er schien ernsthaft empört.

»Ach, komm schon.« Ich grinste ihn frech an. »Deine zahlreichen Weibergeschichten kannte ich schon, als Jasmin geheiratet hat. Sowas spricht sich eben herum. Nur sollte man dann nicht einen auf Moralapostel machen.«

»Nur mal zum Mitschreiben: Ich bin der Gute! Okay, ich flirte gerne, ich habe meinen Spaß, aber ich verarsche niemanden. Da frag einfach mal meine Ex-Freundinnen, die werden dir das bestätigen.«

»Zum Beispiel die, die dich rausgeworfen hat, weil du vier Handys benutzt hast, sie aber nur eine Nummer von dir kannte?«

Dieses Mal sah er mich nicht an, aber ich merkte an seiner Körperhaltung, dass ich ins Schwarze getroffen hatte.

Als er schließlich wieder etwas sagte, sprach er leise. »Sie war krank vor Eifersucht – also, ich meine so richtig krank. Wenn ich nur den Namen einer anderen Frau ausgesprochen habe, gingen ihr die Nerven durch. Ich hab es echt versucht, aber da konnte auch keine noch so große Liebe gegen ankommen.«

Ich beugte mich zu ihm vor, um einen Topf entgegenzunehmen. »Halten wir mal fest: Wir sind beide wohl keine Leuchten bei der Partnerwahl. Können wir das so zu Protokoll nehmen?«

»Ja.« Er hob den Blick und sah mich an, so unmittelbar und ohne Maske, dass es mir für einen Moment den Atem nahm. Seine Stimme klang ebenso dunkel wie das Gefühl, das in meinem Magen vibrierte, als Leon sagte: »Hier auch noch fürs Protokoll: Bei der nächsten Liebe ist es für immer, das schwöre ich.«

Kapitel 10

Bauer Hubert und die Hühner

Lillith

Endlich gehts bergauf, die dunklen Planeten legen eine Pause ein. Sammel jetzt Kraft für das, was sich da zusammenbraut … dagegen war alles Bisherige nur Peanuts. Venus ist weiterhin unentschlossen. Deine Sonne weist auf neues Leben hin, vielleicht die Geburt eines Lebensabschnitts? Eine Geburt ist mit Schmerzen verbunden, aber auch mit neuem Glück.

Sonntag, 6:10 Uhr. Es klopfte.

»Hm?«, murmelte ich schlaftrunken und spähte unter meiner Bettdecke hervor. Wieder klopfte es.

»Was ist denn?«, rief ich mürrisch und wollte mich schon auf die andere Seite drehen, da sah ich Leon durch den Türspalt hereinspähen.

»Guten Morgen, darf ich reinkommen?«

»Was ist denn los? Ist was passiert?«

»Nein, nein, alles bestens.« Leon trat an mein Bett und sah zu mir herunter. »Allerdings würde ich dir gerne was zeigen. Hast du Zeit und Lust?«

Ich setzte mich auf, fuhr mit den Händen durch meine Haare, wohlwissend, dass ich morgens immer aussah, als würde ich von einer Pusteblume abstammen, und gähnte lautstark.

»Geht das vielleicht auch in drei Stunden? Es ist Sonntag.«

»Leider nicht, dann kommen die anderen zum Arbeiten her. Kannst du dich aufraffen?«

»Jaja, schon gut.« Seufzend schlug ich die Decke zurück und krabbelte in T-Shirt und Unterhose aus dem Bett. Ausschlafen war wohl ein Fremdwort im Sauerland. Ich tappte ins Badezimmer.

»Aber wehe, es lohnt sich nicht«, rief ich über die Schulter.

»Glaub mir, es lohnt sich.«

Während ich die Zähne putzte, hörte ich Leons Stimme an der Tür. »Soll ich dich beim Ankleiden weiter unterhalten? Oder dir in ein frisches T-Shirt helfen?«

»Witschbold«, nuschelte ich mit der Zahnbürste im Mund. »Aber ein Kaffee würde die Motiwatschion steigern.« Ich spülte mir den Mund aus, warf mir zwei Ladungen Wasser ins Gesicht und trocknete mich ab. Da erschien auch schon Leon im Durchgang und hielt mir eine dampfende Tasse entgegen.

»Wie ging das denn so schnell? Bist du ein Dschinn?«

»Nah dran.« Er zwinkerte mir zu.

»Wer's glaubt.« Ich nahm den Kaffeebecher und roch mit geschlossenen Augen daran. Dann schlürfte ich vorsichtig. Gab es was Schöneres am frühen Morgen? Außer vielleicht Ausschlafen? Mit dem ersten Schluck erwachten meine Lebensgeister und hoben meine Augenlider endgültig in die Höhe. »Also, was hast du vor?«

»Überraschung.« Leon lehnte sich gegen die Wand neben dem Waschbecken.

»Kannst du mir nicht einen Tipp geben? Beispielweise, wo es hingeht? Wenigstens einen Anfangsbuchstaben? Irgendwas?«

»Das gehört alles zur Überraschung und wird nicht verraten. Aber wir fahren mit dem Auto … und es dauert nicht lange.«

Zehn Minuten später saß ich auf dem Beifahrersitz von Leons Porsche und wir preschten über die Landstraße Richtung Ortseingang. Selbst nach dem Orteingangsschild behielt Leon das sportliche Tempo bei.

»Du hast schon mal was von Geschwindigkeitsbegrenzung in Ortschaften gehört?«

»Selbst wenn es sowas hier gäbe - solange ich eine Kommissarin umherkutschiere, bin ich doch sozusagen ein Polizeiwagen und kann so schnell fahren, wie ich will.«

»Da hat der kleine Leonardo aber ein bisschen viel Fernsehen geschaut. Leider funktioniert das so nicht.«

»Schade«, meinte er, fuhr aber genauso schnell weiter. Erst als eine Tankstelle in Sicht kam, trat Leon auf die Bremse. »Ich muss eben tanken. Ich hoffe, das stört dich nicht?«

»Nein, alles gut.« Mein Blick fiel auf das *Backshop* Schild über dem Tankstelleneingang. »Bringst du mir ein Rosinenbrötchen mit?«

»Brötchen von der Tankstelle?« Leon rümpfte die Nase, zuckte dann aber die Schultern. »Wie Madame befehlen.«

Er drückte den Knopf für den Tankdeckel und stieg aus, den Schlüssel ließ er im Schloss stecken. Ich sah im Außenspiegel, wie er den Benzinstutzen einführte.

Er wirkte so normal, gar nicht, als habe er jemals mit Kriminalität zu tun gehabt. Aber nach allem, was ich gestern über ihn und Valentino gehört hatte, gab es da eine dunkle Seite – oder hatte es gegeben. Doch bald würde ich mehr wissen. Tim und Helena waren gestern Nacht sofort auf meine Neuigkeiten vom Grillabend angesprungen, die ich kurz mitgeteilt hatte, und Leon und Valentino waren jetzt offiziell mit auf dem Schirm der polizeilichen Ermittlungen. Und heute wurde ich von Leon mit einer Überraschung geweckt – irgendwie kam ich mir schäbig vor, dabei hatte ich doch eigentlich nur meinen Job gemacht.

Das Display des Bordcomputers zog meine Aufmerksamkeit auf sich. *Hallo Darling, bleibt es bei unserem Date heute Abend?*, schrieb eine gewisse Lorena. Ich kontrollierte mit einem Blick in den Außenspiegel, dass Leon mich nicht sehen konnte, und tippte auf den Pfeil.

Eine weitere Nachricht wurde sichtbar. Jemand namens Furkan Aghayev erklärte, der Boss sei bereit zu weiteren Gesprächen, und er hoffe zukünftig auf große Geschäfte. Es werde Zeit für ein Treffen, um die umstrittene Ware persönlich in Augenschein zu nehmen.

Die dritte und letzte Nachricht kam von einem Pietro, der

meinte, es wäre eine coole Idee, was Eigenes mit Autos aufzubauen; er stünde ihm zur Seite und sei zu allen Schandtaten bereit. Ich schoss mit meinem Handy Fotos, dann setzte ich das Display wieder zurück auf den Hauptbildschirm.

Was Eigenes mit Autos … Schandtaten … Was sollte das bedeuten? *Umstrittene Ware* und *große Geschäfte* klang auf alle Fälle verdächtig, aber es kam immer auf den Kontext an, und den musste ich herausfinden.

Leon öffnete die Tür, stieg ein und reichte mir eine Tüte mit einem Rosinenbrötchen.

»Frühstückst du nicht?«

»Schon seit zwanzig Jahren nicht mehr. Meine erste Mahlzeit ist immer das Mittagessen.«

»Aus gesundheitlichen Gründen?« Ich biss voller Vorfreude in mein Brötchen, doch leider schmeckte es ziemlich pappig.

»Nein, ist eine Angewohnheit aus der Zeit, in der meine Nächte so lang waren, dass ich erst um sechs Uhr früh ins Bett gegangen bin. Seither ist das so geblieben.«

»Mit dem Zubettgehen oder mit dem Essen?«

»Find das doch selbst raus.« Leon grinste, startete den Motor und fuhr weiter.

Nachdem wir den Ort hinter uns gelassen hatten, kamen wir auf eine Landstraße. Leon bog zweimal ab und fuhr dann langsam in die Einfahrt eines Bauernhofes ein - des chaotischsten Bauernhofes, den ich je gesehen hatte.

»Endstation, bitte aussteigen.« Er öffnete die Tür und fischte einen kleinen Karton von der Rückbank.

»Okay, wo sind wir hier?« Ich stieg ebenfalls aus und sah mich neugierig um.

»Das ist Huberts Reich. Hubert ist der größte und wohl habendste Bauer in der Gegend.«

»Sieht man gar nicht.« Selbst eine Messi-Halde wirkte aufgeräumter als dieser Hof. Hier lagen alte Treckerreifen neben rostigem Irgendwas, verziert mit einem moosüberwucherten Fahrrad, aus dessen aufgeplatztem Sattel bereits die ersten Gräser wuchsen. Diese Art der Dekoration setzte sich auch auf dem übrigen Areal fort.

»Komm, wir suchen Hubert.«

Leon schnappte meine Hand und zog mich um die Ecke eines Stallgebäudes. Schlagartig hielt ich ihn fest und erstarrte.

Die Mündung einer doppelläufigen Flinte war auf uns gerichtet. Am Abzug stand ein alter Mann mit Rauschebart und Augenklappe. In Sekundenschnelle zog ich meine Waffe und richtete sie ihm entgegen. Der Alte schien unbeeindruckt von meinem Manöver.

»Wat streunta hier rum, lummeriges Pack? Runta vom Hof!«

»Hallo Hubert, das Flintenweib ist mit mir da.«

»Na und?«

»Ich will damit nur sagen, du kannst die Waffe runternehmen.«

»Kannse vergessen.«

Leon schmunzelte. »Würdest du mir ein Huhn verkaufen?«

Mit einer Hand zückte ich meinen Dienstausweis, drängte mich vor Leon, und hielt den Ausweis neben den Lauf meiner Walther.

»Hubert, nehmen Sie die Waffe runter. Sofort! Sonst verhafte ich Sie wegen Nötigung und Bedrohung. Also: Waffe runter oder Handschellen!«

»Was will der Zwärch? Nix da, mein Püüster bleibt. Mit den Bullen hab ich kein Vertrach.«

Leon machte ein beschwichtigendes Zeichen und legte die Hand auf meine Walther, sodass ich sie langsam zu Boden senkte. »Steck die mal weg.«

Ich sah ihn empört an. »Er kann doch nicht einfach nur zum Spaß Menschen bedrohen.«

Leon schüttelte den Kopf. »Hier herrschen andere Gesetze.«

»Haste gehört, Deern, hier herrschen meine Gesetze.«

»So ein Blödsinn, das ist doch -«

»Vertrau mir, alles in Ordnung. Schau mal, Hubert, ich hab dir was mitgebracht, den besten Gin aller Zeiten. Was sagst du, ist das ein Deal?«

»Wat für 'n Zeuch?«

»Gin … na, dein Wachholderschnaps, du weißt schon.«

»Hm.« Hubert ließ die Flinte sinken und spähte mit dem einen Auge in den Karton, den Leon vor seinen Füßen abstellte und öffnete. »Hm«, machte er wieder. »Wat willse?«

»Ein Huhn, nur ein einziges, allerdings muss es ganz besonders aussehen: Braune Locken, Federn an den Füßen, sieht ein bisschen aus wie eine Kreuzung zwischen Starfriseur und Pudel.«

»Warum soll ich dir 'n Huhn schenken. Dabei machse mir hier nur Fisematenten.«

»Aber es wäre doch gar nicht geschenkt, wir haben den Gin … Wacholder.«

»Gezz willse mich betuppen. Der Schnaps is ja mehr 'n Mitbringsel. So 'n schickes Huhn kostet extra.«

Leon verdrehte die Augen, dann zückte er sein Portemonnaie. »Okay, was sagst du, nochmal fünfzig extra?«

Ich wollte schon protestieren, da schüttelte Hubert den Kopf. »Pinunsen hab ich genuch, ich brauch Leute.«

»Wofür?«

»Nur ein bisschen streichen, is nich viel, das kricht selbst ihr gebacken.«

»Okay, okay, also …« Leon sah mich fragend an und ich zuckte genervt mit den Schultern. Wenn es nach mir gegangen wäre, hätte dieser Bauer Hubert gar nichts bekommen außer einer Anzeige wegen Verstoß gegen das Waffengesetz. Aber auf der anderen Seite gab es hier die Möglichkeit, eine neue Missandei zu bekommen, die Kira ein bisschen über ihren Verlust hinwegtrösten konnte.

»Ja, okay, wir machen es.«

»Also, die Kiste hier und streichen gegen ein Seidenhuhn«, sagte Leon.

Hubert streckte ihm seine Hand entgegen und er ergriff und schüttelte sie.

»Mitkommen. Könnta euch das Viech selber aussuchen.«

Hubert führte uns durch einen dunklen Gang hinaus in ein Freiluftgehege, das locker fünfmal so groß war wie Kiras. Im Vergleich zum Hof draußen war es hier drinnen erstaunlich sauber und ordentlich. Es liefen mindestens sechzig Hühner aller Formen und Größen herum, die meisten waren Seidenhühner wie Missandei. Ich deutete auf ein Huhn, das ganz in der Nähe auf dem Boden herumpickte.

»Das sieht ihr doch ähnlich, oder?«

Leon nickte, packte erstaunlich geschickt das Huhn, und klemmte es sich unter den Arm.

»Okay.« Er sah sich um. »Wo sollen wir denn streichen?«

»Genau hier, Jung, kannse morgen anfangen.«

Ein neuer Hühnerstall

Sonntag, 08:23 Uhr. Nachdem wir von unserem Ausflug zu Bauer Hubert zurück waren, sprang ich schnell unter die Dusche und kontaktierte dann Jonas, um ihn um Akteneinsicht zu Leon und Valentino zu bitten. Jonas versprach, sich darum zu kümmern. Dann reichte es gerade noch für einen Kaffee und um Punkt neun Uhr stand die gesamte Mannschaft vor der Tür, um in Rekordzeit einen neuen Hühnerstall hochzuziehen – in Arbeitskleidung und mit einem großen Anhänger voller Holzkisten, Zubehör und Werkzeugen. Das Wetter belohnte uns mit einem sonnigen Morgen und die Laune war ausgezeichnet.

Valentino war der Bauleiter des Hühnerstallprojektes. Auch wenn er und Leon mit Sägen und Schrauben die Hauptarbeit verrichteten, konnten Lara, Belinda und ich unseren Teil dazu beitragen. Belinda war trotz Arbeitshandschuhen sehr besorgt um ihre Fingernägel und übernahm es daher bald, Kaffee zu kochen und Brötchen zu schmieren. Lara und ich aber hämmerten, sägten und strichen mit den Männern.

Das Gestell, das wir unter Valentinos Anleitung für den Auslauf bauten, sah zunehmend professionell aus, fand ich. Als die Holzkonstruktion stand, befestigte er mit einem Tacker den Maschendraht. Ich schnappte mir Farbeimer und Pinsel und begann an der äußeren Ecke des Hühnerhauses mit dem Streichen. Als Valentino neben mir arbeitete, überlegte ich, wie ich ihn geschickt in ein Gespräch über Autodiebstahl verwickeln konnte. Meine bisherigen Anspielungen heute waren versandet, er hatte nur allgemeine Floskeln wie »Jugendsünden« oder »Ja, damals war man noch dumm« von sich gegeben. Aber genau das kam mir komisch vor. Wieso sollte er es herunterspielen? Männer brüsteten sich gerne mit vergangenen Heldentaten und schmückten sie sogar aus. Und beim Grillen hatte Valentino ebenso geklungen. Was war jetzt anders?

Ich stellte den Eimer ab und tauchte den Pinsel ein. Dieses Mal musste ich es geschickter angehen.

»Sabin? Hast du mal eine Hand frei?«, rief da plötzlich Leon. Er arbeitete an der Dachkonstruktion für das Hühnerhaus und versuchte offenbar gerade, einen Querbalken einzuziehen.

»Kein Problem.« Ich legte den Pinsel ab und ging zu ihm rüber. Leon stand neben einer Leiter und balancierte den Balken in der einen Hand, Akkuschrauber und eine Dose Schrauben in der anderen.

»Ich habe eine Hand zu wenig. Wir müssen den Balken anhalten und ich befestige ihn dann mit einem Winkel. Kannst du ihn hochdrücken und halten, während ich über dir schraube?«

»Sollte klappen«, antwortete ich und stemmte den Balken mit beiden Händen hoch. Puh, der wog aber ordentlich. Leon legte das Endstück auf die oberste Stufe der Leiter, sodass er ungefähr in Waage ausgerichtet war, und kam wieder zu mir.

»Jetzt hochdrücken, genau so!«

Ich stand mit dem Rücken zur Hühnerhauswand, streckte beide Arme nach oben, und presste das Holz gegen die Dachkonstruktion. Leon stand nur wenige Zentimeter vor mir, seine Brust auf meiner Augenhöhe, und hantierte mit Winkeln und Schrauben herum. Sein Körper strahlte Wärme aus und die trug mir den Duft seines Parfums entgegen. Ich merkte, wie ich den Geruch einsog und seine Nähe genoss.

Konzentration, ermahnte ich mich und sah nach oben. Es war eine blöde Stelle, um einen Winkel zu befestigen. Leon musste sich weit vorlehnen und kam mir immer näher.

»Alles gut?«, fragte er. »Ist das Holz zu schwer?«

»Nein«, antwortete ich tapfer. Es wurde allmählich tatsächlich schwer, aber das würde ich nicht zugeben.

»Ich beeil mich, Kleines. Respekt, du machst das echt wie ein Großer.«

»Oh, danke für die Blumen, Lulatsch.«

Er lachte leise.

»He, Leon«, rief Valentino zu uns rüber. »Lässt du dir etwa von Sabin die Stange halten? Du schlimmer Junge! Dabei kann die dich nicht mal leiden.« Er wieherte los.

»Sei ruhig, Spinner!«, knurrte Leon zurück. Plötzlich stoppte er mitten in der Bewegung und schaute zu mir runter. Sein Gesicht war nur wenige Zentimeter von meinem entfernt. Er biss sich auf die Lippe und schien irgendwie verlegen zu sein.

»Sorry«, murmelte er. »Hör nicht auf den Blödmann. Danke für deine Hilfe.«

»Ja, schon gut«, ächzte ich und musste meine Arme zwingen, oben zu bleiben. Das Ding fühlte sich langsam an, als wäre es aus Blei. »Aber jetzt mach mal, so ganz lange schaffe ich das nicht mehr.«

»Okay.« Er grinste und drehte die dritte Schraube rein. »Jetzt nur noch eine Schraube.«

Wieder hörte ich den Akkuschrauber und dann merkte ich, wie Leons Hände über meine glitten und sie sanft vom Balken lösten.

Leon sah auf mich herunter, hielt meine Hände in seinen und war mir so nah, dass ich jeden Atemzug von ihm spürte. Er lächelte.

»Gibs zu, das war doch zu schwer für dich.«

»Nö«, behauptete ich, wenn auch ziemlich atemlos.

»Dürft ihr eigentlich Falschaussagen machen?«

»Ich mache nie Falschaussagen.« Meine Stimme klang dünn.

»Prima: Kannst du mich wirklich nicht leiden?« Auch seine Stimme klang nicht wie sonst, dunkler irgendwie, fast rau.

Ich sah ihn nur an.

»Leon?«, rief Belinda vom Haus. »Hier klingelt die ganze Zeit das Telefon. Soll ich rangehen?«

Er ließ meine Hände los und trat einen Schritt zurück, Bedauern stand in seinem Gesicht.

»Ja, geh schon mal ran, ich komme rüber.« Und er lief zum Haus hinüber.

Verwirrt sah ich ihm nach und musste den Impuls unterdrücken, ihm hinterherzugehen. Aber warum zum Teufel wollte ich das?

Alle weiteren Versuche, ein Gespräch mit Valentino aufzubauen, endeten damit, dass Leon seine Anekdoten zum Besten gab. Er erzählte mir haarklein, wie die beiden einen Opel Manta geknackt, dann kurzgeschlossen und anschließend mit Vollgas direkt vor den nächsten Baum gesemmelt hatten.

»Zum Glück konnten wir damals mindestens genauso gut rennen, wie Autos knacken.«

Ich musste mir wirklich unbedingt seine Akte ansehen – und die von Valentino auch.

Um exakt fünf Uhr nachmittags stand das größte und schönste Hühnerhaus, das ich in meinem Leben gesehen hatte, wobei es nicht wirklich viele gewesen waren. Sowas gab es im Düsseldorfer Hafenviertel einfach eher selten. Wir hatten es direkt neben dem Laufstall unter einen großen Baum gebaut. Der würde im Sommer für Schatten sorgen und wenn im Herbst die Blätter fielen, würde so viel Sonnenlicht durchkommen, dass es den Tieren nicht zu kalt wurde. Außerdem konnte man ein Loch in die Stallmauer schlagen, sodass die Hühner Auslauf im Inneren des Stalls bekamen, wenn Kira das wollte. Unser Werk jedenfalls war vollbracht - und wir waren stolz darauf. Da konnte dieser Blödmann von einem Kontrolleur gerne mit seinem Maßband kommen. Hier war alles zu hundert Prozent hühner- und normgerecht.

Jetzt mussten wir nur noch die alten Brutstätten und natürlich die Hühner umsiedeln. Erstaunlicherweise war Lara unser geschicktester Hühnerfänger. Nachdem wir begonnen hatten, ein Huhn nach dem anderen aus dem alten Stall in den neuen zu transportieren, wurden die Tiere unruhig und waren immer schwieriger einzufangen. Aber Lara bekam sie alle. Auch Leon rühmte sich damit, dass kein Huhn ihm widerstehen könne, woraufhin Valentino, der die *Viecher* nicht anfassen wollte, einen Lachanfall bekam.

Irgendwann blieb nur noch der Hahn. Meine letzte Chance, mich und meine Hühnersitter-Ehre zu retten. »Ihr mögt die Hühner bezwungen haben, aber ich bin in der Königsdisziplin und nehme den Hahn!«

Beifall und Rufe wurde laut, die mich anfeuern sollten, leider aber auch Dr. Jekyll richtig wild machten, sodass er schneller als ein Irrlicht herumflatterte. Sobald ich mich ihm bis auf einen Schritt näherte, sauste er unter meinem Arm durch oder flog über meinen Kopf hinweg.

»Komm schon, Sabin, Bezwingerin der gefährlichsten Gockel aller Zeiten, zeig uns deine Königsdisziplin!« Leon hatte seinen Spaß. Ich fletschte die Zähne und zeigte ihm stattdessen mein gemeingefährliches Grinsen.

»Ich kann das Luftgewehr holen, dann gehts schneller«, schlug Valentino vor. »Der Hahn kommt zu dem anderen Flattermann. Dann muss Kira nur ein kleines Kreuz an die Gefrierschublade machen: Hier ruhen in ewigem Frost und Frieden Herr Hahn und Frau Huhn.«

Unter unserem Gelächter flog Dr. Jekyll hinter das alte Hühnerhaus. Als ich ihn erneut zu ergreifen versuchte, pickte er so boshaft auf meine Hände ein, dass ich allmählich auch für das Luftgewehr plädierte. Erst fünf Minuten später gelang es mir endlich, ihn zu packen.

Als ich ihn unter dem Arm hatte, wunderte ich mich über meine eigene Courage. Der Kerl war ein Mordsvieh! Und dann dieser irre Blick in den schwarzen Augen! Mir lief Angstschweiß den Rücken hinunter. Aber ich durfte mir jetzt keine Blöße geben, auch wenn dieser blöde Chickenburger versuchte, mir noch mehr Löcher in die Hände zu picken.

Am langen Arm trug ich ihn hinaus. Sobald ich durch die Tür in den neuen Stall kam und der Gockel den Ruf der Freiheit und das Gegacker seiner Hennen vernahm, fing er an zu zappeln wie ein Raver auf Speed, und Zack, wand er sich aus meinen Händen und flatterte ganz allein zu seinen Hühnern.

Keuchend sah ich ihm hinterher. »Viktor sollte das

demnächst als alternatives Training anbieten … quasi die Steigerung zum Todesberg.«

Als der Stall fertig eingerichtet war, stand ich noch eine Zeitlang am neuen Hühnergehege und beobachtete, ob die Tiere unter Umzugsstress litten. Aber das Gegenteil schien der Fall zu sein. Sie schauten sich zufrieden um und scharrten und gackelten freudig vor sich hin. Dr. Jekyll schritt sein neues Reich ab, als wolle er die Quadratmeterzahl nachmessen, und machte sich anschließend auf zum Abendessen, das im frisch gefüllten Trog auf ihn wartete.

Meine Gedanken wanderten wieder zur Beautyfarm, meinem Rauswurf und den zwei neuen Verdächtige. Es fühlte sich verdammt bescheiden an, genau die beiden Männer zu verdächtigen und bespitzeln, die mir gerade aus der Patsche geholfen hatten. Und wenn Valentino und Leon sich als brauchbare Spur entpuppten, mussten wir immer noch herausfinden, wer den Autoschlüssel entwendet und später zurückgebracht hatte. Und da tippte ich auf Belinda. Was lag für Valentino näher, als die eigene Freundin zu fragen? Oder hatte die verliebte Lara es für Leon getan? Gut, letztlich gab es auch noch Ole, der schließlich nebenher in Valentinos Werkstatt arbeitete.

Aus dem Augenwinkel sah ich Leon, der sich zu mir gesellte und eine Weile schweigend mit mir den Hühnern zuschaute. Bis ich irgendwann merkte, dass ich gar nicht mehr den Hühnern zusah, sondern nur noch auf Leon achtete.

Schließlich räusperte er sich. »Das sieht doch alles ganz harmonisch aus.«

Ich nickte. »Hoffentlich bleibt es das auch.«

»Warum so negativ? Wir haben heute die Welt gerettet … oder zumindest ein Stück von ihr. Die Auflagen sind erfüllt und das Veterinäramt hat nun keinen Grund mehr, die Tiere fortzubringen.«

Ich seufzte. »Ja, da hast du wohl recht. Zumindest eine Zwickmühle weniger.«

»Wo drückt der Schuh denn sonst noch?«

Unwillkürlich musste ich an die Hochzeit und sein spontanes Angebot, mich zum Altar zu tragen, denken. Aber wo zumindest ein Schuh momentan drückte, konnte ich ihm sagen.

»Beispielsweise Henry und seine Haare, beziehungsweise seine Glatze. Ich weiß wirklich nicht, wie ich ihm unter die Augen treten soll, um mich nochmal in aller Form zu entschuldigen. Geschweige denn, wie ich das wiedergutmachen kann. Vielleicht eine Zehnerkarte für die Pommesbude?«

»Also bitte!« Leon schaute mich empört an. »Wenn schon, dann eine Entschuldigung mit Klasse. Komm, ich habe eine Idee. Die Hühner können wir jetzt sich selbst überlassen.«

Wir gingen zusammen zum Haus, und er verschwand im Keller. Als er kurze Zeit später wieder auftauchte, hatte er eine Flasche Wein in der Hand, die ziemlich angestaubt wirkte. Er reichte sie mir und ich betrachtete das Etikett mit dem Wappen.

»Das ist ein Marchesi Antinori Tignanello von 2019 - sehr begehrt. Wenn du ihn damit nicht milde stimmst, dann weiß ich auch nicht. Außer, er trinkt keinen Alkohol.«

»Das kann ich mir bei Henry ehrlich gesagt nicht vorstellen. Was kostet die denn?«

»Für dich gar nichts.«

»Aber die ist doch sehr wertvoll!«, protestierte ich und wollte ihm die Flasche zurückgeben.

Leon hob die Hände und wich aus. »Nein, nein, sie gehört dir. Außerdem habe ich noch drei weitere Flaschen und kann eine wirklich entbehren.« Das Lächeln in seinen Augen sagte, dass er mir die Flasche wirklich gerne gab, wenn er mir damit eine Sorge vom Herzen nehmen konnte.

»Danke!« Ich war mehr als ein bisschen beschämt, dass er mir so etwas Wertvolles schenkte – und das, nachdem ich ihn an meine Kollegen verpfiffen hatte … Aber was hätte ich denn machen sollen? Dienst war Dienst und Schnaps war Schnaps … oder Rotwein in diesem Fall.

Noch ein Geschenk

Sonntag, 19:16 Uhr. Abends kehrte Ruhe auf dem Hof ein. Lara und Belinda hatten sich verabschiedet und Leon war mit Valentino in seine kleine Werkstatt am hinteren Ende des Gutshofs verschwunden. Nachdem ich die Tiere gefüttert und noch einmal alles im Hühnerstall kontrolliert hatte, verzog ich mich in die Kommandozentrale.

Ich saß auf dem Sofa und starrte das Whiteboard an: Die Bilder zu Spuren, die mittlerweile kalt geworden waren, hatte ich abgenommen und so hingen dort momentan nur noch Henry und die mysteriösen Kunden *Bonnie und Clyde*. Am liebsten hätte ich Henry ebenfalls abgehängt, denn auch, wenn wir noch keine Bestätigung seiner Geschichte mit dem eigenen Automuseum hatten, war ich mir sicher, dass sie stimmte und er nichts mit unserem Diebstahl zu tun hatte. Somit blieben letztlich *Bonnie und Clyde* übrig - und unsere beiden neuen Verdächtigen Valentino und Leon.

Ich hatte heute heimlich Fotos von den beiden gemacht, die ich nun ausdruckte und an die Pinnwand hängte. Jonas hatte mir inzwischen sicher auch Zugang zu den Akten verschafft. Ich wollte eben den Rechner hochfahren, da klingelte mein Telefon. *Leon* stand auf dem Display - und zugleich strahlte mich sein Bild von der Pinnwand aus an.

»Hallo?«

»Hi, alles gut bei dir?«

»Ja.«

»Ich wollte gleich was kochen, weil ich Besuch bekomme. Möchtest du mit uns essen?«

»Nein, danke für das Angebot. Aber euch viel Spaß …«

»Schade. Dir auch.«

Ich würde mich ganz bestimmt nicht daneben setzen, wenn Leon diese Lorena mit seinen Kochkünsten verführte. Zum Glück hatte ich noch Vorräte von meiner letzten Shoppingtour an der Tankstelle, wenn auch nur Müsliriegel und Schokolade.

Wieder klingelte mein Telefon. Dieses Mal sah ich Tims Namen.

»Ist es zu spät für ein Meeting?«, fragte er ohne Umschweife.

»Nein.«

»Ich habe jede Menge Neuigkeiten. Was ist, machst du mir die Tür auf? … Zu spät, dein komischer Mitbewohner hat gerade geöffnet. Ich komme dann rauf, okay?«

Ich legte ohne eine Antwort auf und entriegelte die Zimmertür.

Schon kam Tim die Treppe herauf, einen riesigen Karton in den Armen und einen Rucksack um die Schulter geschwungen. Er lächelte mir fröhlich entgegen, ging an mir vorbei in die Kommandozentrale und stellte den Karton auf den Tisch. Ich drückte die Tür hinter ihm zu.

»Hallo, was sagst du … Überraschung?« Er strahlte mich an und deutete auf den Karton. Seine gute Laune war ansteckend. »Komm, mach auf.«

»Ist das für mich?«

»Na klar, habe ich extra besorgt, damit du mal wieder lachen kannst. Du nimmst dir das alles viel zu sehr zu Herzen.«

Ich ging zum Karton. Er bewegte sich! Außerdem hörte

ich aus dem Inneren ein Geräusch. Was war das? Vorsichtig klappte ich den Deckel auf. Da saß ein Huhn! Es sah genauso aus wie Missandei. Für den Bruchteil einer Sekunde hoffte, ja betete ich, dass es wirklich Missandei sein möge, die vielleicht ausgebrochen und von einem netten Menschen bei der Polizei abgegeben worden war.

»Ist das …?«

»Es ist die gleiche Rasse wie das Huhn, das du vermisst. Ich habe es von einem hiesigen Züchter, der so freundlich war, es mir zu verkaufen.«

»Oh, Tim wie lieb von dir, das ist wirklich …« Ich fiel ihm um den Hals und küsste ihn auf die Wange. Er zog mich für ein paar Sekunden enger an seinen durchtrainierten Körper. Bevor er mich losließ, gab er mir ebenfalls einen Kuss auf die Wange.

»Ich sollte dir öfter Hühner vorbeibringen.« Er grinste.

Ich strahlte ihn an, immer noch überwältigt.

»Dieses Lächeln wollte ich wieder sehen.«

Er strich mir eine Strähne aus dem Gesicht.

»Was meinst du, wollen wir zur Feier des Tages essen gehen? Ich habe hier in der Nähe ein hübsches Restaurant gesehen, das heute sogar geöffnet hat. Da können wir uns in Ruhe unterhalten. Wir haben von Jonas Aktenzugriff für Leon und Valentino bekommen. Du wirst staunen, was wir da alles gefunden haben.«

Mein Magen knurrte erfreut. Essen gehen war eine sehr gute Idee. »Ich lade dich aber ein. Das Huhn muss ja ein Vermögen gekostet haben.«

Tim sah mich erstaunt an. »Das? Nein, ich habe fünfzehn Euro bezahlt.«

Ich presste die Lippen aufeinander. Hubert, dieser Halsabschneider. Das musste ich Leon erzählen - aber der hatte ja gerade Damenbesuch und interessierte sich in diesem Moment sicher nicht für solche banalen Informationen.

»Komm«, sagte ich. »Wir bringen das Huhn in den Stall und fahren dann essen. Ich bin gespannt auf alles, was du mir zu erzählen hast.«

Wir schlichen uns zur Haustür hinaus und ich war froh, dass ich Leons Besuch nicht zu Gesicht bekam. Als wir vom Hühnerstall zurück in Richtung Auto gingen, glaubte ich zu sehen, dass sich der Vorhang am Küchenfenster bewegte, aber mit Gewissheit konnte ich es nicht sagen.

Wir fuhren mit Tims Wagen zum Restaurant. Unwillkürlich musste ich an Leons Fahrstil denken. Tim fuhr viel rücksichtsvoller, hielt sich an die Geschwindigkeitsbegrenzungen und war ein Vorbild beim Abstandhalten zum Vordermann. Keine Spur von der Spritzigkeit und dem wilden Fahrvergnügen, die Leon an den Tag legte. Der fuhr wie ein ausgelassenes Kind, das Spaß mit seinem Spielzeug haben wollte, Tim dagegen benahm sich wie ein Fahrlehrer bei der eigenen Prüfung. Und irgendwie war das bei den beiden nicht nur beim Autofahren so.

Das Restaurant lag etwas versteckt hinter einem Waldstück, war sehr gemütlich eingerichtet und zu unserem Glück nicht sonderlich voll. Hinten im Raum war ein Tisch in einer Nische frei, in der wir uns ungestört unterhalten konnten. Wir bestellten Getränke und das Tagesgericht, Zwiebelkuchen mit Salat. Helena würde sich heute Nacht bedanken. Dann holte Tim zwei prall gefüllte Akten aus seinem Rucksack – die eine zu Leon und die andere zu Valentino. Doch bevor ich sie öffnen konnte, legte er seine Hand auf meine.

»Leider habe ich noch eine schlechte Nachricht … Oder eine gute, je nachdem, wie man es sieht.«

»Okay?«

»Henry Hofman ist definitiv nicht unser Autodieb. Seine Mutter sammelt zwar leidenschaftlich Oldtimer, aber die sind tatsächlich alle über ein eigenes Museum angemeldet und als Ausstellungsstücke verzeichnet. Alles hochoffiziell. Wir haben zwar noch nicht alle Wagen überprüft, aber bisher ist da kein einziges faules Ei zu finden.«

Ich seufzte erleichtert. »Okay, dann konzentrieren wir uns auf die verbliebenen Verdächtigen: *Bonnie und Clyde* sowie Valentino und Leon.«

Während ich Valentinos Akte durchblätterte, gab Tim mir eine Zusammenfassung.

»Valentino war in seiner Jugend Mitglied der stadtbekannten Gang MadChaps, der im Übrigen auch Leon und Marc Albrecht angehörten - Marc war sogar der Kopf dieser Gang. Die haben hier eine Zeitlang alles unsicher gemacht.«

»Marc? Kiras Marc?«

»Ja, allerdings. Die Albrechts haben mehr Strafanzeigen angesammelt, als ihr Hühnerstall Hühner hat. Aber fangen wir mit dem kleineren Übel an: Valentino Santos. Seine Eltern haben sich getrennt, als er zehn war, er hat sich einige Jahre später den MadChaps angeschlossen und ist wegen sechzehn Fällen von Diebstahl, Drogenbesitz und Vandalismus angeklagt worden. Einmal war er sogar der Brandstiftung bezichtigt, es handelte sich um das Gartenhaus der Familie Spatz -«

»Ah!« Ich schlug mir die Hand vor den Mund. »Das war bei Kiras Eltern. Sie hat mal erzählt, dass in der Nacht, in der sie mit Marc abhauen wollte, seine Gang als Ablenkungsmanöver das Gartenhäuschen angezündet hat. Aber sie wurden erwischt und Kiras Vater hat Marc an die Polizei ausgeliefert. Unglaublich, dass Valentino auch dabei war.«

»Leonardo Albrecht war auch dabei. Der hat sogar - halt dich fest - über dreißig Vergehen, bei denen Anklage erhoben worden ist, aber in nur knapp zwanzig ist es zur Verurteilung gekommen. Das brennende Gartenhaus war die letzte große Untat, danach wurde es still um die MadChaps. Laut Jugendamt sind die beiden Brüder nach Amerika gebracht worden, zu ihrem Onkel. Dort gab es keine weiteren Auffälligkeiten, offenbar hatte der Onkel einen positiven Einfluss auf sie. Der war Geschäftsmann im Nordwesten der USA und hat Unternehmen saniert. Die Jungs sind später in sein Unternehmen eingestiegen, haben selbst Unternehmen aufgekauft, dann zerstückelt und zu Geld gemacht.«

»Komisch, ich denke, Marc und Leon leiten dieses Solarunternehmen. Seitdem Kira mit Marc zusammen ist, habe ich nie etwas von einer Firmenübernahme gehört.«

»Das ist auch vollkommen richtig. Vor vier Jahren haben sie Geld in das Solarunternehmen gesteckt und sind damit erfolgreich. Offenbar haben sie sich von ihrem alten Geschäftsmodell abgewandt. Aber dieser Leon hat ein Hobby, das für uns interessant ist … Er kauft und repariert Oldtimer, und zwar nicht wenige. Letztes Jahr hat er allein acht Autos gekauft und zum Teil auch wieder verkauft.«

»So viele? Okay, dazu kann ich meine Freundin fragen, die

kennt Leon sehr, sehr gut und kann uns bestimmt darüber aufklären, was es damit auf sich hat.«

»Es ist jedenfalls ziemlich sicher, dass ich die ganze Zeit richtig lag: Der Typ ist nicht sauber. Nur wäre ich nicht darauf gekommen, dass er etwas mit unserem Fall zu tun hat.«

Ich wiegte den Kopf hin und her und sagte nichts mehr, bis die Kellnerin, die gerade um die Ecke kam, uns die Getränke serviert hatte und wieder verschwunden war.

»Vielleicht ist das mit den Oldtimern nur eine Liebhaberei. Wie bei Henry.«

»Jonas ist dran, die Käufe und Verkäufe zu überprüfen. Ich bin dafür heute bei Valentino vorbeigefahren und hab mal alles ausgespäht. Es ist eine kleine Werkstatt mit Lackierhalle und fünf Gebrauchtwagen, die zum Verkauf stehen. Wirkt alles unauffällig. Valentino hat nach seiner kriminellen Jugend eine Zeitlang hier in der Gegend gewohnt, zeitweise im Ausland. Nach einer Ausbildung zum Kfz-Meister hat er vor fünf Jahren die Autowerkstatt eröffnet. Ole Kost ist der einzige Mitarbeiter, allerdings nur stundenweise.«

Na, das passte doch. »Und als Hausmeister auf der Estelle hat Ole Zugang zu den Autoschlüsseln.«

»Ja, schon, aber genauso viel oder so wenig wie alle anderen Mitarbeiter auch, oder? An der Autowerkstatt ist wirklich nichts auszusetzen, die Bilanzen werden pünktlich geliefert, die Gewinne sind ausreichend, aber nicht überzogen oder bedenklich niedrig. Alles perfekt.«

»Perfekt ist immer das, was am meisten stinkt. Jemand, der nicht auffallen will, ist perfekt. Alle anderen haben wenigstens eine Kleinigkeit, die nicht passt.«

»Ich würde mir ja einen Durchsuchungsbefehl besorgen, aber ich fürchte, ganz ohne Indizien kann ich da wenig ausrichten. Soll ich es trotzdem versuchen?«

Ich tätschelte seine Hand. »Danke, aber lass mal, ich finde vielleicht einen anderen Weg, mir den Laden mal anzusehen. Mein Kripo-Näschen sagt mir, dass da was nicht stimmt.«

»Dein Kripo-Näschen in Ehren, aber was ich hier an Fakten sehe«, er klopfte auf Leons Akte, »sagt mir, dass wir uns lieber um Leon kümmern sollten.«

Ich sah ihn nachdenklich an, nicht sonderlich überzeugt von seinen Worten. »Wir werden sehen … wir werden sehen.«

Das Essen kam und Tim packte die Akten zurück in den Rucksack. Während wir aßen, wurde die Unterhaltung privater. Ich erzählte von meinem Ex-Freund, den ich während des letzten Urlaubs wegen übermäßiger Eifersucht hatte abschießen müssen. Tim erklärte, Eifersucht und seine Arbeitszeiten wären bei ihm die Trennungsgründe gewesen, und wir waren uns einig, dass wir beim nächsten potenziellen Partner doppelt und dreifach prüfen würden, ob die Beziehung job- und urlaubstauglich war.

»Man muss einfach nur die richtigen Fragen stellen«, behauptete ich.

Er lachte. »Welche sollen das denn sein?«

»Zum Beispiel: Stell dir vor, es ist Bereitschafts-Wochenende und wir haben einen romantischen Abend beim Italiener um die Ecke geplant. Da bekomme ich einen Anruf, dass ich zu einem gefährlichen Einsatz muss. Wie reagierst du?«

Tim überlegte kurz. »Ich decke zuhause den Tisch romantisch, dekantiere eine Flasche Wein und bereite das Badezimmer für ein späteres Bad vor. Wenn du kommst, bestellen wir Pizza. Bis dahin vertreibe ich mir die Zeit mit einem Buch und einem Glas Rotwein auf dem Sofa.«

Ich nickte anerkennend. »Sehr gute Antwort. Level eins ist geschafft. Nächste Frage: Mein Dienst ist zu Ende und ich rufe an, weil ich noch mit ein paar Kollegen in die Kneipe gehe, um auf den stressigen Tag ein Bier zu trinken. Was sagst du?«

»Das ist einfach: Ich wünsche euch viel Spaß, lasse herzlich grüßen und gönne mir zur Feier des einsamen Abends meinen Lieblings-Actionfilm, den du nicht ausstehen kannst, und trinke dabei ebenfalls ein paar Bier. Und falls du früh genug nach Hause kommst und ich noch nicht schlafen sollte, dann entstresse ich dich mit einer Fußmassage.«

»Eine Fußmassage? Wie gestresst muss ich sein, um die zu bekommen?«

Tim zwinkerte mir zu. »Zieh die Socken aus und leg die Füße auf den Tisch, wir können sofort loslegen.«

Ich lachte und tat so, als würde ich mir sofort die Schuhe ausziehen.

»So, Spaß beiseite, die dritte und wichtigste Frage: Ich bekomme einen neuen Teamkollegen, der auch noch frisch getrennt ist, und verbringe mit ihm Tag und Nacht mehr Zeit, als ich mit dir als meinem Partner habe. Wie kommst du damit klar?«

Tim beugte sich vor und seine blauen Augen leuchteten regelrecht. Unsere Hände berührten sich und er war mir näher, als es normalerweise der Fall war. Dann raunte er leise: »Ich sorge dafür, dass die wenige Zeit, die wir zusammen haben, die beste Zeit deines Lebens ist.«

Das war die perfekte Antwort. Mein Herz schlug schneller. Ich schluckte. »Du hast alle drei Fragen mit Bravour beantwortet. Respekt, du bist der richtige Partner für eine Kripobeamtin.«

»Ich bin der Richtige für dich, Sabin …« Tim beugte sich vor und küsste mich leicht, als wäre es das Natürlichste auf dieser Welt. Es war ein schöner Kuss, angenehm, liebevoll … Er signalisierte mir, dass wir auf der gleichen Ebene schwangen, nicht nur was die Anziehungskraft, sondern auch was das Leben anging.

»Darf es noch etwas sein?« Die Kellnerin blickte in unsere Nische und zuckte sofort wieder zurück. »Oh, Entschuldigung …«

Ich fing mich zuerst wieder. »Tim, willst du noch was?«

Er sah einen Moment verwirrt aus. Dann vibrierte sein Handy, er warf einen kurzen Blick darauf und sagte dann mit deutlichem Bedauern in der Stimme: »Können wir zahlen?«

»Sorry, aber Knaus will mich dringend sprechen und das wollte ich nicht im Restaurant machen«, raunte Tim mir auf dem Weg zum Auto zu. »Und alles andere auch nicht.« Er lächelte entschuldigend und hielt mir die Wagentür auf.

»Hey, schon in Ordnung«, erklärte ich und stieg ein. Nachdem er auf dem Fahrersitz Platz genommen hatte, tippte er bereits auf das Telefon und wählte über die Freisprecheinrichtung. Der Name Knaus erschien im Display und der Anruf wurde entgegengenommen.

»Hallo Konrad.«

»Hallo Tim, ich schaue mir gerade deinen letzten Bericht an.

Es geht um diese Akte … also diese *Bonnie und Clyde*-Sache.«

»Ja, da haben wir echte Neuigkeiten. Wir wissen, wer Bonnie ist! Halt dich fest: Sie ist die Frau des Innenministers! Ich bin dran – es ist nur eine Frage der Zeit, bis wir Clyde auch haben. Wir wissen, dass er um die sechzig ist und schütteres Haar -«

»Ich weiß, wer er ist«, fuhr Knaus dazwischen. »Ihr könnt die Suche einstellen.«

»Aber … wer ist es? Und kann er was mit dem Diebstahl zu tun haben?«

Knaus klang nervös. »Nein, hat er nicht.«

»Aber woher willst du das wissen, ohne auch nur einen von beiden befragt zu haben? Die sind der blinde Fleck auf unserer Landkarte.«

In mir stieg eine Ahnung auf …

Knaus Stimme klang gedämpft, als er die nächsten Worte sprach. »Tim, ich weiß, dass wir das unter Männern im Vertrauen behandeln können, deswegen will ich offen zu dir sein. *Bonnie und Clyde*, das ist ein Pseudonym für mich und … meine Begleiterin.«

Tim trat so abrupt auf die Bremse, dass ich in den Gurt gepresst wurde. Ich checkte den Rückspiegel. Zum Glück war kein Wagen hinter uns. Tim starrte voller Entsetzen auf das Display und war offensichtlich mehr als erschüttert.

Also war er tatsächlich Clyde! Und wenn Bonnie die Gattin des Innenministers war … Ich konnte mir gerade noch verkneifen zu pfeifen. Das war in der Tat eine Bombe.

»Es ist unsere Akte, die Dolores aus dem Verkehr gezogen hat, damit ich nicht vor meinen eigenen Leuten kompromittiert werde.«

»Aber …« Tim schien empört. »Deine Frau ist doch auf Kreuzfahrt!«

»Ach Tim, wenn man fast dreißig Jahre verheiratet ist, dann passieren manchmal solche Sachen. Wir hatten eine Krise und Ursula wollte eine Auszeit! Da hab ich … Ich bin nicht stolz darauf. Es war etwas Einmaliges, und Bonnie hat auch Verpflichtungen. Und es war ehrlich gesagt eine Katastrophe, denn wir haben uns nicht mal sonderlich gut verstanden.«

Tim sammelte sich schnell und fuhr langsam weiter. Ich unterdrückte den Impuls, das Schweigen zu unterbrechen, denn mir war bewusst, dass Knaus die Bombe niemals hätte platzen lassen, wenn er gewusst hätte, dass ich im Auto saß.

Knaus fuhr fort: »Aber, Tim, du musst mir helfen. Dummerweise liegt im Auto eine Kamera, auf der … du weißt schon … Bilder sind. Ja, das war nachlässig, aber wir haben extra keine Bilder mit dem Handy gemacht und die Kamera auch nicht dem Hotelsafe anvertraut. Wenn das alles in die falschen Hände gerät, dann sind wir beide geliefert, sie noch mehr als ich. Ich muss dich in dieser Sache um absolute Diskretion bitten.«

Nach einer endlosen Weile sagte Tim mit erstaunlich normaler Stimme. »Ich bringe dir diesen Wagen, Konrad, ich bringe dir diesen Wagen, bevor Ursula zurück ist. Das verspreche ich dir. Ich schicke dir gleich eine E-Mail mit allen neuen Infos.«

Und damit legte er auf.

Ich sah Tim von der Seite an. Keine Spur mehr übrig von dem lockeren charmanten Kollegen, der er vorhin noch gewesen war. Er wirkte, als hätte sich ein harter Panzer um ihn gelegt, der nichts und niemanden hineinließ. Ich fühlte mit ihm, erkannte die Enttäuschung dahinter.

Tim tippte auf dem Bordcomputer herum und wählte Helena an. Dann fuhr er wieder los. Helena meldete sich fast umgehend.

»Hallo, Helena, wir stellen die Suche nach *Bonnie und Clyde* ein, das war blinder Alarm.«

»Ernsthaft? Ich habe gerade erzählt bekommen, dass der Mann sich gut mit Oldtimern auskannte und -«

»Einstellen. Die Fährte bringt uns nicht weiter. Wir haben einen neuen Hauptverdächtigen: Leon Albrecht. Er ist unser Mann. Wir sollten Kontakt mit seinen zahlreichen Ex-Freundinnen aufnehmen, die plaudern bestimmt gerne. Niemand ist gehässiger als eine gehörnte Frau.«

Ich wollte protestieren. Was war mit Valentino? Der war aus meiner Sicht weit verdächtiger. Aber Helena redete schon weiter.

»Gut, ich schaue mir das gleich mal an. Wann bist du hier?«

Tim sah mich von der Seite an. Ich erwiderte den Blick.

»Kommt darauf an, wie viele Fragen Sabin noch hat.«

»Was sagt sie denn zu diesem Albrecht? Wenn Sabin sagt, da ist was dran, ist es das meistens auch.«

Schweigen. Tim sah mich an, ich zuckte mit den Schultern. Jetzt konnte ich mich ja wohl schlecht noch zu erkennen geben.

»Ich frage sie gleich. Bis später.« Wieder legte er einfach auf. Im nächsten Moment bog er in die Einfahrt des Gutshofs ein und hielt vor dem Haus.

Gerade wollte ich ihm meine Meinung zu den Verdächtigen sagen, da drehte er sich in meine Richtung.

»Sabin, entschuldige, dass ich so … so aufgebracht bin. Es hat mich einfach schockiert zu hören, dass Knaus so mit Ursula umgeht. Sie ist meine Patentante und wie eine Mutter für mich. Aber Job ist Job und Schnaps ist Schnaps. In diesem Fall muss ich Stillschweigen bewahren und du ebenso.«

Das sah ich zwar anders, aber momentan wusste ich selbst nicht, wie ich damit umgehen und ob ich Knaus schützen oder melden sollte, dass er Dolores dazu gebracht hatte, seine Kundenakte zu unterschlagen. Am liebsten hätte ich gar nicht erst davon erfahren.

»Sabin? Alles in Ordnung? Mit uns?«

Ich nickte und seufzte.

»Kein schöner Abschluss für den Abend, ich weiß.« Er starrte durch die Windschutzscheibe. »Jedes Wort, das ich vorhin gesagt habe, meine ich so. Ich denke nur noch an dich, wünsche mir deine Nähe … und wenn du nicht da bist, sucht meine Hand wie automatisch deine Telefonnummer und ich möchte dich anrufen … einfach nur, weil ich deine Stimme hören will. Du hast mich verzaubert wie … wie … in diesem Märchen.«

»Wie die Prinzessin den Froschkönig?«

Er nickte. »Ja, genau. Im Augenblick benehme ich mich auch wie ein Frosch und quake dich voll.«

»Aber die Prinzessin hat den Frosch in ihrem Schlafzimmer an die Wand geworfen. Ich weiß nicht, ob ich das mit dir tun sollte.«

Tim konnte plötzlich wieder lächeln und schüttelte den Kopf. »Außer Schlafzimmer klingt davon nichts nach dem, was ich mir vorgestellt habe. Aber hey, sorry, ich mache es wieder gut, ganz bestimmt. Nur jetzt bin ich gerade irgendwie …«

Ich legte meine Hand auf seine und er sah mich an.

»Du bist traurig und enttäuscht und jetzt ist nicht der richtige Moment, ich weiß. Das ist völlig in Ordnung. Wir haben Zeit.«

»Danke.« Er legte seine linke Hand auf meine und umschloss sie mit beiden Händen. »Zum Abschied würde ich gerne … ist es okay, wenn ich dich küsse?«

Statt einer Antwort beugte ich mich vor und legte meine Lippen auf seine, küsste ihn ganz leicht, wie einen Bruder. Moment … einen Bruder?

»Sabin!« Wild klopfte es an der Seitenscheibe. Unwillig drehte ich den Kopf. Draußen stand Leon.

Was sollte das denn? Ich öffnete die Tür, wollte ihn schon anschnauzen, warum er mich hier störte, da packte er meinen Arm und zerrte daran.

»Sammy!«, keuchte er. »Komm mit, schnell!«

»Geht es schon los?«, fragte ich, auf einmal genauso aufgeregt wie er, und sprang aus dem Auto.

»Beeil dich.« Er stürmte los und verschwand durch die Haustür.

»Sabin?« Tim stieg ebenfalls aus. »Ist was passiert? Kann ich helfen?«

»Die Hündin bekommt ihre Welpen. Fahr du zu Helena, kümmert euch um diesen Valentino. Ich muss hier mit anpacken. Und keine Sorge, ich frage Leon aus und auch meine Freundin.«

Tim nickte, sichtlich erleichtert, dass ich sein Hilfsangebot abgelehnt hatte.

Ich sprintete ins Haus.

»Leon?«, rief ich. »Leon, wo bist du?«

»Hier, in meinem Zimmer.« Seine Stimme klang verhalten, als wollte er keinen Lärm machen.

Als ich um den Küchenblock herum und auf seine Zimmertür zulief, bremste ich meine Schritte. Vorsichtig schaute ich um die Ecke. Leon hockte auf dem Boden vor Sammy und streichelte ihr über den Kopf. Die Hündin lag in einer großen Plastikwanne auf einem Badetuch, unter dem sich dicke Wolldecken befanden.

»Ganz leise, komm herein. Es geht ihr nicht gut, schon eine ganze Weile nicht.«

Sammy lag in ihrem provisorischen Körbchen auf der Seite und hechelte, die Zunge hing ihr lang aus der Schnauze. Ihr Brustkorb und der gewölbte Bauch hoben und senkten sich mit ihren Atemzügen, aber da war außerdem ein Zittern, das durch ihren Körper lief.

Als ich mich neben Leon vor das Körbchen hockte und ebenfalls ihren Kopf streichelte, schaute sie mich angstvoll an und schluckte kurz, bevor ihr Hecheln wieder einsetzte und die nächste Welle durch ihren Körper lief.

»Sie hat Wehen?«

Leon nickte, und schluckte ebenfalls.

»Aber das ist doch wundervoll. Seit wann? Hast du mit der Tierärztin gesprochen? Muss sie kommen? Was können wir jetzt tun?«

»Es fing vor einer guten Stunde an, kurz nachdem du losgefahren bist und Lorena sich auch verabschiedet hat. Mir kam es schon so komisch vor, dass Sammy vorher alle fünf Minuten raus wollte und sich sogar übergeben hat. Die Tierärztin habe ich angerufen, aber sie meinte, das sei alles ganz normal und die Geburt sollte ohne Hilfe laufen, wenn es innerhalb der nächsten Stunde losgeht. Wir sollen uns melden, wenn es mit dem ersten Welpen länger als eine Stunde dauert oder wenn die Hündin offensichtlich keine Kraft mehr hat oder wenn einer der Welpen nicht atmet oder trinkt oder wenn grüner Ausfluss kommt oder … Ich weiß nicht mehr alles, was sie gesagt hat. Das Fruchtwasser ist jedenfalls abgegangen und ich hab alles saubergemacht. Angeblich macht die Hündin den Rest allein.« Er knetete nervös die Hände.

»Okay, das klingt doch sehr gut. Wo ist dann das Problem? Bei deiner Miene dachte ich schon, hier stirbt jemand.«

Er schien verlegen. »Na ja, ich bin nicht gerade Experte für Geburten … Und ich bin Sammy keine Hilfe, wenn ich bewusstlos neben dem Körbchen liege, weil hier alles voll Blut ist. Mir ist bei dem Fruchtwasser schon fast schwarz vor Augen gewesen, weil da etwas Blutiges bei war … glaube ich jedenfalls.«

Ich legte meine Hand auf seinen Arm. Auf einmal war ich mir der Berührung sehr bewusst. »Bleib ganz ruhig. Das wird schon alles.«

»Ich habe mir in der letzten Stunde so viele Videos im Internet angesehen und da war immer Blut, jede Menge … Ach, keine Ahnung. Aber ich glaube, es ist besser, wenn nicht ich, sondern du Sammy beistehst.« Er raufte sich die Haare, als sei er der Vater höchstpersönlich, der ohne Hilfe im Wald Drillingen auf die Welt helfen musste.

»Wir schaffen das schon. Weiß Kira Bescheid?«

Leon riss entsetzt die Augen auf. »Um Gottes willen, die würde uns jetzt komplett in den Wahnsinn treiben.«

Damit hatte er definitiv recht. »Okay, dann warten wir. Willst du einen Kaffee?«

Leon schüttelte den Kopf. »Einen Whiskey bitte, einen doppelten.«

Ich stand auf und grinste ihn an. »Da bringe ich einfach gleich die Flasche mit.«

Zehn Minuten später hatte Leon bereits sein zweites Glas Whiskey in der Hand und begann sich zu entspannen. Er blieb bei Sammy und bei mir, auch wenn mir klar war, dass es für ihn einfacher gewesen wäre, das Weite zu suchen.

Im Plauderton kam ich auf Autos zu sprechen und fragte nach der Werkstatt, in der er hinten auf dem Gutshof nach der Arbeit schraubte. Sofort erzählte er voller Leidenschaft von seinen geliebten Oldtimern, welche Modelle er hatte, welche er noch restaurieren wollte und von seinem Traum, eines Tages eine Gourmet-Werkstatt einzurichten und zu betreiben.

Das klang spannend. »Eine Gourmet-Werkstatt? Was soll das sein? Gibt es da Maulschlüssel zum Frühstück?«

Leon lachte ausgelassen und seine weißen Zähne blitzten. »So ähnlich. Das wird eine total verrückte Mischung aus Werkstatt und Restaurant. Stell dir vor: Unter der Woche kommst du dorthin, wenn wir etwas für deinen Oldtimer machen können, und am Wochenende möchte ich zwischen den Hebebühnen und den Werkbänken Tische und Stühle aufbauen, natürlich aus alten Autositzen und mit Rollen drunter, damit man sie schnell auf- und abbauen kann. Und dann koche ich für meine Gäste in meiner Showküche – das wird ein ausrangierter Imbisswagen aus den Sechzigern, den ich aufmotze. Und ich mache

Mottopartys oder geschlossene Gesellschaften.« Er strahlte mich an, so erfüllt und glücklich, als stünde er bereits jetzt in seiner Gourmet-Werkstatt.

»Du hast dir ja schon ziemlich viele Gedanken dazu gemacht.«

»Ja, ich werde das auch umsetzen. Wenn mal weniger Arbeit in der Firma ist, gehe ich da ran.«

»Wenn du darauf wartest, dass du weniger Arbeit hast, dann wird das nie sein.«

Sein Grinsen wurde eine Spur schiefer. Er trank einen Schluck aus seinem Whiskeyglas. »Ja, ich weiß …«

»Woher bekommt man eigentlich diese ganzen Oldtimer? Ich meine, die sind ja nicht in jedem Autohaus verfügbar.«

»Stimmt, aber da gibt es online viele Anbieter oder man hat mit der Zeit Kontakte, die einem solche Autos besorgen. Valentino zum Beispiel, der kennt so viele Autohändler, dass er dir fast jedes Modell besorgen kann. Von ihm habe ich auch das Hochzeitsauto für Marc und Kira, ein echter Traumwagen – und das zu einem Spottpreis.«

Valentino … sieh einer an.

Mit einem Mal hechelte Sammy stärker. Die Wehen kamen nun deutlich sichtbar und in kurzen Abständen. Es sah aus, als würde sie in sich hineinhorchen. Ich hoffte inständig, dass sie keine Schmerzen hatte - zumindest jaulte sie nicht. Dann ging auf einmal alles ganz schnell. Sammy hob den Schwanz, sie weitete sich, eine schwarze, glänzende Kugel erschien und schon war der erste Welpe draußen. Sammy begann den länglichen Ball abzulecken, denn um den Welpen herum lag noch die silbrige Haut der Fruchtblase. Ich half ihr, indem ich vorsichtig mit den Fingerspitzen das Häutchen öffnete. Eine winzige schwarze Hundeschnauze kam daraus hervor, schwarz glänzend vom Fruchtwasser.

In diesem Augenblick schloss ich das winzige Wesen in mein Herz. Sammy leckte ihr Baby ab und fing an, das Gewebe der Fruchtblase und der Nabelschnur aufzufressen. Neben mir hörte ich Leon schwer atmen, aber auch er schien komplett fasziniert von der Geburt.

»Reich mir mal das kleine Handtuch dort«, bat ich ihn leise. Er gab es mir und bis auf die Tatsache, dass er recht blass war, schien es ihm gut zu gehen.

Ganz vorsichtig begann ich, den Kleinen trocken zu rubbeln. Bevor ich damit fertig war, begann Sammy erneut heftig zu zittern, und der nächste Welpe kam. Ich übergab Leon den ersten Welpen. »Kannst du weitermachen? Ich helfe Sammy.«

Leon nickte mit glänzenden Augen, nahm das Päckchen entgegen, und strich sorgsam mit dem Zipfel des Handtuchs über den kleinen Körper. Nachdem auch der zweite Welpe versorgt war, schaute Sammy sich nach Leon um und schnüffelte am Handtuch.

»Ich glaube, sie will ihr Baby haben«, flüsterte er und legte das kleine glänzende Fellknäuel an Sammys Bauch. Fasziniert beobachteten wir, wie der Welpe instinktiv nach der Zitze suchte und zu saugen anfing. Ich schluckte gerührt. Selten hatte mich etwas mehr bewegt als dieser Anblick, dieses Wunder der Natur.

Es dauerte beinahe drei Stunden, bis alle acht Welpen auf der Welt waren. Leon hatte vor lauter Ergriffenheit vergessen, dass er eigentlich Whisky brauchte, und mein Kaffee war mittlerweile auch kalt. Wir hockten vor der Plastikwanne, neben uns ein Berg benutzter Handtücher. Die Kleinen lagen alle am Bauch ihrer stolzen und erschöpften Mutter, tranken oder waren darüber einfach eingeschlafen.

»Ich glaube, das war es jetzt«, meinte ich und fand, dass Sammy schon wieder richtig entspannt aussah. Sichtlich erleichtert atmete Leon auf.

»Alle leben und sind gesund«, flüsterte er, »Kira wird außer sich sein vor Freude!« Ich spürte seine Hand auf meinem Rücken und drehte lächelnd den Kopf zu ihm.

»Ja«, flüsterte ich. »Das wird sie.«

Er sah mich an, diese dunklen Augen, so bewegt und voller Leben. Plötzlich lagen seine Lippen auf meinen, heiß, wild, intensiv und so elementar, als hätten wir gerade eine Naturkatastrophe überlebt. Alles in mir war in Aufruhr, als würde ein Wirbelsturm über mich hinwegfegen, durch mich hindurchrasen. Ich küsste ihn mit gleicher Leidenschaft zurück. Leon zog mich an sich, auf sich und ich spürte seinen Körper unter mir, wurde mitgerissen in einen Strudel aus Sinnlichkeit, Lebendigkeit und purem Leben. Meine Hände fuhren durch sein dichtes, weiches Haar, ich wollte ihn spüren, bei ihm sein.

Kein Mann auf dieser Welt konnte küssen wie Leon, niemand, nicht mal Tim … Ich erstarrte mitten in der Bewegung und wich zurück.

»Hey, alles okay?«, fragte Leon und richtete sich auf.

»Ja … nein. Ach, egal. Wir sollten … nein, wir *müssen* aufhören damit, mit allem.« Ich deutete auf Sammy, als würde sie uns anklagen.

»Aufhören, Hundebabys auf die Welt zu bringen?« Leon sah

so erhitzt aus, wie ich mich fühlte, und anziehender als je zuvor. Ein nicht gerade kleiner Teil von mir wünschte sich, dass ich jetzt einfach die Klappe hielt und mich zurück in seine Arme warf.

»Quatsch! *Damit!* Wir sollten aufhören herumzuknutschen wie hormongeflutete Teenager.«

»Ach, der Affe darf dich küssen, aber ich nicht?«

»Hier geht es doch nicht um dürfen.«

Leons Augen wurden schmal. »Was findest du an dem? Er ist verheiratet und so sympathisch wie ein Bulldozer, könnte glatt ein Bulle sein …« Leon beobachtete mich scharf. »Moment, er ist ein Bulle, richtig? Ein Kollege? Ist er deswegen mit dieser scharfen Blondine auf der Beautyfarm? Ist sie auch eine Kollegin? Sind die überhaupt verheiratet?«

Ich seufzte abgrundtief, gab aber nicht zu erkennen, dass er recht hatte. Man konnte sagen, was man wollte, aber dumm war Leon wirklich nicht.

»Ganz gleich, was er ist oder auch nicht, das hat mit uns nichts zu tun. Und wir lassen das jetzt einfach, okay?« Ich setzte mich auf.

Leon kam ebenfalls ins Sitzen. Sein Blick fixierte mich. Er war voller Zorn und Entschlossenheit.

»Ich will dir mal was sagen. Weder die heilige Jungfrau noch dieser Affe und auch sonst niemand hält mich davon ab, die Frau …« Sein Blick ruckte zu Sammy hinüber, flackerte plötzlich. »Oh nein, nein.« Leon erblasste schlagartig. Ich drehte mich um und sah, wie Sammy ein blutiges Etwas aus sich herauspresste. Die Nachgeburt.

Leon stöhnte, verdrehte die Augen und wäre zu Boden

gekippt, wenn ich ihn nicht aufgefangen hätte. Da lag er in meinen Armen, ohnmächtig, weiß wie die Wand und immer noch in meinem Herzen. Völlig durcheinander strich ich ihm mit den Fingern durch die Haare und seufzte erneut.

»Was für ein Chaos.«

Eine halbe Stunde später, nachdem ich unten aufgeräumt hatte und Leon ziemlich wortkarg zu Bett gegangen war, lag ich ebenfalls in meinem Bett. Mit einem flatternden Gefühl im Magen, vermutlich von der ganzen Aufregung, tippte ich eine Nachricht an Kira.

Ich: HERZLICHEN GLÜCKWUNSCH!!! Du bist achtfache Mutter geworden.

Kira: Waaaaaaaas? Nein, gibt es nicht! Sammy ist doch erst in zwei Wochen dran!??

Ich: Dann habt ihr falsch gerechnet. Alle wohlauf, wohlgenährt und supersüße Wonneproppen. Morgen schicke ich Bilder, jetzt lasse ich Sammy und ihre Kleinen mal lieber schlafen.

Kira: Ach je, ich kann gar nicht richtig atmen vor Aufregung. Und ich bin nicht da, warum bin ich nicht da?

Ich: Weil du dir entspannte Flitterwochen verdient hast. Leon hat jede Menge Videos gemacht. Dann ist es fast, als wärst du da gewesen.

Kira: Ach je, der arme Leon war auch dabei? Wie hat er es verkraftet? 😳

Ich: Bis auf die Nachgeburt ganz gut.

Kira: Hätte nicht gedacht, dass er das schafft, bei der Panik, die er vor Blut hat. Gib ihm mal einen dicken Kuss von mir. 😘

Liebend gerne … Lebhaft stand der Kuss wieder vor meinen Augen und mir wurde klar, dass ich nicht an Tims Kuss dachte, sondern an Leons. Ausgerechnet Leon … Dieser Mann war einfach ein Rätsel. Und zwar eines, das mir zunehmend Schmetterlinge im Bauch bescherte.

Kapitel 11

Die Stunde der Wahrheit

Lillith

Heute ist der Tag der Erkenntnis. Die Sonne im fünften Haus erleuchtet deine Venus so hell, dass du endlich klarsehen wirst. Aber Achtung, ! sie zeigt dir nur die Oberfläche. Hör auf dein Herz, es sagt dir, was darunter liegt, auch wenn der Verstand dank Neptun im Skorpion ♏ Zweifel sät. Du darfst nicht alles glauben, was du denkst. Sonne und Saturn im Quadrat – gibt es Ärger mit Vorgesetzen?

Montag, 6:36 Uhr. Leons Stimme weckte mich. Sofort saß ich senkrecht im Bett. War was mit den Welpen? Mein Magen verkrampfte sich und ich sprang aus dem Bett, rannte barfuß die Treppe hinunter und fast in eine lange Holzwanne hinein, die Leon und Joshi gerade durch den Hausflur in die Küche transportierten.

»Was ist los? Was macht ihr da?« Ich blieb unten auf der Treppe stehen und rieb mir die Augen.

Die beiden Männer stellten die Wanne ab und während Joshi die Haustür schloss, drehte Leon sich zu mir um. Da ich auf der zweiten Stufe stand, war er auf Augenhöhe. Sein Blick ging mir durch bis in die Zehenspitzen. Erst jetzt wurde mir bewusst, dass ich in knappem T-Shirt, Unterhose und barfuß vor ihm stand, weil ich vor Schreck einfach losgerannt war.

Er lächelte. »Guten Morgen, Pusteblume. Sorry, wenn wir dich aus dem Schlaf gerissen haben. Das ist eine Wanne für die Welpen, die haben wir gebaut«, erklärte er nicht ohne Stolz. »Damit Mutter und Kinder genug Platz haben.«

»Okay, schön … sehr schön«, stammelte ich. »Brauchst du meine Hilfe? Ich meine, bei den Welpen?«

Leon sah mich einen Moment versonnen an, dann schüttelte er den Kopf und zog verschmitzt einen Mundwinkel hoch, als würde er sich an den Kuss gestern Abend erinnern. Und ich? Ich stand vor ihm wie eine alberne Zwölfjährige, die den Sänger ihrer Lieblings-Boyband anhimmelt und glaubt, seine Gedanken lesen zu können. Was war nur los mit mir? Schluss mit dem albernen Getue. Ich strich mir die Locken glatt und räusperte mich, konnte die Schmetterlinge in meinem Magen damit aber immer noch nicht beruhigen.

Leon und Joshi hoben die Wanne wieder an. Nach ein paar Schritten rief Leon über die Schulter: »Geh du nur wieder ins Bett. Du hast eine Menge Schlaf nachzuholen. Die Tiere sind alle versorgt und Gassi war ich auch schon.«

Mit Kribbeln im Magen ging ich die Treppe hinauf in mein Zimmer und zog mich an. An Schlaf war nicht mehr zu denken, denn meine Gedanken kreisten um Leon, um Tim und Valentino, und um den Fall, der immer eigenartiger wurde.

Am besten recherchierte ich erstmal selbst zu den beiden neuen Verdächtigen. Tim hatte sich ja offensichtlich schon ausgiebig mit Leons Akte auseinandergesetzt und ihn bereits vorverurteilt. Ich atmete tief durch, schnappte mir den Laptop, setzte mich aufs Bett und klappte den Rechner auf.

Leons Polizeiakte zu lesen, glich einer Fahrt in der Geisterbahn. Gerade wenn ich dachte, es könne nicht mehr schlimmer kommen, poppte ein noch hässlicheres Monster auf. Mit zwölf Jahren war er - als jüngstes Mitglied der MadChaps - zum ersten Mal aktenkundig geworden. Die Hälfte aller Delikte stand im Zusammenhang mit Autodiebstahl. Entweder hatte Leon selbst das Auto geknackt, oder er war dabei gewesen, wenn die MadChaps wieder eines ihrer krummen Dinger gedreht hatten. Er hatte mit fünfzehn mehrere Monate Jugendstrafe abgesessen, war kurz danach wieder erwischt worden - dieses Mal beim Fahren eines gestohlenen Wagens ohne Fahrerlaubnis und unter Alkoholeinfluss -, hatte sich bei einem illegalen Autorennen überschlagen, war als Sechzehnjähriger mit Hasch erwischt worden, hatte die besagte Gartenhütte angezündet, gestohlene Fahrzeuge gekauft und weiterverkauft und schließlich für Hehlerei die nächste Jugendstrafe abgesessen … Die beiden Worte, die am häufigsten in den Berichten vorkamen, hießen allerdings *Aussage verweigert*.

Puh! Mein Hals war trocken und ich angelte nach der Wasserflasche neben meinem Bett. Das klang nicht nach einer geborgenen Kindheit. Die perfekte Vorgeschichte für einen Straftäter, da musste ich Tim dummerweise recht geben und das würde auch Helena nicht unbeeindruckt lassen … Verdammter Mist! Zum Glück war das alles längst Vergangenheit. Ich war mir sicher, dass er mit all dem heute nichts mehr zu tun hatte. Dann meldete sich doch die leise, nörgelnde Stimme des Zweifels zu Wort. Was, wenn Leon ein ausgebuffter Meister der Täuschung war? Er mimte doch gerne den Magier. Wenn er uns nun alle hinters Licht führte? Nein, das passte nicht zu ihm. Nicht mehr! Er war so … so liebenswert, so fröhlich …

Irgendwie war ich nicht objektiv, wurde mir klar. Alles andere als objektiv sogar, wenn ich an Leon dachte. Und an unseren Kuss letzte Nacht. Ich gab einen verzweifelten Laut von mir, ließ mich auf den Rücken fallen und starrte hoch zu den alten, unerschütterlichen Holzbalken.

»Ich bin so dumm«, erklärte ich den Balken – oder vermutlich mehr mir selbst. »Ich bin einfach so, so, so dumm. Er ist ein Schlitzohr, ein unverbesserlicher Womanizer und auch noch ein Hauptverdächtiger in meinem Fall. Dümmer geht es nicht! Selbst, wenn es nur eine Schwärmerei ist. Ihr findet doch auch, dass Tim viel besser zu mir passt, oder?«

Sie gaben keine Antwort, knarzten nicht mal als Zustimmung. Verdammter Mist. Ich seufzte abgrundtief, kam wieder in den Schneidersitz und las weiter. Nach der letzten Jugendstrafe - Leon war damals siebzehn gewesen - stoppten die Einträge abrupt. Das musste die Zeit in Amerika gewesen sein, doch von dort war uns nichts bekannt. Was dummerweise nicht heißen musste, dass nichts passiert war. Tim hatte schon eine Anfrage an die entsprechenden US-Behörden geschickt, wie ich las.

Jedenfalls kam nach Leons siebzehntem Lebensjahr nur noch ein letzter größerer Eintrag, der ein paar Wochen alt war. Er zeigte Leon in Bulgarien und in Begleitung eines bekannten Autohehlers namens Sergio. Darunter der Hinweis, dass Leon Albrecht in seiner Firma zuständig sei für Auslandsgeschäfte und den Aufbau von Subunternehmen in osteuropäischen Billiglohnländern, wo er sich oft wochenlang aufhielt. Als letztes kam ein Antrag auf Überprüfung aller Oldtimer, die Leon jemals besessen hatte. Ich sah die Liste durch, zwei der dort gemeldeten Wagen standen in Verdacht, gestohlen zu sein, weitere wurden gerade geprüft. Und ich würde jede Wette abschließen, dass die alle von Valentino kamen – was allerdings noch zu beweisen wäre.

So weit, so schlecht. Frustriert klappte ich den Laptop zu. Auf den ersten Blick sah es nicht gut aus, vor allem, wenn es keinen Nachweis gab, woher Leon diese möglichweise gestohlenen Wagen bezogen hatte. Man konnte ihm zugutehalten, dass er sich seit über zwölf Jahren außer der einen oder anderen Geschwindigkeitsüberschreitung nichts mehr hatte zuschulden kommen lassen. Allerdings wurden Wiederholungstäter mit der Zeit einfach geschickter und oft deswegen nicht mehr erwischt. So jedenfalls würde Tim argumentieren.

Und ich? Konnte ich meiner Wahrnehmung und meinen Instinkten noch trauen? Ich würde meine Hand dafür ins Feuer legen, dass Leon nichts mit dem Diebstahl zu tun hatte, aber war das einfach nur Wunschdenken? War ich noch objektiv genug, um weiter am Fall zu arbeiten? Wenn ich mich jetzt zurückzog, würde Tim Leon nach allen Regeln der Kunst filetieren. Der war selbst auch nicht mehr objektiv. Somit glich sich das wieder aus - Tims offensichtliche Abneigung gegen Leon und meine … meine … was auch immer es war.

Mit einer schnellen Bewegung wischte ich mir die Tränen von der Wange und stand auf, um mir die Zähne zu putzen.

Als ich zurückkam, ging eine Nachricht ein.

Tim: Kommst du heute zur Beautyfarm?

Ich: Ja, wollte gleich rüberkommen. Muss das mit Henry noch erledigen.

Tim: Apropos Henry: Der terrorisiert schon alle, weil er wissen will, wo du steckst.

Ich: Bin in zehn Minuten da.

Gottverdammter Mist! Henry! Er rannte bestimmt durch die Gegend und suchte mich, um mir den Kopf abzuschlagen und die Eingeweide auszusaugen. Wer konnte es ihm verdenken? Manche Männer taten alles, um ihr Haupthaar zu schützen, Knaus hatte sich sogar die Geheimratsecken wieder füllen lassen. Und Henry hatte sicher keine teure Haarbehandlung gebucht, um hinterher mit einer Glatze dazustehen.

Ich stand auf. Es hatte keinen Sinn, das Unangenehme weiter hinauszuschieben. Es wurde Zeit, dass ich zur Beautyfarm fuhr – vermutlich zum allerletzten Mal.

Henry

Montag, 8:20 Uhr. So grau wie der Himmel über mir war auch meine Stimmung. Als ich an der Beautyfarm ankam, stand zu allem Unglück Eduardo am Eingang. Er winkte mich zu sich. Seine Miene war so heiter und entspannt, dass ich mich zweimal umsah, um mich zu vergewissern, ob er wirklich mich meinte und nicht jemanden hinter mir. Nein, da war niemand.

»Ach, Sabin. Wir haben noch etwas zu besprechen … in Dolores' Appartement.« Er bat mich hinein. »Bitte. Nach dir.«

Sein Grinsen wurde breiter – und war ganz klar boshaft. Für ihn war Schlachtfest. Er führte mich schnurstracks zum Aufzug und drückte den Knopf zu Dodos Etage. Mit jedem Zentimeter, den der Aufzug weiter nach oben fuhr, stellten sich meine Nackenhaare ein bisschen steiler auf.

Dodo erwartete mich am Tisch; Tim, Helena und Zippo saßen ebenfalls bei ihr. Warum zum Teufel hatte Tim mich nicht vorgewarnt? Er war der Einzige gewesen, der wusste, wann ich hier ankommen würde. Verstohlen zog ich mein Handy hervor und schaute auf das Display. Keine Nachrichten. Danke, Tim! Eduardo wies auf einen freien Stuhl.

»Liebe Sabin, bitte setz dich doch.«

Dolores seufzte tiefer, als jeder Abgrund sein konnte.

Ich setzte mich. Tim grinste eigenartig, Helena hingegen sah besorgt drein.

Eduardo blieb stehen und stemmte die Arme in die Hüften. »Ich habe Sie alle hergebeten, um Klarheit in die Angelegenheit

Sabin Vogt zu bringen. Sie hat sich zahlreicher Verfehlungen schuldig gemacht und dabei auch Sie, liebe Kunden, geschädigt, wofür wir uns hier nochmals in aller Form entschuldigen wollen. Zuletzt hat sie mit der Körperverletzung an dem großen Schauspieler Henry Hofmann endgültig den Vogel abgeschossen.« Er legte eine Kunstpause ein und wanderte um den Tisch herum. »Zählen wir mal auf: Der prominente Rapper Zippo«, Eduardo deutete auf den tätowierten Sänger, »wurde Opfer einer Verstrahlung, weil Sabin Vogt sich einfach vom Behandlungsort entfernte. Auch steht sie in Verdacht, das Schlangenterrarium fahrlässig geöffnet zu haben, sodass unsere Stammkundin Kathy Fiberg einen traumatischen Schock erlitt. Zudem betrat sie mehrfach alleine das Zimmer von Herrn und Frau Schmidt und brachte unerlaubter Weise verbotene Nahrungsmittel hierher. Stimmt das soweit?«

Ich nickte knapp.

»Henry Hofmann wurde zweifach geschädigt, einmal, indem sie ihm bei einer Trainingseinheit eine Currywurst unterjubelte.« Er spuckte das Wort *Currywurst* aus, als handele es sich um Arsen. »Und dann, wie mittlerweile alle wissen, hat sie Henry mit ihrer Unfähigkeit um seine Haare gebracht. Er weiß nicht, ob er seinen Verpflichtungen beim Film nachkommen kann oder welche Kosten dadurch entstehen, aber ich weiß, wer am Ende für diese ganzen Schäden aufkommen wird -«

Zippo unterbrach ihn. »Alter, was laberst du eigentlich? Ich bin nicht verstrahlt. Die Braut hat mich gerettet vor dem Untergang. Da waren Scheiß-Runen auf meiner Stirn. Ich küsse ihre Augen, die hat die Dinger einfach weggezaubert. Also chill mal, Alter, mach kein Elefant. Sabin, du bist voll mein Held.«

Ich lächelte Zippo zu und er hielt mir die Ghettofaust hin, die ich mit meiner Faust beantwortete.

Eduardo räusperte sich. »Gut, dann mag ein Vorwurf weniger ins Gewicht fallen. Aber wir haben hier immer noch eine immense Summe an Verfehlungen in gerade mal einer Woche Tätigkeit.«

»Na ja, Verfehlung …« Helena meldete sich zu Wort. »Ich war schließlich diejenige, die Sabin in ernste Schwierigkeiten gebracht hat, nur weil ich sie während der Behandlung gebeten habe, mir einen Kaffee oder Sachen aus meinem Zimmer zu holen. Und Tim ging es auch so. Wir haben uns wirklich nichts dabei gedacht.«

Tim nickte nur mit steinerner Miene. Im Hintergrund hörte ich das Ping des Aufzugs. Wer kam jetzt noch? Der Henker mit der Guillotine?

Dolores lächelte. »Siehst du, Eduardo, ich habe dir doch gesagt, es ist alles gar nicht so schlimm, wie du denkst.«

»Nicht schlimm?« Eduardo wurde mit jedem Wort lauter. »Sie hat Henry mit Killerfett gefüttert und ihm die letzten Haare vom Kopf geätzt! Nicht schlimm? Das ist eine Katastrophe!«

»Wer sagt meine Name? Ist Miss Sabin here?«

Henry kam wie ein bunter Kugelblitz um die Ecke geschossen. Mein Magen zog sich zusammen.

»Sabin? Ah, da du bist! Endlich!« Henry steuerte direkt auf mich zu.

Ich erhob mich, die Schultern durchgedrückt, die Brust raus und das Kinn erhoben. Lieber stehend sterben, als kniend leben. Meine Finger klammerten sich um die Tüte mit dem teuren Rotwein, die ich hinter meinem Rücken hielt. Henry rannte mit erhobenen Armen auf mich zu. Erst glaubte ich, er wolle mir an die Gurgel gehen, aber er warf die Arme um mich und drückte mich an seine Brust. Was war das denn?

»Oh Sabin, thank you, my darling. Danke, du bist einfach super. Du bist die Beste, simply the best.«

»Was soll das bedeuten?« Eduardos Stimme klang scharf.

Henry entließ mich aus seiner Umarmung und drehte sich zu Eduardo um. »Sie hat gerettet meine Selbstbewusstsein.« Er strahlte. »Ich hatte immer und immer so Komplexe wegen meine Haare, dachte immer, ich bin eine alte, dicke, hassliche Mann. Nie habe ich mir getraut, die letzte bisschen Haare zu rasieren. Doch Sabin hat mir befreit. Ich habe gepostet ein Bild von meine Kopf nach die Drama und die Fans lieben mich ohne Haare. Sie sind so, so begeistert, es gab eine wahre Lovestorm on Social Media, dass ich sehe aus sexy mit meine Glatze.« Er strich sich über die glänzende Platte und strahlte in den Kreis wie eine Diskokugel.

Dolores legte eine Hand auf ihr Herz und atmete erleichtert aus. »Henry, das ist wundervoll. Ich freue mich so, dass sich alles zum Guten gewendet hat. Siehst du Eduardo, es ist, wie ich gesagt habe: Die Kunden lieben Sabin.«

Eduardo aber drehte jetzt richtig auf. »Ich kann es nicht fassen! Ich kann nicht fassen, dass wir unseren guten Ruf, unsere Professionalität von so einer Stümperin untergraben lassen! Nein, ich berichtige mich: Diese Frau ist keine Stümperin, sie ist bösartig. Den Schiebeverschluss zum Terrarium muss sie absichtlich geöffnet haben. Damit hat sie eine Würgeschlange auf unsere Kunden losgelassen! Und du, Dolores, unterstützt sie immer noch! Was ist nur aus dieser Beautyfarm geworden? Wir waren mal hier.« Er deutete mit der Hand ein hohes Niveau an. »Und jetzt, jetzt sind wir höchstens noch hier!« Er ließ die Hand auf halbe Höhe sinken.

Das hatte er aus einem Film geklaut: *Killers Bodyguard*.

»Woher wissen Sie eigentlich, dass das Terrarium einen Schiebeverschluss hat?«, fragte Helena nach.

Theatralisch warf Eduardo die Arme in die Luft. »Werde ich jetzt auch noch verdächtigt? Warum sollte ich Schlangen freilassen?«

Ich legte den Kopf schief. »Mal überlegen … vielleicht, um mich endgültig loszuwerden? Sie haben gesehen, dass ich mich in Viktors Umkleide umgezogen habe -«

»Das ist doch alles Blödsinn! An den Haaren herbeigezogen! Sind wir so weit gekommen? Es wird Zeit, dass ich mich nach einem anderen Unternehmen umsehe. Einem, das die Arbeit am Kunden ernster nimmt und meine Leistung zu würdigen weiß.«

Dolores sprang auf, entsetzt. »Eduardo, aber … aber das kannst du nicht tun. Du kannst mich nicht verlassen. Nicht wegen so etwas.«

Er atmete tief durch und sah sie von oben herab an. »Offensichtlich kann ich das sehr wohl.«

Dolores' Gesicht wandelte sich schlagartig zu einer Maske, einer schönen und eiskalten Fassade.

»Gut.« Mehr sagte sie nicht.

»Gut?« Eduardo blinzelte irritiert. »Was heißt hier gut?«

Dolores sagte würdevoll: »Das heißt, du gehst. Und zwar sofort.«

Ein Dieb kommt selten allein

Montag, 9:03 Uhr. Erschöpft lehnte ich mich auf meinem Stuhl zurück. Eduardo war wutentbrannt hinausgestürmt und Dolores geleitete Henry, der ihr voller Eifer dazu gratulierte, dass sie diesen aufgeblasenen Wichtigtuer endlich an die Luft gesetzt hatte, zum Fahrstuhl.

Zurück blieben Tim, Helena und ich.

»Die Akte von Leonardo Albrecht liest sich wie die Bibel des Verbrechens«, sagte Tim unvermittelt. »Es fehlt nur noch ein Mord, dann hat er alles drin.«

»Also da fehlt noch eine ganze Menge mehr!«, protestierte ich. »Außerdem war das alles vor zig Jahren. Er ist jetzt ein erfolgreicher Unternehmer. Ich denke, weiter in diese Richtung zu ermitteln, hält uns nur auf. Gestern habe ich mit ihm gesprochen und ja, er besitzt und repariert Oldtimer, aber die bekommt er immer aus einer einzigen Quelle: Valentino. Da sollten wir ansetzen.«

Tim schüttelte unwillig den Kopf. »Das sehe ich völlig anders. Der Albrecht verschwindet auf Nimmerwiedersehen nach Osteuropa, sobald er Wind von unseren Ermittlungen bekommt, und wir lösen den Fall nie.«

Ich starrte Tim an. »Valentino hat die Kontakte und besorgt die Autos. So wie ich das derzeit einschätze, ist Leon lediglich der Käufer und nicht der Dealer.«

»Und diese Information stammt vom Loverboy selbst?«, fragte Tim scharf.

Helena lehnte sich vor. »Loverboy? Was soll das heißen?«

»Das soll heißen, dass Sabin offenbar nicht nur unter einem Dach mit dem Kerl wohnt. Du merkst doch, wie neutral sie ist, wenn es um ihn geht.« Tims Stimme triefte vor Ironie.

»Woran konkret machst du das fest?«, hakte Helena nach.

»Das merkt man doch an ihrem innigen Verhältnis.« Tim sah mich kalt an.

»Ach ja?«, gab ich ebenso kalt zurück. »Wann hast du uns denn schon zusammen gesehen?«

Tim schwieg mit versteinerter Miene. Was sollte der Blödsinn? Wenn Helena auch nur vermutete, dass ich mit Leon zusammen sein könnte, dann konnte sie mich wegen Befangenheit vom Fall abziehen lassen.

Helena trommelte mit den Fingern auf den Glastisch. »Leute, Leute, wir sollten zusammenarbeiten und nicht gegeneinander. Tim, ernsthaft, wenn du keine Beweise für deine Anschuldigungen hast, dann unterlass solche Aussagen bitte. Wir sind Ermittler und nicht das Dschungelcamp.«

Tim und ich starrten uns finster an, schwiegen aber.

»Also, wir haben zwei Spuren, denen wir nachgehen müssen. Ich schlage vor, Tim hängt sich an Leon Albrecht und Sabin an Valentino Santos. Ich unterstütze euch nach Kräften … euch beide! Was für mich nicht zusammenpasst, ist die Frage, was das alles mit dieser Beautyfarm zu tun hat. Wie kommen diese Männer an den Schlüssel und wer ist hier ihr Verbindungsmann?«

»Lara«, rief Tim.

»Ole«, sagte ich im selben Moment.

Helena hob die Augenbrauen.

»Lara ist eine von Leons vielen Ex-Freundinnen«, erklärte Tim.

»Ja, und Belinda ist jetzt *Valentinos* Freundin. Aber Ole ist Hausmeister auf der Beautyfarm und arbeitet nebenher in Valentinos Werkstatt. Für mich die perfekte Verbindung«, fügte ich hinzu.

»Also ist entweder Lara, Belinda oder Ole unser Verbindungsglied? Sehr gut, dann muss ich nachhaken, ob sie Zugang zu den Schlüsseln haben und jemand vielleicht bemerkt hat, dass sie sich dort zu schaffen gemacht haben. Wobei es nicht sonderlich wahrscheinlich ist, es handelt sich ja nur um einen einzigen Schlüssel.«

Spontan warf ich ein: »Vielleicht ist es ja gar kein Einzelfall, dass die Schlüssel hier nachgemacht werden. Was, wenn sie ständig Autoschlüssel mit Alginat und Kunstharz kopieren?«

Helena sah mich mit erhobenen Augenbrauen an. »Wie kommst du denn darauf? Hier in der Gegend wurde in den letzten Jahren kein Oldtimer gestohlen. Allerdings sollten wir besser prüfen, ob diese Substanzen sich bei Lara, Ole oder Belinda auffinden lassen.«

Ganz langsam wurde aus dem Gedankenblitz ein Verdacht. Vor meinem inneren Auge sah ich einen möglichen Ablauf, ein System, das vielleicht … Konnte das sein?

Nachdenklich sagte ich: »Und prüfen, ob einer von ihnen seltene Schlüsselrohlinge für Oldtimer bestellt hat.« Ich zückte mein Handy und wählte Jonas Nummer. Er ging nach dem ersten Klingeln ran. »Sabin hier. Kannst du bitte mal checken, ob bei all den gestohlenen Oldtimern der letzten Jahre die Besitzer im Vorfeld einen Aufenthalt auf der Beautyfarm Estelle gebucht hatten? Nimm bitte zuerst die teuren Modelle.«

Jonas versprach, mir die Information so schnell wie möglich zu liefern, und ich legte auf.

Hinter Helenas Stirn ratterte es. »Willst du damit etwa sagen, dass der Oldtimer-Ring, von dem Knaus spricht, auf dieser Beautyfarm seine Basis hat?«

Ich nickte. »Allerdings will ich das sagen. Laut Knaus gibt es eine organisierte Diebstahlserie. Es könnte doch sein, dass hier über Monate oder Jahre hinweg Kundenfahrzeuge ausgespäht wurden. Und dass die Diebe immer wieder Kopien von Oldtimer-Schlüsseln anfertigen.«

»Aber dann müssten doch in dieser Gegend viel mehr Diebstahlmeldungen vorliegen.«

»Nicht unbedingt.« Ich beugte mich aufgeregt vor. »Vielleicht stehlen die Diebe den Wagen erst, wenn die Leute wieder zuhause sind und die Beautyfarm längst vergessen ist. So kommt niemand drauf, was hier passiert, denn kein Mensch bringt den Diebstahl mit der Beautyfarm in Verbindung. Das Prinzip könnten die über Jahre fortführen.«

Helena nickte. »Klingt plausibel. Mal sehen, was Jonas findet. Aber wenn das stimmen sollte, stellt sich die Frage, warum sie dieses Mal unvorsichtig waren und den Wagen hier vom Grundstück gestohlen haben. Das passt wieder nicht zusammen.«

»Weil es eine konkrete Bestellung war, deswegen«, insistiere Tim. »Da hat der kriminelle Schönling eben mal eine Ausnahme gemacht. Er wäre nicht der erste Unternehmer, der nebenbei in illegale Geschäfte verwickelt ist, die er unter dem Deckmäntelchen seiner Firma laufen lässt. Vielleicht steckt der Bruder auch mit drin, dieser Marc.«

Jetzt wurde es aber zu bunt. Ich sah ihn wütend an, antwortete jedoch Helena: »Ich tippe darauf, dass sie keine Zeit hatten. Warum, weiß ich auch noch nicht. Aber das finde ich heraus.«

Tims Handy und meines klingelten gleichzeitig. Er nahm den Anruf entgegen und ich sah auf mein Display. Es war Leon und sofort erwachten die Schmetterlinge in mir und machten Theater.

Leon: Hallo weltallerbeste Welpenhebamme, erinnerst du dich noch an unser Date heute Nachmittag?

Ich: Haben wir ein Date?

Leon: Ja sicher, wir wollen doch Huberts Hühnerstall kalken.

Ich: Dieser Halsabschneider soll sich selbst den Hintern kalken. So ein Huhn kostet fünfzehn Euro. Ich habs gegoogelt. Von mir bekommt der höchstens eine Anzeige.

Leon: Komm schon, wir zwei Hühnerexperten hätten einen lustigen Nachmittag. Frische Luft, Sonnenschein, und zur Belohnung gibt es ein tolles Abendessen. Und das alles für den guten Zweck, dass Kira ihr Huhn bekommt und wir einem armen alten Mann bei der schweren Arbeit helfen.

Ich: Hubert ein armer Mann – haha! Aber was gibt es zu essen?

Leon: Frische Focaccia mit Antipasti und Zimtschnecken und Käseplatte mit Crackern und Herbst-Himbeeren und Federweißer 🍷

Ich: Du hattest mich schon bei der Focaccia. Um vier auf dem Gutshof?

Leon: Yes! Ich wusste, dass ich dich mit Essen rumkriege. Bis später. 😘

Als ich grinsend aufsah, stellte ich fest, dass Helena mich nachdenklich anstarrte. Ein paar Meter weiter diskutierte Tim lautstark mit Jonas.

Kurz darauf gesellte Tim sich wieder zu uns. »Jonas ist ganz aufgeregt. Schon zwei Besitzer von gestohlenen Oldtimern haben ihm bestätigt, dass sie mal hier auf der Beautyfarm waren. Wir müssen aber mindestens ein Viertel von fünfzig Betroffenen fragen, um sicher zu sein, ob Sabins gewagte Theorie stimmt.«

»Dann soll er mal die Liste rüberschicken und wir helfen ihm beim Abtelefonieren.«

»Ja, das habe ich ihm auch gesagt. Damit hängt sich dieser Albrecht selbst ganz hoch an den nächsten Baum, erinnere dich an diese Worte.«

Ich seufzte. »Tim, können wir bitte objektiv bleiben. Jemand ist so lange unschuldig bis -«

»Bis seine Schuld bewiesen ist. Jaja, das weiß ich alles. Ich bringe dir die Beweise, dann wirst du sehen, wie recht ich habe.« Tim warf mir einen herausfordernden Blick zu.

Ich knirschte mit den Zähnen. »Ich werde Leon direkt heute Nachmittag bei unserer Verabredung auf den Zahn fühlen.«

Tim sah mich finster an. »Ich komme mit, dann machen wir das gemeinsam.«

»Vergiss es«, erwiderte ich. »Der sagt nicht ein vertrauliches Wort, wenn du in der Nähe bist.«

Helena sah Tim an, dann mich. »Sabin geht besser allein. Tim, du hilfst mir beim Telefonieren und dann müssen wir Lara, Belinda und diesem Ole nochmal auf den Zahn fühlen.«

Tim nickte und warf mir wieder diesen Blick zu. Ich nahm die Herausforderung an. Die Jagd war offiziell eröffnet. Es würde eine unschöne werden, und ich konnte nur hoffen und beten, dass Tim nicht irgendwelche Beweise gegen Leon ausgrub, bevor ich Valentino endgültig am Haken hatte. Denn der Gedanke, dass Leon inhaftiert wurde, drehte mir bereits jetzt den Magen um, dass die Schmetterlinge dort nur so durcheinanderwirbelten.

Hühnerstall und Frühlingsgefühle

Montag, 15:13 Uhr. Einen Hühnerstall zu kalken war richtige Drecksarbeit. Der liebenswerte Bauer Hubert hatte den Stall weder ausgeräumt noch gereinigt; das bliebe uns vorbehalten, erklärte er kurzerhand und verschwand, knurrend und brummend, als würde er uns einen Gefallen tun und nicht wir ihm.

Als ich mich darüber aufregte, lachte Leon, meinte, Drecksarbeit sei gut für den Charakter, und schleppte die Kästen mit den Nestern nach draußen. Immerhin schien die Sonne, die Vögel zwitscherten in den Bäumen und der Hahn krähte - vielleicht auch aus Protest, weil wir sein Reich ohne seine Erlaubnis betraten. Krähen konnte man das allerdings kaum nennen, denn was aus seinem Schnabel kam, klang eher wie das Geräusch eines alten, rostigen Motors, der nach zwanzig Jahren in der Scheune wieder gestartet wurde. Wir kicherten, und bald bekamen Leon und ich bei jedem seiner Krähversuche einen Lachanfall.

Erstaunlich schnell war das Hühnerhaus leergeräumt und ausgefegt. Als Nächstes strichen wir Seite an Seite Kalkfarbe auf das Holz, das auf diese Weise gegen Ungeziefer geschützt werden sollte. So blöd die Arbeit auch war, mit Leon zusammen machte es richtig Spaß. Wir plauderten über unsere Jobs und er fragte mich aus, welches mein Lieblingsessen war und welche Restaurants ich in Düsseldorf kannte. Und als der Hahn einen wahren Schreikrampf bekam, zählte Leon ihm alle Rezepte auf, die er aus einem Hähnchen zubereiten konnte und würde, wenn er nicht endlich den Schnabel hielt. Der Hahn war so beeindruckt, dass er Leon mit wildem Blick anglotzte und eilig hinter der Ecke des Hühnerhauses verschwand. Mir fiel vor Lachen beinahe der Pinsel aus der Hand.

Leon grinste mir entgegen. »Hab ich dir nicht gesagt, dass wir Spaß haben werden?«

»Stimmt, du hast nicht zu viel versprochen.«

Leons Telefon piepste und er warf einen Blick darauf. »Ah, da muss ich am Ball bleiben«, murmelte er. »Hab ich dir schon erzählt, dass ich ein Auge auf einen Kahrmann Ghia geworfen habe? Der sieht echt genauso aus wie das Modell, das ich damals mal geklaut habe. Jetzt weiß ich immerhin, wer der Besitzer ist. Mal sehen, was da geht.« Während er aus dem Hühnerstall nach draußen ging, nahm er den Anruf entgegen.

Ich schluckte. »Aha.« Was er wohl damit meinte? Mir wurde klar, dass ich die ganze Zeit vor mir herschob, Leon zu befragen. Doch nur so konnte ich ihn entlasten. Aber was wäre, wenn ich dabei etwas herausfand, das ihn noch mehr belastete? Viel lieber würde ich jetzt einfach die Zeit mit ihm genießen und den ganzen Mist vergessen. Aber Tim war Leon auf den Fersen und ich … ich musste schneller sein als er.

Leon kam von seinem Telefonat zurück. Ich beugte mich hinunter zum Eimer und tunkte den Pinsel hinein.

»Wie kam es eigentlich dazu, dass du und Valentino früher Stammgäste auf der Polizeiwache wart?« Ich sah auf. Leon stand direkt vor mir, ebenfalls über den Eimer gebeugt. Seine braunen Augen glänzten und von der Arbeit waren seine Haare zerzaust, an deren Spitzen ein bisschen weiße Kalkfarbe klebte. Er lächelte versonnen und zuckte die Schultern.

»Schlechte Erziehung?« Dann richtete er sich auf und strich weiter. »Vielleicht lag es daran, dass wir zuhause nur Probleme hatten und so die Gang unsere Familie wurde. Meine Güte, waren das wilde Zeiten. Fühlt sich an wie ein anderes Leben.«

Auch ich nahm mir das nächste Brett vor und setzte den Pinsel an. »Ich frage mich … Hast du jemals bereut, das alles getan zu haben?«

»Stehlen ist nicht okay, aber ich fand es eigentlich immer schlimmer, erwischt zu werden.«

Erneut tunkte ich meinen Pinsel in die Farbe und strich über die Innenwand des Hühnerhauses, die langsam gleichmäßig weiß wurde.

»Haben alle aus deiner Gang den Absprung geschafft oder sind welche von ihnen in der Vergangenheit hängen geblieben?« Ich sah ihn prüfend an.

Er schien nachzudenken. »Ole ist Hausmeister auf der Beautyfarm, Marc ist wie ich Unternehmer, Valentino hat eine eigene Autowerkstatt. Auch die anderen … Nein, ernsthaft, alle haben der dunklen Seite der Macht entsagt. Bis auf Sergio, den Bulgaren, vielleicht. Der Kerl dreht immer noch die krummsten Dinger ... und ich natürlich.« Er lächelte mich an und zwinkerte, als habe er einen Scherz gemacht. Hatte er?

»Wieso meinst du, dass du noch auf der dunklen Seite der Macht bist?« Ich schluckte. Würde er es mir einfach so sagen, wenn er Autos stahl? Bitte sag es nicht, flehte ein Teil von mir … und dieser Teil war definitiv nicht die Kommissarin.

»Vielleicht bin ich tatsächlich in der Vergangenheit hängen geblieben, denn Verkaufszahlen oder Produktionspläne langweilen mich zu Tode. Unser Onkel wollte damals, dass wir in die Firma einsteigen, und Marc geht da voll drin auf. Aber ich … Klar laufen die Geschäfte super, aber manchmal denke ich, das kann echt nicht alles sein. Früher, wenn wir mit einer geklauten Karre durch die Straßen gerast sind, das war Kitzel, Spaß und Adrenalin. Auch wenn es falsch war und illegal, es hat sich um Welten lebendiger angefühlt als das, was ich heute mache. Und ich habe ja auch diese Idee, was ich sonst machen könnte, aber …« Leon brach ab. »Sorry, ich quatsche dir hier die Ohren voll. Dabei sollte ich dankbar sein, und nicht kindischen Träumen nachhängen.«

»Was ist denn falsch daran, eigene Träume zu haben?«

»Gar nichts, aber ich fühle mich trotzdem wie ein Verräter. Mein Bruder hat immer zu mir gehalten, wenn kein anderer mehr da war. Ich lasse ihn jetzt garantiert nicht hängen.« Ich sah das Feuer in seinen Augen. »Sag mal, habe ich gerade wirklich einer Kommissarin erzählt, wie toll ich Autos klauen finde? Am Ende werde ich noch verhaftet.« Er lachte leise und die Schmetterlinge in meinem Bauch flogen einen Looping.

»Nicht, solange du nicht wirklich Autos klaust.« Ich gab mir einen Ruck. Einmal musste ich ja fragen. »Wo warst du beispielsweise vorletzte Woche Mittwoch auf Donnerstag zwischen zwölf und zwanzig Uhr?«

Leon sah mich argwöhnisch an und zögerte. »Ernsthaft? Willst du das wirklich von *mir* wissen?« Seine Augen wurden schmal.

Ich nickte.

»Etwa wegen diesem Fall, in dem du ermittelst? Worum geht es da eigentlich? Sag nicht, um Autodiebstahl, dann falle ich vor Lachen in die Hühnerkacke.«

Mit ungerührter Miene strich ich stur weiter, damit er aus meiner Reaktion keine Schlüsse ziehen konnte. Das würde Tim nur in die Hände spielen.

»Aha … verstehe … wie nett, dass du fragst«, sagte er mit einer Kälte, die mir Schauer über den Rücken jagte. »Vorletzte Woche, also vor der Hochzeit, war ich geschäftlich in Bulgarien. Alles ganz normal – nein, warte, es gab ein Problem: Montags hab ich Valentino angerufen, weil ich ein Hochzeitsauto für den Freitag brauchte, denn der Kahrmann Ghia, den ich für Marc und Kira ursprünglich in den USA gekauft habe, hing und hängt immer noch im Zoll fest. Mittwochabend bin ich zurückgeflogen, da kam die Info, dass Vale den Jaguar für mich hat, den habe ich aber am Freitag früh abgeholt. Und den Donnerstag war ich tagsüber arbeiten und abends dann fernsehen, also noch bei meiner Ex. Die kann das bezeugen, aber vielleicht macht sie das auch nicht, weil … na ja, Freitag kam dann die Trennung, kurz vor der Hochzeit.« Er sah mich von der Seite aus an. »Reicht Ihnen das, Frau Kommissarin?«

Ich nickte und wagte einen Blick in seine Augen. »Danke, fürs Erste klingt das glaubwürdig, Herr Albrecht.«

»Da bin ich aber sehr erleichtert, Frau Kommissarin.« Seine Mundwinkel zuckten bereits wieder. »Ich hatte schon befürchtet, ich müsste Sie am Ende noch bestechen.«

Wir waren gerade mit dem letzten Anstrich fertig und hatten das Hühnerhaus wieder eingeräumt, da kam Bauer Hubert um die Ecke. Er hatte drei Tassen in der Hand, randvoll mit tiefschwarzem Kaffee, der so stark war, dass es mir fast die Schuhe auszog. Leon machte mit jedem Schluck einen Witz über die

Misshandlung der Kaffeebohnen und dass Hubert besser mal nicht die ganze Plantage in eine Tasse pressen sollte. Die beiden verstanden sich erstaunlich gut.

Ich stellte mir vor, wie es wäre, Leon seine Freiheit zu nehmen. Ja, er machte selbst aus furchtbarem Kaffee und stinkenden Hühnerhäusern noch das Beste, aber seine Reaktion auf die Handschellen war ziemlich eindeutig gewesen. So jemanden einsperren? Für bis zu zehn Jahre? Nein, das konnte ich nicht ertragen – und er schon gar nicht.

Ich trank die Tasse leer. Heute Nacht würde ich nur wenig Schlaf brauchen, stattdessen würde ich nach jedem noch so kleinen Indiz suchen, das Leon entlasten konnte. Ich wusste auch schon, wo ich suchen musste – und stellte fest, wie erschreckend egal es mir war, dass ich dazu etwas Verbotenes tun musste.

Gerade als wir uns von dem grummeligen Hubert verabschiedeten, hörte ich Leon sagen: »In ein paar Tagen komme ich dann mit der nächsten Fuhre Autos.«

Ich erstarrte mitten in der Bewegung.

Hubert antwortete: »Jo, kannse ruhig machen, woll. Is ja Platz inne Scheune.«

»Ich dachte, du hast deine Autos bei Marc und Kira auf dem Hof«, hakte ich nach.

Leon nickte. »Ja, im Grunde schon, aber mehr und mehr lagere ich das aus. Ich will den beiden ja nicht ewig alles voll stellen.«

»Recht haste, und weil dir dat hier sowieso alles mal gehört und du mir helfen tust, kannste auch deine Prütteln hier unterstellen.«

»Wo du recht hast, Hubert. Mach's gut!«

»Aber nicht zu wild … aber nicht zu wild, min Jung.«

Hubert hob die Hand zum Abschied und wir gingen zum Auto. Ich räusperte mich. »Auch auf die Gefahr, dass ich dämlich erscheine, aber was hat er damit gemeint, dass dir hier was gehört?«

»Ach, der Hubert.« Leon schmunzelte und öffnete die Wagentür. »Ich hab hier ein paar Mal geholfen und wir haben uns angefreundet und seinen Traktor repariere ich ihm auch. Da hat er mich vor ein paar Monaten gefragt, ob ich den Hof haben will. Ich muss aber im Gegenzug dafür sorgen, dass er nicht ins Altenheim kommt, sondern hier gepflegt wird – am besten von fünf hübschen Krankenschwestern gleichzeitig. Er hat wohl blöde Verwandte oder so. Da hab ich Ja gesagt. Der ist viel netter, als man denkt.«

»Aber du willst doch bestimmt kein Landwirt werden, oder?«

»Nein, aber man kann vielleicht jungen Leuten die Chance geben, sich hier mit neuen Anbaumethoden auszuprobieren oder sowas, ich hab da ein paar Ideen. Findest du das albern?«

»Nein, das finde ich sogar ziemlich spannend.«

»Hast du denn auch Träume?«

Ich nickte. »Derzeit nur einen – aber den kann ich dir leider nicht verraten.«

Auf nächtlichen Streifzügen

23:16 Uhr. Mit einem Dietrich fummelte ich die Hintertür von Valentinos Werkstatt auf. Das Schloss leistete kaum Widerstand. Vorsichtig öffnete ich die Tür, erst einen Spalt, dann vollständig. Es quietschte durchdringend. Hoffentlich hatte ich nicht die gesamte Nachbarschaft geweckt. Ich hielt den Atem an, lauschte kurz in die Stille. Nichts, da war niemand.

Mit der Taschenlampe leuchtete ich durch den Raum, immer darauf bedacht, den Lichtstrahl möglichst auf den Boden zu richten. Ich war in einer Halle, vielleicht achtzig Quadratmeter groß und locker vier Meter hoch, mit Hebebühne und einer Werkstattgrube, beide belegt mit Fahrzeugen, allerdings neuere Modelle. Kein Oldtimer in Sicht. An den Seiten reihten sich ein paar Werkbänke mit Sortierkästen darüber, ein hoher Stapel Reifen, einige Werkzeugwagen und eine Standheizung.

Daneben bemerkte ich eine Tür, die in den Nachbarraum führte. Ich ging hinüber und öffnete sie. Valentinos Büro - wenn es etwas zu finden gab, dann vermutlich hier. Ein Schreibtisch, ein Tisch für Besprechungen, mehrere Schränke. Da der Schreibtisch aufgeräumt war, öffnete ich die Schränke und sah mir den Inhalt an: Akten und Werkzeuge, Schlüssel, Ersatzteile, ein kleiner Tresor … Oh, das war interessant. Ich drehte den Schlüssel, der im Schloss steckte, und die Tür des Tresors schwang auf. Neben einer großen Menge Bargeld fiel mir ein Stapel Papiere auf, den ich näher beleuchtete. Das waren Fahrzeugbriefe.

Ich blätterte durch die Briefe und erstarrte. Sie waren gestempelt und unterschrieben; alte Originalbriefe, auf denen Jahreszahlen von 1940 bis 1987 standen, komplett mit vorherigen Haltern samt Namen und Adressen … Aber oben in der Fahrzeugbeschreibung stand nichts.

Das waren Fälschungen, auf denen man nach Belieben den Fahrzeugtyp und die Fahrgestellnummer eintragen konnte. Dann warf man die Doubletten eine Runde in die Waschmaschine und jeder dachte, dass es sich um ein Original handelte.

Das war es! Ich hatte, was ich brauchte. Gerade holte ich mein Handy heraus, um die Briefe abzufotografieren, da hörte ich ein Geräusch hinter mir. Den Bruchteil einer Sekunde später spürte ich einen dumpfen Schlag am Kopf. Der Schmerz fuhr mir bis in die Zehenspitzen, dann wurde es dunkel.

Ich erwachte von meinem eigenen Stöhnen und Leons flehender Stimme. »Sabin? Bitte Sabin, bitte wach auf, Liebes.«

Mein Schädel dröhnte, als hätte jemand in seinem Inneren einen Flugzeugmotor gestartet, und mein Hinterkopf pochte schmerzhaft. Was war passiert? Langsam öffnete ich die Augen. Ich lag in Valentinos Büro und in Leons Armen …

»Was ist passiert? Bist du gestürzt?«

»Ich bin okay«, murmelte ich. Die Worte hallten schmerzhaft in meinem Kopf nach. Ich setzte mich auf, wobei Leon mich stützte und dabei fast umklammerte. »Jemand hat mich niedergeschlagen.«

Leon stutzte nur eine Sekunde, aber ich registrierte es dennoch. Er schien wütend, sein Gesicht wurde hart wie Stein und die Augen schmal.

»Wer war das? Hast du was erkannt? Irgendwas?«

»Nein«, stöhnte ich.

»Schade. Aber ich kümmere mich darum, keine Sorge.«

Ich fuhr mir mit den Händen über das Gesicht. »Was machst du eigentlich hier?«

»Ich war draußen, bei Valentino. Als er weggefahren ist, habe ich ein Geräusch in der Werkstatt gehört und bin nochmal nachsehen gegangen. Und da lagst du hier.«

So viel hatte ich auch schon bemerkt. Langsam klarten mein Kopf und mein Verstand auf, der Schmerz ließ ein wenig nach, seit ich mich aufgesetzt hatte. Leon half mir auf und auch, wenn sich die Welt kurz um mich drehte, ging es mir besser, je aufrechter ich stand. Ich tastete nach meinem Hinterkopf und spürte dort eine Beule und etwas Nasses an meiner Hand.

»Ich blute.«

»Fuck, ich schaue nicht hin, nein, es ist alles gut. Alles bestens. Komm, *tesoro*, ich bringe dich zum Auto ... Und mich auch, dann kann ich wenigstens im Sitzen ohnmächtig werden.«

Ich wollte lachen, aber stattdessen kam ein gequälter Laut aus meinem Mund. Leon packte mich, schleppte mich fast schon durch die Bürotür, da fiel mir etwas ein. Die Fahrzeugbriefe.

»Warte«, krächzte ich und er ließ mich los.

»Was ist? Tue ich dir weh?«

»Nein, ich muss nur ...« Ich steuerte auf den Schrank zu, in dem die Fahrzeugbriefe lagen.

Gelegen hatten! Sie waren weg.

»Wo sind sie?« Ich sah Leon scharf an.

»Was meinst du?«, fragte er und kam näher. Er suchte das Schrankinnere mit den Augen ab. »Wo ist was?«

»Die Fahrzeugbriefe. Sie lagen genau hier.« Ich deutete auf die leere Stelle im Safe. Der gesamte Stapel war fort.

»Ich weiß es nicht. Als ich reinkam, habe ich zuerst dich gesehen und mich um nichts anderes gekümmert.«

»Und wer war noch hier?«

»Niemand, das hätte ich doch gemerkt.«

Ich blickte mich um. Das konnte nicht sein, außer es war Valentino gewesen, der mich niedergeschlagen und die Briefe entfernt hatte. Aber wie sollte er das machen, während er draußen mit Leon im Gespräch war? Das passte alles nicht zusammen. Ich spürte, wie mir Tränen der Enttäuschung hochstiegen. Diese Fahrzeugbriefe und ein offizieller Durchsuchungsbefehl wären meine Chance gewesen, Leon zu entlasten und vielleicht zu verhindern, dass er jemals erfuhr, dass ich gegen ihn ermittelt hatte. Jetzt stand ich wieder mit leeren Händen da. Und mein Kopf pochte so arg, dass ich kaum nachdenken konnte.

»Kannst du mich vielleicht mit nach Hause nehmen?«, fragte ich leise. »Im Moment kann ich nicht Motorrad fahren, glaube ich.« Mir war nur noch zum Heulen zumute.

Leon fasste mich bei den Schultern, und ich ließ mich gegen ihn sinken. Behutsam brachte er mich zum Auto, vermied aber, mich anzusehen und verfrachtete mich auf den Beifahrersitz. Dann fuhr er los und trat das Gaspedal durch, bis wir vor der Notaufnahme des Krankenhauses standen und zwei Sanitäter uns begrüßten.

Obwohl ich nach Hause gewollt hatte, stellte sich heraus, dass seine Entscheidung richtig gewesen war. Die Wunde wurde mit fünf Stichen genäht und der Arzt diagnostizierte eine leichte Gehirnerschütterung, die aber keine Bettruhe notwendig machte. Leon blieb während der Untersuchungen und der Wartezeit die ganze Zeit an meiner Seite, war aber merkwürdig ernst und betrachtete mich mit verschlossener Miene. Zwischendurch sah ich, wie er auf seinem Handy herumtippte. Die Ärzte verpassten mir ein starkes Schmerzmittel und während Leon mich nach Hause fuhr, dämmerte ich immer wieder weg.

»Ach, Sabin, was hast du nur angestellt«, hörte ich seine Stimme aus weiter Ferne. Und ich hörte, dass er jemanden anschrie, aber ich bekam nicht mit, wen.

Kapitel 12

Leon verschwindet

Von Lillith

Du fühlst dich allein? Jemand hat dich verlassen? Venus kann sich gegen den starken Jupiter im Skorpion nicht durchsetzen, der dir eine harte Enttäuschung beschert. Glaub fest an das Gute, das vor dir liegt, und Finger weg von Schmerzmitteln, die vernebeln dir nur die Sinne. Du brauchst einen klaren Kopf, selbst wenn er dir weh tut.

Dienstag, 07:20 Uhr. Woher wusste meine kleine verrückte Schwester, was hier gerade ablief? Und wenn sie es schon wusste, ging es nicht ein bisschen konkreter? Wer genau würde mich verlassen? Was war die Enttäuschung? Ich schob die Schmerzmittel beiseite, die schon griffbereit auf dem Küchentisch lagen, und trank einen Schluck aus meiner Kaffeetasse. Eine der Katzen tollte über den Küchenboden und jagte Papierschnipsel, die unter dem Tisch verteilt lagen. Ich beobachtete ihr Spiel und dehnte dabei vorsichtig meinen verspannten Nacken. Der erwartete Schmerz blieb aus, tatsächlich pochte nur die empfindliche Beule am Hinterkopf. Aber dank der Kühlpacks, die Leon mir in der Nacht immer wieder aufgelegt hatte, war sie schon deutlich kleiner geworden.

Überhaupt, Leons ganzes Verhalten verwunderte mich. Wo war der angeblich so große Weiberheld, der unzuverlässig und nur auf seinen Vorteil bedacht sein sollte und sofort Reißaus nahm, sobald es schwierig wurde? Was ich bisher erlebt hatte, war das komplette Gegenteil. Allein wie rührend er sich letzte Nacht um mich gekümmert und mich alle zwei Stunden geweckt hatte, um zu checken, ob ich mit der Gehirnerschütterung auch normal reagiere. Die ganze Nacht an meinem Bett auszuharren war bestimmt alles andere als bequem gewesen. Allerdings wünschte ich mir, dass ich gestern Abend in der Lage gewesen wäre, seine Anwesenheit in der Werkstatt zu hinterfragen. Die Geschichte, die er mir aufgetischt hatte, konnte so nämlich nicht stimmen. Entweder log er, um sich selbst zu schützen, oder er schützte jemand anderen … Aber er log, soviel war klar.

Ganz tief in mir meldete sich eine Stimme, die sich fragte,

ob Leon mich vielleicht selbst niedergeschlagen und nur an meinem Bett gesessen hatte, um den Verdacht von sich abzulenken. Aber ich wollte diese Stimme nicht hören. Nein, einfach nein! Leon würde mir niemals etwas antun. Trotzdem würde ich ihm später nochmal auf den Zahn fühlen müssen. Gegen Morgen hatte er mir zugeflüstert, er müsse jetzt gehen, die Tiere füttern und noch irgendetwas, das ich im Halbschlaf gar nicht richtig mitbekommen hatte. Vermutlich, dass er sich nach so einer Nacht den Vormittag freinahm, um Schlaf nachzuholen.

Mein Handy brummte. Tim fragte, ob er vorbeikommen könne, ich bejahte. Ich hoffte nur, es ging um Berufliches, denn einer Diskussion über Privates fühlte ich mich noch nicht gewachsen. Aber wenn Tim hier war, konnten wir gleich die nächsten Schritte besprechen. Denn dass ich die Fahrzeugbrief-Attrappen in Valentinos Werkstatt gefunden hatte, konnte selbst Tim nicht ignorieren. Heute war der Tag, an dem ich sie wiederfinden und Valentino ans Messer liefern würde. So viel konnte *ich* vorhersagen – und damit war ich Lilliths Prophezeiung ein gutes Stück voraus.

Eine Viertelstunde später fegte ich die Papierschnipsel vom Küchenboden zusammen und behielt derweil die Einfahrt im Auge. Gerade als ich sie im Papierkorb entsorgen wollte, fuhr Tim vor, und ich eilte zur Haustür und öffnete sie. Tim hielt mir eine Brötchentüte unter die Nase und ich bedankte mich. Sollte das ein Friedensangebot sein?

Tim folgte mir in die Küche, und ich hörte, wie er in meinem Rücken scharf die Luft einsog.

»Wo hast du denn diese Beule her?«

»Jemand hat mich niedergeschlagen. Gestern Abend in Valentinos Werkstatt.«

»Was?« Tim fasste mich an den Schultern und drehte mich zu sich um.

»Hey, langsam, Pirouetten gehen heute noch nicht.« Ich blinzelte.

»Entschuldige. Komm, dann setz dich lieber.« Tim brachte mich zu einem Stuhl am Esstisch. »Warst du etwa allein da? Wie bist du überhaupt reingekommen? Und warst du beim Arzt oder soll ich dich fahren? Bist du -«

»Tim, hol mal Luft. Es ist alles gut, sagt der Arzt. Leon hat mich gefunden, ins Krankenhaus gebracht und bestens versorgt.«

»Leon war bei dir? Warum hat er nicht auf dich aufgepasst?«

»Psst, sei leise, ich glaube, er schläft noch.« Mit dem Kopf deutete ich auf Leons Zimmertür.

Tim schaute grimmig, setzte sich an den Tisch mir gegenüber und flüsterte: »Ich bin mir mittlerweile sicher, dass dieser Typ knietief in der Sache drinsteckt, es passt alles zusammen und je mehr wir herausfinden, desto klarer deutet alles auf ihn. Er ist vermutlich sogar der Kopf dieser Oldtimerbande!«

Ich hob kurz die Hand, nahm mein Handy, schaltete Musik ein und legte es neben Leons Tür auf die Kommode. Leon würde so hinter der Zimmertür David Guetta hören und nicht, was Tim und ich am anderen Ende der Küche redeten.

Als ich mich wieder zu Tim setzte, fragte ich leise: »Was gibt es denn konkret Neues?«

»Jonas und Helena haben den ganzen Tag und den ganzen Abend durchtelefoniert. Du hattest recht, mehr als die Hälfte aller Eigentümer, deren Oldtimer in den letzten drei Jahren gestohlen wurden, sind vorher auf der Beautyfarm gewesen.«

Ich runzelte die Stirn. »So viele? Damit habe ich nicht gerechnet.«

»Wir auch nicht. Aber jetzt ist klar, dass dieser Autoschieberring seine Opfer unter den Klienten der Beautyfarm findet. Dort werden die Schlüssel kopiert, die Adressen notiert, um dann Wochen oder Monate später das Auto mit dem nachgemachten Schlüssel einzusammeln. Mal direkt vor der Haustür, mal aus dem Parkhaus oder im Urlaub ...«

»Genau das war meine Befürchtung. Was sonst habe ich verpasst?«

Tim beugte sich vor. »Wir vermuten, dass sie ihre Opfer, deren Adressen sie ja kannten, eine Zeitlang ausgespäht haben, bis der richtige Augenblick kam, um zuzuschlagen. Jedenfalls waren sie bislang so klug, mit den Diebstählen zu warten, bis niemand mehr den Zusammenhang zur Beautyfarm hergestellt hat.« Tim legte seine Hand auf meine und lächelte mich an. »Du bist genial, Sabin, deine Intuition hat uns einen riesigen Schritt nach vorne gebracht - und diesen Affen einen Schritt näher an den Knast.«

»Bleib mal professionell«, zischte ich Tim an. »Leon ist kein Affe und niemand wird hier vorverurteilt, solange ich an diesem Fall mitwirke. Leon schraubt an Autos in einer kleinen Scheune hinten auf dem Hof. Wie soll er da im großen Stil Autos verschieben? Es wäre doch sofort aufgefallen, wenn er hier pausenlos wertvolle Oldtimer über den Hof kutschiert hätte. Aber davon abgesehen habe ich auch Neuigkeiten: Gestern Abend habe ich bei Valentino im Büro einen großen Stapel gefälschter

Fahrzeugscheine entdeckt. Außerdem hat er eine Lackierhalle und Unterstellmöglichkeiten.«

»Großer Gott, Sabin, Valentino macht die Drecksarbeit, aber Leon ist der Kopf und lässt arbeiten. Leon Albrecht ist Chef eines millionenschweren Unternehmens und besitzt riesige Lager- und Produktionshallen in ganz Europa. Da lässt er ein Auto schneller verschwinden als du einen Kaugummi unter der Tischplatte.«

»Nur, weil er die Möglichkeiten hat und die Vorstrafen, heißt das nicht unbedingt, dass er es ist.« Stur verschränkte ich die Arme.

Tim schüttelte den Kopf. »Ich verstehe dich nicht. Seine Akte beweist: Dieser Mann belügt und betrügt. Wer weiß, vielleicht hat er dich sogar niedergeschlagen … Wie kannst du noch auf seiner Seite sein? Ich hatte gehofft, du tust nur so, um hinter seine glänzende Fassade zu schauen.«

»Ich bin auf gar keiner Seite, sondern bewerte die Fakten.« Genervt schüttelte ich den Kopf. »Ich habe ihn gründlich unter die Lupe genommen und nichts Handfestes gefunden. Und du auch nicht. Wo sind deine schlagenden Beweise? Alles andere ist Hexenjagd.«

Er zog eine Mappe aus dem Rucksack und warf sie vor mir auf den Tisch.

»Zweiunddreißig Fälle, die mit deinem Schönling in Verbindung gebracht werden, für knapp zwanzig hat man ihn verurteilt. Der Mann hat Kontakte in alle Welt und vor allem zum Ostblock, er spricht fließend Bulgarisch, Italienisch und besitzt sogar ein Haus in Karlsbad, nur eine Stunde entfernt von Teplitz, dem bekanntesten Autoschieber-Ort Europas. Und du willst mir erzählen, er sei unschuldig? Der schreit doch nach Handschellen.«

»Gut!« Ich stand auf. »Fragen wir ihn selbst.« Mit diesen Worten stiefelte ich auf Leons Zimmertür zu. Ich klopfte, aber keine Antwort. Vorsichtig öffnete ich die Tür. Niemand zu sehen, das Bett war leer. Merkwürdig.

Ich nahm mein Handy, machte die Musik aus und wählte Leons Handynummer. Vorübergehend nicht erreichbar. Ich wählte die Firmennummer und eine Frauenstimme ging ran.

»xTherm, Privatsekretariat Leon Albrecht, Hertel am Apparat, wie kann ich Ihnen helfen?«

»Hier ist Sabin Vogt. Ist Leon Albrecht zu sprechen?«

»Tut mir leid, Frau Vogt, Herr Albrecht ist verreist. Er kommt in ein paar Tagen wieder. Darf ich fragen, in welcher Angelegenheit Sie ihn sprechen wollen?«

Mir wurde kalt bei ihren Worten. Verreist? Oder einfach abgehauen? »Ich … es geht um den Hof seines Bruders, wir versorgen dort gemeinsam die Tiere.«

»Ach, Sie sind seine Mitbewohnerin? Er hat eine Notfallnummer vom Hotel hinterlegt, für den Fall, dass er auf dem Handy nicht erreichbar ist. Dort sollen wir ihm dann eine Nachricht hinterlassen. Soll ich Ihnen die Nummer durchgeben?«

»Ja, bitte.« Ich notierte sie, würgte ein »Danke« hervor und legte auf.

»Wo ist er?«, fragte Tim. Er starrte erst mich an und schaute dann auch auf die Nummer.

Ich biss mir auf die Lippe. Ach, es nützte nichts, Tim würde jede Sekunde draufkommen, wenn er die Vorwahl sah … 00359.

»In Bulgarien«, knurrte ich.

»Hab ich es doch gewusst. Der Bruder linkt dich, glaub mir, der linkt uns alle. Ich durchsuche jetzt seine Werkstatt hier auf dem Hof und ich wette mit dir, dass ich etwas finde.«

Ich wollte schon protestieren und ihm was von Hausfriedensbruch erzählen, aber nach meiner Aktion in Valentinos Werkstatt, war ich kaum in der Position, ihn zu hindern. Er dachte aber selbst daran, einen Durchsuchungsbeschluss für die Werkstatt-Scheune anzufordern.

Nachdem Tim das LKA informiert und den Beschluss angefordert hatte, ließ er sich von mir den Schlüsselbund aushändigen und marschierte mit entschlossenen Schritten zur Hintertür hinaus. Was mich allerdings mehr interessierte als die Werkstatt war die Frage, warum Leon mir nichts von der Reise gesagt hatte. Oder hatte er?

Gerade wollte ich Tim folgen, als mir unter dem Tisch die Papierschnipsel ins Auge fielen, die ich zusammengefegt hatte. Ich hob sie auf, ging damit zum Tisch und verteilte die zerrissenen und zerbissenen Fragmente auf der Tischplatte.

Liebe Sabin, ich bin auf Geschäftsreise … leider kurzfristig, mach … keine Sorgen … paar Tage zurück … anrufen.
Denke an dich, Leon.

Mehr war leider nicht mehr zu entziffern. Ich seufzte erneut und folgte dann Tim nach draußen, mit einem sehr, sehr unguten Gefühl im Bauch.

Dieses verdammte Hochzeitsauto

Dienstag, 07:48 Uhr. Mir gefiel es nicht, wie rabiat Tim während der Durchsuchung mit Leons Sachen umging, aber ich sagte nichts dazu. Was auch? Jeder weitere Versuch meinerseits hätte ihn nur noch stärker aufgebracht und meine Position geschwächt, Leon weiterhelfen zu können. Wusste dieser Dummkopf denn nicht, dass jetzt der allerblödeste Zeitpunkt war, um zu verschwinden? Ausgerechnet nach Osteuropa? Ich stöhnte innerlich auf. Aber vielleicht - und das hoffte ich inständig - hatte er nicht mal ansatzweise eine Ahnung, was hier überhaupt vorging.

Ich gesellte mich zu Tim, der Leons Werkbank durchwühlte. »Wir sollten uns auf die Suche nach diesen Fahrzeugbriefen konzentrieren. Die führen uns zum Täter.«

»Die hat dein Täter vermutlich mit nach Bulgarien genommen.«

Tim schob die Schublade der Werkbank so fest zu, dass es schepperte, und sah sich um. Dann ging er zu einer Scheunentür an der Seitenwand der Werkstatt, zog sie auf und ging in den benachbarten Raum. Ich folgte ihm. Dort stand das Hochzeitsauto.

»Sieh mal an, was haben wir denn hier? Wenn das mal nicht unser Jaguar ist.«

»Red keinen Quatsch. Das ist das Hochzeitsauto meiner Freundin und ein komplett anderes Modell als das, was wir suchen. Außerdem war es ein Geschenk …«

»Von wem?«

Ich sah zu Boden. »Leon.«

»Dann lass uns doch mal die Fahrgestellnummer vergleichen.«

»Ach, Tim … der sieht doch ganz anders aus! Und während wir hier unsere Zeit vergeuden, räumt Valentino vermutlich in aller Seelenruhe die restlichen Beweise aus dem Weg.«

Tim ließ sich nicht beirren. »Der ist gestohlen, das sagt mir meine Intuition. Vielleicht ist das nicht Knaus' Wagen, aber Leon gehört der unter Garantie auch nicht.«

Der Jaguar war abgeschlossen, aber Tim entdeckte den Schlüssel am Brett neben der Eingangstür der Scheune. Er öffnete den Wagen und gleich darauf die Motorhaube, die nach vorne aufklappte. Nach kurzem Suchen fand ich die Fahrgestellnummer: XKSS776. Ich stutzte. Das konnte nicht sein. Das Auto sah komplett anders aus als auf den Fotos aus der Akte, die in meiner Kommandozentrale hingen: flach, schnittig und vorne zwei Froschaugen als Scheinwerfer statt einer kompakten Front mit Kühlergrill – mehr wie ein Sportflitzer als wie die Limousine auf dem Foto. Knaus' Jaguar war außerdem knallrot gewesen.

»Und? Hast du sie?«, fragte Tim ungeduldig in meinem Rücken.

»Warte mal kurz.« Ich nahm mein Handy aus der Hosentasche und wählte Jonas' Nummer. Er ging sofort ran.

»Jonas, kannst du mir bitte nochmal die Fahrgestellnummer des Jaguars vorlesen?«

»Klar, weltallerbeste Kollegin.« Ich hörte ihn tippen. »XKSS776.«

Ich starrte auf die Nummer, die in das Blech des Rahmens eingeschlagen worden war: XKSS776. Eisige Kälte ergriff meinen Magen und mein Herz.

»Wir haben den Wagen.« Meine Stimme klang leise und resigniert. Im Hintergrund jubelte Tim.

»Was? Ernsthaft? Das ist ja genial!«, rief Jonas und ich hörte, wie er aufsprang und loslief. »Sabin, du bist spitze. Ich bringe dich zu Knaus. Das Gesicht will ich sehen.«

»Jonas, warte mal … Irgendetwas stimmt hier nicht.«

»Du hast einen Jaguar und du hast die richtige Fahrgestellnummer, oder? Was willst du mehr?«

Ich umrundete den Wagen, der definitiv nicht mit den Fahndungsfotos übereinstimmte. Wie konnte das sein? Ich hatte nicht den Eindruck, dass sich jemand an der Fahrgestellnummer zu schaffen gemacht hatte oder dass der Wagen neu zusammengebaut worden war. Das sah alles original aus.

Ich fotografierte den Wagen und schickte das Bild an Jonas. Tim stellte sich zu mir und hatte selbst das Telefon am Ohr. Offenbar sprach er mit Helena und erklärte ihr, was hier vor sich ging.

Bei der Farbe wenigstens konnte ich schnell Gewissheit bekommen. Ich nahm einen Schraubendreher von der Werkbank, beugte mich über den Motor und suchte eine Stelle nahe der Gummilippe, an der die Lackierung endete. Dort kratzte ich vorsichtig den dunkelgrünen Lack weg. Knallrote Farbe kam zum Vorschein - wie ich befürchtet hatte. Leon tauchte vor meinem inneren Auge auf, am Hochzeitstag vor der Kirche, wie er an einem grünen Fleck auf seinem Anzug rieb. Der Lack war in der kurzen Zeit, die sie vor der Hochzeit zum Umlackieren hatten, offenbar nicht schnell genug getrocknet. Ich wechselte einen Blick mit Tim, der nun noch mehr triumphierte und alles brühwarm Helena berichtete.

Jonas sprach am anderen Ende der Leitung mit jemandem und ich erkannte Knaus' Stimme. Ich stellte auf Lautsprecher, damit Tim ebenfalls mithören konnte, und Tim tat das Gleiche, damit auch Helena dabei war.

»Hallo? Sabin? Das sind ja großartige Neuigkeiten. Ich wusste, dass Sie die Richtige für diesen Job sind. Herzlichen Glückwunsch!« Knaus klang mehr als erleichtert, richtiggehend glücklich.

»Das war Teamarbeit. Ohne Jonas, Helena und Tim wären wir nicht so weit gekommen. Aber hier gibt es noch jede Menge Ungereimtheiten. Ich habe Jonas ein Bild geschickt, wenn Sie sich das bitte mal ansehen.«

»Ja, okay, Moment bitte.« Ich hörte ein Rascheln und Knistern in der Leitung. »Das ist der Wagen! Mein Gott, ja, er ist es. Sie haben ihn umlackiert.«

»Das kann ich bestätigen, unter dem grünen Lack konnte ich roten finden. Die Fahrgestellnummer stimmt auch überein. Aber was ich absolut nicht verstehe: Wir haben die ganze Zeit nach einem anderen Modell gesucht.«

»Wieso ein anderes Modell? Das hier ist doch das richtige.«

»Ja, aber schauen Sie mal in die Akte. Dort ist das Bild eines anderen Modells zu sehen.«

»Das kann doch gar nicht sein. Warten Sie.« Es dauerte einen Moment. »Aber, wie kommt denn dieses Bild da rein? Das ist nicht mein Auto. Jonas, bitte checken Sie mal, wer das Bild dort eingefügt hat … Helena?« Knaus klang gar nicht mehr glücklich.

Helenas Stimme klang aus dem Lautsprecher von Tims Handy, laut und deutlich. Er hielt seinen Lautsprecher an mein Handy.

»Konrad, falls Sie sich erinnern, Sie hatten kein Originalfoto des Wagens für uns. Ich habe den Fahrzeugschein kopiert und in die Akte eingefügt. Nach den Angaben dort habe ich mich gerichtet und ein Bild des Wagens herausgesucht.«

»Prüfen Sie das bitte nochmal, Helena. Aber wichtiger ist, dass wir den Wagen wiederhaben. Ich hole ihn dann am Samstag persönlich ab. Und was die Diebstahlserie angeht: Einen riesigen Dank an Sabin für Ihre außerordentlichen Leistungen. Wirklich gute Arbeit.«

Tims Augen wurden schmal und ich wusste, was er dachte. Aber das war mir egal.

»Danke«, sagte ich schlicht.

»Tolle Teamarbeit. Jonas, Sabin, Helena, ich muss mich leider verabschieden, der nächste Termin wartet. Tim, kann ich dich eine Sekunde unter vier Augen sprechen?«

Tim bejahte und gab mir sein Handy mit Helena in der Leitung. Ich schaltete meinen Lautsprecher aus und reichte ihm mein Telefon. Er entfernte sich ein paar Schritte von mir und lauschte.

Während Helena und ich noch rätselten, wie das mit dem falschen Foto hatte passieren können, durchsuchte Tim den Wagen. Er kam mit einer teuren Digitalkamera zurück, verpackt in einen Beweismittelbeutel, und schob sie sich unter den Arm. Ah, er entsorgte Knaus' heikle Dokumentationen, bevor die Spurensicherung den Wagen unter die Lupe nahm. Das waren aber keine sauberen Ermittlungsmethoden.

Tim zögerte kurz, räusperte sich und sagte leise ins Telefon. »Hab alles erledigt.«

Dann beendeten Tim und ich die Telefonate. Schweigen stand zwischen uns und wir starrten beide auf den vermaledeiten Oldtimer.

»Glaubst du mir endlich, dass Leon Albrecht nichts weiter als ein Verbrecher ist, der sein gutes Aussehen und sein Vermögen dazu benutzt, Menschen in seinem Umfeld zu manipulieren? Lass dich von so jemandem nicht blenden, Sabin.«

»Wer ist denn hier verblendet, Tim? Wer? Das Einzige, was ich hier sehe, ist ein gestohlener Oldtimer in der Scheune meiner Freundin. Wo ist der Beweis, dass Leon ihn gestohlen hat? Er könnte sich heute noch fünf davon kaufen und hat außerdem gesagt, dass Valentino ihm den Wagen verkauft hat. Das passt für mich nicht zusammen. Wo bitte ist das Motiv?«

Tim wurde puterrot und rang mit den Armen. »Das Motiv? Gier! Er schiebt seinen besten Freund vor, damit der die Kugel abbekommt. Leon stiehlt nicht nur Frauenherzen, sondern auch Oldtimer und verheizt dann beides … Weil er ein Arschloch ist, ganz einfach!«

Ich lachte bitter. »Dann schreiben wir in die Akte also: Motiv - Arschloch. Hauptkommissar Tim Fischer ist leider nichts Besseres eingefallen.«

»Du willst Beweise? Dann schauen wir doch mal in Leons Zimmer nach. Und wenn ich da nichts finde, habe ich hier noch ein paar Scheunen, die ich durchsuchen kann, und sein Büro in der Firma.« Er drehte sich um und ging zügig Richtung Ausgang.

»Dafür hast du keinen Durchsuchungsbeschluss!«, rief ich ihm nach.

Er drehte sich im Gehen um und lachte gehässig. »Gefahr im Verzug! Der Hauptverdächtige ist dabei, sich abzusetzen, und wir können ihn nur stoppen, indem wir nach Hinweisen auf seinen Verbleib suchen. Die KTU ist übrigens schon unterwegs.«

Tim marschierte schnurstracks auf den Gutshof zu und dachte gar nicht daran, auf mich zu warten. Ich folgte ihm zähneknirschend und musste laufen, um ihn einzuholen. Aus dem Augenwinkel sah ich einen Wagen aus der Einfahrt des Gutshofs fahren, groß und schwarz, aber Modell und Nummernschild konnte ich so schnell nicht erkennen. Als ich wenige Sekunden später aus dem Fenster spähte, war nichts mehr zu sehen.

Ebenso grob, wie Tim in der Werkstatt vorgegangen war, durchsuchte er nun auch Leons Zimmer. Er riss die Schubladen raus und verstreute alles wild auf den Boden.

»Muss das sein? Es geht genauso schnell, wenn du etwas sorgfältiger mit den Sachen umgehst.«

Tim drehte sich um und hielt ein Spitzenhöschen hoch. Dann breitete er es auf dem Schreibtischstuhl aus.

»Ist das sorgsam genug für dich? Ich habe hier noch mehr davon.« Er lächelte mich voller Sarkasmus an.

Mistkerl. Was genau hatte ich an Tim jemals anziehend gefunden?

Minuten später sah Leons Zimmer aus wie ein Schlachtfeld, doch wir hatten nichts Verdächtiges gefunden. Ich wollte schon triumphieren, da stoppte Tim mitten in der Bewegung. Die Arme vor der Brust verschränkt schaute ich zu, wie er vor dem Schreibtisch in die Knie ging und darunter kroch. Dann zog er eine Metallkiste hervor, verriegelt mit einem dicken

Vorhängeschloss. Tim wühlte in seinen Taschen, zog ein Ledermäppchen hervor, in dem sich ein Set Dietriche befand, und öffnete in wenigen Sekunden das Schloss.

Er klappte den Deckel der Metallkiste hoch. Ich erkannte den Inhalt sofort wieder. Stöhnend hielt ich mir die Augen zu. Nein, das konnte doch alles nicht wahr sein. Warum zum Teufel hatte er diese Fahrzeugbriefe in seinem Zimmer? Tim griff in die Kiste und hob eine Packung Alginat heraus, die Abdruckmasse, mit der man die Schlüsselkopien anfertigte. Dann griff er erneut hinein und hatte jede Menge Schüssel in der Hand, die aus Kunstharz nachgegossen worden waren.

Ich fluchte in mich hinein. Das war Leons endgültiger Todesstoß. Und es gab nichts, aber auch gar nichts mehr, was ich dagegen tun konnte.

Kapitel 13

Dunkle Zeichen

Lillith

Manchmal muss es erst richtig schlimm werden … Pluto und Neptun verbünden sich gegen dich. Sie bringen Sturm und Unglück, aber nicht alles ist schlecht, manches wird auch klarer, wenn die Blätter runtergeweht wurden. Halt fest, nicht wanken, nicht weichen. Der Weg ist der richtige, nur das Wetter spielt gerade verrückt.

Mittwoch, 7:45 Uhr.
Die KTU war am Vortag eingetroffen und hatte in der Scheune und in Leons Zimmer die Spuren gesichert. Zwei Stunden später waren sie schon wieder fort gewesen. Anschließend kam Helena auf den Hof, und bei einer eiligen Sitzung, zu der auch Knaus und Paps sich per Internet zuschalteten, präsentierte Tim voller Triumph seine Beweise. Er gab Vollgas, ließ alle Beweismittel in Rekordzeit untersuchen und hätte am liebsten die große Leon-Albrecht-Fahndungswelle losgetreten. Das zumindest hatte ich gerade noch verhindern können. Jedenfalls leistete mein neuer Kollege ganze Arbeit, und wäre es nicht ausgerechnet gegen Leon gegangen, dann hätte mir das ernsthaft imponiert. So aber wünschte ich mir, er wäre nicht ganz so gründlich – und Leon nicht ganz so verdächtig.

Als ich erklärte, dass ich nach wie vor auch Valentino verdächtigte, weil ich die gefälschten Briefe zuerst in dessen Werkstatt gefunden hatte, ging bis auf Helena niemand darauf ein. Da ich das offiziell nicht vorbringen durfte, weil ich ohne Durchsuchungsbefehl in die Werkstatt eingedrungen war, schien diese Erkenntnis für das Team wenig bedeutend. Sie alle wetzten die Klingen, um Leon als Opfer darzubringen. Ich schlug vor, Leon anzurufen und ihn nach dem Grund seiner Reise zu fragen, aber die anderen befürchteten, dass er nicht mehr nach Deutschland zurückkam, wenn ihm klar wurde, dass er aufgeflogen war. Und so vereinbarten wir Stillschweigen und einigten uns darauf, dass er bei seiner Rückkehr unverzüglich befragt werden sollte.

Knaus' Oldtimer war übrigens, wie sich im Nachhinein herausstellte, beim Straßenverkehrsamt schlicht und einfach falsch eingetragen worden. Statt des Modells Jaguar XKSS120 hatte jemand die letzten beiden Buchstaben vergessen und so war daraus ein Jaguar XK120 geworden, der eine komplett andere Bauform hatte. Ich hatte bei der Hochzeit und an all den Tagen danach den gesuchten Wagen unmittelbar vor meiner Nase gehabt. Das war so frustrierend. Wenn ich darüber nachdachte, dass ich nur wegen des Tippfehlers nicht auf das Hochzeitsauto gekommen war … Andererseits wäre Leon auch im Visier, wenn wir früher darauf gekommen wären, insofern machte es keinen Unterschied.

Nachdem ich an diesem Morgen vom Füttern und einem kurzen Spaziergang mit den Hunden durch trüben Herbstnebel zurückgekommen war, saß ich mit dem Festnetztelefon in Kiras Küche. Vor mir stand Leons Holzbox mit den wuseligen Welpen, aber so richtig konnte ich mich nicht an ihnen freuen.

Wieder probierte ich, die Telefonnummer zu erreichen, die Leon bei seiner Sekretärin hinterlassen hatte. Nach unzähligen Fehlversuchen und fünf Kaffee flatterten meine Nerven wie ein Schwarm Spatzen. Ganz gleich, was die anderen sagten – ich musste Leon sprechen. Wieder erreichte ich niemanden. Ich legte auf. Wo steckte der Kerl nur?

Trotz des Verbots saß ich jetzt hier mit dem Telefon in der Hand. Allerdings sicherheitshalber lieber nicht mit meinem Handy, sondern mit Kiras Festnetztelefon. Bei einem meiner letzten Versuche hatte es kurz in der Leitung geknackt, dann gerauscht und ich hatte geglaubt, Leons Stimme zu hören, aber dann war die Verbindung wieder abgebrochen.

Noch ein letzter Versuch, dann musste ich zu Helena auf

die Beautyfarm fahren … Alles in mir sträubte sich dagegen. Ich wollte hierbleiben, für den Fall, dass Leon auftauchte, ich wollte ihn warnen - und durfte es nicht. Aber wenigstens wollte ich ihn kurz sehen und ihm alles erklären, bevor die anderen ihn in die Mangel nahmen … Mein Magen zog sich schmerzhaft zusammen. Und dann? Was dann?

Ich rieb mir mit den Händen übers Gesicht. Was machte ich hier eigentlich? Leon war der Hauptverdächtige und ich würde mir beide Beine ausreißen, um wenigstens einen winzigen Beweis dafür zu finden, dass er unschuldig war. Ein Alibi, eine Kaufurkunde für den Jaguar, irgendetwas, das ich übersehen hatte … Nein, auch hier musste ich mir nichts vormachen. Ebenso niederschmetternd wie die Beweise für Leons Schuld waren die Indizien in meinem eigenen Verbrechen: Ich war verliebt. Ich war Hals über Kopf über Herz verliebt in diesen verrückten, witzigen, liebenswerten Frauenschwarm Leon Albrecht - zum ungünstigsten Zeitpunkt in den ungünstigsten Kerl. Was für ein Timing … Er stahl nicht nur Autos, sondern auch Frauenherzen, hatte Tim behauptet – und in meinem Fall hatte er damit mehr als recht. Ich stieß einen langen Klagelaut aus und ließ meinen Kopf auf die Tischplatte vor mir sinken.

»Sabin?«, erklang Leons Stimme hinter mir. »Geht es dir gut?«

Ich schrak zusammen und drehte mich zu ihm um. Da stand er. Einen Augenblick lang war ich nicht sicher, ob er ein Produkt meines Wunschdenkens war, da nahm er mein Gesicht in beide Hände und sah mich forschend an … besorgt … liebevoll.

Ich schüttelte den Kopf, weil es mir gutging, und weil ich

ihn hier nicht sehen wollte und dann wieder doch. Meine Haut kribbelte, mein Herz tanzte, mein Atem stockte, und ich blinzelte gegen die Tränen an. Dann schlang ich die Arme um seinen Hals, zog sein Gesicht zu mir herunter und küsste ihn. Dieses eine Mal, dieses eine letzte Mal wollte ich ihn spüren, bevor alles vorbei sein würde. Er war wieder da … Ich war so erleichtert und verfluchte ihn gleichzeitig. Besser, er wäre einfach fortgeblieben.

Leon fragte nicht, was los war. Er zog mich vom Stuhl, presste mich an sich, als spürte er meine Verzweiflung, hielt mich fest.

»Endlich …«, murmelte er zwischen zwei Küssen, hob mich hoch und trug mich in sein Zimmer. Ich erwartete, dass er registrierte, was Tim dort angerichtet hatte - ich hatte es als Warnung für ihm bewusst so gelassen - aber seine Augen waren nur bei mir. Er legte mich auf sein Bett, streichelte mein Gesicht und küsste mich. Ich spürte seine Hände auf meiner Haut, seine Haut an meiner … Wollte ihn spüren, für ihn da sein … Nur dieses eine Mal, dieses eine allererste und allerletzte Mal, bevor die Realität uns einholte und alles wieder vorbei sein würde.

Ich hörte sie Minuten später, bevor ich sie sah. Reifen auf dem Kies vor dem Gutshof, Autotüren, Stimmen, und mein Handy, das lautlos vibrierte. Ich richtete mich auf, schob mein Shirt gerade. Tränen liefen über mein Gesicht und Leon küsste sie fort, streichelte mich beruhigend.

»Was ist denn, *tesoro*?« fragte er. »Erwartest du jemanden?«

Ich öffnete den Mund, schloss ihn wieder, konnte nicht sprechen. Ich wollte nicht, dass sie ihn da reinzogen. Am liebsten hätte ich ihn bei der Hand genommen und wäre mit ihm geflohen, aber ich wusste, dass es das Dümmste war, was ich hätte tun können. Stattdessen stand ich auf, schweigend.

»Willst du mir nicht endlich sagen, was du hast? Und was hier los ist?«

Ich schluckte. Schluckte die Tränen hinunter. Dann straffte ich die Schultern und drehte mich zu Leon um. Er sollte es wenigstens von mir erfahren, wenigstens das war ich ihm schuldig. Es klingelte an der Tür.

»Das ist das LKA, Leon. Sie sind hier, um dich zu vernehmen.« Meine Stimme klang nicht wie meine. Ich machte eine verzweifelte Geste, die auf das Chaos im Raum deutete. »Du stehst unter dringendem Tatverdacht, einen Oldtimer gestohlen zu haben. Es gab eine Durchsuchung und dabei wurden Indizien gefunden, die dich schwer belasten. Sehr schwer. Ich … ich gehe jetzt zur Tür und lasse sie rein.«

Leon sah mich an. Erst verwirrt, dann erschüttert und dann … dann mit schmerzvoller Erkenntnis.

»Es ist nur eine Vernehmung, Leon. Sie wollen wissen, wo du warst, solche Sachen … Du kennst das ja.« Ich senkte den Kopf, konnte seinen Blick nicht länger ertragen. »Es tut mir leid«, flüsterte ich und ging hinaus.

Ich ließ sie noch zweimal klingeln, ließ mir absichtlich Zeit, bevor ich die Tür öffnete. Ich wollte Leon die Möglichkeit geben, sich zu fangen, sich vorzubereiten.

Tim und Helena folgten mir wortlos in die Küche. Leon stand bereits an seiner Zimmertür, trug wieder seinen Anzug und band sich die Krawatte, als wolle er ins Büro. Seine ganze Körperhaltung drückte Verachtung aus.

Tim ging auf ihn zu. »Leonardo Julius Albrecht, wir sind hier, um Sie zu vernehmen. Sie stehen unter dringendem Tatverdacht -«

»Spar dir den Atem. Bei Fragen wende dich an meinen Anwalt.« Leon war nach wie vor die Ruhe selbst, und obwohl die beiden fast gleich groß waren, hatte ich den Eindruck, er schaute Tim von oben herab an. »Ich gehe jetzt ins Büro.«

»Ganz bestimmt nicht.« Tim baute sich vor ihm auf. »Entweder Sie gehen freiwillig mit uns mit oder ...« Tim zückte allen Ernstes die Handschellen.

»Was soll das?«, rief ich aufgebracht.

In Leons Augen flackerte Panik auf, aber trotzdem marschierte er einfach an Tim vorbei. Tim fasste Leon am Arm, Leon stieß ihn unwillig zurück, woraufhin Tim ihn packte. Es kam zu einem Gerangel. Helena stürzte dazu und kurz darauf hatten die beiden Leon im Schwitzkasten.

Fassungslos starrte ich auf das Szenario, unfähig, irgendetwas zu tun. Das sollte nur eine harmlose Vernehmung werden. Wie zur Hölle konnte plötzlich alles so schieflaufen?

»Siehst du es, Helena? Hab ich es gesagt? Den nehmen wir mit und fertig. Fluchtgefahr! Und unberechenbar dazu.« Mit einem Ausdruck des Triumphes ließ Tim die Handschellen um Leons Handgelenke klicken.

Ich sah, wie Leon sich nur mühsam beherrschte, seine Wangenmuskeln arbeiteten. Die Handschellen. Mist, diese blöden Handschellen. Leons Panik vor den rosa Plüschschellen auf der Hochzeit kam mir wieder in den Sinn. Warum hatte ich nicht früher daran gedacht?

»War das wirklich notwendig?« Helena seufzte. Ich war mir

nicht sicher, wen der beiden Hitzköpfe sie meinte. »Gut, dann nehmen wir ihn mit.«

Sie gingen an mir vorbei. Leon hielt sich nur mühsam unter Kontrolle.

Tim legte mir eine Hand auf die Schulter. Mit einem Seitenblick auf Leon sagte er: »Gute Arbeit, Sabin. Ich hätte nicht gedacht, dass du so gut schauspielerst. Du hast ihn uns ja geradezu auf dem Silbertablett serviert.«

Leons Blick traf mich, verbrannte mich, und in diesem Augenblick zerriss mein Herz. Das war falsch, so falsch!

Tim schob Leon an. »Weiter geht's.«

»Aber das stimmt doch alles gar nicht!«, protestierte ich.

Sie gingen hinaus, als hätte ich nichts gesagt. Ich hörte, wie die Wagentür zuschlug, und lief ans Fenster. Leon auf dem Rücksitz, Tim setzte sich ans Steuer und startete den Motor. Helena sagte etwas zu ihm, stieg wieder aus und kam zurück zu mir in die Küche.

»Willst du nicht mitkommen?«, fragte sie. »Wir befragen ihn erst einmal in Dolores Büro, du solltest dabei sein.«

»Kannst du dafür sorgen, dass ihm die Handschellen abgenommen werden?«

Sie nickte. Ich drückte ihr die Hand.

»Danke. Ich komme gleich nach, fangt schon mal ohne mich an.«

»Sabin?« Sie sah mich forschend an. »Alles in Ordnung mit dir? Du siehst so … so fertig aus.«

Wieder schluckte ich, um die Tränen unter Kontrolle zu halten. »Er war es nicht, Helena, diese Fahrzeugbriefe hat Valentino ihm untergeschoben.«

Sie sah mich lange an, mit zusammengezogenen Augenbrauen

und ernstem Blick. »Dann beweis es, Sabin, dann musst du das beweisen.« Mit diesen Worten drehte sie sich um und ging.

Ich warf die Tür hinter ihr zu und hätte am liebsten sofort losgeheult, riss mich aber zusammen. Leon brauchte keine Heulsuse, er brauchte eine Kommissarin, die Beweise für seine Unschuld fand, und genau das würde ich jetzt tun.

Eduardos Spuren

Mittwoch, 10.33 Uhr. Nach der Verhaftung hielten sie Leon in Dolores' Appartement fest und befragten ihn dort. Ich war zwar schon vor einer halben Stunde auf der Beautyfarm eingetroffen, aber noch nicht in der Verfassung, ihm gegenüberzutreten. Stattdessen drückte ich mich im Aufenthaltsraum herum.

Dann beweise es, Sabin, hatte Helena gesagt. Eigentlich war die Antwort klar: In der Befragung, vor der ich mich drückte. Sei nicht so feige, schalt ich mich, geh zu ihm und steh ihm bei. Dort findest du auch die Lösung.

Gerade wollte ich mich auf dem Absatz umdrehen und den Raum verlassen, da kam Lara mir entgegen.

»Sabin, da bist du ja. Arbeitest du heute wieder?« Sie stutzte. »Hast du was? Du siehst unglücklich aus. Ist was mit den Hühnern? Wieder eins gestorben?«

»Nein, den Hühnern geht's gut.« Ich gab mir Mühe zu lächeln. »Allerdings belastet mich die Sache mit Eduardo und der Kündigung. Das ist mir so peinlich.«

Sofort legte Lara ihren Arm um meine Schultern. »Es muss dir nichts peinlich sein, absolut gar nichts. Eduardo ist einfach nur ein Tyrann. Wir sind so froh, dass er fort ist. Stell dir vor, es kam raus, dass er nicht nur mit Kundinnen Affären gehabt hat, er hat sich auch Geld von ihnen geliehen. Aber sie hatten die ganze Zeit zu viel Angst, Dolores oder sonst jemanden über das alles zu informieren. Uns hat er auch alle schlecht behandelt und Belinda hat er sogar erpresst …«

»Echt? Womit denn?«

Lara ließ den Arm sinken, sichtlich betroffen. Sie seufzte. »Na, weil sie ab und zu mal was mitgehen lässt. Du darfst Belinda nicht verurteilen. Sie hat damit immer schon Probleme gehabt und versucht, dagegen anzugehen, aber wenn sie etwas sieht, das sie gerne haben möchte, dann passiert es einfach, sagt sie. Sie ist dann wie ferngesteuert.«

Ich nickte verständnisvoll. Man konnte Belinda viel abnehmen, aber ferngesteuert war sie ganz bestimmt nicht. Und ich fragte mich unwillkürlich, ob Belinda vielleicht auch mal einen Oldtimer sah, den sie gerne haben wollte.

»Wenn Eduardo Belinda erpresst hat, was hat er denn im Gegenzug für sein Schweigen von ihr verlangt?«

Lara zuckte mit den Schultern. »Ach, ich glaube, er wollte sie nur quälen. So einer ist er. Sie hat ihn wohl erwischt, wie er einen Autoschlüssel hat mitgehen lassen, und wollte das Dolores melden. Da hat er sie unter Druck gesetzt, nichts zu sagen, sonst würde sie rausfliegen. Außerdem würde er den Schlüssel später wieder zurücklegen. Ich meine, was will man denn mit Autoschlüsseln, wenn einem das Auto nicht gehört? Ist doch dumm, oder?«

Ich starrte Lara an.

»Schlüssel?«

»Ja, an der Rezeption, Autoschlüssel.« Sie beugte sich vor und kicherte. »Wir haben schon geulkt, dass er heimlich eine Spritztour mit dem Wagen macht. Du weißt schon, je kleiner der betreffende Teil des Mannes, desto größer das Auto, das er fahren will …«

Ich nickte nachdenklich. »Das würde zu ihm passen.«

»Aber vielleicht hat er ihn auch einfach zu Valentino gebracht, zum Durchchecken oder so.«

»Woher kennt Eduardo denn Valentino? Durch Belinda?«

Jetzt lachte Lara aus ganzem Herzen. »Quatsch, Süße. Hast du das denn nicht erkannt? Valentino ist Eduardos Sohn. Er hat ihn aber erst vor ein paar Jahren wiedergefunden.« Ihr Blick fiel auf die Uhr an der Wand. »Du, ich muss jetzt zur Behandlung. Bis später, okay?«

Damit ging sie aus dem Raum und ließ mich zurück. Ich starrte ihr hinterher.

Eduardo war Valentinos Vater? Auf einmal fügte sich in meinem Kopf alles zusammen: Die Schlüssel kamen von Eduardo, die Adressen der Beautyfarmkunden ebenfalls, Valentino musste nur die Kopie der Schlüssel herstellen, die Wagen mit einem GPS-Tracker versehen und sie dann Wochen oder Monate später abholen. Umlackieren, neue Fahrgestellnummer, neue Papiere, fertig. Das war es. Verdammt nochmal, das war es!

Ich musste einen Triumphschrei zurückhalten. Wie konnte ich das beweisen? Wo war Eduardo jetzt? Mit Dolores musste ich reden, sofort. Wenn sie wusste, wo Eduardo sich aufhielt, konnte ich ihn in die Mangel nehmen und ausquetschen wie die berühmte Zitrone. Wobei er sich wünschen würde, eine Zitrone zu sein, wenn ich mit ihm fertig war. Dieser aufgeblasene Scharlatan! Es war mir eine innere Genugtuung, dass ich ausgerechnet ihn ans Messer liefern würde. Mit einem Grinsen, dem ersten für heute, begab ich mich auf die Suche nach Dolores.

Dummerweise war Dolores dort, wo ich eigentlich nicht hingehen wollte - in ihrem Appartement bei Leons Befragung. Als ich eintraf, saß Leon am Tisch, zurückgelehnt, die langen Beine ausgestreckt, und starrte auf die Glasplatte, als wollte er Löcher hineinbrennen. Falls er mich bemerkt hatte, ließ er sich das mit keinem Wimpernzucken anmerken.

Tim umkreiste ihn, drohte ihm, spielte den Überlegenen. Der Impuls, Tim einfach aus dem Raum zu schicken, war übermächtig. Aber bevor ich die Neuigkeit über Eduardo hinausposaunte, musste ich meine neuen Erkenntnisse mit Fakten stützen, und dafür musste ich seinen Aufenthaltsort herausfinden.

Dolores saß mit unglücklichem Blick am anderen Ende des Tisches, betrachtete Leon und schien mit ihm mitzuleiden. Ich setzte mich auf den Stuhl neben sie. Leon hob den Blick und sah mich an, so enttäuscht, dass sich mir der Magen umdrehte und dabei meine Eingeweide einzuwickeln schien.

Ich senkte den Blick, atmete tief durch, bis ich wieder in der Lage war zu sprechen und flüsterte Dodo ins Ohr. »Wo ist Eduardo?«

Sie sah mich fragend an. »Zuhause. Das schätze ich jedenfalls.«

»Wo wohnt er?«

»Ganz in der Nähe, vielleicht fünf Minuten von hier. Hast du ein Handy? Dann markiere ich dir den Standort.«

Ich entsperrte mein Handy und reichte es ihr.

»Was willst du von ihm? Hat er was mit der Sache zu tun?«

Ich nickte nur.

»Dann beeil dich bitte, weil ich nicht mehr lange zuschauen kann, wie dieser unschuldige Mann fertiggemacht wird. Leonardo hat darauf bestanden, dass ich bleiben soll, bis sein Anwalt eintrifft. Dabei kann ich nichts für ihn tun.«

»Ich glaube, es hilft ihm schon, wenn du einfach nur hier bist. Wenigstens eine, die zu ihm hält …« Meine Augen füllten sich plötzlich mit Tränen. Dolores legte die Arme um mich, zog mich an sich. Sie tat so gut, diese Umarmung. Ich wünschte nur, es könnte auch jemand Leon umarmen. Dann hörte ich ihre Stimme ganz leise an meinem Ohr.

»Such Eduardo und liefere ihn ans Messer. Meine Mitarbeiter haben mir erzählt, was er alles angerichtet hat. Hätte ich das nur früher gewusst, ich hätte ihn längst zum Teufel geschickt.«

Ja, ich würde Eduardo finden und genauso würde ich Leon da rausboxen, das schwor ich bei allem, was mir lieb und teuer war.

Das Verhör

Mittwoch, 11.45 Uhr. Eduardo war nicht in seiner Wohnung. Oder er öffnete einfach nicht auf mein Klingeln. Dafür streckte eine Nachbarin neugierig den Kopf aus ihrer Wohnung und versorgte mich mit Informationen, die mich hellhörig machten. Ich rief Jonas an, und nachdem er einmal die richtige Information ins System eingegeben hatte, taten sich neue Welten auf – oder Abgründe, je nach Perspektive. Tim und Helena würden staunen – mehr noch als über die Tatsache, dass Eduardo Valentinos Vater war.

Ich kehrte zur Beautyfarm zurück und stand kurz darauf wieder in Dolores' Appartement. Leon saß unverändert an seinem Platz und starrte vor sich hin. Helena und Tim saßen ihm gegenüber und schwiegen, wobei Tim ungeduldig mit dem Kugelschreiber auf den Tisch tippte. Die Stimmung war gereizt.

Als Helena mich entdeckte, kam sie auf mich zu und zog mich mit sich, bis wir in einiger Entfernung hinter der Kaffeebar standen. Hier konnte uns niemand hören.

»Wir kommen keinen Millimeter weiter«, flüsterte sie. »Leon sagt immer dasselbe, nämlich, dass er von nichts weiß. Er lässt sich nicht auf unsere Befragung ein, will nichts gegen Valentino sagen, nichts über seine früheren Delikte oder seine ehemalige Gang. Ich denke, dahinter steckt ein Ehrenkodex aus der Zeit, als die alle zu den MadChaps gehört haben. Wir haben außerdem Kontakt zu der Firma aufgenommen, bei der er angeblich wegen geschäftlicher Angelegenheiten in Bulgarien gewesen ist. Da fehlt uns aber noch die Bestätigung. Seinen Flug haben wir überprüft, der wenigstens scheint zu passen.«

»Entweder Valentino oder Eduardo müssen ihm die Beweismittel untergeschoben haben. Warum schützt er sie noch?«

Helena runzelte die Stirn. »Eduardo? Was hat der denn damit zu tun?«

»Erzähle ich euch gleich. Ich denke, dazu weiß Leon vielleicht auch was.«

»Willst du nicht mal versuchen, mit ihm zu sprechen? Momentan tut er sich echt keinen Gefallen. Vielleicht kommst du weiter.«

Ich nickte. Erstaunliche Worte aus Helenas Mund. Sie lächelte mir aufmunternd zu und ging zurück zum Tisch. Konnte ich das als Unterstützung deuten? Überrascht folgte ich ihr.

Als ich auf Leon zuging, verkrampfte sich mein Magen erneut. Reiß dich zusammen, Sabin! Du befragst jetzt den Hauptverdächtigen Leon Albrecht, wie es sich gehört.

Hoch erhobenen Hauptes und mit tapfer vorgeschobenem Kinn setzte ich mich Leon gegenüber. Er hob kurz den Kopf, traf mich mit einem einzigen kurzen Blick mitten ins Herz und starrte dann wieder auf den Tisch.

Mein Puls raste. Okay, einfach loslegen. Mit zitternden Fingern positionierte ich mein Handy auf den Tisch und startete eine Aufnahme.

»Befragung Leon Albrecht zur Diebstahlsache Jaguar mit der Fahrgestellnummer XKSS776. Anwesend sind Hauptkommissarin Sabin Vogt sowie Leonardo Julius Albrecht.« Es folgten einige Formalien samt Aktenzeichen, dann ging es zur

Sache. Ich räusperte mich lautstark, um meiner Stimme mehr Kraft zu geben.

»Herr Albrecht, kennen Sie einen Eduardo Santos?«

Keine Reaktion.

»Kennen Sie einen Eduard Kohl?«

Er sah abrupt hoch und runzelte die Stirn. Dann zuckte er mit den Schultern.

»Fürs Protokoll: Herr Albrecht zuckt mit den Schultern. Eduard Kohl ist der Vater von Valentino Kohl-Santos. Er wird unter dem Namen Edward Cole gesucht. Unter diesem Pseudonym ist er in zahlreiche Fälle verstrickt, die von Heiratsschwindelei über Betrug bis hin zu Autodiebstahl reichen.«

Ich machte eine Pause, damit Leon reagieren konnte. Was er nicht tat.

»Unter dem Namen Edward Cole ist er zuletzt auf einem Kreuzfahrtschiff aufgefallen, wo er drei reichen, älteren Frauen die Ehe versprach und sich von ihnen Geld und Autos schenken ließ, bevor er aufgeflogen ist. Offenbar hat er sich dann von dieser Masche verabschiedet und sich unter dem Namen Eduardo Santos als Aura-Spezialist und Cheftherapeut auf der Beautyfarm Estelle eingenistet.«

Vom anderen Ende des Tisches kam ein entsetztes Keuchen. Dolores presste beide Hände auf den Mund und war weiß wie eine Wand. Ich wollte schon aufstehen und zu ihr gehen, aber Helena kam mir zuvor. Sie kümmerte sich um Dolores und nickte mir zu.

»Ganz offensichtlich hat dieser Eduardo Santos auch die Inhaberin Dolores Gräfe mit seinem Charme umgarnt. Und zwar außergewöhnlich gut.«

Wieder ruckte Leons Kopf hoch. Ich sah ihm direkt in die Augen und beugte mich zu ihm vor, bis wir nur wenige Zentimeter voneinander entfernt waren. Das war meine Chance. Er musste mir jetzt einfach vertrauen und mit mir an einem Strang ziehen.

»Also, komm schon, hilf mir ein bisschen … Kennst du Valentinos Vater?«

Seine Augen verbrannten mich beinahe, so verächtlich war sein Blick. »Was soll der Quatsch? Valentinos Vater ist für tot erklärt worden, als er zehn Jahre alt war oder so.«

»Ja, das glaubten alle, weil der Vater sich nie gemeldet hat. Aber er ist quietschlebendig und ich vermute, dass die beiden seit ungefähr zwei Jahren wieder Kontakt haben. Mehr noch: dass sie zusammenarbeiten.«

Leon lachte freudlos. »Wie das? Valentino ist weder Heiratsschwindler noch Therapeut.«

»Das erkläre ich dir gerne. Und du solltest ganz genau zuhören, denn das hier ist deine Gehen-Sie-nicht-ins-Gefängnis-Karte.«

»Du kannst lange warten, bevor ich irgendwas sage. Bringt mich doch gleich in den Knast, dann muss ich eure scheinheiligen Gesichter wenigstens nicht mehr sehen.« Er verschränkte die Arme und verzog den Mund, als würde er etwas Widerliches betrachten. Verachtung war alles, was er noch für mich übrighatte.

Verzweiflung schwappte in mir hoch. Verstand er denn nicht, dass ich versuchte ihn rauszuboxen?

»Vorher hörst du mir zu, ob du willst oder nicht. Seit ich weiß, dass die Beautyfarm und die Diebstahlserie in direktem

Zusammenhang stehen, suche ich die fehlenden Puzzleteile – und Eduardo ist eines davon. Er hat sich hier die Autoschlüssel der Kunden besorgt und mithilfe von Alginat und Kunstharz eine Form angefertigt. Diese Vorlagen hat er seinem Sohn gegeben und Valentino hat daraus einen Metallschlüssel gemacht, und zwar an der Schlüsselfräse in seiner Werkstatt. Da Eduardo Einsicht in die Akten der Kunden hatte, wusste er, wo der Wagen Wochen später zu finden sein würde. Sie haben die Wagen verfolgt, bis sie eine gute Gelegenheit fanden, sie zu stehlen. Niemand kam auch nur auf die Idee, dass der Diebstahl etwas mit der Beautyfarm zu tun hatte.«

Tim lachte laut auf. »Super, Sabin! Da hast du dir ja eine schöne Geschichte ausgedacht, um deinen Lover frei zu diskutieren. Aber das hinkt gewaltig. Wo sind denn die Wagen geblieben? Und warum finden wir einen von ihnen nur fünf Minuten entfernt in der Privatwerkstatt deines Liebhabers?« Er schüttelte theatralisch den Kopf. »Nein, meine Liebe, das vergiss mal ganz schnell wieder. Wenn es hier einen Zusammenhang gibt, dann läuft der über deinen Freund Leon und seine Verbindungen nach Osteuropa, aber sicher nicht über diesen Valentino. Leon Albrecht hat eine ganze Flotte von Lkw, die er zum Wegschaffen der Fahrzeuge nutzen kann und die beinahe täglich diese Länder anfahren. Seine Vergangenheit spricht für sich. Und in seinem Zimmer befanden sich die Beweise.«

»Und wie hat er die Ersatzschlüssel hergestellt? Und wie ist er an die Kundendaten gekommen? Leon hat doch keinen Zugang zur Beautyfarm.«

»Er selbst vielleicht nicht, aber deine Nebenbuhlerin. Die versorgt ihn bestens damit.«

»Und wer soll das sein?«

Tims blaue Augen glitzerten kalt wie eine Messerklinge. »Lara besorgt Leon seit Jahren die Unterlagen, und zwar aus blinder Liebe zu ihm. Das hat ihre Kollegin Belinda vorhin ausgesagt.«

Belinda. Log sie, um von Valentino abzulenken? Um ihre Mithilfe zu verschweigen? Aber eine glaubhafte Zeugenaussage war mehr wert als all meine Spekulationen, solange ich sie nicht beweisen konnte. Das wusste ich und das wusste Tim, der gelassen lächelnd die Schultern hob.

»Du weißt genau, was das heißt. Haftbefehl. Informierst du die Staatsanwaltschaft oder ich?«

Ich ließ erschöpft den Kopf sinken und nickte. »Mach du.« Meine Stimme war so leise, dass ich sie selbst kaum hörte.

Tim baute sich neben mir auf. »Leon Albrecht, sie sind vorläufig festgenommen, da wir bei Ihnen in Anbetracht Ihrer zahlreichen Verbindungen ins Ausland von Fluchtgefahr ausgehen müssen. Wir bringen Sie nun in den Arrest in die Justizvollzugsanstalt nach Düsseldorf.«

Damit zog er Leon auf die Beine und legte ihm wieder Handschellen an, als wäre er Charles Manson persönlich. Leons Augen füllten sich mit Panik.

»Tim, die Handschellen sind überflüssig. Nimm sie ab.«

»Aber –«

»Nimm sie ab«, fuhr ich ihn an. »Sofort! Das ist albern und das weißt du auch.«

Er knirschte mit den Zähnen, löste die Handschellen jedoch wieder und schubste Leon dann nach vorn. Ich wandte mich ab und hörte kurz darauf, wie Tim, Leon und Helena den Aufzug betraten und die Aufzugtür sich hinter ihnen schloss.

Auf einmal spürte ich eine Hand auf der Schulter und zuckte zusammen. Dolores legte ihre Arme um mich und ein dicker Kloß setzte sich in meinem Hals fest. Ich hörte ihre sanfte Stimme.

»Mein Liebes, bleib zuversichtlich. Du findest einen Weg. Alles, was du gerade gesagt hast, ergibt Sinn. Ich helfe dir, Leon wieder freizubekommen und diesen Mistkerl von Eduardo fertigzumachen.«

Mit einem Mal löste sich der Kloß in meinem Hals und mir schossen Tränen in die Augen, liefen über. Alle Dämme brachen, ich schluchzte und weinte und klammerte mich an Dolores fest, die mir beruhigend über den Rücken strich. Ich fühlte mich wie damals, als Paps mir gesagt hatte, dass meine Mutter nicht wiederkommen würde. Leon war fort und hatte die Liebe mitgenommen, die sich klammheimlich in mein Herz geschlichen und dort eingenistet hatte. Eine Liebe, die nun ein viel zu großes Loch hinterließ, so groß, dass es mich mit seiner Hoffnungslosigkeit und einer Dunkelheit füllte, die alles Licht auszulöschen schien. Und wenn ich, die frei war und hingehen konnte, wo ich wollte, mich schon so elend fühlte, wie mochte es dann erst in Leon aussehen?

Wie in Trance fuhr ich zurück zum Gutshof. Es war noch etwas Zeit, bevor die Tiere versorgt werden mussten. Einen Moment lang stand ich unschlüssig auf dem Hof. Aber die Vorstellung, ins leere Haus zu gehen, wo Leon und ich noch vor wenigen Stunden zusammen gewesen waren – nein, das konnte ich nicht. Jedenfalls jetzt noch nicht. Allein wenn ich daran dachte, mir wie üblich Leons Hoodie für den Stall anzuziehen … Ich bog an der Haustür ab und ging direkt hinüber zum neuen Hühnerstall.

Kaum öffnete ich den Verschlag und trat ins Gehege, liefen die Hühner aufgeregt um die Töpfe herum und sahen mich erwartungsvoll an. Mit einer Schöpfkelle holte ich das Futter und verteilte es. Sofort stürzten sich alle wild darauf.

Ich hockte mich hin und sah ihnen eine Weile zu. Sie mochten ihr neues Zuhause offensichtlich, und es fehlte ihnen an nichts. Mir hingegen fehlte Leon – mehr als ich jemals für möglich gehalten hätte. Und noch mehr fehlte mir eine gute Idee, ein Plan, wie ich ihn aus dieser verfahrenen Situation retten sollte.

Ich atmete tief durch. Solange ich in diesem mentalen Loch steckte und das Gefühl hatte, mir hätte jemand das Herz rausgerissen, konnte ich nicht klar denken. Ich seufzte und wollte gerade aufstehen, da näherte sich Dr. Jekyll und beäugte mich, als wolle er abschätzen, ob ich heute eine Gefahr sei.

»Na, du verrückter Hahn?«

Er sah mich mit seinen schwarzen Knopfaugen an und legte den Kopf schief. Dann plötzlich fing er an, mit den Flügeln zu schlagen. Instinktiv ging ich in Deckung und hob den Arm, um mein Gesicht zu schützen. Doch statt mich zu attackieren, landete Dr. Jekyll darauf und sah mich interessiert an. Er wanderte weiter, bis er auf meiner Schulter saß, begann in meinen Haaren zu wühlen und rieb seinen Kopf an meinem. Ich saß ganz ruhig. Was war denn mit dem los? Zeigte er mir etwa Zuneigung? War ich jetzt seine Lieblingshenne?

Ich blinzelte die Tränen weg. Vorsichtig streichelte ich Dr. Jekyll über das Gefieder. Er hielt einen Moment still, beschloss dann, dass es genug der Freundschaftsbekundungen war, und flatterte zurück zu seinen Hühnern.

Ich wischte mir energisch übers Gesicht, stand auf und ging hinüber zum Laufstall. Kaum kam ich zur Tür herein, da wurde ich auch hier begrüßt. Ich verteilte Streicheleinheiten und Futter, fiel Emma um den Hals und drückte mein Gesicht in ihre Mähne. Machtlos schluchzte ich auf und mehr noch als bei Dolores brachen alle Dämme.

Was hatte ich nur getan? Wieso hatte ich es nicht verhindert? Wie konnte ich Leon so verraten? Ich hätte ihn ins Auto packen und mit ihm ans Ende der Welt fahren müssen, damit sie ihn nicht finden konnten. Ich zweifelte an mir als Person, als Kommissarin, an allem, was mir bisher im Leben etwas bedeutet hatte – das alles war nichts mehr wert, wenn ich dafür Leon opfern musste. Die Tränen liefen und wollten gar nicht mehr aufhören.

Fridolins Nase tauchte neben meinem Kopf auf und er lehnte sich mit dem Kinn auf meine Schulter.

»Hallo mein Hübscher«, sagte ich leise mit verheulter Stimme. »Vermisst du ihn auch so?«

Fridolin schnaubte. Ich fuhr seine Nasenlinie nach, bis ich das weiche Fell hinter seinen Ohren erreichte, und kraulte ihn dort.

»Das ist alles so verfahren.« Ich seufzte. »Hast du denn keine Idee, wie ich ihn da rausboxen kann? Er liebt doch seine Freiheit so.«

Der Esel drehte den Kopf zur Seite, damit ich ihn besser unter dem Kinn kratzen konnte. Ich seufzte erneut. »Wir müssen das schaffen. Wir müssen einfach.«

Fridolin grunzte leise und wohlig, vermutlich hatte ich eine gute Stelle gefunden.

»Weißt du was, ich hab dich richtig lieb, du blöder Esel … und Leon, den habe ich sogar unfassbar lieb. Verrückt, oder?« Ich wischte mir die Tränen von der Wange. Shakespeare setzte sich zu meinen Füßen hin und rieb sein Ohr an meinem Bein. Dabei quiekte er, als wollte er mitheulen. Ich lächelte unter Tränen.

Das Handy klingelte. Helena.

»Ja?«

»Kannst du in zehn Minuten online gehen? Wir wollten eine Lagebesprechung machen.«

»Okay.«

Helena machte eine kurze Pause. »Was ist los? Heulst du?«

Ich wischte die letzten Tränen fort. »Ich fürchte, schon. Dieses ganze Beautygedöns hat mich völlig vermurkst.«

Helena schwieg kurz und meinte dann: »Ich glaube, es hat dich endlich zu einer richtigen Frau gemacht.«

Kapitel 14

Kiras Rückkehr

Lillith

Die Talsohle ist erreicht - das ist die gute Nachricht. Die schlechte: Heute spannen Pluto, Neptun und Uranus ein Trigon, ▲ das wie ein schwarzes Loch alles in den Abgrund saugt: Liebe, Freundschaft, Beruf… Überall bebt und kriselt es. Aber schon morgen löst sich diese Konstellation auf. Immer, wenn man denkt, alles ist vergebens, steht der Durchbruch kurz bevor!

Donnerstag, 6:53 Uhr. Ein Schrei fuhr durch meine Träume. Ich erwachte davon, dass jemand meinen Namen rief. Die Hunde sprangen neben mir auf und bellten wie verrückt. Stöhnend rappelte ich mich hoch. Ich saß in der Kommandozentrale, auf einem Sitzkissen zu Füßen der Pinnwand, mit dem Rücken an das Sofa gelehnt. Hier musste ich irgendwann in den Morgenstunden eingeschlafen sein. Mein Rücken schmerzte, meine Beine waren eingeschlafen und kribbelten wie verrückt. Ich massierte und bewegte sie, was die Taubheit langsam vertrieb.

Wieder das Rufen, das verdächtig nach Kira klang. Schlagartig war ich hellwach … Kira? Die Tür wurde aufgerissen, und vor mir stand tatsächlich und leibhaftig meine Freundin. Sofort rannten die Hunde auf sie zu und sprangen freudig an ihr hoch.

»Sabin! Was machst du hier? Warum liegst du nicht in deinem Bett? Und was zur Hölle ist hier überhaupt los? Als ich eben ankam, stand die Stalltür sperrangelweit auf und kein Tier weit und breit!«

»Alles in Ordnung. Also weitgehend jedenfalls.« Seufzend stand ich auf.

»Weitgehend?«, echauffierte sich Kira. »Was bitte ist hier denn überhaupt noch in Ordnung? Wo sind die Tiere? Dann diese Riesenbaustelle in meiner Wohnung … Und wo sind die Welpen?« Sie klopfte auf ihr Handgelenk. »Es ist gleich sieben, und niemand bemerkt, dass ich auf den Hof gefahren bin … Niemand außer Fridolin, der mir gerade auf der Straße entgegenkam!«

Wie hatte der Esel ausbrechen können? Ausgerechnet jetzt? Kira war völlig außer sich. So hatte ich sie noch nie gesehen … Doch, damals auf der Hochzeit ihrer Schwester, als sie ihrer

Familie die Wacht angesagt hatte, da war Kira auch so rasend gewesen. Es dauerte hundert Jahre, um sie aus der Ruhe zu bringen, aber wenn der Splint einmal flog, gab es kein Halten mehr. Verzweifelt überlegte ich, wie ich sie beruhigen sollte.

In meinem sanftesten Tonfall sagte ich: »Leider ist in den letzten zwei Tagen tatsächlich ein bisschen was schiefgelaufen.«

Sie riss ihr Handy hoch und hielt es mir wie eine Waffe unter die Nase. »Und warum zum Teufel kriege ich dann keine Info? Und genauso kam auch kein Sterbenswort von dir auf all meine Nachrichten, dass ich unterwegs bin. Ich habe darauf vertraut, dass du hier alles im Griff hast!«

»Hab ich auch, jetzt warte doch mal eine Sekunde. Komm, ich zeige ich dir erstmal die Welpen, die liegen hinter dem Schreibtisch und schlafen einfach nur. Und dann erklärst du mir, warum ihr jetzt schon zurück seid.«

Kira fuhr mich wütend an. »Und warum schläfst du im Büro? Was ist das alles hier? Ist das die Arbeit, von der du gesprochen hast? Moment! Warum hängt da Leon an der Pinnwand?«

Erschöpft fuhr ich mit den Händen über mein Gesicht. Das war nicht die Frage, die ich jetzt hören wollte – und nicht das richtige Thema, um Kira zu beruhigen.

»Das erkläre ich dir später. Lass uns erstmal zu den Tieren gehen und -«

»Nein, nicht später. Jetzt! Warum hängt Leon mit dem Vermerk *Hauptverdächtiger* unter der Überschrift *Soko Oldtimer-Ring*?«

In diesem Moment klingelte Kiras Handy. Sie ging ran und ich atmete auf. Erstmal musste ich Kira zu den Tieren schaffen, damit sie sich beruhigte, und ihr dann erklären, was hier geschehen war. Sie würde es verstehen, sie würde mir helfen, Leon da rauszubekommen. Sie wusste viel mehr über ihn als ich und vielleicht konnten wir auch Marc einschalten.

»Hallo Schatz? *Wo* ist Leon? Was sagt der Anwalt?« Kiras Augen wurden immer größer. Sie starrte mich ungläubig an, während sie das Handy an ihr Ohr presste. »Nein! Das glaube ich nicht. Sag das nochmal.«

Shit. Marc wusste es. Und er brachte es seiner Frischgebackenen nicht gerade schonend bei, denn Kiras Hautfarbe wechselte von blass zu rötlich und ihre Augen sprühten noch mehr Funken als zuvor. Und ich ahnte auch schon, auf wen sie jetzt losgehen würde.

»Ja«, zischte Kira in den Hörer. »Sie steht gerade vor mir. Ich kläre das, mach dir keine Sorgen. Weißt du schon, wann sie operieren wollen? Nein? Ich komme gleich wieder zu dir.«

Kira legte auf. »Du sagst mir jetzt sofort, was hier gespielt wird. Warum ist Leon im Gefängnis? Und warum weiß ich von alledem nichts?«

»Was ist mit Marc? Wieso OP?«

»Lenk nicht ab«, fuhr sie mich an. »Ich will Antworten.«

»Es bringt nichts, wenn wir uns jetzt streiten. Ich wollte dich einfach nicht beunruhigen. Schon gar nicht in deinen Flitterwochen.«

»Sowas darfst du doch nicht einfach verheimlichen!«

»Was wäre denn gewesen, wenn ich dir etwas erzählt hätte? Du wärst ausgeflippt und in den nächsten Flieger nach Hause gestiegen.«

»Das ist doch Quatsch. Ich hätte höchstens mal nachgefragt.«

»Ja klar, nachgefragt. Alle zwei Sekunden wahrscheinlich.

Kira, trau doch anderen auch mal zu, dass sie sich um was kümmern.«

»So wie dir? Weil das so super geklappt hat?«

Glaubte sie etwa, das alles sei ein Kinderspiel gewesen? Aber ich schluckte meine Erwiderung runter. »Ich hab mein Bestes gegeben.«

»Leon zu verhaften - das ist dein Bestes? Dabei weißt du genauso gut wie ich, dass Leon nie, nie, niemals ein Auto stehlen würde.«

»Ist klar. Bis auf die zwanzig Autodiebstähle, für die er im Jugendknast gesessen hat.«

»Blödsinn.«

»Sag bloß, dass hat dir nie jemand erzählt.«

»Das war nur eine kleine Jugendsünde. Außerdem ist das Jahrzehnte her.«

»Ja, das stimmt und ich habe auch keine Sekunde geglaubt, dass Leon in der Sache mit drinsteckt. Aber was ich denke, ist leider nicht das Maß der Dinge. Die Ermittlungen laufen und ganz andere Leute entscheiden, ob er schuldig ist oder nicht. Und diese Leute interessieren sich für die alten Geschichten mehr, als mir lieb ist.«

Kiras Gesicht glühte und sie funkelte mich böse an. »Passiert meiner Familie etwas, bei dem du die Finger im Spiel hattest, sind wir die längste Zeit Freunde gewesen. Ich hätte nie gedacht, dass du mir so in den Rücken fällst – ausgerechnet du.«

»Ach ja? Ausgerechnet ich? Ausgerechnet ich habe deine Tiere aus der Einzelhaft befreit, ausgerechnet ich habe deine Hühner vor dem Veterinäramt gerettet, ausgerechnet ich habe dafür gesorgt, dass dieser Hof nicht ein für alle Mal für Tiere geschlossen wird, und ausgerechnet ich habe mich mit deinem halbkriminellen Schwager herumgeschlagen, um herauszufinden, dass der gestohlene Wagen, nach dem alle Welt sucht, einfach hinten in eurer Scheune steht.«

»So ein Schwachsinn«, fauchte Kira, »das sind Verleumdungen. Ich habe dir vertraut, aber scheinbar ist dir dein Job wichtiger als alles andere! Meine Familie und meine Tiere opfere ich jedenfalls nicht für deine Ermittlungserfolge, das kannst du vergessen.«

»Wenn ich sowieso an allem schuld bin, dann ist es wohl besser, ich gehe jetzt.«

Unsere Blicke verhakten sich. Wieder spürte ich diesen Schmerz, dieses fiese Ziehen in meinen Eingeweiden. Offenbar hatte ich nicht nur Leon verloren. Gerade eben verlor ich auch eine Freundin, die mir mehr bedeutete, als ich sagen konnte. Kira glaubte mir nicht mehr, sie vertraute mir nicht mehr … und sie hatte recht damit. Schließlich hatte ich Tim auf Leons Spur gesetzt und dann nicht mehr verhindern können, dass Leon verhaftet wurde. Liebe, Freundschaft - alles wurde in das schwarze Loch gezogen, wie Lillith es prophezeit hatte.

Ich nickte knapp und stapfte in mein Zimmer, warf meine Sachen in die Sporttasche, packte den Laptop in meinen Rucksack und holte meine Walther aus dem Safe. Die Akten und alles Übrige aus der Kommandozentrale stellte ich in Kartons zusammen – ich würde sie später mit dem Auto abtransportieren. Nach kaum zwanzig Minuten fuhr ich vom Hof, ohne noch ein weiteres Wort mit Kira zu sprechen. Sie war verschwunden und suchte vermutlich die Tiere. Sie würde sie finden, wohlgenährt und zufrieden. Aber ob das unsere Freundschaft noch retten konnte, das bezweifelte ich.

Helena

Donnerstag, 10:03 Uhr. Kaum hatte ich die Beautyfarm erreicht, bereute ich bereits, dass ich einfach weggegangen war und nicht darauf bestanden hatte, dass Kira mir erst einmal in Ruhe zuhörte. Aber auch meine Nerven lagen mittlerweile blank. Ich ließ mich von Verzweiflung, Kummer und Sorge in die Enge treiben … und in den Wahnsinn. Gerade überlegte ich zurückzufahren und mich mit Kira an einen Tisch zu setzen, da tauchte Helena neben meinem Motorrad auf.

»Guten Morgen Sabin, wie geht's dir?«

Ich nahm den Helm ab und zuckte mit den Schultern. »Hallo, ging schon besser. Gibt es was Neues?«

»Nein, Tim ist nach Düsseldorf gefahren und verhört dort Leon. Dessen Anwalt ist inzwischen aufgetaucht und seitdem sagt Leon gar nichts mehr.«

Ich nickte beklommen. In meiner Kehle saß bereits wieder ein dicker Kloß. Ich spürte Helenas Hand auf meinem Arm.

»Hey! Was ist los? Kein blöder Spruch? Keine freche Antwort, dass ich das als unfähige Ermittlerin genau so verdient habe?«

Ich schüttelte den Kopf.

»Ist es wegen Leon?«

»Ja, auch«, krächzte ich. »Hör mal, ich muss gleich weiter nach Düsseldorf. Kannst du später mit dem Auto die Sachen aus der Kommandozentrale vom Gutshof holen?«

»Düsseldorf? Das geht nicht, ich brauche dich hier!« Helena

sah mich unwillig an. »Wie sollen wir das Ding abschließen, wenn ihr alle nach Düsseldorf abhaut? Die Lösung muss hier vor Ort liegen: Wer war alles beteiligt? Wo wurden die Autos untergebracht? Wo umlackiert? Wohin verschoben? Wie transportiert?«

»Sorry, du hast vollkommen recht. Ich bin ein bisschen durch den Wind. Und ich habe keine Unterkunft mehr … seit gerade eben.«

»Unterkommen kannst du bei mir. Tim ist fort und kommt nicht wieder, denke ich. Der glaubt, dass mit Leons Verhaftung alles Wesentliche getan ist.«

Ich sah sie verdattert an. »Ernsthaft? Ich soll bei dir einziehen?«

»Klar, wenn du willst. Auch wenn du mich nicht leiden kannst, wir werden es schon überleben.«

»Es ist ja wohl mehr so, dass du mich nicht ausstehen kannst.«

Helena lachte auf. »Dann sollten wir beide wohl mal aufhören, schlecht über den anderen zu denken. Wir haben auch Dringenderes zu tun: Ich bin nämlich von Leons Schuld bei weitem nicht so überzeugt wie Tim. Da passt einfach zu vieles nicht.«

Ich grinste und merkte, dass mir ein Stein vom Herzen fiel. Ja, ich würde hier bei Helena bleiben und wir würden uns verbünden. Mit ihr zusammen hatte ich eine gute Chance, Leon freizubekommen.

Wir informierten Dolores, die sich freute, dass ich Leon nicht aufgab, und nichts dagegen hatte, dass ich bei Helena einzog und damit als Gast hierblieb. Kaum waren wir in Helenas Zimmer, servierte man uns dort bereits diesen merkwürdigen Lupinenkaffee, der zwar wie Kaffee aussah, aber nach faulen Eiern roch. Helena zauberte einen Becher Coffee-to-go hervor, kippte unsere Tassen aus und gab mir die Hälfte von ihrem Kaffee ab. »Ist zwar nur Tankstellenkaffee, aber allemal besser als das hier!«

Dankbar nahm ich die Tasse entgegen, trank einen großen Schluck und machte mich an die Arbeit. Als erstes heftete ich einige wichtige Ergebnisse mit Klebeband an die Schrankwand, dann suchten wir gemeinsam nach neuen Anhaltspunkten, drehten uns aber schnell im Kreis.

Schließlich atmete ich tief durch und zog Helena ins Vertrauen, was Knaus und seine Geliebte anging, inwieweit Tim involviert war und warum Tim so versessen darauf war, Leon etwas anzuhängen.

»Er will mir einfach eins auswischen!«

Helena nickte und nippte an ihrem Kaffee. »Mir ist schon aufgefallen, wie eifersüchtig Tim ist, aber ich habe gehofft, wir lösen den Fall, bevor das solche Ausmaße annimmt. Wenn wir Leon freibekommen wollen, brauchen wir Material, das ihn entlastet – und Beweise, wer es stattdessen war. Und zwar Beweise, die wir zur Abwechslung mal auf legalem Weg beschaffen.«

»Die Lösung liegt in Valentinos Werkstatt, glaub mir. Dort sind garantiert noch irgendwelche Unterlagen oder Spuren von den Wagen oder ihrer Arbeit. Da muss einfach noch etwas sein, niemand kann alles beseitigen. Ich weiß echt nicht, warum dieser doofe Durchsuchungsbeschluss so lange auf sich warten lässt.«

Helena überlegte und nickte schließlich. »Ich hab da eine Vermutung.« Sie nahm ihr Handy und wählte sofort.

Keine fünf Minuten später hielt sie mir ihr Handydisplay vor die Nase. »Komm schon, lass uns losfahren.«

Wie sich herausstellte, lag der Durchsuchungsbeschluss in der Abteilung längst vor, aber Tim hatte angeblich vergessen, uns Bescheid zu geben. Na, so ein Zufall. Helena kochte vor Wut und auch Jonas, der sonst alles mitbekam, war stinkwütend. Ich hingegen wollte einfach nur Beweise finden und mich nicht weiter über Tims Spielchen aufregen.

So akribisch wir Valentinos Werkstatt auch auf den Kopf stellten - wir fanden nicht das winzigste Fitzelchen Belastungsmaterial. Frustriert sank ich auf eine Kiste und blickte von dort aus direkt auf einen Stapel Reifen, an dem ich ein Stück zerknülltes Kreppband entdeckte. Dunkelgrüne Farbe blitzte am vorderen Rand hervor. Ich hob es auf und hielt es Helena hin.

»Sieh mal hier. Ziemlich grün, oder?«

Sie kam näher und nahm das Kreppband in Augenschein.

»Das ist nicht nur ziemlich grün, sondern meiner Meinung nach genau das Grün, mit dem der Jaguar neu lackiert wurde.«

»Das Labor sollte da einen Abgleich machen.«

Helena nickte und klopfte mir aufmunternd auf die Schulter. »Gut möglich, dass wir damit einen ersten Hoffnungsschimmer gefunden haben.«

Das hoffte ich von ganzem Herzen – und dass damit vielleicht der Durchbruch eingeläutet war, von dem Lillith geschrieben hatte.

Wir ließen das Malerkrepp mit den Farbresten per Eilkurier ins Labor schaffen, um so schnell wie möglich Ergebnisse zu bekommen. Helena nahm sich Valentino vor, und ich befragte Nachbarn und Mitarbeiter, die mir aber leider nichts Spannendes zu erzählen hatten. Klar wurden hier Autos angeliefert und sie verließen die Werkstatt auch wieder, aber niemandem war eine Häufung von Oldtimern oder etwas anderes Verdächtiges aufgefallen. Allerdings wurden die Fahrzeuge oft in geschlossenen Transportern angeliefert und wieder abgeholt. Das allein erschien mir schon verdächtig, denn klassischerweise transportierte man Fahrzeuge offen auf Anhängern oder entsprechenden Aufliegern. Leider reichte dieser Punkt höchstens als kleines Indiz.

Ich klingelte bei dem Nachbarn, der genau hinter der Werkstatt wohnte und so einen direkten Blick auf das Gebäude hatte. Ein älterer Mann in ausgeleiertem Jogginganzug öffnete mir.

»Guten Tag, Sabin Vogt vom Landeskriminalamt NRW.« Ich hielt meine Marke hoch. »Darf ich Ihnen ein paar Fragen stellen?«

»Immer, junge Frau, immer!«

»Ihr Name ist?«

»Daniel Ellsberg«

»Danke, Herr Ellsberg, es geht um Ihren Nachbarn Valentino Santos.«

»Ah, ja, der Santos, hören Sie mir auf. Nacht für Nacht werde ich aus meinem Schlaf gerissen, weil die ihre Autos hin- und herschieben.«

»Wie oft sehen Sie die Transporte? Können Sie auch erkennen, welche Autos da geliefert werden?«

»Jede Nacht kommt da was, und immer tolle Autos. Immer ist da dieser blaue Lamborghini. Auch von Angela Merkel ist da das Auto bei, das machen die bombensicher und tarnen es, damit ausländische Raketen und der Radar es nicht finden können.«

»Angela Merkel?«

»Der Santos, das ist ein Sleeper. Die wurden ausgebildet, extra für die Regierung. Sobald Angela Merkel da anruft, bringen die jeden um, der sich ihnen in den Weg stellt. Jeden! Passen Sie bloß auf, das sind Killer. Unter den Wagen haben die Waffen und Bomben versteckt … Frau Merkel hat Giftspitzen an den Fingernägeln, wussten Sie das? Aber sie ist immun dagegen, nur sie.«

Ich nickte resigniert.

Auf einmal tauchte hinter ihm ein junger Bursche auf, vielleicht achtzehn Jahre.

»Hey Opa, du sollst doch den Leuten keine Schauermärchen erzählen.« Dann wandte er sich zu mir. »Sorry, Demenz, ziemlich weit fortgeschritten. Er hält sich für Daniel Ellsberg, den Whistleblower aus den Siebzigern. Nehmen Sie es ihm nicht übel.«

Ich nickte. Leider bestätigte mir der junge Mann nicht, was der Opa zuvor alles von sich gegeben hatte. Er meinte, über die Werkstatt nebenan könnte man nichts Schlechtes sagen, die seien superhilfreich in allen Lebenslagen.

Ich verabschiedete mich niedergeschlagen und ging zurück in die Werkstatt. Blauer Lamborghini … bei all dem wirren Gerede läutete da war irgendwas in meinem Hinterkopf, aber ich kam einfach nicht drauf. Ich ging zu Valentinos Büro und bat Helena um eine kurze Unterredung. Sie kam mit mir nach draußen, schloss die Bürotür und ließ einen mehr als genervt dreinschauenden Valentino zurück.

»Meine Nachforschungen haben leider nichts gebracht«, musste ich ihr gestehen. »Niemand hat etwas Verdächtiges gehört oder gesehen, alle mögen Valentino, beschreiben ihn als korrekt und hilfsbereit. Am Ende können wir ihm eine Urkunde für gute Nachbarschaft überreichen anstelle eines Haftbefehls.«

Helena zog ihre Augenbrauen zu einem beinahe geraden Strich zusammen und tippte ungeduldig mit den Fingern auf den Türrahmen. »Vielleicht liegt die Lösung darin, dass du es komplett andersherum machen musst.«

»Was meinst du mit andersherum?«

»Wir wollen Leon retten, indem wir Valentino an den Pranger stellen. Vielleicht sollten wir stattdessen versuchen, Leon zu entlasten, indem wir entkräften, was ihm vorgeworfen wird. Beispielsweise diese Reise nach Bulgarien: Was hat er da gemacht? Und wer konnte in der Zwischenzeit die Beweise in sein Zimmer schaffen? Und warum hat er das getan? Etwas in dieser Art eben.«

»Bulgarien, das ist es!«, rief ich und schlug mir gegen die Stirn. »Auf dem Foto von Leon mit Sergio, dem Bulgaren, habe ich einen blauen Lamborghini gesehen. Der kennt also auch Valentino! Gute Gedanken, Helen, super!«

Helena grinste auf ihre typisch überhebliche Art, aber aus irgendeinem Grund störte mich das nun nicht mehr.

Ich ging noch einmal zu den Nachbarn und ja, sie sahen beinahe jeden Monat den Wagen des bulgarischen Autoschiebers vor Valentinos Werkstatt stehen. Das war doch mal ein Anfang.

Anschließend telefonierte ich mit Leons Sekretärin, mit Bulgarien, mit Jonas und Paps, und als ich Helena eine Stunde später wieder traf, konnte ich ihr berichten, dass Leons häufigste Bulgaren-Kontakte tatsächlich von der Firma stammten und er Sergio als alten Kumpel dort nach zwanzig Jahren zum ersten Mal wiedergetroffen hatte. Jetzt mussten wir nur noch herausfinden, warum er mit diesem Autoschieber auf einem Foto zu sehen war.

Helena hatte unterdessen Valentino so sehr zugesetzt, dass er den »wichtigen Auftrag«, von dem er den ganzen Tag gesprochen hatte, in der Nachtschicht würde fertigmachen müssen. Mit den Beamten, die zur Observation vor seiner Werkstatt standen, würde Valentino allerdings heute Nacht keinen unbeobachteten Schritt machen.

Kapitel 15

Ein unerwartetes Comeback

Lillith

Endlich! Mit der Venus ruft die Liebe, Jupiter beschert dir einen echten Glückstag, dank Saturn taucht Verschollenes wieder auf und alles wendet sich zum Guten. Na gut, noch nicht alles, aber das meiste. Nach dem Tal der Finsternis findest du endlich wieder ans Licht und deine Sterne steuern mit Vollgas auf Glück. Ich freue mich so für dich – das hast du nach dieser langen Durststrecke aber auch verdient.

Freitag, 8:33 Uhr. Helena und ich hatten geplant, heute Morgen ins LKA zu fahren und Leon herauszuholen. Zumindest hofften wir, dass wir das dank unserer neuen Erkenntnisse schafften. Ich brannte darauf, loszukommen, denn je schneller wir waren, desto eher wurde Leon erlöst, aber Helena hatte die Ruhe weg: Sie duschte, föhnte und schminkte sich und veranstaltete anschließend Ich-weiß-nicht-was-noch im Badezimmer.

Ich zog mir nun bereits den zweiten Lupinen-Kack-Kaffee rein, das Einzige, was man von dem *Frühstück* hier halbwegs genießen konnte, und wippte vor Ungeduld mit den Füßen. Zwischendurch schaute ich immer wieder mal mechanisch auf mein Handy, doch auch dort tat sich nichts. Der Hauptgrund für meine häufigen Blicke war Kira. Ich hoffte, dass sie jetzt, wo sie gesehen hatte, dass die Tiere bei bester Gesundheit waren und dass nicht ich, sondern ihr frischgebackener Mann für die Bauarbeiten verantwortlich war, das Schmollen allmählich aufgab und sich wieder bei mir meldete, aber bisher kam kein Lebenszeichen von ihr. Ich hatte ihr mehrere Nachrichten geschickt und gefragt, wie es Marc ginge und was er überhaupt habe und ob die OP gut verlaufen sei … Online, sah ich jetzt, war sie die letzten Stunden allerdings auch nicht gewesen, was ich seltsam fand, und je länger ich darüber nachdachte, desto irritierter war ich. Hoffentlich ging es ihm gut – und ihr auch.

Anschließend checkte ich meine E-Mails und fand eine Nachricht von Piotr, meinem Kollegen von der polnischen Kripo. Ich hatte ihn gestern Abend gebeten, mir mal seine Updates zum Oldtimer-Ring zu schicken. Vielleicht konnte ich dort Hinweise finden, die Leon entlasteten oder Valentino belasteten. Doch ich wurde nicht schlau aus Piotrs Antwort, auch wenn er unglaublich gut Deutsch sprach und schrieb. Daher rief ich ihn kurzerhand an.

»Hallo Piotr, Sabin hier.«

»Sabin, schön dich zu hören. Wie geht es dir?«

»Gut, aber die Oldtimer-Ring-Sache bringt mich nach wie vor um den Schlaf.«

»Ja, das kann ich nachvollziehen. Ich habe mir gestern sofort alles angesehen, aber noch habe ich nichts Neues für dich.«

»Was meinst du mit gestern? Vor zwei Wochen hat unser Oberboss erklärt, Europol und ihr seid da mit Vollgas dran … und dass ihr uns immer noch nicht die Akte freigeben hättet. Gibt es vielleicht ein anderes Team, das daran arbeitet?«

»Nein, ich habe selbst schon rumgefragt. Die Akte ist zwei Tage alt und wurde von euch an uns gemeldet, nicht umgekehrt. Es sind auch nur unsere beiden Behörden für den Oldtimer-Ring hinterlegt und es gibt keine europaweite Fahndung, wie du geschrieben hast. Das habe ich extra überprüft. Kann es sein, dass du da was verwechselst?«

»Nein, ich verwechsele nichts, das sind exakt die Angaben, die mein Chef uns gegeben hat.«

»Dann hat entweder dein Chef sich vertan oder er will euch veräppeln. Frag ihn doch nochmal.«

Wir verabschiedeten uns. Ich legte verwirrt auf und schnappte mir den Laptop. Das war extrem merkwürdig.

Fünfzehn Minuten und einige Telefonate später war ich schlauer und staunte nicht schlecht. Es gab tatsächlich keine Fahndung nach einem Oldtimer-Ring, die zwei Wochen oder älter war, selbst keine, die topsecret war, wie man mir aus verlässlicher Quelle bestätigte. Es gab nur die Topsecret-Oldtimer-Fahndung nach Knaus Auto. Was nur eines bedeuten konnte: Knaus musste die Oldtimerdiebstähle im Ausland, aufgrund deren wir hier eine Soko und unsere umfangreiche Undercover-Aktion gerechtfertigt hatten, komplett erfunden haben.

Auf einmal klingelte mein Handy. Ich war so sehr in Gedanken versunken gewesen, dass ich regelrecht zusammenschrak. Der Blick aufs Display zeigte mir eine unbekannte Nummer.

»Hallo?«

»Ja, is Radek. Du kommen.«

Ich seufzte. »Hallo Radek, bist du wieder da? Auf dem Hof? Wo warst du denn?«

»Radek krank, aber jetzt alle gut. Wann kommen?«

»Ich komme gar nicht mehr. Geh zu Kira oder Marc, wenn du Fragen hast.«

»Nix Kira, nix Marc. Du kommen hier.«

»Das geht nicht. Ich bin nicht mehr erwünscht auf dem Hof.«

»Du gewünscht, du kommen. Niemand hier. Große Gefahr für Huhn.«

Shit, da musste ich wohl wirklich hin …

»Moment«, sagte ich in den Hörer und wandte mich dann in Richtung Bad. »Helena? Wann sind wir denn mal fertig?«

»Du, maximal noch dreißig Minuten, dann können wir los.«

Halleluja. »Ich komme, Radek.«

Mit Helena vereinbarte ich, dass sie mich auf dem Gutshof einsammeln würde, sobald sie soweit war, und während sie die letzten drei Schichten Makeup spachtelte, fuhr ich schon mal mit dem Motorrad vor. Eilig lief ich um den Gutshof herum zur Terrasse, wo Radek mich schon erwartete.

»Hallo, gut, dass kommen.«

»Was gibt's denn so Wichtiges? Und warum musste ich herkommen? Du siehst nicht so aus, als wäre hier gerade ein Drama in Gang!«

Er machte eine beschwichtigende Handbewegung. »Wir heute fertig und wollen Abschied. Du gucken.«

Ernsthaft? Hatte er mich hierher zitiert, damit ich mir den Wintergarten ansah?

Radek ging vor mir her ins Wohnzimmer. Der Raum blitzte und glänzte vor Sauberkeit, war wieder vollständig eingerichtet. Den Wohnzimmertisch zierte ein großer Strauß Blumen. Im Kamin brannte ein munteres Feuer und daneben, wo ehemals eine Wand gewesen war, befand sich der Wintergarten – und der war wunderschön! Man hatte das Gefühl, dass man direkt mitten in der Natur stand.

»Wow, Radek, das ist ja sensationell! Wenn ich daran denke, wie es hier noch vor ein paar Tagen aussah … Kira wird sich wahnsinnig freuen, das weiß ich. Wie habt ihr das so schnell hinbekommen?«

»Wir machen Vollgas.«

»Ja, das sehe ich. Und geputzt habt ihr auch.«

»Nix ich geputzt, haben Schwester mitgenommen. Is besser Putzen als Radek und Joshi.«

Ich lachte. Wieso wunderte mich das nicht?

»Hat Kira das schon gesehen?«

»Nix Kira, is Krankenhaus. Tiere Hunger, ich anrufen.«

Ich nickte und seufzte tief. »Um die Tiere kümmere ich mich, keine Sorge. Ich gehe sofort rüber.«

Radek nickte und holte einen großen Karton aus einer Ecke des Wohnzimmers, den er mir feierlich entgegenhielt.

»Für mich?«, fragte ich gerührt.

Er nickte feierlich. »Was Radek versprechen, Radek halten.«

»Danke schön, das ist ja lieb von dir.« Ich nahm den Karton und spürte eine Bewegung darin. Dann hörte ich ein Geräusch, dass mir merkwürdig bekannt vorkam. Das war doch nicht etwa … Eilig stellte ich den Karton auf den Boden und klappte den Deckel auf. Ein Huhn starrte mir leicht verschreckt entgegen – nein, nicht *ein* Huhn, *das* Huhn. Missandei war wieder da!

»Aber woher … Ich dachte, du hättest …«

»Machen Missandei gesund, als wir in Polen. Sie fast verlieren Kopf, weil Mann von Schwester denken gutes Huhn für Suppe. Aber ich aufhalten Axt.«

Ich lachte, nein, ich wieherte förmlich vor Lachen. Dieses verrückte Huhn war zweimal einer vermeintlichen Bestimmung als Suppenhuhn entgangen. Wenn ich das Kira erzählte. Mein Lachen ebbte schlagartig wieder ab. Kira … Ach je, wie gerne hätte ich sie jetzt angerufen und ihr alles, einfach alles erklärt. Aber sie hatte andere Sorgen, als der miesesten und verantwortungslosesten Freundin aller Zeiten zuzuhören.

Ich reichte Radek die Hand und bedankte mich bei ihm - für das Huhn, die tolle Arbeit und unsere lustigen Treffen an der Kaffeemaschine.

Er grinste von einem Ohr zum anderen und überschwemmte mich mit polnischen Worten, die ich leider nicht verstand, die aber sehr, sehr freundlich klangen.

Gerade, als ich mich verabschieden wollte, fragte er: »Wo Leon? Ich sagen Tschuss.«

Ich biss mir auf die Lippen. »Tja, der ist … gerade verhindert.«

»Mann ihn suchen.«

Ich merkte auf. »Welcher Mann?«

»Große Mann, Ring in Ohr … hubsche Mann. Hat sich hier Bild …« Er zeigte auf seine Handoberfläche, als male er dort etwas. Ein Tattoo? Valentino?

»Ein Tattoo mit einem Kreis? Und einem Kreuz drin? Stand da MadChaps?«

»Ja, Kreuz, is Freund, gut Freund, suchen Leon.« Tatsächlich Valentino. Wusste der Blödmann denn nicht, dass Leon wegen ihm in Haft saß? Oder war er hier wegen …«

Ich sog erschrocken die Luft ein und hätte mich beinahe daran verschluckt. Das Auto!

»Radek, ich muss los. Danke für alles, ich bringe das Huhn zu den anderen.« Ich schnappte mir den Karton, rannte hinaus und blieb nicht stehen, bis ich vor Leons kleiner Autowerkstatt im hinteren Hof stand.

Wann wollte Knaus den Oldtimer nochmal abholen? Heute oder morgen? Ich versuchte, die Tür zu öffnen, aber die war verschlossen, ebenso das große Tor. Ein gutes Zeichen. Ich entdeckte ein Fenster und mithilfe einer Kiste konnte ich hineinschauen … Der Oldtimer stand noch da. Wollte Knaus etwa, dass er noch einmal gestohlen wurde? Sollte ich ihn nach Düsseldorf mitnehmen? Nein, ich würde ihm eine Info hinterlegen lassen, aber am Ende hatte der Kriminaldirektor des LKA hoffentlich genug Weitblick, um den Wagen nach seinen Wünschen vom Tatort zu holen. Ich hob den Karton wieder hoch, ging hinüber zum Hühnerstall. Zeit, Missandei in ihr neues altes Zuhause zu bringen und aus dem Pappgefängnis zu befreien.

»Sabin?«

Ich schrak zusammen und hätte beinahe das arme Huhn samt Karton fallen lassen. Kira. Sie kam den Weg hinunter auf mich zu und sah ziemlich erledigt aus. Ich biss mir auf die Lippe und machte einen Schritt auf sie zu.

»Hallo, also bist du doch da? Radek meinte, die Tiere müssten gefüttert werden und ich wollte gerade nach ihnen sehen.«

Kira schien ebenfalls verlegen. »Bin gerade angekommen. Auch, um die Tiere zu füttern. In ihrem neuen Laufstall.«

Ich nickte. »Soll ich … Ich kann dir helfen, wenn du willst. Ein paar Minuten habe ich noch.«

Auf einmal lächelte Kira. »Das wäre furchtbar lieb von dir.«

Ich grinste schief. »Okay, aber zuerst muss ich in den Hühnerstall.« Ich deutete mit dem Kinn auf den Karton in meinem Arm.

»Was hast du da?«

»Warte ab, du wirst staunen.«

»Jetzt sag schon.«

»Ein bisschen Geduld, Madame.« Ich zwinkerte ihr zu und hatte das Gefühl, das Eis taute mehr und mehr. Gemeinsam gingen wir zum Hühnerstall. Kira hielt mir die Tür auf und kam mit hinein ins Gehege.

»Dieser Hühnerstall ist wahnsinnig schön geworden. Wie hast du das so schnell hinbekommen? Ich weiß gar nicht, was ich sagen soll. Der neue Stall war echt dringend nötig.«

Ich zuckte mit den Schultern. Du ahnst gar nicht, wie nötig, dachte ich, wollte aber nicht die gute Stimmung verderben, indem ich das Thema Lothar auf den Tisch brachte.

»Ach ja, ich hatte tolle Helfer, die beinahe alles gemacht haben.«

Aufgeregtes Gurren und Scharren erklang. Die Hühner liefen um die leeren Töpfe herum und sahen uns und den Karton erwartungsvoll an.

Ich stellte den Karton vor Kira auf den Boden. »Bitteschön, du kannst ihn jetzt öffnen!«

»Soll ich?« Kira öffnete den Karton und stieß einen so lauten Schrei aus, dass die anderen Hühner nur so davonstoben. »Missandei? Bist du es wirklich? Und ich dachte schon, du wärst verschwunden.« Sie hob das Huhn aus dem Karton und ließ es laufen. Missandei rannte hinüber zu ihren Kolleginnen, die sie argwöhnisch beäugten.

Ich erklärte Kira, welche Befürchtungen wir wegen Missandei gehabt hatten, und welche Ängste ich ausgestanden hatte, als ich abends den Topf mit der Hühnersuppe auf dem Herd hatte stehen sehen.

»Unglaublich, was hier alles passiert ist und mit was du dich herumschlagen musstest. Wenn ich das geahnt hätte …«

»… wärst du sofort zurückgekommen.«

Sie nickte. »Stimmt. Und die Tiere sehen jetzt wirklich glücklich aus.« Kira sah mich an und blinzelte die Tränen weg. »Und ich blöde Kuh habe dich nicht mal ausreden lassen. Verzeih mir.«

»Na ja, es gibt da ja schon auch ein paar gute Gründe für dich, sauer zu sein. Aber ich schwöre dir, egal, was hier passiert ist, ich habe immer nur das Beste gewollt – für die Tiere, für den Hof … und für Leon.« Meine Stimme brach.

Ich spürte Kiras Arm um meine Schulter. »Das weiß ich

doch. Und ich vermute, ich weiß auch, was mit dir und Leon los ist.« Sie zwinkerte mir zu.

Mein Telefon summte. Helena textete, sie wäre in wenigen Minuten da.

»Du, ich muss jetzt nach Düsseldorf«, erklärte ich Kira mit dünner Stimme.

Sie nickte. »Siehst du dann … Ich meine, wenn du Leon siehst, dann sag ihm, dass wir ihm die Daumen drücken.«

»Das wird nicht nötig sein. Wenn alles gut läuft, ist Leon bis heute Abend wieder frei.« Ich hoffte, dass ich recht behielt.

Knaus' Quittung

Freitag, 10:02 Uhr.

»Ist das dein Ernst?« Ich starrte Jonas an, der sich bequem in seinem Schreibtischstuhl ausbreitete.

»Ja, ist es – bisher hat tatsächlich noch niemand Leon dem Haftrichter vorgeführt!«

»Aber wie kann das sein? Die achtundvierzig Stunden sind um in …«, ich schaute auf den Bildschirm seines Computers, »in einer halben Stunde, oder?«

Jonas nickte. »Ganz genau. Aber noch können wir nicht sicher sein, dass es so bleibt. Immerhin war Feiertag und überall nur Notbesetzung. Knaus hat den Haftbefehl zwar beantragt, aber noch ist das offenbar nicht bearbeitet worden.«

Ich fuhr mir mit der Hand übers Gesicht. »Himmel! Wenn wir jetzt stillhalten und einfach gar nichts machen …«

»… ist Leon ist einer halben Stunde raus.« Helena seufzte. »Und wenn der Haftbefehl später erlassen wird, holen sie ihn wieder ab. Das bringt am Ende nicht viel.«

»Es bringt uns Zeit und damit die Möglichkeit, mit Leons Hilfe Valentino zur Strecke zu bringen.«

Jonas wiegte den Kopf. »So wie Knaus reagiert hat, als ich ihm die neuen Beweise präsentiert habe, hat er sich völlig auf Leon eingeschossen. Er vertraue auf Tims Einschätzung – das war alles, was er gesagt hat.«

»Das heißt«, sagte ich, »dass sich entweder Tim oder Knaus darum kümmern werden, den Haftbefehl noch in letzter

Minute durchzuboxen. Also müssen wir beide ablenken, bis die Zeit abgelaufen ist.«

Jonas und Helena sahen mich an, als sei ich eine Entlaufene. »Jetzt guckt nicht so. Jonas, du gehst zu Tim und verwickelst ihn in ein Gespräch. Geh mit ihm in die Asservatenkammer oder in eine dunkle Ecke im Keller, um ihm was zu zeigen, egal, Hauptsache Tim kommt nicht auf die Idee, dem Richter und dem Haftbefehl hinterherzutelefonieren.«

Jonas riss die Augen auf. »Ich bitte dich, was soll mein Uwe denn denken, wenn ich mit Tim im Darkroom verschwinde! Aber mir fällt schon was ein, womit ich ihm für dreißig Minuten die Ohren volllulle.«

»Sehr schön. Helena, du gehst zu den Arrestzellen und nimmst Leon in Empfang, sobald die Zeit abgelaufen ist – und dann verschwinden wir hier so schnell wie möglich.«

»Und was machst du?«, wollte Helena wissen.

»Ich? Ich steige Knaus auf die Füße. Entweder bin ich nach Leons Freilassung noch eure Kollegin oder Knaus hat mich suspendiert – wir werden sehen.«

Kurz darauf stürmte ich ins Büro meines höchsten Chefs. Die Sekretärin ließ mich nur durch, weil sie mich von früher kannte und ich sie davon überzeugte, dass es wirklich, wirklich wichtig war.

Erstaunt schaute Knaus von seinen Papieren auf. »Liebe Sabin, was ist denn los?«

»Konrad, ich muss dringend mit Ihnen sprechen. Es ist wegen -«

Sein Telefon klingelte. Knaus hob die Hand und signalisierte mir, dass ich kurz warten solle.

Nein, nein, nein, nicht telefonieren! »Konrad, bitte warten Sie kurz, ich muss wirklich -«

Er nahm den Hörer trotzdem ab und sah mich erstaunt an. »Ja, Tim. Warum nicht? Was machen die denn so lange?«

Mein Handy piepste. Eine Nachricht von Jonas, der es ebenfalls nicht schaffte, Tim vom Telefon wegzulocken. Verdammt!

In diesem Moment knurrte mein Chef: »Ja, ruf nochmal da an. Die haben bestimmt -«

»Konrad«, sagte ich dazwischen. »Geht es um den Haftbefehl? Der ist doch mittlerweile da. Ich meine gehört zu haben, dass Helena deswegen zu den Arrestzellen rüber ist.«

»Ach, tatsächlich?« Knaus horchte auf und wandte sich wieder dem Hörer zu. »Tim, dann lass es gut sein. Es hat sich erledigt, der Haftbefehl ist da, höre ich gerade. Ja, bis später.«

Er legte auf und atmete langsam aus, als würde ihm ein Stein vom Herzen fallen. »Dann bringen wir diesen unseligen Fall endlich hinter uns.«

»Konrad, ich muss Ihnen gestehen, dass der Haftbefehl doch nicht da ist.« Er sah mich verwirrt an.

Ich aber fuhr fort: »Ich kann einfach nicht zulassen, dass Sie Leonardo Albrecht unschuldig inhaftieren. Sie wissen genauso gut wie ich, dass keine Fluchtgefahr besteht und er hier nichts verloren hat.«

»Sabin, ich muss mich schon sehr wundern. Alle Indizien sprechen dafür, dass hier ein Haftbefehl zulässig ist. Ich denke, der Haftrichter weiß schon genau, wie er die Sachlage beurteilen muss.«

»Und was würde der Haftrichter sagen, wenn er wüsste, dass die Diebstahlserie, wegen der Leon Albrecht verhaftet wurde, ursprünglich von Ihnen erfunden worden ist?«

»Erfunden? Wir haben eine Diebstahlserie, da ist rein gar nichts erfunden.«

»Konrad, ich weiß Bescheid. Piotr hat es mir heute früh nochmal bestätigt. Die Serie kommt von uns und nicht ursprünglich von Europol. Sie haben die erfunden, damit intensiv nach ihrem Wagen gesucht wird.«

Knaus kniff die Lippen zusammen und sah mich an. Als er erkannte, dass ich alles wusste, auch, was *Bonnie und Clyde* auf der Beautyfarm anging, sackte er in seinem Stuhl zusammen, wie ein Hefeteig bei Zugluft.

»Ich hätte wissen müssen, dass Sie sich nichts vormachen lassen.« Er schüttelte verzweifelt den Kopf. »Ich wollte das alles nicht. Es war einfach eine kleine Notlüge, die mit der Zeit riesengroß wurde und mir über den Kopf gewachsen ist.«

»Aber warum das alles, Konrad? Was haben Sie damit bezweckt?«

»Meine Frau Ursula … In unserer Ehe hat es gekriselt. Auf ihrer Reise wollte sie sich darüber klar werden, ob wir noch … noch eine Zukunft haben. Und ich Blödmann habe mich dann mit einer anderen eingelassen, wollte eine Woche in Freiheit genießen. Aber es war alles nicht wie erwartet. Ich habe meine Frau vermisst. Plötzlich hat Ursula sich gemeldet und gesagt, dass sie mich auch vermisst … Wir haben uns ausgesprochen, wollten es nochmal versuchen. Und dann ist der blöde Oldtimer verschwunden, mit der Kamera darin und darauf den Fotos von meiner Begleiterin und mir. Ich … ich habe befürchtet, wenn meine Frau das mitbekommt, dann ist endgültig alles aus. Verstehen Sie, Sabin? Ich wollte nicht wegen ein paar Bildern alles riskieren, was mir im Leben wichtig ist.«

Er hatte Tränen in den Augen und sagte mit erstickter Stimme: »Verstehen Sie bitte, ich habe es aus Liebe getan und aus Angst. Und als es einmal angelaufen war, wurden die Lügen immer größer, immer unaufhaltbarer. Ich habe alle getäuscht. Das kostet mich nicht nur meine Ehe, sondern auch meinen Kopf.« Er verbarg sein Gesicht in den Händen. »Was bin ich nur für ein dummer Feigling.«

»Ach je, Konrad ...« Ihn so da sitzen zu sehen, tat mir in der Seele weh. Mein großer Oberboss war wirklich ein fairer Chef, ein guter Mensch und hatte nicht verdient, wegen so einer dummen Sache aufzufliegen. Aber Leon in U-Haft zu stecken, durfte nicht geschehen. Was konnte ich tun?

Knaus nahm den Hörer auf, telefonierte mit dem Haftrichter und in weniger als zwei Minuten hatte er ihm dargelegt, dass sich inzwischen neue Erkenntnisse ergeben hätten und es keinen Haftgrund mehr gäbe. Er legte auf und lehnte sich im Stuhl zurück.

»So, liebe Sabin, das wäre erledigt. Dann melde ich die Sache jetzt mal der Innenrevision. Wären Sie bereit, eine Aussage zu machen?«

Ich tat erstaunt. »Welche Sache?«

Knaus sah mich stirnrunzelnd an.

»Also ich sehe da keine Sache, die zu melden wäre. Wir haben aufgrund Ihrer Intuition auf der Beautyfarm ermittelt und es hat sich herausgestellt, dass Sie genau den richtigen Riecher hatten.«

Er legte den Kopf zur Seite, seine Augen wurden schmal, als wisse er nicht, ob ich Scherze mit ihm treibe. »Aber Sie wissen doch, dass ich meine Befugnisse weit überschritten habe, als ich -«

Ich hob die Hand und er verstummte. »Ich weiß nur, dass ich hinzugezogen wurde, weil ein vager Anfangsverdacht bestand. Ich weiß außerdem, dass wir dadurch eine Diebstahlserie aufgedeckt haben, die sonst monatelange Ermittlungsarbeit bedeutet hätte. Wenn Sie sich die Mühe machen wollen, dafür die Innenrevision zu rufen, dann bitte schön. Ich aber denke, das ist Zeitverschwendung.«

Knaus fuhr sich durch sein immer noch schütteres Haar. »Aber die anderen sind doch auch nicht dumm und werden es merken.«

Ich lachte. »Mit Verlaub, aber bis jetzt hat noch keiner was mitbekommen. Die sonnen sich alle im großen Ermittlungserfolg. Und von mir erfährt keiner was – was auch? Niemandem ist etwas passiert, Konrad, und alle haben gewonnen.« Ich stand auf und ging zur Tür. »Grüßen Sie Ihre Frau … und nutzen Sie Ihre zweite Chance. Denn nichts ist wichtiger und nichts ist schwieriger zu finden als die wahre große Liebe. Dafür lohnt es sich, zu kämpfen.«

Eine Ohnmacht

Freitag 10.55 Uhr. Helena wartete bereits am Auto auf mich. Leon stand neben ihr und sah in die Ferne mit einer Miene, als seien seine Gesichtszüge in Marmor gemeißelt. Ich war so glücklich, ihn zu sehen – in Freiheit –, dass ich auf ihn zustürmte. Doch je näher ich kam, desto langsamer wurde ich, bis ich schließlich nur noch zögernd auf ihn und Helena zuging. Alles in mir schrie danach, mich sofort in seine Arme zu stürzen, aber seine ablehnende Haltung hielt mich zurück.

»Hallo«, begrüßte ich Helena und sah auch Leon an. Er reagierte nicht. Nach einem kurzen Moment schweigsamer Verlegenheit beschlossen Helena und ich, dass wir schnellstmöglich zurückfahren und Valentino beschatten sollten.

Wir stiegen ein, redeten über Valentino, alle Verdachtsmomente und wie wir weiter vorgehen könnten. Ich hoffte, Leon so endlich aus der Reserve zu locken, uns bei den Ermittlungen gegen seinen ehemals besten Freund zu unterstützen, aber schweigend und völlig ungerührt saß er auf der Rückbank und starrte aus dem Fenster. Immer wieder suchte ich seinen Blick im Rückspiegel, fand ihn aber nicht ein einziges Mal. Es war sonnenklar, dass er mir den Verrat ankreidete. Ich hatte sein Vertrauen missbraucht und nichts und niemand konnte einmal zerbrochenes Vertrauen wieder kitten. Mein Herz schrumpelte zusammen wie ein verbrauchter Luftballon, leer, nutzlos, Abfall. Und genauso fühlte ich mich auch. Ich hatte gekämpft und gewonnen – dachte ich -, aber am Ende hatte ich dennoch das Wichtigste verloren.

Wir hielten vor dem Gutshof und Leon stieg aus. Ohne ein Wort ging er durch die Haustür und die Tür fiel hinter ihm ins Schloss.

Freitag, 23:55 Uhr. Ich saß im Hotelzimmer am Tisch und war schon wieder am Rande der Verzweiflung, während Helena die Hoffnung hatte, dass Leon uns bestimmt noch helfen würde, sobald er sich etwas beruhigt hatte. Ich sagte ihr, dass sie wohl auch an den Weihnachtsmann glaube, was sie aber nicht lustig fand.

Wir überlegten hin und her, was wir noch tun konnten, um weitere Beweise oder wenigstens die gestohlenen Autos aufzutreiben, aber alle unsere Ideen brachten uns keinen Millimeter voran. Weit nach Mitternacht kroch ich in meine Hälfte des Hotelbetts und hoffte, dass der nächste Morgen einen frischen Kopf und hoffentlich auch frische Ideen brachte. Auch wenn ich krachmüde war, fand ich kaum in den Schlaf und wälzte mich neben Helena im Bett herum, döste immer mal für ein paar Minuten weg, war dann wieder wach und grübelte erneut.

Irgendwann musste ich doch eingeschlafen sein, denn ein unsanfter Rippenstoß weckte mich. Helenas verschlafene Stimme drang zu mir durch.

»Sabin, dein Handy klingelt seit zwei Minuten. Jetzt geh doch in Gottes Namen endlich ran.«

Benommen tastete ich nach dem Quälgeist auf meinem Nachttisch und meldete mich. »Hallo? Wer ist da?«

»Sabin?« Das war Leons Stimme. »Du musst kommen … Sofort. Ich kann nicht mehr, ich hab‘s versucht, aber …« Ich hörte ein dumpfes Geräusch und dann: Stille. Kein einziger Ton mehr.

In Sekundenschnelle sprang ich aus dem Bett. Wenn Leon so redete, dann konnte das nur zweierlei bedeuten: Entweder hatte jemand ihm was angetan oder es hatte irgendetwas mit Blut zu tun. In beiden Fällen war er auf meine Hilfe angewiesen. Ich sprang in meine Kleider, holte geistesgegenwärtig die Walther aus dem Safe und war keine zwei Minuten später unterwegs. Helena schnarchte derweil friedlich vor sich hin. Ich würde sie lieber erst alarmieren, wenn ich vor Ort Hilfe brauchte.

Wie eine Wahnsinnige raste ich mit dem Motorrad durch die Nacht und rauschte auf dem Gutshof ein, dass der Kies unter den Reifen nur so spritzte. Leon war weder in seinem Zimmer noch in der Küche. Ich rief nach ihm, rannte in die Dunkelheit hinaus, quer über den Hof, rief erneut – dann sah ich, dass im alten Stall Licht brannte, und stürmte hinein.

Da lag er, direkt neben dem Eingang im Strohlager. Er war ohnmächtig, wirkte aber nicht so blass wie beim letzten Mal. Als ich mich zu ihm hinabbeugte, fiel mir auf, dass sein Hemd aufgeknöpft war, was nicht so recht zu ihm passen wollte und auch nicht zu der Situation.

»Leon?« Ich kniete mich neben ihn ins Stroh und ergriff sein Gesicht mit beiden Händen. Als ich seine Wangen tätschelte, schlug er die Augen auf. Sie waren klar. Es ging ihm gut, das sah ich. Vor Erleichterung und weil ich gar nicht anders konnte, presste ich meine Lippen auf seine und küsste ihn, küsste ihn, als gäbe es nichts anderes für mich auf dieser Welt. Er erwiderte meinen Kuss mit einer Leidenschaft, die ich ihm in seinem Zustand nicht zugetraut hätte, schlang seine Arme um mich und zog mich an sich. Als meine Hand über seine Brust strich, fiel mir auf, wie eiskalt er war. Sanft machte ich mich von ihm frei.

»Warte, warte, du bist total unterkühlt.« Ich zog meine Jacke aus und wollte sie gerade über ihn breiten, da zog er mich wieder an sich heran. »Deine Wärme genügt mir. Außerdem wäre ich nur halb so kalt, wenn du schneller gekommen wärst!« Er grinste mich so breit an, dass ich stutzte. »Du hast ... Du bist ... Hast du mich etwa an der Nase rumgeführt?«

Er grinste dermaßen frech, dass ich ihm am liebsten geschüttelt hätte. Mich so zu erschrecken! Aber seine Augen blitzen vor Freude und sein Hemd klaffte so weit auseinander, dass meine Wut schnell abflaute und ganz andere Gefühle mich überrollten. Erleichterung, Hoffnung, Liebe.

Leon neigte den Kopf zur Seite. »Ich habe es versucht, ich habe es wirklich versucht – aber ich kann dir nicht böse sein. Ich schaff's einfach nicht.«

»Gott sei Dank!« Ich küsste ihn noch einmal. »Und den Schrecken, den du mir eben eingejagt hast, war Strafe genug. Ich bin auf der Herfahrt tausend Tode gestorben. Wieso hast du vorhin kein Wort mit mir geredet und jetzt, mitten in der Nacht, rufst du an und veräppelst mich? Ich dachte schon, Valentino hat dir eins übergebraten oder Fridolin verblutet.«

»Den Schreck hast du dir ein kleines bisschen verdient.« Sein Blick wurde noch weicher, er strich mir eine Strähne aus dem Gesicht. »Vorhin war ich noch zu wütend, aber als ich dann allein im Bett lag, war es nicht mehr so leicht, sauer auf dich zu sein.«

Ich atmete tief durch. Wir küssten uns erneut, bis ich schließlich mit einem tiefen Seufzer neben Leon ins Stroh sank. In derselben Sekunde schlug der Esel an und wieherte so ohrenbetäubend, dass wir lachen mussten.

»Der schon wieder!« Leon grinste. »Aber warum nicht? Er ist ja auch derjenige, der das Ganze ins Rollen gebracht hat.«

Ich schaute rüber zu dem Esel, der nebenan in seiner alten Box stand. »Wieso ist Fridolin eigentlich hier?«

Als der Esel seinen Namen hörte, streckte er neugierig das Maul über die Bande.

»Weil er mich geweckt hat. Steht mitten in der Nacht auf dem Hof und wiehert und quietscht, dass sich einem die Fußnägel hochklappen. Keine Ahnung, was er hatte. Jedenfalls hab ich mir was übergezogen und als ich ihn eingefangen hatte, dachte ich, vielleicht vermisst er dich genauso sehr wie ich. Sicherheitshalber habe ich ihn dann hier in die Einzelbox gebracht – mit Doppelbolzen und Seemannsknoten kommt selbst unser Houdini hier nicht mehr raus.«

»Wo ist denn Kira?«

Leon zuckte mit den Schultern. »Heute war Marcs zweite OP und sie ist bestimmt noch bei ihm im Krankenhaus.«

»Ich habe sie furchtbar enttäuscht … und dich auch.« Meine Stimme brach und ich schaute ihn nun direkt an. »Es tut mir leid, Leon, unendlich leid sogar, bitte glaub mir das.«

»Es war auch nicht alles deine Schuld, *tesoro mio*. Wenn, dann haben wir das gemeinsam verbockt. Valentino hat mich reingelegt. Das hätte ich viel früher merken müssen, aber dem besten Freund unterstellt man nicht gerne … Wie auch immer: Ich weiß, dass du mir helfen wolltest.«

Tränen schossen in meine Augen, zu viele, als dass ich sie wegblinzeln konnte.

Leon küsste die Tränen weg und hielt mich fest. Ich war so froh, so unfassbar glücklich, hier bei ihm zu sein. Doch noch ehe ich dazu kam, ihm genau das zu sagen, wurde plötzlich die Tür zum Stall aufgestoßen. Zwei dunkel vermummte Gestalten schossen herein.

»Pass auf«, schrie ich Leon zu, sprang hoch und wollte meine Waffe ziehen, da bekam ich auch schon einen dumpfen Schlag auf den Kopf - und alles wurde dunkel um mich.

Fridolins Sternstunde

Samstag, 02:26 Uhr. Ich hörte meinen Namen, wieder und wieder, wie aus weiter Ferne. Dann hatte ich das Gefühl, mein Kopf müsse zerspringen. Ich lag auf der Seite, meine Hände waren auf dem Rücken so fest zusammengeschnürt, dass ich sie kaum noch spürte. Meine Füße lagen in Fesseln und waren an den Pfosten des Strohlagers gekettet. Jemand drückte gegen meinen Rücken.

»Sabin? Sabin, komm zu dir! Sabin, geht es dir gut? Warum sagst du nichts? Was hast du? Ich bringe sie um, bei Gott, ich drehe diesen Arschlöchern mit bloßen Händen den Hals um!«

»War das Valentino?«, stöhnte ich.

»Ja, Valentino und Ole.«

Erst jetzt wurde mir klar, was den Druck in meinem Rücken auslöste: Leon lag direkt hinter mir, seine Hände waren mit meinen auf dem Rücken verschnürt, und er versuchte, sich aus unseren Fesseln zu befreien. Ich probierte ebenfalls, meine Hände herauszuziehen und herauszudrehen, aber ohne Erfolg.

Auf einmal realisierte ich noch etwas: Meine Waffe war weg! Ich spürte sie nicht mehr an meiner Hüfte. Panisch drehte ich mich im Stroh hin und her, aber nein, sie war nicht mehr da.

»Scheiße! Die haben meine Waffe!«

»Ich weiß.« Leon ächzte. »Die Handys haben sie auch. Ich hatte keine Zeit zu reagieren. Valentino hat dir eins übergebraten, und Ole mir.«

»Ich hab es geahnt! Die wollen den Jaguar aus der Werkstatt

holen und verschwinden lassen. Aber so richtig logisch ist das nicht. Warum will Valentino den Wagen ausgerechnet jetzt nochmal stehlen? Damit alle wissen, dass er wirklich der Dieb war? Verdächtiger geht's echt nicht mehr!«

Leon knurrte: »Valentino meinte, dass er mit dem Verkauf des Jaguars genug Geld hat, um sich im Ausland eine neue Existenz aufzubauen, aber er bekommt die vereinbarte Summe von diesem Jacek erst, wenn die Lieferung dieses letzten Oldtimers gelaufen ist. Soll ich dir mal was sagen? Ich glaube, dass Valentino gerade selbst verarscht wird.«

Ich erstarrte. »Hast du gerade Jacek gesagt?«

»Ja, warum? Mensch, der hat uns aber auch eng verschnürt, Mistkerl!«

»Jacek sitzt seit zwei Wochen in Haft bei den polnischen Kollegen. Der zahlt Valentino gar nichts mehr, würde ich vermuten.«

Leon lachte auf. »Geschieht ihm recht, was macht er auch solchen Blödsinn? Aber wir müssen ihn trotzdem aufhalten. Wenn ich nur diesen verdammten Strick loswerden könnte.«

»Hast du eigentlich keine Panik?«, fragte ich. »So ein Strick ist doch das Gleiche wie Handschellen.«

»Handschellen sind viel schlimmer. Ich hab mal drei Tage mit Handschellen an einem Eisengitter gehangen, damals in den USA, als ich einen Sadist beklaut habe, der mir so die Flausen austreiben wollte. Marc und mein Onkel haben mich halbohnmächtig gefunden. Danach habe ich nie wieder eine Straftat begangen, ich war echt bedient.«

»Puh! Jetzt wird mir einiges klar. So lange liegen wir hier hoffentlich nicht. Warte mal, ich hab eine Idee ... Fridolin?«, rief ich in die Nachbarbox hinüber. Meine Stimme dröhnte in meinem Kopf. »Fridolin, Süßer, komm her, ich weiß, wo der Sack Möhren steht.«

Ich hörte den Esel schnaufen und stampfen.

»Das kannst du dir sparen, den habe ich regelrecht eingekerkert in seiner Box.«

Fridolins Kopf erschien an der Boxentür. Mit seinem Maul zog er den ersten Bolzen raus, dann den zweiten, zupfte ein paar Mal am Seemannsknoten und schon löste sich die Verriegelung und die Boxentür schwang auf.

»Das gibt es doch gar nicht«, murmelte Leon.

»Doch!« Ich grinste. »Braver Fridolin, na komm her, Fresschen, komm her. Ja super, genau so, näher zu mir, mein Schatz.« Der Esel trat näher und begann, an meinen Handgelenken zu schnuppern – und dann am Seil zu knabbern und zu zerren. Die Fesseln begannen sich zu lockern, aber ich konnte meine Finger noch nicht herausziehen. »Noch ein bisschen, komm, mein Guter, noch ein bisschen weiter knabbern!«

Fridolin machte tatsächlich weiter.

Auf einmal ruckte es und Leon hatte eine Hand draußen. Jetzt konnte ich meine Hände auch rausziehen, während Leon unsere Füße befreite. Dann streckte er mir die Hand hin, zog mich aus dem Strohhaufen auf die Füße und rannte zur Tür hinaus. Ich folgte ihm und rieb mir dabei erleichtert die Handgelenke.

Wir waren kaum um die Ecke, da sahen wir sie: Das Tor der Scheune stand offen und Ole schob den Jaguar heraus. Hinter dem Steuer saß Valentino und orgelte an der Zündung, doch der Wagen sprang offenbar nicht an. Unser Glück. Ich zog Leon wieder hinter die Ecke des Gebäudes.

»Was?«, fragte er ungeduldig und wollte vorpreschen. Sein ganzer Körper signalisierte Rachedurst.

»Er ist bewaffnet«, flüsterte ich.

Leon schob meine Hand beiseite und wollte loslaufen.

Ich hielt ihn fest. »Allein gegen zwei hast du keine Chance!«

»Das wollen wir erst noch sehen! Du kriegst sie, wenn ich den Wixern die Nase gebrochen habe.«

»Leon!«

Er befreite seinen Arm und rannte los.

»Scheiße!«, fluchte ich und stürmte notgedrungen hinterher. Kaum war Leon am Jaguar, riss er die Fahrertür auf, packte Valentino am Kragen und zerrte ihn heraus. Noch ehe dieser wusste, wie ihm geschah, verpasste Leon ihm einen gezielten Faustschlag mitten ins Gesicht. Es knirschte. Valentino schrie auf. Im gleichen Moment stürzte sich Ole von hinten auf Leon.

»Leon, pass auf!«, schrie ich.

Leon sprang zur Seite, tauchte unter Oles Faustschwinger weg, drehte sich um seine eigene Achse und trat Ole von hinten in den Rücken. Ole kippte vornüber und fiel auf Valentino. Dann sah ich Metall an Oles Gürtel aufblitzen. Meine Walther, schoss es mir durch den Kopf. Ich sprang auf ihn zu, entriss sie ihm und richtete sie auf die Übeltäter.

»Aufhören!«, schrie plötzlich Kira hinter mir. »Lasst sie in Ruhe!«

»Was?« Irritiert drehte ich mich zu meiner Freundin um. Sie hielt eine Mistgabel in der Hand und wirkte, als hätte sie nichts dagegen, damit auf Ole und Valentino loszupreschen.

»Stopp, Kira, es ist alles unter Kontrolle.«

Sie kam zu uns. »Oh Gott sei Dank, euch ist nichts passiert.«

Ich wühlte in meiner Jackentasche, holte die Handschellen heraus und warf sie Leon zu. Freudig fing er sie auf und waltete seines Amtes.

»Kette Ole ans Tor, und für Valentino haben wir sicher irgendwo ein hübsches Seil!«

Leon ließ die Handschellen um Oles Handgelenk klicken, zerrte ihn zum Eisenverschlag am Scheunentor und ließ dort die zweite Handschelle einrasten. Dann holte er einen der Führstricke, die am Eingang der Scheune hingen, ging zu Valentino, drehte ihm nicht gerade sanft die Hände auf den Rücken und verschnürte ihn wie ein Paket. Der konnte glatt bei der Polizei anfangen.

Während ich ihm dabei zusah, zückte ich mein Handy und informierte die Leitstelle, dass sie einen Einsatzwagen rausschicken sollten. Jetzt würde der örtliche Hauptkommissar Hesse doch noch die Gelegenheit bekommen, in meinem geheimen Fall mitzumischen.

Nach der Meldung beendete ich das Telefonat. »Die Polizei ist gleich hier.«

Kira seufzte und stützte sich auf die Mistgabel. Sie sah genauso erleichtert aus, wie ich mich fühlte.

Und dann stellte ich fest, dass Leon irgendwo in der Dunkelheit verschwunden war.

Wo ist Leon?

Samstag 4:38 Uhr. Zwei Stunden später war Leon immer noch nicht wiederaufgetaucht, sein Handy war ohne Empfang. Valentino und Ole hatten Kira und ich an die örtliche Polizei übergeben. Anschließend hatte ich Helena über die neusten Entwicklungen informiert.

Nachdem wir in der Küche eine Flasche Rotwein getrunken hatten, wollte Kira noch eine aufmachen, aber ich hatte protestiert. Mein Schädel brummte, meine Handgelenke taten weh, mein Herz noch mehr und davon abgesehen, war ich sterbensmüde. Doch kaum hatte ich mich in mein altes Bett im Gutshof gelegt, drehten meine Gedanken voll auf und ich wälzte mich von links nach rechts. Hundert Fragen stürmten durch meinen Kopf. Wo war Leon nur hin? Wieso schickte er mir keine Nachricht und sagte mir nicht, wo er war? Hatte er am Ende doch etwas mit der Sache zu tun und war getürmt, bevor die Polizei eintraf? Was war ich für ihn? Nur ein Zeitvertreib wie all diese anderen Frauen?

Mit einem wütenden Laut, der in meinem Kopf schmerzhaft widerhallte, warf ich die Decke von mir, stand auf und tigerte genervt durchs Zimmer. Nach allem, was wir gemeinsam erlebt hatten, verschwand er einfach ohne ein Wort … Das konnte er nicht mit mir machen! Doch, ganz offensichtlich konnte er … Oh Mann, ich klang schon wie eine Irre, die Selbstgespräche führte. Ich musste etwas tun gegen diese innere Anspannung, diese Unruhe … Laufen, ja laufen war genau richtig. Ich würde eine Runde in der kühlen Luft laufen gehen, es war Vollmond, da würde ich sicher auch jetzt genug sehen.

Ich machte kein Licht an und schlich in den Hausflur. Kaum war ich am Absatz der Treppe angekommen und wollte die Stufen hinunterschleichen, bemerkte ich eine Bewegung in der Dunkelheit.

»Wohin willst du?«

Ich schrak zusammen. Leon trat in das Mondlicht, das den Flur erhellte.

»Leon!«, flüsterte ich, »wo warst du?«

»Ich musste mal eben was erledigen. Und jetzt … jetzt wollte ich zu dir.«

»Es wäre nett gewesen, wenn ich wenigstens gewusst hätte, dass du gedenkst, irgendwann mal wiederzukommen.«

»Wieso sollte ich nicht?« Er machte einen Schritt auf mich zu und lächelte verführerisch. »Du hast Angst um mich gehabt?«

»Nein, aber du hättest ja auch zu dieser Lorena gehen können.«

Leon grinste frech. »Reicht es nicht, dass ich wieder bei meinem Bruder einziehe? Soll ich da auch noch meine Schwester belästigen?«

Ich stutzte. »Deine Schwester?«

»Ja, Frollein Kriposchlau, Lorena ist unsere Schwester aus erster Ehe unserer Mutter. Das hättest du aber auch selbst herausfinden können, oder? Wie süß, dass du dir Sorgen um mich gemacht hast.«

»Das ist kein Grund, sich darauf etwas einzubilden.«

Er kam noch zwei Schritte näher, stand jetzt direkt vor mir und lächelte. »Sorgen um mich?«

»Ja, und es gibt keinen Grund, sich darüber lustig zu machen. Immerhin hattest du gerade zwei Diebe verprügelt. Da darf man sich doch wohl Gedanken machen, wenn du plötzlich spurlos verschwindest.«

Leon lachte leise, die Luft schien zu vibrieren. »Du scheinst mich tatsächlich zu lieben …«

»Was hat denn das jetzt damit zu tun?«

»Alles«, murmelte er und beugte sich zur mir. Das Mondlicht schimmerte in seinen Augen – und dann küsste er mich. Er war so sanft. So weich und doch fordernd. Ich versank in seinem Kuss. Als seine Arme sich um mich legten, mich hielten und an ihn pressten, hatte ich das Gefühl, angekommen zu sein.

Leon hob mich auf seine Arme, trug mich. Das nächste, was ich realisierte, war, dass ich in weiche Kissen sank. Sein Körper neben meinem, sein heißer Atem auf meiner Haut und seine Lippen an Orten, die schon eine Ewigkeit auf ihn gewartet hatten. Ich wollte nur ihn, ich wollte alles! Wie im Rausch gab ich mich hin, gab mich auf, versank in ihm und wurde beschenkt mit dem Himmel auf Erden.

Kapitel 16

Überraschung in Handschellen

Lillith

Ich bin geblendet, so hell strahlt heute dein Glücksstern Venus. Nur im Beruf kann es laut Saturn noch ein paar Turbulenzen geben. Mars setzt auf Neuanfang, und die Glücksplaneten formieren sich in einem harmonischen Feld. Du hast es geschafft, du hast die Hölle überwunden. Übrigens: Willst du mir nicht seinen Namen verraten, bevor ich Tante werde?

Samstag, 7:18 Uhr. Sanft schnurrte der Motor der Luxusyacht und ich räkelte mich auf meiner Liege. Eine leichte Brise, die merkwürdigerweise nach Katze roch, strich über mein Gesicht. Ich stand auf und sah über das weite, tiefblaue Meer. Glück umspülte mich wie die Wellen das Boot. Ich ging ein paar Stufen hinunter, auf den Mann zu, der für mein Glück verantwortlich war. Leon stand am Steuer der Yacht und sein weißes Hemd flatterte im Wind. Ich trat neben ihn und er drehte sich zu mir um. Er strahlte mich an und legte seinen Arm um mich. Ich erwartete, dass er etwas sagte, aber ich hörte nur ein merkwürdiges Schnurren und dann war da wieder dieser Katzengeruch. Etwas peitschte in mein Gesicht.

Ich fuhr aus dem Schlaf. Eine der Katzen lag neben meinem Kopf auf dem Kissen und starrte mich aus grünen Augen an. Ich knurrte zurück, setzte mich auf und sah mich um. Kein Leon, nicht mal eine Spur von ihm, außer den Spuren, die sein Dreitagebart auf meiner Haut hinterlassen hatte. Wo war er denn jetzt schon wieder? Würde das in Zukunft nun immer so weitergehen?

Keine zehn Minuten später war ich geduscht und angezogen. Als ich nach unten kam, duftete es wunderbar nach Kaffee und frischen Brötchen, der Tisch war liebevoll gedeckt. War das Kiras Werk? Oder Leons?

Ich hörte ein Geräusch hinter mir und zwei Arme schlangen sich um meinen Körper, Leons Duft hüllte mich ein, seine Lippen liebkosten meinen Nacken.

»Guten Morgen, Pusteblume«, murmelte er in mein Ohr und ich spürte seine Lippen an meinem Ohrläppchen. Schauer rannen mir über den Rücken und ich hätte mich am liebsten zu ihm umgedreht und ihn mit Küssen verschlungen. Aber ich riss mich zusammen. Er verbarg etwas, das spürte ich, auch wenn er ablenkte.

»Guten Morgen«, murmelte ich. »Ich habe dich beim Aufwachen vermisst.«

Leon ließ mich los und ging um den Tisch herum. »Willst du Kaffee?«

»Ja, gerne.«

Er stellte zwei Tassen unter die Kaffeemaschine und drückte den Startknopf.

»Was genau hast du denn beim Aufwachen vermisst, mein Engel? Den Adonis mit den starken Armen, der dich ab sofort durchs Leben trägt?«

Ich prustete los. »Das wird dir bald schwerfallen, wenn du mich beim Essen weiterhin so verwöhnst.«

»Den heißen Liebhaber, der dich die ganze Nacht wachgehalten hat?«

Ich grinste. »Hmmmm, schon näher dran.«

»Oder etwa einfach mich, Leonardo Albrecht, der dir seine kleine Welt zu Füßen legt – und sein Herz.«

»Nur dich, einfach nur dich.« Ich stellte mich auf die Zehenspitzen und legte meine Lippen auf seine.

Dann hob er mich hoch und wir landeten erneut in Leons Bett. Der Kaffee war vergessen, das Handy klingelte ungehört vor sich hin … alles war unwichtig - bis auf uns zwei.

Eine Stunde später lagen wir noch immer in Leons Bett, Teile des Frühstück auf einem Tablett vor uns. Leons Haare waren zerwuselt und auch ich sah vermutlich einem Wischmopp ähnlicher als einem menschlichen Wesen.

Mein Blick fand seinen. »Wieso bist du gestern Abend eigentlich einfach verschwunden?«

Leon knabberte bedächtig an einem leicht bräunlich gewordenen Apfelstück. »Ich hatte noch was Dringendes zu erledigen.«

»Geht es ein bisschen konkreter?«

Er schüttelte den Kopf und grinste.

Ich seufzte theatralisch. »Jedenfalls ist der Fall so gut wie abgeschlossen. Morgen muss ich nach Düsseldorf und dort die Berichte fertig machen.«

»Hast du nicht noch eine Woche Urlaub?« Er drehte sich zu mir und begann, sich unter der Decke an mich heranzuarbeiten. »Oder du lässt mich mitkommen. Ich würde mir zu gerne mal anschauen, wie eine brillante Oberkommissarin in Aktion aussieht und wie du wohnst.«

»Hauptkommissarin«, antwortete ich. »So viel Zeit muss sein.« Ich blinzelte ihm zu. »Und du kannst gerne mitkommen und dich über meine hässliche Wohnung aufregen.«

»Ich würde dann auch beim LKA die Aussage machen.«

Ich sah ihn irritiert an. »Welche Aussage?«

Mein Handy klingelte und ich beugte mich zu Boden, um es aus der Hosentasche zu angeln. Helena.

»Hallo, Sabin. Wo steckst du denn? Wieso antwortest du nicht auf meine Nachrichten? Du ahnst nicht, wer heute früh in der Lobby der Beautyfarm aufgefunden wurde, mit Handschellen an den Empfangstresen gekettet: Eduardo. Hast du was damit zu tun? War das ein Scherz? Es waren definitiv unsere Handschellen.«

»Nein, das war ich nicht.« Ich sah Leon an, der unschuldig

wie ein Heiliger grinste und unter der Decke weitermachte. »Was sagt denn Eduardo darüber, wie er da hingekommen ist?«

»Der sagt leider gar nichts ohne seinen Anwalt. Aber wir haben ein unterschriebenes Geständnis gefunden, das hat auf seinem Rücken geklebt. Er ist bereits im LKA und sein Anwalt versucht, das alles zu dementieren, weil er die Aussage angeblich unter Zwang gemacht hat. Ich denke aber, in ein bis zwei Stunden haben wir ihn weichgekocht. Gute Arbeit.«

»Ich war es echt nicht, Helena.«

Leons Grinsen wurde noch breiter. Er schob das Tablett beiseite und rutschte tiefer unter die Bettdecke, wo er Dinge tat, die man besser nicht machte, während die Partnerin mit der Kollegin telefonierte.

»Jedenfalls haben wir dank des Schreibens nun auch Anhaltspunkte, wo wir die anderen Oldtimer aufspüren können. Und Jonas konnte nachweisen, dass Valentino zumindest zwei gestohlene Oldtimer verkauft hat - und zwar an Henrys Mutter. Aber ich denke, das war nur der Anfang. Ich breche jedenfalls nachher die Zelte auf der Beautyfarm ab. Willst du mit nach Düsseldorf?«

Ich seufzte leise, als Leon mich ins Ohrläppchen biss, und versuchte dann mit möglichst normaler Stimme zu antworten.

»Nein danke, ich komme morgen nach, wenn das okay ist.«

Ich verabschiedete mich eilig und rutschte dann näher zu Leon.

»Hast du Eduardo verhaftet?«, fragte ich atemlos.

»Mmhmmm«, kam es zurück.

»Und ihn mit meinen Handschellen angekettet?«

»Mmhmmm.«

Ich seufzte vor Wonne. »Bist du deswegen heute Nacht verschwunden?«

»Mmhmmm.«

»Danke«, hauchte ich und dann kam für eine ziemlich lange Zeit kein vernünftiger Satz mehr aus meinem Mund.

»Sabin?« Kira klopfte behutsam an Leons Zimmertür. »Ich störe ja echt ungern, aber hier ist ein Mann für dich.«

Leon sah mich erstaunt an. Seine Haare standen schon wieder in alle Richtungen und sein Gesicht war erhitzt von unseren *internen Ermittlungen.*

»Ein Nebenbuhler?«, fragte er. »Wo ist deine Waffe?«

Ich grinste. »*Erst grüßen, dann schießen,* sagen wir bei uns immer. Also, lass uns erstmal sehen, ob es vielleicht jemand Wichtiges ist, Magic Mike beispielsweise.«

»Wer will denn Magic Mike, wenn er mich haben kann?«, murmelte Leon empört. »Soll ich auch mal für dich tanzen?«

Ich kicherte nur und wir zogen uns eilig an.

Wenige Minuten später kamen wir mehr oder weniger vorzeigbar an die Haustür. Kira stand draußen mit einem Mann im braunen Anzug, der mir sehr wohl bekannt war. Es war Lothar Lauterberg, der Kontrolleur des Veterinäramtes. Als wir zu ihnen stießen, zuckte meine Freundin gerade hilflos mit den Schultern.

»Er will mir nicht verraten, worum es geht, weil ich angeblich nicht der zuständige Ansprechpartner bin.«

»Guten Tag, Frau Vogt, gut, dass Sie jetzt da sind. Heute läuft ihre Frist ab und ich habe die Tiertransporte schon auf Bereitschaft stehen. Wenn Sie bitte hier unterschreiben, dass

Sie den Räumungs- und Verbringungsbescheid erhalten haben, dann genügt ein Anruf und -«

»Moment, ganz langsam«, stoppte ich Lothars Monolog. »Kommen Sie mal mit.«

Kira zupfte mich am Ärmel. »Ist das etwa dieser Wicht, der die Tierhaltung untersagen wollte?«

»Ich habe sehr gute Ohren«, beschwerte sich Lothar.

Kira zog eine Grimasse, sodass ich lachen musste, aber wir sagten nichts mehr, bis wir am Hühnerhaus angelangt waren.

»Bitte schön, der Herr Kontrolleur dürfen nun einen erneuten Hühnerzensus vornehmen.«

»Sehr lustig«, mokierte sich Lothar und zog seinen Maßstab hervor. Während er umständlich Höhe, Breite und Sonst-noch-was des Hühnerstalls maß, außerdem reichlich Fotos schoss, lehnte ich mich an das neue Hühnerhaus.

In diesem Augenblick sah ich ihn: Fridolin! Er hatte den Metallzaun des Auslaufs geknackt, zwei Elemente auseinandergeschoben und sah nun neugierig zu uns herüber, als habe er das nur gemacht, um sehen zu können, welches Happening ihm denn am Hühnerstall entging.

Ich riss die Augen auf und wedelte Kira zu, die hinter Lothar stand und von ihm gar nicht beachtet wurde. Auch Leon wurde aufmerksam, sah sich zu Fridolin um – und erschrak sichtlich.

Auf Zehenspitzen trat Leon den Rückwärtsgang ein und schlich an der Wand des Laufstalls entlang Richtung Fridolin. Kira folgte ihm, immer mit bangem Blick auf Lothar, der sich jede Sekunde umdrehen und den Ausbrecher entdecken konnte. Dann würde er am Ende doch noch kurzerhand den Hof schließen und die Tierhaltung untersagen.

Also musste ich Lothar ablenken. »Sagen Sie mal, wie genau ist Ihnen denn zu Ohren gekommen, dass die Tiere hier angeblich nicht gut gehalten werden?«

Lothar sah mich argwöhnisch an. »Es gab eine Anzeige, aber ich darf Ihnen nicht sagen, wer das war. Datenschutz.«

Im Hintergrund sah ich, wie Leon und Kira versuchten, Fridolin zurück in den Paddock zu bugsieren. Wenn ich Lothars Zettel richtig beurteilte, war er beim vorletzten Feld angekommen und würde danach den Laufstall sehen wollen. Ich hob den Arm und winkte Kira verstohlen, dass sie hinter der Ecke verschwinden sollten. Die nickte und zerrte gemeinsam mit Leon an Fridolin herum, der sich aber nach wie vor nicht bewegen wollte.

»Ich könnte mir vorstellen, dass sich jemand beschwert hat, dessen *Möhren* oder *Äpfel* von Fridolin geklaut worden sind.«

Leon verstand sofort, was ich mit den überlaut gesprochenen Worten meinte und ich sah ihn verschwinden.

»Wie kommen Sie darauf?«, fragte Lothar, machte mit spitzen Fingern einen Punkt auf seinem Klemmbrett, klickte den Kugelschreiber ein und schob ihn sorgfältig in die dafür vorgesehene Lasche am Klemmbrett. »Ich habe nie etwas Derartiges erwähnt, Sie können also nicht darauf schließen, dass sich irgendwer aus der Nachbarschaft beschwert hat.«

»Doch, Moment, Sie haben damals -«

»Wir gehen dann jetzt bitte zum Stall, damit ich feststellen kann, wie es um die anderen Tiere steht.«

»Stopp!« Ich griff Lothars Anzugjacke, damit er sich nicht umdrehte.

»Also, das geht zu weit! Fassen Sie mich bitte nicht an! Ich bin im Namen des Gesetzes hier und verbitte mir sowas.«

Im Hintergrund sah ich Kira mit einer Möhre bewaffnet, die den Esel lockte. Kurz darauf verschwand er aus meinem Blickfeld. Leon beugte sich über das Gatter.

»Jaja, schon gut. Gehen wir.«

Ich ging voran an der Langseite des Laufstalls entlang bis zur Eingangstür. Kaum kamen wir in den Vorraum, schob Fridolin den Kopf über die Boxentür und beäugte Lothar. Aber Kira war schon hinter ihm und zog ihn zurück, die Möhre in der Hand. Sie schien etwas erhitzt, als wäre sie gerannt – ich konnte mir zu gut vorstellen, was hier abgelaufen war, während ich mit Lothar am Hühnerstall gestanden hatte.

Wieder sah Lothar sich ausgiebig um, notierte und fotografierte. Dann seufzte er. »Gibt es hier noch andere Tiere?«, fragte er.

»Nein«, antworteten Kira und ich aus einem Mund.

Ich fügte hinzu: »Wieso? Gibt es nichts mehr zu meckern?«

Lothar verzog den Mund. »Es ist schön, dass alles regelkonform ist, gut, ja …«

Ich merkte genau, dass er sich etwas anderes erhofft hatte. Aber warum? Plötzlich hatte ich eine Eingebung. Etwas, das damals erwähnt wurde …

»Was macht Ihre Tante denn eigentlich so?«, fragte ich provokant. »Und ihr Gemüsegarten?«

»Meine Tante? Wieso meine Tante, also ich wüsste nicht, dass ich … Meine Tante hat da gar nichts mit zu tun.«

Also doch.

»Ihre Tante heißt nicht zufällig Martha Hesse?«, fragte Kira aus dem Hintergrund und an Lothars Reaktion merkte ich sofort, dass sie einen Volltreffer gelandet hatte. Ich nickte ihr zu.

Leon erschien an der Tür und lächelte sein charmantestes Lächeln. Wenn Lothar auf Männer stand, dann wäre er Leon spätestens in diesem Moment verfallen.

»Dann berichten Sie Ihrer Frau Tante doch bitte mal, dass sie immer gerne willkommen ist und sich persönlich davon überzeugen kann, dass der Esel und alle anderen Tiere hier so ausbruchsicher leben, als wären sie auf Alcatraz.«

»Ja, gut, dann ist das auch geklärt.« Wieder verstaute Lothar seinen Kugelschreiber und richtete seine Fliege. »Dann wäre ich hier so weit fertig. Der Abschlussbericht geht Ihnen postalisch zu. Auf Wiedersehen.«

Und damit verschwand Lothar eiligen Schrittes aus dem Laufstall.

»Hoffentlich nicht«, murmelte Leon. »Bei unserem Glück wird der beim nächsten Mal von Fridolin mit Handschlag begrüßt.«

Tierisches Danke

Sonntag, 10:35 Uhr. Marc kehrte am Folgetag nach Hause zurück. Leon und ich waren gerade dabei, die Welpen in ihrer Box in den neuen Anbau zu tragen, damit sie zum ersten Mal ein bisschen Sonnenlicht erleben konnten. Der erste hatte sogar schon die Augen geöffnet.

Marc humpelte auf Krücken herbei, der Meniskus verheilte langsam. Er betrachtete amüsiert das Gewusel. Acht kleine Labradorbabys, die in einem ulkigen Haufen übereinanderlagen und die Sonne genießen konnten. Leon nahm einen der Kleinen hoch, der gerade auf Abwegen war, einen schwarz-weiß-gescheckten und reichte ihn Marc, der ihn vorsichtig an seine Brust drückte.

»Meine Güte, was für Prachtburschen. Wie heißt du denn, du Schöner?«

»Das ist Blue.«

Marc hob den Kleinen vorsichtig auf Augenhöhe und sah ihn an. »Weil du wunderschöne blaue Augen hast, richtig?«

Leon grinste. »Eigentlich, weil er der Erste war, der die Augen geöffnet hat.« Blue quietschte vergnügt und leckte an Marcs Hand.

Anschließend setzten wir uns gemeinsam an den Terrassentisch, den Kira hübsch dekoriert hatte und auf dem Leons neueste Kuchenkreation stand. Marc erzählte vom Urlaub, der wunderbar ruhig und erholsam gewesen war, bis er sich beim Wasserski das Knie verdreht und dabei den Meniskus mehrfach gerissen hatte, sodass man ihn abtransportieren musste.

Kira erzählte von der abenteuerlichen Rückreise mit Hubschrauber, Chartermaschine und einer fehlenden Flugerlaubnis für den Piloten, wegen der sie beinahe nicht hätten landen dürfen.

Während wir saßen und plauderten, fiel Marcs Blick auf die Hühner, die frei über den Hof liefen. »Bin ich besoffen oder wieso sehe ich Missandei dreifach?«

Wir erzählten ihm die Geschichte von dem Huhn, das von den Toten auferstanden war, und wie wir Ersatz für Kiras Lieblingshuhn besorgt hatten. Dummerweise waren wir nicht sicher, welche der drei Hennen die echte Missandei war.

Kira lachte mit. »Du solltest mal sehen, wie Dr. Jekyll sich benimmt. Der frisst Sabin aus der Hand. Ich bin richtig neidisch.«

»Bei dir bin lieber ich der Hahn im Korb, Schatz«, kommentierte Marc und gab Kira einen Kuss.

»Hier war auch sonst einiges los, wie ich höre.« Marc sah in die Runde. Leon war gestern noch bei seinem Bruder im Krankenhaus gewesen und hatte ihm erzählt, was es mit dem Hochzeitswagen auf sich hatte.

»Ich bin schon auf der Suche nach einem Ersatz für euer Hochzeitsgeschenk«, erklärte Leon. Kira protestierte, dass das nicht nötig sei.

Marc sah seinen Bruder nachdenklich an. »Erstmal hast du schon genug für mich getan, und ich muss sagen, wie du das mit den Bulgaren hinbekommen hast, ist wirklich beeindruckend. Ich hätte niemals gedacht, dass die mit uns Geschäfte machen wollen. Umso trauriger bin ich, dass du uns verlassen willst.«

Kira und ich sahen uns erstaunt an.

Marc fuhr fort. »Aber ich kann dich natürlich verstehen.«

»Wo willst du denn hin?«, fragte Kira.

Leon räusperte sich. »Ihr wisst doch, dass ich den Traum von einer Gourmetwerkstatt habe, wo ich am Wochenende koche und in der Woche schraube. Es wird jetzt Zeit, das anzugehen.«

»Das klingt großartig!«, rief Kira. »Aber willst du dann nicht mehr mit Marc arbeiten?«

Leon schüttelte den Kopf. »Ich bleibe stiller Teilhaber und bin auch gerne noch im Hintergrund aktiv, aber ehrlich gesagt möchte ich meinen Traum verwirklichen und ausprobieren, ob ich mit diesem Konzept erfolgreich sein kann.«

»Das wirst du garantiert.« Kira war ganz begeistert.

Ich freute mich auch, aber gleichzeitig beschlich mich eine leise Sorge. War ich Bestandteil dieses Traums? Wo wollte Leon hin? Bevor ich ihn fragen konnte, legte er seinen Arm um meine Schultern.

»Ich habe da auch schon was Tolles gefunden, keine Stunde von hier, in Düsseldorf, am Hafen.«

Mein Herz ging auf. »Was für ein Zufall«, sagte ich heiser. »Das ist ja direkt bei mir um die Ecke.«

»Ja, was für ein Zufall.« Und dann küsste er mich.

ENDE

♥♥♥ DANKE! DANKE! DANKE! ♥♥♥

♥ Es ist kaum zu glauben, wie viele Menschen es braucht, um eine kleine Geschichte wie diese zwischen die Buchdeckel zu bekommen. Allen voran möchte ich meiner Familie danken, die in jeder Lebenslage an mich geglaubt und mich motiviert hat. Wieder hat mein Göttergatte Muse gespielt und er hat einfach die besten Ideen – auch wenn ich das wirklich nicht gerne zugebe ♥.

♥ Dass dieses Buch schließlich und endlich fertig geworden ist, verdanke ich auch – mal wieder – Lea Korte, die mir mit Rat und Tat zu Seite gestanden hat. Danke für deine Hilfe und deine Freundschaft! Ebenfalls ganz oben auf der Liste stehen Antje, Pia, - danke für so manchen Overnight-Einsatz, eure wertvollen Hinweise und Ideen - und an Carla und Susanne für die tollen Ergänzungen. Und last but not least an Sandra für ihr superschnelles und großartiges Korrektorat! Ihr seid der Wahnsinn!!!!

♥ Für die Diskussion über Figuren, Szenen und den Plot ein Riesendank an meine genialen Schreibwochenkolleginnen Alexandra, Petra, Monika, Josefine und Christine sowie aus der Online-Gruppe an Uschi, Demona, Ina, Inga, Stephie Christel und Manfred für eure Motivation und euren Zuspruch.

♥ Ein riesengroßes Danke auch an Stefanie vom SAGA Egmont Verlag für ihre Geduld, Unterstützung und Motivation, und natürlich und vor allem an meine wundervolle Sprecherin Sandra Voss, die Sabin eine Stimme verleiht – ich freue mich so auf das Hörbuch!

♥ Kerstin hat mich zu so manchem WhatsApp-Dialog motiviert und sich viel Gejammer anhören müssen, was gerade alles wieder nicht klappt – danke für deine Freundschaft. Dem Mercure Hotel in Lüdenscheid ein Riesendanke, weil sie mich am heißesten Tag des Jahres in einem kühlen Konferenzraum einquartiert haben. Dank auch an die Tierarztpraxis Rohloff dafür, dass ich viele Infos zur Behandlung der Tiere bekommen habe, ebenso geht der Dank an Sandra vom Ferienhof Pulte für die Infos und die Möglichkeiten zum Fotoshooting, und an Jan für die vielen dummen Fragen zu Autos. Danke auch an die vielen vielen anderen Menschen, denen ich all meine dummen Fragen gestellt habe, und die ich wieder einmal vergessen habe, mir für die Danksagung zu notieren.

♥ Der größte Dank von allen gilt aber meinen treuen Lesern ♥, die so lange Geduld haben musste, bis dieses Buch endlich erschienen ist. Ich habe mich über eure zahlreichen Rückmeldung und Rezensionen zum ersten Roman so sehr gefreut, über eure Fragen nach diesem Buch und auch Bestellungen noch viel mehr. Ihr seid das Salz in der Suppe eines jeden Autoren.

Die KEULE – Sabins & Kiras Spezialcocktail

Hilft gegen Liebeskummer und alles andere. Immer!

- Eiswürfel
- 2 cl GIN
- 3 cl WODKA
- 10 cl ALMDUDLER
- 2 cl Limettensaft
- 1 Zweig Rosmarin
- Gefrorene Johannisbeeren

Eiswürfel in ein Glas geben, dann Gin, Wodka, Almdudler und Limettensaft hinzugeben, umrühren. Mit einem Zweig Rosmarin und gefrorenen Johannisbeeren dekorieren.

Tipp: Wer keinen Gin mag, nimmt nur Wodka 😉. Bei heftigem Liebeskummer einfach die fünffache Menge in einem großen Krug mixen, dann hat man nicht so viel Arbeit. Schmeckt auch als Bowle und kann genutzt werden, um Familienfeiern aufzuheitern.

Die einfachsten Spaghetti der Welt (Spaghetti Pomodore)

- 250g Spaghetti
- 10-15 Kirschtomaten geviertelt
- 1 Knoblauchzehe
- Olivenöl nach Geschmack
- Parmesan und Basilikum nach Geschmack

Spaghetti in Salzwasser al dente kochen. Reichlich Olivenöl in die Pfanne. Knoblauch hacken und langsam im Öl anschwitzen (nicht bräunen). Dann die Kirschtomaten dazu und etwas Nudelwasser dazugeben, einkochen lassen. Wenn die Nudel al dente sind, in die Pfanne geben und mit den Tomaten weiterkochen. Eventuell noch etwas Nudelwasser dazugeben. Servieren mit Baslikum und gehobeltem Parmesan.

Auch erschienen von Ella Marcs:

„Lieber den Spatz in der Hand als gar keinen Vogel“

100 To-do's und nur 21 Tage Zeit? Kira Spatz kann einfach nicht Nein sagen. Statt mit ihrem Verlobten in den Urlaub zu fliegen, stellt sie für ihre hochschwangere Schwester eine Last-Minute-Märchenhochzeit auf die Beine. Von Anfang an geht schief, was nur schiefgehen kann, und dann gesteht ihr der zukünftige Schwager auch noch, dass seine Werbeagentur pleite ist und er die Hochzeit nicht bezahlen kann. Retten würde ihn ein Auftrag von Marc, Erzfeind der Familie, der Kira vor zwölf Jahren das Herz gebrochen hat - und ausgerechnet sie soll ihn mit ihrem Charme überzeugen. Kiras Gefühle fahren ebenso Achterbahn wie ihr vollgestopfter Terminkalender ... wird sie dieses Mal Nein sagen können? "Eine turbulente Liebeskomödie übers Nein-Sagen, Ja-Worte und ein schicksalhaftes Wiedersehen." "Ein spritziger Roman zum Lachen und Verlieben, gewürzt mit einer Prise Sauerländer Humor."
Als Taschenbuch, Ebook und als Hörbuch erhältlich

ÜBER 50.000 VERKAUFTE EXEMPLARE

ISBN 978-3-9821934-1-0

https://www.amazon.de/Lieber-Spatz-Hand-keinen-Vogel-ebook/dp/B088W82HSN/

https://ellamarcs.de/product/lieber-der-spatz-in-der-hand-als-gar-keinen-vogel/

Printed in Poland
by Amazon Fulfillment
Poland Sp. z o.o., Wrocław

20434688R00294